Secret à haut risque

*

Pour protéger Chloe

*

L'inconnue de Brighton

JENNIFER MOREY

Secret à haut risque

Traduction française de
CAROLE PAUWELS

BLACK ROSE

HARLEQUIN

Collection : BLACK ROSE

Ce roman a déjà été publié en 2019

Titre original :
RUNAWAY HEIRESS

HARPERCOLLINS FRANCE
83-85, boulevard Vincent-Auriol, 75646 PARIS CEDEX 13
Service Clients — www.harlequin.fr
ISBN 978-2-2805-1145-2 — ISSN 1950-2753

Édité par HarperCollins France.
Composition et mise en pages Nord Compo.
Imprimé en août 2024 par CPI Black Print (Barcelone)
en utilisant 100% d'électricité renouvelable.
Dépôt légal : septembre 2024.

FSC www.fsc.org MIXTE Papier issu de sources responsables FSC® C159065

Pour limiter l'empreinte environnementale de ses livres, HarperCollins France s'engage à n'utiliser que du papier fabriqué à partir de bois provenant de forêts gérées durablement et de manière responsable.

Prologue

Assise au fond de la salle d'une gargote ouverte vingt-quatre heures sur vingt-quatre, Sadie Moreno observait du coin de l'œil Steven Truscott.

Avec son costume noir et sa cravate assortie, sa chemise d'un blanc immaculé et ses cheveux châtain clair qui commençaient à se clairsemer sur les tempes, l'homme offrait une image séduisante.

En d'autres temps, elle aurait peut-être été tentée de briser sa réserve professionnelle, mais la vie était passée par là.

— Vous avez des nouvelles pour moi ?

Généralement, il ne venait pas la voir si ce n'était pas le cas.

Lorsqu'elle vit sa grimace, la bonne humeur de Sadie déclina en un instant.

— La dernière piste n'a rien donné. L'affaire de Bernie est désormais à classer dans les enquêtes non élucidées.

Il s'était tenu informé des avancées de l'enquête pour qu'elle n'ait pas à le faire.

Et s'il avait pris la peine de lui livrer l'information lui-même, c'était parce qu'il savait qu'elle en serait bouleversée.

— Mais, c'était si prometteur…

— Je suis désolé. Ils n'ont rien. Pas de preuve. Pas de témoin. Pas la moindre bribe de quoi que ce soit.

La déception s'abattit sur elle comme une enclume.

— Que vont-ils faire maintenant ?

Il y avait bien quelque chose à faire.

— Il ne nous reste plus qu'à attendre que quelque chose de nouveau survienne.

C'était incroyablement injuste.

Sadie déposa ses lunettes sur la table et, détournant les yeux du sympathique regard gris de Steven, elle eut une pensée émue pour Bernie King.

Il ne méritait pas de mourir comme ça.

C'était le premier SDF qu'elle avait aidé, et il était devenu un ami proche.

De tous ses protégés, c'était celui qui avait bénéficié le plus longtemps de son programme de réinsertion, parce qu'elle voulait l'aider autant que possible, en lui donnant un endroit où vivre jusqu'à ce qu'il se soit remis sur pied.

Croisant une jambe au-dessus de l'autre, elle agita nerveusement le bout de sa botte de cuir fauve.

Comment pourrait-elle endurer une nouvelle tragédie qu'elle était impuissante à venger ?

Une serveuse s'approcha avec une carafe d'eau et le café de Steven.

Elle était trop nerveuse pour ingérer quoi que ce soit.

— C'est considéré comme une affaire non élucidée, mais la police ne renoncera pas, dit Steven.

Il but prudemment une gorgée de café brûlant.

— Nous devons être patients, c'est tout.

La patience n'était pas la principale qualité de Sadie, surtout lorsqu'une personne qui lui était proche avait été brutalement assassinée.

Il pouvait s'écouler des années avant qu'une nouvelle piste n'émerge.

Si toutefois on trouvait quelque chose...

— Je ne peux pas rester assise à me tourner les pouces, protesta-t-elle.

Il fallait qu'elle fasse quelque chose.

— L'endroit où le corps a été retrouvé devrait pourtant leur donner des indications, n'est-ce pas ?

On avait tiré sur Bernie, et son corps avait été déplacé à Warren Park, loin du centre-ville de San Francisco.

Au lieu d'intégrer le foyer qu'elle avait récemment fait construire, Bernie avait emménagé dans un appartement individuel, dans une résidence située non loin du Revive Center, et il était sur le point de démarrer une nouvelle vie. Il venait en effet de trouver un emploi, et projetait de s'acheter très vite une voiture, afin d'être plus autonome.

Sadie ne pouvait supporter qu'on lui ait tendu une embuscade, lui volant sa vie et ses rêves.

Tandis qu'elle était plongée dans ses réflexions, Steven sirotait son café sans un mot, et Sadie devinait les doutes qu'il avait sur la capacité de la police à trouver rapidement de nouvelles pistes.

C'était pour cela qu'il avait fait tout ce chemin jusqu'ici. Il voulait la rencontrer en personne pour lui apprendre la mauvaise nouvelle.

— Ce n'est pas parce qu'il était SDF que sa vie comptait moins, dit-elle à mi-voix, comme si elle se parlait à elle-même.

Tant de gens manquaient de compassion à l'égard des sans-abri, considérant qu'ils étaient des parasites.

Et pourtant, c'étaient des êtres humains, au même titre que les passants qui pressaient le pas et détournaient le regard quand il leur arrivait de les croiser.

À croire qu'il suffisait de ne pas voir quelque chose pour que ça n'existe tout simplement pas.

— Ne l'oubliez pas, Steven, dit-elle, d'un ton suppliant.

Avec un regard résigné, il posa sa tasse.

— Son affaire n'est pas traitée différemment parce qu'il était SDF, affirma-t-il. Simplement, comme l'assassin a parfaitement dissimulé les preuves, ça va demander un long et minutieux travail d'investigation pour le coincer.

Elle le savait.

L'assassin de Bernie n'avait rien laissé derrière lui, ni indice, ni empreinte. Et, si elle n'était pas tout à fait certaine que les autorités accordaient autant d'importance à son affaire que s'il avait été un membre éminent de la bonne société locale, elle devait reconnaître l'habileté de son assassin.

Mais, bon sang, pourquoi fallait-il que Bernie soit tué à la veille de remettre sa vie sur les rails ?

Cette injustice la révoltait.

— Bernie était comme un membre de ma famille, dit-elle.

Elle avait de l'affection pour chacun de ses protégés, mais Bernie était spécial. C'est lui qui lui avait donné l'idée d'ouvrir le foyer Revive Center.

Quand elle avait fait sa connaissance dans la rue, elle l'avait conduit à l'hôtel où elle résidait, ne sachant pas alors ce qu'elle allait faire.

Lui donner de l'argent, oui, mais il avait besoin de beaucoup plus que ça. Il avait besoin d'aide.

Et c'est ainsi que Revive Center était né.

Depuis, Bernie et elle étaient devenus très amis. Après une longue cure de désintoxication, il avait repris des études et trouvé un emploi.

Elle ne dirait pas qu'il était aussi heureux qu'il aurait pu l'être. Il souffrait encore de la perte tragique des êtres qui lui étaient chers, mais il était en bonne voie pour mener une vie agréable.

— Ce que vous faites est un exemple pour l'humanité, Sadie. Vous mettez tout votre cœur dans votre organisation.

Modeste, elle haussa les épaules.

— Si, je vous assure, insista Steven. Et vous-même, vous avez mis du temps à reconstruire votre propre vie. Finalement, on peut comprendre que vous soyez sensible à leur situation. Même avec tout votre argent, vous n'êtes pas très différente d'eux.

Elle rit malgré sa tristesse. Parfois, elle oubliait que Steven savait tout sur elle.

— Ne mettez pas en danger votre nouvelle vie en vous impliquant personnellement dans l'affaire de Bernie, dit-il. C'est mon travail.

— Il faut que je fasse quelque chose.

Elle ne pouvait pas rester à l'écart et laisser Steven faire tout le travail.

Surtout maintenant.

— Sadie...

L'intonation de Steven comportait un avertissement.

— N'essayez pas de m'en dissuader. C'est toujours ce que vous faites. Vous êtes trop prudent. Personne ne me reconnaîtra.

Une lueur sardonique dans le regard, il inclina la tête.

— Et la voiture ?

Il venait de la coincer.

— L'argent est la seule chose que j'aie en commun avec mon père, répliqua-t-elle d'un ton brusque. J'ai conservé la voiture afin de pouvoir la vendre si jamais j'ai besoin d'argent.

— Très bien. Laissez-la au garage.

Elle se sentait en sécurité ici. Personne ne la connaissait.

— Je ne la conduis pas très souvent, Steven. Je fais attention. Mais, si ça peut vous faire plaisir, je ne l'utiliserai plus tant que mon ex ne sera pas mort ou en prison.

Il était peu probable que ça se produise, étant donné qu'il avait réussi à échapper à la police, ainsi qu'à l'enquête secrète de Steven.

Enfin, tout espoir n'était pas perdu.

Compte tenu du genre d'activités qu'il pratiquait, il serait probablement tué par l'un de ses propres ennemis, avant que les forces de l'ordre ne l'attrapent.

Radouci par son obéissance, Steven lui sourit gentiment. Quelles que soient ses réticences, elle l'écoutait toujours, et finissait par se ranger à son avis.

— Vous appréciez d'avoir de l'argent pour des raisons très différentes de celles de votre père. Ne vous comparez pas à lui.

Steven avait toujours été très compatissant à l'égard de ses difficultés. Elle avait beaucoup de chance de l'avoir.

— Je dois dire, cependant, qu'il serait furieux de vous voir en chemise de flanelle.

Elle lui rendit son sourire de sympathie.

— J'ai passé des années à réprimer ma véritable personnalité pour lui faire plaisir.

Dans un souci d'apaisement, elle avait laissé son père la

façonner jusqu'à faire d'elle son clone — au grand dam de ses propres aspirations.

Elle baissa les yeux vers sa chemise de bûcheron à carreaux rouges et noirs.

— C'est ma façon de me rebeller.

Le regard de Steven se fit plus chaleureux.

— Ça vous va très bien.

— Tant mieux. Il m'a fallu une longue thérapie pour sortir de mes vieux schémas.

Son père voulait qu'elle s'habille en toutes occasions comme une femme d'affaires. Et pour les événements sociaux, rien de sexy n'était autorisé. Tenue ultra-conservatrice à toute heure du jour et de la nuit. Pas de lingerie, pas de jupe courte, pas de maquillage, et surtout pas de jean.

— Du coup, reprit-elle, en échappant à toutes ses interdictions, j'ai eu l'impression de sortir de prison.

— Qui fuyez-vous, exactement ? Votre ex ou votre père ?

— Les deux.

Son ex lui avait donné une raison, et non des moindres, de fuir, ce qui lui avait ouvert les yeux sur beaucoup de choses, et notamment le contrôle que son père exerçait sur elle.

— Eh bien, continuez à profiter de votre liberté. Ne vous mêlez pas de l'enquête, et laissez votre voiture au garage.

Il la regarda avec gravité.

— S'il vous plaît. Je sais que ça fait longtemps, et que vous vous sentez en sécurité ici, mais n'oubliez pas quel genre d'homme est votre ex.

Elle le dévisagea, incapable de le contredire.

Peut-être avait-elle été un peu imprudente en conduisant la voiture. Il fallait qu'elle fasse attention à ne pas risquer de perdre tout ce pour quoi elle avait travaillé si dur.

Depuis qu'elle avait échappé à son ex — et par ricochet à son père —, cinq ans s'étaient écoulés. Elle vivait cachée, et cela lui convenait très bien. Par ailleurs, Steven avait beaucoup plus d'expérience qu'elle.

— Très bien. Je n'interviendrai pas.

Steven était comme un frère pour elle. Il l'avait tellement aidée, de manière fidèle et constante. Elle pouvait compter sur lui quoi qu'il arrive.

Mais il devait comprendre qu'elle avait besoin d'agir, d'une façon ou d'une autre.

Elle le regarda, de manière à le lui faire comprendre sans rien dire.

Comme elle l'espérait, il lut aisément en elle.

— Oui, Sadie ?

— Je n'interviendrai pas, répéta-t-elle. Je serai prudente. Mais, j'ai pensé que je pourrais peut-être engager un détective privé.

À sa grande satisfaction, il ne rejeta pas sa suggestion.

Au contraire, un de ses sourcils se souleva légèrement, comme s'il aimait son idée.

— Bien pensé. Je vais contacter plusieurs agences et faire le tri.

— J'en ai déjà trouvé une.

Elle posa la main sur les feuillets agrafés qu'elle avait, à leur arrivée, posés à l'envers sur la table, et les fit glisser vers Steven.

— L'agence Dark Alley Investigations est spécialisée dans les affaires comme celle de Bernie.

Steven retourna le document, et lut l'impression papier de la page d'accueil du site web de l'agence.

Au bout de quelques secondes, il leva les yeux vers Sadie.

— Cela attirerait trop l'attention sur vous. Le type qui dirige cette agence est une célébrité internationale.

— Internationale ? Vous n'exagérez pas un peu, Steven ?

— Nationale, internationale... Peu importe. Il est de plus en plus connu. On pourrait vous prendre en photo avec lui. C'est trop dangereux.

— Ce sont les meilleurs. Ils résoudront rapidement l'affaire de Bernie.

Voyant que Steven n'était pas convaincu, Sadie comprit qu'elle devait le rassurer.

— Ils viennent d'engager un nouveau responsable de la sécurité, Jamie Knox. Il y a un paragraphe le concernant sur les documents que j'ai imprimés.

Steven ne fit pas un geste pour le lire.

— Je serai plus en sécurité avec eux que je ne le suis maintenant.

— Remettez-vous en question les compétences de l'équipe que je vous ai envoyée ?

— Non.

Elle secoua la tête.

— Pas du tout. Il ne faut pas raisonner de cette façon. C'est d'un meurtre que nous parlons. Ça va au-delà de la sécurité.

Elle le regarda digérer l'information et commencer à comprendre.

— On dirait que vous avez déjà pris votre décision, dit-il finalement.

Elle comprit alors que c'était le cas.

— Oui. Je n'en étais pas sûre avant, mais maintenant que vous m'avez appris le classement de l'enquête, c'est le cas.

— Si vous cherchez mon approbation, vous n'en avez pas besoin. Je fais confiance à votre instinct. Continuez à me tenir informé, et ne tenez pas mon équipe à distance. Ils communiquent avec moi. Je ne veux pas qu'il vous arrive quelque chose, Sadie.

Il était si gentil...

— Votre petite amie a beaucoup de chance.

— C'est moi qui ai de la chance. Mais, comment savez-vous que je vois quelqu'un ? Je viens juste de la rencontrer.

— Je l'ignorais.

Tout simplement, elle ne pensait pas qu'un homme tel que lui resterait longtemps célibataire.

Steven termina son café, et sortit son portefeuille.

— Je ferais bien d'y aller, si je ne veux pas rater mon avion.

— Non, non, c'est pour moi !

Sadie releva ses lunettes de soleil sur son crâne pour fouiller dans son sac, à la recherche de son portefeuille.

Steven protesta.

— Je peux me payer mon propre café.

Secouant la tête, il déposa un billet sur la table.

— Je plains l'homme qui tombera amoureux de vous.

Sadie n'en revint pas qu'il soit choqué par le fait qu'elle ait les moyens de payer.

Il devait plaisanter.

Se levant à son tour, elle déposa un baiser amical sur sa joue.

— Merci. Je sais que vous le pensiez comme un compliment.

Il posa la main sur le haut de son bras, et lui rendit son baiser.

— Vous êtes unique en votre genre, Sadie Moreno. Prenez bien soin de vous.

Il disait toujours cela. « Prenez bien soin de vous. »

Elle le regarda s'éloigner, en espérant qu'elle en serait capable.

Le lendemain matin, Sadie se gara devant l'agence Dark Alley Investigations.

L'immeuble en pierre de taille était ancien et plutôt élégant, mais somme toute banal. Elle ne savait pas exactement à quoi elle s'attendait, mais certainement pas à ça.

Peut-être quelque chose de plus grand, de plus haut… et qui ressemblerait davantage à une entreprise.

De l'extérieur, on ne pouvait pas deviner que des crimes odieux y étaient résolus. On aurait pu croire à une boutique de luxe.

Deux hommes sortaient de l'immeuble au moment où elle se garait. Ils s'arrêtèrent en voyant sa voiture. Elle en descendit, ses bottes à talons aiguilles la grandissant encore, et s'avança vers le trottoir.

Elle avait délaissé sa chemise en flanelle pour ce rendez-vous. Sa discussion avec Steven l'avait peut-être incitée à s'habiller d'une façon qui aurait fait grincer les dents à son père.

Sexy.

Son père n'aurait pas employé ce terme, mais Sadie savait qu'elle ne s'habillait pas de façon inappropriée.

Le grand type aux airs de Viking l'observait sans ciller, faisant naître au creux de son ventre un pincement inattendu.

Apparemment, il aimait ce qu'il voyait.

Cela faisait longtemps qu'un homme ne lui avait pas inspiré ce genre de réaction… Et d'un seul regard.

Elle se trouva obligée de le détailler à son tour, charmée

par sa beauté nordique. Ses épais cheveux blonds ondulaient légèrement, et son regard bleu étincelait.

Son regard se porta rapidement sur l'autre homme, dont les lunettes de soleil et le costume noir auraient pu le faire passer pour un acteur de *Men in Black*.

Tous les détectives de Dark Alley Investigations ressemblaient-ils à cela ?

Pas de doute, elle avait fait le bon choix avec cette agence.

Avant de se laisser emporter trop loin par son enthousiasme, elle observa son environnement, comme elle le faisait toujours dans les lieux publics.

Elle ne vit rien d'inhabituel.

Quelques passants déambulaient sur le trottoir, sans lui prêter attention. Un homme jeta un regard appuyé à sa voiture, avant de passer son chemin. Quelques véhicules circulaient dans la rue.

Elle contournait l'avant de sa voiture, quand elle remarqua une voiture qui ralentissait. Le conducteur et le passager la regardaient tous les deux.

Une alarme résonna au fond de sa tête.

L'avaient-ils reconnue ?

Elle hésita. Devait-elle monter dans sa voiture ?

Elle chercha un endroit où se mettre à l'abri.

Il n'y avait que l'immeuble de Dark Alley Investigations.

Elle commençait à se tourner quand elle vit le passager de la berline noire braquer un pistolet sur elle.

Elle cria et tenta de plonger à terre, mais l'homme tira et la balle la frappa de plein fouet.

L'impact la fit basculer. Elle heurta violemment le sol, vaguement consciente que le Viking se précipitait vers elle, tandis que l'homme en noir tirait sur la voiture en fuite.

Puis, tout devint noir.

1

Assis dans un inconfortable fauteuil d'hôpital, les jambes étirées devant lui, les coudes sur les accoudoirs et les doigts joints en tipi, Jasper Roesch regardait dormir Sadie Moreno.

Survivant miraculeusement à sa blessure par balle, qui avait manqué de peu le cœur, cette dernière avait subi douze heures de chirurgie, et passé une journée dans l'unité de soins intensifs, avant d'être transférée dans une chambre.

La grande et mince jeune femme au look hispanique avait de longs cheveux d'un noir de jais et des ongles manucurés en rouge. Ses lèvres à la Angelina Jolie étaient pâles, et des ombres brunes cernaient le dessous de ses yeux.

Mais les signes de son rendez-vous manqué avec la mort ne parvenaient pas à altérer sa beauté.

Trois coups frappés à la porte arrachèrent Jasper à sa contemplation, et lui firent tourner la tête.

Un homme tiré à quatre épingles entra.

— Vous êtes Jasper Roesch ?

Jasper se leva et soutint le regard gris acier de l'inconnu.

— C'est bien moi. Et vous êtes ?...

— Steven Truscott.

Il s'avança.

— Le responsable de la sécurité de Sadie.

Après avoir échangé une brève poignée de main avec Jasper, l'homme tourna la tête vers Sadie.

— Elle voulait engager l'un de vous.

— Je me doutais bien qu'elle avait une raison de venir chez Dark Alley Investigations.

Et cette raison lui avait valu d'être prise pour cible.

— Comment avez-vous appris qu'elle était ici ?

— Votre patron a fait appeler chez elle, et la gouvernante m'a prévenu. J'ai aussitôt appelé Kadin Tandy, qui m'a dit que vous resteriez au chevet de Sadie en attendant mon arrivée. Malheureusement, je ne peux pas être auprès d'elle en permanence.

— Où étiez-vous ?

— Sadie dirige une organisation pour les sans-abri. Elle a trois foyers, un à New York, un à Dallas, et le siège à San Francisco. Je travaille de façon intermittente au siège.

— Son adresse est dans le Wyoming.

— Elle travaille à distance.

Jasper le faisait également de temps à autre. Beaucoup de gens aujourd'hui travaillaient depuis leur domicile. Pourtant, il avait l'impression que quelque chose clochait...

Sadie travaillait chez elle, mais la seule personne qui venait la voir à l'hôpital était son responsable de la sécurité, qui lui aussi travaillait à distance.

— Elle aime la solitude et l'isolement, ajouta Steven, comme s'il ressentait le besoin de fournir une excuse.

Jasper l'aurait questionné davantage si l'homme n'avait pas tourné un regard inquiet vers Sadie.

— Je redoutais que quelque chose de ce genre n'arrive. Elle n'a pas arrêté de harceler les policiers chargés de l'enquête sur le meurtre de Bernie, pour qu'ils retrouvent le coupable. Mais une femme comme elle ne passe pas inaperçue.

— Y a-t-il une raison pour laquelle elle devrait rester en dehors de l'enquête ? Doit-elle éviter d'être vue en public ?

Jasper n'avait pas entendu parler de Sadie. Elle ne devait donc pas être célèbre au point que ça représente une menace pour elle.

— Comme je l'ai dit, elle aime la solitude et l'isolement.

Plus Jasper parlait avec cet homme, plus il devenait suspicieux.

Il avait questionné des quantités de criminels, dont la plupart étaient des experts en mensonges. Steven n'était pas un expert, du moins pas quand il était question de Sadie. Le fait qu'elle ait été blessée devait lui avoir fait baisser sa garde.

— Sa famille a-t-elle été prévenue ?

— Je suis la personne la plus proche d'elle. Son père est décédé depuis plusieurs années. Elle était sa seule héritière.

Steven lui jeta un coup d'œil, comme s'il divulguait un ragot.

— Des actions dans une compagnie pétrolière.

Donc, Sadie avait hérité de sa fortune, mais elle se cachait du reste du monde au fin fond du Wyoming. Pourquoi ?

— Et Bernie King ? Qui était-il pour elle ?

Pour que Sadie décide de confier à Dark Alley Investigations l'enquête sur l'assassinat d'un de ses protégés, cela signifiait qu'il comptait beaucoup pour elle.

— Bernie était un ami très cher.

Un mouvement sur le lit d'hôpital détourna l'attention de Jasper. Sadie commençait à ouvrir les yeux.

Il se leva, tandis que Steven se précipitait de l'autre côté du lit.

— Steven ?

— Oui, Sadie, je suis là.

Steven lui prit la main, tandis qu'elle esquissait un sourire ensommeillé.

— Je pensais que vous étiez retourné chez vous.

— En effet, mais quelqu'un de Dark Alley Investigations m'a appelé pour m'expliquer ce qui s'était passé.

Steven se trouvait là récemment ?

Jasper se demanda si c'était comme ça que les tireurs avaient trouvé Sadie. Il avait remarqué qu'elle n'avait pas d'accent. Elle paraissait hispanique, mais devait avoir été élevée aux États-Unis. Il n'avait pas encore eu le temps de se renseigner sur elle.

Sadie fronça les sourcils. Sa mémoire devait lui jouer des tours après le traumatisme qu'elle avait subi.

Elle tourna lentement la tête, et des yeux couleur chocolat, frangés d'épais cils noirs, se posèrent sur lui. Il fut frappé par leur beauté, et ne parvint pas à s'en détacher.

Elle l'observa longuement, la confusion faisant place au souvenir, puis à une observation purement personnelle.

Apparemment, elle n'était pas insensible à son charme...

— C'est Jasper Roesch, dit Steven. Le fondateur de Dark Alley Investigations lui a confié le dossier de Bernie.

— Oh...

Elle l'observa un peu plus longuement, avant de froncer à nouveau les sourcils.

— Qu'est-ce que je fais ici ? demanda-t-elle, en regardant autour d'elle.

— On vous a tiré dessus devant l'agence, répondit Jasper.

Elle fixa le plafond, puis il sembla que les pièces du puzzle s'emboîtaient dans sa tête.

— Je me rappelle le trajet jusqu'à l'agence, le moment où je suis sortie de ma voiture... Et après, c'est le trou noir.

— Quelqu'un est passé au volant d'une voiture volée, et vous a tiré dessus.

La voiture avait été retrouvée en dehors de la ville, et Kadin avait interrogé le service des immatriculations.

— Ils étaient deux, le conducteur et un passager, et portaient des casquettes et des lunettes de soleil.

— Elle venait vous voir pour le meurtre de Bernie King, dit Steven. C'était un sans-abri du Revive Center. La police n'a aucune piste.

Jasper hocha la tête.

— J'ai pris rendez-vous avec l'inspecteur chargé de l'enquête. Il me donnera tous les détails.

— Je vous ai vu devant l'agence, dit Sadie à Jasper.

— Oui. Je vous ai vue aussi. Vous étiez un peu difficile à manquer.

Il marqua un silence gêné, se demandant s'il en avait trop révélé sur l'effet qu'elle avait eu sur lui.

Revenant à des préoccupations plus immédiates, il reprit :

— Le médecin nous a dit que vous pourriez sortir à la fin de la semaine, mais il va vous falloir du temps pour vous remettre. J'ai prévu une escorte pour vous raccompagner chez vous.

— Je n'ai pas besoin d'un service de sécurité. J'ai le mien, et il est très performant.

Elle adressa à Steven un doux sourire fatigué qui révéla combien elle appréciait cet homme et lui faisait confiance.

Jasper commençait à se poser des questions.

Sadie avait sa propre sécurité, travaillait à distance, et Steven prétendait qu'elle aimait la solitude, chose qu'il ne croyait pas vraiment.

Que cachaient-ils, tous les deux ?

— Ce que je vous propose, dit-il, sans s'en laisser conter, c'est de faire le tour de votre propriété et d'évaluer ce dont vous disposez exactement. Si je juge que c'est suffisant, vous n'entendrez plus parler de moi.

Peu lui importait d'où venait la sécurité du moment qu'elle était suffisante. Si celle de Sadie correspondait aux normes établies par Dark Alley Investigations, tant mieux. Et ça permettrait à l'agence de se consacrer à d'autres affaires.

— Comme vous voudrez, dit Sadie d'un ton las.

Tandis que sa tête roulait sur le côté, Steven posa une main rassurante sur son bras.

— Moi qui pensais être en sécurité, gémit-elle.

— Chut, dit Steven. Reposez-vous.

Jasper se retint de demander pourquoi elle était supposée être en sécurité, mais l'envie d'interroger Sadie le démangeait.

— Nous discuterons de l'affaire en détail quand j'aurai eu la possibilité de consulter le dossier, dit-il.

— J'espère que vous aurez plus de chance que la police de San Francisco, dit Sadie, amère.

— Si je ne comptais que sur la chance, je ne travaillerais pas pour Dark Alley Investigations, rétorqua Jasper.

Elle posa sur lui son regard fatigué, et il sentit qu'elle appréciait ce qu'elle voyait.

— Cela fait plaisir à entendre, monsieur Roesch. Il est très déstabilisant pour moi de penser que le meurtre de Bernie puisse ne pas être résolu. Il m'était tellement cher.

Sadie fit une pause, et sembla se plonger dans des pensées liées au défunt.

Était-elle aussi proche de tous les sans-abri dont elle s'occupait, ou certains seulement sortaient-ils du lot ?

— Qui savait que vous aviez l'intention de faire appel à nos services ?

— Uniquement Steven. C'est lui qui s'entretient avec la police de San Francisco, et il vient régulièrement m'en rendre compte.

— Avez-vous parlé du meurtre à quelqu'un d'autre ? Des amis ? De la famille ?

Elle fixa le plafond, pensive, avant de croiser à nouveau son regard.

— J'en ai discuté avec mes amis de l'University Club, et avec mon personnel de maison.

— L'University Club ? Qu'est-ce que c'est ?

— Un club réservé aux femmes, expliqua Steven. Il se trouve à Londres, et Sadie s'y rend une fois par mois.

— Vous n'auriez pas pu trouver plus proche de chez vous ?

— Je vis près de Jackson Hole, dans le Wyoming. C'est un endroit très isolé, où il n'est pas facile de créer des liens. Je vais au golf, mais je ne suis amie avec personne là-bas. Je suis aussi membre d'un club social en ligne, et j'ai peut-être un peu bavardé avec certains membres.

— Quel genre de club ?

Sadie parut gênée.

— De rencontres.

— Avez-vous fait la connaissance d'un homme ?

Elle hocha la tête.

— Cette personne aurait-elle une raison de vous empêcher de poursuivre l'enquête sur le meurtre de Bernie ?

— Non. Je ne l'ai même pas encore rencontré.

— Aurait-il une autre raison de s'en prendre à vous ?

Elle secoua la tête en silence.

— Et qu'en est-il des événements, des rendez-vous… Des choses comme ça ?

— J'assiste à tous les événements organisés par mes donateurs. Ça me prend beaucoup de temps.

— À votre avis quelqu'un mériterait-il d'être examiné de près ?

Elle y réfléchit quelques instants.

— Je ne sais pas. Je ne crois pas.

— Nous vérifierons cela plus tard. Pour le moment, vous devriez vous reposer. Vous avez un long chemin devant vous avant la guérison. Nous irons chez vous dès que vous serez autorisée à sortir.

Elle fronça légèrement les sourcils.

— Nous ?

— Il me faudra une chambre près de la vôtre.

— Qu'est-ce que... Que dites-vous ? Vous avez l'intention de vous installer à la maison avec moi ?

— Quelqu'un a failli vous tuer, mademoiselle Moreno. Les communications à distance ne vont pas fonctionner dans ce cas précis.

Sadie vivait dans la région de Teton, et bénéficiait d'une vue exceptionnelle sur la chaîne montagneuse granitique appartenant à l'ensemble des Rocheuses.

Entourée d'un haut mur de défense, et protégée par une imposante grille en fer forgé, la bâtisse en pierre grise flanquée de deux tourelles avait des allures de château perdu au fin fond de la campagne anglaise.

Au volant de la Ferrari de Sadie, Jasper passa le poste de contrôle et s'engagea dans une longue allée gravillonnée, ombrée de chênes et encadrée d'une immense étendue de gazon entretenu comme celui d'un golf.

Tandis qu'il s'arrêtait, encore émerveillé par le ronronnement du moteur de la puissante voiture de sport, il entendit Sadie bouger et s'étirer sur le siège à côté de lui.

Elle était encore aussi faible qu'un chaton, et il était évident que le voyage l'avait épuisée.

Il s'extirpa du siège bas et profond et fit le tour pour ouvrir la portière de Sadie, qui accepta volontiers son aide.

Tandis qu'ils approchaient des doubles portes, l'une d'elles s'ouvrit, et un homme s'avança sur le perron. De taille moyenne, ses cheveux bruns gominés en arrière, le regard sans expression, un sourire de façade aux lèvres, il avait des allures de maître d'hôtel.

— Bienvenue, monsieur Roesch, dit-il. Je suis le responsable du domaine.

Ce qu'il y avait de bien, songea Jasper, c'est que les présentations n'étaient pas nécessaires.

Il entra à la suite de l'homme dans un hall dallé de marbre blanc à cabochons noirs, et découvrit bientôt une vaste pièce à vivre dotée d'un impressionnant plafond cathédrale. Un grand canapé d'angle en lin ivoire et du mobilier en chêne cérusé rehaussaient l'impression de clarté de la pièce.

— Quel genre de sécurité électronique y a-t-il ici ? demanda Jasper, tandis qu'il suivait Finley dans un escalier de pierre en colimaçon digne d'un château de conte de fées.

— La propriété est entourée d'un mur de trois mètres surmonté de barbelés, et équipé de caméras et de détecteurs de mouvements. Comme vous avez pu le voir, il y a un gardien à la grille, mais d'autres vigiles patrouillent à travers le domaine. Ils résident dans une des maisons d'amis, où a été installée une salle de contrôle.

Impressionnant, songea Jasper. Mais pourquoi de telles précautions ?

— Il n'est pas question que vous apportiez des changements, dit Sadie, dans son dos.

— Ce n'est pas mon intention.

Bien au contraire.

— Je ne veux pas d'une sécurité intrusive. C'est ma maison. Mon sanctuaire. C'est déjà bien assez d'avoir le sentiment d'être en prison derrière ce mur d'enceinte.

Ne trouvait-elle pas que sa sécurité était déjà très intrusive ?

— C'est noté, se contenta-t-il de dire, n'ayant pas l'intention de révéler ses pensées pour le moment.

Empruntant l'escalier qui menait à la mezzanine, décorée d'une console que surplombait un grand miroir ancien, il s'arrêta un instant pour contempler la vue sur la pièce à vivre.

Puis il franchit, à la suite de Finley, un passage voûté desservant un couloir en pierres apparentes, qu'éclairaient des appliques rappelant d'anciennes lanternes.

Au passage, il aperçut une bibliothèque lambrissée d'acajou, dont le plafond à caissons s'ornait de motifs polychromes.

Filtrant à travers les lourdes tentures de velours rouge, un soleil rasant de fin d'après-midi allumait des reflets mordorés sur les reliures en cuir des livres, et sur le tapis persan aux teintes fanées qui recouvrait le parquet devant la cheminée.

— Vous rêviez de châteaux et de princesses quand vous étiez enfant ? demanda Jasper, impressionné malgré lui.

— C'est le cas de toutes les petites filles, non ?

Toujours précédé de Finley, Jasper entra dans une chambre au bout du couloir.

Il nota d'abord les couleurs rose, vert amande et ivoire. Puis les détails lui apparurent : un lit à baldaquin, imposant et majestueux, trônait au milieu de la pièce. Des meubles en marqueterie, garnis de bibelots ou de bouquets de fleurs, deux fauteuils anciens recouverts de brocart, ainsi que quelques tableaux et gravures, apportaient une note d'élégance et de luxe à la pièce. Disposée devant la porte-fenêtre à petits carreaux, qui ouvrait sur une terrasse à balustres de pierre, une méridienne, drapée d'un châle ancien à motifs cachemire et garnie de coussins, invitait à la détente.

Sans tarder, Finley écarta le couvre-lit et aida Sadie à s'étendre. Elle soupira, ses yeux papillotèrent, et le sommeil l'emporta.

Reportant son attention sur Jasper, le majordome dit à voix basse :

— Votre chambre se trouve juste en face, de l'autre côté du couloir. Le cuisinier a préparé le dîner. Où voulez-vous le prendre ?

— Ici.

— Pardon ?

— La sécurité de Sadie est ma priorité. Jamais elle n'a été aussi vulnérable qu'en ce moment, et je ne veux prendre aucun risque. D'ailleurs, le mieux serait que vous installiez un lit de camp ici même.

— Bien, monsieur.

— Je me demandais une chose, dit soudain Jasper, tandis que le majordome se dirigeait vers la porte. Où vous a-t-elle trouvé ?

— J'ai dû suivre une formation pour apprendre à diriger une propriété telle que celle-ci, répondit Finley. Le cuisinier aussi a été envoyé dans une école de cuisine.

— Vous n'avez pas répondu à ma question.

— Non, monsieur. C'est exact. Je laisse le soin à mademoiselle de vous le dire.

— Pourquoi une telle débauche de sécurité ?

— C'est un endroit isolé.

— Combien de vigiles ?

— Huit.

Huit personnes pour une résidence privée ?

— Je voudrais parler au responsable des vigiles.

— Bien sûr. Il s'agit de Dwight Mitchel. C'est un ancien des Forces Spéciales.

De plus en plus intrigant, songea Jasper, en se promettant de percer au plus tôt le secret de Sadie.

Après quelques heures d'un sommeil agité, Sadie se réveilla brusquement et tenta de s'asseoir dans son lit.

Ses gémissements de douleur réveillèrent Jasper, qui se précipita à son chevet.

Il l'aida à se caler contre ses nombreux oreillers, et lui tendit un verre d'eau et deux comprimés d'antalgique.

Après les avoir avalés, Sadie garda un moment les yeux fermés, avant de ciller et de croiser le regard de Jasper.

— Que faites-vous ici ?

— Je veille sur vous.

Au début, une lueur de satisfaction passa dans ses prunelles. Puis elle vit le lit de camp, et ses yeux s'écarquillèrent.

— Qu'est-ce que c'est que ça ?

— J'ai demandé à Finley de l'installer ici. Je vais vous veiller jusqu'à ce que vous ayez retrouvé votre autonomie.

— Ce n'est pas nécessaire. En fait, je trouve cela tout à fait déplacé.

— Je comprends, mais je vous assure que ma seule motivation est d'assurer votre sécurité.

Et aussi de percer son secret, qui ne se limitait pas au meurtre de Bernie King.

— Il y a plein d'autres chambres. Vous n'avez qu'à en choisir une.

— Je le ferai quand vous serez en meilleure forme et moins vulnérable.

— Vous êtes toujours aussi dirigiste ?

— Oui. J'ai la réputation de résoudre les affaires plus vite que les autres. Et personne n'a jamais été blessé sous ma surveillance.

— Vous avez déjà fait ça ?

— Très souvent.

— Qui êtes-vous ? Un détective, ou un garde du corps ?

— J'ai été inspecteur de police, avant de rejoindre Dark Alley Investigations. Je m'installais souvent chez les familles de victimes, jusqu'à ce que j'aie attrapé l'assassin.

Sadie l'étudia avec curiosité.

— Ça semble peu conventionnel.

— En effet. C'est pour cela que j'adore travailler avec Kadin Tandy.

Ses questions paraissant satisfaites, Sadie lissa le drap d'un geste machinal.

Apercevant soudain les manches de sa chemise de nuit, elle se figea.

— Qui m'a mis ça ?

— Votre femme de chambre s'en est occupée. J'ai attendu dans le couloir. Elle a dit que vous vous étiez à peine réveillée.

Laissant passer un silence, il changea de sujet.

— Vous sentez-vous assez de force pour parler ?

— Bien sûr ! À propos de quoi ?

Jasper se laissa tomber dans le fauteuil placé à proximité du lit.

— Et si nous commencions par Bernie ? Qui était-il pour vous ?

Elle roula la tête et observa le plafond, visiblement bouleversée.

— C'est lui qui m'a inspiré la création du Revive Center. Je l'ai rencontré lors d'un voyage à San Francisco. Il faisait la manche devant un institut de beauté. Un policier essayait de le déloger, et je suis intervenue. Je ne sais pas ce qui m'a fait agir ainsi, mais je l'ai amené à mon hôtel et je lui ai fait servir un repas.

— Cela aurait pu être dangereux.

— C'est ce que je me suis dit après coup. Mais, c'était plus fort que moi. Il fallait que je le fasse.

Elle haussa les épaules.

— Quoi qu'il en soit, il m'a alors raconté son histoire. Il avait perdu sa femme d'un cancer quelques mois auparavant, puis sa fille s'était suicidée, le laissant seul face à une crise qu'il n'avait pas eu la force d'affronter.

Jasper la laissa se plonger un moment dans ses pensées, conscient qu'elle venait de lui laisser entrapercevoir la personne qu'elle était vraiment, et non celle qui se cachait dans le Wyoming.

— Durant ce voyage, je cherchais un endroit pour y démarrer une activité, reprit-elle. Je n'avais pas encore décidé ce que je voulais faire. Je savais seulement que je voulais m'impliquer dans le caritatif : un refuge animalier, un dispensaire médical... Je n'avais jamais pensé aux sans-abri avant ma rencontre avec Bernie.

— Il est resté avec vous le temps que le centre démarre ?

— Je l'ai d'abord envoyé en cure de désintoxication. Il fallait qu'il arrête de boire. Ensuite, je l'ai installé dans un appartement. Il avait besoin d'un suivi psychologique, à cause de ses deuils. Ça a duré plusieurs mois. Entre-temps, le foyer a ouvert, mais je l'ai maintenu dans son appartement. Je le voyais une fois par semaine pour vérifier ses progrès, ce qui nous a permis de bien nous connaître.

À nouveau, elle parut se plonger dans ses pensées, mais Jasper ne lui laissa pas le temps de revivre ses souvenirs.

— Pourquoi vous êtes-vous installée dans le Wyoming ?

— Je ne voulais pas mener la même vie que mon père.

— Quel genre de vie ?

— Riche, répondit-elle, en détournant le regard.

— Pourquoi une telle débauche de sécurité ici ?

— J'aime me sentir protégée.

— Verrouiller votre porte ne suffit pas ?

Au lieu de répondre, elle changea de sujet.

— Comment avez-vous prévu d'enquêter ? Par quoi pensez-vous commencer ?

Très bien. C'était donc tout ce qu'il obtiendrait d'elle pour le moment.

— J'ai laissé un message à l'inspecteur chargé de l'enquête, et j'attends qu'il me rappelle. Je lui demanderai une copie du dossier, et je m'attellerai d'abord à l'étudier.

Elle hocha la tête et ferma les yeux, les antidouleurs faisant apparemment leur effet.

Jasper se leva.

— Je vais vous laisser vous reposer. Je ne serai pas loin.

Il déposa sur la table un petit appareil pourvu d'un bouton vert.

— Appuyez dessus, et je serai là dans l'instant.

— Qu'est-ce que c'est ?

— Un pager.

Il lui indiqua un appareil identique fixé à sa ceinture.

— Ce n'est pas un peu exagéré ?

— Pas quand il s'agit de votre sécurité.

Sur ces mots, il la laissa, espérant obtenir plus d'informations de la part de son officier de sécurité.

Dwight Mitchel attendait Jasper dans le bureau, une pièce meublée de façon plus moderne, mais indéniablement teintée d'un esprit anglais.

Le responsable de l'équipe de vigiles portait un jean et un polo tous deux noirs, des bottes de combat, et une arme glissée dans un holster d'épaule. Il se tenait près d'un chariot garni de boissons, et se versait un verre d'eau pétillante.

Jasper s'avança vers lui et lui serra la main.

— Nous avons tous entendu parler de vous, dit Dwight, sans sourire.

— Je ne suis pas surpris.

— En quoi puis-je vous aider ?

Ce n'était pas une question cordiale.

Voyant au-delà de l'impassibilité de l'homme, Jasper devina son manque de confiance.

— J'aimerais que vous m'expliquiez vos procédures. Les rôles et responsabilités de chacun.

— Vous n'avez pas à vous inquiéter, monsieur Roesch. La sécurité de Sadie est parfaitement assurée.

— J'ai besoin de me familiariser avec vos protocoles, de façon à savoir ce que chacun fera en cas d'urgence, c'est tout. Je n'ai aucun problème avec la sécurité mise en place. En fait, je la trouve un peu excessive.

L'ancien militaire ne broncha pas.

— Nous faisons régulièrement des patrouilles autour du périmètre de la propriété. Je peux vous donner une copie des horaires. Il y a en permanence un garde à la grille, et deux vigiles dans le poste de contrôle. Nous communiquons par radio.

Il tapota son oreille, d'où un fil beige en accordéon disparaissait dans le col de son polo.

— Il y a aussi des caméras à l'extérieur de la propriété, et dans la maison.

— Si jamais il se produit quelque chose, j'aimerais en être informé. Peut-être pourriez-vous me procurer une oreillette.

Dwight le toisa.

— Je croyais que vous étiez détective, et que votre rôle consistait à résoudre le meurtre de Bernie.

— C'est exact. Mais, depuis l'atteinte à la vie de Sadie, mes responsabilités se sont élargies. Chez Dark Alley Investigations, nous prenons la sécurité de nos clients très au sérieux.

— C'est bon à savoir, monsieur Roesch, mais nous nous occupons très bien de sa sécurité. Tant que mademoiselle est dans cette maison, c'est mon travail de la protéger, et je prends cela très au sérieux.

Jasper ne doutait pas que Sadie fût entre de bonnes mains, mais le manque de confiance pouvait poser problème.

Qu'y avait-il chez Sadie qui inspirait tant de loyauté ? Tout le monde l'appelait « mademoiselle », et tout le monde se montrait férocement protecteur.

En particulier à l'égard de son passé.

Pour quelle raison ?

Il aurait dû être soulagé de ne pas avoir à s'inquiéter de la sécurité de Sadie. Il était là pour résoudre une affaire complexe, pas pour satisfaire sa curiosité au sujet d'une femme. Une femme belle et mystérieuse qui sortait de l'ordinaire.

Raison de plus pour garder ses distances.

2

Deux semaines plus tard, Sadie était prête à reprendre le cours normal de sa vie, sans toutefois faire trop d'efforts.

Désireuse de profiter de la piscine intérieure, elle avait revêtu son maillot de bain avec l'aide de la femme de chambre que Finley avait recrutée.

Il anticipait toujours les choses de cette façon, et elle appréciait beaucoup son esprit d'initiative.

Finley avait été l'un de ses cas les plus sensibles. Il avait rejoint le programme quand le Revive Center était encore en construction, et elle l'avait accueilli dans la maison qu'elle louait à côté.

Il vivait une vie normale, jusqu'à ce qu'il perde son travail et ne parvienne pas à en retrouver. La banque l'avait expulsé de sa maison, et il s'était retrouvé à la rue.

Elle l'avait aidé à se remettre sur pied et, plutôt que d'accepter l'emploi qu'elle avait réussi à lui trouver, il avait proposé d'entrer à son service. Elle l'avait donc envoyé dans une école de majordomes, avant de lui confier la gestion de sa maison dans le Wyoming.

Jamais il ne lui avait donné la moindre raison de le regretter et, aujourd'hui, il était comme un frère pour elle. Elle avait en lui la même confiance qu'elle portait à Dwight, qui était avec elle depuis plus longtemps.

L'histoire de Dwight n'était pas simple non plus. Son divorce lui avait fait vivre l'enfer, son ex-femme s'étant débrouillée pour le spolier.

Grâce à l'avocat qu'elle avait engagé, Dwight avait pu se tirer rapidement d'affaire.

Aux dernières nouvelles, son ex avait trouvé une nouvelle victime à plumer.

En fait, elle s'était entourée de personnes formidables qui n'avaient besoin que d'une seconde chance. Chacun avait un parcours différent, mais ils étaient tous très proches et se souciaient sincèrement les uns des autres.

Sadie descendit les marches du bassin de nage.

Une immense baie vitrée offrant une vue imprenable sur la chaîne montagneuse qui desservait un patio. Elle l'utilisait rarement, le réservant pour les barbecues qu'elle partageait avec son personnel.

Dès qu'elle fut dans l'eau et essaya de nager, une vive douleur la cloua sur place. Elle faillit boire la tasse avant de reprendre pied.

— Finley m'a dit que je vous trouverais là.

Elle se tourna dans l'eau et vit Jasper descendre dans la piscine en maillot de bain.

Les yeux ébahis, elle ne put s'empêcher d'admirer les pectoraux saillants, l'estomac aux reliefs sculptés, les cuisses musclées…

Elle n'avait pas beaucoup vu le détective tandis qu'elle récupérait, passant le plus clair de son temps à se reposer dans sa chambre, ou dans la bibliothèque.

De son côté, Jasper était entré en contact avec l'inspecteur chargé de l'enquête sur la mort de Bernie, et s'était plongé dans le dossier. Pour le moment, il n'avait rien trouvé, mais il avait posé des questions et cherché dans des directions auxquelles personne n'avait pensé.

Quelque chose finirait par en sortir, elle y croyait dur comme fer.

— Vous êtes sûre qu'il n'est pas trop tôt pour commencer la rééducation ? s'étonna Jasper.

— Le médecin a dit que je devais faire de l'exercice le plus rapidement possible.

— Dans ce cas, laissez-moi vous aider. Vous pourriez commencer par flotter sur le dos, et détendre vos muscles pendant que je vous soutiens.

— Pourquoi pas.

Elle se laissa aller en arrière dans les bras de Jasper, rassurée par le soutien qu'il lui apportait. Son bras gauche était encore raide et douloureux, et elle ne pouvait pas le bouger très vite. Elle passa son autre bras autour de la taille de Jasper.

— Ça va prendre un peu de temps, dit-elle, avec une petite moue d'excuse.

— Il vous faudra sûrement des mois avant de retrouver toutes vos capacités. Mais nous avancerons pas à pas.

Elle remarqua la façon dont il avait dit « nous », mais se demanda s'il avait bien compris qu'il avait parlé de mois.

Avait-il l'intention de rester auprès d'elle aussi longtemps ?

Elle ne fit pas de commentaire et se laissa flotter un moment entre ses bras.

— Les membres de votre personnel ont tous des personnalités intéressantes, finit-il par remarquer.

Se contentait-il de faire la conversation ? Ou bien, allait-il à la pêche aux informations ?

— Je suis très attachée à chacun d'eux.

— Votre famille doit les envier.

— Je n'ai pas de famille. Steven ne vous l'a pas dit à l'hôpital ?

— Je sais que votre père est décédé. Mais qu'en est-il de votre mère ?

Sadie avait toujours des bouffées d'angoisse quand les gens l'interrogeaient sur son passé. Elle devait faire très attention à ce qu'elle disait.

— Ma mère est morte à ma naissance, répondit-elle, en veillant à ne communiquer aucune émotion à sa voix.

— Pas d'autres parents proches ?

— Non. Personne.

— Ils vous manquent ?

Trouvant la question étrange, elle tourna les yeux vers lui et essaya de deviner s'il avait une idée derrière la tête. Mais l'expression de Jasper était indéchiffrable.

— Non.

Au moins, elle pouvait répondre honnêtement à cette question.

— Mon père n'était pas un homme facile à contenter.

— Beaucoup de pères sont ainsi. Ils veulent ce qu'il y a de mieux pour leurs enfants. Ils veulent qu'ils réussissent et parfois ça implique qu'ils les poussent à dépasser leurs limites.

— Dans ce cas, je suis la gosse de riches typique, pour ce qui est des attentes de mon père. Il me donnait tout ce que je voulais, du moment que je suivais ses règles. J'ai grandi dans une grande maison, et j'avais beaucoup de jouets. Dès mon entrée au lycée, il avait décidé que je prendrais sa suite. Il a planifié mon chemin professionnel, décidé de mes études...

Elle soupira.

— Rien de ce que je faisais n'était mon choix. Les seules personnes qu'il respectait étaient celles qui se tuaient au travail. Quarante heures par semaine, ce n'était pas assez pour lui. Et si vous ne travailliez pas en plus chez vous, vous étiez très mal vu.

— Le portrait que vous en dressez n'est pas flatteur.

— Sans doute, mais il est conforme à la réalité. Mon père se moquait éperdument de la famille. Seul l'argent comptait. Et, si ceux qui travaillaient pour lui n'avaient pas la même vision des choses, ils ne faisaient pas long feu.

Elle eut une petite moue désabusée.

— C'était quelqu'un de terriblement égoïste.

— Vous avez l'air de lui en vouloir.

— Pas vraiment. Je regrette qu'il ait dicté ma vie, mais je n'ai pas de rancœur contre lui. Parfois, il m'arrive d'être triste en pensant à lui mais, la plupart du temps, je...

Elle se ressaisit avant de dire quelque chose qui aurait pu la trahir.

— Je suis contente qu'il ne soit plus là.

Contre toute attente, Jasper ne parut pas choqué.

— Ainsi que beaucoup de ceux qui travaillaient pour lui, je suppose.

Flottant sur l'eau, elle lui sourit, moulinant lentement d'un bras.

— J'ai hérité de son argent. Je suppose que je peux au moins l'apprécier pour ça.

— Vous faites beaucoup de bien avec.

— Je fais aussi beaucoup de choses frivoles.

— Où avez-vous grandi ?

— San Francisco.

— C'est là qu'était la compagnie de votre père ?

Elle n'avait pas envie de répondre à cela. Après quelques secondes, elle le fit pourtant, à contrecœur.

— Oui.

Il laissa passer un silence, avant de changer de sujet :

— Pourquoi vous souciez-vous autant des sans-abri ?

— J'avais besoin de faire quelque chose de mon temps, et je voulais m'occuper d'une association. Bernie m'a ouvert les yeux sur beaucoup de choses.

— Quoi, par exemple ?

— En resongeant à la façon dont mon père traitait les personnes qui ne s'impliquaient pas assez d'après lui, je me suis dit que certains avaient dû se retrouver à la rue à cause de lui.

Elle bascula ses jambes vers le bas et se mit debout, aidée de Jasper.

Lorsqu'il la lâcha, elle posa une main sur son bras pour conserver son équilibre, et fut surprise du frisson que ce contact lui procura.

Croisant son regard, d'un bleu incroyable, elle eut le plus grand mal à s'en détacher.

S'exhortant à la raison, elle marcha dans l'eau vers les marches, qu'elle monta lentement, et ramassa la serviette que la femme de chambre avait laissée à sa disposition.

Elle s'enroula dans la serviette, et se dirigea vers le jacuzzi.

— Laissez-moi vous aider, proposa Jasper, toujours gentleman.

Il y entra avant elle et posa la main sur sa taille. Doucement, il l'aida à descendre sur le siège, puis sur le sol du jacuzzi.

Elle s'assit, chancelante, mais la chaleur agit comme un baume apaisant sur sa douleur.

Rejetant la tête en arrière, elle ferma les yeux.

— Et si vous me parliez un peu de vous ? suggéra-t-elle.

— De moi ?

Elle garda les yeux fermés.

— Votre famille. Je parie qu'elle est très différente de la mienne.

Les parents de Jasper ne l'avaient probablement pas forcé à faire un travail qui ne lui plaisait pas.

— Mes parents vivaient à Toledo, dans le Michigan. J'ai grandi là-bas avec mon frère et mes trois sœurs.

Elle releva la tête d'étonnement. Une si grande famille... À quoi cela pouvait-il bien ressembler ? Elle était enfant unique.

— Êtes-vous proche d'eux ?

— Nous nous parlons à l'occasion. Je les vois pendant les vacances.

Il y avait dans les yeux de Jasper une lueur de tendresse qui en disait plus long que ses quelques mots. Il était proche d'eux, c'était évident.

— Comment êtes-vous devenu détective ?

En avait-il rêvé quand il était enfant ? Elle aurait quant à elle tellement aimé avoir l'opportunité d'explorer ses propres rêves.

— Jeux vidéo, livres et séries criminelles. Je voulais être un héros.

Il lui sourit, et étira son bras sur le rebord du jacuzzi, le jeu de ses muscles sous sa peau la distrayant momentanément.

— J'étais aussi un enfant hyperactif, ajouta-t-il. Tout m'intéressait. Je devais sans cesse découvrir de nouvelles choses, faire de nouvelles expériences. Apprendre et analyser. Finalement, j'ai intégré une académie de police, avant de rejoindre le SWAT.

— Et aujourd'hui, vous êtes détective.

— Oui. J'ai travaillé à Detroit pendant quelques années avant de rejoindre Dark Alley Investigations.

Il semblait aimer parler de ce qu'il avait fait. Il était fier de son expérience. Quel âge pouvait-il avoir ? Sans doute dans les trente-cinq ans, comme elle.

— Detroit ?

— Un taux de criminalité élevé. Une économie en faillite... C'était une époque très stimulante.

— Vous avez besoin de stimulation ?

— Je ne supporte pas l'ennui.

Était-ce vrai aussi dans ses relations personnelles ?

Elle ne savait pas pourquoi elle se posait la question. Elle ne le connaissait pas bien. En quoi était-ce important pour elle ?

Elle observa son torse nu et ne s'interrogea pas davantage.

À quand remontait la dernière fois qu'elle avait eu une relation avec un homme ?

Très, très longtemps. C'était pour cette raison qu'elle s'était inscrite sur ce site en ligne.

— Combien de temps faudra-t-il avant que vous ne vous ennuyiez chez Dark Alley Investigations ?

Il réfléchit quelques secondes, comme si personne ne lui avait jamais posé la question auparavant. C'était peut-être le cas.

— En fait, je crois que j'ai trouvé le job idéal.

Avait-il également trouvé la femme idéale ?

— Avez-vous déjà été marié ? demanda-t-elle, sans réfléchir.

Elle n'avait pas besoin de connaître ce genre de détails personnels. Il était préférable que leur relation demeure professionnelle.

— Non.

Le regard de Jasper se perdit vers la montagne, baignée de soleil à travers la baie vitrée.

— Une relation sérieuse ?

Elle ne pouvait pas s'en empêcher. Il la tentait comme une glace à la vanille nappée de caramel.

— J'en ai eu quelques-unes.

— Elles se sont épuisées à essayer de faire en sorte que vous ne vous ennuyiez pas ?

Elle n'avait pas l'intention de se montrer insultante, mais le silence de Jasper lui fit craindre d'être allée trop loin.

— Je suis désolée. J'ai tendance à dire tout ce qui me passe par la tête.

— Ce n'est rien. Simplement, je n'y avais encore jamais pensé de cette façon-là.

Elle étendit son bras droit sur le rebord du jacuzzi, et étira son dos, ressentant combien ses muscles étaient douloureux.

— Je crois que j'en ai assez, dit-elle, en esquissant un mouvement pour se lever.

élucider. Il représentait Dark Alley Investigations, à présent. Il avait un travail à faire.

Il éteignit la télévision et quitta le salon. Au moment où il traversait le couloir, Dwight y entra.

— J'espérais vous trouver éveillé, dit ce dernier, d'un ton peu amène.

Jasper se tint aussitôt sur ses gardes.

— J'ai passé du temps à étudier vos antécédents.

Dwight s'avança jusqu'à être face à face avec Jasper.

— C'est assez impressionnant.

Jasper attendit sans se troubler, devinant que l'homme n'avait pas tout dit.

— Sauf pour une chose, ajouta Dwight, d'un ton lourd de sous-entendus.

— Mon passé n'a rien à voir avec mes activités chez Dark Alley Investigations.

— C'est discutable. Vous avez démissionné de la police de Detroit. Pourquoi ?

— C'était mieux pour tout le monde.

— Vous avez tiré sur un homme alors que vous n'étiez pas en service. La presse n'a pas révélé trop de détails, mais il s'agissait de votre oncle.

Dwight eut une moue clairement réprobatrice.

— Qui tire sur son oncle, et pourquoi ? On dirait que votre supérieur vous appréciait suffisamment pour épargner votre réputation.

Jasper se sentit insulté.

— J'ai quitté Detroit avec ma réputation intacte.

— Comment le croire ? La rumeur a couru qu'il s'agissait d'une dispute familiale. Votre oncle vous a attaqué, et vous avez tiré sur lui.

— Il s'agissait d'un avertissement. Je ne l'ai pas tué.

— Un avertissement à propos de quoi ?

C'était quelque chose dont il ne voulait pas discuter.

— Mon oncle a réalisé son erreur et n'a pas porté plainte. C'est tout ce qui compte.

— Pourquoi avez-vous tiré ? insista Dwight.

— Mon oncle avait bu, et il ne se maîtrisait plus.

Dwight parut y réfléchir quelques instants, puis il fit un pas en avant, comme s'il n'était pas satisfait de la vague explication de Jasper.

Mais il en fallait plus pour l'intimider. Il s'était déjà trouvé confronté à des hommes plus grands et plus dangereux.

Et il n'en dirait pas plus sur ce qui s'était passé ce jour-là. Ni sur les jours qui avaient précédé, et mené à une telle situation.

— Je ne le dirai qu'une seule fois. Si vous faites du mal à Sadie, de quelque façon que ce soit, vous aurez affaire à moi.

Jasper ne perdit pas son temps à lui répondre qu'il n'avait rien à craindre — en tout cas, pas à cause de ce qui s'était passé entre lui et son oncle.

Sur le plan personnel, il ne pouvait rien promettre.

Il s'efforçait de toujours dire la vérité — au moins celle qu'il pouvait révéler — et ce serait mentir que de dire qu'il ne ferait jamais souffrir Sadie.

Elle ne lui semblait pas du genre à accepter une aventure sans lendemain. Or, il n'avait rien d'autre à offrir.

Mais l'attirance qu'il éprouvait pour elle était puissante, et il était quasiment sûr que Sadie ressentait la même chose.

Jamais il ne lui ferait de mal intentionnellement mais, si aucun des deux n'était capable de résister à la passion, il se pourrait bien qu'il se passe quelque chose entre eux au moment de son départ.

Car ce jour viendrait.

Il ne comprenait peut-être pas pourquoi il avait besoin de connaître l'excitation de la nouveauté et de l'inconnu, mais c'était un fait contre lequel il ne pouvait pas lutter. Vivre aussi loin de la civilisation finirait par le rendre fou.

— Il semblerait que nous ayons tous les deux des secrets à protéger, dit-il.

— Donc, vous admettez que vous avez un secret.

— Pas un secret. Simplement quelque chose dont je n'ai pas envie de discuter. Et Sadie ? Quel genre de secret gardez-vous pour elle ? Pourquoi se cache-t-elle ?

Dwight ne répondit pas, ce qui ne fit que confirmer les soupçons de Jasper.

Sadie cachait bel et bien quelque chose.

Était-elle une victime, ou une criminelle ?

— Ce n'est peut-être pas Sadie qui risque d'être blessée, dit-il. C'est peut-être à moi de faire attention.

3

Le lendemain soir, Sadie retrouva Jasper sur la terrasse aménagée au sommet de la tourelle.

Le soleil se couchait et l'obscurité recouvrait déjà les contreforts de la montagne. Mais les cimes baignaient encore dans une lumière flamboyante, sur laquelle se découpait à contre-jour la silhouette de Jasper.

Toutefois, il ne semblait pas là pour admirer la vue.

Pivotant lentement la tête, il balayait du regard le jardin illuminé.

Sadie n'avait pas voulu faire construire sa maison au milieu des arbres, car elle avait envie de profiter du paysage.

Son équipe de sécurité ne s'en plaignait pas. Comme Jasper, ils préféraient avoir une vue dégagée sur les alentours.

— Vous ratez le coucher de soleil, dit-elle, en venant se poster à côté de lui.

— Je ne rate rien du tout, protesta-t-il.

Elle n'était pas dupe. Il avait peut-être vu le coucher de soleil, mais il ne l'avait pas regardé.

— Vous ne profitez jamais du moment ? Admirer un paysage ? Respirer le parfum d'une rose ? Ou bien, n'avez-vous rien d'autre à l'esprit que les canons et la poudre ?

— Vous semblez douée pour les mots, Sadie Moreno. Auriez-vous le désir secret d'être écrivain ?

— Non, mais j'ai la fibre artistique. Ça doit me venir de ma mère.

Il lui jeta un coup d'œil en biais.

— Elle était créative ?

Une lueur d'attendrissement passa dans le regard de Sadie.

— Elle peignait. J'ai vu les toiles qu'elle avait réalisées quand elle était adolescente. Elle était douée.

— Quel genre de fibre artistique avez-vous hérité d'elle ?

Elle haussa l'épaule.

— Je ne sais pas trop. La décoration d'intérieur, peut-être. J'avoue que je me suis beaucoup occupée de l'aménagement de cette maison.

— C'est une très belle maison, reconnut Jasper.

Il lui coula un regard ironique.

— Vous voyez, je suis capable d'apprécier autre chose que les canons et la poudre.

Elle se tourna et appuya le dos contre la balustrade de pierre.

— Qu'appréciez-vous d'autre ?

Il posa les yeux sur sa bouche, puis sur ses seins, avant de darder sur elle un regard d'une intensité presque insoutenable.

Les femmes.

Voilà ce qu'il appréciait.

Il n'avait pas besoin de dire à voix haute la première chose qui lui était venue à l'esprit pour qu'elle le comprenne.

Troublée, Sadie laissa passer un silence, cherchant désespérément un sujet moins risqué.

— Et donc, qu'est-ce qui vous a fait vous plonger dans le travail, comme ça ?

Lui qui d'ordinaire conservait en toutes circonstances un visage impassible, laissa filtrer une expression surprise.

Quelque chose disait à Sadie qu'il se laissait rarement surprendre.

— Qu'est-ce qui vous fait penser que c'est le cas ?

Elle haussa les épaules.

— Quelque chose qui se dégage de vous. Et aussi ce que vous avez dit à propos de Dark Alley Investigations. Ce que vous y faites doit vous tenir occupé.

— C'est vrai. Mais, ça ne permet pas d'en déduire que j'aime ce que je fais.

— Aimez-vous ce que vous faites ?

— Disons que c'est un remède à ma peur de l'ennui.

Son ton gentiment moqueur rappela à Sadie qu'elle lui avait demandé si les femmes de sa vie s'étaient épuisées à essayer de faire en sorte qu'il ne s'ennuie pas.

Elle se retourna et observa les derniers rayons d'or qui zébraient le ciel de longues traînées pourpres, alors que le soleil terminait sa chute vers l'horizon.

— Je n'aurais pas dû dire ça. Je suis vraiment désolée.

— Ne le soyez pas. Il ne faut jamais s'excuser de dire la vérité.

Elle tourna les yeux vers lui, admirant la façon dont la lumière rasante soulignait les traits nordiques de son visage.

Savait-il pourquoi il était ainsi ?

Certains hommes mettaient plus de temps que d'autres à s'engager à long terme. D'autres n'y parvenaient jamais.

— C'est vraiment le besoin de renouveau qui vous empêche de vous poser sentimentalement ? ne put-elle s'empêcher de demander. Ou bien, une femme vous aurait-elle brisé le cœur ?

Le sourire charmeur de Jasper s'évanouit, et son regard se porta sur le jardin en contrebas.

— Vous n'avez pas envie de souffrir à nouveau, n'est-ce pas ?

Il ne répondit pas, mais elle voulait à tout prix savoir.

— Elle a dû beaucoup compter pour vous.

Il tourna lentement la tête, et elle fut frappée par sa profonde émotion.

— Je suis désolée.

— Elle était très spéciale. Gentille. Pas jalouse...

Sadie ne l'interrompit pas, le laissant prendre son temps.

— Elle croyait en elle, et ça comptait encore plus pour moi que sa beauté physique.

— Que s'est-il passé ?

— Rien d'original. Quelqu'un a eu le cœur brisé.

— Elle ne supportait pas votre métier ? Vos horaires.

— Elle aurait pu le supporter...

Il laissa passer quelques instants de silence avant de reprendre :

— Et vous ? Un homme vous a-t-il déjà brisé le cœur ?

Pour cela, il aurait fallu qu'elle aime vraiment.

— Non, mais j'ai été trahie.

— Un ex-mari ?

— Fiancé. Nous avons emménagé ensemble à peine six mois après notre rencontre.

— Ça remonte à quand ?

— Cinq ans. J'avais une très jolie maison de ville que j'ai quittée pour vivre avec lui.

Elle soupira.

— Pour connaître vraiment quelqu'un, il faut vivre avec, n'est-ce pas ?

— Vous vous êtes rencontrés à San Francisco ?

— Oui.

— Qu'est-ce qui vous a poussée à venir vous installer dans un endroit aussi perdu ?

— J'ai toujours aimé la montagne.

— Mais vous êtes membre de clubs huppés, et vous conduisez une voiture voyante.

Consciente du scepticisme qui teintait sa question, elle répliqua :

— Vous trouvez cela incompatible ? Mais j'apprécie tout autant ma solitude que les réunions avec mes amis. La voiture est un investissement. Je ne la conduis pas très souvent.

— Que faisait votre ex-fiancé ?

Elle se demanda si elle devait répondre. Parler de Darien la déprimait.

— Il manufacturait des pièces détachées pour l'aérospatiale.

— Comment vous êtes-vous rencontrés ?

— Il m'a bousculée, alors que je sortais d'un restaurant.

Elle soupira.

— J'aurais peut-être dû voir ça comme le signe que je devais me tenir à l'écart de lui.

— Comment vous a-t-il trahie ?

Il ne lui laissait aucun répit, comme s'il avait préparé toutes ses questions.

Elle décida de faire la même réponse que la sienne.

— Rien d'original.

Soudain, on entendit un bruit de verre brisé, et l'une des lampes du jardin s'éteignit.

— Que se passe-t-il ? demanda Sadie, alarmée.

— On a tiré dans une lampe.

Jasper venait à peine de finir sa phrase qu'une deuxième lampe s'éteignit.

Il prit la main de Sadie et l'entraîna vers l'intérieur de la maison, où ils tombèrent nez à nez avec l'un des vigiles, qui venait à leur rencontre.

— Emmenez-la dans sa chambre, dit Jasper.

Il la regarda suivre le vigile à contrecœur, jetant un regard par-dessus son épaule comme si elle considérait la possibilité de rester plutôt avec lui.

Rassuré de la voir s'éloigner, il se précipita vers le poste de surveillance situé à la grille d'entrée, où il savait qu'il pourrait trouver un équipement.

En chemin, il repéra Dwight, qui arrivait au pas de course d'une autre direction.

— Vous l'avez entendu aussi ? demanda-t-il.

— Je l'ai vu. Sadie et moi étions sur la terrasse en haut de la tourelle.

Lorsqu'ils arrivèrent à la grille, le vigile communiquait par radio avec ses collègues de la salle de contrôle, où arrivaient toutes les images captées par les caméras.

Après avoir signalé la présence des deux arrivants, il les regarda entrer dans la pièce réservée à l'équipement.

Dwight lança un gilet pare-balles à Jasper, et s'équipa à son tour.

— Cinq caméras ont été neutralisées, annonça le vigile. Et toutes les lampes sont éteintes du côté nord.

— Qui est avec Sadie ? demanda Dwight.

— Jacobs et McKenzie.

Jasper s'équipa de la radio que lui tendait Dwight, puis de

l'appareil à vision nocturne. Pour finir, il se dirigea vers le râtelier à fusils.

— Ils ont réussi à franchir le mur ? demanda-t-il, tandis que deux autres gardes les rejoignaient.

— Pas encore, répondit le vigile de l'entrée. Mais ils ont désactivé les capteurs, et nous ne saurons pas où ils vont essayer.

Jasper se pencha sur les moniteurs de contrôle, et désigna une section du mur d'enceinte où la végétation était particulièrement dense.

— Ils vont essayer ici, dit-il.

— Comment le savez-vous ? demanda Dwight.

— C'est ce que je ferais à leur place.

Il se tourna vers les deux autres gardes.

— Allez du côté nord. Dwight, venez avec moi.

Jasper sortit précipitamment, et Dwight le rattrapa.

— C'est à moi de donner les ordres, dit-il, d'un ton de reproche.

— Le moment est mal choisi pour une bagarre d'ego.

Jasper courut vers les bosquets qui ombrageaient un chemin de promenade le long du mur d'enceinte.

Là, il s'immobilisa et tendit l'oreille.

Il n'y avait aucun bruit en provenance de l'extérieur, mais il n'en fut pas rassuré pour autant.

Dwight lui donna un coup de coude et désigna quelque chose. Jasper découvrit alors une zone où le barbelé avait été découpé. L'ennemi était entré.

— Team vingt-deux, murmura Dwight dans son micro. Le coyote est dans le poulailler. Bougez.

— Bien reçu, vingt et un.

Jasper réalisa que la mécanique était parfaitement huilée, et que tout le monde s'était préparé à une attaque de la sorte.

La sécurité de Sadie était encore bien plus poussée que ce qu'il pensait.

Jasper utilisa son appareil à vision de nuit pour observer entre les arbres. Il n'y avait pas un mouvement.

Il courut se plaquer contre le tronc le plus proche, et Dwight ne tarda pas à l'imiter.

Tandis qu'ils s'avançaient dans le bosquet, il y eut une explosion, et son souffle souleva Jasper. Il atterrit sur le dos, manquant de peu une grosse branche tombée à terre.

Il rampa pour se mettre à l'abri, et vit alors des hommes vêtus de noir et lourdement armés franchir un trou béant dans le mur.

Tandis qu'il ouvrait le feu, aussitôt relayé par Dwight, Jasper dénombra cinq assaillants.

L'un d'eux ne tarda pas à être touché. Les autres ripostèrent quelques minutes, jusqu'à ce que deux vigiles arrivent en renfort.

Tandis qu'ils battaient en retraite, franchissant à nouveau le trou dans le mur, Jasper courut derrière eux.

Il entendit un moteur démarrer, et franchit à son tour le passage au moment où un gros 4x4 noir s'en allait. Il n'avait pas de plaque d'immatriculation.

Jasper n'avait plus de balles dans son chargeur, mais Dwight et les deux vigiles tirèrent sur le véhicule, dont les feux arrière disparaissaient déjà au détour du virage.

Dwight s'adressa aux deux vigiles.

— Vous allez monter la garde ici toute la nuit. Dès demain matin, je ferai venir quelqu'un pour réparer le mur.

— Ils étaient cinq, remarqua Jasper, tandis que Dwight et lui regagnaient le poste de contrôle.

— Mouais.

Jasper se tourna pour observer le visage de l'homme, qui affichait une expression fermée.

— Pourquoi ?

— Je ne sais pas.

— C'est bizarre, non ?

— Il est certain que ça paraît un peu excessif pour le meurtre d'un sans-abri.

Jasper eut l'impression que Dwight avait dit cela pour faire diversion et l'empêcher de continuer à poser des questions.

Mais il lui en fallait plus pour se laisser démonter.

— Ça n'a rien à voir avec Bernie King, et vous le savez aussi bien que moi. L'assassin d'un SDF ne constituerait pas une équipe de tueurs professionnels pour neutraliser une femme qui se mêle de l'enquête.

— À votre avis, qui se cache derrière cette attaque ? demanda Dwight, d'un ton innocent qui ne trompa pas Jasper.

— Je n'en sais rien, mais je pense que vous devez avoir votre petite idée.

Dwight regarda ailleurs.

— Il faut voir ça avec Sadie.

Jasper retrouva Sadie dans la bibliothèque.

Debout près de la fenêtre, les bras croisés, le visage sombre, elle apparaissait très différente de la jeune femme qui avait essayé de flirter avec lui sur la terrasse.

Elle n'en demeurait pas moins très séduisante, et une bouffée d'attirance passionnée se mêla à son soulagement de la découvrir saine et sauve.

— Ils ont réussi à s'enfuir, annonça Dwight.

L'air maussade de Sadie se transforma en inquiétude.

Jasper refoula l'envie de la prendre dans ses bras.

— Je voudrais m'entretenir avec vous en privé, dit-il.

Elle échangea un regard avec Dwight.

— Tout ce que vous avez à dire, Dwight peut et doit l'entendre.

L'intéressé fit un signe de tête aux deux vigiles qui avaient veillé sur Sadie, et ils quittèrent la pièce sans poser de questions.

Jasper en fut étonné. Tout le monde obéissait au doigt et à l'œil à Dwight.

Et Steven, dans tout ça ? Il était supposé être le grand manitou, mais où se trouvait-il quand il y avait une crise ?

— Les assaillants étaient au nombre de cinq, dit-il, sans préambule.

— Cinq ?

Sadie se tourna vers Dwight, qui hocha gravement la tête.

— Oh ! mon Dieu.

— Quelle est la véritable raison de votre installation dans le Wyoming ? demanda Jasper, en poursuivant son idée.

— Je… Je vous l'ai déjà dit.

Elle se dirigea d'un pas mécanique vers un fauteuil, et s'y laissa tomber.

— Je sais que vous ne m'avez pas dit la vérité. Pourquoi disposez-vous d'un tel service de sécurité ?

Elle croisa les mains sur ses genoux.

— Il y a un véritable arsenal au poste de contrôle.

— Cela n'a rien d'inhabituel pour une personne qui possède sa fortune, protesta Dwight.

— Ce n'est pas loin de faire penser à la protection dont s'entourent les parrains de la mafia.

Sadie le regarda sévèrement.

— Je ne suis pas une criminelle, si c'est ce que vous sous-entendez.

— Qui êtes-vous, alors ? De quoi avez-vous peur ?

— Je n'ai pas peur.

— Vous me cachez quelque chose et, après ce qui vient de se passer, j'estime que j'ai le droit de le savoir.

Elle le fixa droit dans les yeux.

— Je n'ai aucun secret.

— À votre avis, pourquoi y avait-il cinq assaillants ?

— Je n'en sais rien.

Il ne la croyait pas.

— Vous devez bien avoir une idée.

— Elle vous a dit qu'elle ne savait pas, intervint Dwight.

Sadie tourna la tête.

Avait-elle peur de croiser son regard ? Ou bien, s'agissait-il d'autre chose ?

Au bout d'un moment, elle le regarda à nouveau.

— Et si Bernie avait vu quelque chose ?

Il y avait déjà songé, mais n'avait pas l'intention de lui dire maintenant.

— Ce sont des professionnels qui vous ont attaquée ce soir, fit-il remarquer.

— Et ce sont peut-être des professionnels qui ont tué Bernie, rétorqua Sadie.

Jasper s'agenouilla devant elle, et posa une main sur les siennes, qu'elle serrait maintenant l'une contre l'autre.

— Je vois bien que vous avez peur, Sadie. Dites-moi de qui, ou de quoi.

Elle cilla à plusieurs reprises, et tourna la tête vers Dwight.

Ce dernier posa une main sur son épaule pour la réconforter, et toisa sévèrement Jasper.

— Allez-y doucement avec elle. La soirée a été assez rude comme ça.

Jasper ignora l'intervention de Dwight.

— Si vous me cachez quelque chose, il faut que je le sache.

Elle lui glissa un regard incertain.

— Vous pouvez me faire confiance, insista-t-il.

Après de longues secondes d'hésitation, durant lesquelles Sadie cilla et se mordit la lèvre inférieure, elle finit par repousser sa main, l'obligeant à reculer, et se leva.

— Je vous ai engagé pour résoudre le meurtre de Bernie King, dit-elle.

Elle avait le menton levé, et ses yeux étincelaient de détermination.

— Le reste ne vous regarde pas, reprit-elle. Si vous pensez que l'attaque de ce soir n'est pas liée au meurtre de Bernie, laissez Steven et Dwight s'en occuper.

Jasper était partagé entre admiration et colère.

Sadie s'en tenait à ses objectifs, et n'accordait pas facilement sa confiance.

— La police est là, annonça Dwight, relayant l'information qu'on venait de lui donner à l'oreillette.

Une expression affolée apparut sur le visage de Sadie.

Il était évident que l'idée de parler à la police ne l'enthousiasmait pas.

Et tout ce que Jasper avait réussi à faire, c'était de lui fournir une sorte de répétition générale.

Il ne lui restait plus maintenant qu'à répéter son discours mot pour mot.

4

Après l'une de ses patrouilles, Jasper entra dans la cuisine et se dirigea vers le réfrigérateur pour y prendre une bouteille d'eau fraîche.

La porte de service s'ouvrit.

Il se tourna et vit entrer Sadie.

Elle se figea, comme si elle était surprise de rencontrer quelqu'un, et lui en particulier.

— Il fait un peu frais ce soir, dit-il, avant de dévisser le bouchon et de porter le goulot à ses lèvres.

Elle parut se détendre un peu.

— Oui.

Abaissant sa bouteille, il vit qu'elle portait un jean et une chemise de flanelle à carreaux noirs et rouges. Celle-ci était déboutonnée sur un T-shirt blanc, dont le décolleté en V laissait voir la naissance de la poitrine.

Un tel dévoilement n'était sans doute pas intentionnel, mais il eut le plus grand mal à détourner le regard.

— Vous n'avez pas mis de veste ? s'étonna-t-il.

— Je ne suis sortie que quelques minutes.

Elle haussa les épaules.

— J'avais besoin de prendre l'air.

— Seule ?

Elle s'avança dans la cuisine.

— Je suis restée près de la porte.

Il était entré par là, et il ne l'avait pas vue. Pourquoi mentait-elle ?

Remarquant qu'elle était sortie en chaussons, il posa la main sur le haut de son bras pour l'intercepter.

— Est-ce que tout va bien ?

— Oui.

Elle hocha la tête et reprit son souffle, signe qu'elle était tendue.

— Pourquoi aviez-vous besoin d'air ?

— La journée a été riche en événements.

Et elle pensait que c'était judicieux d'aller seule dehors ?

Une partie du mur d'enceinte avait été détruite, et elle se sentait en sécurité en faisant cela ?

Il fouilla son regard, jusqu'à ce qu'elle baisse les yeux. Tandis qu'il laissait retomber la main qui la retenait, il aperçut un téléphone dans la poche avant de sa chemise.

— Vous avez du réseau, ici ?

— J'ai une antenne externe et un amplificateur de signal pour le téléphone et Internet. La couverture s'étend jusqu'au garage.

— Qui avez-vous appelé ?

— On m'a appelée. C'était professionnel.

Elle mentait très mal. S'il voulait des réponses, il allait devoir les trouver tout seul.

— Je crois que je vais aller dans ma chambre, dit-elle.

Elle essayait visiblement de lui échapper.

— Il est encore tôt. Vous avez dîné ?

— Oui.

— Vous êtes sûre que vous ne voulez pas me tenir compagnie ?

— Je suis fatiguée. Mais, peut-être demain soir...

— C'est un rendez-vous ?

— Bonne nuit, dit-elle, sans répondre.

— Bonne nuit.

Il la regarda s'éloigner, en observant d'un œil appréciateur le balancement sensuel de ses hanches.

Il se dirigea ensuite vers la porte de service vitrée, et regarda dehors. Les lampes étaient allumées dans le garage en annexe.

Étrange !

Sadie ferma la porte de sa chambre et ôta ses chaussons, tout en s'interrogeant sur l'invitation de Jasper à lui tenir compagnie.

Était-ce pour lui poser davantage de questions, ou bien avait-il vraiment envie de passer du temps avec elle ?

Et que faisait-il dans la cuisine ?

Il avait pris une bouteille d'eau, mais venait-il de l'intérieur de la maison, ou de l'extérieur. Dans le second cas, il n'avait pas pu la voir près de la porte, parce qu'elle n'y était pas. Elle se trouvait dans le garage.

Sans perdre davantage de temps à réfléchir, Sadie se rendit dans son dressing, enfila des bottes, et passa un épais sweat-shirt sur sa chemise.

Elle ne vit personne dans le couloir, et le suivit jusqu'au bout, à l'opposé de l'escalier de pierre en colimaçon. Là, elle ouvrit une porte, et emprunta un étroit escalier qui menait à l'office, derrière la cuisine.

Entrebâillant la porte, elle jeta un coup d'œil dans la cuisine. Personne ne s'y trouvait.

Elle traversa la pièce et sortit. Il y avait toujours de la lumière dans le garage.

Elle courut vers la porte, et retrouva le vigile avec qui elle avait parlé plus tôt. Il était seul.

— Tout est prêt ? demanda-t-elle.

— Oui. Personne à part moi n'est au courant.

Il ouvrit la portière arrière d'une berline noire aux vitres teintées.

Sadie prit place à l'intérieur.

Le vigile referma la portière et se mit au volant.

— Vous êtes sûre de vouloir faire ça ?

— Oui. Allons-y. Nous serons de retour avant que quiconque s'aperçoive de mon absence.

Elle avait toute confiance en ce vigile, qui était un autre de ses protégés et qui, comme tous, avait eu un parcours passablement compliqué.

— Jasper pourrait le remarquer. Je l'ai vu rôder par ici.

Le vigile sortit du garage en marche arrière, et tourna le véhicule vers l'allée.

— Il est vrai que rien ne lui échappe, reconnut Sadie.

Ça l'inquiétait un peu, mais il fallait absolument qu'elle ait cet entretien.

Quelques minutes plus tard, Sadie et son chauffeur arrivaient à Jackson Hole.

Il se gara à proximité du restaurant où elle donnait toujours rendez-vous à Steven, et l'accompagna jusqu'à la porte.

Par la vitrine, elle vit que Steven était déjà assis à une table, et elle entra.

Il se leva dès qu'il l'aperçut, et l'embrassa chaleureusement.

— Je suis fou d'inquiétude depuis que Steve a appelé.

Ils s'assirent et elle commanda un café, voyant qu'il en avait déjà pris un.

— Je vais bien. Vous n'auriez pas dû insister pour que je vienne.

— Je vous rappelle qu'on vous a attaquée.

— Pas moi, directement. Votre équipe et Jasper les ont fait fuir.

Après un silence, Steven fit un constat :

— Vous savez ce que ça veut dire.

Le café de Sadie arriva, et elle en but une longue gorgée, avant de répondre :

— Oui. Ça signifie que Darien m'a retrouvée.

— J'ai bien peur que ce soit à cause de moi, dit Steven, en baissant la tête.

— Quoi ? Comment cela ? Vous pensez qu'il vous a suivi la dernière fois ?

— Je n'en suis pas sûr. Je n'ai cessé de le surveiller, attendant qu'il fasse une erreur, cherchant un lien avec ses agissements. Maintenant, je me demande s'il ne m'a pas espionné de son côté.

— Oh ! non ! Mais, comment est-ce possible ?

— Si je le savais... J'ai toujours été très prudent en planifiant mes déplacements, mais il a pu avoir des soupçons et découvrir ce que je mijotais.

Mais pourquoi Darien aurait-il des soupçons ? Steven était celui de ses gardes du corps en qui il avait le plus confiance.

— Mais, vous avez toujours pris tellement de précautions…

Un profond désespoir envahit Sadie.

Si Darien avait découvert que Steven l'avait trahi, jamais elle ne se libérerait de lui.

Steven était son seul et unique espoir d'envoyer en prison son ex diabolique et violent.

— Je sais, reprit Steven, mais il agit bizarrement depuis quelque temps. Il me pose des questions sur vous, il se demande où vous avez pu passer. Il m'a même demandé de l'aider à vous retrouver.

— Et vous avez accepté ?

— Bien sûr. Mais, il ne m'a peut-être pas cru. Et maintenant, j'ai peur que notre association ait été découverte. Je suis désolé, Sadie.

Elle regarda autour d'elle, puis à travers la vitrine, et ne vit pas le vigile à côté de la porte.

Était-il allé faire un tour pour vérifier si le périmètre était sûr ?

— Je n'aurais probablement pas dû venir, dit Steven. Mais je devais vous prévenir, et je ne pouvais pas le faire avec Darien dans les parages.

Elle était contente qu'il l'ait fait, mais il avait pris des risques.

— Vous pourriez être en danger, Steven. Où êtes-vous descendu ?

— Nulle part. Je reprends un vol ce soir.

Sadie tendit le bras au-dessus de la table, et posa sa main sur celle de Steven.

— Vous devriez peut-être vous installer chez moi. Nous pourrions tout expliquer à Jasper. Je suis sûre qu'il pourrait nous aider.

— Vous voulez prendre ce risque ? Vous êtes sûre qu'il a les compétences pour affronter un criminel tel que Darien ?

Sadie y réfléchit.

Jasper excellait dans son travail, mais il était seul. Son agence avait peut-être les ressources nécessaires, mais elle n'en était pas certaine.

Et, elle ne voulait surtout pas mettre une personne de plus en danger.

En outre, la pensée de faire confiance à un autre homme la rendait nerveuse.

— Darien m'aurait déjà tué s'il savait que je suis resté en contact avec vous, dit Steven. Il a dû vous retrouver autrement.

— De quelle façon ?

Sadie prit peur.

À sa première rencontre avec lui, Darien lui avait fait l'effet d'un gentleman. Mais il en était bien loin.

— Il vous cherche depuis que vous êtes partie. Il est comme un chien enragé.

Sadie se sentit coupable.

Elle savait que, sans elle, Steven aurait démissionné depuis longtemps. Jamais elle ne se le pardonnerait s'il lui arrivait quelque chose.

Et, à présent, il avait une petite amie dont il semblait très amoureux.

— Je ne veux pas que d'autres personnes meurent à cause de moi, Steven.

C'était ce qu'elle redoutait le plus.

— Vous devriez peut-être partir maintenant, pendant que vous le pouvez encore.

Les larmes lui brûlaient les paupières.

— Je reste jusqu'à ce que je puisse le coincer. Je n'ai pas d'endroit où me cacher, de toute façon.

— Mais, s'il vous a suivi jusqu'ici...

— Ne vous inquiétez pas pour moi. Pour le moment, c'est de votre sort que nous devons décider.

Il sortit une enveloppe de la poche intérieure de sa veste.

— Ça vous permettra de vous mettre à l'abri, le temps que je vous fabrique une nouvelle identité.

Il lui tendit l'enveloppe, et elle la prit à contrecœur.

— Je n'ai pas envie de revivre tout ça, Steven. C'est au-dessus de mes forces.

Se déraciner une nouvelle fois et partir en cavale ?

Elle releva les yeux et essuya du bout des doigts une larme qui coulait sur sa joue.

— Je ne peux pas.

Le visage de Steven affichait une expression compatissante.

— Je sais ce que vous avez dû sacrifier, Sadie, mais votre vie en dépend.

— Et la vôtre ?

— J'ai un plan de secours.

— Et votre petite amie ? Darien la connaît ?

— Non.

— Tant mieux.

— Utilisez ce passeport, et prenez un vol ce soir, Sadie. Disparaissez. Je m'occupe de régler les choses chez vous.

— Mais... Le centre... Le meurtre de Bernie... Je ne peux pas tout laisser tomber comme ça.

— Si vous restez, vous risquez d'être tuée. Darien ne parle que de ça.

— Il vous l'a dit ?

— Non. Je l'ai entendu.

Steven écoutait les conversations de son patron. Il prenait des risques.

Et il ne le faisait pas que pour elle, même si elle savait que Steven avait pour elle des sentiments qui dépassaient peut-être un peu l'amitié.

Darien lui avait pris un être cher, à lui aussi. Son frère travaillait également pour Darien, et il avait été tué lors d'une des opérations illicites de ce dernier.

Steven avait donc aussi une raison personnelle de vouloir que Darien soit arrêté.

Mais au bout de tant d'années, trouveraient-ils un jour justice ?

Lorsque Jasper n'entendit plus aucun bruit, il actionna le mécanisme du coffre de la voiture et en sortit.

Au moins, Sadie avait eu le bon sens de prendre un vigile avec elle.

Il regarda autour de lui, et aperçut l'homme qui fumait une cigarette à proximité de l'entrée d'un restaurant.

Jasper baissa la tête et l'observa à la dérobée. Il le vit bientôt écraser son mégot, et partir dans la direction opposée à la sienne.

Aussitôt, Jasper s'approcha de la vitrine du restaurant, et regarda à l'intérieur.

Sadie était assise à une table avec Steven Truscott. Elle avait la main posée sur la sienne et semblait bouleversée.

Pourquoi se retrouvaient-ils en secret ?

Regardant vers le bout de la rue, il vit le vigile s'arrêter et commencer à faire demi-tour. Il retourna alors à la voiture, et s'accroupit derrière pour voir ce que l'homme allait faire.

Le vigile s'assit sur un banc qui faisait face au restaurant, et alluma une nouvelle cigarette.

Jasper vérifia qu'il n'y avait pas de voiture dans la rue, et grimpa dans le coffre.

Quelques minutes plus tard, il entendit Sadie prendre place sur la banquette arrière.

— Vous voulez que je vous conduise ailleurs ? demanda le vigile.

— Ramenez-moi à la maison.

— Qu'a dit Steven ?

— Je ne veux pas en parler. Tout ce que je veux, c'est rentrer chez moi.

— Bien sûr.

De retour au garage, Jasper attendit à nouveau qu'il n'y ait plus un bruit, avant de sortir du coffre. Puis il inspecta le bâtiment plongé dans l'obscurité.

La lumière de l'extérieur filtrait par la porte de service partiellement vitrée, à côté des portes métalliques télécommandées.

Tout était tranquille. Il était suffisamment tard pour que le personnel de maison ait regagné ses pénates.

Il regarda par la vitre pour être certain qu'il ne rencontrerait personne, et quitta le garage. Les caméras captureraient son image, mais il doutait que quiconque s'interroge sur ses allées et venues.

Il utilisa sa clé pour entrer par la porte de service, traversa la cuisine, et se dirigea vers le salon.

En entendant des bruits de pas à l'étage, il s'empressa d'aller voir, et découvrit de la lumière dans la bibliothèque.

Il s'arrêta sur le seuil, et vit Sadie debout devant un rayonnage. Elle tenait une photo à la main, et semblait triste.

Elle dut sentir sa présence, car elle tourna soudainement la tête.

Poussant un petit cri, comme si elle était prise en faute, elle saisit un livre, et y glissa précipitamment la photo.

Jasper s'avança dans la pièce.

— Vous ne pouvez pas dormir ?

Elle secoua la tête.

— Qui est sur la photo ?

— Ma mère.

Pourquoi la cacher ? En y réfléchissant, il n'avait vu aucune photo dans la maison.

— Je ne peux pas supporter de la regarder tout le temps, expliqua-t-elle, comme si elle avait deviné ses pensées. Alors, je la conserve dans un livre.

Jasper fut troublé par cette explication. Sadie n'avait jamais connu sa mère. Pourquoi ne pouvait-elle supporter de regarder sa photo.

— Que faites-vous encore debout ? demanda-t-elle.

— Une dernière patrouille.

Sadie s'approcha de la fenêtre et regarda distraitement dehors, tout en se massant les bras, comme si elle avait froid.

— Vous êtes sûre que tout va bien ?

— La journée a été longue, et j'ai beaucoup de choses en tête.

Il s'approcha et s'arrêta juste derrière elle.

— Je déteste vous voir ainsi.

Elle tourna la tête et plongea un regard troublé dans le sien.

Incapable de résister, il posa la main sur sa joue.

— J'aimerais tellement que vous me disiez tout.

Fermant les yeux, elle frotta sa joue sur sa paume, en soupirant comme si lui dire la vérité n'était qu'un rêve impossible.

— Je peux vous protéger, dit-il.

Elle ouvrit les yeux, et ils échangèrent à nouveau un regard d'une rare intimité.

— J'ai envie de vous protéger, ajouta-t-il.

Sans réfléchir, il posa son autre main dans le creux du dos de Sadie.

Lorsqu'elle posa les mains sur ses épaules, il l'attira contre lui, et inclina la tête pour l'embrasser.

À l'instant où leurs bouches se frôlèrent, ils frémirent tous deux, comme sous une bourrasque invisible.

Jasper comprit alors que l'un d'eux avait intérêt à recouvrer ses esprits avant qu'il ne soit trop tard.

5

Sadie ouvrit les yeux, et fut éblouie par le soleil qui inondait sa chambre.

À en juger par sa luminosité, la matinée était déjà avancée.

Elle étira les bras au-dessus de sa tête, tendit les jambes et cambra le dos.

Apercevant à côté d'elle la couette rejetée au pied du lit, elle cilla et observa l'endroit où quelqu'un avait dormi.

Un homme.

Jasper.

En se remémorant la folle nuit qu'ils avaient passée, elle sentit le rouge lui monter au visage.

Le baiser qu'ils avaient échangé l'avait plongée dans un vertige de sensations éblouissantes où elle s'était laissé entraîner avec délice.

Pas un instant elle n'avait songé à lui demander d'arrêter. Et c'était tout naturellement qu'elle s'était retrouvée au lit avec lui.

Quel amant merveilleux il était !

Tandis qu'elle se douchait, elle se remémora le premier contact de leurs peaux nues, leurs jambes entrelacées, les mains de Jasper sur son corps, ses baisers…

Leurs yeux ne s'étaient pas quittés un instant tandis qu'il venait lentement en elle. Et quand, enfin, il s'était perdu jusqu'au plus profond d'elle, la sensation de plénitude qu'elle avait éprouvée avait été au-delà de tout ce qu'elle avait connu auparavant.

Ça avait été un rêve.

Il n'y avait pas de meilleur moyen de le décrire.

Un rêve.

Ce n'était pas étonnant qu'elle n'ait pas eu envie d'arrêter.

Une fois qu'elle fut habillée, Sadie descendit à la cuisine, mais Jasper ne s'y trouvait pas. Elle en fut presque contente, ne désirant pas se retrouver tout de suite face à lui.

Elle avait envie de poursuivre sa rêverie le plus longtemps possible.

— Bonjour, mademoiselle, dit Finley.

— Bonjour.

— Prendrez-vous un petit déjeuner, ou un repas plus consistant, vu l'heure ?

Bonté divine ! Il était presque 11 heures.

— Où est Jasper ?

— Il fait ses bagages.

— Comment cela ?

Au même moment, Jasper fit son entrée dans la cuisine.

— Bien. Je vois que vous êtes prête. Nous partons dans une heure.

Il s'adressait à elle comme s'il ne s'était rien passé entre eux la nuit dernière.

Sadie écarquilla les yeux.

— Où allons-nous ?

— San Francisco. Je ne peux rien résoudre ici.

Sadie échangea un regard avec Finley, qui hocha la tête et, sentant venir l'orage, s'empressa de quitter la pièce.

Elle croisa alors les bras et toisa Jasper, qui s'était servi une tasse de café, et piochait allègrement dans le plateau de scones.

— Quoi ? finit-il par demander, en voyant qu'elle continuait à le fixer.

— Je me suis réveillée seule.

— Oui, mais je n'étais pas loin.

Il fit un pas vers elle, et déposa un rapide baiser sur ses lèvres.

Elle ne put s'empêcher de sourire.

— Va faire tes bagages.

Le temps était radieux, et les pépiements des oiseaux saluaient l'arrivée du printemps.

D'humeur beaucoup moins gaie, Jasper traversait à pied un quartier résidentiel de San Francisco. Il avait laissé Sadie à l'hôtel, avec un agent de Dark Alley Investigations.

Il n'en revenait pas de la facilité avec laquelle ce qui devait être un simple baiser s'était transformé en étreinte passionnée. Il était à peu près sûr que Sadie avait succombé au même ensorcellement, mais cela n'apaisait pas son sentiment de culpabilité.

Arrivé à l'adresse qu'il cherchait, il sonna.

Deloris Moreno lui ouvrit la porte.

Elle vivait dans un quartier passablement chic, mais pas huppé au point qu'on puisse penser qu'elle avait obtenu une généreuse prestation compensatoire lors de son divorce.

— Monsieur Roesch ? s'enquit la femme.

Tandis que Sadie dormait, il avait téléphoné et inventé une histoire pour justifier son besoin de la voir.

Elle sortit sur la terrasse couverte, et désigna un salon de jardin en rotin synthétique couleur chocolat, avec des coussins beiges, et un vase de tulipes jaunes au centre de la table basse.

Jasper s'installa dans un fauteuil, tandis qu'elle prenait le canapé.

— Ainsi, vous êtes détective privé, et vous enquêtez sur un meurtre ?

Elle l'enveloppa d'un regard appréciateur.

— Je ne m'attendais pas à quelqu'un d'aussi séduisant. Et, naturellement, je n'aurais pas accepté de vous voir si je ne m'étais pas renseignée auprès de votre employeur.

— Comme toute personne sensée le ferait. Merci de me recevoir.

— Qui est donc cette personne assassinée ?

Il allait y venir dans une minute.

— Combien de temps avez-vous été mariée à M. Moreno ?

Son hôtesse se rembrunit.

— Cinq ans. Notre divorce remonte à dix ans. Ce fut la pire période de ma vie. Je n'ai plus jamais voulu me remarier après lui.

— Ce n'était pas un homme gentil ?

— Oh ! il l'était, mais pas avec moi. Tout le monde avait une image formidable de lui. Ça m'énervait prodigieusement. Il se souciait beaucoup de ce que les autres pensaient de lui, mais à la maison c'était quelqu'un de très différent. Il adorait me rabaisser quand nous étions invités quelque part.

Il était gentil ? Il se souciait de ce que les autres pensaient de lui ? Ça ne correspondait pas au tableau que Sadie avait brossé de son père.

— Une fois, il a corrigé un mot que j'avais mal prononcé, et a plaisanté sur le fait que je n'avais pas fait d'études. Ça n'avait pas l'air d'être dit méchamment, et personne ne s'est offusqué. Mais, quand nous sommes rentrés, il s'est mis en colère, disant que j'étais stupide, que je lui faisais honte en public, et qu'il aurait dû épouser une femme plus intelligente.

Voilà qui ressemblait davantage à la version de Sadie.

— Est-ce que les gens l'appréciaient au travail ?

— Bien sûr. Comme j'ai dit, son image était importante. Il avait besoin que les gens l'aiment.

— A-t-il été marié avant vous ?

— Une fois, mais pas très longtemps.

— Et il a eu une fille de ce mariage. C'est bien ça ?

— Que me dites-vous là ? Il n'a jamais eu d'enfants.

— Sadie Moreno. Ce nom ne vous dit rien ?

— Vous faites erreur. S'il avait eu une fille, je l'aurais su.

— Il avait peut-être coupé les ponts avec elle.

Mais dans ce cas, pourquoi aurait-il fait d'elle son unique héritière ?

Deloris secoua vigoureusement la tête.

— George ne voulait pas d'enfants. En fait, il a laissé la plus grande partie de sa fortune à des œuvres caritatives.

Jasper resta quelques instants sans voix.

Pourquoi Sadie lui avait-elle menti ? Et qui diable était-elle ?

— Vous ne m'avez toujours pas dit qui est cette personne qui a été assassinée, et quel rapport il y a avec moi.

— Bernie King. C'était un sans-abri. Il a été vu pour la dernière fois au foyer Revive Center de Sadie Moreno.

— George n'était pas son père. Elle vous a menti.

— J'en ai l'impression.

— Cette fille n'a pas hérité l'argent de George. Elle l'a volé.

Jasper doutait grandement que Sadie ait volé l'argent, mais elle ne l'avait pas non plus reçu en héritage. Elle avait déjà de l'argent et, pour une raison qui restait à déterminer, elle avait endossé une nouvelle identité.

Mêlée à sa colère d'avoir été dupé, il ressentit de l'inquiétude pour elle.

Dans quel genre d'ennuis était-elle allée se fourrer ?

Il quitta Deloris en se demandant si Sadie lui avait dit la vérité sur une chose au moins.

Il avait gardé pour lui l'impact que leur nuit ensemble avait eu sur lui. Le lendemain matin, il s'était senti bouleversé, différent…

Puis il avait décidé qu'il était temps de donner une nouvelle impulsion à son enquête.

Mais, avant toute chose, il avait besoin de connaître la vérité.

Si son prochain rendez-vous ne produisait pas les résultats escomptés, il irait chercher les réponses auprès de Sadie.

Et cette fois, elle avait intérêt à parler.

Jasper fut surpris par la taille et l'architecture du Revive Center. Le bâtiment de brique ocre, aux allures de paquebot avec sa façade percée de fenêtres en forme de hublots, était flanqué d'une avancée vitrée, par laquelle se faisait l'entrée.

Jasper franchit la porte coulissante et se retrouva dans un hall gigantesque aux allures de serre, avec ses arbres et ses plantes luxuriantes.

Un chemin pavé menait à une zone ouverte, où un tableau d'affichage indiquait les différents secteurs. Le foyer disposait d'une clinique, d'un centre de désintoxication, d'une équipe de psychologues, et d'un service d'aide au retour à l'emploi.

Une porte s'ouvrit sur sa droite. Un homme se dirigea vers la sortie, en tenant des brochures à la main. Il ne lui accorda pas un regard en passant.

Jasper regarda vers la porte et remarqua une affiche apposée dessus. « Entrez ici pour commencer votre nouvelle vie. »

Contournant le panneau d'affichage, Jasper découvrit plusieurs présentoirs fournis en documentation. Une personne en difficulté pouvait venir ici et se renseigner, sans même avoir à prendre contact avec quelqu'un.

C'était une façon non menaçante de les attirer au centre. Personne n'avait à savoir qu'ils s'étaient renseignés.

Jasper se dirigea vers la porte et l'ouvrit.

Un déluge de sons et d'images l'assaillit.

Le vaste espace fonctionnait à la fois comme une cafétéria et un lieu de détente. De grands écrans de télévision étaient fixés aux murs, et du personnel de cuisine s'activait un peu partout pour servir des repas.

— Puis-je vous aider ?

Jasper se tourna dans la direction de la voix, et découvrit une femme brune entre deux âges, assise derrière un bureau sur lequel était posé un ordinateur.

— Je viens juste me renseigner, dit-il.

Il préférait ne pas révéler tout de suite qui il était.

— Je passe souvent en voiture devant le bâtiment, et je me suis dit que vous cherchiez peut-être des bénévoles...

Le sourire de la femme s'élargit.

— Nous ne refusons jamais de l'aide. Connaissez-vous les domaines d'intervention du centre ?

— Pas très bien. Vous vous occupez des sans-abri ?

Elle eut un petit rire et fit le tour du bureau pour venir se placer près de lui.

— Nous commençons par cette pièce, qui est volontairement anodine. Certains SDF sont dans la rue depuis longtemps, et l'idée de la nouveauté peut leur paraître effrayante. D'autres ont simplement peur que ça ne marche pas.

Jasper observa la pièce et ses occupants. Certains mangeaient, d'autres regardaient la télévision, d'autres semblaient simplement attendre.

— S'ils décident de passer à l'étape suivante, nous nous occupons d'abord de leurs besoins immédiats, comme la nourriture, les soins médicaux et l'habillement. Puis, nous développons des plans individuels basés sur le degré d'attention que requiert chaque personne. Certains ont besoin de plus d'aide que d'autres.

— Qui est responsable du centre ?

— Carol Smith. C'est notre directrice générale.

— Et qui est le propriétaire ?

— C'est une association à but non lucratif fondée par Sadie Moreno, mais elle n'est pas là très souvent. Elle laisse la gestion courante à Carol.

Au moins, cette partie-là était vraie.

— Suivez-moi, je vais vous conduire à Carol. Vous devez voir avec elle si vous voulez rejoindre nos bénévoles. Rien ne se fait sans son accord.

Jasper la suivit jusqu'à un bureau, où elle le laissa en compagnie d'une sexagénaire aux courts cheveux gris.

— Que puis-je faire pour vous ? demanda-t-elle, en ôtant ses lunettes à monture d'écaille.

— J'aimerais rencontrer votre chef de la sécurité pour lui proposer mes services.

La femme parut confuse.

— Nous n'avons pas de chef de la sécurité.

— On m'avait parlé d'un certain… Steven Truscott.

— Vous devez faire erreur. Nous n'avons personne de ce nom ici. Mais je vais vous donner des formulaires à remplir, si vous voulez rejoindre notre équipe de bénévoles… Je vous raccompagne.

Au moment où ils revenaient vers l'accueil, Sadie entra, impressionnante dans un tailleur-pantalon noir de femme d'affaires.

Derrière elle, le vigile qu'il avait laissé posté devant la porte de sa chambre d'hôtel leva les bras et secoua la tête d'un air impuissant. Elle avait dû insister pour venir.

Lorsque Sadie le découvrit, elle se figea, l'air furieux.

— Oh ! ça alors ! s'exclama Carol. C'est Sadie. Je n'en reviens pas.

Sadie n'eut aucune réaction.

Il pouvait presque voir les pensées tournoyer dans son esprit, alors qu'elle s'interrogeait sur ce qu'il avait appris et sur ce qu'elle devait dire ou non.

— Sadie, quel plaisir ! dit Carol. Nous ne vous attendions pas.

Elle se ressaisit, et parvint à plaquer un sourire cordial sur son visage.

— C'est toujours un plaisir de venir vous voir.

— Voici un futur bénévole.

— Un bénévole ? répéta Sadie, d'un ton moqueur. C'est ce qu'il vous a dit ?

Carol se décomposa.

— Oui.

Du coin de l'œil, Jasper vit la réceptionniste, qui avait été si aimable avec lui, se démancher le cou pour suivre la conversation.

— C'est un détective privé que j'ai engagé pour enquêter sur le meurtre de Bernie. Il est venu à la pêche aux informations.

Le regard qu'elle dardait sur lui était furieux.

— Je plaide coupable.

Il leva la main droite comme au tribunal.

— Je plaide coupable.

La réceptionniste s'était rapprochée, et elle échangeait un regard incrédule avec Carol.

Il abaissa la main et afficha son sourire le plus charmeur.

— Veuillez m'excuser, mesdames. Je ne serais pas un bon détective si je ne fouinais pas un peu anonymement.

L'expression de Carol se radoucit.

— Oh ! vous êtes doué. Je dois avouer que vous m'avez bien eue.

— Moi aussi, dit la réceptionniste.

Jasper vit Sadie observer les deux femmes avec un rien d'agacement, avant de poser sur lui un regard vaguement inquiet. Elle semblait s'armer de courage pour ce qui allait suivre. Répondrait-elle enfin avec sincérité à ses questions ?

6

Sadie se retint de lever les yeux au ciel, tandis que Jasper terminait son numéro de charme avec la directrice générale et la réceptionniste.

L'invitant à le suivre dans le hall, elle le précéda dans la porte à tambour et, lorsqu'ils furent sur le trottoir, elle se tourna vers lui, furieuse.

— Qu'est-ce que tu faisais ici ?

— J'essayais d'obtenir les réponses que je n'ai pas eues dans le Wyoming.

— Tu aurais pu me demander de t'accompagner.

— Vraiment ?

— Tu es supposé résoudre le meurtre de Bernie, pas fouiner dans ma vie.

Il se rapprocha, la dominant de toute sa hauteur.

— Ce qu'il y a de bien quand on travaille chez Dark Alley Investigations, c'est qu'il n'y a pas de règles. Tu ferais bien de t'y faire.

Bon sang ! Il l'exaspérait de plus en plus.

— Je ne t'ai pas engagé pour que tu envahisses mon intimité.

— Ta vie, tout au moins la partie secrète, est intimement liée au meurtre de Bernie, rétorqua Jasper. Je n'apprécie donc pas que tu me mentes. Ça brouille mon enquête.

Était-ce le cas ?

Il avait l'air vraiment sûr que le meurtre de Bernie était lié à son passé. De son côté, elle n'avait jamais voulu le croire, et elle n'en était toujours pas convaincue.

Peut-être réfutait-elle cette possibilité parce que, si le meurtre de Bernie avait en effet un rapport avec son passé, cela voulait dire que sa vie et celle de ses proches étaient en danger.

Soudain, elle eut l'impression de manquer d'air.

— Pourquoi ne m'as-tu pas dit que tu voulais venir au centre ?

— Pourquoi as-tu rencontré Steven sans me le dire ? répliqua-t-il, du tac au tac.

— Ça ne te regarde pas. Tout ce que j'attends de toi, c'est que tu découvres l'assassin de Bernie.

— Je vais le trouver. Mais je vais aussi découvrir ce que tu caches.

— Pourquoi ?

Toute sa frustration de ne pas être capable de faire lâcher prise à Jasper était concentrée dans cette seule question.

Il ne savait pas quelles forces il allait libérer. Ce qui allait retomber sur lui… sur elle.

— Pourquoi ne me le dis-tu pas, tout simplement ?

Tandis qu'il attendait sa réponse, elle chercha un moyen de mettre fin à cette conversation.

Mais plus elle tardait, plus elle prenait conscience de sa présence à côté d'elle, des traits virils de son visage : mâchoire carrée, début de barbe blonde, regard azur.

Des images troublantes de la nuit qu'ils avaient passée ensemble la firent frissonner : leurs deux corps enlacés dans une étreinte passionnée, les mains de Jasper sur sa peau…

Troublée, elle leva les yeux et l'intensité brutale de son regard la déconcerta, son expression disant mieux que des mots qu'il n'avait pas oublié non plus ce qui s'était passé.

— Pourquoi as-tu quitté la chambre sans rien me dire ?

— Il était temps de donner un nouvel élan à l'enquête.

— Non, ce n'est pas la raison, Jasper. Tu avais besoin de t'échapper. Je ne t'intéressais plus. Il te fallait autre chose de plus exaltant.

— Tu te trompes.

— Aurais-tu pris l'avion pour la Californie si nous n'avions pas fait l'amour ?

— Sadie, ne commence pas.

— Pourquoi pas ?

Il soupira, et elle vit qu'il était de plus en plus irrité.

— Cette nuit a été plutôt... intense, dit-il, comme si ça l'embarrassait de le reconnaître.

Elle se sentit un petit peu mieux. Il l'avait ressenti aussi. Elle n'était pas la seule.

— Ça te déstabilise ? demanda-t-elle.

— Pas toi ?

Elle devait être honnête.

— Si.

— Parce que tu ne fais pas confiance aux hommes.

— Et toi, tu es terrifié par l'engagement.

— Je n'emploierais pas le mot « terrifié ».

— Tu regrettes ce qui s'est passé entre nous ?

— C'est une question piège. Je pourrais te poser la même.

À dire vrai, elle ne savait pas si elle regrettait cette nuit.

Comme elle ne répondait pas, il commença à regarder autour de lui, et elle eut l'impression qu'il vérifiait les parages pour s'assurer qu'ils étaient en sécurité.

Puis il repéra le vigile avec qui elle était venue, et lui fit signe qu'il s'occupait d'elle. L'homme indiqua qu'il avait compris, et regagna son propre véhicule.

Jasper entraîna Sadie vers le parking sous-terrain, et ouvrit la portière d'une voiture qu'il avait probablement louée.

— Monte.

À nouveau, il balaya du regard les lieux. Puis, comme elle n'obtempérait pas, il lui lança un coup d'œil impatient.

Mais pour Sadie, ils n'en avaient pas encore fini avec cette discussion. Celle à propos de la nuit dernière, oui. Mais pas l'autre.

— Comment sais-tu que j'ai rencontré Steven ?

— J'étais dans le coffre de la voiture. Je t'ai vue avec lui.

Elle rejeta la tête en arrière, ébahie.

— C'est vrai ?

— Je t'en prie, monte, Sadie.

— Nous n'avons pas terminé.

— Tu as raison. Il me semble que tu as omis de me dire que Steven n'est pas ton responsable de la sécurité.

Évidemment ! C'était pour cela qu'il était allé fouiner au centre.

— J'ai également eu une conversation intéressante avec l'ex-femme de George Moreno.

Une nouvelle bombe. Combien d'autres allait-il faire exploser ? Elle aurait sans doute dû s'attendre à ce qu'il découvre autant de choses. Après tout, elle l'avait engagé parce qu'il était le meilleur.

Aurait-elle agi différemment si elle avait su, ou tout au moins suspecté que le meurtre de Bernie était lié à son passé ?

— George n'avait pas de fille, continua Jasper. Il a légué son argent à des œuvres caritatives. Il est impossible que tu sois son héritière.

Après cette affirmation, prononcée d'un ton qui ne souffrait aucune contradiction, il ajouta :

— Qui es-tu ?

La pire des questions qu'on pouvait lui poser.

— Arrête, dit-elle, en tentant de s'éloigner.

Il lui saisit le bras avec une force redoutable.

— Tu n'as pas hérité ton argent de George. D'où vient-il ?

Elle ne répondit pas. Elle ne pouvait pas.

Angoissée, elle essaya de se libérer.

— Lâche-moi.

Il l'attira contre lui, un bras passé autour de sa taille.

— Ça ne m'a pas demandé beaucoup d'efforts pour le découvrir. Celui qui est après toi pourrait facilement avoir fait de même.

Pensait-il que quelqu'un l'avait fait ? À cette idée, sa respiration s'accéléra.

— Qui es-tu ? répéta-t-il.

— Tu n'as aucune idée de ce que tu demandes.

Si elle lui disait, que se passerait-il après ?

— Dis-moi qui tu es vraiment, Sadie. Qui fuis-tu, et pourquoi ?

Tandis qu'il la fixait d'un air encourageant, elle eut presque envie de tout lui révéler.

D'une certaine façon, après la nuit qu'ils avaient passée ensemble, elle se sentait plus proche de lui. Mais elle ne devait pas confondre un moment de passion avec un feu vert pour une confiance inconditionnelle.

Elle le repoussa de toutes ses forces.

— Lâche-moi, Jasper.

Était-ce le désespoir de son intonation ? La gravité de son regard ? En tout cas, il comprit sa détermination, tout autant que son impuissance. Elle ne pouvait rien lui dire.

Il la libéra et fit un pas en arrière.

— Qui est Steven ?

— Il est le responsable de ma sécurité. Je n'ai pas menti sur ça.

— Mais il ne travaille pas au Revive Center ?

— Non.

— Alors, comment le connais-tu ? Qui est-il ? D'où vient-il ?

— Arrête de poser des questions auxquelles je ne peux pas répondre.

Elle se dirigea vers la sortie du parking.

Son chauffeur était déjà parti, puisque Jasper lui avait dit qu'il prenait la relève, mais elle pouvait demander à quelqu'un du foyer de la raccompagner.

Jasper lui emboîta le pas.

— Pourquoi ne peux-tu pas répondre ?

Pouvait-elle prendre au moins le risque de révéler cela ? Elle ne pensait pas qu'il battrait en retraite autrement.

— Parce que ça pourrait te faire tuer.

— Tu fuis quelqu'un de dangereux.

On pouvait dire ça, oui. Elle ne répondit pas, ne pensant pas qu'elle avait à le faire.

Ils quittèrent le parking et rebroussèrent chemin vers le foyer.

— Je peux te protéger, dit Jasper. Dark Alley Investigations s'est doté de professionnels qualifiés pour des situations de ce genre. Tu dois me faire confiance, Sadie.

— Je ne fais confiance à personne. Et je ne veux pas risquer la vie d'une autre personne en l'impliquant dans mon histoire.

— Je peux faire venir une équipe d'anciens soldats Delta dès demain. Il faudrait un groupe de trente à quarante personnes pour en venir à bout.

— La personne qui souhaite ma mort a les moyens d'en envoyer bien plus que ça.

— Ils n'étaient que cinq chez toi.

— Parce qu'ils ne s'attendaient pas à tomber sur toi et sur mon équipe de sécurité.

— Quelqu'un d'aussi puissant que la personne dont tu te caches n'enverrait pas des assaillants sans savoir comment tu es protégée.

Cette remarque sema le doute dans l'esprit de Sadie.

Elle ralentit le pas et jeta un coup d'œil à Jasper.

Il lui prit le bras.

— Fais-moi confiance, Sadie. Je sais comment ça se passe. J'ai vu Dark Alley Investigations en action. Leurs experts en sécurité sont les meilleurs du monde. Ce sont des hommes qui connaissent les armes et le combat. Ce sont des guerriers.

Elle aurait bien voulu pouvoir accepter, mais il y avait trop de choses en jeu.

— Je ne peux pas mettre une autre vie en danger. Steven est mon informateur. Une taupe, si tu préfères. Si quelqu'un peut m'aider à faire tomber Darien, c'est lui.

— Qui est Darien ?

Elle se reprocha *in petto* son imprudence, et son visage se ferma.

— Fais-moi confiance, insista Jasper.

Elle en avait envie.

Elle aurait bien aimé baisser sa garde et se décharger de ses problèmes sur une personne compétente.

Mais elle ne pouvait pas.

Ce n'était pas seulement dû au fait que sa peur de Darien la retenait. Elle refusait tout simplement d'accorder sa confiance à qui que ce soit.

— Je ne peux pas, dit-elle, en faisant un pas en arrière. Tu en sais déjà beaucoup trop.

Jasper ne s'avoua pas encore vaincu.

— Rentrons à l'hôtel pour discuter.

De Darien ? Elle ne se sentait pas prête.

Jasper lui prit la main et la redirigea avec douceur vers le parking.

— Viens. Nous ne sommes pas obligés de parler de Darien si tu n'en as pas envie.

Même s'il paraissait compréhensif, Jasper manifestait toujours l'intention d'obtenir des aveux complets.

— Qu'as-tu l'intention de faire ? demanda-t-elle.

— Je vais te protéger et découvrir qui a tué Bernie.

Elle le croyait, et ne savait plus quelle attitude adopter.

D'un côté, elle ne voulait pas se laisser attendrir par le réconfort que la présence de Jasper lui apportait. De l'autre, elle exultait d'étonnement et de ravissement à l'idée qu'un homme tel que lui se montre aussi attentionné à son égard.

C'était un homme honnête et bon, qui n'avait rien à voir avec Darien Jafari.

Jasper n'ennuya plus Sadie avec ses questions durant le trajet en ascenseur jusqu'à la suite avec toit-terrasse. Il avait choisi cet hôtel parce qu'il fallait la clé magnétique de la chambre pour atteindre le dernier étage par l'ascenseur.

— J'ai demandé à Dwight de nous rejoindre, dit-il, quand ils furent installés. Il est dans la chambre d'à côté.

— Bien, dit Sadie, en hochant distraitement la tête.

— Demain, j'aimerais interroger ceux de tes bénéficiaires qui ont vu Bernie le jour de son assassinat. Et même la veille.

— La police l'a déjà fait. Pourquoi les embêter à nouveau ?

— Je ne suis pas la police.

Sadie ne fit pas d'autre commentaire, et commença à déambuler nerveusement dans la pièce.

Il devina qu'elle pensait à la nuit à venir, avec celle de la veille encore fraîche dans son souvenir.

Fixant la fenêtre, elle demanda :

— On peut faire quelque chose ? Je ne crois pas que je vais pouvoir rester enfermée dans cette chambre toute la nuit.

— Je ne veux pas prendre le risque de sortir et de croiser plus de gens qu'il n'est nécessaire.

Lui faisant face, elle posa un bras sur son estomac et, pliant l'autre, appuya son index sur sa joue, dans une attitude pensive.

— J'ai une idée. Je vais faire monter tous les ingrédients pour réaliser du pain perdu.

Elle se précipita au téléphone et fit part de son souhait au concierge.

— Pourquoi veux-tu faire du pain perdu ? s'étonna Jasper. Si tu as envie d'en manger, il suffit de le commander au room service.

— Cuisiner me détend. Et ça m'évite de penser... à tout un tas de choses.

Il savait très bien ce qu'elle voulait dire.

— À ce propos...

Elle leva une main pour l'interrompre.

— N'en parlons plus, et mettons-nous d'accord pour que ça ne se reproduise pas.

— Je ne pense pas que ni l'un ni l'autre ne l'a planifié. Et je crois qu'il faut en parler.

— Est-ce que ça te va si on considère ça comme une aventure d'un soir ?

— Et toi ?

Il ne pensait pas qu'elle en serait capable.

— Oui, bien sûr.

— Et si ça se reproduit ?

— Dans ce cas, ça voudrait dire que nous n'avons aucune volonté.

— Normalement, j'en ai. Mais pas avec toi.

— Qu'attends-tu exactement ?

— Rien. Quand mon enquête sera terminée, ce sera fini entre toi et moi.

Elle tiqua.

— Tu es toujours aussi charmant envers les femmes avec qui tu couches ?

— Je ne voulais pas que ça paraisse grossier.

— Ne t'inquiète pas. Je ne suis pas prête pour une relation sérieuse, et je ne sais pas si je le serai un jour.

Ils avaient au moins ça en commun. Mais Jasper ressentit le besoin de clarifier sa pensée.

— Je ne dis pas que je suis totalement opposé à une relation suivie, mais je te rejoins sur l'idée que je ne suis pas prêt.

— Très bien.

La façon dont elle le dit laissa penser à Jasper qu'il l'avait insultée, ou blessée d'une façon ou d'une autre. Ce n'était pas son intention.

Cependant, il était certain que ça ne changeait rien à l'état d'esprit de Sadie.

Elle ne voulait rien de sérieux et lui non plus.

Un employé de l'hôtel se présenta avec un panier d'ingrédients. Sadie le porta à la kitchenette et commença à sortir les ustensiles dont elle avait besoin.

— Tu m'aides ? demanda-t-elle, en posant une poêle sur la plaque électrique.

— Je ne suis pas très doué en cuisine.

— Trouve-moi une assiette creuse.

— Mais en revanche, reprit Jasper, sur le ton de la plaisanterie, je sais suivre les ordres d'une jolie femme.

Il la regarda casser les œufs, et les battre avec le lait et le sucre.

— Qui t'a donné l'envie de cuisiner ?

— Quand j'étais petite, à Philadelphie, le personnel de cuisine de mon père me laissait préparer des plats.

Elle mit du beurre à fondre dans la poêle.

— Je croyais que tu avais grandi à San Francisco.

Elle ralentit son geste, tandis qu'elle passait l'une après l'autre deux tranches de pain dans le mélange.

— Nous avions plusieurs résidences.

C'était sans doute vrai, mais ils savaient tous les deux qu'elle n'était pas Sadie Moreno. Et il doutait qu'elle soit originaire de San Francisco, comme elle l'avait dit.

— Tu as dû en faire souvent, dit-il, en la regardant déposer les tranches de pain humectées dans le beurre chaud. Tu n'as pas besoin de recette.

Elle rit, gentiment moqueuse.

— Ce n'est pas très compliqué. Mais, c'est vrai que j'en ai fait souvent.

— Pourquoi aimes-tu cuisiner ?

Elle retourna les tranches de pain, qui avaient pris une belle couleur dorée.

— Je ne sais pas. Je suppose que ça me détend.

Quelques minutes plus tard, elle lui présentait une tranche de pain perdu, accompagnée d'une boule de glace vanille nappée de chocolat fondu et de quelques framboises.

Il goûta. Simple, mais délicieux.

— Si j'avais une cuisine mieux équipée, j'aurais fait quelque chose de plus spectaculaire.

— Depuis quand n'as-tu pas eu de vraie cuisine ? Plus de cinq ans ?

— Vous allez à la pêche aux informations, détective Roesch ?

— Oui, dit-il avec un sourire enjôleur.

— Tu es vraiment diabolique, rétorqua-t-il, sur le ton de la plaisanterie.

— Tu devrais plutôt me voir comme un ange gardien. Je suis de ton côté, tu sais.

Sans répondre, elle prit son assiette et l'emporta au salon.

— Ce ne serait pas meilleur avec du champagne ? demanda-t-il, en se dirigeant vers le mini-réfrigérateur.

Tandis que Sadie l'observait depuis le canapé, il choisit une bouteille et prit des flûtes.

— Tu vas essayer de me faire boire pour que je parle ?

— Ça pourrait être amusant.

Elle rit et ouvrit le dossier qu'il avait posé sur la table un peu plus tôt.

— Je vois que tu as passé quelques informations au surligneur, dit-elle en tournant les pages.

Voyant qu'il avait relevé le fait que Bernie avait beaucoup d'espèces dans son portefeuille, elle précisa :

— Il avait prévu de s'acheter une voiture le lendemain.

Il hocha la tête.

— Celui qui l'a tué ne s'intéressait pas à l'argent.

— Pourquoi penses-tu que son meurtre soit lié à ces hommes qui nous ont attaqués ?

— L'endroit où le corps a été retrouvé. On l'a déplacé là délibérément. Comme si le tueur voulait te faire passer un message.

— Quel message ? Je ne vois pas du tout le rapport qu'il pourrait y avoir entre moi et Warren Park.

Elle tourna quelques pages.

— Pourquoi as-tu surligné ce témoin ? Il a dit qu'il n'avait rien vu.

— Il a vu Bernie quitter le centre et aller au parking.

— Mais il ne l'a pas vu se rendre à son appartement.

— Le témoin a remarqué une femme qui marchait à la rencontre de Bernie. Il l'a décrite dans les moindres détails, depuis la marque de son sac à ses bottes cavalières.

— Et ?

— Avec une telle débauche d'informations, le policier chargé de l'audition a peut-être omis de noter un détail.

— Ah oui. Très bien.

Elle croisa les jambes et sirota une gorgée de champagne.

À être assis aussi près d'elle, à respirer son parfum, ses sens s'enflammant de la contempler, il fallut à Jasper quelques instants pour se rappeler qu'il ne savait toujours pas qui elle était, ni pourquoi elle s'était installée dans cette région isolée du Wyoming.

Il ne savait d'elle que ce qu'elle avait bien voulu révéler, et il devinait qu'elle lui cachait beaucoup de choses.

Qui sait si elle ne lui avait pas menti de bout en bout.

Dans le doute, il ferait bien de prendre garde à ne pas trop faire courir de risques à son cœur.

7

Chad Long se cala dans son nouveau fauteuil de relaxation, avec un soupir de contentement. Souffrant d'une légère déficience mentale, il bénéficiait à présent d'un traitement qui lui permettait de vivre normalement en société.

Assise à côté de Jasper sur un canapé de suédine noire, Sadie remarqua les autres touches que Chad avait apportées depuis la dernière fois qu'elle était venue.

Comme Bernie avant lui, il avait trouvé un travail et quitté le centre pour s'installer dans son propre appartement. Ce dernier étant situé dans une résidence qui ne se trouvait qu'à quelques pas du foyer, Chad ne se sentait toutefois pas lâché dans la nature, et pouvait aisément continuer à bénéficier de toute l'aide dont il avait besoin.

— Vous étiez passée où ? demanda-t-il. Vous nous avez manqué au foyer.

Elle surprit le regard intéressé de Jasper, et comprit qu'il avait hâte d'entendre ce qu'elle allait dire.

Depuis le décès de Bernie, elle avait suspendu ses visites.

— Quelque chose m'a retenue. Mais je suis contente de revoir tout le monde, et de constater comme vous vous débrouillez bien.

Elle était vraiment heureuse quand les gens réussissaient. Pourtant, quand elle avait ouvert le foyer, elle ne s'attendait pas à se soucier autant d'eux.

Son souhait était de faire quelque chose de bien, et pas pour l'argent. Quelque chose qui serait en opposition totale avec l'avidité commerciale.

Jasper se présenta et expliqua la raison de sa présence.

— D'accord, dit Chad. Je ne sais pas comment je peux vous aider, mais posez vos questions.

Jasper adopta une position détendue, jambes croisées, bras étiré sur le dossier du canapé.

— J'aimerais que vous nous racontiez tout ce que vous avez vu ce jour-là. N'omettez aucun détail, même si vous croyez que ça n'a pas de rapport avec Bernie. Refaites-moi vivre chaque minute depuis le moment où vous avez quitté le foyer.

Chad croisa les jambes et posa son pouce sous le menton, l'index étiré contre sa joue.

— Eh bien, je venais juste de terminer un module de retour au travail, et j'allais rentrer à la maison pour dîner. Je me souviens que c'était une belle journée. Pas de nuages, une température agréable, une légère brise... Ça soulevait mes cheveux, et ça me chatouillait dans le cou.

Il poussa des petits cris de ravissement, en plissant les yeux et en agitant les mains. Ce comportement, symptomatique de sa déficience, surprenait généralement les gens.

Du coin de l'œil, Sadie guetta la réaction de Jasper, et fut soulagée de voir qu'il ne montrait aucun signe de rejet, affichant au contraire un sourire de sympathie.

— Il n'y avait pas beaucoup de gens dehors, car il était déjà assez tard. J'ai vu Bernie quitter le centre devant moi. Je suppose qu'il avait lui aussi une formation en cours du soir, mais pas la même que moi... Bref, je me suis retrouvé à le suivre jusqu'au parking.

Chad parut gêné, et tint à préciser :

— Pas exprès. J'allais tout simplement dans la même direction que lui. Il marchait sur le bord du trottoir, côté rue. Moi, je préfère longer les immeubles. Et j'aime bien aussi compter le nombre de pas que je fais.

Jasper hocha la tête, compréhensif.

— Parmi les voitures stationnées, l'une d'elles a-t-elle retenu votre attention ?

— Je me souviens d'une Mercedes blanche. Elle sortait du lot, parce que personne dans le coin n'a une aussi belle voiture. J'ai pensé qu'elle était à Sadie, ou une de ses connaissances.

— Pouvez-vous me décrire la voiture ?

— C'était une Maybach S600, caisse longue, moteur V12. Je l'ai dit aux flics, mais ça ne les a pas intéressés.

— Vous avez vu quelqu'un dans la voiture ?

— Non, les vitres étaient teintées.

— Et la plaque d'immatriculation ?

Chad s'accorda quelques instants de réflexion.

— Je ne pense pas qu'elle était locale. Les plaques ici sont bleu et rouge. Il n'y avait pas de rouge dans celle-là. Peut-être des écritures bleues... Je ne suis pas sûr.

Il se creusa encore la tête.

— Je crois qu'il y avait aussi un autocollant sur la plaque. En haut à droite.

— À quelle distance étiez-vous ?

— Peut-être quinze mètres.

Assez près pour relever quantité de détails, songea Jasper, mais Chad n'avait pas retenu les numéros. Rien de plus normal, puisqu'il n'avait pas de raison de le faire.

— Quand avez-vous Bernie pour la dernière fois ?

— Il est entré dans le parking, et j'ai continué mon chemin.

— Y avait-il quelqu'un d'autre dans le parking ?

Chad secoua la tête.

— Juste un couple sur le trottoir d'en face. Ils se tenaient très proches, et semblaient absorbés l'un par l'autre.

À nouveau, Chad gloussa en plissant les yeux.

— Je crois que c'étaient des amoureux.

— Personne d'autre dans le parking ? insista Jasper. Vous êtes sûr ?

— Certain.

Personne dans les appartements qui faisaient face au parking n'avait rien vu non plus.

Personne ne regardait par la fenêtre à ce moment-là, et l'immeuble n'était pas très occupé à cette heure-là.

— Merci, dit Jasper en se levant. Vous m'avez été d'une grande aide.

Sadie se leva en même temps, et Chad l'attira dans une accolade maladroite.

— Ça m'a fait très plaisir de vous revoir, dit-il.

Alors que Jasper et Sadie sortaient de l'immeuble, elle reconnut un ancien sans-abri, qui venait dans leur direction sur le trottoir.

Grand et maigre, avec des cheveux blonds grisonnants et des yeux d'un bleu très vif, Eddy Anderson, eut un grand sourire quand il la vit.

— Bonjour, Eddy. Comment allez-vous ?

— Bien, mademoiselle Moreno. J'ai fini ma cure de désintoxication, et j'ai trouvé un travail.

— J'en suis heureuse pour vous.

— Dites, j'ai appris pour Bernie. Je voulais vous dire que je suis désolé. Nous savions tous que vous l'aimiez beaucoup.

— Merci, Eddy.

L'homme se tourna vers Jasper.

— Je n'ai jamais rencontré quelqu'un avec un cœur aussi bon que Sadie. J'espère que vous prenez bien soin d'elle.

— Jasper est le détective privé qui aide la police à enquêter sur le meurtre de Bernie.

Eddy eut un petit signe de tête courtois.

— Ravi de vous rencontrer. Et bonne chance pour trouver l'assassin de Bernie.

— Merci.

— Eh bien, ça m'a vraiment fait plaisir de vous voir, conclut Eddy, en levant la main en signe d'adieu.

— Au revoir, Eddy, répondit Sadie, en le regardant s'éloigner.

— Comment se fait-il que tout le monde te connaisse si bien, alors que tu travailles à distance ? s'étonna Jasper.

— Je mets un point d'honneur à rencontrer chaque nouvel

arrivant et, lorsque je viens ici, je les rencontre pour constater moi-même leurs progrès.

Soudain, Jasper lui prit la main et l'entraîna vers un petit square situé entre la résidence et le Revive Center.

La végétation les cachait partiellement de la route, et un banc offrait un moment de relaxation au milieu d'un parterre de fleurs printanières aux vives couleurs.

— Asseyons-nous un moment, proposa Jasper.

Il prit place sur le banc en l'entraînant avec lui.

Sadie se demanda ce qu'il avait en tête. Allait-il lui faire la cour ?

— Que fais-tu ?

Il prit son menton entre le pouce et l'index, et lui fit tourner la tête vers lui.

— Ne regarde pas. Il y a une voiture garée dans la rue, avec deux hommes à l'intérieur. Je les ai vus se garer tout à l'heure, alors que nous nous rendions chez Chad.

Vraiment ? Sadie n'avait pas remarqué qu'il observait aussi attentivement leur environnement.

— Ils nous ont suivis depuis l'hôtel ?

— Non. Ils attendaient dans la rue. Tu les reconnais ?

Sadie se pencha pour essayer d'y voir quelque chose à travers les branchages.

Le conducteur était chauve, et probablement assez corpulent, mais c'était tout ce qu'elle pouvait dire. Du passager, elle n'apercevait qu'une vague silhouette.

— Ils nous ont vus sortir de l'immeuble, tu crois ?

— Je ne pense pas. Il y a des arbres de part et d'autre de l'entrée, et un camion de livraison était garé devant. Ça nous a masqués jusqu'à ce que nous tombions sur Eddy. Mais ensuite, un gros SUV a manœuvré pour se garer, et il est possible que ça ait bloqué leur vue.

Elle le regarda jeter un coup d'œil vers la rue.

— Tu es sûr ?

— Ils ne semblent pas nous avoir remarqués. Si c'était le cas, ils regarderaient vers nous, et ils ne le font pas.

— Ils peuvent aussi avoir noté que tu les as repérés, et feindre la nonchalance.

Jasper ne releva pas cette remarque.

— Tu ne m'as pas dit si tu les avais reconnus.

Sadie regarda à nouveau vers la voiture, plissant les yeux pour mieux voir. Puis elle renonça et secoua la tête.

— Je n'en suis pas absolument sûre mais, à première vue, leur tête ne me dit rien.

De toute façon, Darien ne se déplacerait pas en personne. Il avait à sa disposition un nombre incalculable d'hommes de main.

Alors que le conducteur tournait la tête dans leur direction, Jasper la surprit en pivotant sur le banc, et en rapprochant son visage du sien.

Elle comprit que c'était une ruse pour empêcher que les hommes ne voient leur visage, mais elle n'en fut pas moins troublée.

Les prunelles bleues de Jasper se posèrent sur ses lèvres, puis remontèrent vers ses yeux, chargées d'une flamme passionnée.

Sadie retint son souffle.

Elle avait envie de faire courir ses doigts dans les mèches blondes, et d'attirer à elle le visage de Jasper pour qu'il l'embrasse.

Elle découvrit bien vite que ce n'était pas la peine.

De lui-même, Jasper posa la main sur le côté de sa tête, et plaqua sa bouche sur la sienne, satisfaisant l'envie dévorante qu'elle ressentait.

Elle fit remonter sa main le long de son bras, palpant son biceps, avant de glisser la main sous sa veste pour toucher son torse.

Une fièvre soudaine s'empara de son corps, tandis que leur baiser se faisait de plus en plus passionné, et tous les sentiments qu'elle niait farouchement depuis leur dernière étreinte resurgirent avec force.

Jasper fut le premier à se ressaisir, mettant fin à leur baiser, et posant le front contre celui de Sadie.

— C'était quoi, ça ? demanda-t-elle.

Bonté divine, elle manquait d'air, et une intense chaleur lui brûlait le ventre.

— Si seulement je le savais.

Il jeta un coup d'œil vers la voiture, et l'embrassa à nouveau, sans toutefois se laisser emporter cette fois.

— Je suppose qu'il y a une entrée de service au foyer ?

— Bien sûr.

La voiture de location de Jasper était garée juste devant l'immeuble, et ils avaient marché jusqu'à la résidence.

— On peut même y accéder depuis ce square, sans avoir à repasser par la rue.

Elle se leva et lui prit la main, le guidant vers un petit chemin ombragé qui les mena jusqu'à l'arrière du bâtiment.

Utilisant son badge pour déverrouiller la porte, elle le mena ensuite à travers un couloir désert, bifurqua pour en emprunter un autre, jusqu'à ce qu'ils débouchent dans le hall.

Devant la porte, Jasper l'arrêta et passa devant.

Elle le rejoignit sur le trottoir dès qu'il lui fit signe, puis ils s'empressèrent de monter en voiture.

Sadie se démancha le cou pour regarder derrière, tandis qu'ils prenaient de la vitesse. L'autre voiture n'était pas derrière eux. Ils avaient réussi à échapper à leurs suiveurs.

Mais qui étaient-ils ?

Elle frissonna, connaissant déjà la réponse.

Jasper avait pris des dispositions pour retrouver Dwight après leur retour à l'hôtel, afin de lui parler de la filature qu'ils avaient mise en place à l'insu de Sadie.

En effet, la facilité avec laquelle cette dernière avait été repérée l'inquiétait, et il avait jugé bon de prendre certaines mesures de protection.

Il frappa et, tandis que la porte s'ouvrait, posa la main dans le creux du dos de Sadie. C'était pour lui un geste automatique, mais elle lui retourna un regard assombri de désir qui ne le laissa pas indifférent.

— Installez-vous, dit Dwight, en se dirigeant vers la kitchenette.

Sa suite était un peu plus petite que la leur, mais tout aussi luxueuse.

— Vous voulez boire quelque chose ?

— Non merci, dit Sadie.

Jasper secoua la tête, et reporta son attention sur la télévision, où passait un dessin animé.

— Dwight préfère regarder cela, plutôt que des films, expliqua Sadie.

Depuis la cuisine, l'intéressé s'expliqua :

— Ça me permet d'éviter de penser à des choses plus sombres... En particulier celles liées à mon passé.

— Dwight était dans les Forces Spéciales, précisa Sadie.

Jasper hocha la tête. Il le savait déjà.

— Je n'en regardais pas avant de rencontrer Sadie. Elle m'a sauvé.

Elle avait sauvé beaucoup de gens, de sorte que Jasper avait beaucoup de mal à lui en vouloir de ses mensonges.

— Parlons de la voiture garée devant le Revive Center, dit-il.

Dwight les rejoignit au salon, avec trois canettes qu'il posa sur la table basse.

— Je sais que vous avez dit ne rien vouloir, mais c'est de la bière sans alcool. Ça ne se refuse pas.

Avec un sourire, Jasper prit une des canettes et l'ouvrit, tandis que Sadie se calait contre le dossier du canapé et regardait pendant quelques secondes le dessin animé.

— Je vous ai suivis comme vous me l'aviez demandé, dit Dwight.

— Je vous ai vu.

— Vous êtes bien le seul. Ces deux voyous dans la voiture ne m'ont pas remarqué. Ils ne vous ont pas vus partir non plus. Je suis resté à les observer après votre départ. Ils ont attendu qu'une autre voiture arrive et ont levé le camp. Ils se relaient pour surveiller le centre et la résidence.

Ils guettaient Sadie, et ne l'avaient probablement pas attaquée parce qu'elle n'était pas seule.

Ou alors, ils avaient l'intention de les suivre pour savoir où ils résidaient.

Comme toujours, la question de la mort du SDF taraudait Jasper.

Si les deux faits étaient connectés, pourquoi tuer Bernie, et ensuite s'en prendre à Sadie ?

Tout le monde savait combien elle avait de l'affection pour lui. L'homme qu'ils avaient rencontré dans la rue, Eddy, l'avait encore démontré.

Cherchait-on uniquement à la faire souffrir ?

Ou bien, y avait-il une explication plus complexe ?

— J'ai suivi la première voiture, dit Dwight, arrachant Jasper à ses pensées. Je sais à quel hôtel ils sont descendus.

— Dans ce cas, nous devrions peut-être aller leur rendre une petite visite.

— C'est exactement ce que je me disais.

8

Jasper n'avait pas voulu la laisser seule à l'hôtel, et Sadie s'était donc retrouvée avec Dwight et lui.

Elle redoutait un peu la façon dont ils allaient s'y prendre pour obtenir des informations de la part des hommes qui les suivaient. L'idée d'être confrontée à des personnes capables de tuer ne l'enchantait vraiment pas.

La voiture des hommes était garée dans le parking. Ils devaient donc se trouver dans l'hôtel.

Jasper décida de commencer par le bar.

Il avait vu juste. Les deux malfrats s'y trouvaient.

Bien qu'elle n'ait pas réellement pu voir les hommes de près, Sadie reconnut la calvitie et la silhouette massive du conducteur. L'homme assis à côté de lui était plus grand et plus mince, et ses cheveux noirs étaient coupés en brosse.

Dwight approcha d'un côté du duo, et Jasper fit de même de l'autre côté.

Les deux hommes regardèrent avec étonnement les nouveaux arrivants, puis ils se figèrent en découvrant Sadie.

— Je me présenterais bien, dit Jasper, mais vous savez déjà qui je suis.

Le chauve feignit l'innocence.

— On ne vous a jamais vus.

— Ne perdons pas de temps. Vous étiez garés devant le Revive Center. Pourquoi ?

Jasper écarta légèrement sa veste pour faire voir qu'il était armé.

— Vous devez nous confondre avec d'autres personnes, dit le mince.

— Je vous ai suivis depuis le centre, dit Dwight. Nous savons que vous surveillez Sadie.

— Sadie ? répéta le chauve, en jetant un regard étonné vers elle.

À l'évidence, ce n'était pas le nom qu'on lui avait donné.

Elle redressa le menton, refusant de se laisser intimider.

Le chauve quitta son siège, et dut lever les yeux pour croiser le regard de Jasper.

— Vous feriez mieux de vous occuper de vos affaires.

— Sinon, quoi ?

— Sinon, vous pourriez avoir beaucoup plus d'ennuis que vous ne le pensez.

— Pour qui travaillez-vous ? demanda Jasper, sans s'en laisser conter.

Le mince se leva et prit son comparse par le bras.

— Allons-nous-en.

— Qui vous a envoyés ? insista Jasper.

Comme ils commençaient à s'éloigner, Dwight fit mine de les suivre, mais Jasper l'en empêcha.

— C'est réciproque, cria-t-il, à l'intention des deux hommes.

Ils s'arrêtèrent et se retournèrent.

— Vous aussi, vous pourriez avoir plus d'ennuis que vous ne le pensez. Dites à votre patron qu'il ferait mieux de renoncer.

Le chauve ricana.

— On a le sens de l'humour, à ce que je vois.

Autour d'eux, les gens commençaient à les remarquer, les conversations s'amenuisant tandis que la musique continuait à jouer.

— Je pense que vous savez à qui vous parlez, dit Dwight.

— Jasper Roesch, d'une agence de détectives snobinarde.

Le chauve hocha la tête.

— Ouais, nous savons tout de vous.

Sadie vit que Jasper n'était ni surpris, ni alarmé. Il devait s'attendre à ce qu'ils le connaissent.

— Dans ce cas, vous n'êtes pas aussi intelligents que je le pensais, rétorqua Jasper.

Il s'avança jusqu'à toiser l'homme de toute sa hauteur.

— Dites à votre patron qu'il a été prévenu. Et qu'aucun de vous n'aura une seconde chance.

— C'est bien présomptueux de la part d'un homme seul, dit le mince, avec un sourire effrayant.

Jasper lui tint tête.

— Vous pensez vraiment que je suis seul ?

— Vous ne savez pas dans quoi vous avez fourré votre nez, dit le chauve.

— Dans ce cas, éclairez-moi.

Avec un haussement d'épaules, le chauve fit demi-tour, et son comparse suivit.

Sadie aurait pu révéler à Jasper le nom du commanditaire. Mais alors, elle aurait dû lui dire tout le reste. Or, elle redoutait ce qu'il allait faire de cette information, et craignait encore plus les conséquences.

— J'ai bien peur que nous ayons perdu notre temps, dit Jasper.

— Pas complètement. Nous avons fait passer un message.

— Vous pourriez avoir réveillé le tigre endormi.

Jasper se tourna pour le regarder.

— Et de qui s'agit-il ?

Dwight tourna la tête et chercha le regard de Sadie.

Elle savait qu'il ne dirait pas un mot sans son consentement.

Et elle ne le donnerait pas. Du moins pas tout de suite.

Elle attendrait de ne plus avoir le choix.

— On dirait que tu prends goût aux bancs des squares, remarqua Sadie.

Ils étaient assis face au lac, à Warren Park.

Aujourd'hui, elle avait abandonné ses sempiternelles chemises de bûcheron, au profit d'une robe pull écrue, portée sur des bottes en daim gris.

Le chapeau gris assorti qu'elle portait sur ses cheveux lâchés ajoutait une aura sexy à son regard. L'étroite bande de peau entre l'ourlet de la robe et le haut de ses bottes n'avait cessé d'attirer l'attention de Jasper.

— Le fait de me trouver dans le même environnement que le tueur m'aide parfois à assembler les pièces du puzzle.

— Et alors ? Tu trouves quelque chose ?

— Pour le moment, j'en suis au stade des questions. Qu'avait-il en tête, en amenant Bernie ici ? Pourquoi ce parc ? Cela devait signifier quelque chose pour lui.

Tandis que Sadie reportait son attention sur le lac, il se demanda si elle savait quelque chose qui pourrait l'aider.

Si c'était le cas, le lui dirait-elle ?

Il l'avait amenée ici dans l'espoir qu'elle baisserait suffisamment la garde pour lui donner quelques indices.

Au bout de quelques secondes, elle le regarda à nouveau.

— Tu crois vraiment que le meurtre de Bernie est lié à ces hommes qui me poursuivent ?

Elle n'avait pas dû le croire quand elle avait fait cette suggestion elle-même après l'attaque.

— Oui. À cause de l'emplacement où son corps a été retrouvé.

— Pourquoi ?

— C'était trop délibéré. On dirait que Bernie a été choisi parce qu'il signifiait quelque chose pour toi.

Elle prit une profonde inspiration.

— Non. Ce n'est pas possible.

Jasper savait qu'il avait visé juste.

Elle connaissait quelqu'un qui aurait une raison de l'affecter en s'en prenant à ses protégés.

— Pourquoi cela ? demanda-t-il.

— Mes visites au Revive Center ne sont jamais signalées, que ce soit dans la presse, ou sur les réseaux sociaux.

— Tu y viens en cachette ?

— N'exagérons rien !

À nouveau, elle détourna le regard.

— Bon sang, Sadie, donne-moi quelque chose.

Il ne pouvait pas contenir plus longtemps sa frustration.

— Qui pourrait s'en prendre à quelqu'un qui compte pour toi ?

Elle se leva d'un bond, et commença à s'éloigner.

Il eut vite fait de la rattraper.

— Tu m'as fait venir ici exprès ! Tu voulais voir ma réaction.

Elle lui reprochait d'avoir essayé ?

Comment pouvait-elle être irritée contre lui ?

C'était elle qui mentait. Pas lui.

— Oui, reconnut-il, j'avais une idée derrière la tête. Mais je voulais aussi essayer de comprendre les intentions de l'assassin.

Il disait vrai.

Sa venue ici avait renforcé l'intuition qu'il avait d'un lien entre le meurtre de Bernie et la tentative d'assaut dans le Wyoming.

— Tu dois tout me dire à propos de ton passé, insista-t-il.

Elle continua à marcher sans répondre.

— Pourquoi ne me fais-tu pas confiance ?

Elle s'arrêta et lui adressa un regard tourmenté.

Il voulait qu'elle se sente en sécurité et n'ait plus jamais cette expression-là.

Il lui prit la main et l'attira à lui, passant un bras autour de sa taille, avant de lui caresser le visage du bout des doigts.

— Qui serait assez cruel pour s'en prendre à quelqu'un pour qui tu as de l'affection ?

Fermant les yeux, elle s'abandonna à sa caresse, comme si elle lui faisait l'effet d'un baume apaisant.

Il glissa les doigts sous son menton, et lui releva la tête, attendant qu'elle rouvre les yeux.

— Fais-moi confiance, Sadie.

— Le dernier homme à qui j'ai fait confiance s'est révélé être quelqu'un que je ne connaissais pas.

Bien. Au moins, ils progressaient.

— Comment était-il ?

Elle baissa les yeux vers ses mains, qu'elle avait plaquées sur son torse, entre les pans de sa veste.

— Quand je l'ai rencontré, il a dit qu'il possédait une compagnie manufacturant des composants high-tech destinés à l'aérospatiale. Il m'a invitée dans de beaux restaurants, et s'est toujours comporté en gentleman. Il parlait comme un homme éduqué, et avait beaucoup d'argent.

Elle fit une petite moue, et secoua la tête comme si elle se reprochait son manque de clairvoyance.

— Mais j'ai découvert qu'il n'avait aucun diplôme, et que ses amis les plus proches étaient soit drogués, soit dealers. Il avait un casier judiciaire. Comme mon père le haïssait, je n'avais pas voulu vérifier ses antécédents. Je trouvais très exaltant de tomber amoureuse d'un homme tellement différent de lui.

— Tu l'as épousé ?

— Non, je t'ai dit la vérité sur ce point. Mais je me suis installée avec lui. C'était suffisant pour me mettre en danger. J'ai dû m'enfuir pour sauver ma peau.

Étonné d'en avoir obtenu autant de sa part, Jasper lui massa le dos, en un geste d'encouragement.

— Pourquoi as-tu été obligée de partir comme ça ? Il te maltraitait ?

— Il est devenu fou quand je lui ai parlé de la drogue. Et ensuite, il a refusé de me laisser aller voir un médecin. J'étais prisonnière dans ma propre maison.

Tout commençait à prendre sens.

— Il te frappait souvent ?

— C'était surtout des gifles. Il ne m'a jamais rouée de coups. Mais il menaçait de le faire. Je suis partie avant que ça arrive.

— Comment as-tu fait ?

— Steven m'a aidée.

— C'était un ami à toi ?

— Pas exactement. Il travaille pour lui.

Jasper nota qu'elle prenait soin de ne pas prononcer le nom de son ex.

— Il travaille toujours pour lui ?

— Oui.

— Tu as dit une fois que tu ne voulais pas mettre une autre personne en danger. Quelqu'un a été tué en essayant de t'aider ?

— Oui.

— Qui ?

— Un policier.

Jasper n'en revint pas qu'elle le lui ait dit.

— Tu étais allée le voir pour porter plainte ?

Elle hésita, et il vit qu'elle réfléchissait à une réponse. Ça suffit à lui faire comprendre qu'elle ne lui dirait pas la vérité.

— Oui.

Non. Elle y était allée pour une autre raison.

— Comment s'appelait ce policier ?

Elle se mordit la langue, et secoua la tête.

— Et ton ex ? J'ai besoin de connaître son nom.

Il la vit alors se replier dans sa coquille.

C'était fini.

Il n'obtiendrait plus rien d'elle.

Lorsque Sadie le repoussa, Jasper la libéra sans insister davantage.

Elle reprit sa marche et il la rattrapa, satisfait d'avoir obtenu plus qu'il n'en espérait.

Mais il ignorait que son tour était venu de passer sur le gril.

— Tu devrais, mieux que quiconque, comprendre combien c'est difficile de faire à nouveau confiance lorsque quelqu'un que tu aimais t'a trahi, dit-elle, après quelques minutes de silence.

Comme ils arrivaient aux abords de la zone de stationnement, elle s'arrêta et se tourna vers lui.

— Quand je t'ai demandé ce qui s'était passé entre toi et cette femme que tu aimais, tu as dit « rien d'original ». Je ne sais pas ce qui s'est passé, mais je devine que c'était inhabituel. Nous avons ça en commun, Jasper. Que t'est-il arrivé ?

Était-ce cela qui l'attirait inexorablement vers elle ? Cette impression que leurs cœurs étaient liés à cause de leurs expériences passées ?

Les âmes blessées n'accordaient pas facilement leur confiance, mais c'était peut-être moins compliqué avec quelqu'un qui avait vécu la même chose.

— Elle était mariée avec mon oncle. Dwight ne te l'a pas dit ?

— Il savait ?

— Il connaît une partie de l'histoire. Pas tout.

Des gens allaient et venaient sur le chemin. Jasper posa une main dans le creux du dos de Sadie, et la guida vers un autre banc. Une fois assis, il se pencha, les avant-bras posés sur ses cuisses, et regarda les alentours.

— Mon oncle ressemble beaucoup à ton père.

C'était une façon comme une autre de commencer.

— Il a fait fortune en vendant des voitures. Il possède plusieurs concessions à travers le pays. Il m'aimait bien quand j'étais enfant, mais il traitait avec condescendance les gens qu'il considérait comme inférieurs à lui. Il me mettait souvent dans l'embarras quand il assistait à des événements à l'école, ou pendant les repas de famille.

Il se remémora quelques-uns de ces souvenirs, avant de poursuivre :

— Il a épousé une femme beaucoup plus jeune que lui, qui avait à peu près mon âge.

— Et tu es tombé amoureux d'elle.

— Je ne m'y attendais pas. C'est venu petit à petit, à force de discuter avec elle. Avec le recul, je me demande si c'était vraiment de l'amour. C'était peut-être tout simplement le frisson de l'interdit.

Il soupira.

— Quoi qu'il en soit, nous n'avons pas tardé à devenir amants.

— Est-ce qu'elle t'aimait ?

— Oui.

Il avait toujours pensé qu'elle l'aimait plus que lui ne l'aimait, ce qui ne faisait qu'augmenter ses remords.

— Elle ne voulait pas le quitter parce qu'elle avait peur de lui. Il était d'un naturel violent, et la frappait de temps à autre. Je lui ai dit que je l'aiderais, mais elle avait trop peur de sa réaction.

Ému, il se passa la main dans les cheveux, déglutissant avec peine.

— Il a découvert pour nous deux, et il a essayé de me tuer. J'ai détourné son pistolet, et je lui ai tiré dans la jambe. Mon supérieur n'a laissé filtrer aucune information. Mais mon oncle a répandu des mensonges, prétendant que j'avais essayé de le tuer au cours d'une dispute familiale.

Jasper eut un rire empli d'amertume.

— Il a dit que c'était pour une question d'argent. Finalement, toute cette publicité m'a obligé à démissionner. J'ai tout raconté à Kadin avant qu'il ne m'engage. Il a compris et ne m'a pas mal jugé.

— Tu n'avais pas l'intention de blesser ton oncle.

— Je n'en suis pas aussi sûr que toi. Je le méprisais tellement.

Il soupira.

— Quoi qu'il en soit, Kadin m'a donné une chance, et j'ai travaillé dur pour gagner son respect.

— Le respect est une notion importante pour toi.

— Oui. Entre autres choses, comme la loyauté, l'honneur, l'intégrité... Et pourtant, je n'ai respecté ni mon oncle, ni son mariage. J'aurais dû prendre mes distances après ce premier baiser. J'aurais dû penser à elle, aux conséquences que ça aurait. J'aurais dû l'aider à le quitter, avant qu'il ne soit trop tard.

— Tu parles comme si... Es-tu en train de dire que ton oncle l'a tuée ?

— Non, mais il aurait mieux valu. Elle s'est pendue après qu'il l'a battue pour avoir voulu s'enfuir. Elle était en train de mettre ses valises dans la voiture. Il l'a obligée à retourner à la maison, d'après des voisins.

Horrifiée, Sadie porta les mains à son visage.

— Oh ! non ! Que s'est-il passé, ensuite ?

— Le lendemain, elle est allée à l'hôpital et a porté plainte. Quand je l'ai appris, je suis allé la voir. Elle m'a supplié de l'emmener, de commencer une nouvelle vie ensemble dans le Wyoming, où j'avais déménagé.

La voix de Jasper se brisa.

— J'ai refusé. Il y avait déjà eu trop de drames autour de cette histoire. Toute ma famille m'en voulait d'avoir eu une liaison avec elle… Je savais que notre couple ne serait jamais accepté, et que la réprobation générale finirait par nous pousser à la rupture.

— Ça peut se comprendre. Et ensuite ?

— Je lui ai proposé de l'aider à quitter mon oncle une fois pour toutes. Nous nous sommes donné rendez-vous le lendemain. Elle n'est pas venue. C'est mon père qui m'a appelé pour me dire ce qui était arrivé.

— Ce n'était pas ta faute. Il était violent, et c'est le seul moyen qu'elle a trouvé de lui échapper.

— Mais je l'ai abandonnée. Elle avait besoin de moi, et je n'ai rien fait.

— Mais si, voyons ! Tu as proposé de l'aider. Elle savait que tu la conduirais dans un endroit où elle serait en sécurité.

Croisant le regard implorant de Sadie, il sut qu'elle le pensait de tout son cœur. Ayant connu la même chose, elle devait savoir combien une femme se sentait désespérée dans une telle situation, démunie, incapable de voir une sortie de secours.

— Elle ne s'est pas suicidée à cause de toi, Jasper.

— Peu importe aujourd'hui. Ce qui compte, c'est qu'elle n'est plus là.

Il aurait pu dire que Kaelyn lui manquait, mais ça n'aurait sans doute pas été tout à fait honnête.

Ce qu'ils avaient fait était mal. Les remords étaient bien plus forts que l'amour qu'il avait pu ressentir pour elle.

Il ne comprenait toujours pas comment il avait pu se laisser entraîner dans cette situation. Lui. Un homme qui s'enorgueillissait de faire passer l'honneur avant tout.

Sadie se rapprocha de lui et posa une main sur sa joue.

Avant qu'il ait eu le temps de l'en empêcher, elle déposa un baiser sur ses lèvres.

Ça n'avait rien de sexuel. C'était un baiser tendre, presque pudique, destiné à lui montrer qu'elle était de tout cœur avec lui et ne le jugeait pas.

Mais cette douceur réveilla en lui plus de brasiers que ne l'aurait fait un baiser passionné. Hélas, Sadie ne tarda pas à y mettre un terme.

9

Blottie sur le canapé, le regard tourné vers la fenêtre noircie par l'obscurité, Sadie écoutait la pluie crépiter sur le carreau, tout en pensant à sa conversation de la veille avec Jasper.

Elle ne parlait jamais de Darien à personne.

Non seulement ça remuait trop de mauvais souvenirs, mais c'était dangereux.

Cependant, ce qui l'avait taraudée longtemps après qu'ils eurent quitté le parc, c'était ce que Jasper lui avait révélé sur la femme qu'il avait aimée. Il avait voulu la sauver, et n'y était pas parvenu.

Elle en avait été d'autant plus émue que ça lui avait fait penser à Steven. Elle savait bien que ce dernier avait des sentiments pour elle, et que c'était pour cela qu'il l'aidait.

Dès le début, elle lui avait dit qu'elle n'était pas intéressée. À l'époque, elle pensait qu'elle ne s'intéresserait plus à aucun homme.

Et ça avait été le cas jusqu'à ce qu'elle rencontre Jasper.

Il avait réveillé en elle quelque chose dont elle ne parvenait pas à se défaire et, plus le temps passait, plus elle s'attachait à lui.

Elle avait pensé toute à la nuit à la culpabilité qu'il ressentait face au suicide de Kaelyn. Il n'en était pourtant pas responsable. Il se souciait d'elle et avait cherché à l'aider.

Mais il ne pouvait pas lui donner son cœur.

Quelles qualités fallait-il pour ça ? Y avait-il quelque part une femme qui parviendrait à dompter l'aventurier, l'amateur de sensations fortes ?

La sonnerie d'un téléphone l'arracha à ses pensées, et elle se tourna vers le comptoir de la kitchenette, où Jasper s'était installé avec son ordinateur portable.

Il répondit et, après quelques seconds, jeta un coup d'œil alarmé dans sa direction.

— Quand ?

Il écouta un peu plus longuement.

— Nous arrivons.

Elle se leva, inquiète.

— Que se passe-t-il ?

— Eddy Anderson a été enlevé. On a laissé une demande de rançon dans son appartement.

Elle eut du mal à retrouver son souffle.

— On l'a enlevé chez lui ?

— On dirait. La rançon est de un million de dollars, et le ravisseur appellera le Revive Center dans une heure pour donner des instructions sur l'endroit où la déposer.

— C'est insensé. D'abord un meurtre, puis l'attaque chez moi, et maintenant ça…

— La lettre précise qu'Eddy sera tué si nous prévenons la police.

Sadie porta la main à sa bouche. Elle ne pourrait pas supporter de perdre un autre de ses protégés.

— Les hommes qui nous suivaient ont dû nous voir parler avec lui.

— Je ne pense pas. Rappelle-toi que leur angle de vue était bloqué par un camion de livraison.

Pressant le pas, la tête baissée pour échapper aux bourrasques de pluie qui s'abattaient sur eux, Jasper et Sadie entrèrent dans le hall du Revive Center.

Ils se dirigèrent ensuite vers le bureau de la direction, où les attendait Dwight.

C'était lui qui les avait prévenus de l'enlèvement. Après qu'ils eurent confronté les malfrats au bar, il était en effet retourné à la résidence pour surveiller les hommes qui avaient pris la relève de nuit. Il les avait vus descendre de voiture et se rendre dans l'immeuble.

Les suivant discrètement, Dwight les avait alors vus entrer dans un appartement, où ils étaient restés une demi-heure, avant de retourner à leur voiture. La porte de l'appartement était restée ouverte, et Dwight n'avait pas eu besoin de fureter longtemps pour tomber sur la demande de rançon.

— Tout cela n'a aucun sens, dit Sadie, qui avait tendance à répéter cela en boucle depuis qu'ils avaient quitté l'hôtel. Pourquoi tuer Bernie, m'attaquer chez moi, et enlever un autre bénéficiaire du Revive Center ?

— J'aimerais connaître la réponse, dit Jasper. On dirait que quelqu'un joue avec toi.

— Jusqu'à présent, il n'y a pas eu de contact, dit Dwight. Le message disait que l'appel arriverait ici.

Après plusieurs minutes d'une attente qui leur parut interminable, le téléphone sonna dans la pièce silencieuse, les faisant sursauter.

Tandis que Dwight décrochait, Jasper nota le numéro qui s'affichait.

Dwight écouta attentivement pendant quelques secondes, avant de répliquer :

— Il nous faut une preuve de vie.

En entendant cela, Sadie s'approcha lentement, les yeux écarquillés d'appréhension.

Résistant à l'envie de la prendre dans ses bras, Jasper lança une recherche sur son ordinateur.

— Eddy ? E...

Dwight avait dû être interrompu.

Au bout d'un moment, il dit simplement « oui », et raccrocha.

— Que se passe-t-il ? demanda Sadie.

— Nous avons vingt-quatre heures, dit Dwight.

— Est-ce qu'Eddy va bien ?

— Il avait l'air effrayé, mais en un seul morceau.

Il s'adressa à Jasper.

— C'était une femme.

Jasper n'en fut pas étonné plus que cela. Leur ennemi pouvait avoir demandé à n'importe qui de passer cet appel.

Ou alors, son instinct était aux abonnés absents, et ceci n'avait rien à voir avec le meurtre de Bernie.

Le système de triangulation détermina une zone sur la carte.

Lorsque Jasper comprit que l'appel avait été fait dans le quartier, il n'en revint pas.

Les yeux fixés sur la route qui défilait devant eux, Sadie serrait ses mains l'une contre l'autre sur ses genoux pour les empêcher de trembler. Le ballet incessant de l'essuie-glace avait sur elle un effet quasi hypnotique.

Bientôt apparurent les infrastructures d'un aérodrome privé dont elle ignorait l'existence.

Jasper s'était montré évasif quand Dwight et elle lui avaient demandé pourquoi il semblait aussi choqué après avoir découvert le résultat de la triangulation.

Puis il avait demandé à Dwight de rester au centre au cas où un autre appel arriverait. Et il avait emmené Sadie avec lui.

— Quelle mouche t'a piqué ? avait-elle demandé.

— Nous allons chercher Eddy.

L'aérodrome privé possédait un terminal de taille modeste. La pluie s'était réduite à une fine bruine, créant autour de l'éclairage extérieur un halo irréel.

— Tu peux me rappeler ce que nous faisons ici ?

— Dès que Dwight a appelé pour nous faire part de la demande de rançon, j'ai prévenu Kadin. Il nous envoie de l'aide.

Sadie ne l'interrogea pas davantage, et le suivit à l'intérieur du terminal.

Il n'y avait qu'un seul comptoir, derrière lequel un jeune homme avait les yeux rivés sur une tablette, qu'il devait utiliser pour s'occuper à cette heure de la nuit.

En les entendant entrer, il leva les yeux.

— Vous êtes Jasper Roesch ?

— Oui.

— Votre avion est sur le point d'atterrir. Porte trois. C'est par là.

— Merci.

Sadie traversa à sa suite la salle d'attente, pour atteindre l'autre côté du terminal.

— Eh bien, les gens savent qui tu es.

— Dark Alley Investigations a des contrats avec certains aérodromes privés.

Une fois dehors, à l'abri d'un auvent, ils attendirent quelques minutes. Puis Sadie repéra un avion qui amorçait une descente.

Un jet blanc aux lignes fuselées roula sur le tarmac, et s'arrêta en bout de piste. Une porte s'ouvrit et un escalier s'abaissa.

Un homme à la silhouette imposante apparut. Les cheveux noirs coupés en brosse, il portait un sac de voyage balancé en travers de l'épaule.

En quelques longues enjambées pressées, il les rejoignit sous l'auvent.

Jasper fit les présentations.

— Sadie, voici Jamie Knox, le responsable de la sécurité chez Dark Alley Investigations.

Le regard bleu de Jamie, vif et intelligent, se posa sur elle, tandis qu'il lui adressait un signe de tête courtois.

Sadie devina en lui un homme fort, déterminé et intègre. Un homme en quête de justice, tout comme l'était Jasper.

— Voici Sadie Moreno.

— Ravi de vous rencontrer en personne, Sadie. J'ai beaucoup entendu parler de vous.

Elle jeta un coup d'œil à Jasper, en se demandant ce qu'il lui avait raconté.

Tout, probablement.

— Tu as localisé l'appel ? demanda Jamie.

— Oui. On dirait que la ravisseuse a emmené Eddy chez elle. Ce n'est pas une professionnelle.

L'attention de Jamie fut un instant détournée par les deux autres hommes qui venaient de sortir de l'avion, l'un d'eux finissant d'ajuster son holster.

Sadie en profita pour lancer à Jasper un regard suspicieux.

— Qui est-ce ?

— Je n'en suis pas absolument certain, mais Deloris Moreno habite dans le secteur du bornage téléphonique.

Si elle s'attendait à cela !

L'ex-femme de l'homme dont elle prétendait être la fille.

— Pourquoi ne me l'as-tu pas dit avant ?

— Pourquoi ne m'as-tu pas dit que tu n'étais pas vraiment la fille de George Moreno ?

— Vous vous disputerez plus tard, les amoureux, dit Jamie en observant le ciel d'un œil méfiant. J'aimerais en terminer le plus vite possible et retrouver ma chérie.

Sadie essaya de protester.

— Euh... Nous ne sommes pas...

Jamie l'interrompit.

— Reese a essayé de faire croire la même chose pendant un moment.

Affichant un sourire entendu, il ajouta :

— C'est curieux comme, quand on est amoureux, on le reconnaît immédiatement chez les autres.

Jasper s'empressa d'endosser son personnage professionnel, visiblement mal à l'aise avec ce genre de conversation.

— Nous avons localisé le ravisseur, expliqua-t-il aux hommes qui les avaient rejoints. Nous n'avons pas affaire à un criminel professionnel.

— Qui est-ce ? demanda Jamie. Vous le connaissez ?

Jasper jeta à Sadie un regard non exempt de frustration.

— C'est la prétendue ex-belle-mère de Sadie.

— Prétendue ?

— Je t'expliquerai plus tard. Allons-y.

Sadie fut soulagée de ne pas avoir à entrer tout de suite dans les détails de son passé.

Mais elle savait qu'elle y serait bientôt obligée.

— Voici Mac et Doug. Ce sont tous les deux d'anciens de l'unité spéciale SEAL. Ils ont déjà accompli des sauvetages en terrains hostiles, essentiellement au Moyen-Orient. Pour eux, ce sera véritablement une promenade de santé.

Sadie vit que le compliment ne déridait pas les hommes, qui arboraient une expression farouche.

Elle se sentait un peu déconcertée en compagnie de personnages aussi dangereux. Et, dans le même temps, ça la rassurait.

Eddy serait sauvé ce soir.

Jasper obligea Sadie à attendre dans la voiture pendant que Jamie et son équipe encerclaient la maison de Deloris.

Jamie était venu avec un arsenal de guerre, incluant des fusils automatiques, des jumelles à vision de nuit, et des moyens de communication.

Il avait même un radar de détection thermique, qui indiquait la présence de deux personnes dans la maison. L'une se déplaçait nerveusement, tandis que l'autre, probablement ligotée à une chaise, restait assise.

Deloris devait penser qu'elle était tranquille jusqu'au lendemain soir, où elle viendrait récupérer la rançon.

Jasper avait presque pitié d'elle.

Comment pouvait-elle croire qu'elle allait s'en tirer aussi facilement ? Elle avait eu l'intelligence d'utiliser un téléphone à carte prépayée, mais n'avait pas pensé qu'on pourrait la tracer.

Le plan de Jamie était simple. Les deux hommes prendraient place à l'arrière de la maison, tandis que Jasper et lui se chargeraient de la porte de devant.

Tout se déroulerait très vite. Ils appelleraient la police dès qu'ils en auraient fini avec Deloris, puis Jasper reconduirait Sadie à l'hôtel, ou elle lui raconterait tout ce qu'elle lui cachait encore.

Jamie posa un explosif sur la serrure, et ils attendirent que la seconde équipe donne le feu vert.

— Team Beta en position, dit une voix dans la radio.

— Alpha prêt pour la détonation, dit Jamie, en faisant signe à Jasper de se mettre à couvert.

L'explosion fut suffisante pour faire sauter la porte de son bâti, et pour causer à Deloris la peur de sa vie.

Bien sûr, Jasper ne le savait pas encore. Il ne fit que l'imaginer.

Ils découvrirent Eddy dans le salon, les mains entravées dans le dos, les chevilles attachées aux pieds de la chaise. Il avait aussi un gros adhésif sur la bouche.

Réalisant que les assaillants n'étaient pas là pour lui faire du mal, il fit un signe de tête vers la cuisine.

Deloris s'était recroquevillée sous la table.

La Team Beta entra par la porte de service, effrayant un peu plus la ravisseuse improvisée, qui se mit à crier à pleins poumons.

— Les mains en l'air, dit Jasper.

Elle obéit, tandis que la Team Beta se précipitait pour libérer Eddy.

Jamie menotta Deloris, qui se mit à sangloter.

— Comment m'avez-vous trouvée ?

— Ça n'a pas été très difficile, répondit Jasper. Qu'est-ce qui vous a pris de faire ça ?

Sanglotant toujours et reniflant, elle baissa la tête.

— Quand vous êtes venu, et que vous m'avez dit que cette femme avait volé tout l'argent de George, ça m'a mise en colère. Déjà, j'avais été choquée que George ne me laisse rien après sa mort. Je ne comprenais pas pourquoi il m'avait traitée comme ça. Je me suis toujours bien occupée de lui, pourtant.

— Sadie n'a pas volé l'argent de George. Elle a seulement endossé une fausse identité, avec une histoire suffisamment crédible pour expliquer sa propre fortune, parce qu'elle avait besoin de se cacher de l'homme qui l'effrayait.

Sadie apparut dans l'entrée, et se précipita verts Eddy.

— Mon pauvre Eddy ! Vous allez bien ?

— Très bien, mademoiselle Moreno.

— Vous n'êtes pas une Moreno ! s'écria Deloris. Comment osez-vous ?

— Courage, Sadie, dit Jasper. La police ne va pas tarder à arriver.

Elle parut horrifiée.

— Quoi ?

À l'évidence, elle avait peur d'être prise avec son faux nom.

— Nous pouvons sans doute résoudre ça sans les flics, dit Jamie.

Jasper accepta. Il voulait simplement inquiéter suffisamment Sadie pour qu'elle se décide enfin à parler.

— Je promets que je ne recommencerai pas, dit Deloris, d'une voix geignarde.

— J'en suis persuadé, dit Jamie, d'un ton menaçant. Parce que nous allons vous surveiller de près. Toute votre vie, nous saurons si vous essayez de vous approcher de Sadie.

D'un geste du pouce, il désigna Jasper.

— C'est de lui que vous devez vous méfier. Croyez-moi. Il fera tout pour la protéger.

Il se pencha, le regard mauvais.

— Y compris tuer, s'il le faut.

Deloris hoqueta et rejeta la tête en arrière. Puis son regard affolé fit l'aller-retour entre Jamie et Jasper.

— Je ne ferai rien, je vous le jure. N'appelez pas la police. Je ne survivrai pas un jour en prison.

Sadie non plus. Jasper la regarda avec sévérité.

Au même moment, son téléphone sonna.

— Monsieur Roesch ? dit une voix de femme qu'il ne reconnut pas.

— Oui.

— Dwight Mitchel m'a demandé de vous appeler. On lui a tiré dessus, et il est en route pour l'hôpital.

— Qui êtes-vous ?

— Carol. La directrice du Revive Center. Il y a eu un incident au foyer. Quelqu'un a déposé un mini-cercueil dans le hall, avec des bonbons Loredo à l'intérieur. Dwight a essayé de rattraper l'homme, et il s'est fait tirer dessus.

Jasper laissa échapper un juron.

Un soleil voilé tentait de percer l'écran opaque des nuages lorsque Jasper s'assit enfin devant son ordinateur pour faire une recherche Internet sur les bonbons Loredo.

Sadie et lui s'étaient rendus à l'hôpital, et avaient attendu que l'opération de Dwight soit terminée.

Après avoir appris qu'il survivrait à sa blessure à l'abdomen, ils avaient regagné leur hôtel.

Sadie était allée se coucher directement tant elle était épuisée. Il avait résisté à la tentation de la réconforter, car il craignait que ça ne dérape.

Et, de toute façon, il avait autre chose à faire.

À présent, il terminait de lire un article parmi le grand nombre de documents qu'il avait trouvés sur la famille Loredo, et la confiserie industrielle fondée par Matias Loredo, dont le siège se trouvait à Philadelphie.

Avec sa femme, Sophia, le chef d'entreprise avait une fille Catalina.

Jasper observa la photo de la jeune héritière : des cheveux noirs tirés en chignon, pas de maquillage, vêtue d'un sévère tailleur gris, elle possédait une présence étonnante.

Grande, mince, le menton fièrement levé, elle offrait l'image d'une femme d'affaires confiante en elle et sans pitié.

Inapprochable à bien des égards, elle ne ressemblait en rien à la sauvage beauté latine qu'il avait vue sortir d'une Ferrari.

Mais il n'avait pas le moindre doute. Il s'agissait bien de la même femme.

Sadie avait des parents qui étaient tous les deux en vie. Elle était fille unique, et avait dirigé une filiale de Loredo Confectionery Corporation à Toronto, au Canada. Elle était fiancée avec Darien Jafari, un fabricant de composants high-tech à qui tout réussissait. Elle avait vécu avec lui jusqu'à sa disparition, qui remontait à cinq ans.

Jasper lut également un article à propos d'un meurtre dont elle avait été le témoin, et qu'elle avait signalé à la police. L'article précisait que l'inspecteur chargé de l'enquête avait été tué, et que l'assassin n'avait pas été retrouvé.

Le fiancé de Catalina semblait dévasté par sa disparition. Il avait coopéré avec la police, et fait part de son angoisse à la presse.

De même que sa mère.

Jasper passa un long moment à étudier ses photos. La ressemblance avec Sadie était frappante.

Sophia avait rencontré Matias dans une galerie d'art de Philadelphie. Il avait émigré du Mexique avec ses parents, lorsqu'il n'était qu'un enfant et, poursuivant le rêve américain, avait réussi à bâtir un empire.

Ses photos révélaient un homme imbu de lui-même, qui souriait rarement. Des extraits d'interviews qu'il avait données révélaient sa nature égoïste et autoritaire. Sophia était tout son contraire, et semblait déjà malheureuse sur toutes les photos antérieures à la disparition de sa fille.

Sadie lui avait dit la vérité sur certaines choses, et en particulier à propos de son père. Quant à la raison pour laquelle elle avait trouvé refuge dans le Wyoming, il la connaissait à présent.

Elle avait été le témoin d'un meurtre, et l'assassin était après elle. Elle ne pouvait pas témoigner tant qu'il ne serait pas arrêté.

Elle avait peur, et il ne pouvait pas le lui reprocher. Mais il ne pouvait pas non plus s'empêcher de ressentir de la colère.

Le mot était peut-être fort. Disons qu'il était blessé dans sa fierté qu'elle ne lui ait pas fait confiance.

Ses sentiments pour elle, sa profonde attirance, le faisaient réagir ainsi, et il n'aimait pas les répercussions que cela avait sur ses talents d'enquêteur.

10

— Tu ne t'es pas couché de toute la nuit ?

Jasper sursauta en entendant la voix de Sadie.

Il était toujours devant son ordinateur, à ressasser ce qu'il avait découvert sur la femme qui l'enchantait et le captivait tant.

— Non.

Le regard encore endormi de Sadie passa de l'ordinateur, dont l'écran s'était obscurci, à la tasse de café et à la bouteille d'eau vide, abandonnées sur la table basse.

Sans faire de commentaire, elle se dirigea vers la kitchenette et se servit à son tour un café.

En appui contre le comptoir, tenant la tasse fumante à deux mains, elle l'observa, l'air ailleurs.

Il ne savait pas par où commencer. Il se sentait piégé par ses sentiments pour elle.

Il ne l'abandonnerait pas, mais il aurait voulu pouvoir la chasser de son cœur.

Après quelques gorgées, Sadie s'avança vers la table et, dans le contre-jour, sa silhouette se dessina sous la longue chemise de nuit blanche, le temps qu'elle prenne place en face de lui.

— Mon véritable nom est Catalina Loredo, dit-elle.

Sa déclaration inattendue le surprit.

Elle allait parler ?

Il n'aurait pas à lui tirer les vers du nez ?

— Mon père est Matias Loredo. Ma mère n'est pas morte. Je

suis désolée de t’avoir menti. La femme de George Moreno n’étant plus de ce monde, j’ai dû m’en tenir à cette histoire.

Jasper ne dit rien quand elle marqua une pause. Si elle voulait son pardon, il n’était pas prêt à le lui accorder.

— Ma mère s’appelle Sophia, continua-t-elle, ne semblant pas ennuyée qu’il n’ait rien dit. À part Steven, elle est la seule personne à savoir pourquoi j’ai dû disparaître.

— Et ton personnel de maison ?

— Ils ne connaissent pas mon vrai nom, ni mon histoire.

— Et à moi, tu vas me la dire ?

— J’aurais préféré ne pas avoir à le faire, mais tu en sais déjà beaucoup à mon sujet. Désormais, quoi que je te raconte, ta vie est en danger.

— Le danger ne me fait pas peur. Tu devrais le savoir. Tu ne peux pas me protéger, mais je peux nous protéger tous les deux.

Il ne voulait pas paraître pompeux, mais sa frustration le poussait à dire ce qu’il pensait.

Tenant toujours sa tasse à deux mains, elle la souleva lentement, et but une gorgée, comme si elle rassemblait ses pensées tout en savourant la chaude et forte saveur du café.

— Et, pour ton information, je voudrais que tu me le dises parce que tu as confiance en moi, reprit-il d’un ton cassant. Parce que tu en as envie, pas parce que tu t’y sens obligée.

— Je te fais confiance pour mener l’enquête, Jasper, dit-elle d’une voix étonnamment douce. Et je ne veux pas qu’une autre personne perde la vie à cause de moi.

— Je ne vais pas mourir, dit-il avec conviction.

Elle cilla, prit une profonde inspiration, et se lança :

— Quand tout a commencé, j’avais atteint un point dans ma vie où j’avais désespérément besoin de changement. Je ne pouvais plus supporter la vue de mon père. Je détestais le son de sa voix, je haïssais tout en lui. Il m’a donné la filiale de Toronto, et j’ai pensé que c’était un bel avancement de carrière, et que ça m’apporterait le changement dont je rêvais.

Elle marqua une pause, se replongeant quelques instants dans cette époque.

— Au tout début, ça a été le cas. Vivre au Canada était toute une aventure pour moi et, très vite, j'ai rencontré Darien. Mais, diriger une confiserie n'était pas ce à quoi j'aspirais. C'était le rêve de mon père. J'ai toujours pensé que je passais à côté de quelque chose, que j'étais destinée à autre chose. Il fallait que je change de vie.

— Et avec Darien ? Ça se passait comment ?

— Nous étions de plus en plus proches. Il était différent de mon père : attentionné, poli avec les gens, quel que soit leur milieu. Il avait du succès dans les affaires, mais n'était pas obsédé par l'argent. Il m'a demandé d'emménager avec lui, et m'a dit que je n'étais pas obligée de travailler. Il préférait que je ne le fasse pas. Je ne me le suis pas fait dire deux fois.

Elle soupira, en secouant la tête.

— Avec le recul, je comprends que c'était une erreur de m'installer aussi vite avec lui. Mais, sur le moment, j'ai vu en lui une porte de sortie, une nouvelle vie.

Elle leva les yeux, et posa sur Jasper son vif regard brun.

— Je suis retournée à Philadelphie et, après être passée embrasser ma mère, je suis allée au siège de Loredo, et j'ai dit à mon père que je démissionnais. Il est entré dans une rage folle, disant que je le mettais dans l'embarras, qu'il n'allait pas pouvoir me remplacer au pied levé... Je lui ai dit que je m'en fichais, et je suis rentrée à Toronto, retrouver Darien.

Elle eut un petit rire amer.

— Lui aussi s'est mis en colère, parce que j'étais partie sans le prévenir. C'est la première fois qu'il m'a frappée. Ça m'a choquée. Il n'était pas du tout l'homme que j'avais rencontré. À bien des égards, il était finalement comme mon père. La seule différence, c'est que mon père n'avait jamais été violent physiquement. À ce moment-là, j'ai compris que Darien avait joué un personnage.

Elle reposa sa tasse vide sur la table basse.

— Quand je lui ai dit que je n'avais pas l'habitude de vivre avec quelqu'un, et de rendre compte de mes décisions, il s'est énervé encore plus. Il m'a dit qu'il m'enfermerait dans une chambre si je recommençais. Le soir même, j'ai fait mes valises, mais ses gardes m'ont arrêtée. Alors, il m'a vraiment enfermée, en me disant que la seule façon pour moi de le quitter, c'était quand je serais morte.

Jasper serra les poings, démangé par l'envie de tordre le cou de ce salaud.

— Après cela, j'ai fait profil bas, et j'ai commencé à l'espionner. Nous avons atteint un point où il a commencé à me faire à nouveau confiance. Je pouvais aller et venir comme je le voulais. Mais il continuait à me menacer. Il disait que je pouvais aller où je le voulais, du moment que je le lui disais. Mais, si j'essayais de le quitter, il me retrouverait et me tuerait.

— Il avait déjà été marié, avant ?

Elle secoua la tête.

— Pas à ma connaissance. J'ai découvert qu'il était en réalité un gros trafiquant de drogue, et ceux qui travaillaient pour lui le craignaient énormément. Un jour, je l'ai suivi dans un bar, dans la banlieue de Toronto. Ça ne ressemblait pas aux endroits qu'il fréquentait avec moi. C'était petit, vieux, mal entretenu...

— Et telle que je te connais, tu es entrée, sans mesurer le risque que tu prenais.

— C'est vrai, je suis entrée. Il n'y avait personne. J'ai entendu des voix au fond, et je me suis approchée. La porte d'un bureau était ouverte, et j'ai vu Darien et un autre homme qui me tournaient le dos et faisaient face à un homme ligoté sur une chaise. Il avait été battu, et il était en sang. Il m'a vue, mais n'a rien laissé paraître. Darien l'a accusé de lui avoir volé de la drogue. L'homme a nié, mais Darien a ordonné à son comparse de le tuer. Il l'a fait. Il a sorti son arme, et il a tiré sur lui.

Elle marqua une pause, revivant sans doute en détail cette scène profondément choquante et dérangeante.

— L'homme m'a regardée avant de mourir. Je n'oublierai jamais son regard.

Saisie d'un tremblement, elle baissa la tête.

Jasper tendit le bras, et posa la main sur la sienne.

— C'est à ce moment-là que tu as décidé de disparaître ?

— Non. Je suis allée au poste de police le plus proche. J'ai expliqué à l'inspecteur que Darien était dangereux, qu'il me maltraitait, que j'avais peur... Il a voulu m'envoyer dans un endroit sûr. Mais j'étais trop effrayée. J'étais persuadée que Darien me retrouverait et me tuerait. Je suis donc rentrée à la maison, et j'ai fait comme si de rien n'était. L'inspecteur a commencé à enquêter sur le meurtre. Il a interrogé Darien, qui a tout nié, évidemment. Il a demandé qui avait été témoin de l'exécution, mais l'inspecteur n'a rien dit.

— Tu as continué à vivre avec lui ?

— Pas très longtemps. Darien se montrait de plus en plus suspicieux. Je suis partie pour Philadelphie, en attendant que l'inspecteur arrête le tireur. Il n'en a pas eu le temps. Darien l'a fait tuer. Puis il a envoyé trois hommes à ma poursuite. Steven en faisait partie. Il a empêché les autres de me maltraiter, mais ils m'ont ramenée. Darien m'a fait vivre l'enfer. C'est alors que Steven a réalisé qui il était vraiment et a décidé de m'aider. Sans lui, je serais toujours là-bas. Ou bien, je serais morte, qui sait...

Émue, elle marqua une courte pause.

— Il m'a trouvé une nouvelle identité, et a fait transférer mon argent sur un compte international intraçable. Il connaissait quelqu'un qui s'y connaissait dans ce genre de transactions.

Jasper éprouva du respect pour Steven, et se dit qu'il pourrait même lui pardonner d'avoir menti. C'était indispensable à la protection de Sadie.

— Je me suis arrêtée à Philadelphie pour dire au revoir à ma mère, et je suis venue dans le Wyoming. J'ai ouvert le Revive Center, et tout était parfait... Jusqu'à la mort de Bernie.

— Et le meurtre à Toronto ?

Le visage de Sadie s'assombrit un peu plus.

— C'est pour ça que je suis restée en contact avec Steven. Il a essayé de rassembler des preuves contre Darien, mais ce n'était pas suffisant pour la police.

— Une autre affaire non résolue.

Sadie hocha lentement la tête, les larmes aux yeux.

Elle avait dû vivre dans la peur constante que Darien la retrouve.

Jasper se leva et marcha jusqu'à la fenêtre.

Plus que jamais, il avait envie de faire rendre gorge à Darien Jafari. Des hommes comme lui ne méritaient pas de vivre.

La résolution du meurtre de Bernie lui apparaissait maintenant encore plus importante. Désormais, c'était personnel. Darien avait fait du mal à Sadie, et il menaçait toujours sa vie.

Mais, à la lumière de ce que Sadie lui avait appris sur le meurtre dont elle avait été le témoin involontaire, quelque chose le dérangeait à propos de l'assassinat de Bernie.

Son ex était assez tordu pour tuer quelqu'un à qui elle tenait, mais pourquoi déposer le corps à Warren Park ?

Il avait absolument besoin de le savoir s'il voulait résoudre l'enquête.

Sadie observait Jasper, alors que celui-ci était toujours posté devant la fenêtre.

La pluie avait cessé, mais le ciel était toujours chargé de lourds nuages gris et menaçants.

Pour le moment, Jasper était ailleurs, semblant l'ignorer, alors qu'elle ressentait un intense soulagement de lui avoir enfin révélé son secret.

Elle se sentait également plus proche de lui, comme si un lien supplémentaire s'était créé entre eux. Elle restait cependant sur la réserve. La dernière fois qu'elle avait ressenti cela, elle avait emménagé avec un fou.

Jasper revint s'asseoir et ouvrit son ordinateur.

Curieuse de savoir ce qu'il faisait, elle se leva et vint se placer à côté de lui.

Il avait ouvert une carte de Warren Park.

— Le corps a été trouvé là, dit-elle, en désignant un pont qui enjambait la partie la plus étroite du lac.

Jasper étudia la photo un long moment.

— Que cherches-tu ?

— Quelque chose. Je ne sais pas encore quoi. Mais nous sommes forcément passés à côté de quelque chose.

Jasper passa à une vue satellite, et zooma sur la zone où le corps avait été découvert.

Quelque chose dans l'eau attira l'attention de Sadie.

— Qu'est-ce que c'est ? Des pieux ?

Il zooma sur les objets.

— Non, des arbres, dit-elle.

Soudain, tout s'éclaira pour Sadie.

— Toronto ! s'exclama-t-elle.

Jasper releva la tête.

— Quoi ?

— Toronto tient son nom du vocable mohawk signifiant « arbres dans l'eau ». Entre les lacs Simcoe et Couchiching, des arbres poussent dans une étroite bande d'eau. En déposant Bernie dans un endroit similaire, ce salaud voulait me faire passer un message.

Jasper se leva à nouveau, et retourna à la fenêtre.

— Il a bien dû s'amuser à jouer avec toi, avant d'organiser l'assaut de ta maison.

Sadie traversa le salon pour le rejoindre.

— Il n'aurait pas dû laisser un indice aussi difficile à décrypter. Si j'étais morte l'autre jour, dans l'attaque, je n'aurais jamais su qui s'en était pris à Bernie.

— Il aimait peut-être l'idée que tu ne comprennes pas, suggéra Jasper. Il aurait pris plaisir à tout te révéler avant de te tuer.

Elle hocha la tête.

— Oui, c'est tout à fait sa façon de faire. Il a toujours besoin d'avoir le contrôle.

Elle s'éloigna de la fenêtre, les bras serrés autour de la taille.

— Chad, le témoin qui a été le dernier à voir Bernie, nous a dit que la plaque d'immatriculation de la Mercedes était écrite en bleu. Ça pourrait correspondre aux plaques de l'Ontario, remarqua-t-elle.

— Tu as raison, dit Jasper. C'était probablement la voiture de Darien.

— Ça ne veut pas dire pour autant que c'est lui qui a tué

Bernie. Souviens-toi qu'il a fait tuer ce pauvre homme dans le bar par un de ses employés.

— Parle-moi de la victime. Je suppose que l'inspecteur avec qui tu étais en contact t'a fourni quelques informations.

— Il s'appelait Henry Barnes. Il avait une femme et deux enfants. Le pauvre homme ! Je n'oublierai jamais son dernier regard.

— Que faisait-il comme métier ?

— Il travaillait pour une compagnie en lien avec l'aérospatiale.

— Le domaine d'activité de Darien. Ils devaient signer un contrat ?

Sadie ne comprenait pas où Jasper voulait en venir.

— Peut-être.

— Mais tu as dit que Darien l'avait accusé de lui avoir volé de la drogue.

Elle haussa les épaules.

— Qui peut savoir ce que les gens font pendant leur temps libre. Même les personnes les plus respectables en apparence ont leurs mauvais côtés.

— Ça n'a aucun sens.

Elle ne le suivait vraiment pas.

— Pourquoi ?

— Il avait un bon travail, une famille… Il avait probablement fait des études supérieures… Pourquoi voler de la drogue à un homme qui travaillait avec sa compagnie ?

— Va comprendre ce qui se passe dans la tête des gens.

— Un homme comme lui ne viendrait pas au Canada pour voler de la drogue. Comment passerait-il la frontière avec ?

C'était bien vu.

— Il avait peut-être l'intention de la vendre sur le territoire canadien. Darien paraissait menacé, comme si Henry avait empiété sur son territoire.

— Il se sentait peut-être menacé, mais pas à cause de la drogue.

Sadie n'avait jamais pensé que Darien pouvait avoir une autre raison de tuer cet homme.

— Tu n'as jamais remarqué autre chose sur les activités de Darien ?

— Illégales, tu veux dire ?

Elle secoua la tête.

— Non. Mais c'était un as de la dissimulation.

Tandis qu'elle songeait à l'effroi que Darien lui avait inspiré, Jasper lui prit la main et la pressa gentiment.

Sans avoir à parler, il lui disait qu'il comprenait tout ce qu'elle avait subi, et qu'il était là pour elle. Une douce chaleur envahit son cœur, et elle sentit un sourire éclore sur ses lèvres.

Jasper se pencha, une lueur malicieuse dans l'œil.

— Alors, comment je dois t'appeler ?

— Sadie.

Elle y avait beaucoup pensé au cours des cinq dernières années.

— Même si je pardonne à mon père et que je garde le nom de Loredo, ce sera toujours Sadie. Catalina faisait ce que son père lui demandait. Sadie est une autre femme. Cela fait longtemps que j'ai cessé d'être Catalina.

— Très bien. Alors, ce sera Sadie.

Il leva sa main vers son visage et déposa un baiser juste au-dessus de ses articulations.

— Qu'allons-nous faire maintenant ?

— Je vais à Toronto. Et toi, tu devrais aller voir ta mère.

— Ma mère ?

— Tu ne peux pas m'accompagner au Canada. Je vais envoyer des agents avec toi à Philadelphie. Tu pourras m'y attendre.

Un mélange d'émotions s'empara d'elle.

Voir sa mère lui faisait l'effet d'une bulle d'oxygène. Voir son père lui inspirait de la répugnance.

Mais, elle était touchée que Jasper lui ait fait cette proposition. En dépit de ses mensonges, il se souciait d'elle.

— Je t'attendrai là-bas, dit-elle.

La façon dont elle le dit le fit sourire.

— Ça va me prendre du temps d'établir un plan. Je vais faire surveiller Darien, et je déciderai ensuite comment et où je l'aborderai. En attendant, nous pouvons rester ici quelques semaines, en faisant profil bas.

11

Sadie resta au lit plus longtemps qu'à l'accoutumée.

Elle ne se sentait pas très bien. Peut-être qu'un peu de sommeil supplémentaire calmerait ses douleurs à l'estomac.

Au cours des jours qui s'étaient écoulés, Jasper avait passé du temps à étudier Darien. Il avait regardé des vidéosurveillances et des photos, et lut les rapports envoyés par la personne que Dark Alley Investigations avait déléguée sur place.

Il en savait probablement plus sur son ex-fiancé qu'elle-même.

Sauf pour ce qui concernait ses activités illégales.

Darien était un expert pour couvrir ses agissements. Elle l'avait appris au cours des cinq années où elle avait vécu cachée, travaillant avec Steven pour essayer de prouver son implication dans les meurtres d'un de ses fournisseurs et d'un policier.

Son estomac fit à nouveau des siennes. Elle roula sur le dos et posa la main sur son ventre, gémissant sous une nouvelle vague de nausée.

Qu'avait-elle mangé la veille pour être dans cet état-là ?

Une odeur de viennoiserie lui emplit les narines, et elle eut un haut-le-cœur. Rejetant la couette, elle se rua dans la salle de bains.

Après s'être lavé les dents, elle se glissa sous la douche et réfléchit à la situation. Elle n'avait pas l'impression qu'il s'agissait d'une intoxication alimentaire. Des hôtels de standing comme celui-ci ne servaient que de la nourriture de qualité. Elle y était souvent descendue, et n'avait jamais été malade...

Refusant de céder à l'inquiétude, elle s'habilla et se rendit au salon.

Jasper y faisait les cent pas, son téléphone collé à l'oreille. En pantalon noir et chemise bleu ciel, son holster à l'épaule, il était incroyablement séduisant.

Parfois il portait un jean et un polo, mais le plus souvent il s'habillait de façon professionnelle. Elle aimait particulièrement quand il portait du bleu, car cela faisait ressortir ses yeux.

Tout en parlant au téléphone, Jasper se dirigea vers la table de salle à manger. Elle était couverte de papiers, et occupée par deux ordinateurs portables et un équipement de radiocommunication.

Il s'était consacré à leur enquête, tout en travaillant sur d'autres. De son côté, elle avait fait quelques visites au Revive Center, mais elle travaillait surtout depuis sa chambre d'hôtel.

Elle soupçonnait qu'ils s'étaient tous les deux plongés dans le travail pour éviter de céder à une envie d'intimité. Mais elle aimait l'avoir près d'elle.

Dwight était sorti de l'hôpital depuis un moment, et elle avait organisé son retour dans le Wyoming, où Finley prenait bien soin de lui.

Dwight avait protesté, clamant qu'il voulait se rendre utile. Mais qu'aurait-il pu faire avec une blessure à l'abdomen en cours de cicatrisation ?

De toute façon, Sadie se sentait parfaitement en sécurité avec Jasper. Personne ne savait qu'elle était là, et Jasper avait disséminé des gardes infiltrés parmi le personnel de l'hôtel, et au Revive Center.

— Il s'arrête à la cafétéria tous les matins en allant au travail, dit Jasper au téléphone.

Sadie en déduisit qu'il parlait avec quelqu'un de chez Dark Alley Investigations de la surveillance qu'il conduisait sur Darien.

— Il est chez lui à 19 heures. Parfois, il retrouve quelqu'un au bar. Vous avez trouvé quelque chose sur le propriétaire ?

Il marcha dans la direction de Sadie, découvrit sa présence, et lui fit un petit signe de la main. Ses yeux, qu'elle trouvait si beaux, lui souriaient, mais pas sa bouche.

— Il est probablement obligé de laisser Darien utiliser son établissement comme lieu de rendez-vous.

Après avoir laissé courir sur le corps de Sadie un regard appréciateur, il reprit ses allées et venues.

— Non, je pense que j'ai ce qu'il me faut pour me débrouiller.

Ça lui donnait toujours des frissons quand il la regardait comme ça.

Après avoir mis fin à sa communication, Jasper lui fit face à nouveau.

— Il y a des viennoiseries sur le comptoir de la cuisine. Il faudrait peut-être les réchauffer quelques secondes.

L'idée de manger lui souleva le cœur.

— Je n'ai pas faim.

— Je croyais que tu aimais les viennoiseries.

— Pas ce matin.

Elle voulut prendre la cafetière, et fut écœurée par l'odeur qui s'en échappait.

Que lui arrivait-il ?

Elle allait plutôt prendre un jus d'orange.

Tout en buvant, elle s'autorisa enfin à envisager une autre explication à ses nausées. Mais comment pourrait-elle être enceinte, alors que son implant contraceptif était prévu pour durer trois ans ?

Oh ! non !

Elle posa brutalement son verre, et fit le calcul.

Trois ans, six mois et deux semaines. Largement assez de temps pour être à nouveau fertile.

Étant donné qu'elle n'avait personne dans sa vie, elle ne s'était pas préoccupée de sa contraception. Et sa rencontre avec Jasper avait été totalement imprévue.

L'odeur du café et des viennoiseries, assaillant son nez et ses sens, exacerba sa panique grandissante à l'idée qu'elle pourrait être enceinte, et son estomac protesta à nouveau avec virulence.

En voyant Sadie se ruer vers la salle de bains, Jasper mit fin à son appel suivant, avant même d'avoir terminé de composer le numéro.

Que lui arrivait-il ?

Il se dirigea vers sa chambre, dont elle avait laissé la porte ouverte.

Il dormait dans une chambre adjacente, fier d'être capable de se contrôler vis-à-vis de Sadie. Ce n'était pas facile. Elle l'avait tenté plus d'une fois, qu'elle porte un pyjama ample ou un jean moulant. Et les regards de désir qu'elle lui lançait, quand elle croyait qu'il ne la voyait pas, avaient plus d'une fois enflammé ses sens.

— Sadie ?

Il entra dans la salle de bains, alors qu'elle se passait de l'eau sur le visage.

— Ça ne va pas ?

Elle se tourna lentement, et le dévisagea longuement.

— Je crois que je suis enceinte.

Il eut le souffle coupé, comme s'il venait d'encaisser un coup de poing dans l'estomac.

— Mais... Tu n'as pas de contraception ?

— J'avais un implant, mais je crois qu'il a cessé de faire effet.

Tandis que le chaos régnait dans son esprit, il s'efforça de donner le change.

— Bon, dit-il en levant les mains. Ne nous affolons pas. Tu penses vraiment que tu es enceinte ?

Elle haussa les épaules.

— Tu pourrais ne pas l'être ?

— Tout est possible.

— Inutile de paniquer avant d'être sûr. On va aller acheter un test de grossesse.

— Oui. Tu as raison. C'est peut-être quelque chose que j'ai mangé, après tout.

— Tu n'es pas obligé de m'accompagner à l'intérieur, dit Sadie, devant le drugstore.

— Bien sûr que si, voyons.

Il n'était pas le genre d'homme à prendre la poudre d'escampette. Même si, à cet instant, cette perspective lui semblait terriblement tentante.

Jamais la perspective d'entrer dans un drugstore ne lui avait semblé aussi angoissante.

Il n'avait pas envie d'y aller.

Il n'avait pas envie d'acheter ce qu'ils étaient venus y chercher.

Parce que après, il n'y aurait plus de place pour le doute. Ils sauraient.

Sadie lui prit la main et entrelaça ses doigts aux siens, comme s'il était sa bouée.

Une des caissières les vit et leur sourit.

Avait-elle deviné pourquoi ils étaient là ? Leur nervosité devait être évidente. Il avait l'impression de se retrouver au lycée, à un cours d'éducation sexuelle.

Chaque pas vers le rayon concerné lui donnait l'impression qu'il se rapprochait de l'échafaud.

Ils hésitaient devant le modèle à prendre, quand une femme qui poussait un chariot dans l'allée leur adressa un grand sourire.

— C'est votre premier ?

Jasper jeta un coup d'œil à Sadie, et vit que la question ne faisait qu'ajouter à son embarras.

— Oui, répondit-il.

— Oh !

Le visage de la femme s'illumina.

— Vous faites un si beau couple. Et vous l'avez accompagnée pour acheter le test.

— Je n'aurais manqué ça pour rien au monde, rétorqua Jasper, en tempérant son sarcasme.

Il commençait à trouver ça drôle. Que pouvait-il faire d'autre ?

Il se préoccuperait des conséquences plus tard. Et puis, jouer au couple marié et heureux d'avoir un bébé était si éloigné de la vérité que ça ne pouvait être que drôle.

— Depuis combien de temps essayez-vous ? demanda la cliente.

Décidément, elle était d'un sans-gêne ! Il eut envie de lui dire qu'ils s'y consacraient abondamment chaque jour.

— Pas très longtemps, dit-il à la place.

— Avoir un bébé est toujours intimidant pour les nouveaux parents. Mais quand ils sont là, ils ont le don de charmer tout le monde. Ce sont de tels miracles.

— Nous brûlons d'impatience, dit-il, en retenant un sourire moqueur.

— Félicitations.

Après un dernier sourire, la cliente s'éloigna enfin.

Voyant que Sadie hésitait toujours devant le rayon, Jasper prit un test au hasard.

— Dépêchons-nous de rentrer.

Sadie emporta le test dans la salle de bains, après avoir bu une grande bouteille d'eau.

Elle était sur le point de fermer la porte, quand Jasper posa la main dessus.

— Qu'est-ce que tu fais ? demanda-t-elle.

— Je veux participer.

— Je vais faire pipi sur un bâtonnet.

— Et je veux être là pour voir le résultat.

— Pourquoi ?

Elle lui demandait pourquoi ?

— Je vais peut-être être père aujourd'hui. C'est un grand jour.

— Je te laisserai entrer après.

Finalement, il attendit à l'extérieur, adossé au mur.

— Comment ça va ? demanda-t-il en entrant, quelques secondes plus tard.

Elle rit brièvement.

— Beaucoup mieux.

Elle avait posé le test sur le lavabo, et il se pencha pour voir. Ça commençait déjà à changer de couleur.

Sadie prit appui contre lui, et il sentit la chaleur de son corps et la suave odeur de son parfum. Ses longs cheveux lui chatouillaient le côté du visage.

Il la regarda.

Elle le regarda.

Une mystérieuse aura de sensualité les enveloppa.

Ensemble, ils virent un signe plus apparaître.

Sadie jura haut et fort.

Jasper se redressa et regarda dans le miroir la femme qui allait être la mère de son enfant.

— Je n'y crois pas, dit-il.

Elle lui rendit son regard.

— Je n'y crois pas non plus.

Il quitta la salle de bains, et se mit à tourner comme un lion en cage dans le salon.

— Tu n'as pas à t'inquiéter de devoir apporter des changements drastiques à ta vie.

Jasper tourna la tête, et découvrit Sadie dans l'encadrement de la double porte.

— J'ai seulement besoin de quelques minutes pour m'y faire.

Elle secoua la tête.

— Nous savons tous les deux que tu n'auras pas le temps de te poser et d'élever un enfant. Tu n'en auras pas envie, d'ailleurs. Tu as besoin d'adrénaline, et ton job te l'apporte.

— Tu as l'intention de m'exclure ?

Ne comprenait-elle pas qu'il avait envie de participer à chaque étape de sa grossesse ?

— Ton travail est trop exigeant… et dangereux.

Sans le dire, elle exprimait aussi son manque de confiance en lui, et Jasper le comprit.

Il voulait bien admettre que c'était un peu soudain, mais il n'avait pas l'intention de se soustraire à ses responsabilités.

— Et si je t'affirme que je veux être le père de ce bébé, tu me laisseras l'être ?

— Si tu y tiens.

— Qu'y a-t-il de mal à vouloir faire les choses comme il faut ?

— Rien.

Elle s'avança et posa une main sur son torse, comme pour amortir le choc.

— Mais je n'ai pas envie de te garder prisonnier avec le bébé et moi, alors que nous nous connaissons à peine. Nous ne vivons pas en couple. Nous ne sommes pas prêts pour ça.

— Et tu es prête pour un bébé ?

Elle laissa retomber sa main avec un soupir.

— Non.

— Moi non plus. Mais ça ne l'empêchera pas de venir. C'est notre bébé, et ça me concerne autant que toi.

— Et quand l'enquête sera résolue, que feras-tu ? Tu vivras ici ?

Bonne question.

Il avait un bureau chez Dark Alley Investigations, et une maison à Rock Springs. Il ne savait pas comment il allait concilier tout cela, mais il trouverait bien un moyen.

— Tu es sûr que tu seras heureux si tu sacrifies tout pour ce bébé ?

— Laisse-moi au moins essayer.

Sadie réfléchit quelques instants.

— Je ne peux pas t'en empêcher. Mais est-ce que ça te suffira ?

— Écoute, tu peux dire tout ce que tu veux, mais il n'est pas question que je vous abandonne, toi et mon enfant. Il va falloir que tu apprennes à l'accepter.

— D'accord.

Et, comme pour sceller cet accord, il l'attira contre lui et l'embrassa.

Entourant de ses bras le cou de Jasper, Sadie s'abandonna aux mains qui caressaient son dos, se refermaient sur ses hanches pour la plaquer contre ce corps viril qui l'obsédait depuis des jours et des jours.

Un bébé allait réellement compliquer les choses, mais elle prendrait les choses comme elles se présenteraient.

Viendrait sans doute un jour où Jasper comprendrait qu'il ne serait pas heureux en menant une vie isolée. Mais elle ne pourrait plus jamais vivre autrement.

Elle avait quitté l'ambiance trépidante de l'entreprise et les exigences d'un père tyrannique. Jamais elle ne renouerait avec ce mode de vie.

D'accord, elle prenait plaisir à conduire des voitures rapides et appréciait le confort que lui apportait l'argent, mais elle aimait encore plus la beauté des montagnes et cette maison qui était devenue son sanctuaire.

L'épanouissement procuré par ses activités caritatives était bien modeste comparé à ce que pouvait offrir l'agence d'investigation privée internationalement connue pour laquelle Jasper travaillait.

Il avait besoin d'action, de défis, de voyages...

Elle ne pouvait pas le renvoyer maintenant, et elle ne pensait pas qu'elle aurait à le faire.

Un jour, Jasper se sentirait malheureux avec elle. Il regretterait son travail, ses amis, l'animation de la ville, et il finirait par la quitter.

Elle savait que son départ laisserait un vide difficile à surmonter, et il fallait qu'elle s'y prépare dès maintenant.

12

Darien entra au Black Bean, une petite cafétéria tranquille, dans le style cottage, située à l'angle de deux rues passantes du centre de Toronto.

Des tables bistro, ombrées de parasols rayés jaune et blanc occupaient la terrasse, dénuée de clients par cette froide journée de printemps.

Jasper entra à son tour dans l'établissement, et repéra Darien au comptoir, en train de commander un café. Sa voiture était garée juste devant dans la rue, avec deux hommes à l'intérieur.

Pas vraiment grand, avec son mètre soixante-quinze, il était vêtu d'un onéreux costume gris anthracite, et portait ses cheveux noirs un peu trop longs dans le cou.

Jasper attendit qu'il ait pris sa tasse et se soit dirigé vers une table. Puis il approcha.

Darien releva les yeux de sa tablette. Son regard noir se posa sur Jasper, mais rien ne changea dans son expression, le fait qu'il continue à le fixer indiquant néanmoins qu'il l'avait reconnu.

— Je peux ?

Jasper tira une chaise et s'assit en face de lui.

— Nous nous connaissons ? demanda Darien.

— Ne tournons pas autour du pot, d'accord ?

Jasper écarta discrètement sa veste pour laisser voir son arme.

— Je ne suis pas seul, dit Darien, sans se laisser impressionner.

— J'ai vu vos chiens de garde dans la Buick. Ça fait des semaines que je vous ai à l'œil.

Darien tiqua. Il n'avait pas réalisé qu'il était espionné. Les hommes que Jamie avait envoyés étaient doués. Beaucoup plus que ceux qui travaillaient pour ce clown.

— Où Catalina vous a-t-elle trouvé ? demanda Darien. Ou bien, devrais-je l'appeler Sadie, maintenant ?

— Elle sait où chercher.

Un couple s'assit à la table voisine de la leur.

— Quel est votre nom ? demanda Darien. Mes hommes ont cherché en vain.

— Jasper. Et, contrairement à vos hommes, moi j'ai trouvé beaucoup d'informations sur vous.

— Vous ne savez sans doute pas tout.

Posément, Darien prit son téléphone posé sur la table et composa un message, sans doute pour prévenir ses sbires qu'il avait besoin d'eux.

— Je sais que vous avez assassiné Bernie, et laissé un indice pour mener Sadie à vous. Je sais que vous avez tué un homme, un de vos fournisseurs, apparemment, sous prétexte qu'il vous aurait volé de la drogue. Et je sais que vous aimez frapper les femmes.

Darien posa son téléphone.

— Vous ne manquez pas de toupet ! Un jour, vous pourriez regretter d'être venu ici pour essayer de me menacer.

Jasper se cala contre le dossier de sa chaise, et vit le couple d'à côté, visiblement amoureux, engagé dans une conversation à voix basse.

— Je ne vous menace pas. Ce serait une perte de temps. Si je suis ici, c'est pour vous interroger sur l'homme que vous avez tué dans ce bar. Et sur le policier chargé de l'enquête.

— Je n'ai tué personne. Et ce Bernie dont vous parliez, qui est-ce ?

Depuis sa place, Jasper avait une vue sur la rue, et il remarqua les deux hommes qui sortaient de la Buick.

— Je crois que cette conversation est terminée, dit Darien.

— Presque. J'ai juste une chose à ajouter : vous ne vous approcherez plus jamais de Sadie pour lui faire du mal. Si vous en doutez, j'ai un message pour vous.

Il fit signe à Darien de regarder par la vitrine. Dehors, deux des meilleurs intervenants de Jamie arraisonnaient les occupants de la Buick.

Cette fois, la façade d'impassibilité de Darien se fissura, et une lueur d'inquiétude passa dans son regard.

— Qui diable êtes-vous ?

Jasper se leva et toisa Darien.

— Vous ne gagnerez pas cette fois. Et, même si je rêve de vous étrangler de mes mains, je vais faire les choses légalement. Et, croyez-moi, vous allez payer pour tous vos forfaits. Vous avez fait du mal à Sadie, et ça, je ne le supporte pas.

— Je n'ai jamais fait de mal à Sadie. Je ne sais pas ce qu'elle vous a raconté.

Jasper ne répondit pas. Il se tourna et se dirigea vers la porte, ayant dit tout ce qu'il avait à dire.

— Elle a eu tort de partir comme ça, dit Darien dans son dos. Elle avait tout ce qu'elle pouvait désirer. Mais, son problème est que rien n'est jamais assez bien pour elle.

Jasper jeta un coup d'œil par-dessus son épaule quand il atteignit la porte. Le couple avait cessé sa conversation pour dévisager Darien, tout comme les autres clients.

— Ce que vous venez de dire prouve que vous ne connaissez pas du tout Sadie.

Jasper se dirigeait vers sa voiture de location quand un homme sortit d'une ruelle. Il faillit dégainer son arme, puis il comprit qu'il s'agissait de Steven. Ce dernier lui tendit précipitamment un bout de papier, et s'engouffra à nouveau dans la ruelle.

Jasper lut l'adresse et se mit au volant. Il n'eut pas très loin à aller. Situé dans un vieux bâtiment de briques, mitoyen d'immeubles tristement semblables, le restaurant familial Chez Dave et Charlene ne payait pas de mine.

À gauche en entrant, une longue rangée de tabourets rouges s'alignaient devant le bar. Une odeur de friture assaillit Jasper, tandis qu'il traversait la salle pour s'asseoir à une table invisible depuis la vitrine.

Quelques minutes plus tard, Steven entra et vint vers lui. Il transportait une mallette qu'il posa par terre pour lui serrer la main.

— Bonjour, Steven. Je ne m'attendais pas à vous voir.

— Moi non plus. J'essaie de filer Darien chaque fois que je le peux. Comment va Sadie ?

— Bien. Elle est chez sa mère, en ce moment.

Steven se crispa.

— Seule ?

— Avec deux gardes du corps.

Il se détendit.

— Ah, bien. Je sais que sa mère lui manque.

Une serveuse s'approcha, et il commanda un café. Jasper déclina, impatient de connaître la raison de ce rendez-vous secret.

— Je voulais vous remettre quelque chose, dit Steven.

Il ouvrit sa mallette et en sortit une enveloppe.

Jasper la prit, mais ne l'ouvrit pas.

— Que contient-elle ?

— Des photos d'une pièce secrète dans le château de Darien. Il est totalement obsédé par Sadie. Tous les murs sont tapissés de clichés qu'il a pris d'elle.

— Ça ne m'étonne pas vraiment.

— Il y a autre chose.

Steven jeta un coup d'œil vers la porte.

— Il a aussi fait un voyage en Iran que je trouve hautement suspect. Je n'ai pas de preuve, mais je l'ai entendu parler au téléphone avant son départ. Il était question d'une livraison de composants pour des missiles. Si ce n'est pas de la haute trahison, je ne m'y connais pas.

— Du coup, on comprend mieux ses motivations pour tuer l'un de ses fournisseurs. Ce n'était pas en drogue que Henry Barnes l'approvisionnait, mais en composants high-tech.

— J'avoue que je commence à avoir peur, dit Steven. Là,

il ne s'agit plus seulement d'activités illégales, ça relève de la défense militaire.

— Pourquoi vous restez ? Allez-vous-en loin de Darien. Le plus vite possible. Si vous continuez à l'espionner, vous allez vous faire prendre.

— Je vais le faire. Maintenant que je sais que Sadie est en sécurité, et que vous avez tous les éléments pour coincer Darien, je n'ai plus de raisons de rester.

Sadie avait téléphoné avant pour prévenir sa mère qu'elle venait, afin que le choc ne soit pas trop grand.

Folle de joie, Sophia avait proposé d'aller au restaurant pour fêter leurs retrouvailles, mais Sadie avait promis à Jasper qu'elle ne sortirait pas de la maison. Sa mère avait donc demandé à son cuisinier de leur préparer un repas improvisé, et Sadie avait dégusté le plus délicieux des saumons.

À présent, elles étaient installées sur le toit-terrasse, et sirotaient du thé glacé en profitant d'une vue à couper le souffle sur la ville.

— Dis-m'en plus sur cet homme qui est en train de t'aider à te libérer de ce monstre, dit sa mère.

Par cette belle journée ensoleillée de mai, Sophia portait d'immenses lunettes de soleil qui mangeaient son délicat visage, une capeline blanche, et un ensemble top et bermuda en soie beige.

— Que veux-tu savoir ?

— Eh bien, pour commencer, pourquoi il avait ce regard quand il t'a dit au revoir.

Sa mère avait remarqué quelque chose de romantique entre eux ?

Sadie se souvenait très bien de la façon dont Jasper l'avait regardée. Il ne semblait pas heureux de la laisser. Et il y avait cette chaleur dans son regard, qu'elle voyait souvent.

— Nous... Il y a... Je pense que nous sommes attirés l'un par l'autre.

— Tu penses ?

Sophia eut un petit rire de gorge.

— Tu n'as pas à penser, ma chérie. Il te regarde comme s'il t'avait déjà mise dans son lit.

— Maman !

— Quoi ? Ce n'est pas vrai ?

— Tu as toujours eu trop d'intuition. Et, depuis quand parles-tu comme ça ?

— Depuis que j'ai demandé à mon avocat de faire parvenir une demande de divorce à ton père.

Sadie se redressa sur la chaise longue, et regarda sa mère avec de grands yeux écarquillés.

— Oui, confirma Sophia. Il y a quelques mois, j'en ai eu assez.

Elle eut un petit sourire doux-amer.

— Ça m'a pris du temps, n'est-ce pas ?

— Mais… Tu avais signé un agrément prénuptial.

Son père ne lui donnerait pas un centime.

— Mon avocat a découvert une clause disant que je n'aurais rien, sauf si nous avions au moins un enfant. Je vais le délester de la moitié de tout ce qu'il possède, et je n'en ressens pas la moindre culpabilité.

Sadie n'allait pas plaindre son père. Il méritait ce qu'il lui arrivait.

— Je suppose qu'il va travailler encore plus dur pour se refaire, dit-elle. Finalement, ce divorce est une bénédiction pour lui.

Elles rirent de bon cœur toutes les deux.

Mais, tout au fond d'elle-même, Sadie continuait à espérer que son père changerait de comportement et deviendrait une meilleure personne.

Sa mère tendit le bras et posa une main sur la sienne.

— Je sais, ma chérie.

Sadie s'émerveilla de l'intuition de sa mère. Elle connaissait ses pensées sans qu'elle ait besoin de les exprimer.

Sans doute espérait-elle aussi que Matias change, dans la mesure où elle l'avait aimé à un moment de sa vie. Sadie aussi avait aimé son père, mais sa noirceur d'âme était devenue insupportable. Il avait empoisonné sa vie trop longtemps.

— C'est ton père qui m'a imposé ton prénom. Mais j'adore celui que tu portes aujourd'hui. J'aurais pu le choisir.

Sadie serra la main de sa mère, qu'elle tenait toujours.

— Je t'aime, maman.

— Et moi aussi. Quand pourrai-je venir te voir ? Je refuse d'attendre cinq années de plus sans avoir de tes nouvelles. Et j'ai tellement envie de découvrir ta maison.

— Dès qu'il n'y aura plus de danger.

Elle ne voulait faire courir aucun risque à sa mère.

— Connaissant Jasper, ce ne sera pas très long.

L'affaire de Bernie serait bientôt résolue, maintenant qu'ils savaient que Darien était derrière tout ça. Et il n'y aurait plus que le bébé pour retenir Jasper auprès d'elle.

Elle aurait préféré qu'il en soit autrement, afin de savoir si ce qu'il y avait entre eux était réel ou non.

L'idée de vivre avec Jasper lui procurait un sentiment de panique. Elle ne le connaissait pas bien.

Lui faire confiance trop vite serait de la folie.

Cependant, il n'était pas du tout comme Darien.

Quant au bébé...

Sadie tourna la tête vers sa mère.

— Qu'y a-t-il ?

Elle devait lui dire. Elle n'aurait pas d'autre occasion avant qu'il soit sans danger de parler librement avec elle.

— Je suis enceinte, dit-elle.

La bouche de Sophia s'arrondit. Puis elle se redressa, laissant glisser sa main de celle de Sadie.

— C'est vrai ?

Sadie bascula ses jambes sur le rebord de la chaise longue.

— Oui.

Lorsque l'expression ravie de sa mère laissa place à de l'inquiétude, Sadie comprit qu'elle ne devait pas avoir l'air très heureuse.

— C'est arrivé trop vite ? demanda sa mère.

Elle hocha la tête.

— Il a l'air d'un homme bien.

— Il a l'air.

— Tu ne crois quand même pas qu'il va finir comme Darien.

— Je n'en sais rien, et ça me fait peur.

— Il ne faut pas avoir peur. Et, à ce propos…

— Excusez-moi, madame.

Sadie tourna la tête et vit l'un des employés de maison, en grande livrée de valet. Visiblement, sa mère n'avait pas perdu le goût du décorum.

— M. Loredo est dans le petit salon. Il demande à voir mademoiselle…

Il jeta un coup d'œil embarrassé à Sadie.

— Sadie, dit-elle.

— Oui. C'est cela.

— Je ne veux pas le voir.

— Tu devrais peut-être accepter, dit sa mère. Ne reste pas dans le déni comme je l'ai fait pendant des années. Affronte-le. Dis-lui ce que tu ressens. S'il n'en tient pas compte, tu auras au moins ta conscience pour toi en te disant que tu as fait tout ton possible.

— C'est ce que tu as fait ?

— Oui. J'ai perdu trop de temps à essayer de le changer. Je pensais que mon amour pour lui l'influencerait, le rendrait plus soucieux de ses proches que de l'argent.

— Comment sait-il que je suis ici ?

— Je l'ai prévenu.

Sadie s'emporta.

— Mais pourquoi ?

— Avant de me faire des reproches, essaie de voir les choses de mon point de vue. En tant que mère, je n'ai pas envie que tu ressasses toute ta vie des pensées négatives qui pourraient t'empêcher d'être heureuse.

— Maman !

— Je sais que tu ne veux pas lui parler. Mais, tu en as besoin. N'attends pas autant que moi.

— Très bien. Puisque tu insistes.

Sophia indiqua au valet qu'il pouvait faire monter le visiteur.

Sous le regard attentif des deux gardes du corps que Jasper

avait mis à sa disposition, Sadie se dirigea vers la rambarde qui entourait la terrasse.

Son cœur battait à tout rompre à l'idée de se trouver face à son père, le grand Matias Loredo. Malgré toutes ces années, il lui inspirait toujours de la crainte.

Elle entendit ses pas résonner sur les dalles, mais ne se tourna pas tout de suite. Elle attendit qu'il soit à côté d'elle.

Au début, il ne dit rien, et elle se demanda si, pour une fois dans sa vie, il prenait le temps de choisir soigneusement ses paroles.

— Catalina, dit-il enfin.

Alors, elle lui fit face.

Vêtu d'un costume gris sur mesure, d'une chemise blanche et d'une cravate bleue, il était toujours aussi élégant, et il se dégageait de lui une intimidante impression d'assurance et de pouvoir. Mais son regard noir était moins vif qu'autrefois, et ses cheveux commençaient à grisonner.

— Je m'appelle Sadie, aujourd'hui.

— Oui, j'ai appris que tu avais changé de nom.

Une lueur de déplaisir passa dans son regard, tandis qu'une moue se dessinait sur sa bouche.

— Ta mère n'a pas voulu me le dire. Elle ne voulait pas que je te retrouve.

Elle ne répondit pas.

— C'est ce qui nous a conduits au divorce.

— Quoi donc ? Que j'échappe à ta tyrannie ?

Il resta médusé. Elle ne lui avait jamais parlé comme ça.

— Je pensais que c'était Darien que tu fuyais. Les meurtres...

— Ça en faisait partie.

Ne réalisait-il pas combien sa tyrannie l'avait dévastée ?

— Je t'ai tout donné.

— C'est ce que Darien m'a dit quand j'ai essayé de le quitter la première fois.

— Tu dirigeais le bureau de Toronto. Tu aurais pu prendre ma suite à la tête de l'entreprise.

— C'était ton rêve, pas le mien. Aujourd'hui, je fais ce que je veux. Plus jamais je ne serai ta marionnette.

Il parut sincèrement choqué.

— Je ne t'ai jamais traitée comme ça. Tu gérais le bureau de Toronto en toute autonomie, et tu en as fait un succès.

— Tu ne m'avais jamais dit ça. Les seules fois où tu t'adressais à moi, c'était pour me faire des reproches. Et tu es pareil avec tes employés : cassant, acerbe, jamais content...

— Certaines personnes ne donnent pas leur pleine mesure si on ne les pousse pas.

— Il existe d'autres méthodes : l'encouragement, la valorisation, les remarques constructives... Mais tu en es incapable, car tu ne t'intéresses à personne à part toi.

— Ça suffit maintenant !

Son tempérament reprenait finalement le dessus.

— J'ai tout fait pour toi. Tu devrais m'être reconnaissante.

Elle s'attendait à un tel discours, mais ça ne la touchait plus. Enfin, elle affrontait son père, et elle lui disait tout ce qu'elle avait sur le cœur. Elle en éprouva une intense sensation de liberté.

— La seule chose dont je me réjouisse, c'est que tu ne m'aies pas retrouvée.

— Seigneur, mais qui t'a rendue aussi haineuse ?

— Ta propre haine.

— Je ne t'ai jamais haïe. Tu es ma fille.

— Je parlais de ta haine envers tout le monde, cette façon de mépriser tous ceux que tu considères comme en dessous de toi.

Elle soupira. Elle gâchait sa salive pour rien. Il ne changerait jamais.

— La seule raison pour laquelle j'ai accepté de te parler, c'est pour t'expliquer pourquoi je suis partie. Que ça te plaise ou non, c'est pareil. Et maintenant, j'en ai terminé avec toi.

— Quelle petite ingrate ! Je devrais te rayer de mon testament.

— Vas-y. J'ai assez d'argent à moi. Je n'ai pas besoin de toi.

Elle se dirigea vers les deux gardes du corps qui montaient la garde près de la porte.

Son père la rattrapa et lui prit le bras.

— Que fais-tu ? Tu vis sur les intérêts de l'argent que je t'ai donné ?

— Je m'en suis servie pour créer un foyer pour les sans-abri.

— Et tu gagnes ta vie avec ça ?

— Je reçois des donations pour assurer son fonctionnement. Quant à moi, je suis loin de gagner autant que chez Loredo, mais je m'en contente. Je n'ai pas besoin d'argent pour me sentir épanouie. Je ne suis pas comme toi. Je me soucie des autres.

Son père eut l'air outré.

— J'étais venu pour faire la paix, et te demander de reprendre ton poste chez Loredo.

— Je ne reviendrai jamais. J'ai ma propre vie. Je suis heureuse. Rien de ce que tu diras ou offriras ne me fera changer d'avis.

— Alors, c'est comme ça. Tu vas partir et ne jamais revoir ton père ?

Sadie y réfléchit, ne sachant pas si c'était ce qu'elle voulait.

Elle ne s'était pas projetée aussi loin dans le futur. Tout ce qu'elle voulait, c'était se libérer de Darien une bonne fois pour toutes. Échapper en même temps à son père avait été un bonus.

— Je vais attendre de voir si tu peux sincèrement te réjouir de mes choix. Et j'aimerais que tu réfléchisses à la façon dont tu traites tes employés.

— Tu ne peux pas me parler de cette façon, rugit-il. Je suis ton père.

Il lui secoua le bras.

— Tu vas revenir. Ta place est chez Loredo.

Sa mère se leva et les gardes du corps se rapprochèrent, l'un d'eux posant la main sur la crosse de son arme, portée à la ceinture.

Matias eut un mouvement de recul.

— J'ai dit la vérité, reprit Sadie. Il était temps que quelqu'un le fasse. Et je ne reviendrai pas.

Jasper apparut dans l'embrasure de la porte, tel un souffle d'air frais.

À sa vue, Sadie sentit son cœur se gonfler de joie. Dans un premier temps, cette réaction la surprit, puis elle reconnut qu'elle en était heureuse.

Les gardes du corps et Matias se tournèrent vers lui.

Jasper s'avança et passa un bras autour des épaules de Sadie.

— Est-ce que tout va bien ? demanda-t-il.

— Qui êtes-vous ? demanda Matias.

Sophia, qui était restée en retrait jusqu'à présent, s'approcha de sa fille.

— Jasper Roesch, dit-elle. Il travaille pour l'agence de détectives privés à qui Sadie a fait appel pour se débarrasser de Darien.

Matias eut l'air effaré.

— Tu as une relation avec un simple détective ?

— Il est beaucoup mieux que celui que tu lui avais choisi, dit Sophia.

Sadie lui lança un regard étonné.

De quoi parlait-elle ?

— Je suis désolée, Sadie. Je voulais te le dire, mais il est arrivé.

— Quoi ?

— Il a tout organisé pour que tu rencontres Darien.

En repensant à la façon dont Darien était apparu, cela se comprenait. Son père avait dû lui dire qu'elle serait au restaurant.

— Comment le connaissiez-vous ? demanda Jasper.

Matias eut une petite moue avant de répondre, comme s'il estimait que ce serait s'abaisser que de répondre à un homme de modeste condition comme Jasper.

— Il était membre de mon club de gentlemen, consentit-il finalement à dire.

— Connaissiez-vous la nature de ses activités ?

— Il travaillait pour l'aérospatiale. Très impressionnant.

— Étiez-vous aussi impressionné par ses trafics de drogue ?

Matias rejeta la tête en arrière de surprise.

— J'ai déjà eu du mal à croire qu'il avait porté la main sur ma fille. Mais la drogue.

Il secoua la tête.

— Darien était un homme d'affaires à qui tout réussissait. Vous êtes sûr que vous ne faites pas erreur ?

— Tout à fait sûr. Il réalise aussi des ventes illégales avec des pays frappés d'interdiction.

Sadie adressa un regard de reproche à son père.

— Pourquoi ne suis-je pas surprise ?

13

Sadie ne pouvait se résoudre à s'arracher aux bras de sa mère.

— Ce ne sera pas aussi long cette fois, dit Sophia, d'un ton réconfortant.

Sadie se raisonna et fit un pas en arrière, plongeant les yeux dans les prunelles sombres de sa mère. Elle espérait être aussi jolie qu'elle à son âge.

Sophia laissa retomber ses mains, qu'elle avait laissées posées sur les bras de Sadie.

— Appelle-moi quand tu le pourras.

— Je le ferai.

Sadie recula et percuta Jasper, qui posa une main sur sa hanche.

— Prenez soin de ma fille, lui dit Sophia.

— Vous pouvez compter sur moi.

Sa mère eut un sourire attendri, et Sadie sut qu'elle conserverait cette image avec elle jusqu'à ce qu'elle puisse la revoir.

Les yeux brûlants de larmes, elle monta dans la longue berline noire que Jasper s'était procurée pour eux. Par mesure de sécurité, les deux gardes resteraient à proximité de la maison de Sophia.

Quand ils arrivèrent à l'aérodrome privé, Jasper ne quitta pas Sadie d'une semelle, inspectant les alentours dès qu'ils sortirent de voiture.

Ils entrèrent dans le terminal, et Jasper continua à jeter des regards nerveux autour de lui.

— Tu vois quelque chose ? demanda-t-elle.

Elle écarquillait les yeux, mais ne vit rien qui sortait de l'ordinaire.

Et pourtant, quelqu'un était là. Personne ne les attendait à l'extérieur de la maison de sa mère. Personne ne les avait suivis. Mais, ils avaient appris que Jasper et elle avaient prévu de décoller de cet aérodrome.

Ils passèrent le contrôle d'embarquement et sortirent sur le tarmac.

Aussitôt, des coups de feu éclatèrent dans le terminal. Les quelques personnes qui se trouvaient à l'intérieur se mirent à crier et, à travers les vitres, Sadie les vit courir pour se mettre à l'abri.

Jasper lui prit la main et l'attira derrière la roue d'un petit avion stationné à proximité.

À peine furent-ils à l'abri que des balles frappèrent la carlingue.

Jasper sortit son arme, se déplaça légèrement pour mieux voir le tireur, et riposta.

Sadie ne voyait pas comment atteindre sans danger leur avion. Ils allaient devoir courir à découvert.

Mais, depuis l'avion, le pilote se mit lui aussi à tirer. Il se tenait dans l'ouverture de la porte, avec un fusil d'assaut.

Sadie aurait dû se douter que Jasper avait tout prévu.

— Il va nous couvrir, expliqua-t-il.

Quoi ? Il voulait qu'ils courent pour rejoindre l'avion, tandis que les balles volaient autour d'eux ?

— Je vais te couvrir aussi, dit Jasper. Nous devons sortir d'ici.

— Ils vont nous tirer dessus.

— Pas si nous continuons à les mitrailler.

— Qu'est-ce que tu as dit à Darien quand tu l'as rencontré ?

— Quelque chose qui l'a ennuyé, visiblement.

Après quelques minutes de tirs nourris, le silence se fit.

— Maintenant ! dit Jasper.

Il prit la main de Sadie, et l'entraîna à sa suite.

Le pilote les vit et fit tomber une pluie de balles sur les tireurs. Jasper tira de concert.

Ils arrivèrent à la passerelle de l'avion. Jasper la fit passer devant lui. Elle atteignit le haut, et vit Jasper se recroqueviller tandis que leurs assaillants tiraient à nouveau.

Le pilote lui prit la main et la tira à l'intérieur.

Les balles ricochaient contre l'avion.

— Il faut y aller, dit le pilote, avant de gagner le cockpit.

Jasper s'occupa des marches et de la porte. Puis il regarda par un hublot tandis que l'avion décollait.

Sadie avait déjà pris place dans l'un des quatre sièges du petit jet. Leurs effets avaient été apportés préalablement, et Jasper se pencha pour prendre quelque chose dans la mallette de son ordinateur.

S'installant à côté de Sadie, il abaissa la tablette devant lui, y déposa un dossier et l'ouvrit.

— Steven m'a donné ça quand j'étais à Toronto.

Sadie examina quelques-unes des photos la représentant.

— Je les ai déjà vues. Il n'arrêtait pas de me photographier sous toutes les coutures.

Quand elle découvrit celles d'un mur avec un collage de clichés d'elle, certains pris à son insu, elle resta médusée. Sur certains, des mots affreux étaient écrits au marqueur noir.

La pièce devait se trouver dans la copie de château qu'il avait fait construire pour elle, mais elle ne l'avait jamais vue. Il n'y avait pas de fenêtres, et elle devait donc se trouver dans la cave.

Une pièce secrète ?

Elle tourna la tête vers Jasper.

— Maintenant, c'est officiel. Il est cinglé.

— Jusqu'à présent, il agissait de façon subtile, selon un plan soigneusement pensé. Mais là, c'est l'escalade. Il a peur d'être pris, et il panique. C'est bon pour nous. Il va accumuler les erreurs, et nous n'allons pas tarder à le coincer.

Jasper se cala contre l'appuie-tête et ferma les yeux, prêt à prendre un peu de repos.

Sadie regarda Jasper s'endormir, paisible et n'ayant peur de rien. Dans quelques heures, ils seraient à San Francisco.

Elle devrait essayer de dormir, elle aussi. Mais son esprit était obnubilé par Darien.

Elle avait tellement envie d'en être débarrassée.

Pendant des années, elle avait vécu dans la crainte. Parfois, elle avait perdu espoir, convaincue qu'elle ne serait jamais libre. Mais, à chaque fois qu'elle avait le moral au plus bas, le souvenir de ce qu'elle avait réussi à construire l'aidait à se ressaisir.

Aujourd'hui, elle n'était plus seule pour mener cette lutte. Jasper était là pour l'aider. Quand Bernie avait été assassiné, elle n'avait jamais envisagé que Darien pût y être pour quelque chose.

Le calme et l'assurance de Jasper l'apaisaient, et elle se sentait de plus en plus proche de cet homme, à la fois si bon et si inatteignable.

— Pourquoi évites-tu les relations amoureuses ? murmura-t-elle.

Il ne devait pas dormir profondément. Il ouvrit les yeux et tourna la tête.

— Quoi ?

— Pourquoi évites-tu les relations amoureuses ?

D'accord, il se sentait coupable à cause du suicide de Kaelyn. Mais sa relation avec elle n'avait rien à voir. Elle n'était pas mariée. Il n'y avait pas de trahison…

— Je ne les évite pas.

— D'accord, mais je pense que tu te sens plus en sécurité quand tu n'en as pas.

— Comment cela, plus en sécurité ?

Elle ne répondit pas, poursuivant son argumentation.

— Qu'est-ce qu'il y a entre nous ? Sommes-nous un couple ?

Avait-elle seulement envie de former un couple ? Avec le bébé, il se pourrait bien qu'elle n'ait pas le choix.

— Je crois que j'essaie de faire le tri dans tout ça, reprit-elle. De comprendre.

Si c'était possible.

Il ne répondit pas pendant un moment, et elle comprit qu'il méditait sur le sujet.

— Il n'y a peut-être rien à comprendre.

— C'est quoi alors ? Une rencontre sans importance ?

— Je n'aurais pas dit ça de cette façon.

— Comment, alors ?

— Eh bien... Pour le moment ça ne signifie peut-être pas encore grand-chose, mais attendons de voir venir.

La colère de Sadie s'intensifia sans qu'elle comprenne pourquoi.

Après un long moment de silence, elle roula la tête sur le côté, et observa Jasper.

— Es-tu vraiment celui que tu parais être ?

— Qu'est-ce qui t'inquiète, Sadie ?

Il fallait qu'elle soit totalement honnête avec lui.

— Je m'inquiète de ne pas te connaître assez pour avoir un bébé avec toi.

— Ça prend du temps de connaître quelqu'un.

— Est-ce que tu m'as tout dit à propos de Kaelyn ?

— Elle avait une fille. Je m'étais attaché à elle. Ça m'a donné à penser que je pourrais être un bon père. Jusqu'à ce que mon oncle découvre ma liaison avec sa femme, je ne voyais pas le mal que je faisais, les personnes que j'allais faire souffrir. J'ai privé une petite fille de sa mère. Je l'ai obligée à grandir avec un père violent. Il ne l'a jamais été avec elle, mais elle a dû voir des choses.

— Tu crois que tu aurais pu éviter d'avoir cette liaison ?

Une fois de plus, il laissa passer un temps avant de répondre :

— C'est arrivé comme ça. Nous avons d'abord été amis. Elle me comprenait. Nous avions beaucoup en commun. Je ne peux pas te dire quand ça a changé. Je me souviens seulement de notre premier baiser.

— Tout le monde fait des erreurs, dit-elle. Ce qui compte, ce sont les leçons qu'on en tire. As-tu appris de tes erreurs ?

— Oui.

Dans ce cas, il pouvait espérer ne pas les répéter. Mais, pour cela, il fallait qu'il soit profondément amoureux. Et Sadie était persuadée qu'il n'était pas amoureux d'elle.

Depuis leur retour dans le Wyoming, Jasper avait remarqué que Sadie l'évitait.

Aujourd'hui, il ne l'avait pas vue du tout, et il comprenait qu'elle lui manquait.

Il était assis dans la bibliothèque, avec son ordinateur portable, et regardait les dernières surveillances de Darien.

Dehors, la pluie tombait en abondance, assombrissant la maison au point qu'il avait déjà fallu allumer les lampes, alors qu'il n'était pas encore 18 heures.

Il savait pourquoi Sadie agissait ainsi. Elle ressentait le besoin de se protéger. Si, de son côté, il pensait qu'il devait être là pour leur enfant, elle ne voulait pas gâcher sa vie en épousant un homme qu'elle n'aimait pas.

Après avoir parlé avec elle, il avait réalisé que son passé lui faisait craindre de ne pas être un bon père. La peur lui donnait envie de fuir, mais l'honneur l'en empêcherait.

La sonnerie de son téléphone l'arracha à ses pensées. Reconnaissant le numéro de l'inspecteur de San Francisco, il répondit aussitôt, et marcha vers l'une des fenêtres donnant sur l'arrière de la maison.

Quand il eut terminé sa communication, il se détourna de la vue déprimante sur le jardin gorgé d'eau, et découvrit Sadie dans l'embrasure de la porte.

— Je t'ai entendu parler, dit-elle.

Elle avait dû en entendre assez pour comprendre ce qui s'était passé.

Jasper s'avança vers elle.

— Un autre sans-abri a été agressé. Il s'agit de Chad Long. Il est à l'hôpital, dans un état critique.

Sadie tituba et porta la main à sa bouche, tandis que ses yeux s'emplissaient de larmes.

Aussitôt, Jasper la prit dans ses bras, et la berça doucement tandis qu'elle pleurait.

— Je suis désolé. Mais, il y a au moins une bonne nouvelle : les agresseurs de Chad ont été arrêtés, et ils ont livré des informations sur Darien. Et les preuves que Steven m'a données seront sans doute suffisantes pour l'extrader.

Sadie garda la tête appuyée contre son épaule, jusqu'à ce que ses larmes se tarissent.

— Je ne comprends pas pourquoi il fait ça, dit-elle, en levant les yeux vers Jasper.

Le temps était venu de lui en dire plus. Il l'avait gardé pour lui jusqu'à présent pour l'épargner.

— Je ne te l'ai pas dit mais, il y a deux nuits de cela, quelqu'un a traversé les bois à pied. Une équipe a pourchassé l'individu, et depuis nous avons organisé des patrouilles. Nous pensons qu'il s'agissait de Darien.

— Plus rien ne m'étonne de sa part. Quand saurons-nous si Chad va s'en sortir ?

— Il est en chirurgie. Ça peut prendre des heures.

— Je veux y aller.

— Je vais arranger ça. Nous prendrons un vol demain matin.

Gentiment, il s'écarta d'elle.

— Donne-moi un moment.

Assuré de leur sécurité, Jasper pouvait à présent accorder toute son attention à Sadie.

— Je vais te faire couler un bain, proposa-t-il.

Elle accepta et le précéda dans le couloir qui menait à sa chambre.

Tandis qu'elle disparaissait dans son immense dressing, il entra dans la salle de bains équipée d'un sol en teck et de carreaux de faïence crème.

Il fit couler de l'eau dans la baignoire ovale, et prit au hasard un des flacons de bain moussant. Le temps qu'il allume des bougies, il entendit les pas de Sadie dans son dos.

Il se tourna et vit qu'elle avait enfilé un peignoir de soie noir.

— Je te laisse, dit-il.

Comme il passait devant elle, Sadie posa au passage la main sur son torse.

— Tu ne veux pas rester ? Je n'ai pas envie d'être seule.

Il ne put s'empêcher de jeter un regard dans le profond décolleté en V de son peignoir.

— Ça te dirait de prendre un bain avec moi ?

Elle était trop vulnérable pour le moment. Il ne voulait pas profiter de la situation.

— Je ne suis pas sûr que ce soit une bonne idée.

— Ça ne fait rien. J'ai besoin d'oublier. Tu me suis ?

Après tout, songea Jasper, quelle différence cela ferait-il s'ils faisaient l'amour ? Elle était déjà enceinte.

— Oui, dit-il.

Tôt le lendemain matin, Jasper réveilla Sadie avec de doux baisers.

Elle ouvrit les yeux, et sourit béatement, émergeant d'un rêve délicieux. Elle était dans ses bras, enveloppée de son parfum, bien au chaud sous la couette.

C'était très différent de la fois précédente, où elle s'était réveillée seule.

Couché sur le côté, en appui sur un coude, Jasper l'observait.

— Bonjour, dit-il.

— En effet, c'est un bon jour.

Il roula sur elle et l'embrassa avec passion, réveillant la violence d'un désir que leur étreinte de la veille n'avait pas suffi à combler.

Sans s'embarrasser de préliminaires, il entra lentement en elle.

— Lève les genoux, dit-il.

Elle obéit, aimant son ton de commandement.

— Tu as envie de moi, demanda-t-il.

— Oui, répondit-elle dans un souffle.

— Un peu ? Beaucoup ?

Il se mouvait avec lenteur et force, sachant exactement ce dont elle avait besoin.

Elle dut fermer les yeux sous la sensation de vertige qui s'emparait d'elle, pouvant à peine penser.

— Beaucoup.

Les sensations s'intensifièrent. Chaque mouvement était délibéré, expérimenté et sûr.

Bientôt, elle sentit qu'elle basculait dans un vertige de sensations éblouissantes et, tandis qu'elle se contractait autour de lui en criant son nom, elle eut conscience que Jasper la rejoignait dans l'extase.

Plus tard, Sadie reposa sa tête sur l'épaule de Jasper, tandis qu'il la berçait doucement dans ses bras, en lui murmurant des mots tendres.

Quelque chose avait changé dans leur relation. Il y avait entre eux un lien, une fusion.

Était-ce pour le meilleur ?

Jasper se lasserait-il finalement de la monotonie ?

Il resterait peut-être pour le bébé, mais peut-être prendrait-il ses distances.

Sans doute se posait-elle trop de questions, mais le traumatisme de son passé l'empêchait d'accorder sa confiance.

14

Jasper était assis avec Sadie dans la salle d'attente de l'hôpital.

Les médecins leur avaient dit que Chad ne s'était pas encore réveillé. Si cela ne se produisait pas très vite, la situation serait considérée comme inquiétante.

Sadie avait été très affectée pas cette nouvelle.

— Je vais nous chercher quelque chose à manger, proposa-t-il.

— Non. Laisse-moi y aller. J'ai besoin de faire quelque chose.

— Je t'accompagne.

Elle secoua la tête.

— Inutile.

Elle se comportait bizarrement depuis ce matin.

Après avoir fait l'amour, ils avaient pris une douche ensemble, ce qui avait encore cimenté leur lien.

Rien de négatif n'était venu gâcher leur belle entente, jusqu'à ce qu'ils aient fini de se préparer pour leur voyage. L'ambiance s'était progressivement ternie et, durant le vol, Sadie s'était enfermée dans le silence.

Jasper devait admettre que la force de cette alchimie entre eux le déstabilisait.

Il savait qu'il en allait de même pour Sadie. Elle ne lui faisait pas confiance, et lui avait ses propres démons.

Son téléphone sonna, et il vit que c'était Kadin.

Il fit un petit signe à Sadie tandis qu'elle quittait la pièce.

— Bonjour, Jasper. J'ai du nouveau sur Jafari.

Jasper fut médusé par l'étendue des activités criminelles de

Darien. Il comprit aussi que Sadie pouvait représenter pour lui une bien plus grande menace qu'ils ne l'auraient cru.

Sadie se dirigea vers l'ascenseur en se reprochant son humeur morose. Sa nuit et sa matinée avec Jasper avaient été magiques. Pourquoi ne pouvait-elle rester sur cette bonne impression ?

Elle connaissait déjà la réponse. Il suffirait qu'elle puisse connaître le futur pour se sentir en sécurité. Mais, pour cela, il aurait fallu une boule de cristal.

Pressant le bouton de l'ascenseur, elle entra dans la cabine.

Un homme entra au moment où elle sélectionnait le rez-de-chaussée. La tête penchée, il tendit le bras et choisit un étage.

Quelque chose en lui mit Sadie mal à l'aise. Il était grand, avec des cheveux châtains, et une moustache soignée. Il tourna les yeux vers elle, et elle le reconnut.

C'était l'homme qui avait tué le fournisseur de Darien.

L'ascenseur s'arrêta au deuxième étage. Sadie se rua vers la porte, qui commençait à s'ouvrir, mais l'homme sortit un pistolet de l'intérieur de sa veste et enfonça le canon dans son dos.

— Sortez de l'ascenseur et dirigez-vous vers l'escalier, dit-il. Si vous criez, vous êtes morte.

— Si vous faites ça, on vous attrapera.

— Non. J'aurai disparu avant d'être vu.

Son calme effraya Sadie. Elle sortit de la cabine, et chercha du regard quelqu'un pour l'aider. Une infirmière disparut dans une chambre, et il n'y avait personne d'autre dans le couloir.

— Pas un bruit, dit-il.

Songeant à son bébé, Sadie fit ce qu'il lui disait.

— Ouvrez la porte.

Elle n'avait pas le choix. Cette prise de conscience la terrifia.

Elle ouvrit la porte de l'escalier, et il la poussa sur le palier. Elle commença à descendre les marches, jetant régulièrement un coup d'œil par-dessus son épaule.

Il n'allait pas la tuer, réalisa-t-elle. Sinon, ce serait déjà fait.

Au rez-de-chaussée, elle se rua vers la porte.

Si elle pouvait courir à travers le hall et trouver de l'aide...

L'homme la saisit par ses longs cheveux et la tira en arrière. Elle le heurta, et il lui agrippa le bras avec rudesse.

— Essayez encore, et je vous tue, dit-il à son oreille.

— Darien me veut vivante, dit-elle, en ne sachant pas si c'était vrai.

— Il n'en a plus rien à faire de vous. Il m'a dit de ne pas hésiter à vous éliminer si vous me posiez des problèmes.

— Je ne vous crois pas.

— Ce que vous croyez m'est égal. Avancez !

Il la poussa dans l'escalier.

— Pourquoi fait-il ça ?

— Vous ne le savez pas ?

Il rit cyniquement.

— Ça ne m'étonne pas. Il a fait une erreur en utilisant votre ordinateur.

Quel ordinateur ? Cinq ans auparavant, elle possédait un modèle portable qu'elle avait emmené. Depuis, elle avait acheté un appareil beaucoup plus performant.

— Pourquoi utilisait-il mon ordinateur ?

Ça ne parut pas déranger l'homme de le lui dire. Ce qui signifiait qu'elle n'était pas une menace pour lui... Et donc qu'il avait l'intention de la tuer.

— Pour cacher ses transactions.

Darien utilisait son ordinateur pour ses trafics de drogue ?

— Il voulait être certain que les flics ne trouveraient rien s'ils confisquaient son ordinateur.

Ils étaient arrivés au sous-sol, et il lui ordonna d'ouvrir la porte. Mais il lui prit le bras, et attendit de voir s'il y avait d'autres gens.

— Je ne vois pas l'intérêt d'avoir pris mon ordinateur. Si la police avait confisqué le sien, ils auraient certainement pris le mien aussi.

— Sauf si vous étiez absente. Il avait prévu de vous mettre en sécurité le temps de la transaction. Il ne pouvait pas deviner que vous alliez vous enfuir en emportant l'ordinateur.

— Il était peut-être trop occupé à penser à lui-même.

— Continuez à marcher.

— Comment Darien m'a-t-il retrouvée ?

— C'est votre père qui lui a dit où vous étiez.

La surprise la fit stopper net.

— Quoi ?

— Ils sont restés en relation après votre disparition. Votre père mettait tout en œuvre pour vous retrouver, et Darien en a tiré profit.

— Et comment mon père m'a-t-il retrouvée ?

— Grâce à votre œuvre caritative. Il a vu une photo de vous à une soirée de levée de fonds.

— Je ne me souviens pas qu'on a pris une photo de moi. J'ai toujours été très prudente. Et je n'accorde jamais d'interviews.

— Il avait des gens à travers tout le pays qui vous recherchaient. Des policiers, des journalistes, des amis et des partenaires en affaires. L'un d'eux a dû vous voir et a pris une photo.

Il la prit à nouveau par la manche et la força à avancer vers un van garé à proximité.

— Votre père vous a retrouvée depuis un an. Darien a pris son temps pour élaborer son plan.

Darien savait depuis si longtemps ?

— Il ignorait où j'habitais, cependant.

— Il le sait depuis quelques semaines seulement. Et c'est après qu'il m'a demandé de tuer Bernie.

Il en parlait comme si tuer n'était rien.

Il la poussa entre le van et la voiture d'à côté. Sadie vacilla, mais elle parvint à rétablir son équilibre tandis qu'elle se retournait pour le regarder.

— Si vous me laissez partir, je vous paierai le double de ce que Darien vous a offert.

— Montez dans le van.

Il se pencha et tira la porte à glissière.

Durant les quelques secondes que ça lui prit, Sadie décida d'agir.

Elle prit son courage à deux mains, et lui donna un grand cou de pied dans le genou.

Il desserra les doigts et elle lui déroba son arme, qu'elle jeta au loin. Puis elle courut vers l'avant du van et zigzagua entre les voitures en stationnement.

Remontant au pas de course la rampe d'accès au parking, elle intercepta une voiture dans la rue, en agitant les mains au-dessus de la tête et en criant « à l'aide ».

La voiture s'arrêta, et elle se rua vers la portière passager.

Comme elle posait la main sur la poignée, l'assassin de Bernie tira vers le conducteur. Celui-ci prit peur et démarra en trombe.

Sadie reprit sa course. L'homme la rattrapait. Elle entendait ses pas sur l'asphalte.

Soudain, d'autres pas se mêlèrent à ceux de l'homme. Quelqu'un l'avait pris en chasse.

Jetant un coup d'œil par-dessus son épaule, elle vit qu'il s'agissait de Jasper. Il ralentit et tira. L'homme s'effondra, un trou en pleine tête.

Jasper la rejoignit, et elle se jeta dans ses bras, éperdue de reconnaissance.

— Ça va ? demanda-t-il.

— Oui. Mais, pendant quelques secondes, j'ai bien cru que j'allais y passer.

— Pas sous ma surveillance.

Il déposa un baiser sur sa tempe.

— Retournons à l'étage. Chad s'est réveillé.

Sadie poussa un cri de joie.

Durant le trajet en ascenseur, Jasper parla à Sadie de l'appel de Kadin.

— Qu'a-t-il découvert ? demanda-t-elle avec impatience.

— Que Darien reçoit d'importants paiements d'une compagnie iranienne.

— Des paiements...

Elle réfléchit à ce que lui avait dit le tueur.

— Il vend des équipements à l'Iran. C'est ça qui devait se trouver sur mon ordinateur.

Elle lui expliqua ce que le tueur lui avait révélé, dans son excès de confiance en lui, tandis qu'il l'emmenait vers un endroit isolé pour la tuer.

— Et, conclut-elle, il m'a aussi appris que mon père savait où j'étais, et qu'il l'a dit à Darien.

Elle soupira.

— C'est insensé. Mon propre père a failli me faire tuer.

Jasper s'arrêta devant la porte de la chambre d'hôpital.

— Il ne pouvait pas se douter des risques que ça te ferait courir.

Levant la main, il lui caressa le visage, laissant son pouce s'attarder sur le contour de sa lèvre inférieure.

— Tu devrais peut-être lui pardonner.

— C'est difficile de pardonner à quelqu'un qui ne veut pas changer.

Il se pencha et déposa un baiser sur ses lèvres.

— Comme tu veux. C'est ta décision.

Il recula d'un pas et ajouta :

— Je vais appeler la police pendant que tu vas voir Chad.

— Ils ne vont pas poser trop de questions ?

— Ce sera un appel anonyme. J'ai vérifié, et le type avait eu l'intelligence de se garer hors du champ des caméras.

De retour dans le Wyoming, Jasper aida Sadie à chercher des documents douteux sur son ancien ordinateur.

Ils ne mirent pas longtemps à les trouver. Darien n'avait même pas essayé de cacher le dossier, qu'il avait intitulé « SpaceTech », du nom de sa compagnie.

Elle ouvrit le document de livraison pour une cargaison que SpaceTech devait réceptionner. Le nom du contact pour l'expédition la fit sursauter.

— C'est l'homme que j'ai vu être assassiné. Henry Barnes.

— Ce n'est pas surprenant. Je n'ai jamais pensé qu'il avait été tué pour une question de drogue.

Sadie ouvrit un autre document. Cette fois, SpaceTech était l'expéditeur.

— Celui-ci a été envoyé à Dubaï.

Jasper y regarda de plus près.

— C'est le même composant. Regarde le numéro de série.

— Je crois que j'ai compris, dit Sadie. Henry avait découvert que Darien réexportait le matériel, non pas vers les destinations indiquées, mais vers l'Iran.

Jasper se redressa.

— Je vais passer un appel. Nous allons laisser les officiels s'occuper de ça. Puis nous leur signalerons les meurtres.

Sadie ressentit un intense soulagement.

C'était fini. Darien allait finir sa vie derrière les barreaux.

— Est-ce que tu as une clé USB ? demanda Jasper.

Elle se leva, ouvrit un tiroir, et en trouva une.

Devinant qu'il avait besoin de tous les dossiers, elle les copia et lui tendit la clé.

La radio de Jasper grésilla, signalant un appel, et le vigile posté à la grille annonça l'arrivée de Matias Loredo.

15

— Je ne veux pas le voir ! décréta Sadie.

Jasper essaya de la raisonner.

— Il ne pouvait pas savoir ce que Darien trafiquait.

— Mais il était au courant pour le meurtre.

— Écoutons sa version. Ça pourrait nous fournir d'autres informations.

Sans attendre sa réponse, Jasper demanda au vigile de faire entrer Matias.

Sadie le regarda d'un air outré.

— Tu n'es pas obligé de le voir, dit-il.

S'avançant vers elle, il passa une main dans sa nuque, puis il l'embrassa, avant de quitter la pièce.

Sadie tendit l'oreille pour entendre la conversation qui se déroulait dans le petit salon.

— Je vous ai dit qu'elle ne voulait pas vous voir.

— Elle m'a laissé franchir la grille.

— Non, c'est moi.

— J'ai fait un long voyage. J'ai tout laissé en suspens pour faire ce voyage. Vous ne pouvez pas m'empêcher de la voir. Je dois lui parler. Tout de suite !

Voilà qui ressemblait bien à son père. Sadie se rapprocha de la porte, en prenant garde de rester hors de vue.

— Je ne suis pas l'un de vos employés, dit Jasper. Si Sadie ne veut pas vous voir, vous ne la verrez pas.

— Pour qui vous prenez-vous !

Jasper ne répondit pas. Il avait dit ce qu'il avait à dire. Il ne laisserait pas Matias faire sa loi.

Son cœur se remplit d'amour… Ou d'affection… Ou d'une attirance physique puissante.

Elle ne savait pas ce qu'était ce sentiment qui venait de se manifester en elle, sorti de nulle part.

Jasper ferait en sorte que ses souhaits soient respectés. Personne ne le contrerait. Pas même son tyran de père.

— Vous l'avez appelée Sadie, reprit son père. Son prénom est Catalina.

— C'est Sadie, maintenant. Si vous la connaissiez vraiment, vous le comprendriez.

— La place de ma fille est chez Loredo. Il n'y a qu'elle qui puisse reprendre les rênes de l'entreprise.

Sadie s'agaça du « ma fille ». Comme si elle lui appartenait.

— Vous ne voyez donc pas ? Elle n'en a pas envie. S'occuper du Revive Center la rend heureuse. Et elle en a fait une grande réussite. Allez-vous continuer à ignorer ce qu'elle a créé parce que ça ne correspond pas à vos critères ?

Matias marqua une hésitation.

— Je ne suis pas venu pour remporter une bataille. Je sais que je n'aurai pas le dessus.

Qu'avait-il en tête ? Avait-il l'intention d'exercer sur elle une forme de chantage pour qu'elle reprenne son poste ?

— Darien est venu me voir, dit-il.

Quoi ? Sadie sortit de l'ombre. Le mouvement qu'elle fit attira le regard des deux hommes en même temps.

— Catalina…

Son père s'éclaircit la gorge et parut se rappeler à l'ordre.

— Sadie. Tu as changé d'avis.

— Non. Je veux savoir pourquoi Darien est venu te voir.

Elle s'avança lentement dans la pièce, et s'arrêta à quelques pas de lui.

— Il avait des questions sur toi, et sur un homme qui l'a menacé en public.

Il se tourna vers Jasper.

— Je suppose que c'est vous.

— Que lui avez-vous dit sur moi ?

— Juste ce que Sophia m'avait dit. Que vous étiez détective privé, et que vous aidiez Sadie à résoudre le meurtre de l'un de ses indigents.

— Pourquoi lui as-tu parlé de moi ? demanda Sadie. Pourquoi lui as-tu dit où j'étais ?

— Parce que j'ignorais qui il était vraiment. Quand il a débarqué chez moi, on aurait dit un fou. Il disait que tu avais envoyé une sorte d'agent secret à ses trousses. Son animosité à ton égard m'a choqué. Il ne l'avait jamais montrée avant.

— Darien excelle à tromper les gens, à se faire passer pour ce qu'il n'est pas.

— Il m'a dupé. Il m'a dit que ce n'était pas lui au bar. Que l'homme que tu avais vu avait sans doute aussi tué l'inspecteur à Toronto.

— Bien sûr, il a nié tout engagement. Mais je sais ce que j'ai vu. C'était bien lui.

— Peux-tu me pardonner ?

Elle ne répondit pas.

— Je ne lui aurais jamais dit où tu étais si tu m'avais parlé avant, si tu m'avais expliqué ton plan.

Ainsi, il essayait encore de la contrôler ?

— J'avais besoin de prendre du recul par rapport à toi, papa.

— J'aurais pu te protéger.

Il continuait à ignorer tout ce qu'elle lui avait confié, tout ce qu'elle ressentait.

— Je vais bien, et je vais continuer à aller bien.

Matias jeta un coup d'œil à Jasper, qui était resté en retrait. Puis il reporta son attention sur elle. Son expression sévère s'était un peu adoucie.

Dans ses yeux, elle crut lire des regrets. Ou peut-être, la

contrariété de ne pas avoir reconnu plus tôt un problème, afin de pouvoir le régler.

— Je suis venu m'excuser, et voir ce que je peux faire pour que tu me pardonnes.

Il semblait sincère, et Sadie hésita. Elle avait presque envie de le croire.

— Je sais que tu as besoin de temps. Je le comprends.

— Vraiment ?

— Je voudrais que tu continues à faire partie de ma vie.

Sadie reconnut que son père venait de franchir un grand pas. Ce n'était peut-être pas encore tout à fait ce qu'elle espérait, mais elle s'en contenterait pour le moment.

Vêtue d'une longue robe de coton blanc qui mettait en valeur sa peau dorée, Sadie traversa le salon, une tasse de thé à la main, et s'assit sur le canapé. Puis elle prit la télécommande de la télévision, et commença à faire défiler les chaînes.

Jasper prit place à côté d'elle, tandis qu'elle portait son choix sur une comédie romantique.

Elle tourna la tête vers lui, comme si elle attendait qu'il proteste. Il haussa les épaules.

— Il n'y a rien de mieux, de toute façon.

Ils regardèrent le début du film en silence, mais Sadie montra vite des signes d'ennui.

— Au fait, demanda-t-elle, où en sont les projets de relocalisation de Dark Alley Investigations ?

— Kadin envisage de s'installer dans une grande ville.

— Où ?

— Pas New York. C'est là que sa fille a été enlevée et assassinée. Peut-être en Californie, ou au Texas.

Ouvrant de grands yeux, Sadie coupa le son de la télévision.

— Sa fille a été assassinée ?

Jasper hocha la tête.

— Quand elle était adolescente. Kadin était policier à New York. Après la mort de sa fille, il s'est donné pour mission de faire tomber les criminels les plus tordus qui échappaient régulièrement à la police. Il est devenu célèbre. Je suis surpris que tu n'aies pas entendu parler de lui.

Le regard de Sadie s'assombrit.

— J'évite le plus possible tout ce qui a un rapport avec la criminalité.

Leur conversation fut interrompue par le téléphone de Jasper.

— Oui, Kadin.

— Comment va Sadie ?

— Mieux maintenant que nous sommes rassurés sur le sort de Chad.

Sadie le suivit des yeux tandis qu'il se levait et commençait à arpenter la pièce.

— Une personne est passée vous voir aujourd'hui, annonça Kadin. Ça fait des jours et des jours qu'elle appelle mais, comme elle ne voulait pas dire de quoi il s'agissait, je ne lui ai pas donné votre numéro.

— Qui est-ce ?

— Kendra Scott. Elle dit qu'elle ne partira pas tant qu'elle ne vous aura pas parlé.

— Je ne la connais pas. Que me veut-elle ?

— Accrochez-vous. Elle prétend être la sœur jumelle de la femme de votre oncle.

Jasper eut l'impression que le sol se dérobait sous ses pieds.

— Je lui ai dit que Kaelyn n'avait pas de sœur jumelle, reprit Kadin. Mais elle a expliqué qu'elles avaient été adoptées par des familles différentes.

— Je savais que Kaelyn avait été adoptée, mais elle ne m'a jamais parlé d'une sœur jumelle.

Jasper vit que Sadie l'observait intensément. Son attention avait dû être attirée dès qu'elle avait entendu le nom de Kaelyn.

— Quand pouvez-vous venir ? demanda Kadin.

Comme d'habitude, Jasper ressentit un frisson d'enthousiasme à l'idée d'ouvrir une nouvelle enquête, bien que ce soit en rapport avec son oncle et la mort de Kaelyn.

Et, curieusement, il n'en fut pas inquiet. Il se dit même que cela pourrait être bénéfique pour lui, et pour sa relation avec Sadie.

— Dès que Jafari aura été arrêté, répondit-il.

— Je peux affecter deux hommes à sa sécurité, proposa Kadin.

— Merci.

— Je suis surpris que vous ne soyez pas rentré plus tôt. Nous savons que le tueur est mort. Tout ce qu'il nous manque, c'est le commanditaire.

Normalement, Jasper serait déjà rentré, en effet.

Il regarda Sadie, et vit que celle-ci l'observait toujours, partagée entre espoir et inquiétude.

— Vous nous êtes précieux ici, dit Kadin. Nous avons besoin de vous.

— Je comprends.

— Prévenez-moi quand vous aurez arrêté une date.

— Je n'y manquerai pas.

— C'était Kadin ? demanda Sadie, dès qu'il eut raccroché.

— Oui.

— Quelqu'un demande à te voir ?

— La sœur jumelle de Kaelyn.

— Que veut-elle ?

— Je ne sais pas. Elle n'a pas voulu le dire. Elle ne veut parler qu'à moi. Kadin veut que je rentre le plus vite possible.

Elle se campa devant lui, dans une attitude rigide, et il sentit venir l'orage.

— C'est exaltant !

Sur ces mots, elle commença à se diriger vers la porte.

— Sadie.

— Je sais ce qui va se passer.

Il lui saisit le bras, et la fit se retourner.

— Je peux revenir.

— Quand tu auras fini avec la jumelle de Kaelyn ?

Jasper fut surpris par la jalousie qui sous-tendait ses paroles.

— Elle a sûrement un cas très intéressant pour toi.

— Arrête.

— En plus, si elle ressemble comme deux gouttes d'eau à Kaelyn, ce sera un bonus pour toi.

Étaient-ce ses hormones qui lui jouaient des tours ? Peu importe. Il devait la ramener à la raison.

Il s'avança et lui prit le menton, l'obligeant à le regarder dans les yeux.

— Je ne vais pas vous abandonner, toi et le bébé. Mais, je ne vais pas non plus quitter mon travail. Et je n'aurai pas d'aventure avec une femme qui ressemble à Kaelyn.

— Donc, tu n'as pas l'intention de quitter Dark Alley Investigations… Je m'en doutais.

Elle posa la main sur son torse, et le repoussa, toute vibrante de colère.

— Qu'est-ce que tu proposes ? De nous rendre visite de temps en temps ? Je n'en vois pas l'intérêt. Tu n'as qu'à partir une bonne fois pour toutes et ne jamais revenir.

— C'est vraiment ce que tu veux ?

Lorsqu'elle détourna la tête sans répondre, il s'emporta.

— Quand tu auras fait ton choix, préviens-moi.

Et sur ces mots, il quitta la pièce, ayant besoin de temps pour rassembler ses esprits.

Le lendemain matin, Sadie se sentit terriblement mal à l'aise.

Elle avait accusé Jasper de faire passer son travail avant elle et le bébé, et n'avait pas considéré ses responsabilités chez Dark Alley Investigations.

Il avait un emploi, et il ne pouvait pas y renoncer comme ça.

Et, ils ne se connaissaient pas depuis assez longtemps. Le bébé les avait obligés à envisager une vie commune, sans suivre l'ordre naturel des choses.

Après avoir enfilé un jean, un T-shirt blanc et un chemisier à carreaux vichy bleus et blancs, Sadie s'engagea dans l'escalier.

Des voix lui parvinrent depuis la cuisine.

Elle descendit sans faire de bruit, et s'approcha de la porte.

Jetant un discret coup d'œil, elle vit Jasper en compagnie de deux inconnus. Jasper rit à quelque chose que dit le plus grand des deux. Il était blond, tandis que l'autre était brun et plus réservé.

— Je crois que nous avons de la visite, dit le brun.

Vexée de s'être fait repérer, Sadie se passa la main dans les cheveux, et entra comme si de rien n'était.

Jasper l'accueillit avec un sourire, et elle se demanda s'il avait passé l'éponge sur leur dispute de la veille.

— Sadie, voici Dwayne et Hershel. Ils assureront ta sécurité pendant mon rapide déplacement chez Dark Alley Investigations.

Elle salua le brun, Dwayne, et le blond, Hershel.

— Je dois te parler, ajouta Jasper.

Il lui prit gentiment le bras, et la conduisit au salon.

— Je pars demain matin.

Elle se doutait qu'il ne perdrait pas de temps.

Rassemblant son courage, elle s'interdit d'être triste.

— Je comprends que tu accordes la priorité à ton travail, dit-elle.

Il haussa les sourcils, d'un air sceptique.

— Vraiment ?

— Oui. Reviens quand tu peux. Ça va aller.

Depuis cinq ans, elle n'avait pu compter que sur elle-même. Mais, à présent, elle comprenait que son indépendance avait duré trop longtemps. Qu'elle aurait sans doute dû faire l'effort de donner une chance à un autre homme. À Jasper.

Il avait toujours l'air sceptique.

— Mon manque de confiance envers les hommes… envers toi, m'a fait dire des choses, hier, que je n'aurais pas dû dire.

— Je vais revenir, Sadie.

Cette fois, elle ne voulait pas tout gâcher.

— Je te crois.

Toutefois, elle n'était pas certaine qu'il reste.

— J'apprécierais que tu dormes dans une autre chambre, cette nuit.

Elle espérait qu'il comprendrait pourquoi.

Même si elle croyait à son retour, elle n'avait aucune certitude quant à son envie de s'engager. Il serait là pour leur bébé… Très bien. Mais, combien de temps ?

— Très bien, dit-il en hochant la tête. Comme tu voudras. Je t'appelle dès que j'arrive.

Elle eut envie de lui dire de ne pas se donner cette peine. Mais son cœur se gonfla de joie à cette idée.

16

Jasper termina son tour d'inspection, fit le point avec les gardes en place, et regagna la bibliothèque.

Il était dans l'escalier quand il reçut un appel sur sa radio. Il provenait du vigile au poste d'entrée.

— Mlle Moreno est à la grille. Elle demande que vous la rejoigniez de toute urgence.

Jasper rebroussa chemin au pas de course.

Des lambeaux de brume s'étiraient encore au creux des collines, l'herbe était gorgée de rosée, et un petit vent frisquet lui mordait le visage.

Il aperçut la voiture, prête à sortir. Le vigile était dans sa guérite, et la grille était fermée.

Il ralentit et vit que Sadie était assise à l'arrière.

Il ouvrit la portière.

— Que se passe-t-il ?

— Monte. Nous n'avons pas beaucoup de temps.

— Qu'y a-t-il ?

— Steven a appelé. Darien le retient en otage et, si je ne viens pas, il va le tuer.

Jasper prit place à côté d'elle sur la banquette arrière.

— Ça va aller, ne t'inquiète pas.

— Steven est mon ami.

Voyant les yeux de Sadie s'emplir de larmes, Jasper passa un bras autour de ses épaules.

— Tu as parlé à Darien ?

Elle frissonna contre lui.

— Oui. Il veut que je vienne seule, sinon il le tuera.

— Tu seras seule, mais tu auras des renforts.

Il utilisa sa radio pour appeler Dwayne et Hershel.

— Descends de la voiture, Sadie. On va prendre un des SUV.

Les yeux tristes, elle hocha la tête en reniflant.

Ils sortirent ensemble, et Jasper dit au chauffeur de ramener la voiture au garage.

Les gardes du corps arrivèrent avec un gros SUV blindé.

Hershel était au volant.

— Quel est le plan ? demanda-t-il.

— Lequel de vous est le meilleur tireur ?

— Nous le sommes tous les deux, répondit Hershel. Nous pouvons prendre position et tirer à travers une fenêtre.

— Nous pouvons aussi entrer sans que Darien ne se rende compte de rien, dit Dwayne, depuis la banquette arrière.

— Il n'est peut-être pas seul, protesta Sadie.

— Il l'est, déclara Jasper. Plus personne ne le suivra maintenant. Il y a trop d'attention policière sur lui. Au pire, il aura deux gardes du corps.

— On peut s'en occuper, affirma Hershel.

— Bien.

Jasper fit signe à Sadie de monter à côté du conducteur.

Tandis qu'elle s'installait, il alla chercher des armes dans le coffre.

Tandis que Hershel franchissait la grille à présent ouverte, Jasper montra à Sadie un Glock 9 mm et lui en expliqua le maniement.

— Tu as déjà tiré ?

— Steven m'a montré un petit peu.

— Tu n'auras sûrement pas à le faire. Je ne serai pas loin derrière toi.

— Mais, si les choses tournent mal, je serai préparée.

Sadie indiqua le trajet vers le café où Darien lui avait donné rendez-vous.

Le fait qu'il s'agisse d'un endroit public l'avait convaincue de s'y rendre seule, mais il pouvait tout aussi bien s'agir d'une ruse.

— Garez-vous là, dit Jasper, en indiquant un petit parking à l'écart de la rue.

Puis il prit le visage de Sadie entre ses mains.

— Reste aussi loin que possible de lui. Ne le laisse pas t'attraper. S'il essaie, cours.

Elle hocha la tête.

— Et s'il est armé ?

— Il le sera certainement, mais il n'aura pas le temps de se servir de son arme. Je l'abattrai avant.

Elle se mordit la lèvre, songeant à Henry, à son dernier regard...

— Je serai avec toi, dit Jasper, d'un ton encourageant. Nous le sommes tous.

Il s'adressa ensuite à Hershel.

— Dwayne et moi allons descendre ici. Vous allez vous garer devant le café, de façon à ce qu'on vous voie bien. Darien s'attend à ce que Sadie ait un chauffeur, et il sera soulagé que ce ne soit pas moi.

— Il se doutera que tu n'es pas loin, protesta Sadie.

— Pas forcément. S'il ne me voit pas, il se détendra un peu.

Elle se rangea à son avis.

— D'accord.

Jasper déposa un rapide baiser sur ses lèvres et descendit de voiture.

Sadie le regarda emprunter le trottoir, suivi de Dwayne, et disparaître derrière un bosquet d'arbres.

Le café où Darien avait donné rendez-vous à Sadie grouillait d'activité. Par la vitrine, on pouvait voir que toutes les tables étaient occupées.

Un homme sortit et deux femmes entrèrent.

Un tableau noir indiquait une spécialité de scones vendue uniquement le mercredi — aujourd'hui.

Un homme sortit d'une ruelle entre l'établissement et une zone arborée. La ruelle menait à l'arrière d'une maison.

Il sortit au grand jour, et leva la main en un geste amical.

Sadie reconnut Darien.

Aussitôt, une sensation de malaise l'envahit, proche de la nausée. Tous les vieux souvenirs lui revinrent. Le choc de découvrir son côté monstrueux, la terreur d'être retenue prisonnière dans sa propre maison — une magnifique demeure qui était devenue si laide.

Le pouls de Sadie s'accéléra.

Le pistolet dissimulé dans la poche de sa veste, elle descendit de voiture.

Même si elle en avait envie, elle ne regarda pas vers les arbres, de peur de trahir la présence de Jasper.

Lentement, elle marcha vers Darien. Il portait un long trench-coat sur son habituel costume-cravate. Il était toujours séduisant, mais il ne lui inspirait plus aucune attirance. Seulement de la peur.

— Catalina, dit-il, avec un grand sourire. Ça fait plaisir de te voir.

Il écarta les bras, comme s'il pensait vraiment qu'elle allait s'y jeter.

Elle s'arrêta à dix pas de lui.

Le sourire de Darien s'évanouit.

— Je suppose que c'est ma méthode pour te faire venir qui me vaut cette réaction.

— Où est Steven ?

— Ah, ce bon Steven... Depuis combien de temps communiquait-il avec toi ?

Elle ne répondit pas.

— Depuis ton départ ? Il t'a aidée ? Je me suis souvent demandé comment tu avais fait. Steven n'a rien voulu me dire.

— Où est-il ?

Darien balaya la rue du regard.

— Tu es venue seule, comme je te l'ai demandé ?

— Tu n'as pas demandé, tu as ordonné.

— Ton chauffeur est parti.

Sadie commençait à perdre patience. Steven était-il déjà mort ? Une bouffée de rage lui donna une force nouvelle. Elle tuerait Darien elle-même s'il avait fait du mal à Steven.

— Par ici.

Il se tourna et tendit le bras.

— J'ai loué cette maison, juste ici. J'ai pensé que ce serait plus confortable de se retrouver ici, plutôt que dans un café.

Elle le suivit à bonne distance, s'arrêtant quand Darien s'arrêtait pour l'attendre.

Les abords de la maison étaient plongés dans l'obscurité. Il n'avait même pas laissé une lampe allumée à l'extérieur.

Il ouvrit la porte, et s'effaça pour la laisser passer.

— Toi d'abord, dit-elle.

— Tu as peur de t'approcher ?

Comme elle ne répondait pas, il éclata de rire, et entra.

Elle le suivit, en prenant soin de laisser la porte ouverte derrière elle.

— Tu sais, dit Darien, en ôtant son manteau, il fut un temps où nous étions très proches. Nous nous aimions. Nous avions une relation heureuse et solide.

Elle décida de ne pas le provoquer sur ce sujet.

— Où est Steven ?

Le sourire de Darien s'évanouit, et quelques secondes passèrent.

Sadie glissa les mains dans ses poches, crispant les doigts de sa main droite autour de la crosse du pistolet. Elle était prête à tirer.

— Il est à la cave.

Il ouvrit une nouvelle porte, et désigna un escalier étroit et raide.

Sadie eut le sentiment qu'il essayait de la piéger.

— Passe le premier.

Avec un rire sinistre, il obtempéra.

Sadie le suivit.

Elle découvrit Steven ligoté sur une chaise. En entendant du bruit, il leva son visage tuméfié.

— Steven !

Elle se précipita vers lui, s'agenouillant sur le sol de terre battue pour vérifier la gravité de ses blessures.

Son œil gauche était rouge et enflé, sa lèvre éclatée.

Elle se tourna vers Darien.

— Que lui as-tu fait ?

— Sadie, murmura Steven, d'une voix rauque. Que faites-vous ici ?

— Est-ce que vous allez bien ?

— Partez. Il a perdu l'esprit. Il s'est servi de moi pour vous attirer ici, mais il veut vous ramener à Toronto, où il estime qu'est votre place.

Elle tourna son arme vers Darien.

— Ne t'approche pas.

Il eut un rire de dément.

— Tu n'auras jamais le cran de me tirer dessus.

— Je le ferai si j'y suis obligée. Je n'irai nulle part avec toi. C'est fini, Darien. Je n'ai plus peur de toi.

— Je veux te ramener à la maison.

— Ma vie est ici, maintenant.

— Ta vie est avec moi. Pose ton arme, et suis-moi.

Soudain, il sortit une arme et la dirigea vers Steven.

— Si tu n'obéis pas, je le tue, dit-il.

— Ne l'écoutez pas, dit Steven. Tirez.

Sadie hésita un court instant, en se demandant où était passé Jasper.

Elle ajusta sa prise sur la crosse du pistolet, et visa la tête de Darien.

Elle regarda Steven, qui l'encouragea d'un petit signe de tête.

Avant qu'elle ait eu le temps de faire feu, Darien s'effondra au sol.

La vitre du soupirail de la cave avait explosé, et la balle tirée de l'extérieur l'avait touché en pleine tête.

Au même moment, Jasper et Dwayne apparurent dans l'escalier.

Sadie s'empressa de détacher les mains de Steven, tandis que Jasper s'attaquait aux chevilles.

— Il a besoin d'une ambulance, dit-elle.

— Elle est déjà en route, répondit Dwayne.

Hershel les rejoignit.

— Joli tir, commenta Dwayne.

Hershel eut un sourire modeste, comme s'il n'avait rien fait d'exceptionnel.

— Merci.

Dehors, le bruit des sirènes se rapprochait.

Tandis que Dwayne aidait Steven à se lever, Jasper attira Sadie dans ses bras.

— Je suis tellement soulagé que tout soit terminé, dit-il.

— Oui, c'est fini. Et c'est grâce à toi.

Jamais elle n'avait imaginé résoudre le meurtre de Bernie et être débarrassée en même temps de Darien.

Son premier élan de joie passé, elle réalisa que c'était vraiment fini.

Jasper n'avait plus de raisons de rester. Il allait partir vers de nouvelles aventures, ne lui laissant d'autre choix que de lui dire au revoir.

17

— Bon retour parmi nous !

Jasper leva les yeux de son ordinateur.

Kadin se tenait sur le pas de la porte de son bureau, vêtu d'un costume qui lui donnait davantage l'air d'un homme d'affaires que d'un détective privé.

Jusqu'à présent Jasper avait essayé de faire le tri parmi un nombre incalculable de mails. Il avait un retard considérable à rattraper.

Mais le souvenir de Sadie ne cessait de venir le tarauder. Il ne pouvait pas se concentrer.

— Merci.

— Quand devez-vous rencontrer Kendra Scott ?

Jasper consulta sa montre.

— D'une minute à l'autre.

Kadin entra dans le bureau et ferma la porte.

— Vous semblez différent.

— De quelle manière ?

Jasper se cala contre son dossier, espérant se donner un air de nonchalance.

— Distrait.

Kadin s'installa sur une chaise, et croisa les jambes.

— Je commence à bien savoir ce que ressentent mes détectives quand ils se chargent d'une enquête impliquant une jolie femme.

Jasper vit très bien à qui son patron faisait référence.

Un coup frappé à la porte les interrompit.

La secrétaire entrouvrit le battant.

— Mme Scott est là.

Kadin se leva.

— Reprenons cette conversation quand vous en aurez terminé avec elle.

Kadin sortit, et adressa au passage un signe de tête à Kendra Scott.

Une grande rousse aux yeux verts entra. Elle portait une robe vert amande, avec une veste de cuir fauve et des bottes de couleur assortie.

— Monsieur Roesch. Je suis tellement heureuse de pouvoir enfin vous rencontrer.

Jasper se leva et fit le tour de son bureau pour lui serrer la main.

— Kadin m'a dit que vous insistiez pour me voir.

— Oui.

Elle regarda autour d'elle.

— Nous devrions peut-être nous asseoir.

Jasper la guida vers la table ronde encadrée de quatre chaises, qui se trouvait près d'une des fenêtres.

— Que puis-je faire pour vous.

Elle posa les mains sur la table, et les observa quelques instants.

Puis elle leva les yeux vers Jasper.

— Comme vous le savez sans doute, Kaelyn Johnston était ma sœur jumelle.

— C'est ce que m'a dit Kadin. Mais je l'ignorais jusqu'alors.

Il se demandait d'ailleurs comment une telle chose était possible.

— Nous avons été adoptées par des familles différentes, alors que nous n'étions que des bébés.

— Je suis désolé.

Que pouvait-il dire d'autre ?

Kendra prit une profonde inspiration.

— Écoutez, ce n'est pas facile à dire… Je vais donc être directe. Ma sœur ne s'est pas suicidée. Elle a été assassinée.

Jasper n'eut aucune réaction. Il avait vu trop de familles réagir ainsi quand un de leurs proches mettait fin à ses jours.

— J'ai vu le rapport de police. Rien ne permet de conclure à un meurtre.

— Parce que le meurtrier a bien couvert ses traces.

Jasper eut une moue dubitative.

— Je l'aurais remarqué.

— Pas forcément…

Elle laissa passer un silence.

— Il y a autre chose. Kaelyn m'avait retrouvée, et nous avons commencé à échanger par mails et par téléphone. Nous nous sommes même rencontrées une fois, peu avant sa mort. Nous avions prévu de nous voir régulièrement. Elle était très emballée à cette idée. Elle n'avait pas du tout le comportement d'une personne dépressive.

Un doute germa dans l'esprit de Jasper.

Et si Kaelyn ne s'était pas suicidée ?

Si elle avait prévu de renouer avec sa jumelle, pourquoi aurait-elle mis fin à ses jours ?

Soudain, il se sentit libéré d'années de culpabilité. Il éprouva aussi le besoin et l'obligation d'enquêter sur ce nouveau rebondissement.

Mais Sadie l'appelait dans une autre direction.

En fait, ses sentiments pour elle, et la vie qu'ils pourraient avoir ensemble, comptaient beaucoup plus à ses yeux qu'un passé somme toute malheureux.

Kaelyn ne lui avait créé que des ennuis dès la minute où il l'avait rencontrée. Elle était belle, intelligente, charmante, et il l'avait aimée.

Mais cette relation était beaucoup trop compliquée.

Avec Sadie, tout semblait trouver sa place naturellement.

— J'aimerais vous engager pour enquêter sur sa mort, dit Kendra.

— Bien sûr. Je vais demander à Kadin de nommer l'un de ses meilleurs enquêteurs.

Kendra parut désappointée.

— Mais… J'espérais que vous vous en occuperiez vous-même. Après tout, vous la connaissiez. Vous étiez amoureux d'elle.

— Kaelyn était une personne formidable. Pendant longtemps, j'ai porté son deuil. Mais je ne l'aimais pas comme vous semblez le penser. Je ne regrette pas ce qui s'est passé entre nous. Ça restera toujours un bon souvenir. Mais j'ai quelqu'un d'autre dans ma vie, maintenant.

— Je comprends. Je suis déçue, mais je comprends.

Kendra se leva et récupéra son sac.

— Elle a beaucoup de chance.

Après le départ de Kendra, Jasper se rendit dans le bureau de Kadin.

— Sadie est enceinte, annonça-t-il de but en blanc.

Au début, Kadin sembla déçu, puis il fit contre mauvaise fortune bon cœur.

— Eh bien, félicitations.

— Nous ne l'avons pas prévu. C'est arrivé comme ça. Je veux faire les choses dans les règles. Mais je n'ai pas envie de perdre ce que j'ai ici.

Il haussa les épaules.

— C'est la façon qu'a la nature de nous faire grandir, je suppose.

— Eh oui, dit Kadin. L'amour frappe quand on s'y attend le moins.

Il eut un petit sourire.

— Et, il semblerait qu'en ce moment ce soit une hécatombe chez mes meilleurs détectives.

Après une courte pause, il ajouta :

— Vous ne serez pas le premier que j'autoriserai à travailler à distance. Je suppose que j'ai de la chance que vous ne quittiez pas le Wyoming. Pourrez-vous voyager, si nécessaire ?

— Du moment que je ne rate pas la naissance de mon enfant.

— Prenez donc des congés jusqu'à l'accouchement. Vous me direz quand vous serez prêt à reprendre le travail.

Montée sur un grand cheval blanc, Sadie revint à l'écurie après une longue et paisible balade au pas.

Jamais elle ne s'était sentie aussi libre.

Elle était sortie seule, et n'avait pas eu à s'inquiéter de sa sécurité.

La veille, elle avait pris la Ferrari et s'était autorisé une pointe de vitesse jusqu'à Jackson Hole, où elle avait passé la journée à faire du shopping.

Elle avait réduit au minimum sa sécurité, et avait l'intention de se rendre beaucoup plus régulièrement dans chacun des foyers Revive Center implantés à travers le pays.

Dans l'ensemble, elle était heureuse. Mais, maintenant qu'il y avait moins de monde à la maison, elle ressentait plus durement sa solitude.

Et elle avait un peu trop de temps pour penser à Jasper.

Ses adieux avaient été tendres et emplis de promesses, et elle ne pouvait s'empêcher de guetter son retour, sursautant dès que le téléphone sonnait, ou que le garde à l'entrée annonçait une visite.

Elle descendit de cheval et confia l'animal à un palefrenier.

Puis elle regagna la maison, en inspirant à pleins poumons l'air chargé de résine qu'une brise tiède rabattait de la forêt.

S'attendant à la trouver silencieuse, elle fut surprise par le son de la télévision provenant du salon.

Finley était en ville pour la journée, et les autres employés de maison devaient vaquer à différentes occupations.

Intriguée, elle s'avança lentement jusqu'au seuil.

Jasper se tenait près d'une console, placée contre le dossier d'un des canapés.

Le vase de roses rouges, la boîte de chocolats et le paquet-cadeau n'étaient pas là la dernière fois qu'elle était entrée dans la pièce.

— Finley m'a laissé entrer, dit-il.

Jasper avait dû arriver juste après son départ pour les écuries. Finley avait quitté la maison peu après elle.

— Qu'est-ce que tu fais là ?

— À ton avis ?

Elle s'avança dans la pièce et observa la boîte de chocolats en forme de cœur.

C'était tellement traditionnel pour un homme qui l'était si peu.

Un peu d'appréhension tempéra sa joie de le voir.

— Les roses, c'est à quelle occasion ?

— Ça pourrait être une proposition de paix.

Elle souleva la boîte de chocolats et en glissa un dans sa bouche, savourant le caramel coulant et les éclats de noisette.

— J'ai retrouvé la raison après la visite de la sœur jumelle de Kaelyn.

— Comment cela ?

— Lorsque Kendra m'a appris que sa sœur ne s'était pas suicidée, mais qu'elle avait été assassinée, ma culpabilité s'est envolée, et tout est devenu clair.

— Qu'est-ce qui est devenu clair ?

Il s'avança vers elle.

— Toi... Moi... Le bébé.

Il posa les mains sur ses bras.

— Je peux enfin tirer un trait sur le passé, et m'autoriser à avoir une vraie relation.

Sadie avait la tête qui lui tournait face à tant d'informations.

Puis elle comprit que son travail de réflexion pendant qu'il était parti avait porté ses fruits.

— Je suis arrivée à la même conclusion, dit-elle.

Le visage de Jasper s'illumina.

— C'est vrai ?

— Je peux arrêter de fuir, maintenant. Je n'ai plus peur de rien.

— C'est fantastique, car j'ai quelque chose à te demander.

Plongeant la main au fond de sa poche, Jasper en sortit un petit écrin en velours bleu nuit.

Sadie retint son souffle. Il n'allait quand même pas...

Il souleva le couvercle et révéla un diamant entouré de saphirs bleus, sertis sur un anneau de platine.

— Elle est magnifique ! s'exclama Sadie.

Elle se sentit comme une princesse lorsqu'il leva sa main gauche et glissa l'anneau à son doigt.

La bague lui allait parfaitement.

Le cœur débordant d'amour et de joie, elle jeta les bras autour du cou de Jasper et l'embrassa longuement, les yeux fermés, goûtant la joie de le retrouver et de savoir qu'ils avaient toute la vie devant eux.

— Quand veux-tu te marier ? demanda-t-il, quand ils s'interrompirent pour reprendre leur souffle.

— Le plus tôt possible. Avant que mon ventre ne soit trop volumineux.

— Tu vas inviter ton père ?

Sadie hésita. Elle n'en avait pas envie. Mais Matias avait fait des efforts pour améliorer leur relation la dernière fois qu'ils s'étaient vus.

— Je crois que tu devrais, dit Jasper. Le fait d'être grand-père pourrait l'adoucir.

— Peut-être.

Elle en parlerait à sa mère.

Sa vie lui semblait différente, maintenant. Elle l'était. Elle avait changé pour le meilleur.

C'était d'une vie comme celle-ci qu'elle avait rêvé avant de rencontrer Darien.

À présent, elle avait l'impression d'avoir concrétisé son rêve.

Elle avait l'intention de profiter chaque jour de ce cadeau.

Et elle serait toujours reconnaissante à Jasper de lui avoir donné ce qu'elle avait tant attendu : l'amour, la compréhension... Et surtout la confiance.

JANIE CROUCH

Pour protéger Chloe

Traduction française de
CHRISTINE BOYER

BLACK ROSE

HARLEQUIN

Titre original :
DADDY DEFENDER

Ce roman a déjà été publié en 2018.

1

— Ashton, je ne vous remercierai jamais assez d'être venu me dépanner ce matin — et à la première heure. Je ne sais vraiment pas ce que je ferais sans vous.

La tête et le haut du corps sous l'évier, Ashton Fitzgerald, tireur d'élite au sein des SWAT d'Omega Sector Critical Response Division, grommela une réponse inaudible tout en resserrant les bagues du siphon.

La maison de Summer Worrall, l'utilisatrice de l'évier en question, faisait partie d'une résidence de demeures individuelles située à Masking Ridge, une petite ville au sud de Colorado Springs.

Summer poursuivait :

— Je n'ai pas compris l'origine de cette fuite. Mais quand Chloe m'a réveillée ce matin, il y avait une grande flaque d'eau sur le carrelage de la cuisine.

Chloe, âgée de dix-neuf mois, commençait à s'agiter dans ses bras. Elle avait envie de jouer avec Ashton mais Summer préférait la tenir à distance pour ne pas le gêner.

— Ce n'était pas grand-chose, marmonna Ashton. Et venir vous dépanner ne me pose aucun problème.

Ce n'était pas tout à fait vrai.

Parce qu'il était passé réparer la plomberie de Summer, il arriverait en retard au centre d'entraînement des SWAT d'Omega Sector. Certes, son retard n'aurait pas de conséquences dramatiques. L'équipe s'y retrouvait ce matin pour des exercices de routine, sauf bien sûr si un événement inattendu nécessitait leur intervention. Mais dès que ses camarades comprendraient pourquoi il était en retard — Summer Worrall l'avait de nouveau pris pour l'employé chargé de l'entretien de la copropriété —, ils allaient se moquer de lui.

Une fois de plus.

Toute l'équipe connaissait Summer et Chloe, au moins de vue. Deux ans plus tôt, Summer avait perdu son mari au cours d'une prise d'otages qui avait mal tourné. Par la suite, il y a huit mois, elle avait été enlevée par une psychopathe mais sauvée par les hommes d'Omega Sector Critical Response Division, une unité de police spécialisée dans les interventions urbaines difficiles et constituée des meilleurs agents du pays.

Si personne ne reprochait à Ashton de venir en aide à la jeune veuve, ses camarades trouvaient hilarant que Summer soit persuadée qu'il était l'homme à tout faire de la résidence.

Ashton était plutôt doué de ses mains. Grandir dans la ferme de ses parents au fin fond du Wyoming lui avait appris à bricoler. Avec de bons outils et un peu de temps, il était capable de tout réparer dans une maison.

— Ce n'était pas grand-chose, répéta-t-il. Les bagues du siphon avaient besoin d'être resserrées, voilà tout.

— Tant mieux. J'aurais été ennuyée d'annoncer à Joe qu'il fallait entreprendre d'importants travaux de plomberie dans la cuisine.

Joe Matarazzo, le principal négociateur au sein d'Omega Sector, qui était par ailleurs milliardaire, était le propriétaire du complexe où vivaient Summer et Chloe.

Et voilà comment ce quiproquo complètement fou avait débuté. Lorsque son broyeur à ordures était tombé en panne, Summer avait appelé Joe qui lui avait promis de lui envoyer quelqu'un de confiance dans les meilleurs délais. Or, Joe ayant une urgence avec Omega, il avait demandé à Ashton de régler le problème de Summer. Au lieu de contacter un professionnel, Ashton avait trouvé plus simple de se rendre lui-même chez elle. Il n'avait nullement l'intention d'induire Summer en erreur et d'ailleurs il s'était présenté comme un ami de Joe.

Mais évidemment, elle avait compris qu'il était homme à tout faire et ami de Joe.

Quand, en partant, Ashton lui avait donné son numéro de téléphone en lui disant de lui passer un coup de fil si par la suite d'autres problèmes survenaient et si elle avait besoin d'effectuer d'autres réparations, Summer l'avait pris au mot. Au cours des derniers mois, elle avait fait appel à ses services huit fois.

Et maintenant, Ashton ne savait pas comment lui dire la vérité.

Mais il lui cachait un autre secret, bien plus grave.

Avec une grimace, il sortit de dessous l'évier.

— Voilà, tout est réglé. Je n'ai plus qu'à aller rétablir l'eau au sous-sol.

Ashton se leva. Il sourit à Summer, essayant de ne pas lui montrer à quel point il était ébloui par sa beauté, comme chaque fois qu'il posait les yeux sur elle. Mince et gracile, elle était ravissante avec ses cheveux auburn, son petit visage constellé de taches de rousseur, ses traits fins et son sourire chaleureux. Il l'avait déjà vue en robe d'été et il savait qu'elle avait un corps à damner un saint. Mais il refusait de penser au plaisir qu'il aurait à parcourir sa peau de ses doigts ou, mieux encore, de ses lèvres. Après ce qu'elle avait traversé, Summer n'avait aucune envie de fréquenter un membre d'Omega Sector. Et lui encore moins que les autres.

— Ah-ta !

Avec un cri de joie, la petite Chloe s'arracha des bras de sa mère pour se jeter dans ceux d'Ashton. Il la rattrapa au vol et la serra contre lui.

— Désolée, murmura Summer. Elle est impossible.

— Ne vous en faites pas.

Chaque fois qu'il passait effectuer une réparation chez Summer, la fillette lui faisait fête. Manifestement, elle adorait le voir. Incapable de prononcer le mot « Ashton », elle avait pris l'habitude de l'appeler « Ah-ta ».

Il sourit à l'enfant.

— Tu devrais faire attention, ma jolie. Et ne pas sauter si vite des bras de ta maman.

À sa place, il n'en aurait aucune envie.

Mais Chloe lui caressa le visage de ses petites mains.

— Ah-ta, répéta-t-elle avec un air d'adoration.

— Oui, ma puce, mais je ne serai pas toujours là pour te rattraper.

Il ajusta sa ceinture d'outils pour s'assurer que la petite ne s'y prenne pas les pieds. La ceinture ressemblait à la ceinture utilitaire SWAT qu'il portait dans d'autres circonstances.

— Merci encore d'avoir fait de cette fuite une priorité, Ashton, continuait Summer. Je suis sûre que vous avez beaucoup d'autres réparations à effectuer, d'autres logements dont vous devez vous occuper.

Il secoua la tête.

— Ne vous en faites pas. Cela ne m'a pas dérangé du tout de venir ici.

Les yeux verts de Summer se remplirent de détresse.

— Vous voulez dire que vous êtes venu à la résidence uniquement pour moi ? Que vous aviez prévu de travailler dans un autre complexe, aujourd'hui ? Mon Dieu, je suis *vraiment* désolée.

Ashton ne savait jamais comment répondre, alors il préférait en dire le moins possible.

— Oui, je dois travailler ailleurs, aujourd'hui.

Techniquement, ce n'était pas faux : le centre d'entraînement des SWAT se trouvait ailleurs que dans cette résidence.

— Ne vous inquiétez pas, ajouta-t-il. Cela me fait toujours plaisir de passer.

Et voilà. Maintenant, il avait l'air de la draguer. Il était certain qu'elle allait très vite le remettre à sa place.

Il tenta de se rattraper :

— Je… Je voulais simplement dire que…

Il bredouillait, à présent ! Si elle ne le prenait pas pour un crétin complet, il aurait de la chance.

Elle lui toucha le bras.

— Je comprends et j'apprécie… sincèrement. Et ce petit monstre aussi, ajouta-t-elle en désignant sa fille d'un mouvement du menton. Chloe adore vous voir.

— Je vais l'emmener au sous-sol pour rétablir l'eau. Cela vous va ?

Chloe continuait à jouer avec son visage. Elle lui tirait les oreilles avec une force incroyable.

— Bien sûr, répondit Summer avec un sourire. Je vais en profiter pour ranger les produits d'entretien sous l'évier.

L'enfant dans les bras, Ashton descendit à la cave. Il savait où elle se trouvait pour avoir réglé un problème de chauffe-eau, quelques mois plus tôt. En fait, il y avait toujours quelque chose qui clochait chez Summer, alors que la résidence était récente. Mais il n'allait certainement pas s'en plaindre.

Ces pannes à répétition lui donnaient l'occasion de voir souvent Summer. Même si elle croyait s'adresser à l'employé chargé de la maintenance.

Tandis qu'il gagnait le sous-sol, la petite Chloe se mit à baragouiner dans une langue qui lui était propre. Il ne savait pas pourquoi la fillette l'aimait à ce point mais ses marques de tendresse le touchaient.

Un jour, l'enfant découvrirait que son père était mort à cause d'Ashton. Et à ce moment-là, ni elle ni sa mère ne voudraient plus rien avoir à faire avec lui.

Entendre sa fille babiller gaiement avec Ashton tandis qu'il l'emportait dans l'escalier réjouissait Summer. Lui confier Chloe ne l'inquiétait pas le moins du monde. Non seulement il avait prouvé à maintes reprises qu'il était patient et doux avec la petite, mais Joe Matarazzo, l'un des plus proches amis de Summer, s'était personnellement porté garant d'Ashton.

Quelques mois plus tôt, Joe lui avait envoyé Ashton, un jour où son broyeur à ordures était tombé en panne. Depuis lors, elle avait trouvé plusieurs prétextes pour le faire revenir. Il devait penser qu'elle était complètement empotée et incapable de réparer quoi que ce soit dans une maison. Mais il ne semblait jamais ennuyé de venir.

Alors Summer avait continué de faire appel à lui. Et Ashton avait continué de tout réparer.

Secrètement, elle trouvait ce grand brun un peu timide très séduisant. Et ses bras et son torse musclés impressionnants.

Quand il était là, elle aimait bien le regarder à la dérobée. Bien sûr, elle ne l'aurait jamais reconnu.

Elle n'était pas encore allée jusqu'à casser volontairement quelque chose pour faire venir Ashton mais elle y avait déjà pensé. Et elle n'avait jamais essayé de réparer quoi que ce soit chez elle. Comme la maison était vraiment très grande pour elle et Chloe avec ses trois chambres à coucher, ses deux étages plus un sous-sol, les prétextes pour l'appeler ne manquaient pas.

Summer rangea sous l'évier les produits de nettoyage qu'elle avait enlevés avant l'arrivée d'Ashton.

Il n'avait pas dit grand-chose aujourd'hui, songea-t-elle. En tout cas, pas à elle. Il était toujours très bavard avec Chloe. Par contre, avec Summer, il semblait mal à l'aise, un peu gêné. Elle n'en revenait pas qu'un homme aussi grand, aussi musclé, aussi magnifique, n'irradie pas d'assurance.

Cela dit, si un jour il lui sortait une phrase complète et lui parlait vraiment, elle se mettrait sans doute alors à rougir et à bredouiller.

Voilà pourquoi elle lui cachait qu'il lui plaisait beaucoup. Elle n'était manifestement pas son type. Elle ne savait pas quel genre de femmes il aimait mais sans doute appréciait-il qu'elles soient un peu comme lui… discrètes, timides. Dommage…

Prenant conscience de la tournure de ses pensées, elle secoua la tête.

Ressaisis-toi ! s'ordonna-t-elle.

Elle ignorait tout ou presque d'Ashton. Dernièrement, elle avait appris qu'il avait grandi dans la ferme de ses parents, qu'il allait souvent dans le Wyoming pour leur rendre visite. Elle constatait qu'il était gentil avec sa fille et toujours poli avec elle. Mais elle n'avait pas la moindre idée de ce qu'il faisait, de ce qu'il aimait dans la vie. Elle voyait seulement qu'il était réservé, qu'il parlait peu.

Et qu'il était séduisant en diable avec son sourire intimidé et ses biceps.

Elle aurait acquis la certitude qu'il ne se passerait jamais rien entre eux, et aurait totalement renoncé à cet homme, si elle ne l'avait pas surpris à plusieurs reprises la dévisageant avec une petite lueur dans les yeux. Comme s'il éprouvait la même attirance mais qu'il ne parvenait pas à le dire, et encore moins à aller plus loin. Il ne lui avait jamais laissé entendre qu'elle l'intéressait.

Peut-être parce qu'il était trop timide.

Ou peut-être prenait-elle ses désirs pour la réalité.

Elle rangea un lot d'éponges à leur place avant de refermer le placard. Voilà trop longtemps que Tyler était mort. Trop longtemps qu'un homme ne s'était pas intéressé à elle. Et même si elle aurait beaucoup aimé qu'Ashton soit cet homme, l'hypothèse lui semblait de plus en plus improbable.

— Voilà, j'ai remis l'eau et tout devrait fonctionner correctement, à présent.

Alors qu'elle se tournait vers lui, Summer ne put s'empêcher de remarquer que la chemise d'Ashton était un peu humide. Il avait dû se mouiller lorsqu'il était sous l'évier. Le tissu se plaquait sur son ventre, soulignant des pectoraux impressionnants.

Les plombiers et les employés chargés de l'entretien n'étaient-ils pas tous ventripotents et mal habillés ?

Elle ignorait à quoi Ashton occupait ses week-ends mais il ne restait certainement pas assis devant son poste de télévision à siroter des bières.

Mais quand elle vit la manière dont il portait Chloe, veillant à ce que ses petites jambes ne touchent pas sa chemise trempée, elle fondit complètement.

— Merci encore mille fois d'être venu si vite, Ashton. Maintenant que je sais que vous aviez à faire ailleurs, ce matin, j'y suis encore plus sensible.

Il avait l'air un peu penaud, elle se demanda pourquoi.

Mais Chloe tendit les mains vers elle.

— Maman !

Summer prit sa fille dans les bras, enfouissant son visage dans ses cheveux blonds.

— Coucou, mon cœur. Tu t'amuses bien avec Ashton ?

Chloe commença à lui raconter une histoire dans une langue qu'elle seule pouvait comprendre.

— Vous ne voulez toujours pas que je vous dédommage pour le service que vous me rendez, Ashton ? Ce ne serait que justice. Vous êtes déjà tellement gentil de venir exprès pour moi dans cette résidence... Je suis gênée de ne pas vous payer.

Les yeux d'Ashton s'écarquillèrent.

— Non, il n'en est pas question. Summer, je devrais...

Il s'interrompit, se frotta le front.

Quand il devint évident qu'il n'ajouterait rien, comme d'habitude, elle demanda :

— Vous devriez... quoi ?

Il poussa un petit soupir, puis esquissa un sourire.

— Rien. Vous donner un coup de main ne me pose aucun problème. Appelez-moi si vous avez besoin d'autre chose.

Et si elle avait besoin de l'inviter à dîner ? Que dirait-il alors ? Sans doute bredouillerait-il et serait-il embarrassé.

Mais bafouillerait-il un « oui » ou un « non » ?

Voilà trop longtemps que Summer avait quitté le monde des rencontres amoureuses et de la séduction. Elle n'en connaissait plus les codes. Elle était mariée avec Tyler depuis trois ans quand il était mort, il y a presque deux ans. Elle ne s'était donc pas rendue à un rendez-vous galant depuis cinq ans. Et maintenant, elle ne savait plus comment s'y prendre pour montrer à un homme qu'il ne la laissait pas insensible.

En tout cas, elle appréciait surtout la compagnie de quelqu'un qui ignorait que son mari était mort tragiquement. Qui ne la considérait pas avec pitié.

Elle s'empara d'une assiette posée sur la table qu'elle avait préparée à son attention.

— Je vous ai confectionné des muffins à la myrtille. Pour vous remercier de votre gentillesse.

— Il ne fallait pas !

Maintenant, elle se sentait idiote.

— Oh mais… euh, j'avais envie de faire de la pâtisserie, voilà.

À 4 heures du matin, lorsqu'elle avait compris qu'il allait venir dans la matinée réparer la fuite sous l'évier.

Gênée, elle regretta d'avoir mis le sujet sur le tapis.

— Et je me suis dit que vous aimiez peut-être les muffins. Et comme je ne vais pas pouvoir tous les manger…

— Ils ont l'air délicieux. Merci beaucoup.

Il prit l'assiette. Elle s'efforça de repousser la culpabilité qui l'étreignit en songeant qu'il devrait la lui rapporter, ce qui lui donnerait l'occasion de le revoir…

Ce n'était pas pour cette raison qu'elle lui avait préparé des muffins. Bien sûr que non. Mais comme il était célibataire, il ne devait pas avoir beaucoup de moules à gâteaux chez lui. Voilà pourquoi elle lui avait fait de la pâtisserie.

Ashton jeta un coup d'œil à sa montre et grimaça.

— Bon, je dois vraiment y aller, maintenant. Appelez-moi si vous avez d'autres problèmes, d'accord ? Et merci, ajouta-t-il en soulevant l'assiette.

Il caressa rapidement la joue de Chloe.

— Au revoir, petite friponne. Sois sage avec ta maman.

Il gagna la porte avant qu'elle ne puisse ajouter quoi que ce soit. Qu'aurait-elle pu dire, de toute façon ?

« Rapportez-moi l'assiette demain et profitez-en pour m'inviter à dîner » ?

Elle se reprocha de ne pas avoir le cran de lui faire une telle proposition.

Summer installa Chloe sur sa chaise haute et lui versa des céréales dans un petit bol. Très vite, la fillette en renversa la moitié par terre en tentant de les prendre à pleines mains.

Il n'était pas facile d'avoir une vraie conversation avec Chloe non plus.

Summer avait perdu son mari depuis trop longtemps maintenant. Tyler lui manquait tous les jours, elle regrettait qu'il ne soit plus là pour voir leur fille, pour mesurer à quel point la petite était belle. Bien sûr, Summer avait accepté depuis longtemps que son mari ne revienne jamais. Il n'aurait pas voulu qu'elle gâche sa vie en s'accrochant à ses souvenirs, elle le savait. Il vivrait toujours dans son cœur.

Peut-être un jour oserait-elle faire le premier pas, inviter Ashton à dîner. Il semblait gentil, bien qu'un peu timide, solide, fiable.

Et séduisant en diable.

Summer aurait bien aimé vivre une amourette avec un homme comme Ashton, même s'il n'était pas très causant. Un gardien d'immeubles ne menait sans doute pas une vie aventureuse et excitante, mais à vrai dire elle préférait. Entre la mort violente de Tyler et le rapt dont elle avait été victime, elle avait eu sa dose d'adrénaline. Quelques mois après la disparition de Tyler, une psychopathe l'avait piégée et enfermée avec Chloe dans un bâtiment avant d'y mettre le feu.

Par miracle, certains agents d'Omega Sector, des collègues de Joe Matarazzo, avaient réussi à la faire sortir à temps avec sa fille. Joe avait sauvé de justesse sa femme, Laura, que la folle avait également enlevée.

Cela dit, Summer ne se souvenait pas bien de ce qui s'était passé. Droguée, elle était alors plongée dans un état semi-comateux. Elle se rappelait seulement d'un homme en tenue de combat brisant la porte de la petite pièce où elle et Chloe étaient enfermées. Il les avait emportées toutes les deux dehors comme si elles ne pesaient rien. Au milieu du chaos, Summer n'avait même pas eu la présence d'esprit de le remercier.

Alors oui, elle avait eu sa dose d'aventure et de frissons. Et elle préférait de loin refaire sa vie avec un homme doué de ses mains et chargé de l'entretien de la copropriété. Peut-être Ashton menait-il une existence morne mais elle avait du mal à l'imaginer comme un type rasoir. En tout cas, elle espérait qu'il ne l'était pas.

Perdue dans ses pensées, Summer redonna des céréales à Chloe avant de jeter celles qui jonchaient le sol à la poubelle.

Summer rêvait beaucoup. Presque toutes les nuits. Après la mort de Tyler, il s'agissait essentiellement de cauchemars, souvent violents. Heureusement, ils ne revenaient plus la tourmenter.

Maintenant, des images de l'homme qui l'avait emportée dehors, loin des flammes, visitaient régulièrement son sommeil. Il lui avait paru fort, solide, calme.

Et dans tous ces rêves, quelle que soit la façon dont ils commençaient ou dont ils se déroulaient, le héros avait toujours les traits d'Ashton.

Ashton Fitzgerald était peut-être bâti comme une armoire à glace. Et capable de résoudre beaucoup de problèmes. Mais il n'aurait jamais pu la sortir d'un incendie. Il n'avait rien d'un héros, ce qui ne dérangeait pas du tout Summer.

Ashton était l'employé chargé de la maintenance, le factotum de Joe.

Même si son inconscient le voyait sous les traits d'un surhomme.

2

À une centaine de kilomètres de là, dans un bâtiment qui n'avait rien de commun avec les charmantes petites maisons de Colorado Springs, Damien Freihof s'ennuyait.

Et en général, quand il s'ennuyait, les gens ne tardaient pas à mourir.

Il prit une profonde inspiration et feignit de s'intéresser aux propos des deux autres hommes qui l'avaient rejoint dans ce vieil entrepôt abandonné à la périphérie de Denver. Aucun d'eux ne se connaissait, et ils étaient donc convenus de se retrouver là.

L'un d'eux dissertait depuis un moment sur la nécessité d'un changement radical de la société. Vêtu d'un costume gris anthracite mal coupé et d'une cravate rouge, il ne cessait de sillonner la salle tout en palabrant. Il veillait à garder une casquette de base-ball baissée sur sa figure afin de dissimuler ses traits ou, du moins, de les rendre plus difficiles à décrire.

— Une réforme en profondeur de l'organisation de la police américaine s'impose, asséna-t-il, à moitié dissimulé dans l'ombre. Au niveau fédéral, en particulier.

Manifestement, il tenait à ce que ni son nom ni son visage n'apparaissent sous le feu des projecteurs.

Ce qui était très bien pour le moment.

Se retenant d'éclater de rire, Damien leva le poing en l'air.

— Vous avez raison ! C'est la lutte finale !

Red Tie — Cravate Rouge — cessa d'arpenter l'entrepôt :

— Nous allons faire tomber le pouvoir en place en sapant

les organismes chargés de la sécurité et de l'ordre public. Dès qu'Omega Sector aura été anéanti, nous nous attaquerons aux autres organes de répression, en ciblant en particulier les services fédéraux. Il est temps de mettre un terme à la corruption.

Il répétait manifestement des répliques apprises par cœur. Damien ignorait s'il croyait ce qu'il racontait, s'il s'était longuement exercé à prononcer son discours avec conviction devant un miroir ou s'il avait des dizaines d'adeptes armés, prêts à se battre pour sa cause.

Damien savait que Red Tie travaillait à un niveau de responsabilité relativement élevé au sein d'une unité d'élite chargée d'interventions en milieu urbain, Omega Sector, et qu'il voulait la détruire.

Voilà pourquoi Damien considérait Red Tie comme son nouveau meilleur ami. Dans l'immédiat, son nom comme son visage étaient des détails sans importance. Il serait toujours temps d'enquêter sur le sujet plus tard, si besoin.

À en juger par le costume mal coupé de son interlocuteur, Damien devinait que l'homme était une sorte d'agent de renseignements ou peut-être faisait-il partie des SWAT. Comme tous les fonctionnaires du pays, il devait souffrir des restrictions budgétaires. Il avait sans doute plus l'habitude de revêtir la combinaison de super-héros des SWAT qu'un costume-cravate. De plus, il avait le physique de l'emploi. Peut-être n'était-il pas très équilibré mentalement mais il avait la silhouette et les muscles des membres de ces unités stratégiques.

Contrairement à Red Tie, Curtis Harper — l'homme que Damien était allé chercher pour le conduire à cette réunion — ne cherchait pas à dissimuler ses traits ni son identité. Afficher ouvertement son visage et ses convictions ne lui posait aucun problème.

En général, Harper avait tendance à se montrer geignard et agaçant. Il prit enfin la parole.

— Vieux...

Damien avait appris depuis des années que rien d'intelligent ne suivait jamais le mot « vieux ».

— Vieux, répéta Harper. Pour ma part, je n'ai aucune envie de faire la révolution. Je veux juste venger mon père, buter l'homme qui l'a descendu.

Les bras croisés sur son torse, Red Tie regarda fixement Harper. Tous trois restèrent un moment silencieux.

— Damien, dit finalement Red Tie en se tournant vers lui. Je ne suis pas sûr que nous soyons tous sur la même longueur d'onde.

Damien l'interrompit d'un geste. Il ne voulait pas que Red Tie fasse fuir Harper. Il avait besoin de ce dernier pour parvenir à ses fins.

Mais une fois son but atteint, Damien n'aurait aucun scrupule à le jeter.

D'un geste amical, Damien prit Harper par les épaules et il l'entraîna loin de Red Tie, vers la porte de l'entrepôt.

— M. Harper, vous souhaitez vous venger. À juste titre.

— C'est vrai.

Hochant la tête, Harper fit claquer ses mâchoires. Un bruit d'une insupportable vulgarité.

L'envie de lui briser la nuque traversa soudain Damien. Il sentit des picotements dans ses bras et au bout de ses doigts. Il aurait sans doute rendu un grand service à l'humanité en la débarrassant sans attendre de ce taré pleurnichard et sectaire. Mais il réussit à se maîtriser. Non sans mal.

— Je comprends très bien, poursuivit-il, gardant la main sur son épaule. Et je vais vous aider à envoyer cet Ashton Fitzgerald ad patres.

Les yeux de Harper se plissèrent.

— Ce fumier a tué mon père. Il l'a assassiné de sang-froid.

Damien doutait qu'un agent d'Omega Sector, une équipe composée de tireurs d'élite, ait « assassiné » qui que ce soit « de sang-froid » mais il se garda bien sûr de le dire.

— C'est vrai. Et il mérite de payer pour son crime. Il périra à son tour sous peu.

— Je vais finir par prendre mon 45 et lui éclater la cervelle.

Si Harper avait le cran de loger une balle dans le crâne de

Fitzgerald, il aurait eu mille fois l'occasion de le faire depuis quatre ans, depuis la mort de son père.

Damien lui serra l'épaule affectueusement.

— Vous le pourriez, bien sûr. Je sais que vous en avez le courage. Mais pourquoi ne pas le faire souffrir un peu, d'abord ? Autant qu'il a dû vous faire souffrir.

Curtis Harper se considérait depuis et pour toujours comme une victime.

Voilà comment Damien avait pu le convaincre sans trop de difficulté de participer à son projet. Il avait l'intention de se servir de Harper pour frapper Omega Sector et saper le moral de ses troupes. Au départ, l'assassinat de l'un de leurs agents passerait pour un acte isolé, l'œuvre d'un cinglé avide de vengeance.

Damien se demandait combien d'actes isolés Omega Sector endurerait avant de comprendre que ces meurtres n'étaient pas du tout indépendants les uns des autres mais au contraire bien orchestrés par un marionnettiste de génie.

— Maintenant, Curtis, je vous conseille de rentrer chez vous et de vous préparer, dit Damien, empruntant un accent du Sud pour lui faire croire qu'ils étaient de la même trempe. Je vous recontacterai dès que j'aurai mis au point un plan pour que Fitzgerald paie son crime au prix fort. Il faudra qu'il souffre non seulement physiquement, mais aussi en voyant mourir ceux qu'il aime. La pire des souffrances, en vérité.

Harper n'avait pas à connaître l'intégralité du projet de Damien. De toute façon, même s'il le lui avait révélé, Harper n'aurait pas été capable de mesurer l'énormité de ce qu'il avait en tête. Cela n'avait pas d'importance. Il n'avait pas besoin d'en avoir une idée claire ni d'y adhérer pour être utile.

L'objectif ultime de Damien dépassait l'entendement de Harper, mais à son insu ce dernier allait aider les membres d'Omega Sector à le comprendre.

— D'accord, Damien, dit Harper. Merci, ajouta-t-il avant de cracher par terre.

Encore un geste inadmissible pour Damien qui réussit pourtant, une nouvelle fois, à dissimuler sa colère.

Curtis Harper était un moyen qu'il utilisait pour parvenir à ses fins, rien de plus. La cible de Damien, Ashton Fitzgerald, l'agent d'Omega Sector, allait mourir la semaine prochaine. Mais Curtis Harper aussi.

Damien lui serra la main et Harper s'en alla.

Lorsque Damien retourna dans le bâtiment, Red Tie lui lança :

— Curtis Harper n'est pas le genre de personne dont nous avons besoin pour conduire la révolution. Il est bête, sale et débraillé.

Damien haussa les épaules.

— Pour mener à bien une guerre, il ne faut pas une armée composée exclusivement de généraux. Vous avez également besoin de sous-fifres corvéables à merci et aisément remplaçables.

Ses paroles parurent apaiser son interlocuteur.

Red Tie se remit à faire les cent pas.

— Frapper une personne ne détruira pas Omega Sector. Et ne changera pas le statu quo au sein des forces de l'ordre. Je n'ai rien contre Fitzgerald, rien de personnel.

— C'est vrai, répondit Damien. Mais s'attaquer à l'un des membres d'Omega va déstabiliser les autres. Le coup suivant les fragilisera un peu plus. Et celui d'après davantage encore, et cetera, et cetera.

Red Tie s'immobilisa.

— Mais à la fin, nous devrons frapper fort, dit-il. Après les petites agressions au compte-gouttes, une grande claque administrée avec vigueur les terrassera. J'ai déjà quelques idées dans les tuyaux pour préparer le terrain.

Damien sourit, montrant juste le nombre de dents nécessaire pour donner à son sourire un air authentique.

— Et le rendre propice à une révolution.

— Exactement.

— Soyez patient. Nous leur infligerons une frappe mortelle en temps et en heure. En attendant, continuons de les affaiblir en nous attaquant aux membres d'Omega et à leurs proches — sans qu'ils se rendent compte au début de la gravité de leurs blessures. Jusqu'au moment où votre révolution permettra de détruire le système pour de bon.

Un immense sourire éclaira le visage de Red Tie.

— Ils m'ont toujours sous-estimé. Ils ne verront rien venir.

Malgré ses grands discours, Red Tie n'était pas vraiment un révolutionnaire, comprit Damien. Il avait été méprisé par ses pairs et il voulait se venger. Bien sûr, il n'en était sans doute pas lui-même conscient. Il s'était convaincu de son statut de visionnaire.

Damien s'en fichait complètement. Il avait l'intention d'utiliser toutes les bonnes volontés disponibles dans son combat pour détruire Omega Sector. Que ces types se considèrent comme des grands hommes ou qu'ils aient seulement une revanche à prendre, Damien s'en fichait.

Il se servirait d'eux tous. Et quand ils ne lui seraient plus utiles, il les jetterait sans états d'âme.

— Me direz-vous un jour votre nom ? demanda enfin Damien.

Red Tie pencha la tête d'un air plein de suspicion.

— Je ne pense pas. Je ne suis pas sûr de pouvoir vous faire confiance.

Sa première réflexion intelligente de la journée.

Damien croisa les bras sur sa poitrine. Il n'avait pas besoin de connaître l'identité de son interlocuteur. Et honnêtement, à ce stade-là, il s'en fichait.

— Dois-je m'adresser à vous d'un « hé, vieux » ?

— Vous pouvez m'appeler Fawkes.

Damien émit un petit rire.

— Comme Guy Fawkes, l'homme qui a essayé de faire exploser le Parlement britannique ? D'accord, monsieur Fawkes. Faites-moi signe quand vous voudrez me revoir.

Damien se dirigea vers la porte, prêt à partir, mais Red Tie le héla.

— Attendez. Pourquoi ne pas fixer une date dès à présent ? Pour le grand soir ?

Damien se retourna.

— Ce n'est pas le moment. Pas encore. Si nous attaquions en force trop tôt, nous échouerions. Il faut d'abord affaiblir

Omega Sector petit à petit. Lorsqu'ils seront exsangues, nous les frapperons à mort. Pas avant.

Damien était un cerveau, un maître en matière de planification. Il avait toujours excellé aux échecs parce qu'il avait toujours quatre longueurs d'avance.

Fawkes n'eut pas l'air content.

— Je me demande si vous n'avez pas peur, tout simplement. Peut-être ne me suis-je pas adressé à la bonne personne.

Damien ne mordit pas à l'hameçon. S'approchant de Fawkes, il toucha sa cravate, attendant de voir si le geste pousserait celui-ci à réagir avec violence.

L'autre se tendit mais ne bougea pas.

Bien. Il se maîtrisait mieux que ne l'avait craint Damien, il devait le reconnaître.

Tant mieux. Fawkes aurait besoin de contrôler ses nerfs dans les semaines à venir.

— Vous aurez votre révolution, le moment venu, monsieur Fawkes. Soyez patient. En attendant, continuez de réunir des renseignements sur les membres de votre organisation et sur leurs proches, sur les personnes qui leur sont reliées. Trouver des failles dans l'armure pour nous permettre de frapper vite sans qu'ils aient pu l'anticiper ou comprendre d'où venait le coup. Ils ne verront pas davantage venir l'attaque majeure qui les anéantira.

L'homme ne semblait toujours pas satisfait. Mais il hocha la tête.

Damien sourit et lui tapota l'épaule.

— À bientôt, monsieur Fawkes.

De nouveau, il se tourna pour partir, mais s'immobilisa quand Fawkes lança :

— Vous me semblez très — sans doute trop — confiant, vous n'avez pas peur de vous afficher au grand jour. Je sais qui vous êtes. Harper aussi le sait. Ne craignez-vous pas qu'Omega Sector n'entende parler de ce que vous complotez ?

— Omega Sector sait déjà tout sur moi. Ils ont fait de moi ce que je suis. Je suis leur créature.

— Quand ils vous ont empêché de vous faire exploser dans cette banque, il y a cinq ans ?

Damien se retourna vers son interlocuteur, sans réussir à masquer sa surprise.

— Vous avez mené votre petite enquête, à ce que je vois.

— J'étudie toujours un sujet sous tous les angles possibles.

Damien doutait qu'il en soit capable mais il préféra garder cette réflexion pour lui.

— Si Omega Sector n'était pas intervenu, je serais mort depuis longtemps. Mais ils l'ont fait. Heureusement, je dois dire.

Et ce que Fawkes ne savait pas — ce que Damien lui-même n'avait découvert que dernièrement — était qu'Omega Sector l'avait créé bien avant de l'empêcher de faire exploser cette banque. Bien avant de le jeter dans cette prison.

Ils l'avaient créé lorsqu'ils avaient tué sa Natalie chérie, il y a sept ans.

Et maintenant, ils allaient le payer au prix fort. Ils connaîtraient à leur tour l'insupportable douleur qu'il avait endurée à sa mort.

Damien fit quelques pas vers Fawkes.

— Je ne doute pas qu'Omega Sector finisse par comprendre que c'est moi qui suis derrière les petites attaques. J'espère sincèrement qu'ils le comprendront rapidement. C'est vous qui devez rester dans l'ombre.

— Ne vous en faites pas, ils ne me soupçonneront jamais.

— Veillez-y, Fawkes. La réussite de votre révolution en dépend.

— Inquiétez-vous de jouer correctement votre partition, je me charge de la mienne. Afin de mettre en place un dispositif qu'il suffira d'allumer pour soulever le pays. Et en attendant, pour m'aider à patienter, j'ai imaginé un petit jeu rigolo.

Damien fronça les sourcils.

— Un petit jeu rigolo ? De quoi s'agit-il ?

L'autre sourit.

— Vous verrez. Disons que je leur ai réservé une surprise de mon cru, afin de les déstabiliser, pour reprendre votre expression.

Damien réprima une grimace. Sans être un cerveau, Fawkes était assez intelligent pour avoir la capacité de concocter des plans personnels. Des plans que Damien n'avait pas conçus et donc ne maîtrisait pas. Cela pouvait créer un problème. Mais Damien savait quand faire marche arrière. C'était l'une de ses forces.

— D'accord. Mais soyez prudent, Fawkes. Ne perdez pas la guerre pour gagner une bataille.

Son interlocuteur haussa les épaules.

— Ne vous inquiétez pas. Je garde toujours le dénouement à l'esprit.

Fawkes pensait connaître le dénouement. Il se leurrait, bien sûr. Mais Damien se contenta d'acquiescer.

— J'attends avec impatience notre prochaine rencontre.

Chaussant des lunettes noires, il sortit de l'entrepôt. Un grand soleil brillait au-dessus des montagnes Rocheuses. Damien allait regagner sa voiture et, dans quelques instants, il aurait changé d'apparence au point de pouvoir croiser Fawkes ou Curtis Harper sans qu'ils le reconnaissent.

Jouer les caméléons était l'un des talents de Damien et l'une des raisons pour lesquelles Omega Sector n'avait pas été capable de le capturer depuis qu'il s'était enfui de prison, dix mois plus tôt. Ils cherchaient quelqu'un qui ne correspondait pas du tout à sa description.

Damien Freihof était le plus grand cerveau criminel qu'Omega Sector ait jamais combattu. Tant pis s'il s'enivrait de grands mots. Les faits étaient là. Il s'agissait d'une guerre, même si les agents d'Omega ne le savaient pas encore.

Ils l'avaient poursuivi pendant des années. Maintenant, ils étaient à leur tour des proies.

3

— Tout ce que je dis est qu'elle te prend pour le gardien de la copropriété, répéta Roman Weber tout en se jetant sur Ashton.

Ce dernier, qui lui faisait la courte échelle, grimaça quand la botte de Roman écrasa ses doigts noués pour s'y appuyer. Ashton banda les muscles de ses bras et de ses jambes afin de propulser son coéquipier vers le sommet de la palissade en bois. Ce mur haut de cinq mètres faisait partie du parcours du combattant que les SWAT effectuaient régulièrement.

Ils avaient déjà franchi un filet suspendu horizontalement, couru à travers des dizaines de pneus, rampé dans d'étroits conduits, monté des cordes lisses de plusieurs mètres... Le tout, bien sûr, harnachés de leur équipement.

Outre le développement des aptitudes physiques, ces courses d'obstacles étaient aussi un moyen pour les SWAT de s'aguerrir psychologiquement, de se familiariser avec des situations qu'ils étaient susceptibles de rencontrer au cours d'interventions. Effectuées généralement en groupe, elles étaient également censées renforcer l'esprit d'équipe.

Mais à cet instant, ses coéquipiers l'énervaient tellement à propos du quiproquo avec Summer qu'Ashton n'avait qu'une envie : les balancer par-dessus la palissade et ne plus en entendre parler.

— Ashton en gardien d'immeubles, renchérit en riant Lillian Muir, la seule femme agent SWAT d'Omega. C'est pire que si elle t'avait dit « Je préfère qu'on reste amis » !

Étant la plus légère, Lillian serait la dernière à bondir sur le mur, ses coéquipiers pouvant la soulever d'une seule main pour l'aider à en atteindre le sommet.

Derek Waterman, le chef d'équipe des SWAT, se tenait aux côtés d'Ashton pour hisser ses camarades en haut de la palissade.

Il secoua la tête.

— Cela suffit, maintenant. Un peu de concentration, je vous prie. De plus, nous avons un invité.

Le jeune Tyrone Marcus n'était pas encore membre à part entière des SWAT mais ce matin-là, il avait été autorisé à se joindre à eux pour l'entraînement. Il était le prochain à attaquer le mur. Tout en courant vers Derek et Ashton pour sauter dans leurs mains nouées et s'élancer en l'air, il sourit à la plaisanterie. Mais il ne souffla mot.

Ashton appréciait de plus en plus ce gamin.

D'un signe de tête, Derek indiqua à Ashton que son tour était arrivé. Celui-ci recula de plusieurs mètres puis sprinta vers l'obstacle. Comme il prenait appui sur Derek, ce dernier le projeta vers le haut. Les autres membres de l'équipe l'aidèrent à grimper jusqu'à eux.

Ashton se retourna et tendit la main à Derek qui courait déjà vers la palissade, utilisant sa taille immense pour se propulser en hauteur. Ashton et Roman le tirèrent jusqu'à eux avant de tendre les bras pour permettre à Lillian de les rejoindre. Elle était si légère qu'ils n'eurent aucune difficulté à la soulever jusqu'en haut.

Le mur étant le dernier obstacle du parcours, ils s'assirent tous au sommet pour recouvrer leur souffle.

— Je ne pense pas qu'elle « préfère qu'ils restent amis », reprit Lian Goetz, le spécialiste du sauvetage d'otages. Elle lui a quand même confectionné des muffins...

Ashton secoua la tête.

— Si vous vouliez me lâcher un peu avec cette histoire, cela me ferait des vacances...

— Elle a offert des muffins au gardien pour le remercier d'être venu colmater sa fuite, répliqua Roman, ignorant la requête d'Ashton. Nuance.

— Ce qui signifie qu'elle ne le prend pas uniquement pour un gardien d'immeubles, ajouta Lillian. Mais qu'elle le considère également comme un ami.

Ashton ferma les paupières, regrettant de ne pouvoir les envoyer au diable. Même la nouvelle recrue riait, à présent.

Cela dit, rien de ce qu'avaient dit ses camarades n'était faux. Il ne comprenait pas comment il en était arrivé là avec Summer, la seule femme pour laquelle il éprouvait de vrais sentiments.

— Elle ne pense pas que je suis gardien d'immeubles. Mais l'employé chargé de la maintenance et de l'entretien des lieux, marmonna-t-il. Ce n'est pas pareil.

Il aurait mieux fait de se taire.

Ses coéquipiers éclatèrent de rire avant de commencer à discuter des différences entre un « employé chargé de la maintenance et de l'entretien » et un « gardien d'immeubles ». Puis d'un bond, ils sautèrent du mur et retournèrent vers les bâtiments, à l'exception d'Ashton et de Derek.

— N'oubliez pas que, dans une heure, nous testons le nouveau simulateur d'interventions urbaines du centre d'entraînement, doté en particulier de gaz lacrymogènes ! leur cria Derek. Tenez-vous prêts. Sauf toi, Tyrone, désolé. Ce sera pour une autre fois.

Ils hochèrent tous la tête avant d'envoyer une bourrade amicale dans le dos de Tyrone. Après quelques mois de formation supplémentaires, le jeune Afro-Américain serait au niveau et rejoindrait vraiment l'équipe.

Resté seul avec son chef, Ashton se cala contre le mur, profitant du calme.

— Tu dois dire à Summer qui tu es vraiment, déclara Derek. Le quiproquo a assez duré et il va finir par t'exploser à la figure.

Derek n'était pas du genre à parler pour ne rien dire. En général, il gardait ses opinions pour lui et il n'avait pas l'habitude de hurler avec les loups. Voilà pourquoi, quand il prenait la parole, tout le monde l'écoutait.

Ashton grimaça.

— Je sais. Mais j'ai tellement peur de dire une bêtise que j'ai du mal à aligner trois mots en sa présence. Elle doit me prendre pour un crétin complet.

Derek eut un petit rire.

— J'en doute. À mon avis, elle pense plutôt que tu es un grand timide.

Ashton leva les yeux au ciel.

— Si ma mère entendait dire que quelqu'un me prend pour un grand timide, elle n'en croirait pas ses oreilles. De ses trois enfants, j'ai toujours été le plus bavard. Un vrai moulin à paroles.

— Summer et toi avez trop d'amis communs pour qu'elle ne finisse pas par apprendre qui tu es en réalité. Mieux vaut que cela vienne de toi.

Ashton se frappa l'arrière de la tête contre la palissade.

— S'il ne s'agissait que de lui avouer que je ne suis pas chargé de la maintenance, je n'aurais aucun problème à le faire.

— Mais tu t'inquiètes à propos de ce qui s'est passé le jour où son mari est mort...

Comme toujours à ce souvenir, Ashton sentit son ventre se nouer.

— J'avais le preneur d'otages dans mon viseur, Derek. J'aurais pu le descendre. Et si j'avais tiré, Tyler Worrall comme les autres otages seraient toujours en vie. Summer aurait encore un mari et Chloe, un père.

— Nous avons tous vu et revu les images prises par les caméras de surveillance, Ash. Toute l'équipe, Steve Drackett et la commission. Tirer plus tôt aurait été une erreur. Joe était persuadé de parvenir à faire entendre raison au preneur d'otages, à l'amener à se rendre.

Mais il y avait eu un moment — un bref instant — juste avant que l'homme ne sorte de sa poche la grenade qui avait tué tout le monde dans la pièce, où Ashton avait eu une ouverture. Posté de l'autre côté de la rue, son fusil d'assaut à l'épaule, il aurait pu tirer.

Il aurait dû tirer. Son instinct lui avait soufflé de le faire. Mais il n'en avait pas tenu compte.

Et des gens étaient morts.

— En tout cas, je ne pense pas que Summer aura envie de sortir avec le gars qui aurait pu sauver son mari. Et qui ne l'a pas fait.

— Joe Matarazzo a déjà essayé d'expliquer à Summer qu'il était responsable de la mort de Tyler. Elle a refusé de lui faire porter le chapeau. Qu'est-ce qui te fait croire qu'elle va te désigner comme coupable ?

Parce que Summer ne savait pas — personne ne savait — qu'Ashton avait eu une autre occasion de tirer à l'instant précis où le type sortait la grenade de sa poche. Malheureusement, il avait hésité et le moment était passé, comme la possibilité de sauver la vie des otages...

Ashton haussa les épaules.

— Une intuition.

Derek lui tapota l'épaule.

— Nos intuitions concernant les femmes sont souvent à côté de la plaque.

Ashton se leva.

— Maintenant, allons affronter les gaz lacrymogènes. Cela devrait être plus amusant.

Les SWAT consacraient une grande partie de leur temps à l'entraînement. À exécuter différents scénarios afin d'être mieux préparés et plus efficaces sur le terrain.

Beaucoup des exercices, comme le parcours du combattant, visaient à développer leurs capacités physiques et le travail en équipe, à connaître les forces et les faiblesses de leurs camarades. L'équipe était souvent confrontée à des situations comportant plusieurs inconnues ou évoluant rapidement. Leur entraînement les aidait à réagir avec une certaine cohésion.

La plupart des activités de formation étaient constituées d'exercices de routine : ils effectuaient et répétaient une manœuvre jusqu'à ce qu'elle soit exécutée sans erreur. Ensemble, ils passaient des heures au stand de tir. Dans des simulateurs. À descendre des murs en rappel. À étudier les différentes stratégies possibles pour sauver des otages, faire face à une attaque à bord d'un véhicule.

En dépit des plaisanteries échangées ce matin-là, ils prenaient tous leur entraînement très au sérieux. Les exercices exigeaient de la concentration, de l'endurance et un solide esprit d'équipe. Ils allaient au bout de leurs capacités, frôlant souvent l'épuisement physique ou psychique.

Leur métier était difficile. Et voilà d'ailleurs pourquoi il n'était pas possible à n'importe qui d'intégrer les SWAT. Seuls les meilleurs — l'élite — y parvenaient.

Lorsqu'ils entrèrent dans le nouveau simulateur d'interventions urbaines, leur excitation était palpable. Ils se mirent en cercle autour des techniciens pour les écouter leur exposer le nouveau défi qu'ils devraient relever.

La nouveauté provoquait toujours l'enthousiasme des membres du SWAT.

Steve Drackett, le directeur de l'ensemble de la Critical Response Division, assistait à cette séance inaugurale.

— Affronter les gaz lacrymogènes devient malheureusement de plus en plus courant. Nous avions besoin d'un endroit où toutes les équipes SWAT puissent s'entraîner dans des conditions très proches de celles rencontrées lors de déploiements opérationnels. Ce centre ne nous sera pas exclusivement réservé. Les services de tout le pays viendront s'y exercer. Rien ne remplace le terrain mais ces installations permettront à des centaines d'agents de mener des interventions dans un environnement proche du réel.

Drackett se tourna alors vers la demi-douzaine de personnes réunies autour de lui — certaines en blouse blanche, d'autres en costume, d'autres encore venues de diverses équipes de SWAT en dehors d'Omega Sector.

— Les concepteurs du simulateur — un « brain-trust » composé d'ingénieurs, d'experts en informatique, de spécialistes du terrorisme, de chimistes et de développeurs de jeux vidéo — ont réussi un véritable tour de force avec ce nouveau projet. À l'intérieur de cette salle, vous aurez l'impression d'être sur une véritable zone d'intervention urbaine. Des dispositifs pyrotechniques et des grenades fumigènes seront utilisés pour simuler les conditions réelles d'une zone de combat. Les gaz lacrymogènes le seront tout autant.

Steve souriait mais d'un sourire qui n'avait rien de réconfortant.

— Certains des participants regretteront peut-être ce réalisme poussé à l'extrême, en particulier lorsqu'ils recevront une décharge électrique s'ils sont touchés par un projectile. Mais je peux vous garantir qu'après une ou deux séances de formation dans ces conditions vous serez mieux préparés à affronter le pire.

Ashton se déplaça depuis le chambranle de la porte où il était appuyé.

— Apparemment, les concepteurs du projet se sont amusés à nous faire souffrir au maximum.

L'un des hommes en blouse blanche haussa les épaules.

— Si aucun projectile ne vous touche, vous ne ressentirez rien du tout.

Ashton se fendit d'un sourire.

— Ce n'est que justice.

— Vous porterez des émetteurs et des récepteurs pour simuler le tir et les effets de l'arme, poursuivit le type en blouse blanche. Légers et flexibles, ces capteurs seront intégrés à vos treillis et n'entraveront ni vos mouvements ni votre vitesse. Par contre, ils vous signaleront que vous avez été touché par un ennemi.

Tout le monde remarqua l'ombre d'un sourire sur le visage du technicien tandis qu'il leur donnait ces précisions. Le « signalement » auquel il faisait allusion ne serait sans doute pas agréable.

— Le système permet de surcroît d'analyser l'action collective ou individuelle à l'issue des phases d'intervention. Et d'améliorer ainsi les performances opérationnelles des unités.

— Assez parlé, dit Roman Weber. Allons-y, épatez-nous.

Les SWAT étaient en tenue et équipés tout comme ils l'avaient été lors du parcours du combattant, le matin. Ils n'eurent besoin que de quelques instants pour se rendre au simulateur installé dans un hangar. Savoir que de nombreuses personnes les regarderaient depuis la salle de débriefing les mettait sous pression mais, une fois dans l'action, ils oublieraient ces observateurs extérieurs.

— Nous avons un public, leur rappela pourtant Derek. Soyez prêts à tout, ouvrez l'œil et protégez les arrières des copains.

Parce que le scénario pouvait intégrer des gaz lacrymogènes mais sans aucune certitude, aucun d'eux n'avait encore mis son masque. La capacité à le poser rapidement était importante lors d'une intervention réelle.

Ils se tenaient à l'intérieur d'un sas, un genre de salle d'attente. Dans un instant, la porte s'ouvrirait et le compte à rebours s'enclencherait. L'un des aspects révolutionnaires de ce simulateur était sa capacité à réinitialiser mécaniquement les pièces et les situations. Chaque fois que la porte s'ouvrait, l'équipe faisait face à un scénario différent.

Comme dans la vraie vie.

La porte s'ouvrit et ils entrèrent en formation, remontèrent un couloir obscur. Les six membres de l'équipe communiquaient par signes. Ils désignèrent ainsi celui qui prendrait leur tête et celui qui fermerait la marche.

Ils étaient concentrés mais avaient tous le sourire. Ils vivaient pour relever ce genre de défi.

Ils découvrirent une ruelle sombre, d'un incroyable réalisme. Ashton toucha l'un des murs des « immeubles ». Il ne pouvait pas en sentir la texture à travers ses gants, mais il était dur comme un vrai bâtiment.

Dans leurs oreillettes, ils entendirent le technicien leur présenter la situation.

— Nous avons appris que cinq hommes tentent de sortir d'une banque, située à deux pâtés de maisons vers le nord, après un hold-up. Ils détiennent des otages et ils ont utilisé du gaz lacrymogène pour tenir la police à distance. Action !

— Masques, ordonna Derek alors qu'ils commençaient à courir vers le nord.

Bientôt, ils arrivèrent au coin de l'agence bancaire.

Les bandits ciblés par l'équipe ressemblaient à des robots. Équipés de capteurs, ils étaient capables de détecter aussi bien que des humains les mouvements et les sons. Si un homme pouvait voir ou entendre l'équipe SWAT, les robots seraient également en mesure de le faire.

Et de faire feu en conséquence.

Bien sûr, il ne s'agirait pas de vraies balles mais les combinaisons de tous les agents étaient recouvertes d'un filet bardé de capteurs. Ceux-là mêmes qui, comme l'avait expliqué le type du laboratoire, les avertiraient qu'ils avaient été touchés. Même s'ils étaient équipés de casques et de gilets pare-balles, un tir direct à la tête ou à la poitrine « tuerait » le SWAT qui serait alors obligé de quitter le simulateur et ne pourrait plus aider l'équipe.

— Ashton, Liam, débrouillez-vous pour monter à l'étage, d'où vous pourrez tirer si nécessaire. Lillian, Roman, restez plus bas.

Des coups de feu résonnaient dans tout le bâtiment.

Tout le monde se dispersa, chacun gagnant la place qui lui avait été assignée.

L'installation était vraiment d'un incroyable réalisme. D'un bond, Ashton attrapa une échelle de secours et la tira vers le bas. Elle supporta son poids tandis qu'il y grimpait. S'il n'avait pas su qu'il était dans un simulateur, il aurait juré qu'il se trouvait dans une rue, de nuit. Les concepteurs avaient su reconstituer le chaos d'une situation de prise d'otages avec une précision troublante.

Ashton repéra la fenêtre qu'il voulait atteindre. De là-haut, il aurait une bonne vue sur la banque. Il prévint Liam.

Il dut faire un grand pas pour accéder au prochain « immeuble » mais il se hissa sur un balcon sans difficulté. Il le longea pour gagner la fenêtre qu'il avait repérée. Avec prudence.

Simulateur ou pas, une chute ferait de sérieux dégâts.

Une fois installé, il sortit son faux fusil d'assaut.

Ashton chuchota dans son micro.

— Tout est en place, Derek. Je vois les cibles cinq sur cinq.

— Reçu.

— Je suis moi aussi en position, Derek, dit Liam. Ashton et moi avons la possibilité de neutraliser au moins trois des cinq suspects.

— Attendez pour tirer. Nous contournons les lieux.

L'œil collé à sa lunette, Ashton suivit du regard Roman qui

descendait le mur, utilisant la fumée pour se cacher. Ashton ignorait où se trouvait Lillian, ce qui n'était pas inhabituel. Sa petite taille lui donnait un avantage dans des situations comme celle-ci.

Ashton vit le robot à l'allure humaine sortir de l'ombre et viser Roman.

— Roman, sniper derrière toi !

Ashton tira, même s'il savait qu'il était trop tard.

Le robot s'arrêta immédiatement lorsque la balle électronique d'Ashton l'atteignit, mais le mal était fait. La combinaison de Roman clignota à l'épaule.

Les jurons de Roman emplirent les casques. Il tapota l'endroit « touché ».

— Bon sang, ça fait mal, dit-il d'une voix teintée de douleur.

— Quoi ? demanda tout le monde en même temps.

— Ces capteurs, répondit Roman, les dents serrées. Quand j'ai été touché, j'ai reçu un sacré jus.

— La décharge électrique n'était en rien comparable à ce que vous ressentiriez si vous vous faisiez tirer dessus « pour de vrai » au cours d'une intervention, répliqua le technicien.

— J'en déduis que tu n'es pas mort, dit Liam.

Roman jura de nouveau dans sa barbe.

— Seulement blessé. Rien d'étonnant à ce que l'abruti en blouse blanche ne cesse de rire.

— Finissons-en, répondit Derek. Puisqu'ils utilisent la force, je vous ordonne de les imiter.

Ashton et Liam en descendirent trois sur les six — en fait, les malfaiteurs robotisés étaient six et non cinq comme annoncé, histoire sans doute de corser la partie. D'où elle se tenait, Lillian toucha mortellement les deux autres.

Les lumières s'allumèrent et tous les « bandits » mécaniques cessèrent de bouger. Les SWAT avaient gagné.

— Très bien, lança Derek. À présent, nous allons débriefer, les gars. Pas seulement nos actions, il nous faut analyser aussi la manière dont le simulateur a fonctionné. Rendez-vous dans la salle de contrôle dans un quart d'heure.

Ashton retira son masque, inutile à présent que le système de ventilation aspirait les gaz lacrymogènes résiduels et la fumée.

Il regarda la pièce dans laquelle il se trouvait. Elle ressemblait à un appartement.

Comme il se tournait vers la fenêtre afin de regagner le sol par la voie qu'il avait empruntée pour monter, les volets métalliques tombèrent avec fracas du plafond, bloquant sa route et l'empêchant de sortir.

Génial. Cette issue n'en était plus une. Quand le scénario finissait, tout disparaissait. Dans le sens littéral du terme.

Ashton se tourna vers la porte située de l'autre côté de la pièce, la seule autre sortie.

Mais là encore, d'autres volets chutèrent du plafond au moment où il s'en approchait, lui coupant une fois de plus le passage.

— Euh, Derek, j'ai un problème. Big Brother m'a manifestement enfermé dans l'appartement où je m'étais posté. Je suis coincé à l'intérieur.

— Reçu, Ashton, répondit Derek. La salle de contrôle entend cette conversation et devrait faire quelque chose pour te sortir de là.

— Et en attendant, s'écria Roman, profite de ton isolement pour réfléchir à la manière dont tu dois t'y prendre pour séduire la charmante Mme Worrall.

Ashton leva les yeux au ciel et se mit à rire.

— Vous savez quoi ? Vous commencez à m'énerver avec cette histoire et je...

Les mots se figèrent dans sa gorge alors que tous les capteurs de sa combinaison lui envoyaient décharge sur décharge. Traversé par un courant électrique d'ampleur, Ashton tomba sur le sol, les muscles paralysés de douleur.

4

Comme de violentes décharges électriques le traversaient, Ashton comprit qu'il allait mourir si personne ne coupait rapidement le courant. Tous ses muscles se tétanisaient, y compris le cœur, son pouls faiblissait et il avait de plus en plus de mal à respirer. Alors qu'il se sentait au bord de l'évanouissement, la tension électrique redoubla d'intensité et de nouvelles secousses vinrent le torturer.

— Fitzy, que se passe-t-il ?

Ashton entendait la voix de Roman mais il ne pouvait pas répondre, incapable de desserrer les mâchoires. Sa vision commençait à se brouiller mais il savait que s'il perdait connaissance il allait périr dans cette pièce.

Avec l'énergie du désespoir, il rampa vers les volets métalliques qui avaient recouvert la fenêtre et il les frappa du poing.

Sans se douter du drame, Derek ordonna :

— Ashton, au rapport !

Derek était en mode « chef d'équipe », mais Ashton ne parvenait plus à parler. Une fois de plus, il cogna le volet. Dans un état second, il entendait ses supérieurs aboyer des ordres.

De nouveau, les chocs électriques diminuaient d'intensité et Ashton tenta d'arracher le fin treillis qui recouvrait sa combinaison SWAT. Les capteurs qui le bardaient provoquaient cette électrisation. Ils envoyaient de puissantes décharges électriques comme celles qui avaient traversé Roman quand il avait été « touché par une balle » au cours de l'exercice. Il s'agissait évidemment d'une défaillance du système. La mort par électrocution ne faisait certainement pas partie des simulations d'entraînement.

Avec effort, Ashton tenta d'expliquer le problème.

— Les capteurs fonctionnent mal. Ils m'électrisent.

Mais très vite, il fut incapable d'émettre un son. Les décharges électriques reprenaient et il subissait de nouveau un électrochoc en règle.

À l'agonie, Ashton entendait Derek, prenant enfin conscience de la situation, exiger que la salle de contrôle désactive toutes les combinaisons puisqu'il ne semblait pas possible d'isoler celle d'Ashton. Pendant ce temps-là, Roman et Liam essayaient de passer sous les volets métalliques pour lui venir en aide. Ashton entendait également les jurons que poussaient la plupart de ses camarades.

Mais il comprit qu'ils n'allaient pas réussir à le sortir de là à temps.

Une nouvelle fois, Ashton s'efforça d'arracher le filet qui retenait les capteurs mais ces derniers se réinstallèrent aussitôt. Ils avaient été conçus pour ne pas gêner les mouvements et se remettre automatiquement en place.

Dommage que les concepteurs de ce nouveau simulateur aient pensé à ce détail mais pas au moyen de faire cesser les décharges électriques qui allaient finir par le tuer. Ashton chercha à attraper le couteau glissé dans sa botte. À présent, tout le monde — l'équipe, la salle de contrôle — l'exhortait à tenir le coup, mais il devina qu'il allait perdre conscience avant de réussir à sectionner le filet. Sans parler du fait que coller un objet métallique sur un appareil électrique défectueux avait toutes les chances d'aggraver le problème.

Bon sang, il ne voulait pas mourir dans ce simulateur. De nouvelles décharges le traversèrent, leur intensité grimpa de nouveau et Ashton n'essaya même pas d'étouffer le cri de douleur qui montait à ses lèvres.

Alors qu'il croyait sa dernière heure arrivée, soudain tout s'arrêta. Les lumières s'éteignirent, les bruits cessèrent. La salle contenant le simulateur fut plongée dans le noir et le silence. Les décharges électriques stoppèrent aussi.

Avait-il perdu connaissance ? s'interrogeait Ashton. Non, il était encore capable de penser, de réfléchir. Et il sentait toujours la douleur qui parcourait son corps même si les capteurs avaient cessé de l'attaquer. Il roula sur le dos, trop épuisé pour les retirer, au cas où ils se rallumeraient.

La voix de Lillian lui parvint via l'oreillette.

— Boîtier d'alimentation électrique neutralisé.

Maintenant qu'aucun verrouillage électronique ne fermait plus les volets, Roman et Liam n'eurent pas de difficulté à soulever celui qui bloquait la porte. Liam le maintint ouvert pendant que Roman roulait dessous. Il s'approcha de son camarade, allumant sa lampe torche pour l'examiner.

Agenouillé à côté d'Ashton, un couteau à la main, il se mit en devoir de couper le treillis qui plaquait les capteurs contre ses vêtements.

— Ashton est mal en point mais en vie, annonça-t-il via le micro de son casque. Je le débarrasse de ces capteurs de malheur. Je suggère que tout le monde fasse de même.

— Reçu, dit Derek. Une équipe médicale est en route.

— Ça va, parvint finalement à balbutier Ashton. Je suis capable de bouger et mon cerveau n'a pas l'air trop endommagé.

— Reste allongé et récupère, ordonna Derek. De toute façon, te rejoindre va nous demander un moment puisque nous sommes dans le noir complet.

— Je n'ai pas eu le temps de fignoler, expliqua Lillian. J'ai tiré sur le boîtier d'alimentation électrique pour le faire exploser. C'était le moyen le plus rapide et le plus efficace de faire cesser l'action des capteurs. Mais je vais probablement me faire virer pour ça.

Elle avait eu le réflexe de neutraliser au plus vite la source du problème et son geste lui avait probablement sauvé la vie.

— Merci, Lil, dit Ashton.

— De rien, Fitzy. Comment pourrais-je me régaler de muffins faits maison, si tu n'es plus là ?

Il ne fallut pas longtemps pour que des dizaines de personnes envahissent le hangar aménagé pour le simulateur d'interventions urbaines. De gros projecteurs furent installés et une équipe médicale emporta Ashton sur une civière. Ils le ramenèrent au bâtiment principal d'Omega, où il serait examiné.

Son corps était zébré de brûlures — dont une immense sur le dos et son épaule ainsi qu'une autre, plus profonde, sur le ventre — et il avait l'impression d'avoir été renversé par un camion. Mais il survivrait à cette petite mésaventure.

Toute l'équipe des SWAT, plus Steve Drackett et plusieurs responsables en blouse blanche étaient maintenant entassés avec lui dans la salle de repos.

— Nous sommes contents que tu ailles bien, Ashton, dit Drackett, s'adossant au mur.

— Que s'est-il passé, Steve ? demanda Derek. Il ne s'agissait manifestement pas d'une simple affaire de réglages. Il y a eu un vrai problème avec les capteurs.

Steve désigna de la main un homme en blouse blanche.

— Voici le professeur Castillo, l'un des principaux concepteurs de l'installation.

Castillo s'éclaircit la gorge.

— À ce stade, nous ne comprenons pas bien ce qui s'est passé. Et il va nous être un peu difficile d'analyser la situation, vu que l'agent Muir a fait exploser le boîtier d'alimentation électrique.

Dans un bel ensemble, toute l'équipe défendit Lillian. Bruyamment.

— Si elle ne l'avait pas fait, Ashton serait mort ! Elle a eu le bon réflexe.

Steve les fit taire d'un geste.

— Personne ne lui reproche rien. C'était en effet intelligent de sa part et elle a probablement sauvé la vie d'Ashton.

Lillian se contenta de hausser les épaules. Avec un sourire en coin, Ashton tendit un poing qu'elle tapa du sien avant de claquer des doigts.

— Pour tout dire, poursuivit le professeur Castillo, je ne sais pas encore ce qui s'est passé mais je peux affirmer dès à présent qu'il n'y a pas eu un seul dysfonctionnement mais plusieurs. Oui, les capteurs de la combinaison d'Ashton Fitzgerald n'ont pas marché comme ils auraient dû mais d'autres problèmes sont survenus, des problèmes qui ne s'étaient pas produits lorsque nous avions testé l'installation avant de venir.

— Nous avons besoin de réponses, Castillo, déclara Steve. Il nous faut déterminer si, à l'origine, il s'agit d'une erreur humaine et / ou mécanique, ou d'un acte criminel.

Le professeur Castillo se frotta le visage.

— Absolument. Découvrir ce qui s'est passé est désormais la priorité numéro un de mon équipe. Et, même si j'ai conscience que mes mots sont dérisoires, nous sommes tous terriblement désolés, agent Fitzgerald. Veuillez accepter mes plus sincères excuses.

Ashton hocha la tête.

— Essayez surtout de faire en sorte que cela ne se reproduise jamais.

Castillo le lui promit, échangea encore quelques réflexions avec Steve, puis il s'en alla.

Grace Parker, psychiatre d'Omega et dans ce cas précis médecin d'Ashton, entra dans la pièce.

— Cette chambre n'a pas été conçue pour accueillir tous les SWAT. Steve, Derek, avez-vous fini votre débriefing ?

Steve se redressa du mur où il était appuyé.

— Provisoirement. En attendant d'avoir une meilleure idée de ce qui s'est passé ici aujourd'hui.

— En tout cas, il est heureux que ce soit Ashton qui ait revêtu cette combinaison défectueuse, poursuivit-elle en soulevant la chemise de ce dernier pour examiner ses brûlures.

— J'ai toujours été un veinard, marmonna-t-il.

Grace eut un petit rire.

— Ce que je veux dire est que votre masse corporelle a permis d'amortir les décharges électriques. Si ces capteurs défectueux s'étaient trouvés sur la combinaison de quelqu'un de plus petit — de vous, par exemple, Lillian — ils auraient eu de graves conséquences. Peut-être auraient-ils même provoqué la mort.

Les membres de l'équipe s'entre-regardèrent sans rien dire. Ils avaient tous choisi des capteurs au hasard quand ils étaient entrés dans l'installation. N'importe lequel d'entre eux aurait pu se retrouver dans la situation d'Ashton.

— Alors, une chance que le destin ait jeté son dévolu sur lui, conclut Derek en tapotant l'épaule non blessée d'Ashton. A-t-il besoin de passer la nuit en observation, Grace ?

Grace remit la chemise d'Ashton à sa place.

— Non, il guérira seul de ses blessures. Ses brûlures n'ont d'ailleurs pas l'air de cloquer trop fort. Vous allez avoir mal pendant quelques jours, Ashton, alors ménagez-vous, ajouta-t-elle avec un sourire.

Il retrouva ensuite l'équipe au réfectoire d'Omega pour prendre son premier repas depuis les muffins de Summer.

Personne ne savait très bien quoi penser des derniers événements. Bien sûr, ils se réjouissaient qu'Ashton n'ait pas été plus gravement blessé, mais prendre conscience qu'ils avaient tous été exposés à un danger mortel jetait un froid.

Il était tard, leur journée avait été longue, mais personne n'avait envie de rentrer à la maison.

— Qui veut prendre un verre ? lança Ashton. Bien sûr, j'offre la tournée.

Ses paroles redonnèrent le moral à la troupe.

Seul Derek déclina l'invitation. Sa femme, Molly, et son fils, Sebastian, l'attendaient à la maison.

Ashton entrait dans le bar que l'équipe Omega fréquentait habituellement quand son téléphone sonna.

Summer.

Pourquoi l'appelait-elle si tard ?

Il recula dans un coin pour mieux entendre.

— Summer ? dit-il en guise de salut.

— Bonsoir, Ashton. Je suis vraiment désolée de vous téléphoner à cette heure-ci. Vous ne dormiez pas, j'espère ?

— Non, pas du tout. Quoi de neuf ?

— J'ai honte de vous en parler, je me sens idiote.

— Mais non, pourquoi ? Que se passe-t-il ?

— Le courant a été coupé dans mon condo. J'ai vérifié le disjoncteur comme vous me l'aviez montré, mais je n'ai rien trouvé d'anormal. J'ai appelé la compagnie d'électricité mais ils avaient d'autres priorités.

— Aimeriez-vous que je vienne y jeter un œil ? Voir si je peux faire quelque chose ?

Il y eut un silence à l'autre bout de la ligne, silence qui se prolongea si longtemps qu'Ashton craignit qu'ils n'aient été coupés.

— Summer ?

— Ce n'est pas nécessaire. Je vais attendre la venue de la compagnie d'électricité demain. Une nuit dans le noir ne me tuera pas.

Elle riait mais elle semblait au bord des larmes.

— Ce n'est pas seulement la panne de courant qui vous ennuie, n'est-ce pas ?

— Je crois avoir vu quelqu'un me regarder par la fenêtre. Ce qui est ridicule, je sais. Je suis ridicule, répéta-t-elle.

— Non. C'est facile d'avoir peur quand on est seul dans le noir. Tout le monde l'a vécu.

— C'est seulement que... la dernière fois que j'ai eu une coupure d'électricité. Quelqu'un... Quelque chose d'horrible est arrivé.

Elle avait été kidnappée par une folle. Ashton le savait. Mais Summer ne savait pas qu'il savait. Il ne lui reprochait certainement pas d'être un peu effrayée.

— Écoutez, je serai là dans un petit quart d'heure, d'accord ?

— Non. C'est idiot. Vous êtes déjà venu ce matin. Vous avez mieux à faire. Mon condo n'est pas votre seul travail.

Son condo n'était pas son travail du tout. Ashton se frotta le visage, grimaçant en ressentant la brûlure de son épaule. Comme le lui avait conseillé Derek, il avait besoin de lui dire qui il était.

— Ce n'est pas un problème. Pour notre tranquillité d'esprit à tous les deux, je viens. À tout de suite.

— Êtes-vous sûr que cela ne vous ennuie pas ? S'il vous plaît, Ashton, si cela vous dérange, dites-le-moi simplement.

— Je vous promets que ça ne me dérange pas. À tout de suite, répéta-t-il.

Il raccrocha avant qu'elle ne recommence à culpabiliser.

— On dirait que nous allons trinquer sans toi, dit Roman.

Ashton grimaça.

— Je dois partir. Summer a besoin de moi.

— Summer a surtout besoin de savoir ce que tu fais dans la vie. Qui tu es.

— J'y arriverai.

— N'attends pas. Ça va lui faire drôle de l'apprendre. Mais si elle le découvre autrement…

Roman secoua la tête avec une grimace.

Ashton poussa un gros soupir.

— Tu as raison. Je vais lui dire.

Lui révéler qu'il travaillait pour Omega Sector serait beaucoup plus facile que de lui avouer qu'il aurait pu sauver la vie de son mari, il y a deux ans.

Ce dernier point, il n'allait pas en parler ce soir. Summer était bouleversée, elle sollicitait son aide. Honnêtement, Ashton ne voyait pas d'inconvénient à être celui qu'elle appelait systématiquement quand quelque chose tombait en panne chez elle. Il aurait simplement préféré que ce soit parce qu'elle avait envie de le voir et non pas parce qu'elle pensait qu'il était le gardien de la copropriété.

Parce que, lui, il avait vraiment très envie de la voir.

Il aurait aimé rester avec l'équipe, boire quelques bières. Mais il préférait être avec Summer et Chloe.

Roman avait raison. Il devait lui parler. Il lui cachait beaucoup d'autres choses — qu'il continuerait à lui cacher pour le moment — mais sa profession, il fallait la lui dire. En faire un secret était ridicule.

Il était presque mort aujourd'hui. Dans sa branche d'activité, il pouvait mourir à tout moment. Cela faisait partie des risques du métier.

Lorsqu'il avait été électrisé et qu'il avait cru y rester, il n'avait pas vu défiler sa vie en accéléré comme certains la voyaient parfois au seuil de la mort. Mais il avait compris une chose : il devait parler à Summer.

Il était temps de le faire. Grand temps.

5

Summer avait l'impression d'avoir fait reculer la cause féminine cent ans en arrière. À notre époque, quelle femme demandait à un homme de venir la dépanner pour une simple coupure de courant ?

Elle entra dans la chambre de Chloe. Elle trouva sa fille paisiblement endormie dans son berceau, comme elle l'était les dix dernières fois où elle était passée s'en assurer.

Et ce visage à la fenêtre n'était sans doute qu'une création de son esprit, le fruit de son imagination. Il n'y avait personne devant chez elle.

N'est-ce pas ?

Summer savait pourquoi elle avait un peu perdu les pédales. La dernière fois que l'électricité avait été coupée, une psychopathe l'avait droguée et enlevée, ainsi que Chloe, et elles s'étaient toutes les deux retrouvées prises au piège dans un bâtiment en flammes.

Elle avait donc de bonnes raisons de se méfier des pannes de courant. Bien sûr, Ashton ignorait tout de cette affaire. Il allait seulement la prendre pour une peureuse.

Ou peut-être croire qu'elle avait envie de le voir, de le séduire ou quelque chose du même genre.

Elle se demandait ce qui était le pire. En tout cas, s'il se présentait à sa porte et la trouvait en déshabillé de soie, il ne penserait pas qu'elle était terrifiée à l'idée d'être seule dans le noir.

Mais serait-il intéressé ?

Elle repoussa cette idée ridicule. Si Ashton se rendait chez elle, ce n'était pas avec le désir de la séduire.

Elle se promit de s'interdire désormais de l'appeler. Elle abusait de lui, de sa gentillesse.

Un coup frappé à la porte la tira de ses pensées.

— Summer ? C'est Ashton.

Elle lui ouvrit.

— Merci encore d'être venu. Je suis désolée de vous avoir une fois de plus dérangé. Je n'avais pas à vous demander de repasser. Surtout à cette heure tardive.

Il la sidéra en posant un doigt sur ses lèvres.

— Tout va bien. Ne vous excusez pas.

Il laissa immédiatement retomber sa main mais Summer resta sous le choc. Ce geste ne ressemblait pas du tout à Ashton. Jusqu'alors, il ne l'avait jamais touchée, sauf pour lui serrer la main ou lui prendre Chloe des bras.

Et il n'y avait pas que ça. Il avait l'air *différent*.

Ouvrant plus largement la porte pour lui permettre d'entrer, elle se traita in petto d'idiote. Comment pourrait-il être différent de ce qu'il était lorsqu'elle l'avait vu, quelques heures plus tôt ?

Pourtant, il avait changé. Indéniablement. Dans sa façon d'être, de se comporter avec elle. Maintenant, il la regardait en face au lieu de détourner les yeux, gêné, comme il le faisait auparavant.

Et il avait posé la main sur elle.

— Ça va ? demanda-t-il.

Elle repoussa une mèche de cheveux derrière son oreille.

— Vous allez me trouver pathétique mais la dernière fois que le courant a été coupé…

Elle déglutit. Elle n'avait vraiment pas envie d'entrer dans les détails.

— Quelque chose d'horrible est arrivé, acheva-t-elle.

Ashton l'observa un long moment, la tête sur le côté, mais il ne lui demanda pas ce qu'elle voulait dire.

— Mieux vaut prévenir que guérir, répondit-il à la place. Permettez-moi de revérifier le tableau électrique pour voir si le disjoncteur n'a pas sauté ou si un fusible n'a pas grillé puis j'irai jeter un œil au tableau principal dans la rue.

Summer resta en haut de l'escalier tandis qu'il descendait au sous-sol de la maisonnette. Il revint quelques instants plus tard.

— Le disjoncteur et les fusibles sont bien à leur place, dit-il à voix basse, conscient que Chloe dormait à côté.

Summer lui sourit.

— Je suis soulagée. Si vous aviez réussi à remettre le courant en un clin d'œil, je n'aurais plus jamais osé me montrer en public dans cette ville, tant j'aurais eu honte.

Il se mit à rire.

— Alors sentez-vous libre d'exposer votre ravissant visage parce que vous n'auriez rien pu faire pour rétablir l'électricité.

Intriguée, Summer le dévisagea fixement. Non seulement il venait de lui sortir une phrase entière sans bredouiller mais il était en train de *flirter* avec elle. Non ?

— Oh. Ah... D'accord. Bon.

Qui bafouillait maintenant ?

— Laissez-moi aller jeter un œil sur le tableau électrique de la rue, reprit Ashton. Celui qui centralise l'alimentation de tous les logements de la copropriété.

Comme il sortait de la maison, Summer s'ordonna de se ressaisir. Ashton était peut-être un oiseau de nuit, plus confiant et plus bavard après la tombée du jour.

Cesse de prendre tes désirs pour la réalité !

Il l'attirait depuis leur première rencontre mais maintenant elle se consumait de l'intérieur.

Peut-être aurait-elle dû lui ouvrir la porte vêtue d'un déshabillé.

Un verre d'eau froide l'aiderait à recouvrer ses esprits. Elle tourna les talons — à quoi bon le regarder de loin et se ridiculiser davantage encore ? — et elle entra dans la cuisine.

Le même visage cagoulé la narguait derrière la fenêtre au-dessus de l'évier.

Cette fois, elle n'était pas victime de son imagination.

Terrifiée, elle se précipita jusqu'à la porte d'entrée mais, au moment d'en franchir le seuil, elle s'immobilisa. Il n'était pas question de laisser Chloe seule dans la maison.

— Ashton ! hurla-t-elle.

Il était accroupi près de la boîte à fusibles de la rue. À la vue de son expression, il se redressa et se mit à courir vers elle.

— Qu'y a-t-il ? s'exclama-t-il en lui prenant le bras. Que s'est-il passé ?

Le souffle court, elle avait du mal à parler :

— Le visage masqué… derrière une cagoule de ski… la fenêtre de ma cuisine.

— Rentrez et enfermez-vous à double tour, d'accord ? N'ouvrez à personne d'autre que moi. Appelez la police et racontez-leur ce qui s'est passé.

— Mais…

— Summer, faites ce que je vous dis. Tout ira bien pour moi, je vous le promets.

Hochant la tête, elle retourna chez elle et verrouilla la porte avant d'attraper son téléphone pour composer le 911, le numéro d'appel d'urgence.

Ashton s'efforça de faire abstraction de ses blessures et, son Glock à la main, il s'élança vers le bois derrière la résidence de Summer. Il savait à quel point elle aimait les arbres. Il espérait que cet incident ne changerait pas son opinion.

Le tableau électrique de la copropriété installé en bas de la rue avait été vandalisé. La serrure en avait été forcée, les câbles à l'intérieur sectionnés. Quelqu'un avait voulu couper le courant chez Summer et plonger ainsi son logement dans le noir.

Ashton ne savait pas s'il s'agissait d'un adolescent en mal de mauvaises blagues ou de quelqu'un avec des idées plus sombres derrière la tête. Mais quel qu'il soit, si le coupable traînait encore dans les parages, il allait lui faire passer un sale quart d'heure.

Il aurait aimé avoir son fusil de sniper avec lui. Pas pour tirer sur le gars, mais parce que regarder une cible ennemie à travers la lunette de son arme était son point fort. Avec sa lunette de visée collée à l'œil, rien ne pouvait lui échapper.

Parvenu à l'orée de la forêt, Ashton s'arrêta. Immobile, il tendit l'oreille, guettant un bruit, un mouvement, dans l'obscurité. En tant que tireur d'élite, ce dernier avait appris la patience.

Mais rien ne bougeait. Après un long moment à rester à l'affût, il eut la certitude d'être seul sous les arbres. Celui qui avait jeté un coup d'œil par la fenêtre de Summer était loin maintenant. Il avait dû filer dès qu'elle l'avait aperçu. Ce qui signifiait qu'il s'agissait sans doute d'un voyeur ou d'un cambrioleur, mais pas de quelqu'un cherchant vraiment à lui nuire.

Mais d'ailleurs, qui lui voudrait du mal ? Bailey Heath, la folle qui avait kidnappé Summer et Chloe, était morte.

L'hypothèse de jeunes punks stupides trouvant grisant de peinturlurer des bâtiments ou de faire peur aux gens lui semblait beaucoup plus probable que celle de quelqu'un ayant Summer ou sa fille dans le collimateur.

Ashton retourna chez Summer et frappa, veillant à ce qu'elle comprenne que c'était bien lui.

— Ça va, Ashton ? dit-elle. Je m'inquiétais pour vous.

Elle ouvrit la porte, lui attrapa la chemise et le tira à l'intérieur.

— Avez-vous vu quelque chose ? Tout va-t-il bien pour vous ? La police va arriver d'un instant à l'autre.

Elle passa la main sur son bras et l'y laissa, refusant de le lâcher. Il ne grimaça pas, même lorsqu'elle toucha par inadvertance l'une de ses cloques.

— Ça va. Par contre, j'ai eu beau fouiller le bois, je n'ai aperçu personne.

— Vous avez fouillé le bois ! répéta-t-elle en blêmissant. Vous êtes fou. Vous auriez pu vous blesser !

Maintenant, elle avait les deux mains sur ses bras.

C'était le moment idéal pour tout lui révéler, pensa-t-il. Cela ne prendrait qu'un instant et lorsqu'il sortirait d'ici, elle saurait qu'il faisait partie des forces de l'ordre. Il n'avait pas à lui fournir de détails.

— Summer, il y a quelque chose que je dois vous dire…

Elle posa ses grands yeux gris sur lui, dans l'expectative.

— Oui ? Et quoi ? Croyez-vous que mon visiteur nocturne était armé ? Qu'il comptait entrer par effraction chez moi ?

— Non. Je voulais vous...

Un gros coup frappé à la porte l'interrompit.

— Police !

Le bruit réveilla Chloe qui commença à pleurer. Ashton comprit que le moment de tout expliquer à Summer était passé.

— Ouvrez-leur, dit-il. Je vais chercher la petite.

Ashton pénétra dans la chambre de Chloe. Il n'alluma pas la lumière, espérant qu'il serait capable de la calmer, qu'elle se rendormirait. Mais dès qu'elle vit qu'il s'agissait de lui et non de Summer, elle se redressa dans son petit lit.

— Ah-ta ! Ah-ta ! Ah-ta ! cria-t-elle en lui tendant les mains.

Incapable de lui résister, il la prit dans ses bras.

— Je suis désolé que tout ce bruit t'ait réveillée, ma puce.

— Ah-ta !

— Ta maman est dans le salon. Allons la voir, puisque je suis sûr que tu hurleras si je te remets dans ce berceau.

Summer était en train de raconter aux deux policiers ce qu'elle avait vu à la fenêtre. Un homme, le visage dissimulé derrière une cagoule de ski.

— Dès que j'ai posé les yeux sur lui, il s'est enfui. J'ai appelé Ashton qui était dehors devant le tableau électrique et il est allé regarder dans le bois derrière.

Ashton hocha la tête.

— Prenez votre fille, dit-il à Summer en lui tendant la petite. Et je vais conduire ces messieurs à l'extérieur pour leur montrer ce que j'ai vu.

Il ne voulait pas parler boutique devant Summer. Elle ne tarderait pas à trouver bizarre qu'un homme à tout faire ou un gardien d'immeubles en sache autant sur les scènes de crime.

Dès que la porte se referma derrière lui, il s'identifia auprès des policiers, tirant ses papiers de sa poche.

— Je suis Ashton Fitzgerald, d'Omega Sector.

Les deux officiers se présentèrent à leur tour comme Jackson et McMeen.

Il leur montra le tableau électrique de la copropriété vandalisé, les fils sectionnés, puis ils se dirigèrent vers l'endroit où l'individu avait collé son visage contre la vitre. Effectivement, une empreinte de semelle était visible sur le sol sous la fenêtre de Summer.

Les deux hommes échangèrent un regard entendu.

— Cela correspond à d'autres appels émanant du voisinage que nous avons reçus ces derniers temps, dit McMeen.

— Des voisins de Summer ont-ils été victimes de cambriolages ? Ou d'agressions ?

Jackson secoua la tête.

— Non. Certains d'entre eux nous ont signalé que des individus avaient coupé le courant, recouvert les murs de graffitis. Mais personne ne les avait vus, avant Mme Worrall.

— Quels qu'ils soient, ils ont filé avant que je ne puisse mettre la main sur eux.

McMeen griffonna quelque chose dans son cahier.

— Les faits que vous relatez corroborent notre théorie selon laquelle des adolescents cherchent à s'amuser de façon stupide...

À ces mots, Ashton se sentit mieux. Summer aussi serait soulagée d'apprendre qu'il ne s'agissait pas d'un véritable danger.

Les policiers partirent et Ashton appela la compagnie d'électricité qui promit d'envoyer quelqu'un dans la matinée.

Lorsqu'il revint dans la maison de Summer, elle recouchait Chloe dans son berceau.

— Ont-ils trouvé quelque chose ? murmura-t-elle en fermant la porte de la chambre derrière elle.

— Il y avait une empreinte sous la fenêtre de votre cuisine et le tableau électrique de la rue a été saccagé.

— Pour quelle raison ? La police a-t-elle une idée des auteurs de ces actes de malveillance ?

— Ils pensent qu'il s'agit de jeunes en mal de mauvaises blagues. Ils ont reçu d'autres appels similaires, cette semaine.

Summer se détendit. Les adolescents stupides n'étaient que des enfants stupides.

Maintenant que le danger immédiat était passé, Ashton sentait douloureusement les brûlures sur son corps.

Dieu, il était épuisé.

Évidemment, Summer le remarqua.

Elle lui toucha doucement le bras.

— Merci d'être venu, ce soir. J'étais paniquée.

— N'importe qui aurait eu un peu peur dans ces circonstances. Ces jeunes ne voulaient certainement pas vous faire de mal, mais ils vous ont effrayée.

Il se rappelait avoir sorti Summer et Chloe d'un bâtiment en flammes, il y a quelques mois. Si quelqu'un avait une bonne raison de s'inquiéter d'un visage masqué derrière une fenêtre, c'était elle.

Elle se détourna.

— Sans doute.

— La compagnie d'électricité a promis de venir demain à la première heure.

— Je suis contente qu'il ne fasse pas encore trop froid. Nous devrions dormir confortablement, même sans chauffage.

Mais une lueur inquiète brillait dans ses yeux.

— Summer ? Aimeriez-vous que je reste ? Que je campe pour la nuit sur le canapé ?

Ou tellement plus. Il voulait faire tellement plus.

Elle l'observa un moment mais, gardant pour elle ce qu'elle avait pensé dire, elle secoua la tête.

— Non. Merci mais non. Vous êtes fatigué, je le vois bien. Tout va bien. Comme vous l'avez dit, il s'agit d'une mauvaise blague de gamins, il n'y a pas de danger.

La déception noua le ventre d'Ashton. Il n'avait pas mesuré à quel point il rêvait qu'elle lui demande de rester. Même sur le canapé.

Dans toute autre situation, il lui aurait dit qui il était avec simplicité et il lui aurait proposé de jouer les gardes du corps comme n'importe quel membre du SWAT l'aurait fait.

Et il aurait ajouté qu'elle était la bienvenue pour le rejoindre à tout moment sur le canapé si elle avait peur. Ou qu'il serait heureux de lui prodiguer une sécurité rapprochée dans sa chambre.

Mais là, il se sentait incapable de plaisanter avec elle, de lui adresser un clin d'œil ou de la charmer pour pouvoir rester.

Il y avait trop de secrets entre eux. Trop de mensonges.

Il se dirigea vers la porte.

— Je vous téléphonerai demain pour m'assurer que le courant est rétabli. Sinon, je rappellerai la compagnie d'électricité.

— Merci.

Elle ouvrit la porte et le dévisagea comme si, de nouveau, elle s'apprêtait à dire quelque chose, mais son regard glissa vers le sol.

— Merci encore, Ashton.

— Bonne nuit.

Il entendit la porte se refermer derrière lui et il regagna son camion. Il hissa son corps douloureux à l'intérieur puis tout en observant son condo il mit le contact.

Mais il l'éteignit aussitôt.

Il ne la quitterait pas.

D'accord, il s'agissait probablement d'adolescents trouvant drôle d'effrayer les gens, mais Ashton s'en fichait. Si par hasard quelqu'un avait l'intention de s'en prendre à Summer, il ne la laisserait pas seule.

Il allongea son siège pour être plus à l'aise dans son camion.

La nuit promettait d'être longue.

6

Summer était consciente de s'être comportée plusieurs fois comme une imbécile, ce soir. Si elle avait voulu dresser la liste de toutes ses âneries, il lui aurait fallu un bout de temps.

Mais elle avait atteint le summum de la bêtise dans le dernier quart d'heure. Et elle ne parvenait toujours pas à comprendre comment elle avait pu décliner la proposition d'Ashton de passer la nuit chez elle.

Cet homme la fascinait depuis des mois, elle n'osait espérer qu'il l'invite un jour à sortir avec lui. Et quand enfin il faisait quelque chose qui s'apparentait à un geste romantique, au lieu d'accepter avec plaisir, elle refusait ! Quelle idiote !

Sans parler du fait que l'électricité n'avait toujours pas été rétablie, qu'elle devrait rester dans le noir, la nuit durant, ce qui la rendait plutôt nerveuse. Il était plus de minuit. Elle se demanda si elle parviendrait à dormir.

Elle avait déjà vérifié à deux reprises que les portes et les fenêtres étaient bien fermées mais, par sécurité, Summer refit le tour de la maison pour s'en assurer une nouvelle fois. Comme elle passait devant les baies vitrées du salon, elle vit le camion d'Ashton garé devant chez elle.

Pourquoi était-il toujours là ?

Elle poussa le rideau de côté pour mieux regarder. Peut-être était-il au téléphone et n'était-il simplement *pas encore* parti.

Il ne lui fallut pas longtemps pour comprendre qu'Ashton veillait sur elles dans son camion.

Une douce chaleur l'envahit et des larmes montèrent à ses paupières.

Ashton Fitzgerald était peut-être trop timide pour l'inviter à dîner, mais il se souciait assez d'elle et de Chloe pour passer la nuit dans son véhicule afin de s'assurer qu'elles étaient en sécurité.

Summer ouvrit la porte d'entrée. D'accord, elle s'était comportée comme une idiote un nombre incalculable de fois, ce soir. Mais maintenant qu'elle avait la possibilité de rectifier le tir, elle n'allait pas la laisser échapper.

Alors qu'elle contournait l'avant de son camion, elle croisa le regard d'Ashton. Il n'eut pas l'air surpris. Il se contenta de la suivre des yeux pendant qu'elle gagnait la portière du conducteur.

Lorsqu'ils se dévisagèrent à travers la vitre, elle vit briller dans ses prunelles bien davantage que l'envie de la protéger. De nouveau, elle se sentit fondre.

Elle ouvrit la portière.

— Re-bonsoir, Ashton.

— Je voulais seulement m'assurer que Chloe et vous étiez en sécurité.

Elle hocha la tête.

— Et cela me touche au-delà de ce que je pourrais dire. Mais je vous en prie, venez à l'intérieur. Vous n'allez pas, en plus, passer la nuit dans votre camion.

Il l'observa un long moment et elle pensa qu'il allait refuser. Mais il finit par redresser son siège et par sauter de l'habitacle, non sans pousser un petit gémissement.

Summer se rapprocha aussitôt.

— Êtes-vous blessé ? Vous est-il arrivé quelque chose quand vous poursuiviez ce type dans les bois ? Quelque chose dont vous ne m'auriez pas parlé ?

— Non. J'ai eu un accident pendant que je... travaillais, aujourd'hui, répondit-il tandis qu'ils retournaient chez elle.

Elle remarqua qu'il paraissait chercher ses mots mais elle n'y accorda pas d'importance.

— Quel genre d'accident ?

— Électrique.

Ouvrant la porte, elle l'invita à l'intérieur.

— J'imagine donc que vous n'aviez aucune envie de venir ici vous confronter à d'autres problèmes électriques.

— Ça ne me dérange jamais de vous aider à quoi que ce soit, Summer. Sincèrement.

Maintenant qu'elle l'avait ramené chez elle, elle ne savait pas bien quoi faire de lui. Lorsqu'elle lui désigna d'un geste le sofa, il s'y laissa tomber aussitôt comme si la position debout lui était difficile.

— Je vais vous chercher un oreiller et une couverture.

— Merci d'être venue me chercher.

Elle sourit, regrettant de ne pas avoir le cran de le conduire dans sa chambre.

Quand elle revint, Ashton avait retiré ses chaussures et il s'était allongé sur le canapé. Il avait replié un bras sur son visage. Le geste avait fait remonter son T-shirt, exposant des abdos sexy et… un gros pansement.

À sa vue, Summer fronça les sourcils.

— Ashton, êtes-vous gravement blessé ?

Il retira son bras pour lui répondre.

— Non. Je souffre de brûlures. J'en ai une sur le ventre, l'autre dans le dos. Et j'ai l'impression que quelqu'un m'a pris pour un punching-ball. Mais ne vous inquiétez pas, je survivrai.

— Dans l'état où vous êtes, vous n'auriez pas dû poursuivre mon cambrioleur ou mon voyeur !

— Il est toujours plus facile d'attraper quelqu'un en train de commettre un crime que d'essayer de retrouver un coupable après coup, en analysant les indices qu'il a laissés sur les lieux.

Incapable de s'en empêcher, elle s'assit à côté de lui. Il lui parlait — même si le sujet était un peu étrange — sans bredouiller et sans détourner les yeux d'elle comme à son habitude. Au contraire, il la regardait comme un homme regarde une femme qui l'intéresse.

Dieu, comme ce désir masculin lui avait manqué !

Elle se rapprocha un peu plus près.

— Je vois. Je parie que, parallèlement à vos activités

professionnelles, vous vous efforcez de lutter contre les crimes dont vous pourriez être témoin, non ?

Il fronça les sourcils.

— Euh… Je… En fait…

Il se remettait à bafouiller et de nouveau il semblait incapable de la regarder en face. Devinant qu'il fallait faire quelque chose, Summer passa un bras autour de son cou, l'attira à elle, et l'embrassa.

Comme il se pétrifiait, elle eut peur qu'il ne l'écarte, ne la repousse. Mais avec un gémissement, il la prit dans ses bras et l'assit sur ses genoux, de façon à ce qu'elle ait les jambes de part et d'autre de ses hanches.

Il l'embrassa alors avec passion, avec frénésie, comme s'il ne pouvait se rassasier d'elle. S'il s'était montré intimidé chaque fois qu'ils avaient été ensemble au cours des derniers mois, son embarras avait totalement disparu maintenant.

Alors que Summer promenait les mains sur son épaule, elle sentit la présence d'un autre pansement. Ne voulant surtout pas lui faire mal, elle glissa les doigts dans ses épais cheveux bruns.

Les bras d'Ashton s'enroulèrent autour de sa taille, la serrant plus étroitement contre lui. Les seins écrasés contre son torse puissant, elle réprima un gémissement.

Depuis combien de temps un homme ne l'avait-il pas étreinte de la sorte ? Elle avait oublié à quel point il était bon de sentir des bras musclés autour d'elle.

Comme leurs langues entamaient une danse sensuelle, Summer se plaqua davantage encore contre lui.

Ils s'embrassèrent longtemps. Emportée par la passion, par le plaisir que lui procurait ce délicieux baiser, Summer ne pensait plus à rien. Un désir impérieux la dévorait, la consumait. Elle voulait aller plus loin, jusqu'au bout de…

Mais elle se rendit compte peu à peu qu'Ashton ralentissait le baiser. L'interrompait.

S'écartait.

Elle recula d'un pas pour le regarder en face.

— As-tu envie de poursuivre dans ma chambre, Ashton ?

Elle reconnaissait à peine sa propre voix tant elle était rauque.

Il posa son front contre le sien.

— Oui, j'ai envie plus que tout au monde de monter jusqu'à ta chambre à coucher. Et de te faire l'amour jusqu'à l'aube.

— Je sens qu'un énorme « mais » va suivre...

Elle commença à s'éloigner de lui.

Mais, la rattrapant par le bras, il l'attira contre lui. Il poussa ses hanches doucement contre les siennes pour qu'elle sente son érection.

— Ne doute pas de mon désir pour toi, Summer. Je te désire comme un fou depuis des mois. Pourtant, c'est vrai, il y a un « mais » qui m'interdit d'aller plus loin, ce soir.

— Et c'est quoi ?

— Nous n'avons même pas encore dîné ensemble, je ne t'ai pas encore conviée à un rencard, Summer.

Elle commença à picorer son visage de petits baisers brûlants.

— As-tu envie de sortir avec moi, Ashton ?

— Oui, je vais t'inviter au restaurant très bientôt. Et nous parlerons. Et quand je t'aurai dit ce que je dois te dire, si tu as toujours envie de moi, je te suivrai jusqu'à ta chambre et je te ferai l'amour la nuit entière.

Elle se rassit pour pouvoir planter les yeux dans les siens.

— As-tu quelque chose d'embêtant à me dire ?

Il soupira.

— Pas d'embêtant mais... de compliqué. Ce n'est pas le moment d'aborder le sujet. Il est tard et la journée a été longue pour nous deux. Alors, dînons ensemble vendredi soir. Nous partagerons un bon repas, tous les deux en tête à tête, et nous discuterons.

Elle plissa les yeux.

— Tu prétends que ce que tu as à m'apprendre n'est pas embêtant mais j'ai pourtant l'impression que ça l'est. Et que tu essaies de me tenir à distance, de m'interdire tout rapprochement.

Il soupira.

— Je te jure que non. Si tu as toujours envie de moi après avoir entendu ce que je dois te dire, alors je t'assure que nous...

Il se pencha en avant et commença à embrasser ses joues comme elle l'avait embrassé, se frayant un chemin jusqu'à sa gorge.

— Je te ferai l'amour comme personne ne t'a jamais fait l'amour. Partout dans la maison. Pendant deux jours et deux nuits.

Tandis qu'il mordillait doucement sa gorge, elle fronça les sourcils.

— Ashton, as-tu quelqu'un dans ta vie ? Est-ce cela que tu as à me dire ?

— Non.

— Es-tu un criminel ?

— Non.

— D'accord.

Elle le dévisagea avec perplexité. Elle ne comprenait pas pourquoi il préférait attendre pour lui dire ce qu'il voulait lui dire, mais elle respecterait sa décision.

De plus, ce contretemps lui donnait la possibilité de se préparer, de mettre des dessous un peu plus sexy. Elle n'avait pas prévu la tournure des événements — lui, eux deux — ce soir.

— Vendredi, très bien. Mais j'espère vraiment que tu tiendras parole et que nous ferons l'amour, quarante-huit heures durant.

Il lui avait déjà volé son cœur. Elle était prête à lui donner davantage encore.

7

Deux jours plus tard, vendredi en fin d'après-midi, Ashton quitta Omega Sector pour rentrer chez lui. Alors qu'il roulait tranquillement sur la voie express, il fit soudain demi-tour, manquant de peu de provoquer un accident.

Il lui fallait trouver un fleuriste. Acheter des fleurs.

Pour son rendez-vous de ce soir.

Comme un concert de klaxons lui reprochait sa conduite hasardeuse, il agita la main en signe d'excuse.

Les deux derniers jours avaient été un cauchemar. Au travail, il avait été relégué dans un bureau. Ses supérieurs l'avaient chargé de tâches administratives pour le ménager et lui permettre de récupérer. Heureusement, les SWAT n'avaient pas été appelés pour une intervention au cours de ces dernières quarante-huit heures mais Ashton détestait manquer l'entraînement. Il avait besoin de se dépenser physiquement pour évacuer les tensions dont il était la proie.

Se réveiller avec Summer blottie contre lui sur le canapé mercredi n'avait pas été un cauchemar — mais le paradis, au contraire — malgré ses brûlures.

Lorsqu'il avait contemplé son corps de femme, si fin et délicat, pressé contre le sien, il avait failli oublier ses résolutions, il avait eu envie de lui faire l'amour. Seule Chloe l'avait empêché d'aller plus loin. Quand l'enfant s'était réveillée et avait commencé à babiller dans son berceau, Ashton avait recouvré ses esprits.

Il s'en félicitait, au demeurant. Il était indispensable que

Summer apprenne qu'il travaillait pour Omega Sector avant qu'ils ne deviennent intimes.

Dans l'hypothèse, bien sûr, où ils deviendraient intimes...

Ashton espérait qu'elle prendrait bien ses révélations, qu'elle en rirait, qu'il serait capable d'expliquer qu'il avait tenté cent fois de lui dire ce qu'il en était, qui il était, mais qu'il n'y était jamais parvenu. Il priait pour qu'elle comprenne que réparer tout ce qui tombait en panne chez elle ne l'ennuyait pas et qu'il était au contraire ravi de lui être utile. Et que ces travaux de bricolage lui donnaient une bonne excuse pour venir.

Il lui avouerait qu'il était à l'affût de tous les prétextes qui lui permettaient de la revoir.

Il lui expliquerait qu'il connaissait Joe Matarazzo — l'ami et le propriétaire de Summer — parce qu'il travaillait pour Omega Sector. Il espérait que cela lui suffirait. Il ne ferait aucune allusion aux SWAT, sauf s'il y était obligé. Et peut-être mentionnerait-il l'entrepôt en feu d'où il l'avait sortie ainsi que sa fille.

Il priait surtout pour qu'elle ne lui parle pas de la mort de son mari, pour qu'elle ne l'interroge pas sur les circonstances du drame.

Il savait qu'elle ne lui pardonnerait pas d'avoir laissé mourir Tyler.

Résistant à l'envie de se frapper la tête contre le volant, il s'engagea sur le parking d'un petit centre commercial.

Dans l'immédiat, il lui fallait des fleurs. Quelque chose pour faire passer la pilule.

En découvrant l'enseigne du fleuriste, il éclata de rire.

THE BLOOMING IDIOT
« Le Crétin fini » (« L'Imbécile heureux » ?)

Manifestement, il était au bon endroit.

Un énorme bouquet l'aiderait peut-être à gagner le cœur de Summer. Il ne savait pas très bien quelles fleurs acheter. Dans ce domaine, il n'y connaissait pas grand-chose. Il essaya d'imaginer les préférées de Summer avant d'y renoncer. Il lui faudrait faire appel aux compétences du fleuriste.

Comme son camion était imposant, il le gara loin de l'entrée du centre commercial et un peu à l'écart, même s'il y avait des places plus proches. Tout en traversant le parking, Ashton jeta un coup d'œil autour de lui. Curieusement, il avait l'impression que quelqu'un l'observait.

Pourtant, il n'avait aucune raison de penser une chose pareille. Personne de sa connaissance ne l'imaginerait ici. Sans parler du fait qu'il avait presque provoqué un carambolage en faisant brusquement demi-tour sur la voie express. Si quelqu'un le suivait à ce moment-là, il l'aurait semé dans la manœuvre.

Mais Ashton avait appris depuis longtemps à écouter ses intuitions. Il s'accroupit et fit mine de relacer sa chaussure pour avoir la possibilité de regarder autour de lui sans avoir l'air d'observer les alentours.

Rien.

Peut-être était-il seulement nerveux à l'idée de cette soirée, en songeant à la conversation qu'il aurait avec Summer. De plus, le manque d'exercice physique perturbait certainement son équilibre. Il avait besoin de se dépenser pour être bien. Peut-être débordait-il d'un trop-plein d'énergie et de frustration.

Ashton se redressa et reprit sa marche.

Une fois chez le fleuriste, il ne se sentit pas moins nerveux.

Des fleurs de toutes les formes, de toutes les tailles et de toutes les couleurs l'assaillirent dès qu'il poussa la porte.

Comment diable allait-il savoir choisir celles qui plairaient à Summer ?

Le patron de la boutique, un Afro-Américain d'une quarantaine d'années, prit rapidement conscience de sa perplexité et eut pitié de lui. Sur sa blouse était brodé son prénom, « Marcel ». Il s'approcha et tapota l'épaule d'Ashton, celle qui n'était pas blessée, heureusement.

— Ne vous inquiétez pas. Quoi que vous ayez fait ou que vous ayez l'intention de faire, nous avons les fleurs qu'il faut pour qu'elle vous pardonne.

Ashton devina que son malaise se lisait sur son visage.

— J'invite une femme à dîner pour la première fois, ce soir.

— Il vous faut donc quelque chose de simple, répondit Marcel en tapotant un doigt sur ses lèvres. Peut-être quelques marguerites. Pour un premier rendez-vous, je vous conseille de ne pas en faire trop.

Ashton hocha la tête en soupirant avec bruit.

Le fleuriste le considéra un instant d'un air pensif.

— D'accord, à votre expression, je sens que l'histoire ne se limite pas à un premier rencard.

Sans hésiter, Ashton saisit la perche qu'il lui tendait.

— Je lui mens depuis des mois. Elle pense que je suis quelqu'un d'autre, quelqu'un que je ne suis pas.

Marcel émit un petit gloussement.

— Il nous faut plus que des marguerites, alors, reprit-il en l'entraînant vers les roses. Quelle est la taille de vos mensonges ?

Ashton se frotta les yeux.

— Ils sont plutôt gros.

— Un saut chez Louis Vuitton s'impose peut-être, alors ?

— Chez qui ? S'agit-il d'un fleuriste concurrent ?

De nouveau, Marcel se mit à rire.

— Non, mais peu importe. Bon, je vais vous préparer quelque chose qui, espérons-le, fera oublier à votre dulcinée que vous êtes un menteur de la pire espèce.

Ashton grimaça. Il lui faudrait beaucoup, beaucoup, de fleurs.

Marcel composa un magnifique bouquet, Ashton dut le reconnaître. Il n'y mit aucune rose — la seule fleur qu'il aurait été capable d'identifier — mais des lys, artistiquement présentés pour être ravissants sans être écrasants.

Les fleurs étaient belles et pleines de vie, tout comme Summer. Ashton ne put s'empêcher de le confier à Marcel.

— Dites bien à votre amie que vous la trouvez belle et pleine de vie. Cela l'aidera à accepter les aveux que vous devrez lui faire ensuite…

Ashton paya et se dirigea vers la porte de la boutique. Lorsqu'il l'ouvrit, des clochettes tintinnabulèrent. Mais au dernier moment, la voix de Marcel le retint.

— Veillez surtout à mettre ce bouquet à l'abri du soleil jusqu'à ce soir. Votre amie ne vous pardonnera pas vos mensonges si vous lui offrez des fleurs fanées !

Ashton se retourna pour lui lancer une réponse drôle et piquante.

Ce qui lui sauva sans doute la vie.

Le bouquet qu'il avait à la main — à l'endroit exact où se trouvait sa poitrine un instant auparavant — éclata en mille confettis. Un deuxième coup de feu manqua son épaule de peu et finit sa course dans la vitrine, la faisant exploser.

Avant qu'elle ne s'écroule, Ashton avait lâché les fleurs et tiré son Glock de sa ceinture. Il traversa le parking au pas de course et se précipita vers son camion pour s'abriter derrière.

— Marcel, allez vous réfugier à l'intérieur ! cria-t-il.

Les yeux écarquillés, le fleuriste restait pétrifié.

— Mettez-vous immédiatement à l'abri dans votre arrière-boutique ! hurla de nouveau Ashton.

Il fallut un instant à Marcel pour que l'ordre parvienne à son cerveau et que son corps se mette en mouvement.

— Et appelez la police ! ajouta Ashton.

Comme il jetait un coup d'œil par-dessus le capot, une balle frôla son crâne et il recula derrière les grandes roues de son véhicule. Il laissa échapper un juron lorsque deux coups de feu brisèrent les vitres.

Il comprit rapidement que les tirs provenaient du haut d'un immeuble de bureaux, situé de l'autre côté de la rue. Qui que soit le tireur, il était armé d'un fusil de haute puissance — probablement un 308 Winchester.

Heureusement, il ne savait pas très bien s'en servir. Sinon Ashton serait en train de se vider de son sang à quelques mètres du Blooming Idiot.

Et par chance, il s'était garé à l'autre bout du parking, de sorte que le sniper avait dû lui tirer dessus de loin et pendant qu'il se déplaçait. Si celui-ci l'avait pris pour cible alors qu'il déverrouillait la porte de son véhicule, à l'arrêt et plus près de l'immeuble de bureaux, Ashton se serait fait facilement descendre.

Il sortit son portable de sa poche et appela le premier numéro Omega qui apparut : celui de Roman.

— Tu veux des conseils pour ton rencard, Fitzy ?

Plusieurs coups de feu retentirent. Des gens dans la rue s'entre-regardaient, se demandant ce qui se passait.

Ashton ne perdit pas de temps en plaisanteries.

— Roman, un malade me tire dessus en pleine rue, du haut d'un bâtiment.

Il donna l'adresse.

— Personne n'est blessé, mais l'individu m'oblige à rester derrière mon camion, poursuivit-il.

Il entendit Roman courir, tout en criant des ordres aux autres membres de l'équipe SWAT.

— Es-tu à découvert ? reprit Roman.

— Oui, mais tout va bien pour le moment, tant qu'il est seul.

Si le tireur avait un complice en train de se positionner de ce côté de l'immeuble, Ashton n'allait pas tarder à avoir des ennuis.

— Et il y a des civils partout.

— D'accord, nous avons déjà envoyé la police du coin et dans cinq minutes nous serons sur les lieux.

Un autre coup de feu suivi d'un bruit métallique. Une balle venait de ricocher sur le capot d'Ashton.

— Dépêchez-vous, dit-il avant de raccrocher.

Les passants commençaient à comprendre ce qui se passait. Des cris paniqués se firent entendre. Ashton essaya de se déplacer, de quitter la protection de son véhicule, mais une rafale de déflagrations retentit aussitôt.

Il ne pouvait pas sortir de derrière son camion.

Il avait encore un coup de fil à passer et tous ses mensonges accumulés depuis des mois exigeaient qu'il le fasse tout de suite, avant que des sirènes de police ne retentissent autour de lui.

Recroquevillé derrière ses roues, regardant les fleurs en piteux état qu'il aurait dû offrir à Summer, il composa son numéro.

— Bonjour, Summer, c'est Ashton.

Il s'efforça de garder une voix légère.

— Bonjour, Ashton. Je ne m'attendais pas à avoir de vos nouvelles à cette heure-ci. Tout va bien ?

— Eh bien, en fait, malheureusement, non. Enfin, si, je vais bien, mais il s'est passé quelque chose. Au travail. Je suis désolé mais je vais être obligé de reporter notre dîner.

Un long silence suivit ses paroles.

— Summer… ?

De nouveaux coups de feu retentirent et le pare-brise de son camion s'écroula, répandant une pluie de verre près de lui. Le tireur essayait manifestement d'amener Ashton à quitter la couverture du véhicule. Il recula.

Bien sûr, Summer avait entendu.

— Quel est ce bruit ? demanda-t-elle.

— Le problème survenu au travail… dont je vous parlais.

À présent, son assaillant prenait la vitrine du fleuriste pour cible. Ashton devait riposter, il ne pouvait pas prendre le risque que Marcel soit touché. Mais il ne voulait pas que Summer comprenne ce qu'il faisait.

— Summer, ne raccrochez pas. Je dois vous mettre en attente pour quelques instants.

Il pressa une touche et, levant la tête, il tira quatre fois vers l'endroit où le sniper devait se trouver — en haut de l'immeuble de bureaux de l'autre côté de la rue.

Avec un peu de chance, la manœuvre d'Ashton bloquerait le gars pendant un petit moment.

— Marcel ? cria-t-il. Vous allez bien là-dedans ? Vous n'êtes pas blessé ?

— Non, mais ce cinglé a ruiné ma boutique !

— Restez à l'abri au fond de votre réserve, d'accord ? La police est en route.

Ashton appuya de nouveau sur un bouton pour retrouver Summer.

— Excusez-moi. Me revoici.

S'il s'exprimait avec calme, un autre morceau de la vitrine du fleuriste s'effondra non loin de lui avec fracas.

— La situation est un peu chaotique, commenta-t-il d'un ton laconique.

— J'entends ça. Je pensais que vous étiez en train d'inventer un problème au travail... De trouver une bonne excuse pour annuler notre soirée... Que vous aviez changé d'avis.

— Oh non, pas du tout. Je vous promets que j'aurais été ravi de venir sans ce malheureux contretemps.

Il entendait les sirènes commencer à se frayer un chemin dans la rue. Dans quelques instants, elles se mettraient à hurler.

Il s'efforça de garder un ton aussi posé que possible.

— Puis-je vous appeler demain pour convenir d'une autre date pour notre dîner ?

— Êtes-vous sûr d'en avoir envie, Ashton ?

Il perçut la douleur qui teintait sa voix et regretta de ne pas avoir le temps de la rassurer convenablement.

— Tout à fait sûr.

Il ne pouvait rien dire de plus. Tous les secrets et les mensonges accumulés depuis des mois fonçaient vers lui sous la forme de sirènes.

S'il avait été sincère avec elle depuis le début, il aurait pu l'être maintenant, regretta-t-il. Mais il était trop tard.

— Je suis désolé, Summer.

Ashton raccrocha avec un juron. Dans l'immédiat, il devait chasser Summer de son esprit pour s'assurer que ni Marcel ni d'autres civils ne seraient blessés au cours de cette fusillade.

Le gars ciblait toujours la boutique. Ashton tira de nouveau, espérant le descendre, ou du moins l'obliger à reporter son attention sur le camion. Mais il n'avait plus beaucoup de cartouches.

Exauçant son vœu, les balles se dirigèrent vers son véhicule, ce dont Ashton se félicita même s'il grimaçait à chaque coup que prenait sa carrosserie.

Il sentit avant de la voir venir la catastrophe. De l'essence. Des projectiles avaient percé son réservoir et le carburant se répandait partout.

D'une balle bien dirigée, le tireur avait maintenant la possibilité de transformer son camion en un puissant explosif.

Les voitures de police étaient arrivées, provoquant un indicible chaos dans la rue. Ashton savait qu'il devait tenter sa chance et abandonner la protection qu'offrait son véhicule.

— Marcel, restez le plus loin possible à l'intérieur, cria-t-il.

— Que se passe-t-il ?

— Il a perforé mon réservoir d'essence qui va exploser s'il y met le feu. Je dois à tout prix m'éloigner de mon camion.

Ashton ne perdit plus de temps à discuter davantage. Il s'élança, s'efforçant de courir en zigzag. Aux yeux d'un observateur extérieur, il passerait sans doute pour un ivrogne incapable de marcher droit, mais Ashton savait qu'une cible qui bougeait de façon bizarre était plus difficile à atteindre.

Ou du moins à tuer.

Les balles ne l'atteignirent pas mais il les entendit frapper le camion.

Le tireur avait décidé de viser la cible fixe.

Ashton plongea derrière un caisson d'air conditionné installé sur le côté. Il sentit un souffle chaud passer au-dessus de lui comme le carburant contenu dans son réservoir s'embrasait et que le véhicule explosait dans un nuage de flammes meurtrières.

Il resta derrière son abri de fortune pendant quelques instants avant de risquer un coup d'œil. Son camion brûlait, dans un gros nuage de fumée.

Espérant que le tireur ne regardait pas dans cette direction, Ashton traversa la rue en courant. Il baissa son Glock pour se fondre parmi les passants qui regardaient, médusés, la scène qui se déroulait sur le parking.

L'individu se trouvait toujours sur le toit de l'immeuble de bureaux et Ashton se dirigea dans cette direction sans courir, au cas où l'homme tenterait encore de le repérer. Il aurait sans doute dû se faire connaître auprès de la police locale, mais il n'en avait pas le temps.

Il remit son Glock dans son holster, à la ceinture de son jean. Il préférait que personne ne s'aperçoive qu'il était armé.

La voiture de Roman et Derek surgit au moment précis où Ashton arrivait au pied de l'immeuble de bureaux.

— Tu vas bien ? demanda Roman.

Ashton hocha la tête.

— Le tireur doit être sur le toit. C'est le seul endroit où il a une bonne position.

— Vous deux, filez là-haut, leur ordonna Derek. Le reste de l'équipe et moi allons aider la police du coin. Il faut empêcher les gens de paniquer.

Les employés évacuaient le bâtiment pour se protéger des tirs et du feu. Roman et Ashton scrutaient la foule des badauds. Ils avaient conscience que le sniper circulait sans doute au milieu d'eux sans qu'ils puissent l'identifier.

Ils se frayèrent un chemin dans l'escalier à contre-courant des personnes qui descendaient. Comme ils atteignaient le toit en terrasse, Roman ouvrit la porte, le pistolet à la main.

Derrière lui, Ashton tenait son Glock des deux mains à hauteur d'épaule, prêt à tirer si quiconque les attendait.

Il ne leur fallut pas longtemps pour constater que le toit était désert. Une 308 Winchester gisait au pied d'une cheminée, entourée de dizaines de douilles.

Mais le tireur était déjà loin.

8

Lundi matin, les SWAT se réunirent dans l'une des salles de conférences de la Critical Response Division. Ils passèrent en revue les événements survenus vendredi soir devant la boutique du fleuriste. Personne n'avait été blessé, heureusement, mais les dégâts matériels étaient importants.

Le camion d'Ashton avait été entièrement détruit. Quant au Blooming Idiot de Marcel, il devrait rester fermé pour travaux un certain temps.

Dans l'immédiat, ils étudiaient une image prise par les caméras de surveillance, le portrait de Curtis Harper, le fils de vingt-neuf ans de feu George Harper.

Brandon Han et Jon Hatton, deux des meilleurs profileurs d'Omega Sector, avaient effectué des recherches dans les fichiers. Mais la plupart des SWAT se souvenaient de ce qui s'était passé avec George Harper, quatre ans plus tôt, sans avoir besoin de consulter le dossier.

Derek tapota la photo.

— Harper père cambriolait une bijouterie et lorsque tout était parti en vrille, il n'avait pas hésité à prendre quatre personnes en otages. Il avait eu le temps d'en abattre une avant qu'Ashton ne le descende à l'aide de son fusil d'assaut.

Les membres de l'équipe hochèrent la tête. Tous avaient gardé l'attaque en mémoire. La jeune étudiante tuée par Harper avait à peine dix-neuf ans.

— Personne n'avait trouvé quoi que ce soit à redire au tir d'Ashton, rappela Lillian. En interne comme en externe.

Derek acquiesça.

— C'est exact. Et personne ne reproche toujours rien à Ashton. Sauf évidemment le fils de George, Curtis Harper.

Il désigna de nouveau le cliché.

Jon Hatton referma l'épaisse chemise cartonnée.

— Les empreintes digitales de Curtis Harper ont été retrouvées sur la scène du crime. Il a bien pensé à les effacer de son fusil mais il a oublié d'essuyer l'une des douilles. Et surtout, une caméra de surveillance installée à l'intérieur de l'immeuble l'a également pris dans son objectif.

Ashton se leva, incapable de rester assis plus longtemps.

— Si je comprends bien, il m'a suivi jusqu'à la boutique du fleuriste pour me prendre pour cible ?

Brandon haussa les épaules.

— Il devait attendre une ouverture, une occasion, depuis des jours ou des semaines et elle s'est présentée vendredi.

Ashton se frotta le visage.

— Voilà quatre ans que George Harper est mort. Pourquoi son fils voudrait-il se venger maintenant ? Cela n'a aucun sens.

Ses camarades partageaient son avis et Brandon eut un geste d'impuissance.

— Nous n'en savons rien, répondit Brandon. Nous allons voir ce que nous pouvons trouver sur lui et dresser un profil complet.

— Il sera mort quand vous aurez réuni assez de renseignements sur lui, répliqua Ashton, adossé contre le mur. Toutes les polices du pays sont à ses trousses. S'il est resté dans le coin, je ne donne pas cher de sa peau...

— D'accord, répondit Derek. Malgré tout, je vous conseille à tous de surveiller vos arrières, surtout toi, Ashton. Harper se cache quelque part maintenant mais nous pouvons supposer qu'il voudra finir ce qu'il a commencé. S'il décide de...

Il s'interrompit alors que les sonneries de tous les téléphones commençaient à retentir. Très vite, tout le monde se leva.

L'équipe SWAT d'Omega Sector était appelée pour une intervention d'urgence.

Derek se dirigea vers un ordinateur pour consulter les mises à jour.

— Manifestement, Harper n'est pas le seul à avoir eu envie de faire n'importe quoi, cette semaine. On nous signale une prise d'otages dans une supérette au coin de Broad et Michael. Tout le monde en tenue. Nous nous rendons immédiatement sur les lieux.

— Il faut être stupide pour menacer les clients d'un supermarché, marmonna Roman.

Ashton haussa les épaules.

— Matarazzo vient-il ?

Joe était le meilleur négociateur d'Omega. Peu de preneurs d'otages lui résistaient.

— Il est déjà en route, répondit Derek.

Tout le monde s'élança hors de la salle de conférences.

Curtis Harper attendrait.

Chloe aimait se balader dans sa poussette. Maintenant qu'elle marchait d'un pas plus assuré, elle préférait la pousser plutôt que d'y être assise, ce qui ne dérangeait pas Summer. Le grand sourire qui éclairait le visage de sa fille chaque fois qu'elles sortaient se promener la ravissait.

Elles se rendaient à la supérette comme elles le faisaient deux ou trois fois par semaine quand le temps le permettait. L'établissement était situé à quelques pâtés de maisons. Longtemps, Summer avait profité de la sieste de la petite pour y faire un saut en vitesse avant de revenir en courant mais, maintenant que Chloe marchait bien, les courses étaient devenues un but de balade.

Summer était contente de travailler chez elle, d'exercer un métier qui lui permettait de s'adapter au rythme de Chloe. En raison de sa fortune et de l'intérêt des médias pour ses multiples entreprises, Joe Matarazzo avait besoin des services de quelqu'un comme elle, spécialiste des réseaux sociaux, comme attachée de presse.

Joe s'efforçait de compartimenter son travail à Omega Sector et sa vie personnelle. Voilà longtemps qu'il cherchait une personne en qui il pouvait avoir confiance pour s'exprimer à sa place sur Internet. Summer était également chargée de repérer sur la Toile les articles susceptibles de nuire à Joe ou à ses affaires.

Summer éprouvait une immense gratitude pour Joe, qui lui avait donné un job passionnant faisant appel à ses capacités créatrices. Elle se débrouillait plutôt bien. Joe lui avait peut-être offert le poste après le décès de Tyler parce qu'il culpabilisait, se sentant partiellement responsable de la tragédie, mais au final tous deux y trouvaient leur compte.

Summer n'avait jamais reproché à Joe la mort de Tyler. Seul l'assassin était coupable : un ex-employé furieux d'avoir été remercié qui était entré dans l'immeuble où travaillait Tyler avec l'intention de faire un maximum de victimes. Son mari avait été tué avant que Joe et son équipe d'Omega Sector ne puissent abattre le tueur.

Même si elle n'en voulait pas à Joe, Summer avait quand même accepté son offre d'emploi parce que, à l'époque du drame, elle était enceinte de six mois et totalement seule. Après quelques mois, ils étaient tous les deux tombés d'accord pour dire qu'elle avait un vrai talent pour jouer les assistantes personnelles en ligne. Elle avait également pris en charge les interventions sur les réseaux sociaux au profit de certaines organisations caritatives de Joe.

La maison où elle vivait appartenait aussi à Joe et à sa femme, Laura. Le loyer de Summer était symbolique — toujours à cause de cette culpabilité mal placée de Joe — et Summer devrait bientôt remettre le sujet sur le tapis. Il y a quelques mois, elle avait essayé de faire valoir ses arguments, un soir où le jeune couple était venu dîner. Elle leur avait assuré qu'elle avait les moyens de payer un vrai loyer, mais Laura avait posé la main sur le bras de Summer et déclaré :

— Joe y tient. Nous sommes conscients tous les deux que

vous ne lui reprochez pas la mort de Tyler, mais savoir que vous êtes à l'abri du besoin rassure Joe. Je vous promets que si un jour nous avons besoin d'argent, je vous le dirai.

Les Matarazzo étant milliardaires, elle doutait que Laura et Joe lui annoncent prochainement une augmentation de loyer.

Par contre, peut-être leur parlerait-elle du nombre de fois où Ashton était passé chez elle au cours des derniers mois pour y effectuer des réparations afin de les dédommager.

Son visage s'embrasa. Bien sûr, elle ne mentionnerait pas le jour où ils s'étaient embrassés sur son canapé, la semaine dernière. Elle voulait surtout que les Matarazzo sachent à quel point le gardien de la copropriété lui était utile. Il faisait vraiment du bon travail.

Chloe perdit l'équilibre et se laissa tomber sur les fesses.

— Euh-oh, dit-elle en regardant sa mère.

— Ça va, chérie ?

Elle aida l'enfant à se relever et tapota sa robe pour en retirer la poussière. La fillette se remit immédiatement en marche, s'accrochant au bord de la poussette.

Summer regrettait de ne pas avoir l'énergie de sa fille. Mille fois dans la journée, la petite tombait, mais chaque fois elle se relevait et repartait sans jamais se décourager.

À deux ou trois reprises depuis qu'il avait annulé leur dîner de vendredi, Summer s'était brièvement entretenue avec Ashton. Elle ne savait pas exactement ce qui s'était passé, mais elle avait compris que son camion avait été impliqué dans l'histoire. Évidemment, il avait dû être abîmé au milieu du chaos qu'elle avait pu entendre quand ils étaient au téléphone. Summer n'aurait jamais imaginé qu'un homme à tout faire puisse avoir des journées aussi palpitantes. Elle avait hâte de l'interroger à ce sujet.

Sauf qu'ils n'avaient pas encore fixé une autre date pour leur dîner.

Ashton ne l'évitait pas ouvertement, du moins elle ne le pensait pas. Et il avait été occupé par son travail. Les pannes ne cessaient pas sous prétexte que le week-end s'annonçait.

Il avait quelque chose à lui dire. Quelque chose qu'elle n'apprécierait pas, pensait-il.

Elle aurait aimé qu'il le lui dise simplement, sans attendre. Elle n'imaginait pas ce qu'il pourrait lui avouer qui lui déplairait.

En arrivant près de la supérette, Summer comprit tout de suite qu'il se passait quelque chose d'inhabituel. Des voitures de police étaient garées en travers de la rue, gyrophares allumés. Des camionnettes de chaînes de télévision stationnaient à proximité et les passants filmaient la scène avec leurs téléphones portables.

Fascinée par toutes les lumières et l'agitation, Chloe voulut s'approcher.

— Oh non, chérie ! Si tu as envie d'y jeter un coup d'œil, il va falloir t'asseoir dans la poussette.

Contrariée, Chloe se débattit, ce qui compliqua la tâche de Summer pour l'attacher.

— Hé, si tu refuses de rester dans la poussette, nous rentrons à la maison.

Bien sûr, la petite ne pouvait saisir la phrase entière, mais elle comprit le mot « maison » parce qu'elle se calma aussitôt.

— Tu es une gentille fille.

Summer lui embrassa le haut de la tête tout en bouclant le harnais pour contrer toute tentative d'évasion.

Comme elles s'approchaient du chaos, Summer reconnut une employée du magasin — une des caissières en uniforme — et lui demanda ce qui se passait.

— Je n'étais pas à l'intérieur mais j'ai entendu un homme entrer et ordonner au patron d'ouvrir le coffre-fort. Or, le coffre ne s'ouvre qu'à certaines heures. Brad ne pouvait rien faire.

— Oh non !

— Quelqu'un a appelé la police. Mais je pense que c'est fini maintenant. Personne n'a été blessé.

Summer serra la caissière dans ses bras.

— Je suis contente que vous n'ayez pas été présente...

— Moi aussi. À mon avis, le magasin restera fermé au moins jusqu'à ce soir.

Elle se pencha pour sourire à Chloe.

— Tu devras aller faire tes courses ailleurs, ma mignonne.

La petite gloussa.

Summer n'avait pas vraiment besoin de faire des courses. Il s'agissait plus pour elle de sortir, d'avoir l'occasion de discuter avec des adultes.

Mais elle fut soulagée de n'avoir pas été à l'intérieur de la supérette quand le malfaiteur avait fait irruption.

Chloe s'agitait dans sa poussette et Summer s'éloigna sur le parking pour lui permettre de marcher.

Elle aperçut alors Joe Matarazzo qui sortait d'une grande fourgonnette, garée un peu plus loin. Summer ne fut pas surprise de le voir ici mais elle ne l'appela pas, comprenant qu'il était en intervention.

Chloe n'avait pas de tels scrupules. Summer ne savait pas si elle avait reconnu Joe ou si elle avait seulement envie de rejoindre l'animation mais elle commença à battre des mains et à crier si fort qu'il se tourna vers elles.

Il sourit et s'approcha.

— Salut, les filles.

Il embrassa Summer avant de se pencher pour caresser la joue de l'enfant.

— Que faites-vous ici ?

— Nous avions envie de nous balader un peu et de faire un saut à la supérette. Je ne veux pas vous retarder. Vous avez sûrement à faire, ajouta-t-elle en désignant d'un geste le petit supermarché.

— Non, non. La situation s'était arrangée avant même qu'Omega n'arrive sur les lieux. Les policiers locaux ont très bien géré l'affaire et, en définitive, ils n'avaient pas besoin de nous.

Chloe commença à se tortiller et à se plaindre maintenant que la poussette ne bougeait plus. Summer la détacha et la prit dans ses bras mais la fillette préférait marcher. La jeune femme la déposa sur le bitume, la tenant fermement par la main.

— Je suis contente que personne n'ait été blessé. Je suppose que parfois vous êtes contents de ne pas être indispensables.

Joe sourit.

— C'est sûr, mais l'équipe se sent un peu frustrée. Les gars se sont préparés en vitesse, ils étaient prêts à passer à l'action, et finalement ils se rendent compte qu'ils se sont excités pour rien. Cela les rend grincheux comme Chloe lorsque sa maman lui refuse un bonbon.

Chloe tournait autour de la poussette.

Summer éclata de rire.

— J'imagine.

La petite babillait et essayait d'attirer Summer vers la supérette.

— Je vous laisse, j'ai de la paperasserie à faire, déclara Joe, s'apprêtant à tourner les talons. Cela ne m'amuse pas mais...

— Saluez Laura pour moi. Et à plus tard.

Il sourit.

— Laura aura bientôt une grande nouvelle à vous annoncer.

Les yeux de Summer s'écarquillèrent. Elle comprit tout de suite à quoi Joe faisait allusion.

— Seigneur, êtes-vous sérieux ?

Elle lâcha Chloe pour l'embrasser.

— Félicitations ! Je suis vraiment enchantée de l'apprendre.

— Laura ne veut le dire à personne pendant les premiers mois. Alors je compte sur vous pour paraître surprise quand elle vous mettra dans la confidence... Sinon, elle va m'étrangler.

— C'est promis.

Avec un rire chaleureux, Summer embrassa de nouveau Joe, gardant un œil sur Chloe qui tournait toujours autour de la poussette.

— Je suis tellement heureuse pour vous deux.

Joe et Laura feraient de si bons parents. Et après ce qu'ils avaient partagé, elle était ravie qu'ils fondent une famille.

Maintenant, il était temps de rentrer à la maison. Elle prit Chloe pour la rasseoir dans la poussette. Mais la fillette commença à hurler.

— Ah-ta ! Ah-ta !

— Chérie, Ashton n'est pas là. Il faut y aller, maintenant. Peut-être le verrons-nous plus tard.

— Ah-ta ! Ah-ta !

Chloe était presque sur l'épaule de Summer, tant elle se débattait.

— Chloe, Ashton n'est pas là.

Summer se retourna, sachant que raisonner une enfant de dix-neuf mois était voué à l'échec, mais prête à essayer.

— Il...

Stupéfaite, Summer s'aperçut que Chloe avait raison. Ashton était là. Il se dirigeait vers le camion que Joe avait quitté quelques instants auparavant.

Il était vêtu de noir de la tête aux pieds, il portait toutes sortes d'armes sur les épaules et les hanches. Son gilet avait plusieurs poches d'où sortaient des objets que Summer ne connaissait pas.

Il tenait un fusil d'assaut dans ses mains.

Et au milieu de sa poitrine était écrit le mot SWAT.

Il parlait à quelqu'un d'autre, habillé de la même manière. Un coéquipier sans doute mais plus petit que lui. Une femme, comprit Summer après un instant. Mais ses cheveux étaient tirés dans une tresse si serrée qu'il était difficile de l'identifier comme telle, à première vue.

— Ah-ta ! Ah-ta !

Sa fille dans les bras, Summer regardait fixement l'homme qu'elle croyait connaître mais dont, en réalité, elle ne savait rien.

SWAT.

Elle vit le moment exact où Ashton entendit Chloe. Un sourire éclaira son visage en se tournant vers elles.

Mais s'estompa vite lorsqu'il se rappela où il était et ce qui venait de se passer.

Avec une grimace ennuyée, sa coéquipière lui prit son fusil des mains avant de s'éloigner. De toute évidence, elle savait qui était Summer et surtout qu'Ashton lui avait caché sa profession. C'était peut-être sans doute le pire.

Ils se dévisagèrent de loin. Chloe continuait de hurler et d'essayer de descendre de sa poussette.

Au moins, maintenant, Summer savait ce qu'il voulait lui dire qui ne lui plairait pas.

Son homme à tout faire n'en était pas un. Ashton faisait partie des SWAT d'Omega Sector.

9

Comment avait-elle pu être aussi bête ?

Dix heures plus tard, Summer faisait les cent pas chez elle. Ashton n'allait plus tarder et ils pourraient parler.

Ce matin, devant la supérette, elle avait tourné les talons et elle s'était éloignée sans un mot. Qu'aurait-elle pu lui dire, là, alors qu'il était entouré de ses collègues qui, de toute évidence, savaient qui elle était ?

Aux regards que ses coéquipiers du SWAT échangeaient entre eux, Summer avait compris qu'ils étaient tous inquiets pour Ashton, inquiets de la suite. Ce qui signifiait qu'ils étaient tous au courant qu'il lui mentait depuis des mois.

Chloe avait explosé en sanglots lorsque Summer l'avait assise d'autorité dans sa poussette. L'enfant était désespérée de s'en aller sans avoir pu embrasser son Ashton chéri. Mais Summer n'avait pas cédé. Elle l'avait laissée pleurer tout en se hâtant vers la maison. En arrivant, elles étaient toutes les deux en larmes.

Pourquoi Ashton lui mentait-il depuis des mois ?

Pour s'assurer qu'elle avait bien compris cette fois, et qu'Ashton ne travaillait pas pour Joe à l'occasion ou quelque chose comme ça, elle avait envoyé un texto à ce dernier.

Ashton Fitzgerald travaille-t-il pour vous ?

Joe n'avait pas mis longtemps pour répondre.

Il travaille *avec* moi. À Omega. Pas *pour* moi.

Effectue-t-il des activités d'homme à tout faire à côté ? En supplément ? Est-ce pour cette raison que vous me l'avez adressé quand mon broyeur à ordures est tombé en panne, il y a quatre mois ?

Cette fois, il avait fallu plus de temps à Joe pour lui renvoyer un SMS. Sans doute, avant de répondre, avait-il dû aller trouver Ashton pour comprendre de quoi lui parlait Summer.

Manifestement, il y a eu un gros malentendu, un quiproquo, entre Ashton et vous. Je lui avais demandé de vous trouver quelqu'un. Mais comme il se savait capable de régler le problème, il l'a fait lui-même.

Logique. Summer devait le reconnaître. Joe avait demandé à Ashton de lui rendre un service et Ashton avait trouvé plus simple de s'en charger lui-même au lieu de faire appel à un professionnel. Ashton était doué de ses mains et évidemment capable de tout réparer.

Pourquoi ne lui avait-il pas dit dès le début qu'il était un collègue de Joe ? Si elle l'avait su, elle n'aurait pas continué de le rappeler chaque fois que quelque chose tombait en panne chez elle. Elle l'aurait laissé effectuer son véritable travail.

Le ventre noué, elle envoya un nouveau texto à Joe.

Ashton est-il au courant pour Tyler ? Sait-il comment mon mari est mort ?

Quelques instants plus tard, la sonnerie de son téléphone retentit. Ce n'était pas Joe mais Ashton qui cherchait à la joindre. Elle ne répondit pas, déclenchant le message d'accueil de sa boîte vocale. Elle ne pouvait pas lui parler maintenant.

De toute façon, elle avait la plupart des réponses à ses questions. Et ce que Joe ne lui avait pas dit, elle le déduisait toute seule.

Ashton avait évidemment entendu parler de Tyler, il avait toujours su qu'elle était veuve. Il était venu la dépanner chaque fois qu'elle en avait eu besoin parce qu'il éprouvait une profonde pitié pour la veuve de l'homme que Omega Sector n'avait pas réussi à sauver. Tous les SWAT s'apitoyaient sans doute sur le sort de la pauvre Summer.

Son téléphone lui signala l'arrivée d'un nouveau SMS.

Ashton veut vous parler.

Je n'ai pas envie de m'entretenir avec lui maintenant.

Donnez-lui une chance, Summer. Il est anéanti.

Posant l'appareil, elle avait éclaté en sanglots.

Alors que Summer commençait à se ressaisir, Chloe s'était réveillée de sa sieste. Serrer sa fille contre elle — et Chloe aimait les câlins au réveil — lui faisait toujours du bien.

Quand Summer s'empara de nouveau de son téléphone, elle avait reçu six appels en absence d'Ashton. Et un texto.

Nous avons besoin d'en discuter. Je passerai ce soir à 19 heures.

Elle lui envoya un SMS en retour.

D'accord.

Et maintenant, il était presque 19 heures. Elle avait conduit Chloe chez Joe et Laura qui la garderaient pour la nuit. D'une part, parce qu'elle ne voulait pas que sa fille entende les cris qui ne manqueraient pas de survenir quand Ashton serait là et qu'il s'expliquerait, elle en était certaine. D'autre part, parce qu'elle ne pouvait s'empêcher de fondre chaque fois qu'elle voyait Chloe et Ashton réunis. Il était si gentil avec l'enfant. Employé chargé de l'entretien ou membre du SWAT, Ashton aimait sa fille. Et Chloe adorait son Ah-ta.

Summer ne voulait pas de distractions — ni la moindre fissure dans son armure — alors qu'elle s'apprêtait à livrer le fond de sa pensée à Ashton. Mieux valait donc éviter de le voir avec Chloe dans les bras.

Il actionna sa sonnette à 19 heures tapantes.

Il était vêtu d'un jean et d'un T-shirt bleu. Elle ne savait pas s'il l'avait choisi parce qu'il mettait en valeur son torse musclé mais, s'il ne l'avait pas fait à dessein, le résultat n'en était pas moins impressionnant.

Elle ouvrit plus largement la porte pour le laisser entrer et remarqua qu'il promena aussitôt le regard partout. Comme il le faisait toujours. Elle avait cru qu'il le faisait par timidité, pour ne pas avoir à poser les yeux sur elle. Mais maintenant, elle comprenait qu'il scannait la pièce à la recherche d'un danger potentiel.

Il s'agissait sans doute d'un réflexe, le fruit d'un entraînement si enraciné qu'Ashton n'en était probablement même plus conscient.

Mais lorsqu'il la dévisagea enfin, elle vit son embarras et son hésitation.

Il lui tendit un bouquet de lys.

— Pour vous.

Elle ne s'attendait pas à recevoir des fleurs.

— Oh ! merci, dit-elle en les lui prenant des mains.

Ils étaient ravissants.

— En fait, j'avais acheté, vendredi, un autre bouquet, similaire à celui-ci, mais ensuite il m'a fallu… annuler notre rendez-vous.

— Vous m'avez dit avoir été obligé d'annuler notre soirée à cause de votre travail. Je suppose que l'empêchement était lié à Omega Sector et non à une chasse d'eau à réparer en urgence.

Il eut le bon sens de paraître penaud.

— Avez-vous entendu parler aux informations d'une fusillade au Blooming Idiot ?

Summer écarquilla les yeux.

— C'était vous ? Le camion que j'ai vu brûler au journal télévisé était donc le vôtre ?

Ashton haussa les épaules.

— Oui. Vous téléphoner sans me trahir n'a pas été très facile.

— Je continue à ne pas comprendre quelque chose.

— Oui ?

— Pourquoi ne m'avez-vous pas dit la première fois que vous êtes venu qui vous étiez et comment vous gagniez votre vie ?

Summer était en colère.

Bien sûr, il s'y était préparé mais Summer en colère ne ressemblait pas à l'image qu'il avait d'elle. Pour Ashton, sa personnalité collait parfaitement à son prénom. Il la voyait comme une femme chaleureuse, enjouée, gentille et souriante… comme un jour d'été.

Mais là, elle n'avait rien de souriant, rien d'enjoué.

Par contre, elle avait pris les fleurs et était en train de les mettre dans un vase.

Il pouvait lui raconter comment il avait cherché Marcel, le propriétaire du Blooming Idiot, pour savoir avec quelles fleurs il avait composé le bouquet original de vendredi et où il pourrait acheter un bouquet similaire. Ou que Marcel avait bien ri quand Ashton lui avait expliqué qu'il était vraiment en disgrâce, maintenant. Mais il n'était pas sûr qu'elle apprécie l'histoire.

Honnêtement, il était déjà content qu'elle l'ait laissé entrer.

Ce matin, lorsqu'il avait entendu la petite voix de Chloe l'appeler avec tant de joie devant la supérette, il avait été ravi. Il avait eu envie de la prendre dans ses bras et de l'entendre lui parler dans son charabia comme elle le faisait toujours. Et il savait que, si Chloe était là, sa mère n'était évidemment pas loin.

Mais quand Summer s'était retournée, le visage livide, il s'était brusquement rappelé où il était. Qu'il était en tenue complète SWAT. Ce qu'il faisait.

Il s'était brutalement souvenu de tout ce qu'il lui cachait depuis des mois, de tous ses secrets.

Lillian lui avait tapoté l'épaule.

— Bonne chance, vieux. Tu vas en avoir besoin.

Ashton ne savait pas très bien ce qu'il devait dire à Summer, mais il savait qu'il devait lui dire quelque chose.

Mais elle avait tourné les talons et elle était partie. Sans un mot. Les cris de Chloe lui avaient brisé le cœur.

Il avait eu envie de leur courir après, de s'expliquer. De demander à Summer de l'écouter, au moins.

Mais il n'avait pas pu. Il lui était impossible de quitter une scène de crime sur laquelle il intervenait, même si tout était apparemment terminé.

De plus, qu'aurait-il pu dire à Summer devant des dizaines d'autres personnes ?

Alors il les avait regardées s'en aller, le ventre noué. La vue de sa raideur, de sa hâte à s'éloigner, l'avait terrifié.

Quand Joe avait cherché à le joindre cet après-midi pour lui demander ce qui se passait avec Summer, exigeant de comprendre pourquoi elle voulait savoir si Ashton travaillait pour lui, les choses s'étaient aggravées. Ashton lui avait raconté le malentendu, le quiproquo. Summer le prenait pour l'employé chargé de la maintenance de la résidence parce qu'il avait réparé son broyeur à ordures il y a quelques mois, au lieu de faire appel à un professionnel.

Personne ne pouvait lui en faire le reproche.

Il avait expliqué à Joe ce qui s'était passé, comment un simple malentendu avait pris de l'ampleur au fil du temps. Comme Summer, Joe avait voulu savoir pourquoi il n'avait pas dit simplement à cette dernière qu'il n'était pas un homme à tout faire. Peut-être aurait-elle éclaté de rire.

Oui, sûrement. Et en comprenant qu'elle ne pouvait pas le payer, l'aurait-elle invité à dîner ?

Peut-être le malentendu se serait-il dénoué ainsi, peut-être Summer aurait-elle réagi avec bonne humeur. Et Ashton ne serait pas planté comme un imbécile à se demander s'il n'allait pas perdre celle qui ne quittait pas ses pensées depuis six mois.

À présent, elle le dévisageait fixement tandis qu'il se balançait d'un pied sur l'autre dans son salon, se sentant de plus en plus mal à l'aise.

— Où est Chloe ? demanda-t-il finalement.

— Elle dort chez Joe et Laura. Je ne voulais pas qu'elle soit là à entendre nos cris.

Il grimaça, gêné. Ils s'entre-regardèrent.

Elle fit un pas vers lui mais s'immobilisa.

— Vous m'aviez dit que vous étiez le gardien de la copropriété.

Il secoua la tête.

— Non, je n'ai jamais dit ça. La première fois que je suis venu, je vous avais dit que Joe m'avait demandé de trouver une solution pour votre broyeur à ordures en panne. Je voulais y jeter un œil moi-même avant de faire appel à un spécialiste, si nécessaire.

— Mais vous vous doutiez que j'allais vous prendre pour l'homme à tout faire de Joe.

— Non, et surtout pas ce premier jour. Vous m'aviez proposé de me payer mais...

— Je vous ai rappelé huit fois au cours des six derniers mois. Vous avez bien dû deviner que je vous prenais pour l'employé chargé de l'entretien et de la maintenance !

Elle criait maintenant.

Il grimaça.

— Écoutez, je n'ai pas bien géré l'affaire, je le reconnais. Je n'ai pas su vous dire les choses simplement. J'ai eu tort et je suis désolé.

Ses excuses ne parurent pas la calmer le moins du monde.

— Je pensais que vous étiez timide. Vous m'aviez dit que vous aviez grandi dans le Wyoming, à la campagne, j'en avais déduit que vous étiez mal à l'aise avec les femmes, un peu pataud. Ce que vous m'avez dit à propos de votre enfance était-il vrai ?

Ashton se passa la main dans les cheveux.

— Bien sûr que c'est vrai. Tout est vrai. Je n'ai jamais voulu vous mentir, ni vous induire en erreur, Summer. La seule chose que je n'ai pas su vous dire était le fait que je travaille à Omega Sector.

Ce n'était pas totalement vrai. Mais il n'était pas question de faire la moindre allusion à la mort de son mari maintenant. Pas avant qu'elle n'ait digéré la nouvelle du véritable métier d'Ashton. Peut-être ne lui en parlerait-il jamais.

Summer replia ses bras sur sa poitrine.

— Je me sens idiote de ne pas avoir compris tout de suite la situation.

Son regard blessé était bien pire que sa colère.

— Summer, vous n'avez aucune raison de vous sentir idiote. Je n'ai jamais eu l'intention de vous tromper.

— Mais alors, pourquoi ? Pourquoi ne m'avez-vous pas dit simplement que vous n'étiez pas l'homme à tout faire de Joe lorsque je vous ai appelé la deuxième fois pour venir déboucher l'évier de la cuisine ? Vous auriez pu sortir une plaisanterie du genre « Summer, appelez plutôt SOS Plomberie parce que, même si je suis doué de mes mains, je travaille avec Joe à Omega Sector et je n'ai pas de temps à perdre ».

À l'entendre, tout paraissait en effet très simple.

— J'ai essayé de le faire mais l'occasion ne s'est pas présentée, je n'ai pas réussi, et ensuite tout semblait encore plus délicat à expliquer.

— Vous auriez dû le dire, Ashton. Même si nous risquions d'être un peu gênés au départ.

— Je sais, d'accord ? Mais je pensais que vous ne m'appelleriez plus jamais si vous saviez la vérité, que vous n'auriez aucune envie de fréquenter un membre du SWAT.

Elle le dévisagea un long moment, s'efforçant visiblement de refouler des émotions trop fortes. Mais alors qu'il espérait être tiré d'affaire, elle planta soudain les yeux dans les siens.

— C'était vous, dit-elle en pointant le doigt sur son torse.

Terrifié, Ashton craignit qu'elle ne fasse allusion à ce qui s'était passé avec son mari. Mais non, elle ne pouvait pas le savoir. Personne ne le savait.

— C'était moi qui quoi ? demanda-t-il avec hésitation.

— C'est vous qui m'avez sortie de l'immeuble en feu quand Bailey Heath nous a kidnappées, Chloe et moi, c'est vous qui nous avez fait sortir.

Elle semblait bouleversée.

— Oui, balbutia-t-il, se demandant comment elle allait réagir à cet aveu.

— J'ai souvent rêvé que c'était vous et je m'étais persuadée que j'étais folle, qu'un employé chargé de la maintenance n'avait aucune raison de nous avoir sorties d'un bâtiment en proie aux flammes...

— Summer...

— Cela me semblait impossible. Vous étiez si timide, vous aviez l'air si mal dans votre peau.

Elle se mit à faire les cent pas devant lui.

— Ce qui m'allait très bien, poursuivit-elle. Je n'ai jamais eu aucun problème avec votre métier de gardien. Et vous n'aviez pas le profil des gars d'Omega Sector. J'ai rencontré certains d'entre eux. Ce sont tous des mâles alpha, des hommes qu'on imagine sauver le monde tous les matins. Mais vous, vous paraissiez plus à l'aise avec ma fille de dix-huit mois qu'avec moi.

Elle le repoussa du doigt.

— Je me suis convaincue que je délirais. Oui, c'est vrai, vous étiez baraqué, musclé, et peut-être que du point de vue physique vous auriez pu faire partie d'Omega Sector. Mais vous n'aviez pas la personnalité qui va avec. Ni la mentalité. Je me suis reproché de vous voir comme un preux chevalier avec son armure, comme quelqu'un que vous n'étiez pas. Je me sentais horrible.

C'était pire qu'il ne l'avait imaginé. Mille fois pire.

— Summer. Ne...

— Mais maintenant je m'aperçois que, inconsciemment, j'avais tout compris. Vous n'avez rien de timide. Au contraire, vous irradiez la force, l'assurance, la testostérone. Vous êtes la quintessence absolue d'Omega Sector. Tout ce que je pensais savoir de vous était complètement faux.

Il recula d'un pas, surpris de voir à quel point ses paroles le blessaient. Pourtant, il savait depuis le début que Summer n'aurait pas envie de s'impliquer avec quelqu'un d'Omega Sector. Voilà. Tout était fini avant d'avoir commencé.

— Et ce que je suis en réalité vous déplaît, n'est-ce pas ? demanda-t-il, désireux de lui faciliter les choses.

Elle le regarda fixement.

— Vous plaisantez ? Rien que d'y penser, je suis dans tous mes états, en transe !

10

Il n'avait pas l'air de la croire.

Et elle se tenait là, se consumant de l'intérieur.

De colère, bien sûr. Elle était furieuse de ce qu'il avait fait, de ce qu'il *lui* avait fait.

Mais pas uniquement.

Elle sentait surtout grimper le désir dont elle brûlait pour lui depuis des mois, depuis la première fois qu'il était entré chez elle. Elle s'était persuadér qu'elle n'était pas son genre — comme il semblait très timide, elle en avait déduit qu'il était plutôt attiré par les femmes réservées, pudiques.

Mais en réalité, il n'avait rien de timide. Et de son côté, elle n'était ni réservée ni pudique. La tentation de l'entraîner vers sa chambre, vers son lit, pour un corps à corps torride, la torturait.

Il la dévisageait comme s'il ne pouvait concevoir qu'il lui plaisait, qu'il l'attirait.

— Ashton, depuis des mois, j'ai été à l'affût de la moindre panne, de la moindre fuite d'eau qui m'aurait donné la possibilité de vous appeler à la rescousse, de vous faire venir chez moi. Je n'ai rien cassé volontairement mais j'avoue y avoir pensé.

Il sourit.

— Cela ne m'aurait pas ennuyé de réparer, si vous l'aviez fait.

— Je vous prenais pour un gardien d'immeubles ayant grandi à la campagne, dans une ferme, mal dans sa peau, intimidé par les femmes. Mais serviable et assez gentil pour venir à chaque fois que je l'appelais.

— Je ne suis ni mal dans ma peau ni intimidé par les femmes. Mais je ne voulais pas vous mentir, alors je pensais que moins je parlais de ce qui avait trait à mon travail, mieux ça valait. Voilà pourquoi je me contentais d'histoires sur mon enfance.

Dieu merci. Elle ne lui aurait pas pardonné d'apprendre qu'il lui avait menti sur toute la ligne.

— Et vous aimez ce genre d'hommes ? poursuivit-il. Timides et maladroits avec la gent féminine ?

— Non. Vous m'attiriez *malgré* votre timidité. Pas *à cause* d'elle.

Il pencha la tête sur le côté.

— Tant mieux. Venir vous dépanner ne m'a jamais ennuyé, vous savez. Au contraire. Chaque jour, j'espérais que vous alliez m'appeler.

Elle avança vers lui comme s'il était un aimant qui l'attirait irrésistiblement. Ses doigts la démangeaient, tant elle avait envie de le toucher.

Mais il poursuivit :

— Et bien sûr, j'étais content de vous aider. Parce que j'étais au courant...

Il s'interrompit, regardant fixement le sol d'un air gêné.

— J'étais au courant de ce qui s'était passé avec Tyler.

Summer, qui flottait sur un petit nuage, eut soudain l'impression de recevoir un seau d'eau froide en pleine figure.

Elle aurait dû s'en douter. Bien sûr qu'il savait pour Tyler. Omega Sector n'était pas une grande équipe. Ashton était un ami de Joe et il était donc logique qu'il connaisse les circonstances de la mort de Tyler.

Elle sentit quelque chose en elle se ratatiner. Timide ou sûr de lui, Ashton ne venait pas la dépanner depuis des mois pour le plaisir, parce qu'il avait envie de la voir.

— Qu'y a-t-il, Summer ? Qu'est-ce que j'ai dit ? Expliquez-moi.

Secouant la tête, elle recula, scrutant à son tour le sol. Non, elle ne pouvait pas le dire. C'était trop dur, trop humiliant.

Mais il se rapprocha.

— Qu'y a-t-il, Summer ? répéta-t-il. Dites-moi.

Il glissa un doigt sous son menton. C'était la première fois qu'il la touchait depuis qu'il était entré chez elle.

— J'imaginais que vous veniez parce que je vous plaisais, d'accord ? *Moi.* Apparemment, tout le monde est au courant pour Tyler. Tout le monde sait comment il est mort. Et tout le monde s'apitoie sur mon triste sort. Tout le monde me considère comme la malheureuse qui a perdu son mari tragiquement et qui se retrouve seule pour élever une enfant. Je croyais que vous étiez l'employé chargé de la maintenance et qu'en conséquence vous ignoriez tout du drame qui a bouleversé mon existence, que vous ne saviez rien de moi ! Je pensais que vous n'aviez donc aucune raison de me prendre en pitié, que vous veniez pour le plaisir de me voir. Et que vous étiez simplement trop timide pour oser m'inviter à dîner.

— Summer...

— Mais comme tous les autres, comme tout le monde, vous veniez ici parce que vous aviez pitié de moi. Parce que vous vous sentiez obligé de me faciliter la vie, de m'aider. Mais moi, j'aimerais que quelqu'un veuille de moi. De *moi.* Et pas de la « pauvre femme qui a perdu son mari et qui se retrouve seule avec une enfant en bas âge ». Vous comprenez ?

Il passa la main dans ses cheveux.

— Ce n'était pas ça du tout. Je ne vous ai jamais considérée ainsi, je ne vous ai jamais prise en pitié.

— Mais vous saviez que Tyler était mort *avant* de venir jouer les hommes à tout faire chez moi.

Il se gratta la tête en soupirant.

— Ben, oui. Tout le monde le savait.

— Exactement. Tout le monde le savait.

Détournant le visage, elle laissa échapper un soupir.

— Et ce sera toujours le cas, n'est-ce pas ? Vous ne me verrez jamais autrement que comme une malheureuse veuve. Vous ne me verrez jamais comme une femme, comme une simple femme.

Consciente qu'elle agressait injustement un homme qui, depuis des mois, n'avait cherché qu'à lui rendre service, elle tourna les talons pour se diriger vers la cuisine.

— Summer…

Elle ne se retourna pas. Elle ne pouvait pas regarder en face ce visage magnifique, ces yeux bruns si tendres.

— Je comprends, Ashton. Je comprends très bien. Vous êtes quelqu'un de bien, vous n'avez jamais voulu me nuire. Mais vous ne vous intéressez pas vraiment à moi. Et d'ailleurs, je ne vous le reproche pas. C'est votre droit.

Comme elle entrait dans la cuisine, deux grandes mains la saisirent par la taille pour l'obliger à se retourner, avant de la pousser contre le comptoir.

Le souffle court, Summer déglutit avec difficulté. Elle ignorait qu'il était capable de se déplacer si silencieusement, même si elle n'aurait pas dû en être étonnée. Elle s'accrocha à ses biceps pour garder son équilibre.

Il s'éclaircit la gorge.

— Notre histoire sera toujours compliquée, Summer, parce que je travaille pour Omega, mais je vous désire comme un homme désire une femme, soyez-en certaine. J'ai commis des erreurs, j'ai eu tort de ne pas vous dire tout de suite la vérité, mais j'ai toujours eu envie de vous.

À ces mots, elle sentit une douce chaleur l'envahir.

Il l'attira et la plaqua contre lui pour qu'elle n'ait aucun doute sur le désir qu'il avait d'elle. Sa bouche était chaude, humide contre la sienne, exigeante.

Tant mieux. Elle ne voulait pas de douceur. Elle n'avait pas envie d'être traitée comme une petite chose fragile, vulnérable. Mais comme une femme forte et passionnée. Elle noua les bras autour de son cou. Leurs langues entamèrent une danse sensuelle.

Il l'embrassait comme si sa vie en dépendait, comme s'il ne devait jamais arrêter de le faire. Ses baisers étaient ardents, frénétiques, très loin de l'homme à tout faire timide et mal assuré qu'elle avait imaginé.

Cet Ashton — le véritable Ashton — se révélait au contraire déterminé et d'une torride sensualité. Son souffle caressait sa joue.

L'attrapant par la taille, il la hissa sur le comptoir avant de se glisser entre ses cuisses. Ils étaient emboîtés l'un à l'autre et quand de nouveau il l'embrassa à pleine bouche, Summer ne put réprimer un gémissement.

Les mains dans ses cheveux pour tenir sa tête en place, il picora son cou, sa gorge, de baisers brûlants.

Accrochée à lui, Summer sentit un désir impérieux l'envahir, la submerger. Elle voulait cet homme avec une intensité qui la désarçonnait. Elle avait envie qu'il lui fasse l'amour. Là, maintenant, tout de suite.

— Ashton...

Comme il capturait de nouveau ses lèvres pour fouiller sa bouche, elle comprit qu'il était la proie d'un désir aussi violent que le sien.

— Ne doute jamais du désir que j'éprouve pour toi, répéta-t-il. J'ai envie de toi. Je te désire comme un fou depuis le jour où tu m'as montré ton broyeur à ordures en panne.

Prenant ses fesses à pleines mains, il la souleva pour l'emporter vers la chambre. Elle noua ses longues jambes autour de sa taille pour lui faciliter la tâche.

Parvenu à l'étage, il l'allongea sur le lit et entreprit de lui montrer exactement à quel point il la désirait.

Dans son sommeil, Summer roula sur elle-même, se blottissant contre lui. Ashton sourit. Si elle se rapprochait davantage, elle se retrouverait au-dessus de lui.

Ce qui lui conviendrait parfaitement.

Il lui caressa tendrement le dos, l'étreignant plus étroitement contre lui.

Il ne s'était jamais apitoyé sur elle. S'il venait tout réparer chez elle depuis des mois, ce n'était certainement pas par pitié. C'est vrai, il n'avait pas eu envie de l'importuner, de s'imposer. Et si elle l'avait souhaité, il se serait contenté de jouer les anges gardiens. Il était heureux de l'aider, de lui rendre service dans tous les domaines où Summer pouvait avoir besoin de lui.

Par contre, il ne lui avait toujours pas parlé de la mort de

Tyler. Il ne lui avait pas encore avoué qu'il avait été présent au moment du drame. Qu'il aurait pu tirer.

Elle n'aurait certainement pas fait l'amour avec lui et elle ne se serait sans doute pas endormie en toute confiance entre ses bras si elle l'avait su. Il se frotta le visage. Il n'aurait jamais dû laisser les choses aller si loin sans lui dire toute la vérité.

Et il aurait préféré tout lui raconter avant de monter dans la chambre. Il avait prévu de le faire. Mais en la voyant si désemparée à l'idée qu'il puisse être avec elle par pitié, il n'avait pas voulu compliquer les choses.

Lui prouver qu'elle se trompait avait pris le pas sur tout le reste. Au départ, il avait seulement eu envie de l'embrasser. De la prendre dans ses bras et de lui montrer qu'il la désirait.

Parce qu'il la désirait. Il la désirait depuis leur première rencontre. Aucune autre femme ne l'avait intéressé à ce point depuis... depuis des années.

Il connaissait Summer depuis longtemps, depuis le jour où son mari avait été tué. Joe — qui se sentait encore plus coupable qu'Ashton de la mort de Tyler — avait commencé à nouer une amitié avec elle. Ashton la regardait vivre de loin.

Mais quand une psychopathe avait enlevé Summer et Chloe, Ashton les avait sorties de cet entrepôt en feu... et tout avait changé pour lui. Le simple fait de tenir Summer dans ses bras, contre lui, l'avait bouleversé. Depuis lors, il ne cessait de penser à elle. Loin d'elle, il se morfondait, il dépérissait. Voilà pourquoi, quand Joe lui avait demandé de s'occuper de son problème de broyeur à ordures, Ashton avait sauté sur l'occasion de la revoir, tout content.

Il n'avait jamais passé un instant avec elle parce qu'il s'y était senti obligé. Mais toujours parce qu'il avait très envie d'être avec elle.

L'équipe le taquinait depuis des mois à propos de leur amitié qui n'en était pas une. Pourtant, il se serait sincèrement contenté d'être un ami pour elle. Au moins, en tant qu'ami, pourrait-il voir Summer et Chloe régulièrement.

Bien sûr, il avait espéré que leurs relations se développeraient au fil du temps. Mais il n'aurait jamais osé imaginer une histoire d'amour avec elle. Il ne se sentait pas à la hauteur. Il n'avait jamais pensé qu'il serrerait son corps endormi contre le sien après lui avoir fait l'amour des heures durant comme il l'avait fait.

D'abord dans son lit, puis sous sa douche.

Il avait failli lui faire l'amour sur le comptoir de la cuisine quand il avait pris conscience qu'assise là elle était à la hauteur parfaite. Mais il n'avait pas voulu que leur première fois se déroule ainsi, alors il l'avait emportée à l'étage, jusqu'au lit.

Dès qu'ils étaient entrés dans sa chambre, Summer avait arraché leurs vêtements. Elle avait été un peu gênée au début — cela faisait si longtemps pour elle. Depuis sa dernière relation physique avec un homme, elle avait eu un bébé. Mais lui prouver à quel point elle était belle et désirable n'avait pas été une épreuve pour Ashton, bien au contraire. Lui montrer comment ils s'emboîtaient à la perfection avait été un bonheur pur.

Et il comptait bien lui faire l'amour sur le comptoir de cuisine dans un proche avenir. Peut-être juste après le petit déjeuner.

L'avenir. Il n'avait jamais imaginé qu'il envisagerait un futur incluant Summer. Mais que s'était-il passé entre eux, ce soir ? Il savait que pour elle comme pour lui faire l'amour n'était pas rien. Il ne s'agissait pas d'un jeu à prendre à la légère.

Avant d'aller plus loin, il tenait à s'assurer qu'elle comprenait bien la situation. Il devait lui dire qu'il était là le jour où Tyler était mort. Qu'il n'avait pas tiré sur le preneur d'otages alors qu'il l'aurait pu. S'il ne lui avouait pas toute la vérité, après ce qu'il lui avait déjà caché, elle lui en voudrait.

Si par miracle elle lui pardonnait, alors peut-être pourraient-ils vraiment avoir un avenir ensemble.

Demain, se promit-il. Il lui dirait tout demain.

Ashton s'étira un peu, levant un bras au-dessus de sa tête. Près de lui, Summer murmura quelque chose dans son sommeil avant de se retourner et de se presser contre lui.

Roulant sur le côté, Ashton la prit contre lui en cuillère, s'interdisant de la caresser, de lui refaire l'amour. Il en mourait d'envie mais tous deux avaient besoin de dormir. Le parfum de ses cheveux, la chaleur de sa peau, la douceur de ses courbes l'apaisaient. Il ferma les paupières.

Le silence le réveilla.

Il ouvrit les yeux et se raidit. Il sentit immédiatement que quelque chose n'allait pas.

Summer était toujours assoupie contre lui, le dos contre son torse, la tête nichée au creux de son coude, ses petits pieds entre ses mollets.

Ashton n'avait pas l'habitude de dormir avec quelqu'un. La présence d'un autre corps dans le lit avait-il perturbé son sommeil ?

Avait-elle fait quelque chose qui l'avait réveillé ? Avait-elle bougé ? Ou peut-être avait-elle fait un rêve ou un mouvement soudain.

Mais bientôt, Ashton se rendit compte que le silence était trop complet, trop net. Il ne percevait absolument rien, pas même le ronronnement du moteur du réfrigérateur. Sans doute le courant était-il de nouveau coupé.

Puis il l'entendit. Le bruit discret de quelqu'un forçant une porte à l'aide d'un pied-de-biche. Apparemment, il s'agissait de la porte du garage.

Quelqu'un entrait dans la maison.

11

Le visage de Curtis Harper s'imposa immédiatement à l'esprit d'Ashton après la fusillade de vendredi dernier chez le fleuriste. Il n'avait pas oublié non plus le mépris total de Harper pour les passants susceptibles d'être victimes d'une balle perdue. Curtis Harper se moquait des dommages collatéraux qu'il pouvait provoquer.

Si Harper tentait d'entrer par effraction chez Summer, il fallait absolument la sortir d'ici.

Ashton posa la main sur son épaule, la secouant légèrement.

— Summer, murmura-t-il à son oreille. Quelqu'un a de nouveau coupé le courant et je suis presque sûr que ce quelqu'un est à présent en train de forcer la porte de ton garage.

Alors qu'elle était abandonnée et détendue, elle se crispa d'angoisse et il s'en voulut de la tirer ainsi de sa torpeur. Mais il le fallait.

— Nous devons nous cacher pour ne pas nous retrouver nez à nez avec l'intrus, quel qu'il soit.

Elle acquiesça.

Ashton regrettait d'avoir laissé son Glock chez lui. Il avait craint de manquer de délicatesse en débarquant chez elle armé, d'autant qu'il venait lui parler de sa vie secrète de SWAT.

Mais mieux valait manquer de délicatesse que mourir.

Sans bruit, ils sortirent du lit. Ashton enfila son jean à la hâte tandis que Summer mettait sa chemise. Il faisait nuit noire à l'extérieur, sans clair de lune ni réverbère pour offrir un peu de luminosité à la chambre. Ashton lui prit la main et l'entraîna dans le couloir après avoir doucement refermé la porte derrière eux.

D'être souvent venu chez elle pour y effectuer des réparations se révélait un atout. Il connaissait la disposition des pièces, l'emplacement des meubles, des pots de fleurs. Il ne lui était pas difficile de se déplacer dans la pénombre.

Il entendit un craquement en bas de l'escalier. S'il s'agissait de Harper comme il le subodorait, l'homme n'avait pas perdu de temps. Ashton poussa Summer derrière le placard à linge.

L'intrus grimpa les marches à pas de loup. Heureusement, il n'inspecta pas le couloir et se dirigea droit vers la chambre de Summer.

Il savait où se trouvait la pièce, ce qui n'était pas bon signe. Un cambrioleur aurait fureté à droite à gauche, à la recherche d'objets de valeur. Il ne se serait pas rendu directement dans la chambre à coucher.

Comme il passait devant eux, Ashton vit qu'il tenait un pistolet à la main.

Le type avait coupé le courant pour faire taire l'alarme de Summer et il entrait à présent dans sa chambre avec une arme au poing. Son comportement n'était pas celui d'un cambrioleur.

Mais d'un tueur.

Ashton comprit qu'il devait faire sortir Summer de la maison. S'attaquer à un homme armé était risqué, d'autant qu'il ignorait si le gars était seul ou s'il avait des complices avec lui. Ashton sentait les mains de Summer sur son dos. Dès que l'individu entra dans la chambre, Ashton mêla ses doigts à ceux de Summer et il l'entraîna vers l'escalier.

Il ne faudrait pas longtemps à l'intrus pour comprendre que ce qu'il cherchait — Ashton voulait croire qu'il s'agissait de lui et non de Summer — ne se trouvait pas dans la chambre à coucher.

Malheureusement, les clés de voiture et le téléphone portable d'Ashton y étaient restés.

Comme ils arrivaient en bas et passaient devant la cuisine, Ashton demanda dans un murmure :

— Où est ton portable ?

— Là-haut, répondit-elle aussi doucement.

Ashton comprit qu'ils n'avaient plus beaucoup d'options. Ils n'iraient pas loin, l'un torse nu, l'autre jambes nues — le mois de novembre était frais au Colorado — et il était hors de question d'ouvrir un placard et de fouiller à l'intérieur. Ils n'avaient pas accès à la voiture ni aucun moyen d'appeler les secours — qui n'auraient pu arriver à temps, de toute façon.

Le mieux était de demander à Summer de quitter la maison avant de s'attaquer à l'intrus. Dieu merci, Chloe n'était pas là.

— Tu vas sortir en passant par le garage, en empruntant le chemin par lequel il est entré. Va réveiller un voisin et dis-lui d'appeler la police.

— Viens avec moi, chuchota-t-elle.

Il la poussa vers la porte. Il n'allait pas laisser Harper ou qui que ce soit s'enfuir sans avoir au moins essayé de l'arrêter.

— Je te rejoins dans un instant. Vas-y, maintenant.

Pour qu'Ashton puisse combattre à mains nues un homme armé et avoir une chance de l'emporter, il devait pouvoir se focaliser complètement sur son adversaire et non sur la sécurité de Summer.

Lorsqu'ils entendirent trois coups de feu étouffés dans la chambre, il sentit les ongles de Summer s'enfoncer dans ses poignets.

Ashton identifia les tirs d'un pistolet muni d'un silencieux. Il était temps de passer à l'action.

— Vas-y, d'accord ? Il faut me faire confiance, Summer.

Il la vit hocher la tête puis gagner la porte du garage qui avait été laissée ouverte. Dès qu'il fut seul, il se cacha dans un coin près du sous-sol. L'intrus serait beaucoup plus méfiant dès lors qu'il s'apercevrait que le lit était vide et qu'il n'avait pas pu les tuer dans leur sommeil comme prévu.

Ashton aurait aimé avoir le temps de se rendre dans la cuisine pour y prendre un couteau, des ciseaux ou même un rouleau à pâtisserie, mais un craquement sur le plancher lui apprit que l'homme était déjà redescendu au rez-de-chaussée.

Pour une attaque surprise, il n'aurait qu'une seule chance. Et l'individu avait déjà montré sa détermination à tuer.

Dissimulé dans l'ombre, Ashton attendit que le gars, qui se dirigeait vers le garage, soit presque devant lui pour bondir. D'un croc-en-jambe, il lui fit perdre l'équilibre avant de l'envoyer valdinguer dans le salon, mais l'intrus ne lâcha pas son pistolet.

Dans le noir, il était impossible de déterminer s'il s'agissait de Harper ou de quelqu'un d'autre, aussi Ashton ne perdit-il pas de temps à essayer de l'identifier. Dans tous les cas de figure, l'assaillant voulait lui faire du mal ou à Summer ou à eux deux. Il devait donc l'en empêcher.

Comme il le frappait au visage et le bourrait de coups de poing, son adversaire leva son arme pour riposter mais Ashton se baissa à temps. La balle le frôla et alla s'encastrer dans le mur.

Le type hurla lorsque Ashton se redressa pour lui asséner avec violence un coup sur le nez. Quand il tomba en arrière, Ashton crut qu'il avait le dessus.

Mais les baies vitrées du salon explosèrent alors et Ashton sentit une vive brûlure sur son bras.

Quelqu'un tirait depuis l'extérieur de la maison.

Ashton comprit avec horreur qu'il avait exposé Summer à la mort en l'envoyant dehors pour chercher de l'aide.

Il ignora la douleur — il faisait partie des SWAT depuis assez longtemps pour savoir quand une blessure par balle n'était pas grave — mais le vent venait de tourner. Le tireur posté dans le jardin avait donné à l'intrus le temps dont il avait besoin pour recouvrer ses esprits et pointer son arme sur Ashton.

— Adieu, Fitzgerald. J'espère que vous finirez en enfer. Vous passerez le bonjour à mon père.

Il s'agissait donc bien de Harper.

Mais ce dernier ne tira pas. Au lieu de quoi il s'écroula, quand une chaise s'écrasa sur sa tête.

Summer.

Elle venait de sauver la vie d'Ashton.

Dans sa chute, Harper lâcha son arme, mais il n'avait pas perdu connaissance. Roulant sur lui-même, il attrapa la jambe de Summer pour la faire tomber. Dès qu'elle fut à terre, il la frappa au visage. Avec un cri de douleur, elle leva les bras pour se protéger.

Ashton bondit sur Harper, l'éloignant de Summer. Il était certain de parvenir à le neutraliser mais son acolyte — le deuxième homme, assez fou pour tirer à travers la baie vitrée en se moquant de blesser Harper dans la manœuvre — l'inquiétait davantage.

Il lui fallait mettre Summer à l'abri au plus vite. Et rester vivant pour reprendre le combat plus tard.

— Va chercher mes clés de voiture en haut, ordonna-t-il à Summer. Veille à rester loin des fenêtres. Harper a un complice à l'extérieur.

D'une prise, Ashton bloqua Harper qui tentait de le frapper. Comme ce dernier s'efforçait de récupérer son pistolet, il l'envoya valser d'un coup de pied à l'autre bout de la pièce.

Summer grimpa les marches de l'escalier quatre à quatre tandis qu'Ashton continuait à cogner Harper au ventre.

— Je les ai, dit-elle en revenant.

Il envoya avec force son poing sur la mâchoire de Harper qui resta un moment sonné. Ashton en profita pour attraper la main de Summer et l'entraîner vers la porte du garage.

Alors qu'ils traversaient la pièce, une balle fit éclater le chambranle. Ashton n'aurait su dire si le tir émanait de Harper ou de son complice. Tout en se précipitant hors de la maison, il actionna le déverrouillage automatique de sa voiture de location.

— Monte à l'arrière, ordonna-t-il à Summer. Et reste allongée entre les banquettes.

S'installant au volant, il enclencha la marche arrière. Il se tassa sur le siège en voyant Harper sortir du garage. Il baissa la tête tandis que des balles brisaient les vitres des portières latérales. D'autres projectiles vinrent ricocher sur le capot.

Voilà la deuxième fois en une semaine que son véhicule était pris pour cible. Et l'assurance ne couvrait probablement pas les impacts de fusillades.

Une fois dans la rue, Ashton manœuvra pour positionner sa voiture dans le sens de la marche et il accéléra, gardant la tête entre les épaules. Il ne se redressa qu'après s'être engagé dans une rue latérale. Mais il ne ralentit pas. Leurs poursuivants aussi étaient motorisés et Ashton ignorait jusqu'où ils étaient prêts à aller pour les éliminer.

Il les conduisit loin du quartier de Summer, empruntant des petites rues pour se perdre dans la circulation. Une fois certain que Harper et son complice ne les filaient pas, il permit à Summer de le rejoindre à l'avant.

— Ça va ?

Elle hocha la tête, tout en s'installant sur le siège passager.

— Je me suis coupée sur les débris de verre mais rien de grave. Dans l'ensemble, je vais bien. Et toi ?

— La première balle a effleuré mon épaule mais sans provoquer de blessure sérieuse.

Il la prit par les épaules et l'attira contre lui pour lui embrasser la tempe.

— J'ai eu peur de t'avoir envoyée à la mort quand j'ai compris qu'il y avait un deuxième tireur dehors. Je craignais de t'avoir jetée dans la gueule du loup.

— En réalité, je n'ai jamais quitté le garage. Je me doutais que tu aurais besoin d'aide. Ce qui a été le cas.

Il l'embrassa de nouveau.

— Oui, j'en ai eu besoin.

— Je ne sais pas qui étaient ces hommes, Ashton, ni pourquoi ils essayaient de me tuer. Crois-tu qu'il s'agissait de cambrioleurs ?

Il garda son bras autour d'elle pendant qu'il conduisait.

— Laisse-moi appeler Omega Sector. Je vais leur demander de rappliquer chez toi dès que possible. Ces types n'étaient pas venus pour toi. Mais pour moi.

Curtis Harper avait voulu se venger d'Ashton et Summer avait failli faire partie des dommages collatéraux.

— Et si Chloe avait été là ? Et si elle avait été dans son berceau quand ce gars est entré ?

À cette éventualité, Summer frémissait de peur.

Ashton arrêta la voiture dans une station d'essence, s'arrangeant pour qu'elle ne puisse pas être vue depuis la route. Il coupa le moteur et attira Summer vers lui pour l'asseoir sur ses genoux.

Elle n'était vêtue que de sa chemise, alors que les vitres avaient explosé. Il lui frotta les bras et les jambes, tentant de la réchauffer. Mais il savait qu'elle tremblait surtout de peur en imaginant sa fille blessée. Lui-même était dévasté en songeant à la tragédie évitée de peu.

— Summer, je te promets que nous tirerons au clair cette histoire, et en attendant nous allons vous installer, Chloe et toi, dans un endroit sûr. D'accord ?

Comme elle éclatait en sanglots, Ashton la berça, murmurant des mots de réconfort.

— Laisse-moi te conduire au QG d'Omega Sector, ma chérie, dit-il contre son front alors que ses larmes roulaient sur ses joues. Tu y seras en sécurité et au chaud.

— Avec Chloe, dit-elle entre deux hoquets.

— Bien sûr. Joe et Laura te la ramèneront. Ils nous retrouveront là-bas.

Ashton se redressa et sortit de sa poche un téléphone prépayé. Il composa le numéro de téléphone portable de Steve Drackett, un numéro qu'il avait mémorisé.

— Drackett.

— Steve, c'est Ashton. Je viens d'être la cible d'une attaque chez Summer Worrall. Curtis Harper a fait irruption chez elle et il a essayé de nous tuer. Et il avait un complice à l'extérieur.

La voix de Steve perdit son accent ensommeillé.

— Êtes-vous en sécurité ? Êtes-vous blessés ?

— Nous sommes en sécurité. Nous souffrons de blessures bénignes. Je conduis Summer au QG. Envoie tout de suite une équipe chez elle. Prévois des agents armés avant l'arrivée des techniciens de scène de crime. Harper et l'autre gars sont sans doute partis mais mieux vaut prévenir que guérir.

— Je m'en charge. De ton côté, occupe-toi de mettre Summer en sécurité quelque part. Et le bébé ?

Steve et sa femme, Rosalyn, étaient sur le point d'avoir un enfant. Ashton ne fut donc pas surpris par sa question.

— Chloe passait la nuit chez Joe et Laura, une chance. Nous allons devoir trouver une maison sécurisée pour Summer et Chloe. La sienne ne l'est plus, apparemment.

— Es-tu sûr qu'il s'agissait de Curtis Harper ?

— Oui. Et je n'en reviens pas qu'il ait été jusqu'à s'introduire chez Summer pour m'atteindre.

— À plus tard au QG. Je préviens les autres.

Ashton raccrocha et se retourna vers Summer. Elle avait les bras enroulés autour de ses jambes repliées contre elle.

Après tout ce qu'elle avait traversé dans sa courte vie, Summer méritait de vivre en sécurité, loin du danger.

Il ferait tout ce qu'il fallait pour les protéger, elle et Chloe.

12

Frigorifiée, Summer avait l'impression qu'elle ne pourrait jamais se réchauffer. Voilà maintenant plus de deux heures qu'elle se trouvait au quartier général d'Omega Sector, à l'intérieur, habillée chaudement, une tasse de café à la main, mais elle continuait à grelotter. Elle portait des vêtements prêtés par Lillian Muir, la seule femme de l'équipe SWAT. Par chance, elles avaient presque la même taille.

Summer se rappelait l'avoir vue devant le supermarché, la veille.

L'attaque de la supérette avait-elle donc eu lieu la veille ? La scène lui semblait remonter à bien plus longtemps.

Summer avait le sentiment que toute sa vie avait basculé en vingt-quatre heures. Durant ce laps de temps, elle avait appris qu'Ashton n'était pas l'homme à tout faire de la copropriété, qu'il travaillait pour Omega Sector, qu'il était au courant de la mort de Tyler.

Qu'il la désirait depuis la première fois qu'il était venu chez elle.

Faire l'amour avec lui avait également tout changé. Des images de leurs étreintes lui revinrent en mémoire, parvenant presque à faire remonter sa température interne.

Ashton s'était révélé un amant parfait, à la fois torride, tendre et complice. Et pas du tout intimidé ou coincé.

Puis elle se rappela le type qui s'était introduit par effraction chez elle. Avec un pistolet. Et l'intention de la tuer. Ce souvenir la glaça de nouveau jusqu'aux os.

Et si Chloe avait été là ? Et si elle avait pleuré ou babillé quand

Summer l'avait prise dans ses bras ? L'homme aurait-il tiré sur l'enfant ? Summer ne le savait pas, ne pouvait supporter d'y penser.

Pour se calmer, elle se répéta qu'elle ne risquait plus rien à présent. Ashton avait réussi à les sortir de ce cauchemar sains et saufs. Chloe aussi était en sécurité. Summer s'était entretenue un moment avec Laura au téléphone. Elle avait décidé de laisser sa fille finir la nuit chez Joe et Laura, plutôt que de la réveiller avant l'aube, afin de la perturber le moins possible. Ils lui ramèneraient la petite quand elle aurait pris son petit déjeuner.

Un infirmier avait nettoyé les plaies sur ses bras, provoquées par les débris de verre. Elles n'étaient pas profondes. Il lui avait fait un pansement. Ashton avait également été soigné. Sa blessure se rajoutait aux brûlures qui ornaient son torse et son dos.

Summer le regarda qui discutait avec des collègues d'Omega Sector. Elle ignorait de quoi. Comme s'il devinait son regard sur lui, Ashton leva les yeux vers elle.

Il dit quelque chose qu'elle ne put entendre à ses coéquipiers et il sortit de la pièce. Dès qu'il fut hors de sa vue, Summer commença à paniquer mais elle s'ordonna de refouler son angoisse. Elle refusait de devenir idiote, elle n'avait pas envie d'être un poids pour lui. Elle était capable de gérer la situation. Et elle la gérerait. Dès qu'elle se serait réchauffée.

Quelques instants plus tard, Ashton revint et s'installa à côté d'elle. Il lui prit des mains le café tiède qu'elle sirotait, lui en offrit un autre, brûlant, et il l'aida à s'envelopper dans une couverture.

— Tu as l'air d'avoir froid.

— C'est vrai. Pourtant je devrais être réchauffée, maintenant. Mais je n'y arrive pas.

Il lui caressa la joue.

— Tu as subi un choc. Je vais demander à quelqu'un de t'apporter quelque chose à manger. Cela te fera du bien.

Elle rabattit les pans de la couverture contre elle et se rassit.

— Ce plaid y contribue aussi.

— Nous cherchons un logement dans lequel Chloe et toi seriez en sécurité jusqu'à ce que nous ayons tiré la situation au clair. Un lieu qui convienne à une enfant de son âge. Il s'agira d'un hébergement provisoire, pour quelques jours.

— Savez-vous qui s'est introduit chez moi ?

— Nous en avons une petite idée. Mais l'équipe de techniciens des scènes de crime nous fournira des indices, du concret, et nous mettra, j'espère, sur une piste.

Il s'accroupit près de sa chaise.

— En tout cas, ces gars cherchaient à s'attaquer à moi. Pas à toi, j'en suis persuadé.

— Pourquoi avaient-ils prévu de te tuer ?

Ashton poussa un gros soupir.

— Un dénommé Curtis Harper m'en veut à mort parce qu'il y a quatre ans j'ai abattu son père alors qu'il braquait une bijouterie. L'affaire se présentait mal et il avait pris des otages pour tenter de s'en tirer. Quand il en a tué une, je l'ai descendu.

— Mais tu n'as pas l'air convaincu qu'il s'agissait de ce Harper, n'est-ce pas ?

— C'était Harper, il m'a d'ailleurs dit son nom, mais je ne comprends pas qu'il s'en prenne à moi maintenant, avec quatre ans de retard. Pourquoi a-t-il soudain eu envie de se venger ? Pourquoi pas l'année dernière ? Je trouve qu'il a attendu trop longtemps. Quelque chose ne colle pas.

— Peut-être désirait-il marquer le coup le jour anniversaire de la mort de son père, comme l'a fait Bailey Heath lorsqu'elle nous a prises en otages, Chloe et moi.

— Non, la date ne correspond à rien de spécial.

Assise sur sa chaise, Summer le dévisagea un long moment.

— Merci, dit-elle finalement.

— Pour quoi ?

Elle se frotta les mains l'une contre l'autre. Ce n'était probablement pas le moment de le dire, mais elle avait quand même envie de le faire.

— J'ai toujours souhaité exprimer ma gratitude à la personne qui nous avait fait sortir, Chloe et moi, de ce bâtiment en feu. J'ignorais que c'était toi. J'aurais dû demander à Joe mais il déteste évoquer cet épisode.

Vu que sa femme, Laura, avait failli y rester, Summer ne pouvait le lui reprocher. Elle aussi préférait penser à autre chose.

Ashton lui sourit avec douceur.

— C'est ce jour-là que je suis tombé amoureux de toi. Si tu ne m'avais pas pris pour l'homme à tout faire, j'aurais trouvé un autre moyen pour revenir vers toi.

— Tu aurais dû m'avouer la vérité et me dire ce que tu viens de me dire.

Il grimaça d'un air penaud.

— Je sais.

— Quand crois-tu que tu auras des nouvelles de l'équipe de techniciens des scènes de crime ? J'aimerais récupérer quelques affaires chez moi. Surtout mon téléphone pour que Laura et Joe puissent appeler s'il y a un problème avec Chloe.

— J'ai également besoin du mien. Je vais donc envoyer quelqu'un sur place. Il faut que des agents armés entrent en premier pour s'assurer que l'équipe d'investigation criminelle ne tombe pas dans une embuscade.

L'un des deux hommes qui se tenaient à la grande table de conférence leur fit signe de loin.

— Ashton, peux-tu venir un instant ? Nous aimerions ton avis.

Ce dernier embrassa Summer sur le front puis se dirigea vers eux.

Manifestement, Ashton était très respecté et apprécié par ses collègues. Au milieu de la nuit, ou tôt le matin, elle ne le savait plus très bien, ils avaient tous répondu présents. Ils étaient tous venus l'aider.

Summer se sentait encore un peu bête de l'avoir cru timide. À en juger par l'aisance avec laquelle il s'exprimait et défendait son point de vue, il ne l'était pas du tout.

Elle se recroquevilla un peu plus sous la couverture. Elle avait tellement à faire mais elle était si fatiguée. Une chance que Chloe soit toujours avec Laura et Joe. Summer ne savait pas si elle aurait eu assez d'énergie pour suivre une petite fille de dix-neuf mois.

— Vous avez l'air perdue dans vos pensées.

La femme des SWAT s'assit à côté de Summer. Elle tenait à la main une assiette de viande froide et de salade.

— Vous êtes Lillian, n'est-ce pas ?

— Oui, Lillian Muir. Je travaille au SWAT avec Ashton.

— Merci pour les vêtements. Je me sens beaucoup mieux que dans la chemise d'Ashton.

Lillian sourit.

— Aucun problème. Je ne suis pas habituée à ce qu'ils aillent à quelqu'un d'autre.

Comparée à Ashton et à la plupart des hommes de l'équipe Omega, elle semblait minuscule. Avec ses cheveux foncés qui tombaient sur ses épaules, ses yeux bruns et son teint mat, elle avait sans doute des origines latines ou peut-être asiatiques.

En tout cas, Lillian Muir était ravissante. Même si elle donnait l'air d'être prête à assommer celui qui lui ferait un tel compliment.

Elle lui tendit l'assiette.

— Je vous ai apporté un aperçu de ce que sert la cantine d'Omega Sector. Ashton m'a dit que vous aviez besoin de vous nourrir.

— Il a probablement peur que je m'effondre de nouveau comme je l'ai fait dans la voiture. J'ai explosé en sanglots comme une idiote.

— Quand quelqu'un entre chez vous au milieu de la nuit sans y avoir été invité et essaie de vous tuer, il me semble naturel de verser quelques pleurs.

Summer se mit à découper une tranche de rôti et à s'en régaler. Elle n'imaginait pas Lillian fondre en larmes si quelqu'un pénétrait par effraction chez elle.

— Je dois admettre que je suis un peu étonnée que Fitzy ait été chez vous à ce moment-là, poursuivit Lillian, vu la façon dont vous l'avez fusillé du regard hier, devant la supérette.

Summer hocha la tête.

— Je n'étais pas très contente de découvrir son vrai métier de cette façon. Jusqu'à hier, je pensais qu'il était l'employé chargé de la maintenance de la copropriété.

— Si cela peut vous rassurer de le savoir, il voulait vous le dire depuis longtemps. Depuis que nous avons découvert ce qui se passait, le quiproquo dans lequel il s'était fourré — à ce sujet, vous confectionnez de délicieux muffins —, nous ne cessons de le harceler.

Summer secoua la tête.

— Si l'apprendre était censé faire passer la pilule, c'est raté. Vous étiez tous au courant de ma méprise, vous avez tous bien ri à mes dépens. Vous deviez me prendre pour une idiote. Surtout Ashton.

— Pas du tout. C'était lui que nous traitions d'idiot. Nous nous sommes beaucoup moqués de lui. Pas de vous. D'ailleurs, il n'aurait laissé personne plaisanter à votre sujet ou vous critiquer. Aucun de nous n'en avait envie, mais dans le cas contraire Ashton l'aurait mal pris.

Lillian ne semblait pas du genre à mentir pour sauver la mise à quelqu'un mais Summer avait encore du mal à croire qu'elle disait la vérité.

La jeune femme haussa les épaules.

— Ashton est un type bien. Je le sais. Employé chargé de la maintenance ou membre du SWAT, il est et sera toujours quelqu'un de bien.

— C'est certain, dit Lillian. J'aimerais que Fitzy assure toujours mes arrières. C'est un sacré tireur.

— Est-ce sa spécialité ? demanda Summer avec curiosité. Pour être honnête, nous n'avons pas beaucoup discuté de son travail. Il m'a seulement dit qu'il travaillait pour Omega.

— C'est l'un des meilleurs tireurs d'élite que je connaisse. Son instinct et sa patience le rendent exceptionnel. Particulièrement en cas de prise d'otages.

Summer continuait de se nourrir tout en observant Ashton de loin. De l'autre côté de la pièce, il parlait toujours à d'autres personnes, penchées sur un ordinateur.

— En tout cas, je suis contente que vous ayez passé l'éponge, que vous lui ayez pardonné, reprit Lillian. Fitzy tient beaucoup à vous. Mais il culpabilise à propos de vous, il se reproche beaucoup de choses, vous savez...

Lillian jeta un coup d'œil vers Summer et elle soupira.

— Il a tendance à trop réfléchir, à ressasser indéfiniment les drames.

— Je ne comprends pas.

— C'est un problème pour tous les membres du SWAT, en particulier pour les tireurs d'élite. Lorsqu'une situation tourne mal, nous ne cessons de repasser la scène encore et encore dans nos têtes pour comprendre ce que nous aurions dû faire pour éviter la tragédie.

— Vous vous dites que si vous aviez agi différemment le résultat final aurait été différent ?

— Oui, exactement. Nous détestons quand une situation de prise d'otages se passe mal, finit mal. Mais Ashton s'est tourmenté des jours et des jours à ce sujet. Il a été complètement blanchi par nos supérieurs, qui ont reconnu qu'il n'aurait rien pu faire d'autre. Pourtant, il continue de se reprocher de ne pas avoir agi autrement.

— Je ne vois pas pourquoi il culpabilise ainsi, répondit Summer. Il nous a sorties, Chloe et moi, saines et sauves des flammes. Je ne sais pas ce qu'il aurait pu faire de plus.

— Non, je faisais allusion à...

Lillian s'interrompit et secoua la tête.

— Ça ne fait rien. Il est tard. Disons seulement qu'Ashton pense trop.

Summer avait l'impression qu'il lui manquait une pièce d'un puzzle.

Peut-être était-elle simplement épuisée.

— Vous devriez finir votre assiette, poursuivit Lillian. Vous ne mesurez pas à quelle vitesse votre corps brûle des calories quand vous êtes en état de choc. Vous avez besoin de vous nourrir pour récupérer.

Elle prit une autre bouchée. Lillian et Ashton avaient raison. Manger lui faisait du bien, lui redonnait des forces et le moral.

— Quelqu'un a essayé de nous tuer, ce soir.

— Oui, tout le monde travaille sur cette histoire. Nous la

prenons très au sérieux. Que quelqu'un s'en prenne à l'un des nôtres nous est insupportable.

— À Ashton.

Lillian sourit.

— Pas seulement à Ashton. Vous l'ignorez peut-être mais vous faites partie des nôtres. D'abord, à cause de Joe et ensuite, à cause de Fitzy.

— Ils vont nous installer, Chloe et moi, dans une maison sécurisée.

— C'est le mieux. Ces résidences protégées ne sont pas toujours idéales question confort, mais vous y serez à l'abri du danger. De cette façon, Ashton et l'équipe pourront se concentrer sur l'enquête sans se laisser distraire par le souci de savoir si vous et votre fille êtes en sécurité. Vous aurez un garde du corps. Vous ne risquerez rien.

Summer aurait un garde du corps, mais il ne s'agirait pas d'Ashton. Elle le voulait à ses côtés pour plus d'une raison. Mais elle refusait d'être un fardeau.

Elle avait seulement envie de reprendre le contrôle de sa vie.

13

Ashton entendit la petite Chloe avant de la voir. Elle parlait avec animation — mais dans une langue qu'elle seule comprenait — entre Joe et Laura qui remontaient le couloir avec elle.

Dès qu'elle aperçut sa fille, Summer laissa tomber la couverture dans laquelle elle s'était enveloppée et d'un bond elle courut vers la petite, les bras ouverts.

— Chloe !

— Maman !

Comme Ashton sortait de la salle de conférences, il vit Summer serrer sa fille contre elle, le visage enfoui dans ses cheveux. Elle tremblait de tout son corps.

Devant sa réaction, Joe et Laura se tournèrent vers lui sans chercher à dissimuler leur inquiétude. Mais Ashton comprenait et partageait ce que ressentait Summer — enfin, pas totalement, personne ne pouvant aimer une enfant comme sa mère. Mais après avoir craint pour la vie de la fillette, la voir saine et sauve le remplissait lui aussi d'allégresse. Et les derniers événements lui donnaient un peu l'impression d'être sur des montagnes russes émotionnelles.

Il alla vers elles et les serra toutes les deux contre lui, soulagé de constater que Summer ne s'écartait pas.

— Ah-ta !

Le sourire éclatant de Chloe le fit fondre. Il lui caressa la joue.

— Bonjour, ma puce.

Elle lui tendit les bras comme elle le faisait toujours en lui parlant dans son charabia de petite fille. Il hocha la tête comme s'il comprenait tout ce qu'elle lui racontait.

Summer en profita pour s'essuyer les yeux et se ressaisir. Elle sourit à Ashton pour lui faire comprendre que tout allait bien.

Bientôt, Chloe se tortilla pour descendre et marcher. Spontanément, elle s'agrippa aux mains d'Ashton pour garder l'équilibre. Summer, Joe et Laura leur emboîtèrent le pas.

Joe se tourna vers Summer.

— Ça va ? Vous n'avez pas été trop gravement blessés ?

— Quelques petites coupures superficielles pour moi mais Ashton a reçu une balle dans le bras.

Celui-ci haussa les épaules.

— Trois fois rien, une égratignure.

— C'est surtout le condo qui a souffert, ajouta Summer.

— Ne vous en faites pas pour ça, répondit Joe. Je vais vous trouver un autre logement où vous pourrez vivre pendant les travaux.

— Nous allons mettre Summer et Chloe sous protection, intervint Ashton. Nous leur avons trouvé une maison sécurisée.

— Parfait. Mais je pensais que Harper en avait après toi, Ashton. Pas après Summer.

— Harper ne se soucie pas des éventuels dommages collatéraux, voilà pourquoi nous allons garder Summer et sa fille hors de sa portée.

L'épouse de Joe, Laura, prit le bras de la jeune femme.

— Vous savez que Chloe et vous êtes toujours les bienvenues chez nous.

Summer sourit.

— Merci beaucoup de votre hospitalité mais il n'en est pas question. Je ne veux pas être une source de tensions pour vous, surtout actuellement.

Fronçant les sourcils, Laura se tourna vers son mari.

— Joseph Gregory Terrance Matarazzo, ne me dis pas que tu lui en as parlé !

Joe recula d'un pas.

— Parlé de quoi ? Que racontes-tu ? Summer ne veut pas nous créer d'ennuis, c'est normal. Que vas-tu imaginer ?

Laura le dévisagea d'un air soupçonneux.

— Aurait-elle précisé « surtout actuellement » si elle ne savait pas que j'étais enceinte ? Lui as-tu dit ou pas ?

Joe s'avança vers sa femme et lui décocha son plus charmant sourire, les bras tendus.

— D'accord, d'accord, j'ai peut-être gaffé. Tu es super sexy quand tu es en colère, tu sais.

Il l'attira à lui pour un baiser.

— Trouvez-vous une chambre ! s'exclamèrent Ashton et Summer.

— Et n'imagine pas t'en tirer avec des flatteries, Matarazzo, dit Laura contre la bouche de son mari.

— Il m'avait recommandé de ne pas en souffler mot, dit Summer à son amie, cherchant à l'apaiser.

Cette dernière éclata de rire.

— C'est encore pire !

Comme ils se remettaient en marche, Summer enroula son bras autour de la taille de Laura.

— Félicitations, future maman, dit-elle.

— Merci, répondit Laura, rayonnante.

Ils arrivèrent dans la salle de conférences, où Chloe charma l'assemblée avec son rire cristallin avant de courir autour de la table. Ashton s'efforça de la canaliser, devinant que Summer était épuisée.

Lorsque, une heure plus tard, Steve annonça que la maison sécurisée était prête, bien aménagée pour un bébé et équipée d'un lit à barreaux, ils poussèrent un soupir de soulagement. L'endroit avait hébergé plusieurs mois un jeune couple placé sous le régime de la protection des témoins. Ils avaient, eux aussi, un enfant en bas âge.

Un garde du corps d'Omega Sector serait posté devant la porte vingt-quatre heures sur vingt-quatre. Personne en dehors des membres d'Omega ne saurait où elle était. Surtout pas Curtis Harper.

Quelqu'un alla chercher des vêtements chez Summer et Chloe puis ils purent partir. Summer salua les SWAT d'un geste de la main tandis que, dans les bras d'Ashton, Chloe envoyait des baisers à tout le monde.

Roman et Lillian les suivraient à bord d'une voiture banalisée pour s'assurer que personne ne les filait jusqu'à la résidence protégée. Il s'agissait probablement d'une précaution inutile mais Ashton ne voulait prendre aucun risque.

Roman éclata de rire en regardant Chloe courir sur ses petites jambes dans le couloir du QG tout en criant pour montrer sa joie.

— Si votre fille se présente un jour pour entrer à la Maison Blanche, Summer, je voterai pour elle.

— C'est un personnage, reconnut cette dernière.

— Je me demande si les enfants que Lillian mettra au monde parviendront comme leur maman à recharger un Glock les yeux fermés dès leur naissance, poursuivit Roman.

L'intéressée sourit.

— Nous ne le saurons jamais. Je ne me sens pas l'étoffe d'une mère, si tu vois ce que je veux dire.

— Ni moi l'étoffe d'un père, dit Roman. Alors bienvenue au club, ajouta-t-il en lui tapant dans la main.

— Mais cette petite fille est à croquer, ajouta Lillian en désignant Chloe.

— C'est un amour, sauf lorsqu'elle est fatiguée ou que sa couche est sale, marmonna Summer.

Ashton se mit à rire à la vue des regards horrifiés de ses collègues du SWAT.

Le trajet en voiture jusqu'à la maison sécurisée se déroula sans incident. Il leur fallut une heure pour atteindre les lieux, qui se trouvaient pourtant à vingt minutes de route. Ashton tenait à s'assurer que personne ne les suivait. Derrière eux, Roman et Lillian étaient à l'affût de la moindre filature.

Quand ces derniers lui adressèrent un texto pour lui confirmer qu'ils n'avaient repéré personne, Ashton se rendit enfin à la résidence protégée. Chloe s'était endormie depuis longtemps dans son siège-auto.

Summer défit doucement le harnais de sécurité et porta sa fille à l'intérieur, Ashton ouvrant la marche. Il lui montra la chambre avec le lit à barreaux et Summer y déposa la petite. Ils sortirent ensuite le reste des affaires de la voiture.

Ashton lui fit faire le tour du propriétaire. Il connaissait assez la maisonnette pour le faire. Elle ne comportait que deux chambres à coucher à l'étage, une salle de séjour avec un coin repas au rez-de-chaussée. Sa principale originalité tenait dans le nombre d'issues : une porte d'entrée, une porte à l'arrière. Et les deux chambres donnaient sur une petite terrasse dotée d'un escalier extérieur qui menait à une zone boisée.

Il lui présenta les dispositifs de sécurité des portes. À l'exception de la porte principale, elles ne pouvaient s'ouvrir que de l'intérieur.

— Ne va pas sur le balcon en laissant la porte-fenêtre claquer derrière toi parce que tu serais alors enfermée dehors.

Elle soupira.

— J'espère ne pas rester ici assez longtemps pour avoir l'occasion de prendre des bains de soleil.

Ashton l'espérait aussi.

Il lui montra l'endroit où serait posté le garde du corps, à l'extérieur, et il la présenta à Patrick, qui serait de service pendant les douze prochaines heures.

— Je t'enverrai par SMS l'identité du prochain garde. Ils changent toutes les douze heures.

Summer fit quelques pas dans le salon.

— D'accord, très bien. Mais j'aimerais...

Elle s'interrompit, regardant ses pieds.

Ashton lui saisit la main, l'attira près de lui.

— Quoi ? Qu'y a-t-il ? Dis-moi.

— J'aimerais que tu restes avec moi.

Il la prit dans ses bras et lui embrassa le haut du crâne.

— J'adorerais rester avec toi, crois-moi. Mais je tiens plus que tout à arrêter Curtis Harper pour qu'il ne puisse plus jamais s'attaquer à toi. Le mettre hors d'état de nuire est ma priorité numéro un.

Il était déjà en train d'échafauder mentalement un plan d'action. Il allait lui tendre un piège, servir d'appât. Puisque Harper voulait tellement se venger, le descendre, Ashton allait s'arranger pour se mettre à sa portée… afin de l'abattre.

Avec l'aide de ses coéquipiers du SWAT, bien sûr.

Mais pour ce faire, il devait savoir Summer en sécurité. Et dans cette résidence protégée, elle le serait.

— Je comprends, murmura-t-elle. Je suis égoïste.

Il prit son ravissant visage entre ses mains, enfouissant ses doigts dans ses cheveux auburn, et il lui pencha la tête en arrière.

— Tu n'es pas égoïste. Ou si tu l'es, je le suis aussi. Parce que je préférerais rester ici avec toi et Chloe.

Il l'embrassa. Doucement. Brièvement. Il en voulait davantage, mais ce n'était pas le moment.

— Mais tes camarades ont besoin de toi.

Il haussa les épaules.

— Je suis sûr qu'ils se débrouilleraient très bien sans moi, mais oui, nous sommes plus efficaces en équipe.

— Je sais que tu dois partir et ce n'est sans doute pas le meilleur moment mais puis-je te poser une question ?

— Bien sûr.

— C'est à propos de quelque chose à quoi Lillian a fait allusion lorsque nous discutions au quartier général d'Omega Sector.

Il sourit.

— S'il s'agit de quelque chose que j'aurais fait au cours de l'une des multiples beuveries pour célibataires organisées pour les agents d'Omega Sector l'année dernière, je ne te promets rien. L'alcool aidant, je n'ai gardé aucun souvenir de ces événements.

Elle lui rendit son sourire mais elle semblait mal à l'aise. Summer avait été mutique toute la journée. Il avait mis ses silences sur le compte de l'épuisement et du stress mais…

— Qu'y a-t-il, Summer ? Dis-moi simplement, d'accord ?

— Lillian m'a dit que parfois tu réfléchissais trop. Que tu

ressassais des interventions passées en regrettant de ne pas les avoir menées autrement, de ne pas avoir réagi différemment.

Une sourde angoisse s'empara d'Ashton.

— Oui, répondit-il lentement. Quand une intervention se passe mal, tu te demandes toujours si elle aurait mieux tourné si tu avais agi autrement.

— Elle a mentionné une situation en rapport avec moi. Que tu culpabilisais de ne pas avoir mieux géré l'affaire. Même si tes supérieurs t'avaient totalement innocenté.

— Summer…

Il s'écarta d'elle. Ce n'était ni le moment ni l'endroit rêvés pour aborder le sujet mais il comprit qu'il n'allait pas y couper. Il se maudit de ne pas lui en avoir parlé plus tôt.

Elle fronça les sourcils.

— Je pensais qu'elle faisait référence à mon enlèvement par Bailey Heath, il y a quelques mois. Mais l'opération s'est soldée par un succès. Je ne vois donc vraiment pas pourquoi tu aurais ressassé la scène en te reprochant de ne pas l'avoir gérée autrement. Elle parlait donc d'autre chose… qui concernait un tir, je crois. D'après elle, tu regrettais de ne pas avoir fait feu alors que tu en avais la possibilité.

Ashton devina la question qu'elle allait lui poser maintenant et il se sentit blêmir.

— Étais-tu sur les lieux le jour où Tyler a été tué ?

— Oui.

Elle recula pour ne pas risquer de le toucher.

— Tu savais donc qui j'étais non seulement la première fois que tu es venu faire des réparations chez moi, mais également quand tu m'as fait sortir de ce bâtiment en feu, il y a huit mois.

— Oui, j'avais entendu parler de toi, même si, à l'époque, je ne te connaissais pas personnellement.

Elle hocha lentement la tête comme si elle essayait de tout digérer pour s'assurer qu'elle ne passait pas à côté de quelque chose d'important.

— Que ne m'as-tu pas dit, Ashton ? Je pensais que depuis hier nous n'avions plus de secrets l'un pour l'autre, mais à l'évidence ce n'est pas le cas.

Maintenant, il n'y avait plus moyen d'éviter les aveux complets. Il prit une profonde inspiration puis dit très vite :

— J'étais le principal sniper, ce jour-là. J'étais posté sur le toit de l'immeuble en face du bureau de ton mari.

— D'accord.

— Ce qui signifie qu'il m'appartenait de tuer le preneur d'otages s'il fallait en arriver là. De discerner si Joe allait ou non parvenir à négocier avec lui, à le désarmer en douceur. Et dans le cas contraire... de tirer, descendre le gars.

Summer croisa les bras.

— Ashton, Joe n'a jamais mentionné ton nom mais après la mort de Tyler il m'avait déjà raconté cette scène. Il m'avait dit qu'un tireur d'élite aurait pu abattre le preneur d'otages mais qu'il ne l'avait pas fait parce que, jusqu'au bout, Joe croyait pouvoir l'arrêter sans faire usage d'une arme.

— C'est vrai. Joe tente toujours de parler, de négocier avec les preneurs d'otages. De les ramener à la raison.

— Et tu as fait ce que Joe te demandait. Si j'ai refusé de jeter la pierre à Joe, je ne vais certainement pas te faire porter le chapeau maintenant. Le type a sorti une grenade de sa poche. Personne ne pouvait le prévoir.

Ashton était ravagé par la façon dont elle le dévisageait avec tant d'espoir dans les yeux, comme s'il s'agissait d'éclaircir un point mineur, sans importance.

Elle ne comprenait pas.

— J'avais une ouverture, Summer. Pendant un bref instant, au moment où tout a commencé à dégénérer, j'ai eu la possibilité de tirer sur le preneur d'otages. J'aurais alors pu sauver ton mari et les autres. Mais je ne l'ai pas fait.

Summer regardait Ashton, comme s'il s'exprimait dans une langue étrangère.

— Je ne comprends pas.

— Joe et Derek — qui était alors le chef d'équipe — nous avaient recommandé au départ de ne pas tirer, d'éviter de faire feu...

Elle hocha la tête.

— Mais très vite, ce fut l'escalade. Le preneur d'otages devenait de plus en plus agité. J'ai senti que la situation partait en vrille et finirait mal.

Il voulut la prendre dans ses bras mais il se l'interdit.

— J'avais une ouverture, Summer, répéta-t-il. Si j'avais suivi mon instinct, j'aurais pu descendre le type à ce moment-là. Tyler et les trois autres otages seraient encore en vie. Mais je ne l'ai pas fait… Et ils sont morts.

Summer s'assit lentement sur le canapé, le regardant fixement.

— Mais tes chefs t'avaient dit de ne pas tirer…

Il avait l'impression qu'elle ne voulait pas le croire. Et qui pourrait lui reprocher d'être incapable de comprendre que l'homme avec qui elle avait passé la nuit était responsable de la mort de son mari ?

Ashton tenta de s'expliquer.

— Ils m'avaient dit de ne pas tirer parce qu'ils étaient certains de réussir à gérer l'affaire sans faire usage d'une arme. Mais quand le preneur d'otages a pris quelque chose dans sa poche, j'aurais dû deviner la suite et… tirer.

— À cause de la grenade.

Ashton hocha la tête, le cœur brisé.

— Il avait dissimulé une grenade dans sa poche. Si j'avais fait feu à ce moment-là, il n'aurait pas eu la possibilité de s'en servir et de tuer quatre personnes.

Elle le dévisageait comme si elle ne le voyait pas.

Ashton enfonça le clou.

— Mais je n'ai pas écouté mes petites antennes, mon instinct, et par ma faute, ta fille va grandir sans avoir jamais connu son père.

Accablée, Summer plongea le visage entre ses mains.

Ashton ne s'était jamais senti si impuissant de toute sa vie. Il s'approcha. Il était incapable de rester éloigné d'elle alors qu'elle souffrait à ce point-là.

— Summer. Je suis tellement désolé.

Il lui toucha l'épaule, réprimant une grimace quand elle tressaillit.

Elle se redressa. Elle ne pleurait pas comme il l'avait craint mais son expression perdue était peut-être pire.

— Il vaut mieux que tu partes, Ashton, balbutia-t-elle. J'ai besoin d'être seule, maintenant. Toute cette histoire, en plus du reste... Cela fait trop pour moi.

Il fourra ses mains dans ses poches.

— Oui, bien sûr. Je comprends. Je t'appellerai plus tard, d'accord ? Pour m'assurer que vous allez bien toutes les deux.

— D'accord.

Elle ne se leva pas, ne le raccompagna pas à la porte, elle n'ajouta rien tandis qu'il s'éloignait.

Il aurait voulu dire tant de choses, faire tant de choses. Il aurait donné n'importe quoi pour effacer de son visage cette expression abasourdie et dévastée. Mais il n'y avait rien à dire, rien à faire. Rien ne pourrait changer le passé.

Il ouvrit la porte.

— Je suis tellement désolé, Summer.

— Je sais, l'entendit-il dire doucement tandis qu'il s'éloignait.

14

Damien Freihof s'assit en face de Curtis Harper et du toujours aussi mystérieux « M. Fawkes ». Il leur avait proposé de le rejoindre dans une maison qu'il avait louée à Colorado Springs pour une sorte de réunion de travail.

Quoique les cris et les noms d'oiseaux qui fusaient fassent assez peu professionnels.

— Harper, vous êtes un crétin fini, asséna Fawkes, le visage rouge et les yeux lançant des éclairs.

Il semblait prêt à se jeter sur son interlocuteur et à le bourrer de coups de poing.

— D'abord, vous tirez sur Fitzgerald en pleine rue, au milieu d'une foule, sans vous soucier des innocents qui auraient pu prendre une balle perdue. Et comme si cela ne suffisait pas, vous vous êtes attaqué à Ashton Fitzgerald alors qu'il se trouvait chez une femme ! Vous êtes complètement taré !

Harper, qui n'avait pas l'air bien depuis son échauffourée avec Fitzgerald, deux nuits plus tôt, s'écarta du mur auquel il était adossé.

— Nous étions d'accord pour dire que Fitzgerald devait mourir pour avoir tué mon père. Et de plus, j'ai failli l'avoir. Je l'ai atteint au bras.

Damien hocha la tête avec patience comme si l'histoire s'était passée comme Harper la racontait. Bien sûr, celui-ci était trop bête pour comprendre qu'il avait bénéficié d'une aide précieuse au cours de cette attaque. Que quelqu'un posté à l'extérieur de chez Summer Worrall l'avait secondé dans l'ombre.

Damien.

C'était évidemment *lui* qui avait tiré à travers les baies vitrées, *lui* qui connaissait si bien la maison de Summer qu'il avait pu couper le courant avant d'aller se coller à la fenêtre pour l'effrayer, la semaine dernière. C'était également *lui* qui avait indiqué à Harper où se trouvait la chambre.

Et c'était encore *lui* qui avait blessé Ashton Fitzgerald.

Il avait attendu Summer devant le garage, persuadé qu'elle sortirait de chez elle en courant, mais malheureusement elle ne l'avait pas fait. Le moment aurait pourtant été idéal pour mettre en œuvre la première partie de son plan.

Pour la descendre.

Bien sûr, Harper et Fawkes ne savaient rien de ce qu'il avait fait et Damien n'avait pas l'intention de le leur dire.

— Nous étions d'accord pour tuer *Fitzgerald*, répliqua Fawkes. Personne d'autre.

Il avait toujours l'air très en colère.

— Ashton Fitzgerald fait partie d'un système qu'il faut détruire. Et à ce sujet, il y a quelques jours, il a été victime d'un petit piège que j'avais tendu. Ironie du sort, il y est tombé alors que je ne le visais pas lui, personnellement. N'importe lequel de ses camarades aurait pu en être victime mais le sort a voulu que ce soit lui.

Les yeux de Damien se plissèrent. Il n'était pas au courant de cette histoire.

— Quel petit piège ?

— Celui auquel j'avais fait allusion lors de notre dernière rencontre. J'ai trafiqué l'un des équipements des SWAT dans leur nouveau simulateur. Je ne visais pas spécifiquement Fitzgerald mais, avouez que c'est drôle, c'est lui qui a été touché.

— Qu'avez-vous fait exactement, Fawkes ?

Ce dernier sourit de toutes ses dents.

— Eh bien, grâce à d'ingénieux petits réglages opérés par mes soins, Fitzgerald a été électrisé et il a failli y laisser sa peau.

Il est passé à deux doigts de la mort. Et cerise sur le gâteau, à peine inauguré, leur simulateur flambant neuf a été fermé. Aucun entraînement ne s'y déroulera tant qu'ils n'auront pas compris l'origine de l'accident. Vérifier et revérifier les câbles et les programmes va leur prendre du temps, croyez-moi.

Damien se détendit un peu. Il n'aimait pas que quelqu'un sorte du schéma qu'il avait mis au point mais, sur ce coup-là, l'initiative de Fawkes servait sa « cause ».

— Mais il est capital de mener notre combat dans les règles, poursuivit ce dernier en fusillant Harper du regard. Il faut cibler les membres d'Omega Sector. Pas les civils. Il n'est pas question de faire irruption chez une femme innocente pour descendre Ashton Fitzgerald. Vous ne pouvez pas exposer n'importe qui au danger. Sans parler des passants qui auraient pu être blessés au cours de la fusillade, vendredi !

Damien se cala un peu plus profondément dans le canapé, étirant ses longues jambes devant lui. Fawkes ne manquait pas de souffle. Ses leçons de morale auraient eu plus de poids si son objectif ultime n'impliquait pas la mort de centaines de personnes, dont beaucoup de civils.

— Harper veut se venger de la mort de son père, dit-il à Fawkes. Il est prêt à tout pour y parvenir, même si, au cours de l'opération, des innocents sont blessés.

— Ce n'est pas ce que nous avions décidé la semaine dernière. L'objectif est de déstabiliser Omega Sector et d'affaiblir les forces de l'ordre. Afin de déclencher une révolution.

— Les révolutions prennent du temps, Fawkes. Nous en avons déjà parlé.

Fawkes leva les yeux en l'air.

— En tout cas, je refuse de cautionner les agissements de ce crétin, surtout s'ils mettent des civils en danger. Harper fait n'importe quoi. Son but n'est pas de susciter l'engouement du peuple pour le pousser à se soulever mais de régler des comptes personnels.

— Pourriez-vous cesser de parler de moi comme si je n'étais

pas là ? intervint Harper d'un ton plaintif. Je n'ai pas l'âme d'un révolutionnaire. J'ai seulement envie de venger mon père.

De nouveau, Fawkes semblait prêt à lui sauter à la gorge. Pour le tuer. Ce qui n'arrangeait pas les affaires de Damien. Il avait encore besoin de Harper.

Damien se leva et se dirigea vers les deux hommes.

— Curtis, auriez-vous la gentillesse de laisser M. Fawkes et moi parler en tête à tête un petit moment ? Profitez-en pour vous calmer. Notre projet d'éliminer Ashton Fitzgerald est toujours d'actualité, ne vous inquiétez pas. Je vais vous aider à parvenir à vos fins. J'ai mis au point un plan.

Ledit plan impliquait également la mort de Summer Worrall et celle de Harper mais il allait de soi que ce n'était pas une chose à mentionner.

Damien passa le bras sur l'épaule de Harper et le conduisit dans une autre pièce. Pour l'impressionner, il lui montra « le mur » — une saisissante collection de cartes routières, de clichés, de coupures de presse, de captures d'écran… Un patchwork qui semblait sortir tout droit du décor d'un film d'espionnage.

Certains de ces éléments n'avaient d'autre intérêt que d'induire les cerveaux d'Omega Sector en erreur lorsqu'ils les découvriraient. Mais d'autres étaient destinés à leur mettre la puce à l'oreille, à leur faire comprendre que des meurtres qu'ils avaient cru isolés faisaient en réalité partie d'un tout.

Damien était certain que les brillants spécialistes du profilage d'Omega Sector finiraient par trouver des indices sur ce mur et parviendraient à les décrypter. À remonter des pistes.

Il les laisserait essayer de deviner qui seraient ses prochaines victimes. Et il y en aurait beaucoup.

Qu'ils comprennent tout à temps ou pas n'était pas vraiment un problème. S'ils y parvenaient, il s'attaquerait à quelqu'un d'autre, voilà tout.

Bien sûr, l'agent Fitzgerald ne pourrait pas les aider à identifier les prochaines cibles de Damien. Il serait trop occupé à pleurer Summer, à moins que — Damien l'espérait en tout cas — il soit lui-même passé de vie à trépas.

Damien se souvenait très bien des premiers jours qui avaient suivi la mort de Natalie. Son chagrin était alors à la fois si vif et si profond qu'il ne parvenait plus à respirer, ni à faire quoi que ce soit, d'ailleurs.

Les uns après les autres, les agents d'Omega Sector connaîtraient cette souffrance. Cette insupportable souffrance. Fawkes prendrait le relais ensuite avec sa révolution et il ferait tout sauter.

Les yeux brillants, Harper considéra le mur avec un mélange d'admiration et de crainte, comme Damien l'avait prévu.

— Ça en jette ! J'ai l'impression d'être dans un épisode des *Experts*.

Damien sourit.

— Une bonne organisation est la condition sine qua non du succès d'une opération, son épine dorsale. Et désormais, nous en avons une, ajouta-t-il en désignant le mur d'un geste théâtral. Maintenant, il est important que vous me fassiez confiance. Vous le pouvez, n'est-ce pas, Curtis ? Nous partageons les mêmes objectifs.

Harper hocha la tête d'un air plus niais que jamais.

— Oui, Damien. Je sais que je peux vous faire confiance.

Damien continua à embobiner Harper pendant un moment, lui assurant que l'heure de la vengeance était proche et que bientôt Ashton Fitzgerald paierait pour son crime.

Enfin, il reconduisit celui-ci à la porte.

— Je reprendrai contact avec vous sous peu, ne vous inquiétez pas.

Harper sourit.

— Tant que vous me promettez qu'à la fin Fitzgerald crèvera, je vous accorde tout le temps dont vous avez besoin.

Réprimant un ricanement, Damien lui tapa dans le dos.

— Comptez sur moi.

Une fois Harper parti, il referma la porte avec soin.

— Ce gars est un imbécile, vous le savez, dit Fawkes.

Ce dernier s'était un peu détendu avec le départ de Harper, même si Damien doutait qu'il parvienne à se relâcher totalement. Certaines personnes en étaient incapables.

— Harper s'attaque à Omega Sector. À son petit niveau, il fragilise la Critical Response Division. C'est tout ce qui m'importe.

— Ils savent que c'est lui. Ils ont trouvé des indices sur le toit, des preuves de sa culpabilité. Je suis sûr qu'ils en découvriront d'autres chez Summer Worrall. Ils vont se lancer à sa poursuite.

Damien se frotta les mains.

— C'est parfait. Curtis Harper n'est pas indispensable à la réussite de notre grand projet. Ne l'oubliez pas.

Fawkes soupira.

— Harper n'est pas assez malin pour échapper longtemps aux griffes d'Omega Sector. Ils ont étudié son dossier, ils ont déjà listé ses actions passées. Ils ne vont plus tarder à le coincer.

— J'espère seulement qu'ils ne l'arrêteront pas avant qu'il n'ait atteint son objectif, avant qu'il n'ait tué Fitzgerald. Mais si c'était le cas, nous nous adapterions pour finir le travail.

— Ne craignez-vous pas que Harper ne vous balance ? Certes, il ne connaît que votre prénom, mais je suis surpris que vous l'ayez amené chez vous.

Avec un sourire, Damien entra dans la cuisine.

— Le fait que Curtis conduira tôt ou tard des agents d'Omega ici fait partie de mon plan.

— Mais dès qu'ils sauront qui vous êtes, ils vous donneront la chasse.

— Ils sont déjà à ma poursuite. Ils le feront peut-être de façon plus active. J'espère donc que les informations limitées que Curtis Harper a sur moi les mèneront directement ici et éventuellement à moi. Je veux que les agents d'Omega Sector comprennent bien contre qui ils se battent. Qu'ils sachent d'où sort celui qui les détruira.

— Qu'ils sachent d'où sort celui qui les détruira…, répéta Fawkes d'un ton moqueur. Ils vont redoubler d'énergie pour se défendre. Ne les sous-estimez pas.

— Je ne les sous-estime pas, rétorqua Damien en haussant les épaules. Mais je sais également ce que je vaux.

Fawkes soupira.

— Pourquoi Summer Worrall a-t-elle été mêlée à cette histoire ? Elle n'a rien à voir avec notre combat.

Le ravissant visage de Natalie remonta à la mémoire de Damien. Il revit son expression au moment où l'équipe d'Omega Sector avait fait irruption dans leur maison et l'avait tuée. Elle n'avait même pas eu l'air surprise.

Summer Worrall n'était pas étrangère au combat qu'ils menaient. Sans le savoir, elle faisait partie du plan, elle avait un rôle majeur à y jouer. L'un des membres d'Omega Sector l'aimait. Comme Damien avait aimé Natalie.

Par conséquent, elle devait mourir.

Damien regarda Fawkes.

— Nous luttons contre tous ceux qui sont liés de près ou de loin à Omega Sector. Si nous restons concentrés, ils ne comprendront ce qui se passe que lorsqu'il sera trop tard pour l'empêcher.

Fawkes l'ignorait mais Damien avait déjà mis en branle la prochaine attaque. Cette fois, il ciblerait deux personnes du Texas, deux personnes qui avaient aidé les SWAT au cours d'une enquête, l'année dernière. Son « mur » digne d'une série policière les aiderait à se mettre sur une piste, afin d'être sûr qu'ils ne la manquent pas.

Une fois de plus, Damien s'arrangerait par la suite pour les noyer.

Il hocha la tête.

— Mais je comprends et partage votre souci d'épargner les civils. Je vais m'assurer que Harper se concentre sur Fitzgerald, pas sur Summer.

Elle, elle était dans le seul collimateur de Damien.

Fawkes leva les yeux au ciel.

— De toute façon, je ne pense pas que Harper ait le courage de tuer Fitzgerald.

— Je vais l'y aider. Comme je le lui ai dit, j'ai un plan. Il n'appréciera probablement pas le résultat final mais c'est un détail sans importance.

— Je ne veux pas qu'il s'en prenne à Summer Worrall. Les

agents d'Omega Sector l'ont installée avec sa fille dans une maison sécurisée mais Harper est capable de la retrouver et de la tuer.

— Où est située cette maison ? demanda Damien sans avoir l'air d'y attacher beaucoup d'importance. Je ferai en sorte que Harper n'y aille pas.

Fawkes lui donna l'adresse.

— J'ai eu du mal à obtenir ce renseignement, alors assurez-vous que Harper n'en fasse rien.

La résidence protégée se trouvait à la périphérie de la ville. Damien sourit à Fawkes.

— Ne vous inquiétez pas, je m'arrangerai pour que Harper ne s'approche pas de l'endroit où se trouve Mme Worrall.

Pour sa part, Damien n'était pas animé de tels scrupules.

— Nous avons la confirmation que Curtis Harper travaille avec un complice, déclara le profileur Jon Hatton aux membres de l'équipe assis autour de la table de conférence.

La journée avait été difficile. Ashton aurait préféré effectuer un parcours du combattant, pourchasser un criminel en fuite ou même aller récupérer un chat en haut d'un arbre. N'importe quoi qui lui aurait donné la possibilité de sortir de cette pièce et lui aurait fourni un exutoire pour lui permettre d'évacuer sa frustration.

Le visage de Summer le hantait, son expression quand il lui avait parlé de son rôle dans la mort de Tyler. Qu'il ait les yeux ouverts ou fermés, il ne voyait qu'elle.

Il lui avait parlé à plusieurs reprises au téléphone pour s'assurer que Chloe et elle allaient bien. Il était même passé dans la matinée déposer un des jouets préférés de la fillette. Un camion de pompiers.

Summer avait été polie mais froide, distante. Ashton n'avait pas insisté. Comme elle l'avait dit, elle avait trop de choses à gérer dans l'immédiat. Il avait vu le stress auquel elle était en proie. Ses traits normalement détendus étaient crispés, son sourire heureux avait disparu.

À cause de lui. Tout était sa faute.

— Une caméra de surveillance a pris ces images de Harper échangeant avec un deuxième homme, inconnu, tout de suite après la fusillade chez le fleuriste, vendredi dernier, poursuivit Jon en montrant une photo sur l'écran. Nous l'avons introduit dans nos bases de données de reconnaissance faciale mais cela n'a rien donné. Et à toi, Ashton ? Ce visage ne te dit rien, n'est-ce pas ?

Ashton étudia le portrait du deuxième homme. Le gars avait un physique très banal avec ses cheveux châtains, sa peau pâle. Ses pommettes lui donnaient l'air un peu bouffi. Ses vêtements étaient mal coupés. Il pouvait avoir trente ans comme en avoir cinquante et personne ne devait le remarquer lorsqu'il passait dans la rue.

— Non. Je ne cesse de le regarder et pourtant je ne suis pas sûr d'être capable de le décrire à quelqu'un qui me le demanderait.

Hochant la tête, Brandon et Jon échangèrent un regard entendu.

— C'est certainement ce qu'il cherche. Passer inaperçu est le meilleur des déguisements.

Ashton examina une nouvelle fois la photo. Certes, il n'était pas profileur comme Brandon ou Jon, mais il était assez observateur.

— Je suis d'accord avec vous. Ce type s'est déguisé.

— Devons-nous supposer que cet inconnu était également le deuxième homme qui a aidé Harper chez Summer Worrall quand Fitzy s'est fait tirer dessus ? demanda Roman.

— Nous savons avec certitude qu'il y avait un second tireur sur les lieux. Fait intéressant, il n'a pas utilisé un fusil-mitrailleur pour tirer à travers les baies vitrées. Les techniciens de scène de crime ont trouvé des douilles tirées d'un revolver 357 magnum.

Ashton n'en fut pas surpris.

— Une chance pour moi. S'il avait utilisé un fusil-mitrailleur ou n'importe quelle arme de précision, je serais probablement mort à l'heure qu'il est.

— En tout cas, il était plutôt risqué de sa part de faire feu, son complice étant alors aux prises avec toi. Il aurait pu toucher Harper par inadvertance, remarqua Lillian.

— Comme tous deux étaient armés, il aurait été plus logique

pour eux d'entrer ensemble dans la maison, poursuivit Ashton, s'adossant à sa chaise. Ou du moins, que le gars posté à l'extérieur se précipite à l'intérieur en se rendant compte que Harper avait des problèmes.

Dieu merci, il ne l'avait pas fait, car s'il l'avait fait, Ashton et Summer seraient sans doute morts, à présent.

— Nous pensons que ce deuxième homme, le complice inconnu de Harper, tire les ficelles sans s'exposer lui-même, continua Jon. Un genre de marionnettiste. Je ne serais pas étonné que ce soit lui qui ait poussé Curtis Harper à tenter de tuer Ashton.

— Je m'interrogeais à ce sujet, déclara ce dernier. Pourquoi Harper aurait-il soudain décidé de se venger, quatre ans après la mort de son père ? Cela n'a aucun sens pour moi. Mais si quelqu'un le pousse à agir, ses tentatives d'assassinat prennent un sens.

Steve Drackett, le chef de la Critical Response Division, intervint :

— Nous allons essayer d'identifier ce deuxième homme. En attendant, nous avons lancé un avis de recherche pour retrouver Curtis Harper. Tous les policiers du coin ont son portrait. Nous utiliserons également des canaux non officiels.

Omega Sector bénéficiait de ressources importantes — informatisées et humaines — dont ne disposaient pas la plupart des policiers du pays. Lorsque Curtis Harper avait commencé à tirer sur Ashton en pleine rue, il était devenu quelqu'un de dangereux et, depuis lors Omega mobilisait tous ses moyens pour l'appréhender.

— Selon tous les rapports, Harper n'est pas un cerveau criminel. Ni un cerveau tout court, déclara Brandon.

Il tapota du doigt la photo de l'inconnu sur l'écran.

— Cet individu est l'homme-clé au centre de cette petite organisation criminelle. Il manipule Harper. Il l'utilise pour faire le sale boulot en s'arrangeant pour ne pas se mouiller lui-même.

— Si c'est vrai, c'est un plan assez tordu, déclara Lillian. Peu de gens cherchent à former des sbires avec pour objectif d'éliminer les forces de l'ordre.

Brandon sourit, sans être offensé.

— Vous avez raison, bien sûr. Former des sbires, comme

vous dites, prend du temps. Curtis Harper était déjà un sbire en pointillé. Il avait seulement besoin de quelqu'un pour lui révéler sa vraie nature et sa mission.

Le profileur étudia le portrait plus attentivement.

— Ce type me semble familier. Je ne sais pas pourquoi. Mais il me dit quelque chose.

Brandon était l'agent le plus brillant de l'équipe. S'il émettait une opinion, tout le monde l'écoutait.

— Nous avons également du nouveau à propos du dysfonctionnement des capteurs électriques survenu dans le simulateur du centre d'entraînement, poursuivit Steve. Il ne s'agissait pas d'un accident. Mais d'un sabotage.

Ashton jura dans sa barbe.

— Est-il possible que Harper ait été capable de s'introduire dans le centre d'entraînement d'une manière ou d'une autre ? Pour tenter de me tuer ?

Steve secoua la tête.

— Non. En aucun cas. C'était un coup monté de l'intérieur, l'œuvre de quelqu'un de chez nous. Nous ne savons pas qui et tout le problème est là.

Ashton se redressa.

— Alors il ne s'agit peut-être pas de quelqu'un d'Omega Sector.

Steve secoua la tête.

— Je l'espère. Il est vrai qu'un grand nombre de personnes, issues pour certaines d'entreprises extérieures, ont contribué à la conception et à la confection des capteurs. Sans oublier les programmeurs et les électriciens. N'importe lequel d'entre eux aurait pu être acheté pour le saboter.

— Super, murmura Roman. Fitzy a des ennemis partout.

— Apparemment, ce dernier n'était pas la cible spécifiquement visée. Il a eu la malchance de choisir la combinaison dont les capteurs avaient été trafiqués.

Ashton se frotta les tempes, luttant contre la migraine qui l'envahissait.

— Manifestement, la scoumoune me poursuit dans tous les domaines, ces temps-ci.

— J'en suis désolé, Ashton, répondit Steve d'un ton compréhensif. Le simulateur restera fermé jusqu'à ce que nous comprenions ce qui se passe, ce qui prendra peut-être des semaines. Comme l'a dit le Dr Parker, si quelqu'un d'autre avait eu ces capteurs sur le dos — quelqu'un avec une masse corporelle moins importante que celle d'Ashton — c'est à un enterrement qu'on aurait eu droit. Nous ne pouvons pas prendre le risque qu'un tel événement se reproduise.

L'hypothèse dégrisa tout le monde davantage encore.

Steve referma le dossier devant lui.

— Bon, les gars, il est tard. Il est temps de rentrer à la maison. Reposez-vous. Si nous entendons parler de Harper ou de son mystérieux complice, je vous tiendrai bien sûr au courant.

L'équipe se leva et commença à se disperser. Steve avait raison. Ils devraient être en forme quand il faudrait passer à l'action. Il leur fallait donc se reposer pendant qu'ils en avaient la possibilité.

— Ashton, te rends-tu à la résidence protégée de Summer et de sa fille ? demanda Roman en le suivant vers les vestiaires.

— Non, je ne suis plus le bienvenu là-bas.

— Vraiment ? Je pensais que toi et Summer étiez ensemble, maintenant. Elle te dévisageait si amoureusement quand elle était là, hier matin.

— C'était avant qu'elle ne découvre que j'aurais pu sauver son mari, il y a deux ans.

Roman siffla entre ses dents.

— Elle te le reproche ?

— Comme n'importe qui à sa place, non ?

— Fitzy, je ne suis pas expert en matière de tirs et je n'étais pas présent, ce jour-là. Mais nous savons tous que tu aurais tiré si tu avais pu.

Ashton était fatigué que tout le monde soit si prompt à lui pardonner. Tout le monde sauf Summer, la seule qui comptait.

Mais il se contenta de hausser les épaules.

— Merci, vieux.

— Les derniers temps ont été très durs pour Summer. Elle a été témoin de beaucoup de violence. Laisse les choses se tasser.

Quand elle aura digéré tout ce qu'elle a enduré depuis des mois, elle reviendra à de meilleurs sentiments.

Ashton aurait aimé en être sûr.

Il se retourna lorsque Jon Hatton l'appela de l'autre bout du couloir.

— Ashton ! Harper a été repéré dans un bar de la ville. Nous allons l'appréhender. Il a moins de chance d'échapper à des gars en civil comme nous qu'à des policiers en tenue.

Ashton s'élança dans le couloir.

— Je viens avec vous.

— Nous n'avons pas besoin de SWAT sur ce coup-là. Nous arriverons à le gérer, déclara Jon. Je voulais seulement te mettre au courant.

Mais Ashton le rattrapait déjà.

— Je sais bien que vous n'avez pas besoin de moi. Mais j'ai envie de vous accompagner.

15

Depuis le départ d'Ashton, Summer se sentait en proie à un malaise diffus.

Elle était consciente de ne pas avoir bien géré la situation. Elle aurait dû le laisser rester, obtenir plus de détails, entendre sa version de l'histoire. Au lieu de quoi elle l'avait prié de s'en aller.

À son expression, elle avait compris qu'il n'en était pas surpris, qu'il pensait mériter son rejet.

Après cet épisode, elle avait passé la nuit à pleurer. Elle avait l'impression de se débattre au milieu de problèmes trop lourds pour elle. Tout lui semblait accablant et impossible à surmonter.

Mais maintenant qu'il faisait jour et qu'elle avait pu dormir quelques heures, elle voyait les choses d'un autre œil.

Apprendre qu'Ashton avait été présent le jour où son mari avait été tué l'avait déstabilisée. Comme Joe, il se reprochait la mort de Tyler.

Mais Summer aurait été non seulement cruelle mais surtout injuste de lui faire porter le chapeau. Ashton n'était pas plus responsable que Joe de la mort de Tyler. Tous deux s'en voulaient de ce qui s'était passé, tous deux regrettaient le déroulement de la prise d'otages et tous deux se demandaient s'ils n'auraient pas dû réagir autrement. Mais en réalité, ils n'avaient fait que leur travail. Bien sûr, ils auraient préféré que l'intervention se passe différemment et ils se reprochaient sans doute de ne pas avoir fait les bons choix.

Mais ils n'étaient pas Dieu, juste de simples humains.

Summer aurait dû l'expliquer à Ashton. Penser que, depuis trente-six heures, il croyait qu'elle le rendait responsable de la mort de Tyler l'accablait. Quand il était passé apporter le camion de pompiers de Chloe, l'atmosphère entre eux avait été lourde de non-dits. Il l'avait à peine regardée. Et leurs échanges téléphoniques — il l'appelait plusieurs fois par jour pour s'assurer qu'elle allait bien — n'avaient pas été plus détendus.

Elle savait qu'il travaillait à Omega Sector pendant la journée mais elle avait espéré qu'il viendrait leur rendre visite ensuite. Mais pourquoi l'aurait-il fait ? Pourquoi reviendrait-il là où il n'était évidemment pas le bienvenu ?

Elle l'avait rejeté, il n'était pas fou.

Il était maintenant près de 21 heures. Elle avait entendu parler d'Ashton à 18 h 30 quand les gardes du corps chargés de surveiller sa maison avaient permuté. Le Patrick d'hier était de retour.

Summer n'avait pas envie de laisser perdurer ce malentendu avec Ashton et il lui appartenait de le dissiper.

S'emparant de son téléphone, elle lui envoya un texto.

Reviens et parlons. Je ne veux pas rester sur ce que je t'ai dit hier.

Il ne lui fallut pas longtemps pour répondre.

Avec plaisir. Nous sommes sur le point d'arrêter Curtis Harper. Dès qu'il sera hors d'état de nuire, je viendrai te rejoindre aussi vite que possible, mais cela pourrait prendre quelques heures. Tu seras probablement endormie.

Un intense soulagement gagna Summer. Tout allait s'arranger entre eux. Ashton avait toujours envie de la voir. Il n'avait pas renoncé à leur histoire. Elle non plus.

Elle sourit.

Tout irait bien.

Ce serait formidable. Surtout si tu réfléchis à une façon intéressante de me réveiller.

Comme il ne répondit pas tout de suite, Summer commença à s'inquiéter.

Oh ! j'ai pas mal d'idées déjà. À plus tard. Je demanderai à Patrick de me laisser entrer.

Summer se sentait beaucoup mieux. Si Ashton était sur le point d'arrêter Curtis Harper, Chloe et elle seraient sans doute bientôt autorisées à rentrer chez elles. Et s'il n'y avait plus de danger ni de secrets entre eux, peut-être pourraient-ils repartir du bon pied. Et nouer une véritable relation, s'engager.

Elle en rêvait avec une férocité qui la surprenait.

Elle décida de prendre une douche et de dormir jusqu'à l'arrivée d'Ashton. Elle n'avait pas profité d'une bonne nuit de sommeil depuis des semaines et il semblait que ce soir ne ferait pas exception.

Mais pour une bien meilleure raison que la nuit dernière, cela dit.

Après ses ablutions, elle s'assura que Chloe allait bien et elle se coucha, regrettant de ne pas avoir pensé à emporter de la lingerie ou quelque chose d'un peu sexy à porter.

Elle n'avait que le T-shirt trop grand dans lequel elle avait l'habitude de dormir et un bas de pyjama Snoopy.

Rien ne disait moins « Prends-moi » qu'un bas de pyjama Snoopy.

Eh bien, il n'aurait qu'à le lui retirer.

Elle posa son téléphone portable et le babyphone sur la table de nuit, roula sur le côté, tirant l'autre oreiller près d'elle.

Et elle s'endormit en pensant aux mille et une manières dont Ashton pourrait la réveiller...

Ashton souriait toujours en se remémorant le texto de Summer quand Jon Hatton et Liam Goetz entrèrent avec lui au Crystal Mac's, un bar situé au nord de Colorado Springs.

— Pourquoi quelqu'un a-t-il baptisé un bar du nom d'un médicament connu pour provoquer des crises de paranoïa ?

demanda Liam. Sans parler du fait qu'il s'agit d'une substance illégale.

— De plus, qui voudrait fréquenter un endroit pareil ? renchérit Jon.

Mis à part, évidemment, un imbécile comme Curtis Harper.

Ils étaient tous trois habillés en jean et chemise de coton, ne voulant pas attirer l'attention sur eux et encore moins être identifiés comme des agents fédéraux. Harper prendrait la fuite s'il se doutait que les forces de l'ordre approchaient.

Un appel anonyme les avait menés ici mais Ashton se moquait de savoir comment ils avaient réussi à coincer Harper du moment qu'ils l'arrêtaient.

Il avait hâte d'en finir avec ce type et de rejoindre Summer. Et Dieu merci, elle semblait sur la même longueur d'onde.

Dès qu'ils poussèrent les portes de l'établissement, ils furent aussitôt assaillis par une musique rap poussée à plein volume. Les trois hommes se regardèrent en secouant la tête.

— Je m'occupe du bar, dit Ashton à Jon et Liam.

Ce dernier pointa son pouce vers l'arrière.

— Et moi, des salles de billard.

— Et moi, des réserves et des salles annexes, dit Jon.

Ils fouillèrent l'endroit de fond en comble mais, vingt minutes plus tard, il devint évident que Curtis Harper n'était pas là.

Ashton se sentait bouillir de frustration.

— Pas de Harper en vue, conclut Liam. Allons parler au barman.

Moins soucieux maintenant de révéler qui ils étaient, Liam et Ashton présentèrent leurs papiers au barman et une photo de Harper.

— Avez-vous déjà vu ce gars dans les parages ?

— Ouais. Il y a une heure ou deux, peut-être. Il est parti avec une femme.

Ashton grimaça.

— Vient-il souvent ici ?

L'homme haussa les épaules.

— Pas assez souvent pour que je me souvienne de lui. Mais aujourd'hui, il avait le visage amoché. Cela m'a frappé.

Liam sortit une carte de visite.

— S'il revient, contactez-nous.

— Ouais, d'accord.

Ils sortirent.

— Pensez-vous qu'il appellera si Harper se présente ? demanda Ashton.

— Peut-être. Les gens aiment que les flics ou assimilés leur soient redevables.

Ils prirent la direction du QG d'Omega Sector.

Seule consolation de ne pas avoir réussi à coincer Harper, Ashton pourrait du coup retrouver Summer plus tôt.

Maintenant, il devait réfléchir à la meilleure façon de la réveiller.

Il se doucha rapidement dans le vestiaire d'Omega, puis il courut vers sa voiture. Patrick étant de garde là-bas, Ashton lui envoya un texto pour l'avertir qu'il était en route.

Cinq minutes plus tard, comme il n'avait pas répondu, il lui téléphona. Patrick ne prit pas l'appel et Ashton fronça les sourcils. En général, le garde du corps était toujours prompt à répondre.

Mais là, il tomba directement sur la messagerie vocale.

Ashton mit son téléphone en mode « mains libres » et appela le bureau de Steve Drackett. Cynthia, l'une de ses quatre assistantes, répondit.

— Bonsoir, Cynthia. Ici Ashton Fitzgerald. J'ai essayé de joindre le garde du corps assigné à la résidence protégée de Summer Worrall et je suis tombé directement sur sa boîte vocale.

Cynthia ne perdit pas de temps en vaines palabres.

— Un instant, je vérifie.

Les gardes du corps s'enregistraient toutes les heures avec un code.

Cynthia revint en ligne.

— Patrick a raté son rendez-vous, il y a quatre minutes. Une minute de plus et tout le monde aurait été alerté.

Les gardes bénéficiaient d'une période de grâce de cinq minutes.

— Je me rends là-bas, annonça Ashton.

— De mon côté, j'envoie des uniformes. Mais il leur faudra au moins vingt minutes pour arriver.

Si Harper avait découvert l'emplacement de la maison sécurisée et s'il avait quitté le bar il y a une heure ou deux comme le barman l'avait indiqué, il avait eu largement le temps d'aller à la résidence protégée et de tuer Patrick.

En proie à un mauvais pressentiment, Ashton appuya sur la pédale d'accélérateur. Il se déconnecta de Cynthia, sachant que, en professionnelle, elle ferait le nécessaire et il composa le numéro de Summer.

En entendant la porte principale grincer en bas, Summer sourit. Elle décida de faire semblant d'être endormie pour voir comment Ashton avait décidé de la réveiller.

Son téléphone bourdonna sur la table de nuit et elle s'en saisit.

— Ashton ? Pourquoi m'appelles-tu puisque tu es en bas ? Alors que je t'avais dit de choisir un...

— Summer, la coupa-t-il. Ce n'est pas moi qui suis entré et nous ne parvenons pas à contacter Patrick. Va chercher Chloe et sortez tout de suite. Immédiatement. Utilise le balcon et l'escalier extérieur pour quitter la maison.

Summer se mit sur son séant.

Oh mon Dieu ! songea-t-elle, paniquée Quelqu'un s'était introduit dans cette résidence sécurisée et il ne s'agissait pas d'Ashton ni de l'un des gardes du corps.

Sans perdre un instant, elle bondit hors du lit. Elle n'avait aucune idée du temps qu'il faudrait à l'intrus pour monter à l'étage.

Elle ouvrit la porte de la chambre de Chloe. Ses petites chaussures de tennis étaient là où elle les avait laissées dans la salle de bains et elle s'en empara.

Le silence était terrifiant. Il englobait tout. Summer s'efforça de maîtriser sa respiration qui faisait le bruit d'un train de marchandises entrant en gare.

L'homme avait-il une arme ? Certainement. Sinon comment aurait-il pu neutraliser Patrick dehors ? Summer n'osait même pas imaginer ce que cela signifiait.

— Je suis dans la chambre de Chloe, murmura-t-elle dans le téléphone alors qu'elle fermait la porte derrière elle.

— As-tu des chaussures ? Une veste ? Tu vas devoir courir.

— Des chaussures, oui. Pas de veste.

— D'accord. Dépêche-toi.

Elle prit Chloe, priant pour que sa fille ne se réveille pas et ne pleure pas. Elle attrapa une couverture et l'enroula autour d'elle et du bébé.

Par miracle, Chloe resta endormie. Rapidement, Summer alla à la porte-fenêtre et elle l'ouvrit.

— Je suis dehors, maintenant, chuchota-t-elle. Sur le balcon. Chloe dort toujours.

— Les secours seront là dans dix minutes. Tu dois rester loin de lui jusque-là.

Elle se précipita dans l'escalier, dégringolant les marches à toute vitesse, et elle s'élança vers les arbres.

— Je cours vers les bois.

Elle cria et faillit laisser tomber le téléphone lorsqu'une balle fusa, passant tout près d'elle. Par réflexe, elle plongea derrière des fourrés.

La voix d'Ashton rugit dans le téléphone.

— Summer !

— Je vais bien, tout va bien. Il a tiré sur moi mais il m'a manquée. Je suis dans la forêt, maintenant.

Dans ses bras, Chloe commençait à bouger.

— Je dois continuer à avancer. Sinon, Chloe va se réveiller et pleurer.

— Enfonce-toi le plus profondément possible dans le sous-bois. L'intrus doit être en train de descendre l'escalier.

Dès que Summer se remit en marche, elle sentit Chloe se détendre. Sa fille serrée contre sa poitrine, elle se força à courir aussi vite que possible.

Mais bientôt, le poids de Chloe endormie devint presque insupportable.

Elle s'arrêta pour se reposer un moment.

— Ashton, je ne sais pas où il est ni combien de temps je peux continuer à avancer.

Elle parlait de façon hachée, le souffle court.

— Je suis arrivé à la maison sécurisée, maintenant, répondit-il. Ne raccroche pas. Je te suis à la trace via ton téléphone. N'essaie pas de parler. Continue à t'enfoncer dans le bois, d'accord ?

— Oui.

Elle glissa le téléphone dans la couverture, contre Chloe, et elle se remit en marche. Un autre coup de feu claqua. Pas aussi près que le premier mais assez proche pour que Summer comprenne que son poursuivant était presque sur elle.

Bien qu'à bout de forces, elle s'obligea à courir, s'efforçant d'utiliser les grands arbres pour se cacher. Elle essayait surtout de regarder où elle posait les pieds dans l'obscurité. Si elle butait sur une souche et se tordait la cheville, elle n'y survivrait pas.

Mais elle se sentait épuisée. Elle avait besoin de se reposer un instant.

— Je dois m'arrêter... un petit moment... Je n'en peux plus, dit-elle aussi près que possible du téléphone.

Elle espérait qu'Ashton pouvait l'entendre.

Elle s'effondra sur le sol, berçant Chloe dans l'espoir de la garder endormie.

Elle sentit un animal ramper sur sa jambe mais elle refusa de se laisser gagner par la panique. Sa phobie des insectes et des serpents était balayée par une frayeur bien plus grande, provoquée par un maniaque qui la pourchassait avec une arme à feu.

De combien de temps Ashton avait-il besoin pour arriver ? Était-il déjà dans la forêt ? Son téléphone pourrait-il localiser son emplacement avec précision ou lui donnerait-il simplement une indication générale ?

Devrait-elle recommencer à courir ?

Les questions lui traversaient l'esprit si vite qu'il lui était difficile de réfléchir. Quel était le meilleur plan d'action ?

Mais soudain, un homme surgit de derrière un arbre, son fusil braqué sur elles.

— Je suis désolé, dit-il en haussant les épaules. N'y voyez rien de personnel.

— Attendez. Je ne sais pas qui vous êtes.

Elle devait le faire parler, essayer de gagner du temps.

Bizarrement, il avait l'air sympathique.

Il répondit avec douceur :

— Moi, je vous connais. Et comme je l'ai dit, je suis désolé que ce soit vous. Je veux seulement leur prendre ce qu'ils m'ont pris. Ils doivent connaître à leur tour le chagrin qu'ils m'ont fait subir, les terribles souffrances que j'ai vécues à cause d'eux.

Avant que Summer ne puisse le supplier d'épargner au moins sa fille, un coup de feu claqua dans l'obscurité.

16

Pied au plancher, Ashton contourna le petit ravin derrière la maison sécurisée et s'enfonça aussi loin que possible dans les bois, veillant toutefois à ne pas briser un essieu sur une souche dans sa course folle. Il avait déjà bousillé deux véhicules depuis le début de la semaine mais il s'en moquait comme d'une guigne.

Lorsque le sentier devint impraticable en voiture, il bondit hors de l'habitacle et s'élança vers l'endroit où se trouvait Summer. La position du portable de cette dernière apparaissant sur l'écran de son propre téléphone.

Il entendait la respiration précipitée de Summer qui s'efforçait de courir tout en portant Chloe endormie dans ses bras.

Ashton accéléra, ses pieds volaient sur le sol tant il allait vite. Il n'était plus qu'à un petit kilomètre d'elles.

Mais si Harper attrapait Summer, il n'arriverait pas à temps pour la sauver.

Ashton aurait aimé avoir son fusil à lunette avec lui, mais il devrait se débrouiller avec les moyens du bord, avec son Glock. Il savait s'en servir. À l'entraînement, il avait déjà atteint une cible à deux cents mètres de distance avec son pistolet.

Le souffle de Summer devenait plus haletant, plus court. Elle aurait bientôt besoin d'une pause. Il ne fut pas surpris d'entendre ses mots étouffés.

— Je dois… m'arrêter… un instant…

Sans perdre de temps à la rassurer, il continua à courir aussi vite qu'il le pouvait. Il était tout près maintenant.

Mais où se trouvait Harper ?

Il accéléra encore. À ce rythme, il les aurait rejointes dans quelques minutes.

Tiens bon, chérie, songea-t-il.

Tant de choses pouvaient mal tourner. Si Chloe se réveillait et se mettait à pleurer, par exemple. Si Harper tombait sur elles.

Il n'était plus qu'à trois cents mètres d'elles quand il entendit via son téléphone une voix d'homme qui le glaça.

— Je suis désolé. N'y voyez rien de personnel.

— Attendez, répliqua Summer. Je ne sais pas qui vous êtes.

Le ventre d'Ashton se noua. Harper les avait rattrapées. Dans l'obscurité, Ashton distinguait à peine la silhouette de l'homme qui se dressait devant Summer à deux cent cinquante mètres de lui.

Il cessa de courir. Se précipiter en avant ne servirait plus à rien, maintenant. Il prit une profonde inspiration pour tenter de calmer les battements affolés de son cœur et il leva son Glock, pointant son canon vers Harper.

Il n'avait jamais tiré de si loin avec un pistolet. Il n'avait jamais non plus fait feu pour sauver la femme qu'il aimait.

Son doigt se posa sur la gâchette.

À travers le téléphone qu'il avait glissé dans sa poche, il entendit de nouveau la voix masculine qui s'adressait à Summer :

— Je veux seulement leur prendre ce qu'ils m'ont pris. Ils doivent connaître à leur tour le chagrin qu'ils m'ont fait subir, les terribles souffrances que j'ai vécues à cause d'eux.

Ashton inspira à fond. Son doigt pressa doucement la détente, son bras absorbant le choc du recul du canon.

Le coup de feu résonna dans la nuit. En entendant le cri de douleur de Harper, il comprit qu'il l'avait au moins blessé. Sans attendre, Ashton se remit à cavaler vers Summer. Quelques instants plus tard, il tira de nouveau tout en courant. Son tir ne serait pas aussi précis, mais il espérait qu'il permettrait de tenir Harper à distance de Summer et de Chloe.

Il entendit alors Summer au téléphone.

— Il est mort, Ashton. Tu l'as touché. Tu l'as eu.

Ashton ne répondit pas. Il arrivait sur les lieux du drame.

Essoufflé, il prit Summer et Chloe dans ses bras mais il ne baissa pas son arme. Harper était peut-être seulement blessé, attendant son moment. Tant qu'Ashton n'était pas certain qu'il était mort, il préférait ne pas prendre de risques. L'urgence était d'éloigner Summer et sa fille de ce fou furieux.

— Laisse-moi la porter, dit-il à Summer, remarquant que ses bras tremblaient à force de tenir Chloe.

Il souleva l'enfant, gardant la couverture sur sa tête, et il se mit en marche, entraînant Summer à sa suite.

Quand il trouva une niche naturelle creusée dans la paroi rocheuse où ils seraient protégés sur trois côtés, il s'y glissa, intimant à la jeune femme de l'imiter. Ils y demeureraient jusqu'à l'arrivée du reste de l'équipe Omega Sector. Au moins, personne ne pourrait les prendre par surprise.

— Ça va ? demanda-t-il à Summer.

Elle n'avait pas dit un mot depuis qu'il l'avait rejointe.

Elle ferma les paupières.

— Oui, mais quand j'ai entendu le coup de feu, j'ai pensé qu'il tirait sur Chloe et moi. J'ai cru ma dernière heure arrivée.

Ashton serra les dents.

— Je suis désolé.

— C'était toi, heureusement.

Elle se rapprocha de lui.

Ashton mourait d'envie de la serrer dans ses bras mais il devait garder sa main libre, la main qui tenait l'arme. Aussi se contenta-t-il de lui embrasser le haut du crâne. Ils restèrent assis en silence pendant un long moment, heureux d'être en vie, d'être sains et saufs.

Comme Chloe commençait à s'agiter, Summer retira la couverture de la tête de sa fille.

— Maman !

La douce voix de la fillette leur parut à tous deux magnifique. La petite se tourna vers Ashton.

— Ah-ta !

Elle lui sourit comme s'il n'y avait rien d'inhabituel à être avec lui dans la forêt en pleine nuit. Ashton lui pressa le nez et elle émit un petit rire avant d'attraper une mèche de cheveux de Summer pour jouer avec.

— À quelle distance étais-tu quand tu as tiré ? demanda cette dernière.

— Trop loin pour le tuer, a priori.

— Pourtant, il est la seule personne au monde qui aurait pu y arriver à cette distance, répliqua une voix féminine en s'approchant d'eux. Pour ma part, je ne pense même pas être capable d'atteindre une cible à deux cents mètres avec un Glock 23.

— Il n'y a plus de danger, Lillian ? demanda Ashton.

— Aucun, répondit-elle en tendant la main pour aider Summer à se lever. Nous fouillons les bois dans l'espoir de retrouver Harper mais sans succès jusqu'ici.

— Avez-vous découvert des indices prouvant la présence d'un deuxième homme ?

— Aucun.

— Et Patrick ? s'enquit Summer. Pour réussir à pénétrer dans la maison sécurisée, l'intrus a forcément dû le neutraliser.

Lillian baissa la tête.

— Il n'a pas survécu. Je suis désolée. Harper ou l'inconnu a tiré sur lui.

Ashton vit Summer essuyer furtivement ses yeux brillants de larmes.

— Je ramène Summer au QG, dit-il à Lillian. Elle y restera jusqu'à nouvel ordre. Nous avons manifestement des problèmes de sécurité dont nous devons mettre Steve au courant. Personne, et surtout pas Harper, n'aurait dû savoir où se trouvait Summer.

Lillian hocha la tête.

— Oui, c'est clair. Je vais vous escorter jusqu'à là-bas.

Ashton l'en remercia d'un signe de tête. Il préférait avoir le soutien de Lillian, au cas où d'autres ennuis se présenteraient. Il savait pouvoir lui faire confiance.

Mais un garde du corps d'Omega chargé de veiller sur Summer et Chloe s'étant fait tuer, il y avait indubitablement un traître au sein de l'équipe d'Omega. À présent, le doute n'était plus permis.

Ashton les conduisit dans un studio aménagé au quartier général d'Omega Sector. Meublé d'un lit, d'un canapé et d'une table basse avec une petite kitchenette installée dans un coin, l'endroit était plutôt spartiate. De toute évidence, l'appartement n'était pas destiné à un long séjour mais il serait suffisant pour quelques nuits, songea Summer.

Et Ashton resterait avec elles. Il n'avait pas quitté Summer un instant depuis qu'il les avait rejointes dans la forêt. Il avait envoyé Lillian dans la maison sécurisée pour y chercher les affaires dont elles pourraient avoir besoin pendant les deux prochains jours, y compris le camion de pompiers de Chloe.

À présent, il était en train d'éplucher une banane pour la fillette, assise dans le siège-auto. L'enfant ne semblait pas se préoccuper de savoir qu'il était 3 heures du matin. Elle avait son Ah-ta et quelque chose à manger. La vie était belle.

— Plus j'y réfléchis, plus je sens que nous devons te sortir d'ici, dit Ashton.

— Parce qu'il devient évident qu'Omega Sector abrite en son sein une sorte de taupe ?

— J'ignore s'il s'agit d'une personne réelle. Peut-être avons-nous affaire à un problème informatique. À quelqu'un qui nous pirate de l'extérieur. De toute façon, il n'est pas question que votre sécurité à toi et Chloe soit de nouveau compromise.

— Harper est-il un génie de l'informatique ? Un geek ? Est-ce ainsi qu'il nous a retrouvées ?

Ashton tendit à la petite un autre morceau de banane.

— D'après nos informations, Curtis Harper n'a rien d'un génie dans quelque domaine que ce soit. Et pourquoi aurait-il voulu venir à la maison sécurisée alors qu'il savait que je n'y étais pas ? Il a des comptes à régler avec moi. Pas avec toi.

— Quand je l'ai vu, il m'a expliqué qu'il fallait que les membres d'Omega Sector connaissent la douleur de perdre un être cher, une douleur que lui-même avait endurée à cause d'eux. Il devait aimer profondément son père.

— Nous avons l'enregistrement de tout ce qu'il a dit pendant que je suivais ton téléphone. Les profileurs vont analyser chacun de ses mots, voir s'ils peuvent en tirer quelque chose. Mais les propos que j'ai entendus ne correspondent pas à ce que je sais de Harper. À mon avis, quelqu'un les lui a soufflés.

— As-tu un portrait de Harper ? Je ne l'ai pas bien vu, l'autre soir.

Hochant la tête, Ashton sortit son téléphone pour y trouver ce qu'elle lui demandait. Il lui tendit l'appareil.

Summer ouvrit des yeux ronds.

— S'agit-il d'une photo récente ?

— Elle date de vendredi dernier. Elle a été prise par une caméra de surveillance.

Summer étudia le cliché avant de secouer la tête.

— Ce n'est pas l'homme qui m'a tiré dessus dans les bois, tout à l'heure.

Elle regarda Ashton essuyer le visage barbouillé de banane de Chloe avec un gant de toilette humide.

Il se tourna vers elle.

— En es-tu sûre ?

— Sûre et certaine. Le type que tu m'as montré sur ton téléphone n'a rien de commun avec celui que j'ai vu dans la forêt derrière la maison sécurisée.

Ashton fit défiler d'autres photos sur son écran.

— Et celui-ci ?

— Lui ! C'est lui, j'en suis presque sûre ! s'exclama-t-elle en pointant son doigt dessus. Il n'était pas exactement comme sur cette image parce que nous avions couru tous les deux dans les bois et que nous étions essoufflés. Mais c'est lui que j'ai vu, je suis prête à en mettre ma main au feu.

Ashton souleva Chloe de la chaise.

— Je dois prévenir l'équipe. Nous savons que Harper a un complice mais nous ignorons toujours qui est ce deuxième homme.

— Il ne me semble pas le connaître.

Summer alla changer Chloe pendant qu'Ashton téléphonait.

Tout en parlant, il faisait les cent pas, visiblement furieux. Furieux que quelqu'un ait découvert la résidence protégée. Furieux qu'un agent soit mort au cours de la mission. Que Harper soit derrière ce meurtre ou que ce soit son mystérieux complice n'avait pas beaucoup d'importance.

La nuit tombait. Maintenant qu'elle avait dîné et que le calme était revenu, Chloe commençait à s'assoupir. Summer alla la coucher puis elle s'assit sur le canapé.

Quand Ashton eut fini sa conversation téléphonique, il la rejoignit.

— Steve Drackett, mon chef, estime que nous devrions vous sortir d'ici, Chloe et toi. Cela ne m'enchante pas mais jusqu'à ce que nous comprenions exactement ce qui se passe, à qui nous avons affaire, je pense qu'il a raison.

— Je pourrais aller chez ma sœur à Atlanta.

— Ce serait bien. Beaucoup de vols relient Colorado Springs à Atlanta. Et une antenne du FBI s'y trouve. Nous les mettrons au courant de la situation. Je vais appeler leur bureau et parler à quelqu'un de confiance.

— D'accord. Quand devrai-je partir ?

— Le plus tôt sera le mieux. Demain matin ?

— Oh.

Summer était déchirée. Elle avait évidemment envie d'être en sécurité, d'emmener sa fille dans un endroit sûr. Mais elle ne voulait pas quitter Ashton.

— Crois-moi, l'idée que tu partes me fend le cœur, dit-il passant un bras autour de ses épaules pour l'attirer plus près de lui. Mais protéger ta vie et celle de la petite est ma priorité absolue, alors je vais vous laisser vous rendre chez ta sœur, même si vous allez me manquer, l'une et l'autre.

— Il y a quelque chose que je dois te dire, Ashton.

— C'est à propos de Tyler, n'est-ce pas ?

Elle acquiesça.

— Je n'ai pas bien géré notre dernière conversation à son sujet, l'autre soir.

— Apprendre que j'étais présent le jour du drame t'a bouleversée, Summer. Tu as géré la situation comme n'importe qui l'aurait fait.

— Je vais te dire ce que j'avais expliqué à Joe Matarazzo

quand il s'était accusé d'être responsable de la mort de Tyler. Je me moque de savoir si tu avais la possibilité de tirer ou non : tu n'es pas le tueur. L'homme qui est entré dans cet immeuble avec le désir de s'en prendre à des innocents et qui a sorti cette grenade est le seul à blâmer.

Il s'appelait James Hudson. Mais Summer évitait au maximum de prononcer son nom à voix haute. Elle ne voulait pas même lui accorder ce type de reconnaissance ou un quelconque espace dans sa vie.

— Mais j'aurais pu l'empêcher de tuer les otages, j'aurais pu l'abattre, lui rappela doucement Ashton.

Summer se leva et s'éloigna de quelques pas.

— Et quelqu'un qui l'aurait renversé sur le parking ce jour-là aurait pu l'en empêcher aussi.

— Mais moi, j'étais armé d'un fusil à lunette.

Elle secoua la tête.

— S'il y a une chose que je sais à propos d'Omega Sector, c'est que vous êtes les meilleurs. Tu as fait de ton mieux et personne n'aurait pu mieux faire, j'en suis certaine.

— Je ne pense pas que tu comprennes...

— C'est toi qui ne comprends pas, Ashton. J'ai compris. Tu aurais pu descendre James Hudson. Tu as hésité et ensuite, il était trop tard.

Ashton la regarda comme s'il s'attendait à ce qu'elle explose de rage et le frappe. Comme s'il estimait qu'il méritait une telle réaction, comme s'il la souhaitait presque.

Summer s'approcha de lui et prit son visage entre ses mains.

— Si tu pouvais revenir en arrière et faire autrement, tu le ferais. Tu tirerais, tuerais ce type. Bien sûr.

— Oui.

Ashton avait l'air un peu surpris qu'elle comprenne.

— Je le sais.

— Tu ne me détestes pas, Summer ? Pas même un peu, au fond de toi ?

— Tu pensais que j'allais te détester ?

Il haussa les épaules.

— Je pense que tu le devrais.

— Non, je ne te déteste pas. Je serais incapable de te détester, Ashton. Surtout pas pour ça. Tu as fait de ton mieux. La plupart du temps, cela te suffit pour sauver tout le monde. Et quand ce n'est pas le cas, c'est en général à cause d'un élément inattendu que tu ne maîtrisais pas.

Il l'enlaça.

— Je regrette juste de ne pas avoir eu la possibilité de mieux contrôler la situation, ce jour-là.

Elle haussa les épaules, souriant avec douceur.

— Vous deux, vous vous seriez bien entendus, tu sais. Tyler était facile à vivre comme toi. Drôle. Intelligent.

— Je sais que ça a l'air vraiment bizarre parce que je suis sur le point de t'embrasser, mais j'aurais aimé rencontrer ton mari.

Summer sourit plus ouvertement, se penchant en arrière pour regarder Ashton en face.

— J'aimerai toujours Tyler. C'était un homme bon. Et parce qu'il est le père de Chloe, il fera toujours partie de moi. Mais il n'aurait pas voulu que je le pleure ma vie durant, je le sais.

Elle se hissa sur la pointe des pieds pour nouer ses bras autour de son cou.

— Alors, oui, agent Fitzgerald, embrasse-moi, s'il te plaît.

Sans se faire prier, il captura ses lèvres, les mains sur ses hanches. Aucun d'eux ne laissa ce baiser aller trop loin, conscients de Chloe qui ronflait à deux pas.

Après quelques instants, Ashton se pencha et prit Summer dans ses bras pour la porter jusqu'au lit. Il l'allongea à côté de Chloe puis il s'installa de l'autre côté de l'enfant, paisiblement endormie entre eux.

— Ce n'était pas exactement ainsi que j'imaginais passer la nuit quand je t'ai envoyé un texto, tout à l'heure, dit-elle en lui souriant.

Elle le regarda poser une main sur sa fille assoupie.

— Moi non plus. Et pourtant, il n'y a nul autre endroit au monde où je préférerais être.

Ce fumier d'Ashton Fitzgerald lui avait tiré dessus.

Damien n'avait pas imaginé qu'un agent d'Omega arriverait à temps à la maison sécurisée pour l'empêcher de tuer Summer, d'autant qu'il les avait envoyés sur une fausse piste à l'autre bout de la ville.

Fitzgerald devait déjà être en route pour la résidence protégée quand Damien y était entré. Merde, il aurait dû prendre en considération cette éventualité, se douter que Fitzgerald se précipiterait chez Summer dès qu'il se rendrait compte que Harper ne se trouvait pas au bar.

Damien commençait à être fatigué de ne pas parvenir à abattre Summer Worrall. Il n'avait pas l'habitude d'échouer.

Il grimaça quand une petite douleur traversa son épaule. Cela dit, la blessure n'était pas grave, à peine une brûlure. Sans doute n'était-ce que justice que Fitzgerald lui rende ce que Damien lui avait fait plus tôt, cette semaine. Fitzgerald étant le meilleur tireur d'élite d'Omega Sector, Damien se félicitait que ce dernier n'ait pas été plus proche lorsqu'il avait fait feu. S'il l'avait été, Damien n'aurait plus rien ressenti du tout.

Fawkes serait fou de rage quand il apprendrait qu'une seconde tentative pour tuer Summer Worrall s'était soldée par un échec. Damien en ferait porter le chapeau à Harper, bien sûr, et il conviendrait qu'il était temps de l'éliminer.

Parce qu'il était en effet grand temps d'éliminer Harper.

Damien se pencha vers la femme allongée sur le sol. Il l'avait bâillonnée et ligotée. Il avait jeté son dévolu sur cette inconnue parce qu'elle vivait seule et que l'emplacement de son appartement était idéal. Elle le dévisageait d'un air implorant, ses yeux le suppliaient de l'épargner.

Damien repoussa une mèche de ses cheveux en arrière.

— Là, là. Tout sera bientôt terminé, d'accord ?

Ses paroles ne parurent pas la rassurer. Elle commença à se débattre. Damien s'éloigna d'elle. Qu'elle frotte ses liens contre ses poignets, qu'elle s'arrache la peau à tenter de se libérer, voilà qui donnerait plus de poids à l'histoire.

Damien avait besoin que les SWAT au grand complet fassent

irruption dans cet appartement. C'était la seule façon d'être sûr que Fitzgerald n'ait pas la possibilité de conduire lui-même Summer et sa fille à l'aéroport. La situation devait revêtir un caractère de gravité suffisant pour que la présence d'Ashton soit indispensable, pour qu'il ne soit pas question pour lui de faire passer ses choix personnels avant son métier.

Fawkes serait impressionné de voir qu'il avait été capable de pirater sur Internet le relevé de la carte de crédit de Summer et mis la main sur le billet acheté en ligne. Omega Sector n'avait pas jugé utile de classer cette information confidentielle. Découvrir qu'elle avait une sœur à Atlanta n'avait pas été très difficile non plus.

Il était temps de mettre son plan en action. Pour commencer, il lui fallait appeler Harper. Il composa le numéro, tapant du pied avec impatience en entendant sonner trois, quatre fois.

— Allô ! répondit enfin ce dernier, qu'il réveillait manifestement.

— Harper, c'est Damien.

— Ça ne va pas de téléphoner aux gens à cette heure-ci ! Il est 6 heures du matin.

— Pas du tout. Il est près de 8 heures.

— Peu importe. Je dormais.

Damien secoua la tête.

— En tout cas, l'heure de votre vengeance est imminente, Harper. Je vais vous exposer mon plan et vous fournir tout ce dont vous avez besoin pour tuer Ashton Fitzgerald.

— Vraiment ?

D'un coup, Harper semblait plus alerte.

— Oui, il est temps. Retrouvez-moi chez feu votre père à midi.

— Sa maison est à moitié en ruine. Elle a été saisie, squattée... Plus personne ne l'entretient depuis des lustres.

Damien le savait déjà, bien sûr.

— Mais justement, l'endroit me semble idéal. L'agent Fitzgerald va trouver la mort chez celui qu'il a tué. Après tout, il est responsable de l'état de la propriété.

— Ouais, ouais, vous avez raison. Ce n'est que justice et une justice qui n'est pas dénuée de poésie quand on y pense.

Damien leva les yeux au ciel. Il était vraiment temps que Curtis Harper meure.

— Je vous expliquerai tout là-bas. À midi.

Il raccrocha avant que Harper ne puisse ajouter une ânerie, une *autre* ânerie.

Maintenant, il lui fallait lancer l'opération. Damien sortit un téléphone prépayé et composa le numéro d'appel d'urgence.

— Ici le 911, bonjour. Merci de préciser la raison de votre appel.

— Mon Dieu ! s'exclama Damien d'une voix paniquée. Je crois que l'ex-petit ami de ma voisine l'a prise en otage chez elle. Voilà des mois qu'il revient en permanence la harceler, la brutaliser en menaçant de la tuer. Mais cette fois, il est entré chez elle avec un revolver en poussant des hurlements. Que puis-je faire pour empêcher un drame ?

— Surtout, n'intervenez pas. Laissez faire les autorités compétentes. Donnez-moi l'adresse de l'appartement de cette voisine, je vous prie.

Damien transmit le renseignement demandé.

— Je crois avoir entendu deux hommes crier, ajouta-t-il. Et si ce malade était venu accompagné de l'un de ses amis ? Il en est capable, vous savez. C'est un pervers. Tamara avait rompu avec lui, l'année dernière, pour cette raison. Sur mes conseils.

Damien regarda la femme par terre et esquissa une grimace comme pour s'excuser des mensonges ridicules qu'il débitait.

— Seigneur ! cria-t-il. Des coups de feu ! Venez vite !

Damien raccrocha et laissa tomber le téléphone près de la malheureuse Tamara. Il s'était assuré que les rideaux étaient bien tirés. Des rideaux fermés lui permettraient de gagner du temps.

Il se dirigea vers la porte de l'appartement, l'ouvrit et tira deux fois en l'air. Cela devrait suffire à attirer l'attention des voisins. Le numéro d'urgence recevrait bientôt d'autres appels.

Damien s'approcha de Tamara.

— Je suis désolé. Ne voyez rien de personnel dans mon geste. Vous tuer fait partie du plan.

Puis il l'abattit de deux balles en pleine poitrine et regarda la tête de la pauvre fille rouler sur le côté. Morte. C'était le moment d'y aller. Damien avait un avion à attraper.

Chloe se réveilla la première et vit Ashton.

— Ah-ta. Ah-ta. Ah-ta ! chantonna-t-elle.

À son tour, Summer battit des paupières. Elle avait vraiment, vraiment besoin d'une bonne nuit de sommeil. Elle ne se souvenait pas avoir été aussi épuisée depuis la naissance de sa fille.

Et vu sa fatigue, il ne serait pas simple de s'occuper de la petite dans l'avion.

Elle avait besoin d'être à l'aéroport un peu avant le décollage fixé à 11 heures. Heureusement, Chloe dormirait pendant la majeure partie du vol, qui tombait à l'heure de sa sieste.

Summer prit le petit déjeuner avec sa fille et Ashton puis ce dernier joua avec l'enfant tandis qu'elle même se douchait. Lillian avait été chercher des vêtements dans la maison sécurisée. À ce stade, Summer allait empaqueter tout ce qu'elle avait pour l'emporter à Atlanta et elle achèterait là-bas ce qu'il lui faudrait d'autre. Heureusement, Joe lui versait un salaire décent.

Elle prépara une petite valise pendant qu'Ashton amusait Chloe avec une balle.

Avec un soupir, Summer regarda le bazar que sa fille avait créé en quelques heures.

— C'est bien que tu l'aides à dépenser son énergie. Elle ne sera pas trop agitée dans l'avion.

— As-tu pris tout ce dont tu as besoin ?

Summer hocha la tête.

— Je n'ai pas à m'inquiéter à ce sujet. Si j'ai oublié quelque chose, je l'achèterai à Atlanta ou l'emprunterai à ma sœur. Il y a des centres commerciaux à tous les coins de rue, là-bas.

Ashton souleva Chloe pour l'installer sur ses épaules et il passa devant Summer.

— Vous allez être parties quelques jours, toutes les deux. Une semaine, tout au plus. Et si ça peut t'aider, je viendrai te rejoindre là-bas ce week-end pour te donner un coup de main.

Summer s'appuya sur lui. Elle était si fatiguée qu'avoir quelqu'un sur qui compter, quelqu'un qu'elle connaissait très bien et qui aimait Chloe, lui faisait du bien.

Plus que du bien. Elle commençait à rêver, à s'imaginer vivre à plein temps avec cet homme merveilleux.

— Méfie-toi, je pourrais bien te prendre au mot, dit-elle contre ses lèvres, se hissant sur la pointe des pieds pour nouer ses bras autour de son cou.

— Tant mieux parce que je parle sérieusement.

Chloe leur tapota les joues et ils s'écartèrent l'un de l'autre.

Ashton sourit.

— Il est temps de conduire ces dames à l'aéroport.

Ils arrivaient à la porte principale du bâtiment d'Omega quand la sonnerie du téléphone d'Ashton retentit.

— Attends, dit-il tout en marchant. Je dois prendre cet appel.

Il ne fallut pas longtemps à Summer pour comprendre qu'il s'agissait d'une urgence. L'équipe SWAT — et Ashton, en particulier — avait besoin d'intervenir pour régler une prise d'otage.

Il tenta de discuter, demandant à ne pas y aller, mais Summer lui toucha le bras pour l'en empêcher.

— Ça ira. Chloe et moi prendrons un taxi pour nous rendre à l'aéroport.

— Il n'est pas question que vous y alliez sans escorte.

— Alors envoie un autre agent avec moi. Je veux bien être protégée pendant le trajet jusqu'à l'aéroport. Mais les risques sont faibles. Personne ne sait où je vais. Les SWAT ont besoin de toi. Manifestement, il s'agit d'une opération importante. Tout ira bien, ajouta-t-elle en lui caressant tendrement la joue.

Elle le sentait hésiter, déchiré, mais quelques instants plus tard quand un jeune Afro-Américain surgit dans le couloir en annonçant que Steve Drackett l'avait envoyé pour accompagner Summer et Chloe, Ashton céda enfin.

— Tyrone, tu ne dois pas les quitter des yeux un seul instant. D'accord ? Il ne s'agit pas d'un exercice mais d'une véritable mission. Tu n'es pas à l'entraînement. Mais dans la vraie vie.

Le jeune homme hocha la tête.

— Oui, monsieur. Je les conduirai jusqu'à la porte d'embarquement. Je franchirai même la sécurité avec elles.

— Tu n'auras pas le droit de passer avec ton arme sans l'autorisation appropriée et nous n'avons pas le temps de l'obtenir, alors laisse-la dans la voiture. Mais ils t'autoriseront à entrer dans l'avion avec elles si tu montres ton badge.

— Bien, monsieur. Je ne les lâcherai pas d'une semelle.

Ashton se tourna vers Summer. Il la serra contre lui.

— À bientôt, ma chérie. Appelle-moi dès que vous arriverez.

Elle caressa sa joue.

— Sois prudent.

— Toujours.

Il embrassa Chloe sur le nez, effleura les lèvres de Summer et disparut dans le couloir.

La jeune-femme prit conscience que la vie avec Ashton serait toujours ainsi. Il pourrait être appelé à tout moment, à l'improviste, pour mettre ses compétences de tireur d'élite au service de la communauté.

Mais elle y était prête. Ce genre d'existence ne la dérangeait pas. Ce qu'Ashton faisait — ce qu'Omega faisait tous les jours — était important, vital, pour le pays.

Bien sûr, tous deux n'avaient pas encore parlé d'avenir. Mais elle ne pouvait déjà plus imaginer la vie sans lui.

Summer se retourna pour sourire au grand jeune homme qui avait été assigné à sa protection.

Il lui tendit la main.

— Je suis Tyrone Marcus, madame.

— Merci d'avoir répondu présent, Tyrone. Je me doute bien que cela ne vous amuse pas de m'accompagner.

Il prit son sac et les entraîna, Chloe et elle, vers la sortie principale.

— Ce n'est pas un problème. L'agent Fitzgerald et les autres membres d'Omega Sector m'ont vraiment pris sous leur aile et je suis heureux de travailler pour eux. Ce sont des modèles pour nous tous.

— Depuis combien de temps êtes-vous agent ?

— Trois ans. Et je viens d'être accepté dans le programme de formation du SWAT. Et ravi d'y être, comme vous l'imaginez.

Ils étaient presque à la porte quand ils croisèrent un autre jeune homme.

Tyrone le salua de la main.

— Hé, Saul, ils ont annoncé que le nouveau groupe de candidats désireux d'intégrer les SWAT subirait une batterie d'épreuves au printemps prochain. Tu vas y arriver, ce coup-ci, c'est sûr. La dernière fois, tu as failli être sélectionné.

Saul, jeune et musclé comme Tyrone, mais avec des cheveux blonds qui lui donnaient l'air d'un surfeur, tira sur sa cravate comme si elle le dérangeait, puis il secoua la tête.

— Nan. J'ai renoncé aux SWAT. J'ai décidé de me tourner vers une autre orientation... qui me permettra d'être le meilleur.

— C'est super. Si ça te plaît, je suis content pour toi.

— Je pense avoir trouvé ma voie.

Tous deux se serrèrent la main. Le sourire de Tyrone semblait plus sincère que celui de Saul. Sans doute était-il jaloux à propos des SWAT. Summer devinait que le malheureux Saul n'avait pas les talents de son camarade.

Tyrone entraîna la mère et la fille vers la voiture garée au sous-sol.

— La sélection pour entrer chez les SWAT d'Omega Sector est très difficile, dit-il. Et pas seulement au plan physique. Ils exigent un niveau d'excellence dans tous les domaines. Et cette formation ne garantit pas mon intégration à la fin. Rien n'est encore joué.

— Je suis sûre que vous y parviendrez.

— C'est mon rêve de toujours. Je me suis entraîné avec l'équipe ces deux dernières semaines. C'était fantastique. Mais je n'ai pas encore participé à une vraie mission pour le moment.

Il lui décocha un grand sourire chaleureux.

— J'ai un peu entendu parler de vous... et des muffins.

Summer leva les yeux au ciel.

— Ne me dites pas du mal d'Ashton.

— Je ne me permettrais pas.

Il s'intégrerait bien à l'équipe, Summer pouvait déjà le dire. Elle attacha le siège-auto de Chloe sur la banquette arrière de la voiture.

— Je vais m'asseoir à côté d'elle, si ça vous va, dit Summer. Pour l'empêcher de s'assoupir comme elle le fait normalement dès que nous roulons. Je préfère qu'elle dorme dans l'avion.

— Très bien. Mais j'ai du mal à imaginer quelqu'un débordant à ce point d'énergie s'assoupissant si vite.

— C'est comme un interrupteur. Elle crie, elle joue, elle court partout, et soudain elle s'endort comme une masse. Et elle ne sera pas contente que je la garde éveillée. Le trajet jusqu'à l'aéroport ne sera pas simple.

Comme Summer sortait de l'arrière de la voiture pour la contourner, elle faillit hurler quand un homme surgit de l'ombre et passa tout près d'elle.

Tyrone bondit immédiatement de l'habitacle, l'arme au poing.

— Bon sang, Carnell, que fabriques-tu ?

Le type les observa tous les deux avec des yeux qui semblaient trop profonds pour son visage.

— Drackett m'a demandé de vous escorter jusqu'à l'aéroport à bord d'une deuxième voiture.

Carnell regarda autour de lui comme s'il se préparait à tout moment à une attaque. Summer s'installa près de Chloe sur la banquette arrière. Cet homme lui donnait la chair de poule. Elle se félicita que Tyrone les conduise à l'aéroport et non pas son collègue.

Tyrone n'était évidemment pas content de la présence de ce dernier.

— Je pense être capable de gérer la situation tout seul, grommela-t-il.

— Je ne rentrerai pas dans l'aéroport. Drackett redouble de prudence après ce qui s'est passé le mois dernier.

Tyrone jeta un coup d'œil à Summer.

— La femme de Drackett, Rosalyn, a été kidnappée.

Carnell l'interrompit pour préciser :

— Alors qu'un agent l'escortait au siège d'Omega ! L'agresseur a tué l'agent et a enlevé Rosalyn.

— Oh ! mon Dieu !

Summer avait cru qu'elle serait plus qu'en sécurité avec un seul agent. Évidemment, non.

— Tu parles à une civile, Carnell. Baisse d'un ton, veux-tu ?

Carnell observa Summer et Chloe d'une manière qui la mit mal à l'aise. Comme si elles étaient des objets d'étude scientifique ou quelque chose du même genre.

— Je ne voulais pas vous choquer ni vous offenser, madame. Mais seulement vous exposer les faits.

Summer boucla le harnais de Chloe dans le siège-auto.

— Eh bien, partons pour l'aéroport.

Carnell prit place dans une voiture garée un peu plus loin et Tyrone au volant de la leur.

— Désolé pour cet incident, dit Tyrone en démarrant. Carnell est un génie stratégique mais il n'est pas particulièrement aimable avec les gens, comme vous pouvez le voir.

— Je suis surprise que votre patron envoie quelqu'un comme lui pour nous escorter.

— Phillip est capable de détecter des risques que je n'aurais jamais soupçonnés. Son cerveau est un véritable ordinateur. Il repérera d'éventuels dangers avant qu'ils ne se concrétisent en menaces. C'est un atout.

— D'accord.

— Il est sympa, au fond. Sauf lorsqu'il commence à parler de la nécessité d'une révolution. C'est son dada. Il veut faire évoluer les forces de l'ordre de façon radicale.

Heureusement, le trajet jusqu'à l'aéroport se déroula sans encombre, mis à part l'irritation de Chloe d'être obligée de rester éveillée. Mais dès qu'elle put courir dans le hall de départ, elle retrouva sa bonne humeur.

Fidèle à sa parole, Tyrone les guida à travers la foule jusqu'à la porte d'embarquement. Summer serra alors la main du jeune homme et Chloe agita la sienne en guise d'au revoir. Elles entrèrent parmi les premiers dans l'avion car elles avaient besoin de plus de temps que les autres passagers pour s'installer.

Summer attacha le siège bébé de Chloe à la place à côté d'elle et y mit la petite fille. Puis elle se rassit et regarda les autres personnes monter dans l'avion.

Un poids pesait sur sa poitrine. Elle s'inquiétait pour Ashton. Elle savait à quel point l'équipe des SWAT d'Omega Sector était talentueuse, mais elle ne parvenait pas à se débarrasser d'un mauvais pressentiment.

Tout irait bien pour Ashton. Il le fallait.

Elle se pencha par-dessus Chloe pour regarder par le hublot. Elle sentit des larmes brûlantes à ses paupières avant que la petite main de sa fille n'attrape sa joue.

— Ah-ta, dit Chloe.

Summer lui embrassa le front.

— Oui, Ah-ta. Nous le verrons bientôt.

Le flot de passagers était monté à bord et Summer se prépara pour le vol et les jours à venir. Loin d'Ashton.

Quand tout à coup une annonce se fit entendre.

— Summer Worrall, si vous êtes dans l'avion, merci de vous faire connaître auprès d'une hôtesse.

17

Summer pressa le bouton d'appel, se demandant ce qui se passait. Bientôt, une hôtesse et l'un des stewards s'approchèrent d'elle.

— Madame, un agent fédéral s'est présenté au terminal de l'aéroport et vous demande de descendre de l'avion. Nous allons vous aider avec le bébé et vos bagages.

Tyrone ?

— S'agit-il d'un grand Afro-Américain ? Jeune ?

L'hôtesse lui décocha un sourire navré.

— Je n'en sais rien, madame. Je suis désolée. Nos collègues nous ont appelés sans nous donner de détails.

Quelque chose avait dû arriver. Peut-être les SWAT avaient-ils déjà arrêté Harper. Peut-être Ashton essayait-il de l'empêcher de partir puisqu'il n'y avait plus de danger.

Le ventre de Summer se noua. À moins qu'un drame ne se soit produit.

— D'accord, leur dit-elle tout en commençant à détacher Chloe.

L'hôtesse se chargea de sa valise, le steward du siège bébé pendant que Summer, Chloe dans les bras, remontait l'allée de l'appareil sous les regards curieux des autres passagers.

Il n'était pas courant que quelqu'un soit escorté jusqu'à la sortie d'un avion au moment où celui-ci s'apprêtait à décoller.

Lorsqu'ils arrivèrent au terminal, Summer constata que ce n'était pas Tyrone qui l'attendait, ni même l'effrayant Phillip Carnell, mais un brun d'une cinquantaine d'années qu'elle ne connaissait pas. Pourtant, il lui disait vaguement quelque chose. Elle avait dû le croiser au QG d'Omega Sector au cours des derniers jours.

— Où est Tyrone ? lui demanda-t-elle.

L'homme se raidit légèrement.

— Il a été appelé pour une intervention et voilà pourquoi Ashton Fitzgerald m'a demandé de vous escorter.

Il sortit un badge et une carte qui ressemblait à celle d'Ashton.

— Je suis l'agent Jennings. Je dois vous reconduire immédiatement au QG d'Omega Sector.

— Mais Ashton, comment va-t-il ? Lui est-il arrivé quelque chose ?

Elle ne parvenait toujours pas à se débarrasser du mauvais pressentiment auquel elle était en proie.

— Honnêtement, madame, je ne sais pas ce qui se passe. Je me contente d'exécuter les ordres. Si vous voulez, je contacterai mes supérieurs par radio une fois que nous serons dans la voiture pour voir si je peux obtenir des informations.

Elle hocha la tête.

— Ce serait génial, merci.

Refusant d'imaginer le pire, elle traversa l'aéroport avec l'agent. Chloe commençait déjà à s'assoupir sur son épaule, mais heureusement l'agent Jennings portait ses affaires.

— Je vais installer le siège-auto pour vous, madame, dit-il lorsqu'ils parvinrent à la voiture. J'ai moi-même deux enfants en bas âge alors je sais comment m'y prendre.

Summer lui sourit avec gratitude. Elle sortit son téléphone de son sac. L'agent Jennings se renseignerait en passant par les canaux officiels mais si, de son côté, elle pouvait échanger des textos avec Ashton, savoir qu'il allait bien, peut-être parviendrait-elle à se détendre.

Tu ne peux probablement pas parler mais j'avais simplement besoin de savoir que tu allais bien.

D'une pression du pouce, elle envoya le message. Cela dit, Ashton n'avait sans doute pas son téléphone avec lui. Elle se souvenait de lui dans sa tenue d'intervention du SWAT. Les portables personnels ne faisaient pas partie de l'équipement.

— Voulez-vous la mettre sur le siège ou souhaitez-vous que je le fasse ? demanda l'agent Jennings, désignant Chloe.

— Je m'en occupe, merci. J'espère la garder endormie. Je vais m'asseoir à l'arrière avec elle, si ça ne vous ennuie pas.

— Très bien.

Il lui sourit. De nouveau, elle eut vaguement l'impression de l'avoir déjà vu.

— Nous sommes-nous rencontrés à Omega, au cours des derniers jours ? Pardonnez-moi de poser la question. J'espère ne pas être grossière, ajouta-t-elle en glissant Chloe dans le siège-auto, faisant attention à ne pas la réveiller.

— Nous nous sommes croisés brièvement au QG. Si brièvement que je suis surpris que vous ayez gardé mon visage en mémoire.

Le téléphone de Summer vibra dans sa main.

Ton avion n'a donc pas encore décollé ? Tu n'as pas le droit d'utiliser ton portable en vol, tu le sais. À plus tard.

Un intense soulagement inonda Summer. Ashton était en vie et il allait bien.

— Était-ce l'agent Fitzgerald ? demanda Jennings.

Elle hocha la tête.

— Oui. Il va bien. Je m'inquiétais pour rien. Depuis deux jours, je suis un peu stressée, d'où ma nervosité.

— Lui avez-vous dit que vous aviez quitté l'avion et que je vous conduisais au QG d'Omega ?

— Non, répondit Summer en secouant la tête. Et il me reprochait de...

Elle s'interrompit. Ashton lui reprochait d'utiliser son portable dans l'avion. Il pensait donc qu'elle était à bord. Summer mesura brutalement la gravité de son erreur.

Elle s'était tellement angoissée pour lui qu'elle n'avait pas réfléchi et qu'elle avait suivi Jennings aveuglément, sans se poser de questions. Mais Ashton ne l'aurait jamais confiée à quelqu'un qu'elle ne connaissait pas sans la prévenir. Surtout s'il avait accès à son téléphone.

Elle se retourna vers l'agent Jennings qui se tenait juste derrière elle.

Mais en réalité, il n'était pas agent, il n'était pas membre d'Omega Sector, n'est-ce pas ?

— C'est vous qui m'avez poursuivie dans les bois, hier soir.

Comme il s'approchait d'elle, elle l'observa avec attention. Il avait l'air un peu différent de la veille. Ses cheveux étaient plus clairs, plus fins. Ses sourcils plus épais. Mais c'était bien lui.

Il haussa les épaules.

— Vous ne m'avez vu que très brièvement. Je ne m'attendais pas à ce que vous vous souveniez de moi.

Elle sentit qu'il lui piquait le bras et se rendit compte qu'il lui avait injecté quelque chose.

Tout se mit à tourner autour d'elle. Summer s'accrocha au capot de la voiture pour ne pas tomber.

— Que voulez-vous de moi ?

— Vous utiliser comme appât.

Ce fut la dernière chose qu'elle entendit avant qu'un voile noir ne tombe sur ses yeux.

En reprenant connaissance, Summer comprit tout de suite qu'elle n'était pas dans une voiture mais allongée sur un vieux canapé sale et malodorant. Lorsqu'elle tenta de se redresser, elle fut aussitôt prise de vertiges et de haut-le-cœur. Elle avait les mains liées devant elle à l'aide d'une cravate.

— Les effets du puissant sédatif que je vous ai administré sont souvent durables, Summer. Vous serez probablement dans un état second, somnolente et nauséeuse, pendant plusieurs heures.

L'homme qui s'était présenté comme l'agent Jennings se penchait vers elle. C'était lui qui avait essayé de la tuer dans les bois, la nuit précédente.

— Où est Chloe ? demanda-t-elle en s'efforçant d'ouvrir les yeux pour chercher sa fille.

— À côté de vous dans son siège-auto. Mieux vaut la garder attachée. Pour qu'elle ne risque pas de tomber.

Summer essaya de se lever mais elle se rendit compte qu'une longe la retenait au canapé.

— Que lui avez-vous fait ? L'avez-vous droguée ?

— Votre enfant a reçu un petit somnifère, madame Worrall. Qui devrait la faire dormir pendant un moment. Reconnaissez qu'il vaut mieux pour tout le monde qu'elle dorme, à commencer par elle.

Summer tentait de recouvrer ses esprits. Administrer un somnifère à un bébé n'était pas recommandé. Mais avec un peu de chance il ne devrait pas provoquer d'effets toxiques durables sur l'organisme de l'enfant.

Mon Dieu, faites que Chloe n'en garde que le souvenir d'une longue sieste !

À condition que ce type dise la vérité. À ce stade, Summer ne pouvait que l'espérer.

Mais il avait raison sur un point : mieux valait que Chloe soit endormie aussi longtemps que possible. Summer voyait la petite poitrine de sa fille se soulever quand elle respirait. C'était suffisant pour le moment.

— Que voulez-vous ? Pourquoi sommes-nous ici ?

— Je suis sur le point de vous livrer à Curtis Harper dans le cadre d'un plan qu'il a en tête pour se venger de votre petit ami.

Rien de tout cela n'avait de sens.

— Mais la nuit dernière, c'était vous qui vouliez nous tuer dans les bois. Pourquoi n'avez-vous pas une arme pointée sur moi, à cet instant ?

— Oh ! je l'ai ! Dans un genre différent, voilà tout.

Summer n'était pas sûre de tout comprendre mais les propos sibyllins de son interlocuteur n'auguraient rien de bon.

Elle entendit soudain de la musique poussée à plein volume sortir d'une voiture qui se garait devant la maison. La plupart des fenêtres de la demeure où ils se trouvaient étaient brisées. L'endroit semblait abandonné depuis des années. Le canapé sur lequel elle était ligotée avait certainement connu des jours meilleurs.

— Ah, voici M. Harper. Il est un peu pénible. Je préfère vous prévenir.

— Damien ? Je suis arrivé. Alors, quel est le plan génial dont vous m'avez parlé ?

Le nouveau venu pénétra dans la maison, arrachant à moitié la porte au passage, sans se soucier manifestement du bruit qu'il faisait. Cette bicoque en ruine devait être isolée.

— Laissez-moi vous présenter Mme Worrall et sa fille. Grâce à elles, vous allez réussir à faire venir Ashton Fitzgerald ici et à vous expliquer avec lui seul à seul.

— Vous croyez vraiment qu'il va tomber dans un piège aussi grossier ?

Freihof lui sourit.

— Absolument.

Il se leva du fauteuil poussiéreux dans lequel il était assis.

— Mais ne vous inquiétez pas, Harper, je ne vous laisserai pas seul pour vous occuper de lui.

Harper entra dans la pièce, lorgnant Summer d'une manière qui la fit frissonner.

— Non ?

— Je serai dehors avec un fusil-mitrailleur pointé sur Fitzgerald. Tout ce que vous aurez à faire quand il arrivera sera de l'inciter à s'approcher du canapé. De là, je pourrai le descendre. Vous aurez enfin votre revanche.

— Et que comptez-vous faire de la fille ?

Freihof sourit.

— Vous en ferez ce que vous voudrez.

Comme Harper s'avançait vers elle, Summer sentit une violente répulsion la gagner. Elle comprit qu'il était l'homme qui avait pénétré par effraction chez elle.

— Vous me touchez et je vous casse le nez.

Les yeux de Harper brillèrent de fureur mais il renonça à aller plus loin.

Summer remarqua tout de suite que le plan du dénommé

Damien comportait de nombreuses failles. Ashton n'allait évidemment pas venir seul, il faisait partie d'une équipe. Les SWAT travaillaient toujours ensemble pour infiltrer ouvertement ou secrètement des lieux et sauver des otages. Harper imaginait-il vraiment qu'Ashton se jetterait dans la gueule du loup sans assurer ses arrières, simplement parce que Harper le lui demandait ?

Les coéquipiers d'Ashton n'entreraient peut-être pas avec de dernier, ils ne se montreraient pas, mais ils seraient tous là.

Summer observa les deux hommes. *Freihof le savait.* Harper n'était peut-être pas assez futé pour voir les tares du plan, mais Freihof l'était.

Freihof en était à l'origine.

Elle décida de semer la zizanie entre eux.

— Il vous manipule pour vous perdre, Harper, dit-elle. Réfléchissez un peu. Vous serez seul ici, aux prises avec un membre d'Omega Sector, et il est probable que tous les SWAT seront dans le coin, prêts à intervenir.

Désignant Freihof d'un geste du menton, elle ajouta :

— Lui, il sera dehors. Il ne se mouille pas trop et si les choses tournent mal, il aura la possibilité de s'enfuir.

Damien la fusilla du regard.

— Vous feriez mieux de vous taire, madame Worrall.

— Pourquoi ? Parce que je dis la vérité, parce que je le préviens qu'il prend tous les risques et vous, aucun ? Que vous vous servez de lui pour...

Freihof la frappa à l'arrière du crâne pour la faire taire.

— Vous essayez de sauver votre amant en racontant n'importe quoi. Vous êtes pathétique. Et Curtis n'accorde aucun crédit à vos mensonges.

— Mais elle a raison, répliqua Harper. C'est moi seul qui prends tous les risques.

Freihof mit son bras autour de Harper.

— Elle tente de sauver sa peau et celle de Fitzgerald.

Summer voulut argumenter davantage, faire comprendre à

Harper qu'il serait le dindon de la farce, mais elle craignait que Freihof ne s'en prenne à Chloe.

— Grâce à ce plan, vous serez près de Fitzgerald quand il mourra, poursuivit Freihof. Votre visage sera la dernière chose qu'il verra. Il périra chez votre père. Justice sera faite.

Le sourire de Harper s'élargit.

— Voilà qui me plaît.

— Et nous formons une équipe, vous et moi. Nous sommes ensemble depuis le premier jour dans cette aventure. Vous pouvez me faire confiance pour vous livrer Fitzgerald. Vous pouvez me faire confiance pour tout. Vous le savez, non ?

— Oui, je vous fais confiance, Damien. Et Fitzgerald paiera pour ses crimes comme il le mérite.

Freihof opina.

— Il vous suffira de le conduire près du canapé. De là, je le descendrai, je ne pourrai pas le rater. Ensuite, je m'occuperai du reste. Regardez ce que j'ai apporté pour nous permettre de communiquer pendant l'opération.

Il sortit de sa poche des oreillettes et des petits micros. Il aida Harper à les mettre en place.

— Maintenant, nous pouvons échanger pour nous assurer que le plan se déroule comme prévu.

Harper se détendit. Visiblement, Freihof avait retrouvé sa confiance.

— Ce sera comme dans un film.

— Exactement. Comme dans un film. Chacun de nous fait sa part du travail et vous pouvez compter sur moi.

— Et elle ? dit Harper en désignant Summer.

— Je vous suggère de la bâillonner pour l'empêcher de prévenir Fitzgerald quand il arrivera. Et une fois que je l'aurai abattu, vous ferez d'elle ce que vous voudrez. Vous avez carte blanche.

Summer frissonna quand Harper la regarda avec un mauvais sourire.

— D'accord. Il ne me reste plus qu'à appeler Fitzgerald. Il va mourir aujourd'hui.

18

La femme — elle s'appelait Tamara Snell — était morte bien avant que les SWAT n'envahissent son appartement. Mais dans le chaos général, ils mirent un peu de temps à le comprendre.

Le numéro d'urgence, le 911, avait reçu plusieurs appels signalant des coups de feu dans l'immeuble de Tamara. La plupart des personnes qui avaient contacté les secours n'avaient pas été capables de préciser à quel étage se déroulait le drame, à l'exception d'un homme. Celui-là même qui avait prétendu avoir vu l'ex-petit ami abusif de Mme Snell la prendre en otage.

Or, il n'y avait aucun ex-petit ami violent chez Tamara. Par contre, cette dernière était bien morte de deux balles en pleine poitrine.

L'équipe SWAT avait mis en place un périmètre de sécurité comme dans chaque situation de prise d'otages. Après un tour de reconnaissance, Ashton avait compris que le meilleur angle de tir se trouvait de l'autre côté de la rue, en haut de l'escalier de secours d'un autre immeuble. Après en avoir discuté avec ses camarades, il s'était mis en position et il avait attendu.

Et attendu.

Il avait entendu Derek Waterman tenter d'appeler le téléphone portable de la victime. Personne n'avait pris l'appel. Et rien — aucun mouvement, aucune lumière — ne perçait derrière les épais rideaux qui couvraient les fenêtres de Tamara.

La sonde avec micro intégré glissée sous la porte n'ayant enregistré aucun son, le pire était à craindre. Quand une deuxième sonde, équipée celle-ci d'une petite caméra, avait montré une femme étendue sur le sol, les SWAT avaient immédiatement forcé la porte.

Ils étaient arrivés trop tard. Bien trop tard pour sauver Tamara Snell.

Les inspecteurs de police locaux allaient prendre le relais, se charger des investigations. Ashton était un peu énervé qu'ils n'aient servi à rien. D'autant qu'à cause de cette intervention inutile il avait dû renoncer à conduire lui-même Summer et Chloe à l'aéroport.

Puis, il avait reçu son texto.

Tu ne peux probablement pas parler mais j'avais simplement besoin de savoir que tu allais bien.

Ashton avait secoué la tête. Bien sûr, il était touché qu'elle s'inquiète pour lui. Mais à cette heure-ci, elle aurait déjà dû être dans les airs. Son vol avait sans doute du retard.

Ton avion n'a donc pas encore décollé ? Tu n'as pas le droit d'utiliser ton portable en vol, tu le sais. À plus tard.

Elle n'avait pas répondu. Sans doute avait-elle dû suivre les consignes du personnel de bord et mettre son appareil en mode avion.

Lillian et Roman l'avaient rejoint dans le camion des SWAT.

— L'ex-petit ami de Tamara Snell a dû s'enfuir tout de suite après l'avoir tuée, déclara Roman.

— Je ne suis pas profileuse, répondit Lillian en se grattant la tête, mais la scène de crime me surprend. En général, dans les crimes passionnels, la violence est omniprésente. Un mari jaloux ou un amant éconduit ne se contentent pas de tuer, ils cassent tout dans l'appartement, ils s'en prennent à ce que leur victime aimait. Ils en font une affaire personnelle. Là, Tamara Snell était ligotée et elle a été abattue, oui. Mais froidement. Rien n'indique un drame passionnel.

Ashton opina. Lillian avait raison, les crimes passionnels étaient souvent très violents. En tout cas, il se félicitait que la malheureuse n'ait pas souffert longtemps avant de mourir.

Les policiers du coin prendraient en charge l'enquête. Les

SWAT d'Omega Sector avaient été appelés parce qu'ils étaient les meilleurs pour gérer une situation de prise d'otage mais les investigations de routine n'étaient pas de leur ressort. Les inspecteurs de la police de Colorado Springs s'occuperaient de la suite.

Derek secoua la tête.

— Bon. Rentrons au QG. Nous n'avons plus rien à faire ici.

Tout le monde se mit à ranger l'équipement et bientôt, ils prirent le chemin du retour.

— Quelqu'un a-t-il entendu parler d'un drame qui se serait passé ailleurs ? demanda soudain Derek alors qu'ils roulaient sur la voie express.

— Comme quoi ? Un hold-up ? Un meurtre ? demanda Lillian.

— Oui, par exemple.

Tout le monde consulta son téléphone pour s'en assurer.

— Non, rien, répondit Lillian.

— Qu'est-ce qui te tracasse, Derek ? s'enquit Roman depuis le siège du conducteur.

— La dispatcheuse du numéro d'urgence a dit que l'homme qui avait signalé la présence de l'ex-petit ami violent de Tamara Snell avait parlé d'une arme à feu et d'un otage. Voilà pourquoi nous avons été appelés, *nous*, pour intervenir, et non la police du coin. De plus, un certain nombre d'autres appels au 911 ont confirmé des coups de feu.

Ils hochèrent tous la tête.

— Par ailleurs, j'ai entendu des voisins discuter entre eux. Mme Snell n'avait pas d'ex-petit ami, continua Derek.

— Non ? Était-elle donc mariée ? demanda Roman.

— Veuve. Et elle vivait en recluse.

Ashton regarda Derek plus intensément.

— Aurait-elle pu avoir un copain, auparavant ?

— Les voisins la connaissent depuis plus de dix ans. Elle n'a eu personne dans sa vie depuis la mort de son mari.

Ashton secoua la tête.

— Pourquoi quelqu'un appellerait-il le 911 pour signaler le retour d'un ex-petit ami violent si ce dernier n'a jamais existé ?

— C'est la question que je me pose.

Derek désigna d'un geste le téléphone d'Ashton.

— Où sont Summer et Chloe ?

— Elles sont sur le point d'atterrir à Atlanta. Je ne voulais pas qu'elles se rendent seules à l'aéroport mais Tyrone Marcus les a escortées. Il y a plus d'une heure, j'ai reçu un message de Tyrone disant qu'elles étaient dans l'avion et qu'il rentrait au QG.

— Très bien, dit Derek. Je voulais seulement m'assurer que tout allait bien de ce côté-là.

Pourtant, quelque chose ennuyait Ashton.

— En fait, j'ai reçu un texto de Summer il y a une vingtaine de minutes. Me demandant si j'allais bien...

— N'aurait-elle pas dû être en l'air, à ce moment-là ? demanda Lillian.

— C'est ce que je lui ai dit. Qu'il était dangereux d'utiliser un téléphone portable en vol. Elle n'a pas répondu.

Ashton sortit son téléphone et composa le numéro de Summer. Il tomba directement sur la messagerie vocale. Cela pouvait signifier qu'elle avait fait ce qu'il lui avait demandé et éteint son appareil.

Il appela alors le standard d'Omega Sector, qui le mit en relation avec Tyrone Marcus.

Ashton ne perdit pas de temps en banalités.

— Summer et Chloe sont-elles montées dans l'avion ?

— Oui, monsieur.

— Les as-tu escortées jusqu'à la porte d'embarquement ?

— Oui, monsieur. J'ai attendu qu'elles entrent dans l'appareil pour partir. Mme Worrall a été l'une des premières personnes à y pénétrer parce qu'elle avait besoin de temps pour installer Chloe.

Ashton hocha la tête en direction du reste de l'équipe qui le regardait, dans l'expectative, et il ajouta :

— D'accord, Marcus. Je te remercie beaucoup de les avoir prises en charge.

— De rien. Je suis à votre disposition.

Ashton aurait dû se sentir mieux. Summer et Chloe étaient dans l'avion pour rejoindre un endroit sûr. Elles n'avaient pas utilisé un ordinateur de chez Omega pour réserver les billets, donc même s'il y avait une fuite informatisée ou une taupe au sein de l'équipe, personne ne pouvait avoir eu vent des plans de Summer.

Mais quelque chose à propos du texto de la jeune femme ne collait pas.

Tu ne peux probablement pas parler mais j'avais seulement besoin de savoir que tu allais bien.

Pourquoi s'inquiétait-elle pour *lui* ? Quand Ashton l'avait confiée aux soins de Tyrone Marcus, il ne lui avait donné aucune information concernant l'opération sur laquelle il allait intervenir.

Le camion s'arrêta au QG d'Omega.

Quelque chose n'allait pas. Ashton le sentait. La dernière fois qu'il avait ignoré son instinct, Tyler Worrall avait été tué. Il n'avait pas l'intention de réitérer cette erreur.

— Derek, quelque chose ne colle pas, vous en avez l'intuition et moi aussi. Toute cette histoire avec Tamara Snell ressemble à...

Ashton cherchait le mot. Il l'avait sur le bout de la langue.

— À une mise en scène, finit Derek pour lui.

Voilà. Une mise en scène. Ashton pinça le haut de son nez.

— C'est comme ce qui s'est passé hier soir, poursuivit-il. Suite à un appel anonyme, nous sommes partis dans l'espoir d'appréhender Harper à l'autre bout de la ville et une fois sur place, nous n'avons pu que constater qu'il avait quitté ce bar depuis des heures. Et aujourd'hui, le numéro d'urgence reçoit un nouvel appel anonyme au sujet de la présence chez une femme d'un ex-petit ami violent... Tout cela pour découvrir au bout du compte que la victime n'avait pas d'ex-petit ami.

Derek acquiesça.

— Je suis d'accord. Nous avons été induits en erreur, manipulés, à deux reprises.

Il se tourna vers l'équipe.

— Nous restons tous sur le pied de guerre jusqu'à ce qu'Ashton ait reçu confirmation que Summer et sa fille sont en sécurité.

Garder la tenue SWAT n'était pas confortable mais personne ne protesta.

— J'ai envie de contacter quelqu'un du bureau d'Atlanta pour escorter Summer et Chloe chez la sœur. Je ne veux pas prendre de risques.

— Sais-tu qui appeler ?

Ashton travaillait au sein des forces de l'ordre depuis assez longtemps pour avoir des amis dans tout le pays.

— Ce n'est pas un problème.

Il était en train de composer un numéro quand il reçut un appel inconnu. Un appel local.

Il répondit :

— Ashton Fitzgerald.

— Bonjour, Ashton Fitzgerald, répondit une voix moqueuse. Voilà un moment que j'essaie d'attirer votre attention.

— Curtis Harper.

À ce nom, tout le monde dans la camionnette se tourna vers Ashton.

— Vous avez fait bien davantage que d'attirer mon attention, poursuivit Ashton.

Il mit son téléphone en mode « haut-parleur » pour que ses coéquipiers puissent suivre l'échange.

— Je dois admettre que vous êtes plus difficile à tuer que je ne le pensais, déclara Harper.

Ashton secoua la tête. Évidemment, ce Curtis n'était pas assez malin pour se rendre compte qu'il venait d'avouer des crimes dont les SWAT le soupçonnaient sans avoir d'éléments pour le prouver. De plus sur le téléphone d'un agent fédéral qui enregistrait automatiquement les conversations.

— Désolé de vous décevoir.

Harper se mit à rire.

— Ne vous inquiétez pas, j'ai un nouveau plan, maintenant. Voulez-vous m'entendre vous l'exposer ?

— Rien ne me ferait plus plaisir, Harper.

Derek était déjà au téléphone. Probablement en train de contacter Omega Sector pour tenter de retracer l'appel.

— Que diriez-vous de venir chez feu mon père ? continuait

Harper. La maison est en ruine, à présent... À cause de vous... Mais nous serons tranquilles.

Harper lui donna une adresse. Roman la nota.

Derek fit signe à Ashton d'essayer de continuer à le faire parler.

— Avez-vous décidé de vous rendre, Harper ?

— Pas du tout. C'est plutôt vous qui allez rendre les armes et reconnaître que vous avez perdu la partie. Vous viendrez seul et vous vous plierez à mes ordres.

— Et pourquoi ferais-je un truc pareil ?

— Parce que vous aurez peut-être envie d'échanger votre vie contre celles de Summer Worrall et sa fille.

Ashton se sentit blêmir. Mais il s'obligea à rester calme. Si Harper prêchait le faux pour savoir le vrai, Ashton ne voulait pas lui donner d'informations.

— Mme Worrall est partie voir des amis à Los Angeles. Je suis sûr qu'elle est déjà en train de se prélasser au soleil.

Il n'avait aucun scrupule à mentir.

— Elle n'a jamais songé se rendre à Los Angeles, rétorqua Harper. Elle pensait se réfugier chez sa sœur, à Atlanta, mais nous l'avons débarquée de l'avion avant le décollage... Elle et sa fille sont avec moi, maintenant.

Les yeux d'Ashton cherchèrent ceux de Derek. La situation était grave. Trop de détails sonnaient vrai. Primo, Harper savait que Summer et Chloe se rendaient à Atlanta, et deuxio, il avait mentionné les avoir fait descendre de l'avion. Les deux éléments laissaient craindre le pire.

Du coin de l'œil, il vit Lillian prendre son téléphone.

Il répondit à Harper.

— Puisque vous avez Summer, laissez-moi lui parler.

— Bien sûr.

— Ashton ?

En reconnaissant sa voix, une sourde terreur envahit ce dernier. C'était vraiment elle.

— Summer ? Ça va ? Et Chloe ?

— Nous allons bien. Nous allons bien.

— J'arrive, d'accord ? Tiens bon.

— Non, Ashton, ne viens pas. C'est un piège. Son...

Il entendit le claquement d'une gifle suivi du cri de douleur de Summer.

— Vous lui avez assez parlé, déclara Harper.

— Bon sang, Harper, rugit-il dans le téléphone. Si vous lui faites du mal...

— Vous avez une demi-heure pour rappliquer, Fitzgerald. Pas une minute de plus. Il est temps pour vous de payer pour ce que vous avez fait à mon père. Venez seul. Si je vois quelqu'un d'autre, elle mourra.

Harper raccrocha. Roman manœuvra immédiatement pour faire demi-tour et ils repartirent en sens inverse.

Ashton était sidéré. Comment Harper avait-il réussi à faire sortir Summer de l'avion ?

Derek prenait déjà la direction des opérations.

— Tu vas nous jeter à cinq cents mètres de l'adresse indiquée, t'installer au volant et te rendre seul là-bas, déclara-t-il. Nous te suivrons discrètement, nous mettrons en position et te transmettrons ce que nous trouvons.

Ashton se contenta de regarder son chef d'équipe pendant un long moment. Derek lui serra l'épaule.

— Je sais que c'est dur mais Summer et Chloe sont toujours en vie. C'est le plus important.

Derek était bien placé pour le savoir. Quelques mois plus tôt, son épouse, Molly, avait été kidnappée par un terroriste qui avait prévu de la torturer pour obtenir des informations.

Ashton hocha la tête. Derek avait raison. Elles étaient vivantes et il fallait qu'elles le restent. Il devait se concentrer. Gérer le problème avec professionnalisme. L'équipe y était entraînée.

Mais tout était tellement plus difficile quand il s'agissait de proches, de personnes que vous aimiez.

Ils étaient déjà tous en tenue et en pleine possession de leurs moyens. Harper lui avait donné une demi-heure, pensant que ce serait trop peu pour lui, qu'il allait paniquer et que le temps imparti serait trop court pour permettre à Ashton d'amener l'équipe avec lui. Mais il avait eu tort. Ils étaient prêts et Harper allait mourir.

— Je viens de parler à mon contact à l'aéroport, dit Lillian. Voilà ce qui s'est passé : un prétendu « agent fédéral » a brandi un badge et déclaré qu'il y avait une urgence et qu'il fallait extraire Summer et Chloe de l'avion.

Harper avait dû passer à l'action tout de suite après le départ de Tyrone Marcus. Ce dernier avait accompagné Summer et Chloe à bord. Il n'avait aucune raison de penser que quelqu'un oserait les enlever par la suite.

— Voici une photo du soi-disant agent, dit Lilian en brandissant son téléphone.

— Ce n'est pas Curtis Harper, déclara Ashton.

— Il s'agit peut-être du deuxième homme, du complice que Harper a rencontré après la fusillade de vendredi. Il semble différent mais il a la même silhouette, la même stature, renchérit Lillian.

— N'avons-nous toujours aucune idée de l'identité de ce type ?

Lillian secoua la tête.

— Jon et Brandon y travaillent, mais rien de nouveau pour le moment.

— J'ai les détails sur l'adresse, dit Derek. Il a donné rendez-vous à Ashton dans une maison abandonnée depuis des années et à moitié en ruine. Située au fond d'un cul-de-sac. Il ne devrait pas y avoir grand monde dans les parages.

Ashton vérifia son arme comme s'il ne savait pas déjà qu'elle était chargée.

— Tant mieux, il n'y aura personne pour nous gêner.

— Le QG est en contact avec la police locale, poursuivit Derek. D'ici un quart d'heure, des barrages seront installés sur toutes les routes à deux kilomètres à la ronde. Si Harper essaie de s'enfuir, ils l'arrêteront. Les démineurs et des ambulances sont en chemin, au cas où. Ils viendront discrètement pour ne pas aggraver la situation.

— Harper a beaucoup d'atouts par rapport à toi, Fitzy, lui rappela doucement Lillian. Il connaît la maison. Il peut compter sur l'aide d'un complice. Nous, nous ne savons pas où nous mettons les pieds et nous avons eu peu de temps pour nous préparer. Alors méfie-toi.

— Je sais.

— Il est susceptible de te tirer dessus d'emblée sans que nous puissions faire quoi que ce soit pour l'arrêter, continua Roman depuis le siège du conducteur.

Ashton haussa les épaules. Ils ne disaient rien qu'il ne savait déjà.

— Mais tu seras sans doute capable d'extraire Summer et Chloe. C'est l'essentiel.

— Très bien, maintenant, abrégeons les adieux, déclara Derek. Il est temps de passer à l'action. Ashton, vas-y et essaie de ne pas te faire tuer. Dès que nous aurons du nouveau, nous t'appellerons.

— D'accord.

Ashton glissa un écouteur dans son oreille.

— Summer et Chloe sont plus importantes que tout, plus importantes que moi. Gardez-le tous à l'esprit. Si vous voyez une possibilité de les sauver elles, sauvez-les. Je me fiche de ce qui m'arrivera.

Des années d'entraînement empêchaient la panique de le submerger mais, sans son expérience, il aurait sans doute laissé libre cours à son angoisse. Il ne pouvait s'empêcher d'imaginer la terreur de Summer. Et le petit visage de Chloe — non, il devait s'interdire d'y penser. S'il songeait à elles, il ne parviendrait pas à se concentrer comme il le fallait.

Summer et Chloe s'en tireraient.

Si Ashton s'en sortait aussi, ce serait un bonus, la cerise sur le gâteau.

— Tu gardes ton gilet pare-balles et ton casque, lui dit Derek. Si le mystérieux numéro deux est dans le coin avec un fusil, nous le trouverons et nous le neutraliserons. Mais pas forcément tout de suite.

— Essaie de gagner du temps avec Harper, Fitzy, dit Roman. Nous assurons tes arrières.

— J'aimerais bien recevoir quelques conseils de Joe Matarazzo.

Joe était le meilleur négociateur avec les preneurs d'otages mais il n'était pas là.

— Nous allons te passer Joe à partir du QG, déclara Derek. Mais tu l'as assez vu à l'œuvre pour connaître ses tactiques. Fais parler Harper le plus possible. Écoute-le d'un air bienveillant.

— Je manie mieux les armes que les mots, grommela Ashton. Depuis toujours.

Le camion s'arrêta et l'équipe en descendit. Ashton leur confiait sa vie depuis des années. Leur faire confiance pour sauver Summer et Chloe était plus difficile.

— À plus tard, les gars, leur dit-il en s'installant au volant. Ces filles sont tout pour moi, ne l'oubliez pas.

Derek et Lillian acquiescèrent.

— Nous le savons tous depuis le premier muffin, dit Roman avec un clin d'œil. Nous les sortirons de là saines et sauves. Compte sur nous.

19

Au volant de la fourgonnette des SWAT, Ashton prit la direction de la maison de George Harper. Il se força à rouler doucement.

Tous ses instincts le poussaient à foncer pour s'assurer au plus vite que Summer et Chloe étaient en sécurité. Seule la certitude qu'un plan si peu élaboré ferait plus de mal que de bien l'empêcha d'accélérer.

Donner à l'équipe le temps de se mettre en place était fondamental. Harper avait de la chance qu'Ashton ne soit pas le tireur d'élite désigné, qu'il n'ait pas à se positionner avec son fusil à lunette. Pour la première fois de sa carrière, celui-ci n'aurait sans doute pas attendu le feu vert pour tirer.

Sa montre émit un bip. Voilà maintenant vingt-huit minutes qu'il avait reçu l'appel de Harper. Le spectacle allait commencer.

Il s'engagea dans une rue en cul-de-sac au bout de laquelle se trouvait l'ancienne maison de George Harper. L'herbe avait envahi l'allée. Manifestement, la propriété n'était plus entretenue depuis des années. Un véhicule était garé devant le perron.

— Je vois une Camry grise devant la bicoque, dit Ashton à l'équipe via son micro. Déserte, ajouta-t-il en jetant un œil à l'intérieur.

La plupart des fenêtres de la masure avaient été brisées par des vandales. Certaines ouvertures étaient condamnées. La porte d'entrée vacillait sur ses gonds et tenait à peine debout.

Ashton coupa le moteur du camion et bondit à terre.

— Je suis sur le point d'entrer.

Une fois à l'intérieur, Ashton ne pourrait plus dire grand-chose s'il voulait faire croire qu'il était venu seul.

— Compris, répondit Derek. Roman va inspecter l'arrière de la baraque. Lillian est en train de repérer la meilleure position pour tirer. Jusqu'à présent, nous n'avons pas vu le complice de Harper.

Cela dit, un immense terrain entourait la maison. Le deuxième homme avait mille endroits où se cacher.

— Les renforts sont en route. Nous aurons bientôt une image thermique, Ashton. Fais-le parler le plus longtemps possible.

— Compris.

Si, en entrant, Ashton s'apercevait que Summer ou Chloe étaient blessées — ou pire… mais il refusait d'envisager cette éventualité —, faire parler Harper n'aurait plus beaucoup de sens.

Comme s'il lisait dans la tête d'Ashton, Roman murmura :

— Du professionnalisme, Fitzy. Pas d'émotion.

— Je vais essayer.

Mais cette promesse sonnait faux, même à ses propres oreilles.

Ashton se fraya un chemin à travers les mauvaises herbes, promenant les yeux autour de lui, à la recherche de tout ce qui pourrait constituer une menace. Ses bottes claquèrent sur les marches du perron. Il ne cherchait pas à passer inaperçu.

Avant de voir Harper, il l'entendit lancer :

— Ainsi, vous y êtes arrivé ! Je me demandais si vous y parviendriez dans les délais impartis.

— Je rentre, Harper.

Ashton se glissa par la porte d'entrée cassée. L'intérieur de la maison n'était pas en meilleur état que l'extérieur.

Il enjamba un tas d'ordures et traversa le vestibule pour arriver devant ce qui ressemblait à une salle à manger. Un peu plus loin se trouvait la bibliothèque.

Harper était assis sur un canapé défoncé, souriant comme un imbécile, un pistolet au poing. À côté de lui, bâillonnée et les mains attachées devant elle, se tenait Summer. Chloe dormait profondément dans son siège-auto à quelques pas de sa mère.

Ashton se détendit légèrement. Elles étaient vivantes. Il allait tout faire pour qu'elles le restent.

— Je vois que Summer et Chloe sont en vie, Harper. Était-il vraiment nécessaire de bâillonner Summer et de la ligoter ?

Il donnait l'air de s'adresser à Harper mais il cherchait en réalité à informer le reste de l'équipe de la situation.

— C'est moi qui commande, Fitzgerald. Je décide de tout et vous, vous obéissez.

Il pointa le canon de son arme vers Summer.

— Ou elle mourra.

Ashton leva les mains devant lui dans un geste d'apaisement.

— D'accord, d'accord, Harper, vous êtes le chef. Quoi que vous vouliez que je fasse, je le ferai.

— Voilà, je suis le patron, c'est moi qui commande, répéta-t-il. Pourquoi êtes-vous en tenue SWAT ? ajouta-t-il d'un ton suspicieux.

— Parce que je sortais d'une intervention, une prise d'otage qui se déroulait à l'autre bout de la ville, quand vous avez appelé. Je suis venu directement sans perdre de temps à me changer.

— Sortez votre Glock et posez-le lentement par terre.

— Pourquoi ne pointez-vous pas votre pistolet sur moi ? C'est de moi que vous devez vous méfier.

Ashton voyait trembler les mains de Harper, les mains qui tenaient l'arme pointée sur Summer.

— Je ne suis pas stupide, Fitzgerald. La menacer, elle, est ma seule chance de vous maîtriser, je le sais.

Harper avait raison sur ce point. Si Lillian avait la possibilité de tirer alors que Harper avait son arme dirigée sur Ashton, elle n'hésiterait pas à faire feu. Alors qu'elle se l'interdirait si les vies de Summer et de Chloe étaient en jeu.

— D'accord, Harper. Voici mon Glock. Je le pose sur le sol.

— Du pied, envoyez-le valser loin de vous.

Ashton le fit mais sans doute pas aussi loin que Harper l'aurait souhaité.

— Retirez votre casque. Je tiens à voir votre visage. Je tiens à voir à quel point vous allez regretter d'avoir tué mon père.

Ashton enleva son casque et le laissa tomber au sol, avant de s'avancer vers le mur, loin des baies vitrées. Si le deuxième homme était dehors, déterminé à tirer, Ashton voulait être le moins exposé possible.

— Je suis prêt à en discuter avec vous. Mais d'abord, vous devez laisser Summer et le bébé partir.

— Je pourrais aussi les tuer toutes les deux pour pouvoir discuter tranquillement avec vous, répliqua Harper en ricanant.

Ashton refoula sa panique.

— Si vous faites une chose pareille, rien ne m'empêchera plus de me jeter sur vous et de vous faire passer un sale quart d'heure. Vous souvenez-vous de la dernière fois que nous nous sommes battus, Curtis ?

Ashton se tapota le nez pour rappeler à Harper qu'il lui avait cassé le sien.

Il comprit tout de suite qu'il n'aurait pas dû dire ça. Harper rapprocha aussitôt le pistolet de Summer.

— Ça n'arrivera plus, croyez-moi.

Ashton se tendit, prêt à bondir, mais Harper se toucha l'oreille et parut se détendre. Il détourna le pistolet de la tête de Summer.

— Bien, c'est d'accord, grommela-t-il d'un ton boudeur.

Ashton se demanda de quoi il parlait.

— Êtes-vous venu seul ? reprit Harper.

— Oui.

— Comment vous croire ?

— Que Summer et sa fille sortent d'ici saines et sauves est la seule chose qui m'importe. Laissez-les partir et ensuite vous ferez ce que vous voudrez de moi.

Harper porta de nouveau la main à son oreille.

— Tout est-il prêt ? demanda-t-il.

Ashton le dévisagea avec perplexité. Que racontait-il ?

Il finit par comprendre que Harper échangeait avec son complice via une oreillette, tout comme Ashton le faisait avec son équipe.

— À qui parlez-vous à travers ce micro, Harper ? À votre coéquipier ?

Harper se mit à glousser.

— Ce n'est pas parce que vous êtes venu seul ici que je suis assez stupide pour avoir fait la même chose. Êtes-vous sûr qu'il est seul ? ajouta-t-il en touchant son oreillette.

Profitant du fait que Harper discutait avec son complice, Ashton écouta le rapport de son équipe.

— Ashton, rien ne prouve la présence d'une autre personne sur place, dit Derek.

Ashton ne répondit pas pour que Harper ne comprenne pas qu'il n'était pas seul, lui non plus.

— Rapport d'imagerie thermique dans les deux prochaines minutes. Le reste de l'équipe est ici. Tyrone Marcus est en route pour aider Roman.

— Je vous ai dit que j'étais venu seul, Harper. Maintenant, passons aux choses sérieuses. Laissez Summer et le bébé partir.

— Vous avez tué mon père, Fitzgerald. De sang-froid.

— J'ai été obligé de neutraliser votre père parce qu'il avait pris des gens en otages.

— Il avait été forcé de le faire !

Ashton secoua la tête.

— Nous lui avions donné la possibilité de se rendre avant d'utiliser nos armes. Il avait déjà tué l'une des otages — une jeune fille, une étudiante qui n'avait jamais fait de mal à quiconque. Et il était sur le point d'abattre quelqu'un d'autre.

Tandis qu'il parlait, Ashton vit une myriade d'émotions passer sur le visage de Harper : incrédulité, culpabilité, peur. Harper savait qu'Ashton disait la vérité. Et il en était ébranlé.

Ashton baissa le ton, s'efforçant de se montrer plus amical, accessible, comme l'aurait fait Joe Matarazzo si c'était lui qui avait mené les négociations.

— C'était une situation regrettable, Curtis. Les événements se sont enchaînés… Mais si je pouvais remonter le temps et traiter l'affaire autrement, je le ferais.

Bien sûr, ce n'était pas tout à fait vrai. Même si en effet Ashton n'aurait pas descendu George Harper s'il avait été persuadé que l'épargner aurait pu sauver les otages. Préserver les vies humaines était toujours la priorité de l'équipe Omega.

Ashton sentit qu'il était en train de convaincre Harper. Il vit le pistolet vaciller, s'abaisser. Mais son complice lui dit alors quelque chose dans l'oreillette et Harper se détourna pour l'écouter. Son coéquipier sut visiblement trouver les mots, le toucher, parce que les multiples émotions dont Harper était la proie quelques instants plus tôt s'envolèrent, et ne resta que la colère, qui alimentait son désir de venger son père.

— C'est faux, reprit Harper. Omega Sector a l'habitude de tirer d'abord et de poser des questions ensuite. Vous l'avez assassiné sans chercher à comprendre.

La voix de Derek parvint aux oreilles d'Ashton.

— L'imagerie thermique confirme qu'il n'y a personne d'autre dans les parages. Je ne sais pas où Harper pense que se trouve son complice mais il n'est pas là.

Aucun coéquipier alentour.

Voilà qui changeait la donne. Certes, Harper avait toujours une arme à feu mais, s'il n'avait pas de complice armé d'un fusil à lunette dans le coin, Ashton reprenait l'avantage.

Tout ce qu'il avait à faire à présent était de détourner le pistolet pointé sur Summer vers lui.

Mais où était le deuxième homme ? Où était le complice avec qui communiquait Harper ? Puisque leur objectif était d'abattre Ashton, la présence du coéquipier sur les lieux leur aurait donné l'assurance de parvenir à leurs fins. Mais si l'autre n'était pas là, si Harper agissait seul, sans renfort, comment espéraient-ils y réussir ?

Comme Ashton se rapprochait du canapé, Summer secoua la tête, le regard paniqué. Mais il l'ignora. Il voulait être tout près pour pouvoir se jeter sur Harper si les choses tournaient mal.

— Pensez-vous vraiment que j'ai tiré sans réfléchir et tué un homme comme si sa vie n'avait pas de valeur à mes yeux ? Le croyez-vous, Harper ? Ou quelqu'un vous a-t-il dit de le croire ?

Les yeux de Harper s'étrécirent.

— De quoi parlez-vous ?

— Voilà quatre ans que vous savez que j'ai tiré sur votre père. Pourquoi avez-vous brusquement décidé de vous venger, *maintenant* ?

— Parce que vous méritez de pourrir en enfer pour ce que vous avez fait.

— Peut-être, mais pourquoi vouloir m'envoyer de vie à trépas *maintenant* ? Quelqu'un vous a encouragé à le faire. Vous saviez que votre père avait eu tort de prendre des otages et d'en tuer une mais, quand quelqu'un a commencé à vous parler de vengeance, votre colère s'est réveillée et vous avez pris la décision de me descendre.

Harper se balançait d'un pied sur l'autre en se mordillant les lèvres. Ashton sentit qu'il était sur la bonne voie.

Malheureusement, la voix dans l'oreillette intervint pour empêcher Harper de réfléchir. Quand ce dernier se tourna de nouveau vers Ashton, son visage était crispé de fureur.

— Taisez-vous ou elle meurt, maintenant.

— Ah-ta !

La voix de la petite Chloe les fit tous sursauter. Le pistolet de Harper se retourna vers elle et Summer tenta de se lever, emplie de terreur.

— Harper, calmez-vous ! ordonna Ashton. Pointez votre arme sur moi, pas sur le bébé.

Des larmes coulaient sur le visage de Summer mais Ashton s'interdit de la regarder. Il avait besoin que Harper détourne l'arme de Chloe.

— Harper, cette petite fille n'a absolument rien à voir avec tout ça. Vous n'allez pas la tuer, n'est-ce pas ?

Chloe se mit à pleurer, désemparée qu'Ashton l'ignore.

— Ah-ta. Ah-ta ! Maman.

Elle tendit les bras, essayant de se libérer des sangles qui la retenaient au siège-auto. Il ne fallut pas longtemps pour que ses cris se transforment en hurlements.

— Que quelqu'un fasse taire cette gosse ! lança Harper.

— Laissez sa mère s'en occuper, répondit Ashton. Elle va la

sortir de son siège-auto. C'est un bébé, Curtis. Elle ne comprend pas ce qui se passe.

La voix de Lillian retentit dans son oreillette.

— J'ai une ouverture confirmée sur Harper.

Ashton frappa immédiatement son poing sur son épaule. Le geste pourrait paraître étrange à Harper s'il le remarquait, mais l'équipe comprendrait le message. Il était trop dangereux de faire feu alors que Harper avait son arme pointée sur Chloe.

— Ashton te demande de ne pas tirer, Lil, dit Derek. Harper met le bébé en joue.

— Compris, répondit Lillian.

— Laissez sa mère la prendre et elle va arrêter de pleurer, répéta Ashton.

Harper appuya son pistolet sur la tempe de Summer.

— Si vous tentez quelque chose, je vous bute.

Summer hocha la tête. Sortant un couteau, Harper coupa la longue corde qui la maintenait attachée au canapé. Il la suivit tandis qu'elle se dirigeait vers Chloe et s'agenouillait près d'elle. Du mieux qu'elle le put avec les mains attachées, elle déboucla les sangles qui retenaient sa fille. Puis elle la prit dans ses bras.

Chloe s'accrocha au cou de Summer et cessa de pleurer.

— Maman.

Caressant la joue de sa mère, l'enfant toucha le bâillon sur son visage d'un air surpris. Summer la serra contre elle.

Comme Ashton se rapprochait encore du canapé, Harper dirigea aussitôt son arme vers lui, la détournant de Summer, ce qui était son objectif.

Harper sourit.

— Est-il assez près ? murmura-t-il dans son micro.

Assez près pour quoi ?

— Êtes-vous là, vieux ? poursuivit Harper en tapotant son oreillette. Qu'attendez-vous ?

L'homme lui dit quelque chose mais Harper l'interrompit très vite.

— Attendez. J'entends des bruits de moteur. Êtes-vous en train de *conduire* ?

À l'expression peinte sur le visage de Harper, Ashton comprit enfin. Harper pensait que son complice était dans le jardin, à l'extérieur mais à deux pas de lui. Il se trompait. Son coéquipier l'avait laissé seul ici et Harper ne s'y attendait apparemment pas.

— Les gars, quelque chose ne va pas, annonça alors Roman dans l'oreillette. Tyrone et moi essayons de fouiller le sous-sol de la maison mais tout est cadenassé. On se croirait à Fort Knox. Bizarre, vu l'état de la baraque. Qu'y a-t-il ici qu'ils cherchent à protéger ?

Ashton regarda Harper arracher son oreillette et la jeter à terre avec colère. Pourquoi quelqu'un avait-il déployé tant d'efforts pour interdire l'accès au sous-sol de la maison ?

Quel était le plan ?

Car il devenait évident que son complice avait mis au point un plan dont Harper ne savait rien, probablement parce que le deuxième homme, l'inconnu qui tirait les ficelles depuis le début, avait décidé de le sacrifier. Un plan mis en place par un homme qui avait cherché à tuer Summer hier et qui voulait toujours la tuer aujourd'hui.

Un plan qui n'exigeait pas la présence de son concepteur mais qui ne fonctionnerait qu'à la condition que personne n'accède au sous-sol de la maison.

— Lillian, tire maintenant ! hurla Ashton, sans se soucier de savoir si Harper comprendrait qu'il n'était pas seul.

Ashton bondissait déjà vers Summer et Chloe quand le coup de feu retentit. Il ne perdit pas de temps à s'assurer que Lillian avait atteint sa cible. Sa collègue ne l'avait certainement pas manquée.

— Roman, Tyrone, sortez tout de suite ! rugit-il dans le micro tout en prenant Summer et Chloe dans ses bras pour les entraîner dehors.

À peine avaient-ils franchi la porte que la maison explosa. Comme le souffle les propulsait en l'air, Ashton protégea Summer et Chloe de ses bras et de ses épaules, s'arrangeant pour ne pas les écraser lorsqu'ils atterrirent brutalement sur le sol.

Sonné, il lui fallut quelques instants pour retrouver l'usage de la parole.

— Vous allez bien, toutes les deux ?

Il sentit Chloe se tortiller contre lui. Summer leva le visage vers lui. Elle acquiesça.

Intensément soulagé, il lui retira son bâillon.

Chloe se redressa en riant.

— Cor, Ah-ta ! Cor ! Cor ! Ma, dit-elle en frappant ses petites mains potelées l'une contre l'autre.

— Je crois qu'elle veut que tu la prennes, dit Ashton.

— Oh non ! répondit Summer en secouant la tête. Elle dit « Encore, encore ».

— Encore ? demanda Ashton. Encore quoi ?

Summer se mit à rire.

— Le spectacle lui a plu. Elle voudrait que tu fasses sauter un autre bâtiment.

20

Summer ne vit pas passer les deux jours suivants.

Quand elle revint de l'hôpital, vingt-quatre heures après l'explosion de l'ancienne maison de George Harper, les baies vitrées de son domicile avaient été remplacées et tout était rangé et nettoyé comme si la fusillade n'avait jamais eu lieu.

Joe Matarazzo avait les moyens de faire réparer un logement dans les plus brefs délais.

Il avait également fait installer un nouveau système d'alarme beaucoup plus perfectionné que le précédent. Il fonctionnait même en cas de panne de courant. Il marcherait encore après une attaque nucléaire.

Summer, Chloe et Ashton avaient passé une nuit à l'hôpital. Ce dernier s'était déboîté l'épaule et il souffrait de nouvelles brûlures sur les bras.

Mais rien de grave. De façon incroyable.

Summer et Chloe étaient restées en observation, les médecins voulant s'assurer que les drogues qui leur avaient été administrées n'auraient pas de conséquences. Toutes deux allaient bien. Summer se félicitait que l'hôpital se soit arrangé pour que la mère et la fille partagent la même chambre.

Par contre, elle regrettait d'avoir passé ces vingt-quatre heures loin d'Ashton, mais mieux valait sans doute qu'il puisse dormir sans être réveillé au petit jour par les cris d'une Chloe affamée.

C'était la deuxième fois qu'Ashton les faisait sortir, Chloe et elle, d'un bâtiment en flammes. Summer priait pour qu'il n'en ait plus jamais l'occasion.

Elle s'était sentie tellement impuissante lorsque, ligotée sur le canapé, elle avait regardé Ashton s'approcher sans pouvoir l'avertir que Damien allait lui tirer dessus.

Mais en réalité, Damien n'était pas là, il n'avait jamais été là.

Dieu merci, Ashton l'avait compris à temps. Summer savait que l'homme manipulait Harper, mais elle n'avait pas imaginé qu'il irait jusqu'à tenter d'assassiner son complice.

Cela dit, il n'avait pas réussi à le tuer. Ce dernier était toujours vivant. Mais en piteux état.

Malheureusement, le jeune Tyrone Marcus n'avait pas eu cette chance. Il avait péri, lui, dans l'explosion. Summer en était malade. Elle se remémorait la fierté et la joie du jeune homme à l'idée de faire bientôt partie des SWAT. Elle se moucha.

Elle sentit la main d'Ashton lui caresser la joue.

— Ça va ?

Ils avaient quitté l'hôpital ensemble, la veille. Aucun d'eux ne supportant l'idée de s'éloigner l'un de l'autre, Ashton était venu s'installer chez elle en apprenant que Joe avait fait réparer les lieux.

Et depuis lors, il n'en était pas vraiment parti. Ils avaient fait un saut chez lui pour lui permettre d'empaqueter quelques affaires et pour que Summer puisse voir où il habitait — un studio situé à la périphérie de la ville — avant de rentrer chez elle, chez eux.

Chloe était aux anges d'avoir son précieux Ah-ta à demeure. Même si son bras plâtré l'intriguait. Là, elle faisait la sieste et ils profitaient du calme pour se reposer.

— Ça va, répondit-elle, mais je pensais au pauvre Tyrone.

Ashton soupira.

— Il va nous manquer.

— Je croyais qu'ils allaient te tuer. Que j'allais te regarder mourir devant moi.

— Je suis étonné que tu aies encore envie d'être avec moi, maintenant. Personne ne te reprocherait de refuser de nouer une relation amoureuse avec quelqu'un qui travaille dans les forces de l'ordre. Tu as été témoin de trop de violence au cours de ta vie.

Summer haussa les épaules.

— Non, pas vraiment. Je n'étais pas présente quand Tyler est mort et lorsque Bailey Heath nous a kidnappées, il y a quelques mois, elle nous avait droguées. Je n'en ai donc aucun souvenir, contrairement à Laura et Joe.

Un frisson la parcourut tandis qu'elle ajoutait :

— Mais là, oui, je pensais qu'ils te tueraient et que nous serions, Chloe et moi, à la merci de Harper.

Il l'attira à lui.

— Même s'ils m'avaient descendu, l'équipe était là. Curtis ne t'aurait pas touchée.

— Je ne peux pas croire qu'il ait imaginé que tu viendrais seul.

Il l'embrassa sur le front.

— S'il y a un domaine dans lequel Curtis Harper semble exceller, c'est la bêtise.

Summer se blottit plus près.

— Je ne pourrai plus jamais m'éloigner de toi.

Elle sentit les lèvres d'Ashton contre ses cheveux.

— Je connais ce sentiment. Quand Harper m'a dit qu'il t'avait fait sortir de l'avion... qu'il m'a donné assez de détails pour que je sois convaincu qu'il était vraiment parvenu à vous kidnapper, Chloe et toi... j'étais anéanti, je n'arrivais même plus à réfléchir.

Tant de choses auraient pu mal tourner. Si Ashton avait mis quelques instants de plus pour comprendre que Damien avait placé une bombe sous la maison, ils seraient tous les deux morts, à présent.

Mais ils ne l'étaient pas.

Elle l'embrassa et se hissa un peu, de façon à être à califourchon sur lui.

— Je me disais que... puisque nous sommes tous deux vivants et relativement indemnes... et que Chloe devrait dormir encore une bonne heure, nous pourrions en profiter pour célébrer la vie...

— Excellente idée.

Il grimaça en cherchant à l'enlacer malgré son épaule blessée. Consciente du problème, elle le repoussa.

— Non, non, cette fois, tu vas me laisser faire tout le travail.

Son sourire de mauvais garçon la fit fondre. Il glissa son bras sous sa tête pour mieux la regarder faire, une lueur ardente dans les yeux. Avait-elle vraiment cru qu'il était timide ?

— Quoi que demande une dame, je suis toujours d'accord.

Il retint son souffle en la voyant retirer son T-shirt et elle le sentit se durcir sous elle. Provoquer cet effet sur lui la ravissait.

— Je sais que tu dois économiser tes forces pour tenter d'identifier ce Damien, demain. Mais là, maintenant, ajouta-t-elle en se penchant pour l'embrasser, tu es à moi.

Le lendemain matin, Ashton n'avait aucune envie de quitter Summer pour retourner à l'hôpital mais il le devait.

Curtis Harper s'était réveillé. Contre toute attente, il avait survécu à l'explosion. Si la balle de Lillian dans son épaule ne l'avait pas propulsé à l'autre bout de la pièce, il serait sans doute mort, à présent.

Les autres membres de l'équipe d'Omega Sector n'avaient pas tous eu autant de chance. Non seulement le jeune et prometteur agent Tyrone Marcus était mort, mais Roman Weber était dans le coma, le dos et le bras brûlés au deuxième degré. Au moment de la déflagration, la porte verrouillée du sous-sol — celle qui avait fait comprendre à Ashton qu'ils étaient tous en grave danger — s'était arrachée et l'avait frappé à la tête. Pourtant, elle lui avait probablement aussi sauvé la vie en le protégeant lorsque tout s'était écroulé.

Avec la mort de Tyrone et les blessures graves de Roman, le complice de Harper — le mystérieux inconnu qui avait orchestré toute l'affaire — était devenu, quel qu'il soit, l'ennemi public numéro un pour l'équipe d'Omega Sector. Se retrouver dans leur collimateur n'avait rien d'une situation enviable. L'ancien acolyte de Harper n'avait sans doute aucune idée de ce qui se tramait.

Mais il ne tarderait pas à le découvrir.

En attendant, ils avaient Harper. Il n'était pas mort mais sans aucun doute le regrettait-il. Il lui faudrait rester des mois à l'hôpital pour se remettre de ses multiples blessures. Et une fois guéri, il irait en prison.

Par contre, nouveauté importante, Ashton n'était plus visé par la colère de Curtis Harper. Ce dernier avait maintenant un ennemi infiniment plus haïssable : son ancien « coéquipier » qui lui avait fait jouer les appâts à son insu et qui avait glissé une bombe sous ses pieds.

Harper était donc totalement prêt à collaborer avec Omega. Trois jours après l'explosion, il était capable de prononcer quelques mots et surtout, disposé à dire tout ce qu'il savait sur son ancien complice dans l'espoir de le faire tomber.

Lorsque Ashton entra dans la chambre, Jon Hatton était assis au chevet de Harper.

— Il m'a seulement dit que son complice s'appelait Damien, chuchota Jon. J'ignore encore s'il s'agit de son prénom ou de son nom de famille.

Il faudrait des semaines, ou davantage, avant que Harper ne soit en état d'être interrogé ailleurs que dans un hôpital. Il était menotté au lit. Pourtant, la probabilité qu'il s'échappe était quasi nulle.

Pendant que Jon lui posait des questions, Ashton les observait depuis la fenêtre, à distance. Il voulait tout savoir sur l'inconnu — le deuxième homme — qui avait failli tuer la femme qu'il aimait.

Jon tira de sa poche une photo prise par une caméra de surveillance, le vendredi précédent.

— S'agit-il de Damien ?

— Oui. C'est bien ce salaud, cracha Harper.

— Comment l'avez-vous rencontré ?

— Dans un bar, un endroit appelé Crystal Mac's.

Jon acquiesça.

— Oui, je connais.

— Nous avons commencé à boire des bières et, je ne sais plus comment, nous en sommes arrivés à parler de nos pères. Lorsque je lui ai dit que mon vieux avait été assassiné par quelqu'un d'Omega Sector, Damien m'a dit qu'il détestait ces agents plus que tout au monde.

Les yeux d'Ashton s'étrécirent. Le mystérieux Damien n'était donc pas un psychopathe qui tuait les gens au hasard. Il ciblait Omega Sector.

— Il m'a dit qu'il pourrait m'aider à me venger, à faire payer Fitzgerald...

Harper regarda Ashton et ajouta :

— Pour le meurtre de mon père.

— Le fameux Damien avait-il donc mis au point un plan ? Depuis le début ?

Harper tenait à passer pour une victime innocente.

— Oui, tout était l'idée de Damien.

— Y compris la fusillade devant chez le fleuriste ? demanda Jon. C'était lui qui l'avait organisée ?

— Non, reconnut Harper d'un air penaud. C'était moi. J'ai suivi Fitzgerald. Et quand je l'ai vu s'arrêter chez le fleuriste, j'ai pensé que l'immeuble de l'autre côté de la rue serait un bon endroit pour le cibler à l'aide de mon fusil. Comme à la chasse au cerf.

— Mais par la suite, vous avez retrouvé Damien. Une fois que la police est arrivée et que vous avez quitté le toit de l'immeuble.

— En effet, il m'a rattrapé et poussé dans un autre bâtiment au coin de la rue pour m'aider à échapper aux flics. Il m'a dit qu'il m'aiderait à descendre Fitzgerald. C'est lui qui m'a parlé de Summer Worrall. Il m'a expliqué comment entrer chez elle afin de descendre Fitzgerald par surprise.

Ashton regarda le parc de l'hôpital par la fenêtre, s'efforçant de résister à l'envie de rouer de coups un homme étendu sur un lit d'hôpital et déjà gravement blessé.

Tuer Ashton était une chose, mais Harper avait voulu pénétrer dans la chambre de Summer et les abattre tous les deux, alors qu'elle n'avait rien à voir avec sa vengeance.

Et voilà pourquoi il valait mieux que Jon mène l'interrogatoire.

— Et comme ça n'a pas marché...

— ... Damien m'a montré sa salle de planification. Il m'a assuré qu'il avait réfléchi à un autre plan pour buter Fitzgerald... Le salaud, murmura encore Harper.

Mais Jon voulait comprendre.

— Sa salle de planification ? Pouvez-vous nous dire plus précisément de quoi il s'agit et comment y accéder ?

— Qu'ai-je à y gagner ?

— D'une part, vous contribuerez ainsi à traduire en justice l'homme à cause de qui vous êtes dans ce lit d'hôpital. D'autre part, votre témoignage permettra au procureur d'accuser quelqu'un d'autre lorsqu'il s'agira de désigner les responsables des derniers événements.

Convaincu qu'il en allait de son intérêt, Harper ne fit pas même mine d'hésiter. Il leur livra tout de suite l'adresse de Damien. À peine la leur avait-il confiée que Jon et Ashton quittèrent la chambre.

Ils roulèrent vers l'immeuble, appelant en route Omega Sector en renfort. Il n'était pas question de se précipiter à l'intérieur de l'appartement. Ils n'y entreraient qu'après l'intervention des démineurs.

Lorsque ces derniers leur donnèrent leur feu vert, Ashton, Glock à la main, fouilla pourtant chaque pièce, s'assurant personnellement que personne ne se cachait dans un placard ou sous un lit. Il s'efforça également de chercher des pièges ou des explosifs que les spécialistes auraient pu manquer et tout ce qui était susceptible de se révéler dangereux. Mais il ne trouva rien.

Au cours de son inspection, Ashton découvrit ce que Harper avait qualifié de « salle de planification » mais il n'avait pas le temps de s'y intéresser. Il l'étudierait plus tard avec l'équipe. En tout cas, il n'avait jamais vu quelque chose de si compliqué.

Les techniciens de scène de crime vinrent à leur tour, à la recherche d'indices utilisables. Ils jouaient eux aussi un rôle essentiel, mais attendre qu'ils mènent leurs investigations usait les nerfs d'Ashton.

— Quand Harper faisait allusion à une « salle de planification », il ne plaisantait pas, Jon, dit ce dernier au profileur alors qu'ils patientaient devant la voiture. L'élaboration du fameux plan a été poussée très loin.

Lorsqu'ils furent enfin autorisés à entrer et que Jon vit la pièce, il se tourna immédiatement vers Ashton.

— Appelle Brandon Han. Dis-lui de venir ici tout de suite.

Brandon était un génie certifié. Il avait à son actif deux doctorats d'ingénieur, une maîtrise en droit et encore d'autres diplômes. Si quelqu'un était capable de décrypter le mur tapissé de coupures de presse, de photos, de dessins, de rapports de police, d'imprimés de recherches Google, d'empreintes digitales et d'autres éléments — reliés les uns aux autres par des cordelettes de couleurs différentes —, c'était Brandon Han.

— Ce mur me donne la migraine rien qu'à le regarder, dit Ashton en se grattant la tête.

Jon continuait à étudier la masse d'informations étalée sous ses yeux.

— Celui qui a conçu ce mur est...

— Un dingue ?

Jon eut un petit rire.

— Probablement. Mais aussi un génie. Harper n'avait aucune chance face à ce type. Il n'était qu'un pion sur un immense échiquier.

— Un échiquier implique beaucoup de coups, beaucoup de parties...

Jon hocha la tête.

— Tu as raison, Ashton. Le cerveau derrière cette affaire, quel qu'il soit, ne fait que commencer à jouer...

21

De son véritable appartement, situé de l'autre côté de la rue, en face de celui où il avait reçu Harper, Freihof passa la journée et la soirée à regarder l'équipe d'Omega Sector démonter morceau par morceau son mur d'indices.

Il était heureux de voir Brandon Han et Jon Hatton sur les lieux. Il savait que les deux hommes apprécieraient le cadeau qu'il leur avait laissé.

Leur présence le consolait un peu de la frustration qu'il ressentait après l'échec de son plan initial. Ni Summer ni Ashton n'avaient été tués dans l'explosion qu'il avait déclenchée. Il avait confié à Curtis Harper une tâche simple : attirer Fitzgerald près du canapé avec Summer. L'imbécile n'avait même pas été capable de le faire correctement.

Fawkes l'avait prévenu de ne pas sous-estimer Omega Sector et Damien devait reconnaître qu'il avait peut-être fait montre de ce travers, qu'il avait peut-être péché par orgueil. Il se doutait que les SWAT ne seraient pas loin derrière Ashton mais il n'avait pas imaginé qu'ils comprendraient aussi vite son scénario et s'adapteraient en conséquence.

Cela dit, le plan n'avait pas été un échec total. De sa visite à l'hôpital hier — et il s'y était rendu au nez et à la barbe d'une douzaine d'agents — il avait découvert qu'un agent était mort et qu'un des membres du SWAT se trouvait dans le coma.

Si la grande victoire espérée n'avait pas été au rendez-vous, Damien n'avait donc pas échoué sur toute la ligne. Les SWAT n'étaient pas les seuls à savoir s'adapter à l'évolution des situations. Et l'opération de sape prévue par Damien se ferait sentir sur le long terme. Sa prochaine attaque était déjà programmée. Il avait plusieurs projets dans les tuyaux bien avant d'avoir approché Fawkes ou Curtis Harper.

Cette fois, il frapperait dans un autre État, en visant des victimes différentes. Mais cette nouvelle cible faisait toujours partie du grand plan. Toute la question était de savoir si les agents d'Omega Sector parviendraient à le comprendre à temps.

Damien était heureux de voir les SWAT prendre ses indices au sérieux. Ils avaient découpé son mur morceau par morceau pour les transporter avec soin par camion au QG d'Omega Sector.

Fait intéressant, Fawkes était sur place pour aider à charger. Damien se demanda s'il s'agissait d'une tâche qui lui avait été imposée ou s'il s'était porté volontaire parce qu'il s'inquiétait de la découverte éventuelle de ses propres empreintes sur les lieux, au cours de l'enquête.

Damien reçut un appel sur l'un de ses téléphones prépayés. Son associé du Texas était au bout du fil.

— Bonjour, monsieur Trumpold, répondit Damien.

— Nous sommes prêts à exécuter le plan. Ils doivent payer pour ce qu'ils ont fait.

— Je suis content de l'entendre.

Convaincre les Trumpold que leur frère adoré avait été accusé à tort de viols en série, que deux personnes de Corpus Christi avaient fait porter le chapeau à un innocent, lui avait demandé un peu plus de travail que lorsqu'il s'était agi de persuader Curtis Harper de tuer Ashton Fitzgerald.

Damien avait dû semer des indices bidons, donner l'impression que toute l'accusation reposait sur une manipulation criminelle. Mais les Trumpold avaient tellement envie de croire que leur frère aîné — qu'ils avaient toujours idolâtré — était innocent qu'ils avaient marché. Et comme l'intéressé était mort en prison, il n'était plus là pour rétablir la vérité.

Modifier un peu les faits et leur offrir une oreille compatissante avait suffi à leur donner envie de se venger de ceux qui avaient accusé leur frère bien-aimé à tort.

Les Trumpold ignoraient que les personnes qu'ils ciblaient étaient des amis proches de deux agents d'Omega Sector.

Damien passa un moment à encourager Trumpold, à lui assurer qu'il faisait ce qu'il fallait, ce qu'il *devait* faire, pour rendre justice à son frère. Que la mission qu'il entreprenait était juste.

Trumpold n'avait pas besoin de savoir que l'opération programmée servirait aussi les objectifs de Damien — fragiliser un autre pan d'Omega.

Cette fois, le plan n'échouerait pas. Cette fois, Damien ferait en sorte qu'Omega Sector connaisse le même indicible chagrin que lui. L'insupportable souffrance de perdre un être cher.

Ils avaient gagné la première manche, mais ils perdraient les suivantes. Et, surtout, ils perdraient la guerre.

Lorsque Ashton arriva au QG d'Omega, le matin suivant, Jon et Brandon, avec l'aide de quelques-uns des meilleurs ingénieurs du labo, avaient reconstruit le « mur du fou » dans l'une des salles de conférences.

Ils y avaient passé la nuit mais ils étaient manifestement satisfaits d'être parvenus à en reproduire la réplique exacte.

Ashton et Lillian entrèrent dans la salle de conférences en même temps. Celui-ci secoua la tête et lança, très pince-sans-rire :

— Jon, tu vas te marier dans deux semaines… Sherry, ta charmante fiancée, sait-elle à quoi tu passes tes nuits ?

— Et en compagnie de Brandon ! renchérit Lillian. Qui, si je ne me trompe, a une épouse qui l'attend à la maison.

— Nos compagnes ont été très compréhensives, figurez-vous, répondit Jon. Elles nous ont encouragés à mener à bien cette entreprise.

Lillian se tourna vers Ashton.

— Nous allons devoir leur parler…

— Avant qu'il ne soit trop tard !

Ashton et Lillian s'installèrent à leur tour pour étudier le mur tandis que Brandon et Jon remerciaient leurs collègues du laboratoire qui repartaient.

— Avez-vous vraiment trouvé un sens à ce galimatias ? demanda Ashton.

Jon secoua la tête.

— Pas encore, mais nous y parviendrons. Nous avons commencé par nous débarrasser des éléments qui n'ont ni sens ni intérêt, ni queue ni tête, et qui n'ont visiblement été ajoutés que pour nous induire en erreur.

Ashton et Lillian tentèrent ensuite de les aider, mais ils osaient à peine émettre un avis. En effet, pendant des heures, Brandon et Jon échafaudèrent de grandes théories, posèrent des hypothèses, en discutèrent entre eux. Ils étaient finalement parvenus à en isoler certains éléments qui leur semblaient particulièrement parlants et les avaient reliés entre eux.

— D'après Summer et Curtis Harper, ce Damien leur a dit qu'Omega Sector devait souffrir pour connaître les souffrances qu'il avait lui-même endurées, déclara Jon. Savoir ce que c'était de perdre un être cher.

— Il s'agirait donc de quelqu'un que nous avons « blessé » d'une manière ou d'une autre, renchérit Brandon en s'asseyant sur l'une des chaises de la salle de conférences. Au départ, nous avions émis l'hypothèse que ce deuxième homme — puisqu'il était prêt à tuer Harper et Summer — leur avait donné un faux nom. Mais s'il ne l'avait pas fait ?

— Damien Freihof, marmonna Jon en secouant la tête.

Il s'assit, lui aussi. Et resta un moment silencieux.

Ashton échangea un regard perplexe avec Lillian. La réaction des deux profileurs n'avait rien de rassurant.

— Qui est Damien Freihof ? s'enquit enfin Ashton.

— Nous l'avions mis en prison il y a cinq ans quand il a tenté de faire sauter une banque à une heure d'affluence, déclara Jon.

Lillian se mit à rire.

— Il n'a pas pu confectionner ce mur depuis sa cellule.

— Freihof s'est échappé, l'année passée.

Brandon se frotta la nuque, étudiant à nouveau le tableau.

— Il est assez intelligent pour avoir fabriqué ce mur. Comme pour avoir manipulé Harper et l'avoir poussé à tuer Ashton.

— A-t-on entendu parler de lui depuis qu'il s'est évadé de prison ? demanda Ashton.

— C'est lui qui a enlevé Andrea l'année dernière, et qui avait prévu de les assassiner, Brandon et elle, expliqua Jon.

— Freihof avait accroché des explosifs autour de son cou devant moi. Il a failli nous tuer, Andrea et moi. Par miracle, il s'est blessé avec ses propres pains de plastic mais il a réussi à s'échapper.

La voix de Brandon était glaciale, ses yeux se fermèrent à ce souvenir.

— Apparemment, il est de retour, marmonna Lillian. Avec un désir de vengeance très net. Il a des comptes à régler avec nous et nous présente la facture.

— Damien ciblait Summer, pas moi, déclara Ashton. Harper voulait ma peau mais son complice n'avait qu'un objectif : Summer. Les explosifs placés sous la maison étaient destinés à nous éliminer tous les deux. Ma mort aurait été un bonus, la cerise sur le gâteau, je suppose.

— Damien Freihof est un psychopathe. Complètement malade. Mais il a aussi un côté génial et il aime jouer, puzzles, échecs et énigmes en tout genre.

Brandon regarda à nouveau le mur fixement.

— Ce mur est sa façon de nous donner des indices, des pistes, pour que le jeu reste intéressant.

— À condition que nous arrivions à les décrypter, marmonna Jon.

Ashton secoua la tête.

— Cela fait partie du jeu, non ? Si nous ne parvenons pas à piger à temps, nous ne réussirons pas à arrêter les meurtres qu'il a prévus.

— Exactement, répondit Jon.

— J'ai retrouvé ce portrait de Freihof, intervint Lillian en tournant son ordinateur portable vers ses camarades. D'accord, il a été arrêté il y a cinq ans mais, sur cette photo, il ne ressemble pas du tout à l'homme capturé par les caméras de surveillance l'autre jour alors qu'il parlait à Harper devant le fleuriste.

Les trois hommes étudièrent le cliché.

— Damien et l'inconnu de la fusillade ont une structure faciale différente, souligna Ashton. Celui-ci a les joues plus pleines, des cheveux et des sourcils différents. Mais ils ont la même taille, la même silhouette et il se peut que ce soit bien lui. Il est très doué pour se déguiser.

— Ce qui expliquerait certainement pourquoi il nous a échappé si longtemps, reconnut Jon. Il sait comment modifier son apparence de façon à tromper le logiciel de reconnaissance faciale.

Après avoir averti Steve Drackett de leurs craintes et pris une courte pause pour déjeuner, ils revinrent se poster devant le mur d'indices.

Au milieu de l'après-midi, Ashton en était venu à détester cette cloison et les documents qui s'y trouvaient placardés.

— Je ne sais pas comment ils arrivent à travailler sur ce genre d'énigmes à longueur de journée, dit-il à Lillian. La vie d'un profileur n'est vraiment pas pour moi. Descendre en rappel du haut d'un immeuble ou briser une fenêtre pour passer au travers, je sais faire. Mais ça...

Jon et Brandon, avec l'aide occasionnelle de Molly Humphries-Waterman, la femme de Derek — et un petit génie, elle aussi —, s'intéressaient maintenant tout particulièrement à une zone placée dans un coin au bas du mur.

Jon désigna un article de journal découpé.

— Ce papier traite d'une société de cartes à jouer qui a dernièrement décidé d'utiliser un nouveau type d'as.

Brandon désigna une autre section du mur.

— Et une cordelette le reliait à cet ensemble de dates : le 3 juin 2010, le 23 juin 2011, le 7 juin 2012, le 30 mai 2013 et le 19 juin 2014...

Ashton s'approcha du mur.

— S'agit-il de dates de crimes ? Quelque chose s'est-il passé ces jours-là en lien avec Omega ?

— Non, nous ne le pensons pas.

Brandon se tourna vers Lillian.

— Pouvez-vous nous trouver les dates des principales fêtes catholiques ?

— Les fêtes catholiques ? répéta Ashton en se grattant la tête. Ce type serait un genre de fanatique religieux qui se servirait de croyances, de la religion, pour justifier ses crimes ?

— Non, ce n'est pas ça, répondit Jon.

— Ce sont toutes les dates au cours desquelles l'Église catholique a célébré la fête du Corpus Christi ces dernières années, déclara Lillian.

— Corpus Christi..., murmura Brandon.

— Je ne comprends pas, déclara Ashton. Quel rapport entre des fêtes catholiques, des cartes à jouer et notre suspect ?

— L'important n'est pas la société de cartes, dit Jon. Mais le fait qu'ils produisent de nouveaux as.

— Corpus Christi est aussi une ville située au Texas, dans le comté de Nueces, qui se prononce comme « nouveaux as » en anglais.

Ashton aurait pu étudier ce mur pendant le reste de sa vie sans jamais soupçonner un quelconque lien entre ces deux éléments.

— D'accord, je comprends. Et Corpus Christi a quelque chose à voir avec ce qu'évoquent les coupures de presse dans ce coin-là, dit-il en montrant le bord opposé du mur.

— Là, il s'agit d'un article d'un quotidien concernant un restaurant de Chicago. L'établissement a été ravagé par un incendie, il y a quelques années. Il s'appelait Wales & Gill, dit Jon.

— Omega Sector a-t-il quelque chose à voir avec ça ? Avons-nous enquêté ou fait des arrestations là-bas ?

Ashton ne se souvenait de rien de ce genre. Il avait envie de se cogner la tête contre le mur.

— Non.

Jon tapota sur le clavier de l'un des ordinateurs portables installés sur la table. Il le retourna pour qu'Ashton et Lillian puissent voir l'écran.

— Il y a dix-huit mois, j'ai travaillé sur une enquête à Corpus Christi. Nous avons fini par arrêter un violeur en série.

L'inspecteur de police qui a collaboré avec moi s'appelle Zane Wales. La dernière victime du violeur était l'une des meilleures amies de ma fiancée. Une certaine Caroline Gill.

Wales & Gill.

— Nous devons les avertir qu'un fou furieux les a sans doute dans le collimateur, dit Brandon. Au minimum, leur faire prendre conscience que Freihof est de retour et cible peut-être des personnes ayant des liens avec Omega Sector.

— Ils viennent tous les deux au mariage dans deux semaines mais cela pourrait être trop tard, ajouta Jon.

Il avait déjà son téléphone dans les mains et sortait dans le couloir. Ashton l'entendit dire :

— Zane, c'est Jon Hatton. As-tu un instant ? J'ai de mauvaises nouvelles à t'annoncer.

Les amis de Jon avaient déjà bien assez souffert. Ashton espérait que ce coup de fil pourrait leur éviter des souffrances supplémentaires.

Il se retourna vers le tableau.

— D'accord. Nous savons qu'il va attaquer une nouvelle cible. Trouvons le moyen de battre ce fumier à son propre jeu.

La plupart des journées d'Ashton en tant que membre d'Omega Sector étaient physiquement fatigantes. Celle-ci lui avait paru mentalement épuisante.

Et pour être tout à fait honnête, il ne s'était pas senti très utile, il avait été incapable de comprendre les indices de Freihof, la logique de ce type. Le simple fait de regarder Jon et Brandon se torturer la cervelle devant le « mur d'indices » de ce psychopathe avait été démoralisant pour Ashton. En plus des amis de Jon, Zane Wales et Caroline Gill, ils avaient trouvé un autre élément lié à Brandon. La meilleure amie de sa fiancée, Andrea Keira Spencer, avait été mentionnée.

Contrairement à Zane Wales, Keira ne faisait pas partie des forces de l'ordre. Elle travaillait en tant que danseuse au

Nouveau-Mexique, comme Andrea l'avait été. La police locale garderait un œil sur elle.

Une chose était sûre. Comme Jon l'avait rappelé, Freihof était un maître en matière d'échecs. Il avait toujours un coup d'avance et la partie ne faisait que commencer. Ils ne savaient pas quand ni où ni qui, mais Freihof ne tarderait pas à frapper de nouveau.

Les membres d'Omega Sector lutteraient contre Freihof comme ils luttaient contre tous les terroristes qui menaçaient la sécurité du pays qu'ils aimaient : ensemble.

Dans l'immédiat, cependant, les seules personnes qu'Ashton rêvait de retrouver l'attendaient au domicile récemment rénové de Summer. Au cours des derniers jours, il avait apporté chez elle de plus en plus d'affaires. Summer lui avait donné une clé. Chaque fois qu'il n'était pas au QG d'Omega, il était avec elles.

Parce qu'il n'y avait nul autre endroit au monde où il aurait préféré vivre.

Par contre, il voulait mettre sur le tapis une question qui le taraudait depuis un moment et il était décidé à aborder ce sujet avec elle sans tarder.

Summer devait l'épouser avant d'espérer une véritable vie commune.

Elle lui ouvrit, Chloe dans les bras.

— La petite t'a vu depuis la fenêtre.

— Ah-ta !

Il attrapa Chloe d'un bras et glissa l'autre autour de la taille de Summer.

— Je me sens comme chez moi ici.

Elle lui caressa la joue. Imitant sa mère, Chloe lui caressa l'autre.

— Tu *es* chez toi.

— Si c'est le cas, tu dois faire de moi un homme honnête.

Un grand sourire éclaira le visage de Summer.

— Eh bien, tu sais, si nous nous marions, tu seras forcé de vivre avec moi et avec cette petite peste jusqu'à la fin de tes jours...

— C'est mon rêve le plus cher.

— Tant mieux parce que je viens d'accrocher une nouvelle liste de choses à faire sur le frigo. Au cas où tu n'aurais pas compris l'allusion, j'ai perdu mon homme à tout faire.

— Non, répliqua-t-il. Tu ne l'as pas perdu. Tu l'as maintenant à demeure, à ta disposition.

DANA NUSSIO

L'inconnue de Brighton

Traduction française de
CHRISTINE BOYER

BLACK ROSE

HARLEQUIN

Titre original :
SHIELDED BY THE LAWMAN

Ce roman a déjà été publié en 2019.

1

Une fois de plus, il était arrivé trop tard. Une fois de plus, il n'avait rien pu faire pour empêcher un homme de mettre fin à ses jours. Cette hécatombe ne cesserait-elle donc jamais ? Pourquoi tant de gens décidaient-ils d'en finir ?

Accablé, l'inspecteur de police Jamie Donovan ferma un instant les yeux. Le sang battait à ses oreilles, une nausée lui soulevait l'estomac et, comme pris dans un étau, son crâne menaçait d'exploser. Au bord du malaise, il aspira de grandes goulées d'air dans l'espoir de recouvrer ses esprits.

Il tombait des hallebardes, mais ni la pluie torrentielle ni la fraîcheur de cette soirée d'avril ne lui apportaient le moindre soulagement. Et s'il continuait à faire les cent pas devant le Casey's Diner sous ce déluge, quelqu'un allait finir par le prendre, lui aussi, pour un candidat au suicide et par appeler la police.

Il entra donc dans le restaurant, faisant tinter des clochettes au passage. Le vent s'engouffra à sa suite et il eut bien du mal à refermer la porte. Son manteau ruisselait de pluie et, très vite, une petite flaque se forma à ses pieds. D'un revers de manche, il s'essuya le visage.

Pourquoi avait-il accepté de rejoindre ses collègues de la police du Michigan, attablés au fond de la salle de ce petit restaurant de quartier ? À la vue de leurs regards tournés vers lui, il eut la réponse à sa question. S'il n'était pas venu manger un morceau avec eux, ils auraient compris qu'enquêter sur les circonstances de la mort de ce désespéré l'avait ravagé. Et ils auraient eu la preuve qu'il avait menti en prétendant le contraire.

Mais comment allait-il leur faire croire que tout allait bien alors que les odeurs de bacon grillé et de tarte aux pommes, qui lui mettaient d'habitude l'eau à la bouche, lui donnaient à présent la nausée ?

— Enfin, te voilà, Hercule ! cria le sergent Vincent Leonetti.

Comme toujours, la petite plaisanterie de Vinnie provoqua l'hilarité générale, mais les rires semblaient un peu forcés. Ses collègues en faisaient trop. Sans doute estimaient-ils qu'il était un garçon trop sensible et qu'il surréagissait aux affaires comme celle dont il avait dû s'occuper ce soir. S'ils savaient ! Mais ils avaient besoin qu'il fasse semblant. Il se dirigea donc vers leur table.

Tentative de suicide. Pourquoi parlait-on toujours de « tentatives » de suicide ? Comme s'il s'agissait d'un défi qu'un sportif essayait de relever ! Le geste de ce type n'avait pas été une « tentative », mais une franche réussite. Son salon maculé de sang en témoignait. Il ne s'était pas raté...

Et Jamie était arrivé trop tard. Une fois de plus.

Un frisson glacé le parcourut. Les haut-le-cœur qu'il s'efforçait de repousser depuis des heures revenaient le tourmenter. Il devait à tout prix se ressaisir.

Il tourna la tête pour éviter le moindre contact visuel avec ses collègues qui le connaissaient à la fois trop bien et pas du tout.

Mais il tomba alors sur le regard de Sarah, un regard qui l'accrocha, le retint.

Il fut incapable de détacher ses yeux d'elle. Si, par miracle, il parvint à ne pas rester bouche bée comme un imbécile, continuer d'avancer devint presque impossible.

Sarah. Si la ravissante serveuse s'activait toujours avec rapidité et efficacité auprès des policiers du poste de Brighton, elle ne répondait jamais à leurs petites blagues ni à leurs commentaires. Voilà plus de deux ans qu'elle travaillait au Casey's Diner mais personne ne connaissait son nom de famille. Et il était probable qu'ils ignoreraient encore son prénom s'il n'avait été écrit sur son badge.

Et Sarah le dévisageait.

Plus étrange encore, ses yeux bleus le transperçaient comme deux rayons laser. Comme si elle voyait tout ce qu'il s'efforçait de cacher. Tout ce qu'il aurait voulu oublier.

Le temps parut suspendre son vol…

Puis cet instant de grâce passa. Elle détourna la tête et repoussa en arrière une mèche blonde échappée de sa queue-de-cheval. Elle faisait cela chaque fois qu'elle était mal à l'aise. Ou alors, elle jouait avec son médaillon. Elle pensait sans doute que personne ne prêtait attention à son manège.

Jamie, lui, l'avait remarqué.

Tournant les talons, elle alla chercher une éponge pour nettoyer une table.

Il battit des paupières. Avait-il imaginé ce moment de communion, de complicité ? Son esprit commençait vraiment à divaguer, se dit-il, et il ne tarderait plus à partir en vrille, s'il n'y prenait garde.

Il salua ses collègues, accrocha son manteau à la patère et se laissa choir sur la chaise qu'ils lui avaient laissée. Qu'il soit capable de sourire après tout ce qui s'était passé ce soir était aussi surprenant que son intense émotion à la vue de Sarah tournée vers lui. Elle l'avait regardé, la belle affaire ! Cette table faisait partie de celles dont elle s'occupait. En le voyant arriver, elle ne pensait sans doute qu'à lui apporter la carte et un verre d'eau.

Ce n'était pas parce que *lui* l'observait aussi discrètement que possible depuis des mois qu'elle était censée lui accorder une attention particulière. Il l'avait tellement regardée qu'il aurait pu décrire par le menu le grain de sa peau, la douceur de ses cheveux comme s'il les avait touchés ou sa façon de marcher comme si elle dansait.

Il se frotta les bras à la fois pour se calmer et pour se réchauffer. Après cette terrible journée, il avait eu tort de sortir dîner avec les autres. Il aurait été mieux seul chez lui.

À la vue de ses cheveux trempés, Vinnie demanda en riant :

— Tu es venu jusqu'ici en voiture ou à la nage ?

— Les deux. Tu as vu ce qui tombe ? Un vrai déluge !

— Quand nous sommes arrivés, il ne pleuvait pas, remarqua Kelly Robert.

Jamie refusait d'admettre que les événements de la soirée expliquaient son retard. Le reconnaître signifierait qu'il avait laissé une fois de plus son passé menacer son équilibre intérieur... au risque d'ébranler son projet de soutien auprès des jeunes en difficulté. Il n'en était pas question.

À l'autre bout de la table, Nick Sanchez lança :

— Nous avons déjà commandé, mais si tu sais ce que tu veux, fais signe à Sarah de revenir à notre table.

— Oh ! il sait très bien ce qu'il veut, il l'a toujours su, répliqua Vinnie, déclenchant de nouveau le rire de la tablée.

— Et avec un peu de chance, Sarah va accourir ventre à terre pour noter, toutes affaires cessantes, ses moindres desiderata, renchérit Dion Carson.

Jamie serra les dents. Il détestait la façon dont ses collègues parlaient des femmes lorsqu'ils n'étaient pas en service. De Sarah en particulier. Il le leur avait dit une centaine de fois mais ils continuaient leurs commentaires douteux.

— Elle ne vient « ventre à terre » que vers moi, protesta Nick.

Sa réflexion provoqua quelques froncements de sourcils chez leurs collègues policières, mais elles finirent par hausser les épaules. Maintenant que Shane Warner, le beau gosse du poste de police, s'était marié, Nick avait la cote auprès de la gent féminine. Toutes les filles d'Ève le dévoraient des yeux.

— Ça suffit, les gars, intervint Jamie. Sarah est un être humain et elle a droit au respect. Laissez-la tranquille.

Des rires fusèrent autour de la table. Ses collègues avaient-ils voulu voir s'il réagirait comme il le faisait d'habitude ? Eh bien, il avait passé le test avec succès. Oui, il était et resterait le défenseur des femmes mal considérées et des chiens perdus sans collier. Un gars sympa, un brave type, et tout le monde savait comment ils finissaient.

— Vous avez de la chance que Sarah accepte encore de vous

servir, poursuivit-il. Et que je ne vous inscrive pas d'office à un cycle de formation sur le harcèlement moral et sexuel.

— Oh non, pas ça, s'il te plaît ! Nous savons aussi nous montrer gentils, protesta Dion. Et même si nos petites plaisanteries vaseuses ne la font pas rire, nous ne sommes jamais méchants avec elle.

— Et nous lui laissons de bons pourboires, ajouta Kelly.

Jamie opina. Sarah avait probablement besoin de cet argent. Travailler le soir dans un restaurant de Brighton, une petite ville du Michigan, ne devait pas lui rapporter une fortune.

Le souvenir de son regard pénétrant envahit de nouveau sa mémoire. Ses yeux bleus étaient de vrais joyaux abrités par des cils épais. Cachaient-ils de lourds secrets ? Ou uniquement des regrets, comme les siens ?

— Quoi qu'il en soit, vous ne la lâchez jamais, les gars, lança Delia Morgan Peterson. Alors qu'elle ne s'intéresse manifestement à aucun d'entre vous. Laissez-la donc tranquille.

— Renoncer à une telle beauté sans avoir tout fait pour la séduire ? Jamais ! répliqua Vinnie d'un ton théâtral.

Le lieutenant Ben Peterson posa tendrement la main sur le ventre arrondi de Delia.

— Chérie, si le bébé que tu attends se révèle être une fille, nous devrons la protéger des types comme Vinnie.

Kelly tendit un menu à Jamie.

— Tu as intérêt à commander sans traîner. Sinon, nous recevrons l'addition avant que Sarah t'ait apporté ton dîner.

Jamie fit semblant d'étudier la carte. En réalité, il aurait pu la réciter par cœur. Il n'avait pas faim et tout ce qu'il avalerait pèserait sans doute lourd sur son estomac. Cependant, plus vite il aurait mangé, plus vite il pourrait rentrer chez lui pour s'efforcer d'oublier les événements de la soirée.

Vêtue de son uniforme rose et de son tablier blanc, Sarah s'approcha de leur table. En passant, elle jeta un bref coup d'œil à la porte d'entrée, comme elle le faisait souvent. Elle posa une tasse devant Jamie.

— Je vous sers un décaféiné, inspecteur ? proposa-t-elle, inclinant déjà la cafetière.

— Attendez ! fit Vinnie. Peut-être préfère-t-il boire un soda, ce soir. Allez savoir.

Sarah interrompit aussitôt son geste et elle s'éclaircit la voix, visiblement gênée.

— Désolée, excusez-moi.

— Ne faites pas attention à ce plaisantin. Un déca, c'est parfait.

— Avez-vous fait votre choix, inspecteur ?

Il lui commanda le plat qu'il prenait au moins une fois par semaine.

Elle le nota sur un petit bloc-notes puis disparut derrière les portes battantes de la cuisine.

Jamie regretta soudain que ni Sarah ni ses collègues n'aient deviné que, contrairement à ce qu'il prétendait, quelque chose n'allait pas, ce soir. Il lui était insupportable de penser qu'un homme avait mis fin à ses jours quelques heures plus tôt, et qu'ils allaient tous continuer à se régaler de bons petits plats, à boire des cafés, à bavarder et à échanger des blagues éculées, comme si de rien n'était. Comme si la vie de ce malheureux n'avait pas d'importance, n'en avait jamais eu.

— Que penses-tu de toute cette pluie ? demanda Trevor Cole, assis à sa gauche.

Jamie poussa un soupir.

— Si ça continue, les rues ne vont plus tarder à être transformées en rivières.

— C'est vrai, répondit Trevor. Heureusement, il ne neige plus. Mais je n'ai pas très envie de naviguer.

— Au moins as-tu la chance d'avoir un bateau à ta disposition.

— À ma disposition ? Vu le temps que je passe à bricoler dessus, c'est plutôt moi qui suis à son service.

Trevor se pencha pour lui chuchoter :

— Ça va, vieux ? Si tu as besoin de parler, je suis là...

— Tout va bien, assura Jamie.

Un pieux mensonge, mais quelle importance ? Tous deux avaient tellement besoin d'y croire.

Vinnie se tourna vers Trevor.

— Ne me dis pas que ton vieux rafiot flotte encore !

Jamie n'était pas dupe des efforts de ses collègues pour se cantonner aux sujets futiles – comme le bateau de Trevor ou les motifs du papier peint de la chambre du futur bébé de Ben et de Delia. D'un accord tacite, ils évitaient pendant leurs repas la moindre allusion à leur vie professionnelle, aux tragédies qui étaient leur lot quotidien.

— J'espère que pour toi Sarah fera vite, dit Vinnie en la regardant revenir à leur table, chargée d'assiettes.

— Ne m'en veux pas de ne pas attendre que tu sois servi pour me régaler, dit Nick en croquant une frite. J'ai trop faim.

— Pas de problème. Mangez pendant que c'est chaud.

Vinnie mordit avec appétit dans son hamburger.

— Merci.

Jamie posa les mains sur la table. Au moins, maintenant, plus personne ne faisait attention à lui. Il avait craint qu'on l'interroge sur les événements de la soirée. La plupart d'entre eux n'étaient pas au courant du suicide de Mark. Et ils ignoraient tout de la culpabilité qui le dévorait depuis le drame. En tant que frère aîné, il aurait dû remarquer que Mark n'allait pas bien. Or, il n'avait rien vu et ne se le pardonnait pas.

Non, il ne fallait pas y penser. Pas maintenant. Pas alors que d'horribles images de la scène de crime hantaient encore son esprit et lui soulevaient l'estomac. Il tenait à ce que ses collègues soient persuadés qu'il maîtrisait la situation, que cette affaire ne le rendait pas malade.

Lui-même avait besoin d'y croire.

Sarah revint, suivie par Ted, le patron de l'établissement. Tous deux portaient d'autres assiettes. Les conversations à table avaient cessé, tous étant trop occupés à manger pour songer à bavarder.

Au milieu du brouhaha ambiant, des tintements de verres et du cliquetis des couverts, Jamie laissa ses pensées revenir à sa macabre découverte de la nuit. Et vite, par association d'idées, il se remémora le suicide de Mark. Bien que plus de neuf ans se soient écoulés depuis, il ne pouvait penser à son petit frère, si drôle et si souriant, sans voir son corps sans vie se balançant au bout d'une corde dans le garage.

Une vague de regrets et de remords le submergea, accompagnée d'un terrible sentiment de vide, de désespoir et de culpabilité mêlés. Depuis des années, il s'efforçait d'effacer de sa mémoire les circonstances de la mort de son cadet mais les événements de cette nuit les avaient ravivées.

Derrière lui, une douce voix féminine le fit sursauter :

— J'ai fait au plus vite, dit Sarah en posant une assiette devant lui. Mais vos collègues ont presque fini, ajouta-t-elle, désolée, en désignant le reste de la tablée d'un mouvement de tête.

— Pas grave. Merci de votre rapidité. J'apprécie.

Il aurait aimé ajouter quelque chose, quelque chose d'intelligent ou de drôle si possible, mais comme d'habitude, en sa présence, son esprit devenait vide.

Dion le fit à sa place.

— Je ne sais pas pour vous, les gars, mais moi, je prendrais bien un dessert, annonça-t-il. Quels sont ceux que vous nous avez préparés aujourd'hui, mademoiselle Sarah ?

— Par chance, vous reste-t-il un de vos délicieux fondants au chocolat ? demanda Vinnie, plein d'espoir.

Jamie n'avait pas besoin de se retourner pour savoir que le visage de Sarah était aussi rose que son uniforme. Chaque fois que quelqu'un la complimentait sur ses pâtisseries, elle semblait mal à l'aise. Il en venait à regretter que Ted leur ait révélé qu'elle confectionnait les pâtisseries qui figuraient au menu.

Elle se racla la gorge.

— Aujourd'hui, nous vous proposons des crumbles aux myrtilles. Il ne reste qu'un tiramisu et...

— Inutile d'aller plus loin, coupa Nick. Vendu. Je prends les deux.

Elle pencha la tête pour le noter dans son calepin.

— Et nous avons également de la tarte aux pommes ou à la rhubarbe.

Plusieurs collègues de Jamie firent leur choix, d'autres préférant se passer de dessert pour garder la ligne. Quand Sarah se tourna vers lui, il secoua la tête.

— Rien d'autre, merci.

— Tu as tort, intervint Trevor. Apportez-lui de la tarte aux pommes. C'est son péché mignon. Je la lui offre.

Jamie ne prit pas la peine de discuter. S'il refusait, il risquait d'attirer l'attention sur lui. Et Trevor ne cherchait qu'à le réconforter, il le savait.

Lorsque Sarah emporta son hamburger, auquel il avait à peine touché, et posa son dessert devant lui, Jamie réprima un sourire incrédule. Visiblement, celui ou celle qui avait coupé cette tarte aux pommes n'avait pas le compas dans l'œil. Sa part était deux fois plus grande que celle des autres. Sarah avait-elle compris le stratagème de Trevor et avait-elle décidé de montrer qu'elle le soutenait elle aussi dans l'épreuve ? Par chance, tous étaient trop occupés à se régaler du contenu de leurs assiettes pour remarquer la sienne.

Dès la première bouchée, il oublia presque l'horreur de sa journée. Fermant les yeux, il savoura le petit goût d'amande et de liqueur qui contrebalançait l'acidité des fruits. La pâte feuilletée fondait littéralement dans la bouche.

— Cette tarte vaut le détour, non ? demanda Trevor.

— Largement !

Il finit sa part jusqu'à la dernière miette. Comme Sarah revenait débarrasser, Trevor lui lança :

— Un délice, comme d'habitude.

— Oui, vraiment, renchérit Jamie.

— Merci, murmura Sarah en esquissant un petit sourire.

Comme elle repartait vers le fond de la salle, il ne put s'empêcher de la suivre des yeux ; le simple fait de la regarder le ravissait. Elle était belle à couper le souffle. Pourtant, elle n'en semblait pas consciente. En tout cas, il ne l'intéressait pas, il en était sûr. Imaginer le contraire serait se leurrer.

Lorsqu'elle revint avec les additions, ses amis et collègues enfilaient déjà leurs vestes. Il parcourut des yeux son ticket de caisse. Il avait espéré qu'elle mettrait la tarte sur sa note et non sur celle de Trevor, mais elle n'avait compté que son hamburger et son café.

Plus bas sur le feuillet, sa signature, toute en courbes, ample et féminine, ne correspondait pas à sa personnalité réservée. Il remarqua soudain un Post-it, de couleur bleue, sous son addition.

Sarah avait-elle par mégarde collé une liste de courses à son ticket de caisse ? Il se redressa. Et s'il s'agissait d'autre chose, d'un appel à l'aide, par exemple ? Il secoua la tête, se trouvant pathétique. L'hypothèse était absurde. Pourquoi solliciterait-elle son aide à lui, uniquement à lui, alors que la salle était bondée de policiers ?

Il perdait vraiment le nord, ce soir.

Pourtant, après s'être assuré d'un bref coup d'œil circulaire que personne ne le regardait, il prit connaissance du petit mot qu'elle lui avait laissé.

Merci pour tout ce que vous faites. Vous êtes quelqu'un de bien.

Il relut deux fois le message. Les policiers étaient plutôt habitués aux insultes et aux doigts d'honneur. Les compliments et remerciements étaient beaucoup plus rares. Il parcourut à nouveau le billet. Rédigé en caractères d'imprimerie, il n'était pas signé. Il ne lui était même pas adressé à lui personnellement, ni à quiconque d'ailleurs.

Voilà pourquoi il se trouva pitoyable de replier avec soin le bout de papier pour le glisser dans la poche son jean comme s'il s'agissait d'un trésor secret. Il avait vingt-sept ans, bon sang ! N'était-il pas temps de se comporter en adulte ?

Mieux valait ne pas répondre à cette question, songea-t-il avec un soupir. À la caisse, Sarah rendait la monnaie à Vinnie tout en fichant son ticket sur un pique-notes. Elle était comme d'habitude, comme s'il ne s'était rien passé. Et probablement ne s'était-il rien passé, mais cette fois il avait dans sa poche un billet doux, et il en était émerveillé.

Le sang rugissait si fort à ses oreilles que tous les clients du restaurant devaient l'entendre. Ses paumes étaient moites. Alors qu'il la dévorait des yeux, Sarah surprit son regard. Au lieu de se détourner immédiatement comme elle l'aurait fait un autre jour, elle lui décocha un sourire timide.

Plus aucun doute, maintenant ; il n'avait rien imaginé. Il s'était bien passé quelque chose entre eux. En tout cas, le message dans sa poche lui était bel et bien destiné.

En revanche, le sens de son petit mot était moins clair. Avait-elle surpris une conversation entre ses collègues ? Ces derniers avaient-ils parlé de lui avant son arrivée ? Avait-elle agi par pitié ?

Il fallait qu'il sache.

Malheureusement, quand il parvint à son tour à la caisse, Sarah n'y était plus. Ted l'avait remplacée. Jamie promena les yeux autour de lui. Sarah n'était pas occupée à nettoyer les tables ou à remplir les salières. Où était-elle passée ? Sans doute avait-elle disparu derrière les portes battantes séparant la salle de la cuisine.

Il n'osa pas la suivre pour demander des explications, mais devoir s'en aller avec tant de questions sans réponses était frustrant.

— Je vous encaisse, inspecteur ? proposa Ted.

Ouvrant son portefeuille, Jamie en tira sa carte de crédit.

Deux minutes plus tard, il quittait les lieux. Les clochettes attachées à la porte tintèrent, lui faisant revivre le moment où il était entré dans le restaurant.

Avait-il imaginé cette complicité entre eux dans l'espoir d'oublier le désespéré qui s'était suicidé ce soir ? Avait-il saisi l'occasion qui lui était offerte d'effacer de sa mémoire la scène macabre qui le rendait malade ?

Ou Sarah avait-elle vraiment voulu lui faire comprendre qu'il ne la laissait pas indifférente ?

D'une manière ou d'une autre, il finirait par le savoir.

Avant de refermer la porte, il jeta un dernier coup d'œil vers la cuisine. Sarah n'était peut-être pas là pour répondre à ses interrogations ce soir, mais il obtiendrait des explications plus tard.

S'il le fallait, il prendrait désormais tous ses repas au Casey's Diner.

2

Sarah Cline se reprochait sa lâcheté. Courir se cacher dans la cuisine pour ne pas avoir à affronter l'inspecteur Donovan n'était pas très glorieux, mais elle n'avait pas le choix. Si elle l'avait encaissé comme à l'accoutumée, il lui aurait évidemment demandé des éclaircissements. Et comment aurait-elle justifié le petit mot qu'elle lui avait glissé à la fin de son repas ? Elle-même ne comprenait pas quelle mouche l'avait piquée. Pour elle, il était vital de faire profil bas, de raser les murs. Elle savait parfaitement ce qu'il pourrait lui en coûter d'attirer l'attention sur elle. Alors pourquoi avait-elle fait preuve d'une telle imprudence ?

Elle ne parvenait pas à s'expliquer son geste, sa folie. Jamie Donovan était policier, et elle avait appris à se méfier des flics. Avec un frisson, elle effleura la longue cicatrice sous son bras gauche, dissimulée sous la manche de son uniforme. Elle était bien cachée. Comme tant d'autres.

Tout en essuyant ses mains moites dans les poches de son tablier, elle se demanda, le cœur battant, si l'inspecteur oserait la poursuivre en cuisine pour exiger des explications. Il aurait été logique qu'il le fasse. Elle s'était comportée de façon tellement inhabituelle, tellement bizarre, ce soir.

Lorsqu'elle le vit quitter le restaurant pour s'élancer sous la pluie, elle poussa un soupir de soulagement. Pourtant, elle éprouvait aussi une pointe de regret à le voir s'éloigner, une réaction idiote, au demeurant. En réalité, elle regrettait surtout ses erreurs passées. Et l'angoisse qui pesait sur ses épaules comme une chape de plomb. La peur ne la quittait jamais. Depuis plus de six ans, elle se réveillait tous les matins et se couchait tous les soirs, en proie à la même peur.

Quel démon l'avait poussée à écrire ce billet ? se demanda-t-elle pour la énième fois. Pourquoi s'était-elle intéressée aux états d'âme de ce policier ? Certes, elle n'avait compris qu'aujourd'hui que « M. Jamie », l'animateur bénévole du centre aéré, dont son Aiden chéri lui rebattait les oreilles depuis des mois, était aussi « l'inspecteur de police James A. Donovan », qui prenait ses repas au Casey's Diner au moins deux fois par semaine. Et dont le regard triste ressemblait à celui qui se reflétait dans son propre miroir. Grâce à des bribes de conversation qu'elle avait surprises entre ses collègues policiers, elle avait compris que l'inspecteur avait eu une rude journée. Mais cela ne justifiait pas un billet doux ni même une grosse part de tarte. S'impliquer dans la vie des gens les poussait à s'interroger. Or, elle ne pouvait se permettre d'éveiller la curiosité.

Surtout pas celle d'un flic.

Elle s'efforça de sourire à Léon, le cuisinier, qui l'observait d'un air intrigué. Certes, ce n'était pas la première fois qu'elle se cachait dans la cuisine, mais en général, elle cherchait ainsi à éviter les avances de certains clients un peu collants.

Après un dernier regard dans la rue pour vérifier que Jamie était bien parti, elle retourna dans la salle du restaurant à présent quasiment déserte. En passant, elle attrapa le panier rempli de salières et de poivriers sur le comptoir.

Assis devant la caisse enregistreuse, Ted comptait la recette. Il lui lança :

— Je me demandais où tu étais passée.

— Je réfléchissais aux desserts pour demain.

Elle s'émerveillait de la facilité avec laquelle elle mentait. Raconter des histoires devenait de plus en plus simple. Elle n'avait que vingt-huit ans, mais elle s'était déjà beaucoup entraînée.

Ted la dévisagea d'un air soucieux.

— Tout va bien ? Dis-moi, Sarah... Certains clients se sont-ils mal comportés à ton égard ? Les policiers, par exemple ? Si c'est le cas, je leur parlerai...

— Non, non, ce sont de braves gens.

— Tant mieux. Mais s'ils dérapent...

Tout en remplissant les flacons de sel et de poivre, Sarah se détourna pour qu'il ne la voie pas lever les yeux au ciel. Ted n'avait pas les moyens de refuser des clients. D'ailleurs, ces derniers étaient inoffensifs.

Mais un jour, elle avait fait confiance à la police et avait failli le payer de sa vie. Elle préférait ne pas ressasser cet épisode. De toute façon, comparés aux flics corrompus de Chicago, les policiers de Brighton ressemblaient à des enfants de chœur.

Au souvenir du regard accablé de l'un de ces enfants de chœur, elle sentit sa gorge se serrer. Une salière lui échappa et se renversa sur le comptoir.

— Tu es bien maladroite, ce soir, remarqua Ted.

— Je suis seulement fatiguée.

D'un coup d'éponge, Sarah nettoya le sel répandu. Dommage que les autres maladresses qu'elle avait commises ce soir ne soient pas aussi simples à réparer. Elle n'avait qu'une règle dans la vie, une seule : se tenir à distance des autres. Et elle l'avait enfreinte avec une facilité sidérante.

De nouveau, les traits de Jamie s'imposèrent à son esprit. Il y avait tant de malheur dans ses yeux, songea-t-elle avant de secouer la tête. Voilà des mois qu'elle travaillait ici. Elle avait donc eu mille occasions de s'en apercevoir. Alors pourquoi en prenait-elle conscience justement aujourd'hui ? Elle l'ignorait. Mais ce soir, elle l'avait vraiment regardé et ce qu'elle avait vu lui avait déchiré le cœur.

Voilà sans doute pourquoi elle s'était comportée de façon si dangereuse et si peu habituelle pour elle. La douleur, la détresse et l'infinie tristesse qui assombrissaient l'expression de Jamie l'avaient bouleversée. Elle ne s'attendait pas à découvrir une telle vulnérabilité chez un inspecteur de police reconnu et apprécié par ses pairs. Cette faille, rare chez un homme de sa trempe, l'avait touchée, émue, mais elle ne pouvait se laisser aller à la compassion. Les amitiés étaient un luxe trop risqué pour elle.

Consciente de la nécessité de se ressaisir, elle battit des paupières. Heureusement, son service se terminait et elle n'allait pas tarder à rentrer. Chez elle, elle retrouverait ses esprits et son instinct de survie. Et elle se rappellerait qu'elle ne devait compter que sur elle-même.

Ted jeta un coup d'œil à l'horloge murale.

— Marilyn est en retard, dit-il.

— Encore ?

— Cette fois, elle a téléphoné pour prévenir. Elle a eu un problème de voiture.

Sarah, qui roulait des couverts dans les serviettes en papier, s'interrompit un instant pour se tourner vers l'entrée du restaurant. Au moins, n'y avait-il encore personne. Si un groupe de clients affamés débarquait, Ted lui demanderait sans doute de rester jusqu'à l'arrivée de sa collègue. Une fois de plus.

— Tu ferais mieux de partir, dit-il comme s'il lisait dans ses pensées.

— Merci. Il vaut mieux que j'y aille, oui.

— Aiden est déjà au lit, non ?

— Je l'espère. Sinon, il ne parviendra jamais à se lever pour aller à l'école demain.

Elle détestait que Ted mentionne le prénom de l'enfant. Cela dit, les rares fois où elle avait dû amener son fils au travail, tout s'était plutôt bien passé. Ted avait été discret et ne l'avait pas bombardé de questions.

— Il n'aura pas à se lever, répondit-il. Il n'y a pas école, demain.

— Comment ça ? demanda-t-elle, surprise.

— C'est une journée de formation pour les enseignants. Et donc de vacances pour les enfants.

Et de cauchemar pour les mères célibataires, songea Sarah. Qu'allait-elle faire d'Aiden ? Sa nourrice, Nadia, travaillait ailleurs, le matin...

— Viens avec lui, demain, proposa Ted. Nous aurons ainsi l'occasion de lui dire bonjour.

— Je ne veux pas qu'il s'ennuie.

Ou qu'il soit vu par les clients.

— Tu plaisantes ? Il adore être ici.

— Comment se fait-il que vous soyez au courant de cette journée pédagogique et pas moi ?

Ted brandit une feuille de papier.

— J'ai demandé à la municipalité un exemplaire du calendrier scolaire. Pour savoir quels jours nous sommes susceptibles de recevoir des familles avec enfants afin d'adapter les menus en conséquence.

Très bien. Mais cela n'expliquait pas pourquoi elle-même n'avait pas été informée. Avait-elle oublié de consulter le cahier de correspondance d'Aiden ? Elle essayait de suivre de près sa scolarité mais, parfois, elle était trop fatiguée. Épuisée, elle avait alors tout juste encore la force de récupérer son petit garçon endormi chez Nadia – qui habitait son immeuble, deux étages plus bas –, de le monter chez elle et de le coucher dans son lit avant de s'écrouler sur le canapé.

— Tout est prêt pour demain matin, non ? reprit Ted.

— Il n'y a plus qu'à mettre les brioches à la cannelle au four.

— En as-tu préparé une fournée supplémentaire comme je l'avais demandé ?

Elle hocha la tête, comprenant mieux maintenant cette requête.

— Et puisque Aiden n'aura pas école, acceptes-tu de venir plus tôt ? Vers 8 heures, par exemple ?

De nouveau, elle opina mais avec moins d'enthousiasme. Aiden serait mécontent de se lever tôt, un jour où il n'avait pas école.

— Bien. Alors rentre chez toi, à présent.

Avant qu'il ne change d'avis, elle retourna dans la cuisine y chercher sa veste. Elle l'enfila et en rabattit la capuche au cas où il pleuvrait toujours.

Jamie était trempé quand il avait débarqué, un peu plus tôt, alors que les autres policiers étaient secs à leur arrivée, songea-t-elle.

Lorsqu'elle sortit du restaurant, l'averse avait diminué d'intensité mais de grandes flaques d'eau s'étaient formées sur les trottoirs.

Pourquoi l'inspecteur de police revenait-il sans cesse dans ses pensées ? se demanda-t-elle. Elle avait assez de soucis pour ne pas se sentir obligée de se charger des problèmes de quelqu'un d'autre. Veiller sur son fils était sa priorité absolue. Le petit garçon méritait une existence digne de ce nom. Pour le moment, elle tirait le diable par la queue. Les factures s'accumulaient, et elle avait du mal à s'en sortir avec son maigre salaire. Et surtout, elle vivait dans la crainte permanente de voir réapparaître son ex-mari, le père d'Aiden, un homme violent et cruel.

Comme un frisson lui parcourait l'échine, elle glissa les clés de son trousseau entre ses doigts afin de pouvoir faire face à un éventuel agresseur.

Personne ne la suivait. Elle le savait. Aiden était en sécurité chez sa nourrice. Tous deux étaient en sécurité. Alors pourquoi s'inquiétait-elle au moindre bruit ? Pourquoi avait-elle toujours envie de se retourner pour s'assurer qu'il n'y avait pas quelqu'un tapi dans l'ombre ?

Elle n'avait parcouru que quelques mètres quand, cédant à l'angoisse, elle jeta un coup d'œil par-dessus son épaule. La rue était déserte. Il ne restait que les voitures de Ted et de Léon sur le parking du Casey's Diner. Comme elle passait devant, le faisceau de phares troua la nuit, balayant le bitume. Le conducteur qui arrivait à vive allure entra en trombe sur le parking et coupa le contact.

Sarah se figea avec un cri de peur. Elle devait à tout prix repartir vers le restaurant, courir s'y réfugier, mais ses pieds semblaient collés sur place. Et elle se retrouvait spectatrice de sa propre vie. Lorsque la portière s'ouvrit à la volée, elle se sentit blêmir.

À la vue des jambes nues qui apparurent, elle poussa un soupir de soulagement.

Marilyn !

Bien sûr, elle aurait dû penser que la serveuse de nuit était au volant. Mais pourquoi ne parvenait-elle pas à cesser de trembler ? Pourquoi, chaque fois qu'elle voyait un véhicule s'approcher d'elle un peu vite, imaginait-elle que le conducteur venait pour elle, pour finir le travail, pour la tuer ?

Marilyn la salua rapidement.

— Désolée pour mon retard. La baby-sitter…

— Ted croyait que tu avais eu des problèmes de moteur.

— Aussi… Ce n'est pas mon jour.

Le sourire ironique de Marilyn suggéra qu'il y avait eu encore autre chose. Sarah hocha la tête. Les mères célibataires ne pouvant compter que sur elles-mêmes, elles devaient se serrer les coudes. Avec un signe de la main, Marilyn se hâta vers le restaurant.

Sarah rentra chez elle à pied. C'était le moyen le plus sûr de se déplacer. Ainsi, aucune plaque d'immatriculation ne permettrait à la police de l'identifier. Et personne n'avait de raison de remarquer que son permis de conduire était celui d'une femme de quatre-vingts ans, morte il y a plusieurs années.

Ce soir, ce n'était pas Michael qui était arrivé ; mais un jour, tôt ou tard, il surgirait de l'ombre et se jetterait sur elle. Aiden et elle ne seraient jamais en sécurité. Même si son ex-mari ignorait où ils vivaient, et sous quelles identités, il finirait par les retrouver. Aucune prison ne parviendrait à retenir tant de haine.

Grâce à d'excellents avocats, il convaincrait la commission des libérations conditionnelles qu'il ne représentait un danger pour personne et serait relâché. Il déploierait alors son réseau comme une carte d'autoroute. Pourquoi avait-elle un jour imaginé qu'ils auraient une chance de lui échapper ?

En frissonnant, elle resserra les pans de sa veste autour d'elle.

Tandis qu'elle s'approchait de son immeuble, elle se jura de cesser de s'occuper des problèmes des autres. À partir de maintenant, son seul souci serait son petit garçon dont les cheveux sentaient le shampoing pour bébé et dont les baisers étaient de vrais cadeaux. Elle n'hésiterait pas à donner sa vie pour lui.

Le seul homme auquel elle s'interdirait de penser dorénavant serait celui qui hantait ses cauchemars.

Celui qui avait promis de la tuer et qui tenait toujours ses promesses…

Avant de s'engouffrer dans la voiture, Michael Brooks leva le poing vers le ciel de Chicago et lança une myriade de jurons. Le jour où il quittait enfin le pénitencier dans lequel il était resté enfermé plus de six ans, le soleil aurait quand même pu briller pour saluer sa sortie, non ? Or, il pleuvait des cordes et ce temps de chien le mettait hors de lui.

L'homme installé au volant se tourna vers lui :

— Monte et ferme la portière. Il fait un froid de canard.

Michael sauta si vite sur le siège passager que, surpris, le conducteur eut un mouvement de recul et se cogna la tête contre sa vitre. Pour la première fois de la journée, Michael sourit. Puis il essuya d'un geste l'eau qui ruisselait de sa veste démodée que l'administration de la prison lui avait remise pour sa libération.

— Content de te voir, moi aussi.

Il promena un œil connaisseur à l'intérieur du véhicule personnel du policier, un 4×4 d'origine étrangère rempli de gadgets.

— Belle bagnole, dit-il en caressant le fauteuil en cuir.

Larry ne méritait pas de rouler à bord d'une voiture aussi luxueuse.

Comme Larry ne répondait pas, Michael réprima difficilement la tentation de le frapper. Toute la journée, il avait eu envie de cogner quelqu'un... Une envie qu'il n'avait pu assouvir depuis trop longtemps, comme tant d'autres. Il lança sur la banquette arrière son sac contenant ses misérables affaires. Il n'avait plus rien. À cause de sa femme. De son ex-femme. Cette garce était responsable de tout ce qui allait mal dans sa vie. À cause d'elle, il avait tout perdu. Il n'avait plus de foyer ni de jolie poupée dans son lit. Il n'avait plus la possibilité de faire la connaissance de son fils. Ni surtout celle de remettre la main sur son magot.

Elle paierait cher pour ce qu'elle lui avait fait subir. Très cher. Dès qu'il aurait découvert où elle se cachait. Et il la retrouverait. Il le fallait. Elle détenait la clé de son avenir et ne s'en doutait même pas.

Sentant probablement la violence qui couvait en lui, Larry n'osait même pas lui jeter un regard de biais tandis qu'il déboîtait pour se fondre dans la circulation. Sans doute avait-il trop peur pour s'y risquer. Bien fait pour lui.

Michael laissa passer quelques feux avant de lancer :

— Tu as quelque chose d'autre à me dire ?

La pomme d'Adam de Larry monta et descendit plusieurs fois avant qu'il réponde :

— J'estime que tu pourrais me remercier d'être venu te chercher.

— Tu rigoles ? J'aurais un chauffeur au volant d'une Rolls si ton collègue et toi n'aviez pas tout foiré…

— Hé ! Si ma présence te gêne, je…

— Nan. C'est de l'histoire ancienne. N'en parlons plus.

Si Larry imaginait qu'il avait vraiment oublié ce qui s'était passé, il se fourrait le doigt dans l'œil. Il venait de croupir six ans en prison parce que ces deux minables n'avaient pas assuré. Ils lui étaient infiniment redevables et il saurait le leur rappeler en temps utile.

— Merci d'être venu me chercher, dit-il finalement.

Mieux valait ne pas irriter inutilement ses prétendus alliés. Il aurait peut-être encore besoin d'eux.

— Glad Clint t'a trouvé un endroit décent pour vivre, annonça Larry.

À la simple évocation de Clint, l'autre policier dont la nullité lui avait valu la prison, Michael se sentit bouillir.

— Attendons de voir ce que tu qualifies de « décent ».

Larry lui tendit une enveloppe remplie de billets de banque. Cet argent lui servirait à payer le loyer du premier mois et le dépôt de garantie.

— Tout sera mieux que la taule, non ? lança-t-il.

Michael hocha la tête. En effet, le pire taudis lui semblerait un paradis comparé à l'enfer du pénitencier. La lumière allumée en permanence, le ronflement des codétenus comme le claquement des portes d'acier finissaient par rendre fou. Pourtant, il craignait de ne plus jamais être capable de dormir sans ces lumières, sans ces bruits, sans cette ambiance sordide.

— Dans l'immédiat, l'endroit où tu me conduis m'ira.

Larry tapota un écran sur le tableau de bord.

— Entre l'adresse.

Comme Michael le dévisageait avec perplexité, Larry grimaça.

— J'imagine que tu ne t'es pas servi d'un GPS depuis un bail.

Michael n'avait pas besoin que cet imbécile lui rappelle tout ce qu'il avait raté en passant tant d'années derrière les barreaux. Tout était la faute de Larry et de Clint. Et, surtout, de Maria.

— Personne n'utilise donc plus de cartes ?

Il tira un bout de papier de sa poche et laissa Larry lui indiquer comment enregistrer dans l'appareil l'adresse qu'il y avait griffonnée. Les autres renseignements qui y figuraient étaient plus importants pour lui, mais Larry n'avait pas besoin de le savoir.

— Il te faudra quelques semaines pour t'habituer à tous les changements survenus pendant ton... absence.

— Quelques semaines, un mois tout au plus.

En réalité, il se demandait s'il parviendrait un jour à réintégrer un monde moins hiérarchisé que celui de la prison. Au pénitencier, chaque détenu avait une place attitrée. Les assassins étaient les seigneurs de la communauté carcérale, et les petites frappes condamnées pour des vols, leurs larbins.

Quant à lui, il avait été chargé d'organiser la distribution des drogues qui circulaient sous le manteau. Une fonction qui lui avait permis de bénéficier de nombreux avantages et d'un certain respect.

Dehors, il n'était qu'un ex-taulard, c'est-à-dire un type qui n'était rien et n'avait rien. Du moins pour le moment.

— Tu as obtenu les renseignements que je t'ai demandés ?

Larry secoua la tête, les yeux rivés sur la route.

— Il va falloir être patient.

— Ça fait des années que j'attends !

— Donne-moi un peu de temps.

— Je t'en ai parlé il y a plus d'un mois.

— Ta requête est stupide, si tu veux mon avis.

— Je ne te le demande pas.

— Ta femme a réussi à disparaître dans la nature. Pour y être parvenue avec un tel brio, elle était sans doute motivée par de bonnes raisons non ?

— Ne me dis pas que tu as cru, toi aussi, les mensonges de cette garce !

Larry esquissa un sourire mais ne répondit pas.

Michael serra les poings.

— De toute façon, ma vie conjugale ne te regarde pas.

— Non, en effet.

Au moins, Larry ne lui avait-il pas fait remarquer qu'il n'en avait plus. Une chance pour lui, parce que s'il s'était permis la moindre allusion, il l'aurait roué de coups.

— Dès que tu auras du nouveau, tu me préviendras. D'accord ?

— Bien sûr.

Larry ouvrit la boîte à gants et en sortit un téléphone portable qu'il lui tendit.

— Pour qu'on puisse rester en contact...

Il grommela un vague remerciement. De toute façon, ils seraient restés en contact, que ça plaise à Larry ou pas. Celui-ci n'avait pas besoin de savoir qu'il n'était pas le seul à chercher Maria. Il s'était fait des amis au sein de la prison, des amis qui avaient le bras long.

Après s'être garé le long du trottoir, Larry coupa le contact.

— C'est là.

À travers le pare-brise ruisselant de pluie, Michael considéra le petit bâtiment décrépit qui datait sans doute des années cinquante.

— C'est pas terrible.

Il songea avec amertume au luxueux appartement d'autrefois que Maria entretenait à la perfection.

Larry se voulut encourageant :

— C'est provisoire, en attendant que tu retrouves du travail et que tu te remettes à flot.

— Et que ma femme rentre à la maison.

— Même si on parvient à localiser Maria, il nous faudra sans doute un peu de temps pour la convaincre de...

Michael ouvrit la portière sans laisser à ce crétin le temps de finir sa phrase. De gré ou de force, Maria reprendrait la vie conjugale. Sous le coup de la colère, elle avait raconté n'importe quoi aux flics, mais elle reviendrait à la raison. Et sur ses déclarations. Il l'y aiderait.

Évitant les flaques d'eau, il s'approcha de l'immeuble délabré.

Vu l'état de la sonnette, il renonça à la presser et frappa fort à la porte.

Comme personne ne répondait, Larry lança par sa vitre ouverte :

— Tu es sûr qu'il y a quelqu'un ?

— Le proprio m'a dit qu'il serait là… avec la clé.

Finalement, un grand chauve aux yeux injectés de sang vint ouvrir. Michael signa le bail sans le lire et lui tendit l'enveloppe. En voyant le type compter les billets avant de lui remettre la clé, il faillit s'étrangler.

Tout en gravissant les marches grinçantes de l'escalier, il se répéta qu'il s'agissait d'un arrangement temporaire. Ils la retrouveraient et elle reviendrait vers lui. Elle paierait cher ses accusations, son témoignage auprès du juge, sa plainte. Elle regretterait de n'être jamais venue lui rendre visite en prison. Et, surtout, de l'avoir privé de son fils et de son argent.

Quand il actionna l'interrupteur et découvrit l'appartement, le découragement le saisit à la vue des murs jaunis de nicotine, du canapé défoncé et de la chaise branlante qui lui faisait face. Il n'y avait pas de téléviseur, mais une tache sombre sur le papier peint indiquait l'emplacement où il s'était trouvé à une époque.

Il s'y ferait, décida-t-il.

Il sortit de son sac une photo de Maria, le jour de leur mariage. Elle souriait sous son voile de dentelle. Il l'imaginait toujours ainsi. Souriante. À lui.

— Nous nous retrouverons bientôt, chérie. Nous formerons à nouveau une famille.

Peut-être ne parviendrait-il pas à faire comprendre à Maria qu'il ne pouvait vivre sans elle. Mais ce n'était pas la question.

Il lui interdisait de vivre sans lui.

3

Jamie s'immobilisa sur le seuil du restaurant, surpris par la foule qui se bousculait près du comptoir, attendant que Ted leur trouve une table. Ce dernier semblait débordé et Jamie se demanda s'il avait eu le temps de rentrer chez lui, la veille au soir, et de dormir quelques heures avant de reprendre du service.

Et pourquoi y avait-il tant d'enfants dans l'établissement, un jour de semaine ?

Une fois de plus, il se reprocha d'être revenu si vite au Casey's Diner. Cela dit, les arômes de brioche à la cannelle qui flottaient dans l'air justifiaient à eux seuls sa présence. Il en avait l'eau à la bouche. Tout en saluant Ted, il prit conscience d'une chose : comme Sarah avait travaillé hier soir, elle ne serait sans doute pas là ce matin pour répondre à ses questions. De toute façon, dans le cas peu probable où il la verrait, que lui dirait-il ? Que leurs échanges de regards, la veille, l'avaient troublé ? Que le petit billet qu'elle lui avait glissé l'avait ému plus encore ? Que la taille de sa part de tarte l'avait étonné ? Et alors ?

Remontant la file d'attente des clients, Ted s'approcha de lui.

— Bonjour, inspecteur. Êtes-vous ici à cause… d'hier soir ?

Jamie le dévisagea, médusé. Était-il donc si évident qu'il était revenu pour Sarah ? Puis il comprit que le patron du restaurant craignait qu'il soit venu se plaindre du repas qui lui avait été servi la veille.

Il se hâta de le rassurer.

— Tout était parfait. C'est pourquoi je suis là. Vos petits déjeuners sont un tel délice...

— Je suis ravi de vous l'entendre dire, répondit Ted en souriant. Nous sommes un peu débordés, ce matin, parce que les enfants n'ont exceptionnellement pas école, aujourd'hui. Mais nous allons vous trouver une table au plus vite. Et ne vous inquiétez pas, Sarah a préparé une montagne de brioches à la cannelle...

À la mention du prénom de celle qui occupait ses pensées, Jamie ne put s'empêcher de la chercher des yeux.

— La commande de la table 21 est prête ! annonça une voix féminine par-dessus le brouhaha ambiant.

L'accélération de son rythme cardiaque lui confirma que la voix était bien celle de Sarah. Effectivement, lorsqu'il jeta un coup d'œil vers le passe-plat, il l'aperçut.

Elle venait de poser un plateau dans l'ouverture. Lorsqu'elle se redressa, leurs regards se croisèrent. Elle rougit, mais apparemment plus de gêne que de surprise. Puis, comme la veille au soir, elle disparut dans la cuisine.

Mais cette fois, sa manière de fuir lui fut insupportable. Ce n'était pas lui qui avait écrit ce billet doux, ce n'était pas lui qui avait servi cette énorme part de tarte. En se comportant ainsi, Sarah avait suscité une ribambelle de questions et elle lui devait donc des réponses.

D'un pas résolu, il traversa la salle de restaurant jusqu'aux portes de la cuisine. Avant de pouvoir s'en empêcher, il les frappa du poing.

Il attendit quelques instants. Par la lucarne, il vit passer plusieurs serveuses.

Quand Sarah se montra enfin, sa beauté lui coupa le souffle. Mais elle ne souriait pas comme elle le faisait d'habitude lorsqu'elle prenait sa commande.

Elle entrouvrit les portes.

— Puis-je vous aider, monsieur ? Je veux dire... inspecteur ?

— Jamie. Appelez-moi Jamie.

Il remarqua qu'elle tordait nerveusement ses mains couvertes de farine. S'il avait rêvé mille fois de l'approcher un jour de si près, il n'avait jamais imaginé provoquer chez elle une telle anxiété.

— Je ne travaille pas aujourd'hui, reprit-il.

— Ah...

Tandis qu'il se remémorait sa longue liste de questions, se demandant par laquelle il allait commencer, une serveuse apparut derrière Sarah, lui accordant sans le savoir un sursis.

— Je suis chargée, Sarah...

— Désolée, Belinda.

Elle céda le passage à sa collègue.

— Comme vous le voyez, nous sommes très occupés ce matin, et...

Alors qu'elle reculait dans la cuisine, laissant les portes se refermer sur elle, Jamie sentit s'échapper l'occasion d'avoir une vraie conversation avec elle et d'obtenir enfin des réponses.

— Attendez ! s'exclama-t-il en la prenant par le bras.

Elle posa les yeux sur sa main. Il la lâcha aussitôt, mais quand il croisa de nouveau son regard, il y vit briller... de la peur ? Avait-elle peur de lui ?

— Pardonnez-moi, Sarah. Ce n'est pas... Écoutez, j'ai tout faux. Puis-je vous parler un instant ?

Elle jeta un coup d'œil par-dessus son épaule, comme si elle cherchait un prétexte, n'importe quelle excuse pour refuser. Puis elle finit par se retourner vers lui et par hocher la tête. D'un geste, elle l'entraîna dans le couloir menant à la réserve. Au moins, il n'y avait personne dans les parages. Il se sentait déjà très nerveux. Un auditoire n'aurait rien arrangé.

Au milieu du couloir, elle s'immobilisa si brusquement qu'il faillit la heurter.

— Le billet que je vous ai glissé hier avec l'addition ne voulait rien dire de particulier, lança-t-elle. La grosse part de tarte non plus.

Accablé, il comprit qu'il avait donné beaucoup d'importance à des faits qui ne signifiaient rien pour elle.

— Ils voulaient dire quelque chose pour moi, répliqua-t-il avant de pouvoir s'en empêcher. Quelque chose d'important.

Les bras croisés sur la poitrine, elle fixa le bout de ses chaussures.

— J'avais seulement envie de vous remercier. Pour votre travail au sein de la communauté.

— Ah.

Certes, il aurait préféré qu'elle lui ait écrit parce qu'elle le trouvait irrésistible, craquant, et qu'elle était folle de lui. C'était décevant, mais au moins n'avait-elle pas cherché à se moquer de lui.

— J'avais entendu dire que vous aviez eu une journée difficile, ajouta-t-elle. Je tenais à ce que vous sachiez que vous étiez apprécié à Brighton. Voilà.

— Merci, c'est gentil.

Il comprenait tout, maintenant. Le regard étrange qu'elle lui avait lancé à son arrivée, la veille au soir. Sarah avait eu pitié de lui, voilà tout. Elle n'avait jamais tenté de lui faire savoir qu'il l'intéressait. Il eut soudain envie de partir en courant et regretta de ne pouvoir aller se cacher dans un trou de souris.

— Eh bien, merci d'avoir éclairci la situation. Il ne me reste donc plus qu'à vous laisser à vos clients.

Il remarqua alors qu'elle était en jean et en T-shirt. Et qu'elle portait un tablier de cuisine et non son uniforme rose habituel.

— Vous êtes en train de faire des gâteaux, en fait.

— Je les fais toujours cuire le matin. Et je dois y retourner. Tout le monde semble vouloir des brioches à la cannelle plutôt que des pancakes, aujourd'hui.

Son empressement à repartir en cuisine pour s'occuper des pâtisseries était naturel et compréhensible. Mais sa façon de se tordre les mains et de regarder en permanence par-dessus son épaule vers la porte était bizarre.

— Comment leur en vouloir ? dit-il. Elles sentent délicieusement bon.

Les joues de Sarah rosirent.

— Aimeriez-vous que je vous en emballe quelques-unes ?

De nouveau, elle jeta un coup d'œil derrière elle. Pourquoi avait-elle tellement hâte qu'il parte ? Avait-elle quelque chose à cacher ?

Une porte s'ouvrit et la réponse à ses questions apparut sous la forme d'une tignasse blonde, de grands yeux bleus, et d'un sourire édenté qu'il aurait reconnus n'importe où. Aiden ?

— Maman ! M. Mike m'a chargé de te prévenir que la minuterie du four…

Le gamin s'interrompit.

— Mais… C'est M. Jamie !

Passant devant sa mère, il s'élança vers Jamie pour le serrer contre lui.

Jamie lui ébouriffa les cheveux, tentant de recouvrer ses esprits et d'intégrer un fait nouveau. Sarah était la mère d'Aiden et, curieusement, elle aurait préféré qu'il ne l'apprenne pas. Pourquoi ?

— Comment vas-tu, mon bonhomme ?

Comme l'enfant levait le visage vers lui, il se demanda comment il avait pu ne pas remarquer plus tôt leur ressemblance. Bien sûr, il ne les avait jamais vus ensemble, puisque la nourrice venait toujours chercher le garçonnet au centre aéré. Malgré tout, Aiden était le portrait craché de sa mère.

Sarah répondit à la place de son fils.

— Chéri, tu sais qu'il n'est pas poli de se jeter sur les gens.

Aiden recula sans se départir de son sourire malicieux.

— Désolé, monsieur Jamie.

— Pas de souci. J'ai appris qu'il n'y a pas école aujourd'hui.

— Non, mais maman m'a demandé de travailler avec elle au restaurant, alors je ne suis pas vraiment en vacances.

— Les mamans sont parfois méchantes, murmura Sarah.

Jamie se tourna vers elle.

— J'ignorais que vous étiez la mère de ce petit garçon.

Elle opina avant de lancer à Aiden :

— Attends, tu parlais de la minuterie du four ?

— Oui, mais ne t'inquiète pas. M. Mike a déjà sorti les tartes.

Jamie aurait voulu embrasser le gamin. Sarah n'avait pas plus envie de répondre à ses questions qu'un suspect enfermé dans une salle d'interrogatoire, mais Aiden n'avait pas encore appris l'art de botter en touche. Sans s'en douter, il empêchait sa mère de filer se cacher dans la cuisine avec une bonne excuse.

— Maman, tu veux bien qu'on prenne le petit déjeuner avec monsieur Jamie ?

Elle secoua la tête avec force.

— Désolée, chéri. J'ai beaucoup à faire.

— Tu m'avais promis qu'on partirait dès que les tartes seraient cuites.

— Et chose promise, chose due. Nous rentrerons à la maison tout de suite après, assura-t-elle avec un sourire.

Aiden grimaça, déçu.

— Mais j'ai envie de rester, maintenant, protesta-t-il.

— Et si la file d'attente a diminué depuis que je vous parle, j'aurai bientôt une table, intervint Jamie. Et vous ne voulez pas que je me restaure seul, n'est-ce pas ?

Il avait du mal à croire qu'il s'exprimait ainsi. Nick ou Shane avaient l'habitude d'insister. Mais pas lui.

— S'il te plaît, maman ! supplia Aiden. Il s'agit de monsieur Jamie.

Les mots de son fils durent l'ébranler car Sarah finit par hocher la tête.

— D'accord.

— Super ! s'exclama le petit garçon.

Jamie eut du mal à ne pas crier de joie lui aussi ou à embrasser l'enfant.

Ce dernier s'élança dans le couloir avant de se retourner vers eux.

— Je vais le dire à M. Ted !

Sarah le regarda partir, les yeux remplis de l'amour infini qu'une mère réserve à sa progéniture, à la chair de sa chair. Jamie aurait adoré qu'elle le contemple de cette façon.

Elle sourit.

— Il déborde d'énergie, dit-elle. Mais je ne vous apprends rien.

— Vous avez raison.

De nouveau, elle reporta son attention sur son petit garçon qui n'était qu'à quelques mètres. Elle faisait vraiment preuve d'une extrême vigilance.

— Merci encore d'être si gentil avec mon fils. Il a tant de mal à se faire des amis.

— Vraiment ? Je ne vois pas pourquoi. C'est un gamin formidable.

— J'aimerais que ses camarades de classe vous entendent.

— Tout ira bien. Vous vous faites sans doute trop de souci.

— Comme toutes les mamans du monde, non ?

Elle n'avait pas tort. Après la mort de Mark, ses parents avaient veillé sur lui des mois durant, au point de négliger leur propre chagrin.

— En tout cas, je suis très heureux de connaître Aiden, dit-il. Et j'en sais beaucoup sur lui… En admettant qu'il soit possible de croire la moitié de ce que raconte un enfant de six ans.

Elle battit plusieurs fois des paupières.

— La moitié ? Vous êtes bien optimiste.

Ses mots étaient légers mais son rire semblait étrange.

— D'accord, alors je ne croirai plus désormais que le quart de ce qu'il me dira.

Elle hocha la tête mais, à son expression, il comprit qu'elle n'était toujours pas satisfaite. Que craignait-elle qu'Aiden lui ait confié ?

— Alors, c'est une bonne chose que nous prenions le petit déjeuner ensemble, reprit-il.

— Pourquoi ?

— Vous m'aiderez à faire le tri entre la réalité et l'imaginaire, à démêler le vrai du faux.

Cette fois, elle sourit et l'émotion qu'il ressentait toujours en sa présence grimpa d'un cran.

— D'accord, répondit-elle.

— Et pendant que vous y êtes, peut-être pourriez-vous faire une dernière chose pour moi.

— Laquelle ?

— Me dire pourquoi vous ne vouliez pas que je sache que vous étiez la mère d'Aiden.

4

Comme les clochettes accrochées à la porte carillonnaient, Sarah tourna aussitôt la tête dans cette direction. Une dizaine de personnes entraient dans le restaurant pour se régaler d'un bon petit déjeuner composé d'œufs brouillés, de bacon et de crêpes.

Pendant un moment, elle s'était presque détendue, se reprocha-t-elle. Une erreur. Dans sa situation, elle ne pouvait se permettre de baisser la garde. Pas avec Aiden à côté d'elle dans un endroit public, au vu et au su de tout le monde. Pas alors qu'elle tournait le dos à la porte, l'inspecteur Donovan s'étant assis comme à l'accoutumée face à la sortie. Et en aucun cas en présence de ce policier dont la curiosité risquait de devenir dangereuse pour elle.

Elle reporta son attention sur Jamie. Bras croisés, il l'observait. Sous son regard pénétrant, elle se sentit mise à nu. Avait-il deviné qu'elle vivait dans le mensonge ?

— Je ne m'habituerai jamais à ce carillon, dit-elle avant de s'humecter les lèvres.

— Je déteste ces petites cloches, moi aussi. Elles émettent des sons discordants.

Lorsqu'elles s'étaient mises à tinter, elle avait presque sauté au plafond alors qu'elle les entendait en permanence. Pourtant, ce tintement aurait dû lui être aussi familier que le hurlement de la sirène de sa voiture de patrouille devait l'être pour Jamie.

Heureusement, au lieu de lui faire remarquer son étrange réaction, il savoura un morceau de pancake. Elle lui fut reconnaissante de ce sursis tout en se doutant qu'il ne tarderait pas à remettre le sujet sur le tapis.

— Vous n'avez pas faim ? reprit-il.

Elle jeta un coup d'œil à son omelette à laquelle elle avait à peine touché.

— Pas tellement, répondit-elle en se forçant à en couper un bout.

Jamie se tourna vers Aiden.

— Si ta mère ne finit pas son assiette, elle sera privée de dessert et n'aura pas droit à une brioche à la cannelle, dit-il avec un clin d'œil.

— Mais moi, oui !

— Aiden, ne parle pas la bouche pleine...

— Pardon. Mais maman, tu avais promis que tu m'en donnerais une, si je mangeais tout mon petit déjeuner.

— Nous serons donc les seuls à nous en régaler, mon vieux, renchérit Jamie.

En dépit des sonnettes d'alarme qui se déclenchaient dans sa tête, Sarah ne put s'empêcher de sourire à l'homme qui se montrait tellement gentil avec son fils. Jamie était charmant, sans prétention et... Qu'était-elle en train de faire ? Peu importait qu'il soit si séduisant. Jamie était surtout policier. Si elle voulait faire preuve d'un minimum de bon sens, elle devait l'éviter comme la peste et s'efforcer de le tenir à distance.

— Sais-tu que je n'ai encore jamais goûté les célèbres brioches à la cannelle de ta mère ?

Aiden écarquilla les yeux.

— Non !

— Elles ne sont pas célèbres, protesta Sarah.

Le compliment lui fit plaisir et elle baissa la tête pour que Jamie ne la voie pas rougir. Depuis toujours, elle rêvait d'ouvrir une pâtisserie. Enfin, elle en avait rêvé il y avait des années, à une époque où elle croyait encore aux contes de fées. Elle avait mûri, maintenant.

— Il n'en reste jamais quand j'arrive, expliqua Jamie. Avec mes collègues, nous dînons toujours tard et...

— Eh bien, inspecteur Donovan... Je veux dire, monsieur Jamie...

Quand il lui sourit, une minuscule fossette qu'elle n'avait encore jamais remarquée apparut sur sa joue. Les petits papillons dans son ventre la prirent de court, mais elle s'interdit de s'y arrêter.

— Pourquoi pas seulement « Jamie » ?

Parce qu'il était plus facile de lui répondre lorsqu'elle ne le regardait pas, elle se tourna vers son fils.

— Jamie est un adulte. Voilà pourquoi toi, tu dois toujours l'appeler « monsieur ».

— Ta mère a raison. Et d'ailleurs, Aiden, maintenant que j'y pense, je ne connais toujours pas ton nom de famille alors que nous jouons au foot ensemble depuis des mois au centre aéré.

— Aiden Thomas Cline.

Le sang qui battait aux oreilles de Sarah faillit couvrir la réponse de l'enfant, mais elle poussa un soupir de soulagement. Bien sûr, il avait décliné la seule identité qu'il connaissait.

— Aiden Cline... J'aime bien.

S'il s'adressait à son fils, Jamie l'observait, elle, et sous son regard scrutateur, elle frissonna. Que lui arrivait-il ? Elle ne s'était pas sentie aussi troublée par un homme depuis... Non, elle ne voulait pas y penser. Pas maintenant.

Repoussant sa chaise, elle se leva.

— Pendant que tu finis ton repas, Aiden, je vais préparer quelques brioches supplémentaires puis nous partirons. D'accord ? Il y a encore des clients qui patientent là-bas et...

— L'autre serveuse s'en occupe, intervint Jamie. Et vous n'avez pas encore répondu à ma question de tout à l'heure...

Elle ne savait toujours pas comment le faire mais, en tout cas, elle refusait d'aborder le sujet devant son fils.

— Chéri, pourquoi n'irais-tu pas te laver les mains ? Ensuite, tu pourras prendre ta brioche.

— D'accord, maman, dit-il en se levant d'un bond.

Heureusement, sa logique d'enfant ne s'étonna pas qu'elle l'envoie se laver les mains pour les salir immédiatement après.

Quand la porte des lavabos se referma sur le petit garçon, Sarah se tourna vers Jamie.

— Je n'ai pas honte d'être la mère d'Aiden, si c'était ce que vous me demandiez. Mon fils est mon rayon de soleil, la joie de ma vie et ma fierté.

— Désolé. Je ne voulais pas vous offenser.

Elle aurait aimé lui demander ce qu'il espérait en lui posant une telle question, mais elle préféra ne pas l'encourager à l'interroger davantage. Il en savait déjà assez sur elle.

— Si, comme moi, vous étiez mère célibataire, auriez-vous envie que les clients du restaurant où vous travaillez connaissent votre vie dans ses moindres détails ? Y compris votre nom de famille ?

Il serra les dents comme la veille au soir quand ses collègues se moquaient d'elle. Et qu'il l'avait défendue.

— Un point pour vous.

— Alors nous sommes d'accord.

— Si vous souhaitez que je parle à mes collègues et que je leur rappelle la manière dont des gentlemen se comportent avec une femme, je serais heureux de le faire.

— Je suis capable de les remettre à leur place s'ils vont trop loin. Et ils sont moins pénibles que certains ! Bon nombre de clients se croient tout permis.

— J'ai vraiment du mal à imaginer pire que Vinnie et Nick.

Elle s'interdit de lui sourire. Elle devait se ressaisir, et vite ! N'était-il pas inquiétant qu'elle apprécie à ce point ses compliments ? Qu'elle fonde à la vue de ses fossettes ? Et qu'elle soit si touchée par son côté protecteur ? Sa proposition de recadrer ses collègues aurait dû la pousser à prendre Aiden qui venait de les rejoindre par la main, et à se précipiter vers la sortie. À force de chercher à éviter les hommes qui ne savaient communiquer qu'avec leurs poings, elle avait pris l'habitude de fuir toute la gent masculine.

Préférant ne pas ressasser de mauvais souvenirs, elle fit signe à la serveuse.

— Evelyn, aurais-tu la gentillesse de nous préparer deux

brioches à la cannelle à emporter ? Dans deux sacs séparés, s'il te plaît. Merci.

Le sourire d'Aiden s'envola.

— Mais je veux que M. Jamie vienne jouer à la maison.

Sarah secoua la tête.

— Les adultes n'ont pas le temps de jouer, chéri.

Alors pourquoi l'idée de jouer avec cet homme à des jeux de grandes personnes lui donnait-elle des frissons ? Il devenait urgent de recouvrer son sang-froid.

— De plus, ce n'est pas parce qu'il n'y a pas école aujourd'hui que personne ne travaille, chéri.

— Ta mère a encore raison, bonhomme. Je dois retourner au poste dans quelques heures.

— Dans votre voiture de police ?

Les coudes sur la table, le visage entre les mains, Aiden regardait son héros, une lueur d'excitation dans les yeux.

Jamie se mit à rire.

— Bien sûr. Il est même possible que je mette la sirène pour aller plus vite, aujourd'hui.

— La chance ! Et vous allez emmener Pancake avec vous ?

— Pancake ? s'étonna Sarah.

Aiden se redressa sur son siège pour expliquer :

— C'est la chatte de M. Jamie. Elle est marron, blanc et orange.

— Et elle préfère rester dormir à la maison, ajouta Jamie.

— Qui appelle son chat Pancake ?

— Quelqu'un qui aime..., commença Jamie.

— Les pancakes ! cria Aiden.

Sarah regarda tour à tour son fils et l'inspecteur de police. Comment Aiden pouvait-il en savoir autant sur Jamie ? Et Aiden lui avait-il dit beaucoup de choses sur elle ? se demanda-t-elle avec une angoisse croissante.

Elle se leva si brusquement que sa chaise bascula et tomba sur le sol. Elle la releva en s'efforçant de se calmer.

— J'ai sans doute abusé de la caféine, ce matin. Quoi qu'il en soit, je vais voir comment Evelyn s'en sort avec vos brioches.

Comme si elle n'attendait que cela pour apparaître, Evelyn

sortit de la cuisine avec deux sacs en papier. Elle tendit le premier à Jamie.

— Faites-la réchauffer cinq minutes au four quand vous voudrez la manger.

— Merci du conseil, dit-il.

En le voyant sortir de l'argent de son portefeuille, Sarah s'approcha.

— C'est pour moi, dit-elle en prenant l'addition.

Il refusa de la laisser payer.

— Certainement pas. Les règles de déontologie sont très strictes, dans notre profession. Les policiers n'ont pas le droit d'accepter de cadeaux ni de se faire offrir leurs repas. Vous ne voulez pas que j'aie des ennuis avec mes supérieurs ou pire, avec la police des polices, n'est-ce pas ?

Elle fronça les sourcils mais n'insista pas.

— D'accord, alors, et merci. Evelyn va vous encaisser et vous... je veux dire, nous pourrons y aller.

— Bien sûr. Tu m'accompagnes jusqu'à la caisse, bonhomme ?

Sans même se tourner vers elle pour solliciter son autorisation, le fils de Sarah emboîta le pas à son héros, un grand sourire aux lèvres. Curieusement, elle ne parvenait pas à lui en vouloir. Jamie Donovan était doté d'un indéniable charisme. Il mettait les gens en confiance, leur donnait envie de le suivre, de soulever des montagnes... Elle devait donc redoubler de vigilance. Il serait facile à cet homme hors du commun de lui tirer les vers du nez, et il n'était pas question de lui livrer ses secrets.

Jamais elle ne commettrait cette erreur. Il lui fallait protéger Andrew – non, Aiden. Et elle le ferait.

Malgré tout, quand Jamie sortit du restaurant et que son fils revint vers elle, elle éprouva un curieux pincement au cœur. S'agrippant au dossier de sa chaise, elle se demanda ce qui lui arrivait.

Elle avait voulu que Jamie s'en aille, et il était parti. Elle aurait dû en être soulagée. Alors pourquoi le regrettait-elle ? Pourquoi une partie d'elle-même, ridicule au demeurant, aurait-elle aimé qu'il reste ?

— Il revient !

Aiden et sa mère se trouvaient encore à l'intérieur du Casey's Diner, mais la voix surexcitée de l'enfant parvint aux oreilles de Jamie et lui fit plaisir. Sarah, qui enfilait son imper, s'interrompit.

Comme il leur adressait de loin un petit signe de la main, Aiden poussa des cris de joie comme s'ils ne s'étaient pas croisés depuis des mois. Au moins quelqu'un était-il heureux de le voir, songea-t-il. Sarah, elle, ne semblait vraiment pas ravie.

Il se tenait à l'endroit exact où, la veille au soir, il avait fait les cent pas sous la pluie. Mais à présent, il ne souhaitait pas fuir le restaurant et rentrer chez lui pour oublier d'horribles images. Au contraire, il rêvait de retourner à l'intérieur pour retrouver Sarah et son fils.

Sans hésiter, le petit garçon s'élança pour le rejoindre au moment où il ouvrait la porte.

— Rebonjour, monsieur Jamie !

Sarah les rattrapa avant qu'il ne puisse répondre.

— Je t'avais dit de m'attendre, Aiden ! dit-elle sévèrement.

— Mais M. Jamie est revenu !

— J'ai vu.

Levant la tête, elle lui lança un regard interrogateur.

— Oui ? fit-elle

— J'ai eu une idée, répondit-il en les suivant à l'intérieur.

Certes, cette idée lui avait semblé bien meilleure pendant qu'il zigzaguait entre les flaques d'eau sur le parking, loin de Sarah. Il avait soudain pris conscience qu'il ne pouvait pas la laisser s'éloigner une fois de plus sans rien faire pour la retenir, et il avait rebroussé chemin. Voilà plus d'un an qu'il cherchait tous les moyens pour se rapprocher d'elle. Et le nombre de questions qu'il avait envie de lui poser augmentait de manière exponentielle à chaque réponse qu'elle lui donnait. Et chaque moment avec elle lui donnait envie d'un autre.

— Tu es d'accord pour venir jouer avec moi avant d'aller travailler ? suggéra Aiden, plein d'espoir.

— Pas aujourd'hui. Mais je me demandais si toi…

Il s'arrêta, regarda Sarah.

— Si ta mère et toi… vous aimeriez m'accompagner samedi au zoo de Detroit.

— Au zoo ? Génial !

Le hurlement de joie d'Aiden amena plusieurs clients à se tourner vers eux. Contrairement au petit garçon qui vibrait d'excitation, Sarah se pétrifia.

— C'est gentil de votre part d'avoir pensé à nous. Malheureusement…

— S'il te plaît, maman !

Elle secoua la tête.

— Désolée, Aiden.

L'enfant croisa les bras, la mine boudeuse.

— Mais je veux y aller !

— Une autre fois.

— On ne va jamais au zoo. Jamais !

Sarah serra les dents comme si elle s'apprêtait à corriger son fils, mais elle baissa la tête, visiblement accablée.

La gorge nouée, Jamie s'insulta in petto. Il se comportait comme un pauvre type. Il fallait être un vrai minable pour utiliser un enfant dans l'espoir de se rapprocher de sa mère, non ? Leur proposer une sortie que Sarah, qui ne roulait pas sur l'or, ne pouvait offrir à son fils, n'était pas très fair-play.

À sa décharge, tellement de questions le turlupinaient qu'il allait devenir fou s'il ne les lui posait pas. Par quel miracle la mère et l'enfant s'étaient-ils retrouvés à Brighton, par exemple ? Comment le père d'Aiden avait-il pu quitter un gamin aussi merveilleux ? Et l'abandonner, elle ? Mais surtout, il voulait savoir d'où venait la tristesse qui assombrissait les beaux yeux de Sarah. Quoi qu'il en soit, rien ne justifiait son envie d'enquêter sur elle, et encore moins ses tentatives de manipulation.

Elle méritait mieux. Mieux que lui.

— Ce n'était qu'une idée comme ça, commença-t-il.

— S'il te plaît, maman…

Sarah secoua de nouveau la tête et quand elle reprit la parole, elle évita le regard de Jamie.

— C'est très gentil de votre part de nous inviter à cette sortie, mais je travaille toujours le samedi.

— C'est vrai... Sauf ce samedi, répliqua une voix derrière eux.

Avec un bel ensemble, ils se tournèrent vers le patron du restaurant qui s'approchait d'eux.

Ted tapota l'épaule de Sarah.

— Marilyn te remplacera, samedi. Elle te doit bien ça, tu ne crois pas ? Et tous les enfants ont le droit d'aller au zoo, non ?

Avec un clin d'œil appuyé, il caressa la tignasse d'Aiden. L'expression de Sarah prouvait qu'elle n'appréciait que très modérément l'intervention de son patron comme l'invitation de Jamie, mais elle se contenta de soupirer sans émettre de commentaire.

Aiden se remit à sautiller.

— Alors, on peut y aller, maman ? supplia-t-il. J'ai tellement envie de voir les orangs-outans, les tigres et les ours !

Ne se sentant manifestement pas le courage de priver son fils d'une joie de son âge, elle finit par céder.

— D'accord, nous irons.

Jamie sourit. Il avait gagné. Il passerait une journée complète avec cette femme ravissante dont il rêvait jour et nuit et avec un enfant qu'il adorait. Sarah n'en était pas encore convaincue, mais ils s'amuseraient bien, samedi. Il y veillerait.

Alors pourquoi avait-il l'impression que son nom venait de s'ajouter à une longue liste de personnes qui avaient abusé de la faiblesse de Sarah Cline ?

5

Lorsque Jamie entendit la porte du commissariat de police s'ouvrir derrière lui, il fut tenté d'éteindre brusquement son ordinateur pour cacher à ses camarades ce qu'affichait l'écran.

Il devenait vraiment ridicule ! Personne ne s'intéressait à son rapport concernant un accident de la route sans gravité. En revanche, les investigations qu'il avait menées quelques heures plus tôt pour essayer d'en apprendre davantage sur une jeune serveuse de sa connaissance auraient certainement passionné ses collègues. Dans l'hypothèse où il aurait découvert quelque chose… Ce qui n'avait pas été le cas.

Il n'avait pas été surpris de constater que sur les quarante-deux « Sarah Cline » recensées dans le Michigan, l'Indiana et l'Ohio, aucune ne vivait à Brighton. Les listes étaient toujours incomplètes puisqu'elles ne prenaient pas en compte les personnes de passage dans la région. Mais ses autres angles de recherche n'avaient rien donné non plus. La Sarah Cline qu'il connaissait n'avait pas de profil sur les réseaux sociaux. Aucune photo d'elle ne circulait sur Internet. Il n'avait pas encore trouvé son numéro de sécurité sociale et, apparemment, elle ne possédait ni compte bancaire ni permis de conduire. À croire qu'elle était tombée du ciel deux ans plus tôt, pour atterrir dans cette petite ville de la périphérie de Detroit, dans le sud du comté de Livingston… Et, pour une raison qu'il ne s'expliquait pas, il avait peur de lui demander pourquoi.

— Salut, Donovan.

Tout en franchissant le seuil du poste de police, Nick Sanchez secoua ses cheveux ruisselants de pluie.

— Salut, Sanchez.

— Déjà revenu à ton poste ? En général, tu ne retournes pas si vite au charbon, après ta pause déjeuner.

— Il me restait des rapports à finir.

Ils auraient été terminés depuis longtemps s'il avait profité de sa matinée pour s'atteler à la paperasserie comme il en avait eu initialement l'intention. Au lieu de cela, il avait préféré mener de discrètes recherches sur une jolie blonde qui lui plaisait beaucoup en se servant des fichiers informatisés mis à la disposition de la police. Il n'avait évidemment pas le droit de les utiliser à des fins personnelles, et si quelqu'un remarquait son manège, il risquait de sérieux ennuis.

— Tu as été très occupé, ce matin ? poursuivit Nick.

— J'ai été appelé sur un accident de la route sans dommages corporels, mais avec d'importants dégâts matériels.

— Quant à nous, nous avons verbalisé une dizaine d'automobilistes en excès de vitesse sur la voie express et mis une femme en cellule de dégrisement... La routine, quoi.

Jamie lui adressa un sourire sardonique avant de reporter son attention sur son rapport.

Quelques instants plus tard, une voix dans son dos le fit sursauter :

— Pas trop secoué par ce qui s'est passé hier soir ?

Nick s'était rapproché de lui sans qu'il l'entende. Il devait se montrer plus attentif à son environnement, se reprocha-t-il. Dans son métier, négliger ce genre de précautions pouvait lui coûter la vie.

— Non, ça va. C'est presque de l'histoire ancienne, d'ailleurs. Je n'y pensais même plus.

— Je suis soulagé que tu réagisses comme ça. Prendre en charge cette affaire a dû être difficile.

— Pas tant que ça. Vraiment.

Mais comme de terribles images remontaient à sa mémoire, il préféra changer de sujet.

— La conductrice que tu as mise en cellule de dégrisement était-elle au moins contente d'être emprisonnée par toi, la coqueluche de ces dames ?

Comme il l'avait espéré, Nick se mit à rire et oublia le suicide dont Jamie s'était occupé la veille.

— Elle avait l'âge de ma mère, alors je ne suis pas certain qu'elle ait eu l'impression d'avoir gagné au loto.

— Tu as dit à Jamie qu'elle a vomi dans ta voiture de patrouille ? lança une voix derrière eux.

Les deux hommes se tournèrent vers Shane Warner, en civil, qui sortait du vestiaire. Dès qu'il était revenu au poste, il s'y était précipité pour retirer son uniforme et se changer.

Shane enfila sa veste avec aisance. Plus rien ne laissait deviner que, un an plus tôt, il avait été gravement blessé au cours d'une fusillade. À sa sortie de l'hôpital, il avait dû suivre une longue rééducation. Il avait ainsi fait la connaissance d'une charmante physiothérapeute dont il était tombé amoureux et qu'il avait épousée.

— Je vous laisse, les gars, dit-il. Natalie m'attend.

Nick secoua la tête.

— Quel lâcheur ! Une fois de plus, il nous abandonne pour rentrer chez lui et retrouver sa petite femme. Ne trouves-tu pas qu'il charrie, Donovan ?

Jamie haussa les épaules.

— Je ne lui jetterai pas la pierre parce que je ne vais pas pouvoir non plus me joindre à vous, ce soir.

— Tu te défiles, toi aussi ! s'exclama Nick. Et pourquoi ? Contrairement à Shane, tu n'as pas l'excuse d'être marié.

— Désolé, vieux. J'ai prévu autre chose.

— Autre chose ? répéta Shane, espérant manifestement des éclaircissements.

Jamie ne leur en donna pas et ils n'insistèrent pas. Ils étaient sans doute dévorés de curiosité mais respectaient un code non écrit régissant les relations entre les hommes. Certains n'avaient même pas dit à leurs collègues qu'ils sortaient avec quelqu'un avant de poster les faire-part de mariage.

La porte s'ouvrit une seconde fois, lui épargnant de s'aventurer dans cette direction, ce qui valait sans doute mieux. Certes, il fantasmait depuis des mois sur Sarah, et ses amis se moqueraient de lui s'ils s'en doutaient. Et, de toute façon, il n'en était pas encore à s'imaginer lui passer la bague au doigt.

Plusieurs policiers entrèrent, les manteaux et les imperméables protégeant leurs uniformes ruisselants de pluie. Ils avaient terminé leur service sur les routes du Michigan et venaient transmettre le relais à leurs équipiers.

Vinnie Leonetti passa la main dans ses cheveux, si trempés qu'ils collaient à son crâne.

— Salut, les gars. Un bon conseil, demandez à Noé de passer vous prendre à bord de son arche, vous en aurez besoin. La voie express sera bientôt transformée en torrent.

En écoutant ses camarades se saluer avec chaleur et échanger des plaisanteries, Jamie se demanda pourquoi il n'avait aucune envie de passer la soirée avec eux. Sa réaction était étrange. Ils étaient ses meilleurs amis, ses plus fervents soutiens. Sa famille.

Pourtant, pour la seconde fois consécutive, il préférait rester à l'écart. La veille parce qu'il avait eu peur de trahir ses émotions, et ce soir parce qu'il ne voulait pas parler de ses investigations non autorisées concernant Sarah.

Il cherchait à découvrir ce qu'elle lui cachait, mais si quelqu'un l'interrogeait à ce sujet, il serait tenté de nier. Voilà pourquoi il n'osait pas dîner avec des professionnels formés à percer les secrets et à démasquer les menteurs.

Mieux valait décliner les invitations et se replonger dans le formulaire affiché sur son écran. Il consacrerait sa soirée, et les suivantes s'il le fallait, à sa petite enquête personnelle. Mais avant samedi, il saurait tout sur Sarah Cline. Et ce qu'il ne parviendrait pas à trouver en ligne, il le lui demanderait en personne.

Sarah braqua son appareil photo numérique sur l'énorme gorille assis sur un rocher dans la fosse des grands singes du zoo.

L'animal ne prêtait aucune attention à l'homme et au garçonnet qui lui faisaient des grimaces de l'autre côté de la paroi de verre.

— Tu crois qu'il nous voit, maman ? demanda Aiden.

— Je ne sais pas. Tu le vois, toi ?

Les sourcils froncés, le petit garçon colla le nez à la vitre, le visage entre les mains, comme si cela l'aidait à répondre à la question. Jamie lui ayant recommandé de ne pas perturber les animaux en frappant le verre, il veilla à le faire avec douceur.

— Oui. Je le vois.

— Alors, à mon avis, il te voit aussi.

Sarah captura Jamie et Aiden dans son objectif alors qu'ils observaient le gorille avec attention. Au cours des trois dernières heures au zoo, elle n'avait cessé de les mitrailler. Les grands sourires d'Aiden prouvaient que Jamie savait rendre l'enfant heureux. D'ailleurs, tous deux s'entendaient comme larrons en foire.

Elle était contente de pouvoir passer un bon moment avec son fils en toute insouciance. Au milieu de cette foule, ils étaient invisibles aux yeux du monde et elle avait envie d'en profiter.

Elle sourit à Aiden qui continuait à grimacer devant le gorille impassible.

— Je crois qu'il vous trouve tous les deux ridicules et qu'il préfère vous ignorer.

— Tu es vexante ! s'exclama Jamie en riant.

En route, ils avaient décidé de se tutoyer.

Attrapant Aiden, Jamie le lança en l'air. Concentré sur le petit garçon, il faillit heurter une jeune mère appuyée sur une poussette.

— Désolé, madame, dit-il avant de remettre Aiden sur ses pieds.

Comme tous deux se rapprochaient une nouvelle fois de la fosse, l'un des gorilles se leva pour déposer quelque chose devant eux.

— Regarde, maman ! Il nous a donné une banane !

Sarah éclata de rire.

— Vos grimaces l'ont convaincu ! Il vous a reconnus comme faisant partie de sa tribu !

Ravis de la méprise de l'animal, Jamie et Aiden se déchaînèrent pour grimacer de plus belle en sautant sur place comme des chimpanzés. Sarah tenta de les calmer mais, gagnée par une irrépressible hilarité, elle ne cessait de s'esclaffer. En fait, elle s'était tellement amusée toute la journée qu'elle en oubliait de rester sur ses gardes.

— Je suis sûr que les singes se demandent pourquoi nous, on a le droit de courir partout alors qu'ils doivent rester dans leur enclos, remarqua Aiden.

— À mon avis, ils se demandent surtout si nous serions bons à manger, répliqua Jamie en ébouriffant les cheveux du petit garçon. Et je suis sûr que nous serions délicieux, tu ne crois pas ?

Jamie serait délicieux, c'est certain.

Sarah battit des paupières, se reprochant cette pensée saugrenue. Perdait-elle la tête ? Elle tira sur les manches de sa veste en toile pour se donner une contenance.

— Un régal, renchérit Aiden.

Ils poursuivirent leur visite. Si elle n'avait pas été aussi focalisée sur les larges épaules et les biceps de Jamie, Sarah aurait certainement été amusée et attendrie par la façon dont son fils imitait la démarche de celui-ci. Elle ne comprenait pas pourquoi elle y était si sensible. L'éclat de ses yeux noisette lorsqu'il racontait une blague ou le sérieux avec lequel il discutait avec Aiden la touchaient au cœur. En vérité, l'inspecteur lui semblait de plus en plus séduisant, et elle savait qu'elle devait faire attention à ne pas tomber amoureuse de lui.

Par nature, elle était prudente. Du moins, l'avait-elle été jusqu'à ces derniers jours. Mais en écrivant ce petit billet doux à Jamie, l'autre soir, elle avait pris un risque, elle s'était exposée. Il devenait urgent de retrouver ses marques, ses réflexes, de veiller à sa sécurité. Elle le ferait dès demain, décida-t-elle. Mais aujourd'hui, elle avait envie d'offrir à Aiden une journée d'insouciance. Tous les enfants avaient le droit de s'amuser en toute liberté, et elle se reprochait d'avoir privé son fils des plaisirs de son âge. Il payait les erreurs de sa mère. Alors, pour une fois, elle tenait à ce qu'il passe du bon temps avec l'inspecteur. Elle refusait d'admettre qu'elle aussi appréciait la compagnie de Jamie. Et bien plus qu'il ne l'aurait fallu.

Pour ne pas y penser, elle s'assit sur un banc, saisit l'appareil photo suspendu à son poignet et pointa l'objectif sur son fils.

— Je n'arrive pas à croire que tu te sers d'un reflex, dit Jamie en s'asseyant à côté d'elle.

Surprise, elle sursauta au moment où elle pressait le déclencheur.

— Regarde ce que tu m'as fait faire !

Il pencha la tête pour voir la photo qui s'affichait sur le petit écran. Le visage d'Aiden y était flou.

— Pardon. Mais de nos jours, la plupart des gens utilisent leur smartphone pour photographier leurs enfants. De toute façon, tu n'aurais pas raté la photo si tu n'étais pas aussi nerveuse. Comme toujours.

« Comme toujours » ? Elle s'efforça de garder une expression neutre, mais ses mains se mirent à trembler. D'un mouvement du pouce, elle supprima le cliché raté et en prit d'autres. Mais maintenant, elle avait conscience que Jamie l'observait et l'angoisse la taraudait.

Qu'avait-il remarqué d'autre ? Avait-il percé certains de ses secrets ?

Pour briser le silence qui devenait gênant, elle répondit :

— Mon reflex prend de meilleures photos qu'un téléphone portable. En tout cas, que le mien. Tout le monde n'a pas les moyens d'acheter le dernier modèle de smartphone.

— C'est certain.

Au moins, il ne lui demanda pas quel téléphone elle possédait. Elle préférait ne pas imaginer la tête de Jamie en découvrant l'antiquité dont elle se servait.

— Je parie que je peux faire aussi bien que toi, reprit-il, tendant la main pour qu'elle lui donne son appareil.

Aussitôt, elle recula, renâclant à le lui confier.

— Je me débrouille très bien toute seule, merci beaucoup.

— J'en suis sûr, mais tu n'apparais sur aucune photo aux côtés d'Aiden. C'est un peu dommage, non ?

Quelle excuse pourrait-elle lui servir pour justifier son refus de se faire photographier avec l'enfant ? Elle n'allait pas lui expliquer qu'elle vivait dans la crainte que Michael la reconnaisse sur un cliché et remonte la piste jusqu'à son fils.

Jamie sourit et, sans insister, il sortit son portable de sa poche.

— Je vais vous prendre tous les deux avec le mien.

— Non !

Comme il la dévisageait avec perplexité, elle reprit d'un ton plus calme :

— Je veux dire... Oui, bien sûr. Mais prends-nous plutôt avec mon reflex. Mieux vaut conserver toutes les photos au même endroit. Il sera plus simple ensuite de les télécharger sur mon ordinateur.

— Logique, dit-il, visiblement peu convaincu.

— Je n'aime pas non plus l'idée que mon visage puisse circuler sur Internet.

— M'imagines-tu faire ce genre de chose ?

— Non, reconnut-elle.

En fait, elle était sincère alors que, à vrai dire, elle ne le connaissait pas. Comment pouvait-elle savoir ce qu'il ferait ou ne ferait pas ?

— Je ne suis pas très fan des réseaux sociaux non plus, poursuivit-il. Et je ne partagerais jamais rien sans ton accord. Ça me semble un minimum.

De nouveau, elle le crut. Cependant, comme elle avait appris à ne faire confiance à personne, elle lui tendit son reflex. Peut-être n'aurait-il jamais mis son portrait sur les réseaux sociaux mais, de cette manière, elle en était sûre. Parce que toutes les photos seraient stockées sur *sa* carte mémoire.

Elle fut soulagée qu'il accepte l'appareil. Toutefois, lorsqu'il s'en saisit, sa main effleura la sienne et aussitôt, un long frisson la parcourut. La bouche sèche, elle s'écarta et s'humecta les lèvres en se traitant d'idiote. Elle n'avait plus quinze ans, que diable, alors pourquoi se comportait-elle comme une adolescente à son premier rendez-vous ?

Sans faire attention à elle, Jamie se pencha pour étudier le reflex. Si le toucher par mégarde lui avait fait l'effet d'un tremblement de terre, lui en revanche n'avait visiblement rien ressenti à ce contact.

— Je ne me souviens plus comment fonctionne ce matériel, dit-il enfin. Tu vas devoir m'aider.

Alors qu'elle commençait à lui indiquer la marche à suivre, il leva les yeux et lui sourit.

— Comme il s'agit d'une antiquité, dois-je porter une de ces capes noires sur la tête lorsque je prends la photo afin que la lumière n'y pénètre pas ?

Il fallut quelques instants à Sarah pour comprendre qu'il faisait allusion aux daguerréotypes, les premiers appareils photo, et qu'il se moquait d'elle. Elle lui tira la langue avant d'éclater de rire.

Avant qu'elle puisse l'en empêcher, il la photographia. Elle sentit son visage s'embraser. Il était censé prendre des portraits d'elle et de son fils. Or, Aiden n'était pas près d'elle.

— Pourquoi cette photo ?

— Désolé. Impossible de résister à la tentation.

— Eh bien, essaie.

Et, de son côté, elle s'efforcerait de calmer les battements affolés de son cœur.

Aiden la sauva en surgissant à point nommé.

— Monsieur Jamie, on peut aller voir les tigres, maintenant ?

— Bien sûr, mon bonhomme. Si ça convient à ta mère, bien sûr, ajouta-t-il en se tournant vers Sarah.

— Allons-y, dit-elle.

Jamie prit quelques clichés d'elle et d'Aiden devant des tigres. Mais lorsqu'ils entrèrent dans un secteur où la faible luminosité rendait la photographie difficile, il laissa l'appareil pendre à son poignet.

Tout en se frayant un chemin à travers la foule, Sarah s'assurait en permanence qu'Aiden ne s'éloignait pas trop d'elle. Comme l'enfant se postait devant une immense volière pour observer des oiseaux tropicaux, elle s'assit sur un banc à proximité et Jamie s'installa à côté d'elle.

— C'est un super gamin, dit-il.

Sans répondre, elle sourit en regardant son fils.

— Il doit être difficile d'élever seule un enfant, poursuivit-il.

— Pas tant que ça. Et Aiden mérite tous ces efforts.

Elle espérait que Jamie passerait à un autre sujet mais, commençant à le connaître, elle en doutait.

Il se racla la gorge.

— Le père d'Aiden n'est donc plus dans le paysage ? lança-t-il sans la regarder.

— Non.

Elle hésitait à en dire plus.

— Et c'est tant mieux, ajouta-t-elle finalement.

— Vous êtes séparés ?

— Divorcés.

— Où est-il, maintenant ?

Elle haussa les épaules.

— Loin. Très loin, j'espère.

— Je parie qu'il y a une histoire là-dessous.

— Bien sûr, mais elle n'a aucun intérêt.

Au lieu de l'interroger davantage, il se leva et se dirigea vers Aiden. Il lui montra du doigt un petit volatile bleu perché sur une branche.

— Sais-tu comment s'appelle cet oiseau ?

— C'est un guêpier à tête bleue. Il vit en Afrique, répondit le garçon.

— Bravo ! Tu ne m'avais pas dit que ton fils était un vrai puits de sciences, Sarah.

— Il adore les animaux et passe des heures à feuilleter des encyclopédies. Si tu veux que je te liste toutes les qualités d'Aiden, méfie-toi. Je n'arriverai pas à m'arrêter.

— Merci du conseil.

Aiden tira sa manche.

— Monsieur Jamie, comment se fait-il que toi, tu en connaisses autant sur les guêpiers à tête bleue ?

— Mon plus jeune frère, Mark, adorait les oiseaux. Il passait son temps à les observer, il savait tout à leur sujet.

Il souriait toujours, mais une profonde tristesse assombrissait ses yeux. L'estomac de Sarah se noua. Elle avait déjà vu ce regard sombre.

— Il les « adorait » ? répéta-t-elle, soulignant qu'il en parlait au passé.

— Il est mort... Il y a longtemps.

— Je parie qu'il y a une histoire là-dessous, murmura-t-elle en reprenant ses mots.

Il se contenta de hausser les épaules sans répondre.

Il avait une histoire, d'accord. Une histoire peut-être aussi douloureuse que la sienne. Et si elle n'avait aucune raison de s'immiscer dans la vie d'autrui – elle-même ayant tant de secrets à cacher –, elle se rendit compte qu'elle avait très envie d'en apprendre davantage sur celle de Jamie.

6

— Tu vois, j'ai pensé à tout.

Jamie posa sur le banc des sachets de chips, des tranches de fromage bien emballées, des paquets de gâteaux à côté des petites bouteilles d'eau et des canettes de soda. Un peu plus loin, Aiden jouait dans les grandes cages à écureuils installées dans un coin du zoo.

— En effet, répondit Sarah. Tu nous avais dit que ton sac à dos était rempli de surprises, mais il se révèle une vraie caverne d'Ali Baba.

Les yeux brillants, Sarah découvrait avec curiosité ce qu'il avait apporté. Toute la journée, elle n'avait cessé de rire et de sourire. Jamie se rendait compte qu'il ferait n'importe quoi pour qu'elle garde cette expression détendue, heureuse. Bien sûr, à certains moments, elle avait paru très nerveuse, comme lorsqu'il avait voulu prendre des photos. Mais, globalement, il avait l'impression qu'elle s'était bien amusée.

Comme elle avait refusé qu'il la photographie avec son téléphone à lui, il se demandait ce qu'elle craignait : qu'il utilise son portrait pour effectuer une recherche inversée sur Internet afin d'en apprendre davantage sur elle ? Ou qu'il ait l'intention de conserver la photo afin de regarder son visage quand il en avait envie ? Les deux hypothèses l'ennuyaient sans doute autant l'une que l'autre.

Il reprit son sac à dos.

— Et ce n'est pas tout ! Maintenant, le plat de résistance !

Il sortit deux boîtes Tupperware, l'une remplie de cuisses de poulet et l'autre de sandwichs aux crudités.

Sarah secoua la tête.

— De résistance, hein ? dit-elle avec un sourire. Je pense qu'Aiden et moi serons incapables d'y résister. Ce pique-nique promet d'être un délicieux festin. Merci de l'avoir préparé, Jamie.

— De rien. Crois-tu qu'Aiden va venir déjeuner ?

— Avec tout un terrain de jeu à sa disposition ? J'en doute, répondit-elle en jetant un coup d'œil à son fils.

— Alors, commençons sans lui !

Sarah déballa un des sandwichs et mordit dedans. Manifestement préoccupée, elle ne quittait pas des yeux le petit garçon qui se balançait dans la cage à poules. Sans s'en rendre compte, elle mit un moment avant de prendre une deuxième bouchée.

— Cesse de t'inquiéter, ne put s'empêcher de dire Jamie.

Elle se tourna vers lui.

— Les mamans s'inquiètent toujours pour leur progéniture.

— Peut-être. Mais aujourd'hui, profite de ma présence pour te détendre. Je suis là, je veille sur lui. Il ne lui arrivera rien, je te le promets.

— C'est gentil de ta part de le proposer, mais ne t'en fais pas pour nous. Aiden et moi allons très bien. Nous sommes très heureux tous les deux.

Les propos de Sarah étaient révélateurs et reflétaient bien la réalité, songea Jamie. La mère et le fils ne comptaient que sur eux-mêmes. Pour espérer se rapprocher d'eux, il devait prendre son temps et gagner la confiance de Sarah.

— Oh ! je le sais ! Vous êtes formidables.

Il prit une cuisse de poulet et commença à s'en régaler tout en jetant de temps en temps un coup d'œil à Sarah. Chaque fois, elle était en train de regarder son fils. Que craignait-elle donc ? Il mourait d'envie de la bombarder de questions, mais il était plus difficile d'obtenir des réponses de Sarah que de forcer un coffre-fort à l'aide d'une épingle à cheveux. Ils se ressemblaient sur ce point. Il comprenait son besoin d'enfouir ses secrets le plus profondément possible.

Il se dit que s'il lui confiait les siens, elle accepterait peut-être à son tour de se livrer un peu…

— Aiden est doté d'un vrai talent de comédien, remarqua-t-il. Parfois, quand il raconte une histoire drôle, il est à hurler de rire. Par certains côtés, il me fait penser à mon frère Mark.

Elle battit des paupières puis se déplaça de manière à lui faire face.

— Il y a combien de temps que ton frère est parti ?

« Parti. » Il déglutit avec difficulté. Pour « mourir », les gens disaient « partir ». Pour « se suicider », ils disaient « mettre fin à ses jours ». Comme si ces expressions permettaient de comprendre l'incompréhensible, de donner un sens à l'absurde. Au moins Sarah l'invitait-elle à en parler, ce que pas grand monde ne faisait.

— Cela fait neuf ans, maintenant. Mark était alors au lycée, en seconde.

Il attendit l'inévitable question suivante : « Comment est-il mort ? » Comme elle ne la lui posait pas, il y répondit quand même.

— Il s'est pendu.

— Oh mon Dieu ! C'est horrible ! Je suis vraiment désolée.

Sa voix était si pleine d'émotion qu'il ne put s'empêcher de la regarder. À travers ses yeux remplis de larmes, il devina une âme meurtrie et profondément triste. Mais au lieu de se refermer dans sa coquille comme elle en avait l'habitude, elle soutint son regard avec une force qui le surprit.

— Quel âge avais-tu ? Perdre ton petit frère a dû être une terrible épreuve pour toi.

Il soupira. Depuis le drame, beaucoup de gens lui avaient demandé ce qui s'était passé, mais très peu de personnes se souvenaient qu'il était alors très jeune, lui aussi. Un gamin qui ne serait plus jamais le même.

— J'avais dix-sept ans.

— Je suis tellement désolée, Jamie.

Il aurait pu lui raconter que c'était lui qui avait trouvé Mark. Qu'il avait eu du mal à couper cette maudite corde. Qu'il avait pratiqué un massage cardiaque alors que son frère était déjà froid. Qu'en comprenant l'inutilité de ses efforts, il avait sangloté comme un enfant. Mais il ne voulait pas lui donner de détails macabres. Il avait seulement envie de lui parler de Mark. Qu'il existe pour elle.

— J'étais fier d'être son grand frère, commença-t-il. Depuis sa plus tendre enfance, il était si charismatique. Pourtant, j'aurais dû être jaloux de lui. Il était meilleur que moi en tout.

Elle lui sourit.

— Ça m'étonnerait.

— C'est la vérité. Nous faisions tous les deux partie de l'équipe de football, par exemple. Mais je jouais en défense et lui était un redoutable attaquant.

Bizarrement, alors qu'il avait toujours renâclé à évoquer Mark avec quiconque, il ne parvenait plus à s'arrêter.

— Tout le monde l'adorait. Surtout les filles. Il les attirait comme un aimant. D'ailleurs, à peine arrivé au lycée, il avait été élu « le beau gosse » de sa promo. De mon côté, j'avais reçu le titre du « camarade le plus gentil ».

Sarah l'observa si longtemps en silence qu'il ne put s'empêcher de se tortiller sur le banc, gêné. En concluait-elle qu'il était vraiment jaloux de son frère, alors qu'il aurait donné dix ans de sa vie, rien que pour avoir encore la possibilité de le serrer dans ses bras ?

Elle finit par lui décocher un autre sourire.

— Le plus gentil, oui. Aiden te trouve très sympa.

Elle ne précisa pas si elle partageait ou non cette opinion mais dans sa bouche, en tout cas, le mot « gentil » sonnait comme une qualité.

— Peut-être, répondit-il. Mais Mark avait tout pour lui. Il était beau, charismatique, drôle, athlétique, passionné...

— Mais il était aussi très malheureux, non ?

Elle mettait facilement le doigt sur une réalité qu'il n'avait pas vue à l'époque, pas avant qu'il soit trop tard.

La gorge serrée, il hocha la tête.

— Il jouait la comédie pour dissimuler sa tristesse. Il n'a jamais soufflé mot de son mal-être. À quiconque. Mais en lisant des livres sur le suicide, j'ai reconnu de nombreux signes précurseurs que je n'avais malheureusement pas vus ou su décrypter.

— Quel genre de signes ?

— Il dormait beaucoup tout en étant continuellement fatigué, mais je ne m'en inquiétais pas. Et quand il a renoncé à participer au championnat ce printemps-là, je pensais qu'il s'économisait pour celui de l'automne.

Accablé par son aveuglement d'alors, il s'interrompit.

— Il sortait de moins en moins avec ses amis, s'isolant des journées, des soirées entières. Il le justifiait en disant qu'il devait travailler. En effet, ses résultats scolaires fléchissaient. Mais à l'époque, je ne comprenais rien. Mark coulait sous mes yeux et je suis passé à côté, je n'ai rien vu de ses souffrances.

— Tu avais dix-sept ans, tu n'étais qu'un gamin, Jamie. De nombreuses personnes, adultes, sont passées elle aussi à côté. Tes parents, ses enseignants, ses entraîneurs...

— C'était mon petit frère. J'étais responsable de lui.

Sa voix se brisa et il plongea la tête entre ses mains.

Sarah murmura :

— Cette tragédie explique beaucoup de choses.

Il se redressa. Après lui avoir raconté sa triste histoire, il ne savait pas ce qu'il attendait d'elle exactement, mais en tout cas pas cette remarque.

— Que veux-tu dire ?

— L'autre soir, tes collègues racontaient que tu étais en retard pour dîner parce que tu avais dû te charger d'une mission difficile... Il s'agissait d'un suicide, n'est-ce pas ?

— J'étais arrivé trop tard. Une fois de plus.

— Ce drame a dû réveiller des souvenirs.

— Forcément.

— Les autres connaissaient ton frère, n'est-ce pas ?

Il ferma un instant les yeux pour se remémorer qui était présent autour de la table l'autre soir, puis secoua la tête.

— Quelques-uns de mes supérieurs sont au courant pour Mark. J'avais été interrogé sur mon passé au cours du processus de recrutement. J'en ai également parlé à certains de mes collègues dont je suis très proche, comme Shane Warner ou Nick. Mais pas à tous. Je suis relativement nouveau au commissariat de Brighton.

— S'ils n'étaient pas tous au courant, ils semblaient tous inquiets pour toi.

— Je ne veux pas inspirer leur pitié.

— N'est-ce pas réconfortant de savoir qu'ils se soucient de toi ?

— C'est vrai.

— Mais ce que tu viens de me dire explique sans doute aussi ta décision de devenir policier. Et de t'investir comme bénévole auprès d'enfants. La mort de ton frère t'a conduit à ces choix, non ?

Il cilla à plusieurs reprises. Personne ne lui en avait parlé ainsi, mais la question lui avait été posée lors de son entretien d'embauche à sa sortie de l'école de police. Et également quand il avait postulé pour travailler comme bénévole au centre aéré.

— Ai-je raison ? reprit-elle. Ou est-ce que tu rêvais d'être policier depuis l'enfance ?

— Tu as raison. J'ai décidé de m'engager dans la police après la mort de mon frère. Enfin, pas tout de suite… Après la tragédie, j'ai sombré dans l'alcool pendant quelques mois.

— Tu étais en deuil. Et en colère. Et tu avais besoin de l'exprimer.

— Sans doute. C'est à cette époque que j'ai renoncé à devenir ingénieur et décidé d'étudier le droit pénal. J'ai aussi eu l'idée de créer une organisation pour aider les enfants et les adolescents en souffrance. Cette idée n'a pas encore vu le jour, mais j'espère arriver à la concrétiser.

— Tu y arriveras, c'est certain.

Il avait envie de se pincer. Bien qu'elle le connaisse à peine, elle semblait croire en lui. Davantage peut-être que lui-même.

Elle ne le regardait pas quand elle reprit la parole, mais elle souriait.

— Oui, tout a du sens, maintenant. Je pense que Mark serait fier de toi.

Le serait-il ? Un nœud se forma dans la gorge de Jamie. Des larmes lui brûlèrent les paupières. Alors que, depuis des années, personne ne pouvait se vanter de l'avoir vu pleurer, il était soudain tenté de lâcher prise et de libérer ses émotions devant elle.

Avant de céder à la tentation, il se leva pour faire signe à Aiden qui continuait de jouer et n'avait donc pas besoin de lui dans l'immédiat. Mais il ne pouvait se permettre d'être aussi vulnérable.

— Peut-être as-tu manqué ta vocation de psychologue. Je sens que je ne vais pas tarder à m'allonger sur ton canapé, lança-t-il à Sarah par-dessus son épaule.

— Tu crois vraiment que mon fils te laisserait t'allonger sur mon canapé et me raconter tes problèmes ?

Des images d'activités bien plus agréables qu'il pourrait partager avec elle sur un canapé envahirent l'esprit de Jamie, à sa grande honte. Comment, après lui avoir confié ses secrets à propos de Mark, osait-il nourrir ce genre de pensées ?

C'était d'autant plus déplacé que Sarah n'avait sans doute aucune envie de se rapprocher de lui. Alors pourquoi avait-il eu le sentiment qu'ils avaient chacun la possibilité de guérir les blessures de l'autre ?

— Maintenant que tu as entendu ma triste histoire, commença-t-il, j'espérais que tu me confierais peut-être la tienne.

— Je suppose que je le pourrais...

Sur le point d'ajouter quelque chose, de s'épancher peut-être, elle s'interrompit pour chercher Aiden des yeux. L'enfant courait vers eux depuis l'aire de jeux. Sarah se leva pour aller à sa rencontre. Bizarrement, alors qu'elle s'éloignait, elle secouait la tête, comme surprise de s'être laissée aller à faire quelque chose qu'elle ne faisait jamais.

Il essaya de ne pas montrer sa frustration. Il s'était mis à nu dans l'espoir qu'elle se confierait à lui, mais elle ne lui avait toujours rien dit. L'occasion d'apprendre quelque chose sur elle était passée, maintenant.

Le cœur serré, il comprit qu'il avait peut-être manqué sa seule chance de connaître vraiment Sarah Cline.

7

— Aiden, arrête !

Sarah s'élança vers son fils alors qu'il s'apprêtait à se jeter sur Jamie comme il l'avait fait l'autre jour au restaurant.

En son for intérieur, elle bénit le petit garçon qui avait choisi le bon moment pour revenir et interrompre leur conversation. Il était trop risqué pour elle de se confier.

Cependant, emporté par son élan, l'enfant ne put ralentir sa course. Sans doute serait-il tombé si Jamie ne l'avait pas rattrapé au vol.

Il le prit dans ses bras.

— Où vas-tu si vite, mon bonhomme ? demanda-t-il avant de le poser à terre.

— J'ai faim ! s'exclama Aiden.

Jamie sourit.

— Ça ne m'étonne pas, mais comme tu semblais bien t'amuser dans les cages à poules, nous nous demandions si tu penserais à déjeuner.

Aiden n'écoutait plus. Il avait repéré les boîtes de gâteaux sur le banc.

— Des cookies au chocolat ! cria-t-il avec joie. Maman, je peux en manger ? S'il te plaît !

— Oui, exceptionnellement, répondit-elle en se rasseyant. Mais d'abord, prends une cuisse de poulet ou un sandwich.

— J'ai le droit d'avoir les deux ?

— Bien sûr ! Enfin, si ta mère est d'accord, dit Jamie.

Son fils se tourna vers elle pour obtenir confirmation. Quand elle hocha la tête, il l'embrassa avec effusion.

— Merci, maman !

Dès que Sarah le lâcha, il choisit un sandwich dans lequel il mordit avec appétit. Lorsqu'il l'eut dévoré, il se mit à grignoter une aile de poulet. Puis, très vite, il s'empara du paquet de cookies dont il avait visiblement très envie.

Sarah se mit rassembler les restes.

— Je commence à ranger pour qu'aucun d'entre nous ne soit tenté de se resservir... Pour la santé comme pour la ligne, mieux vaut éviter les excès.

Elle replaça avec soin les victuailles dans le sac à dos de Jamie. Alors qu'elle s'apprêtait à y remettre la boîte contenant les sandwichs en surnombre, elle s'interrompit.

— Je doute qu'ils seront encore bons demain...

— Tu as raison, répondit Jamie en hochant la tête. Donne-les-moi. Inutile de risquer une intoxication alimentaire.

Il alla les jeter dans la poubelle installée près de l'aire de jeux. Lorsqu'il revint, Sarah finissait de fermer le sac à dos, ne laissant sur le banc que des lingettes dont Aiden aurait besoin à la fin de son repas.

Elle sourit à Jamie.

— Je préfère mettre toutes ces bonnes choses hors de ma vue. Si je continue à m'en régaler, je n'arriverai plus à entrer dans mon uniforme de serveuse.

— Tu n'as pas à t'inquiéter, tu as encore de la marge. Si quelqu'un réussit ce tour de force d'être ravissante dans une robe rose avec un petit tablier, c'est bien toi...

Elle glissa un coup d'œil vers Aiden, heureusement inconscient de ce qui venait de se passer. Comme elle reportait son attention sur Jamie, elle le vit rougir. Il regrettait manifestement d'avoir lancé cette réflexion sans réfléchir, et elle se reprocha d'en être flattée.

Que lui arrivait-il ? D'abord, ce trouble étrange qui l'avait saisie lorsque leurs mains s'étaient frôlées, tout à l'heure, et maintenant, elle se sentait grisée parce qu'il lui avait fait un petit compliment...

Au cours des dernières années, elle avait fini par oublier qu'elle était femme et sensible aux mots doux de la gent masculine. Ce n'était vraiment pas le moment de s'en souvenir. Surtout pas avec un homme comme Jamie.

Parce qu'elle n'osait pas le regarder, elle se tourna vers Aiden, qui s'empiffrait de cookies au chocolat.

— Je ne sais pas pourquoi Ted tient tellement à ces uniformes, dit-elle pour combler le silence qui devenait embarrassant. Dans cet accoutrement, j'ai l'impression d'être déguisée en poupée.

— Porter tous les jours mon uniforme ne m'amuse pas non plus, dit-il. Il est bleu marine et non pas rose, mais je préférerais travailler en civil.

— Oh non ! Ce serait vraiment dommage ! s'exclama-t-elle avant de pouvoir s'en empêcher.

Elle maudit aussitôt sa spontanéité mais elle trouvait Jamie vraiment fantastique en tenue de policier. Très séduisant. Depuis quand était-elle sensible au prestige de l'uniforme ?

Cette fois, quand il lui sourit, un long frisson lui parcourut le dos. Elle sentait entre eux quelque chose de nouveau, une complicité, peut-être même une sorte d'intimité. Elle savait qu'il lui fallait prendre ses distances, s'écarter de lui, s'arranger pour mettre systématiquement Aiden entre eux. Mais elle n'avait soudain plus aucune envie d'être raisonnable.

Jamie le fut à la place. Il se racla la gorge et, se rapprochant d'Aiden, lui ébouriffa les cheveux.

— Je ne vais pas tarder à vous ramener tous les deux à la maison.

En une nanoseconde, l'expression d'Aiden passa de la joie totale à l'accablement absolu.

— Oh non ! Pas encore. S'il te plaît ! Il faut encore voir les... euh...

Il chercha frénétiquement quels animaux ils n'avaient pas encore admirés.

— ... Les koalas ! s'écria-t-il, soulagé d'en avoir trouvé.

Jamie secoua la tête tout en enfilant sa veste.

— Ce sera pour une autre fois.

— Une autre fois ? Quand ? demanda-t-il en agrippant son héros par la manche.

Jamie se tourna vers elle pour obtenir son soutien. Elle écarta les mains dans un geste d'impuissance mais ne put réprimer le sourire qui lui montait aux lèvres.

— Il ne faut jamais faire de promesses en l'air à un enfant. Tu le sais, n'est-ce pas ?

— Il ne s'agissait pas du tout d'une promesse en l'air. Nous reviendrons. Si tu es d'accord. Ça me ferait vraiment plaisir.

Il était penché vers Aiden, toujours accroché à son bras. Elle s'approcha d'eux, et il reporta son attention sur elle. Comme il se mit à la dévorer des yeux, elle fut surprise de constater qu'elle n'avait pas envie de détourner la tête.

— Certaines personnes ne sont pas fiables, je le sais, dit-il. Mais pour ma part, je n'ai qu'une parole. Et je ne laisse jamais tomber personne. Mes amis peuvent en témoigner.

Il laissa passer quelques instants avant d'ajouter :

— Et voilà pourquoi, je serai là si... si l'un de vous deux avait un jour besoin de moi.

Michael frappa la table du poing avec violence.

— Putain de technologie !

La serveuse, qui s'activait derrière la machine à expressos, sursauta. Elle était très jeune. Michael se demandait pourquoi elle avait eu l'idée saugrenue de couvrir son visage de piercings et de se teindre les cheveux en bleu.

— J'ignore pourquoi, dit-elle, mais le wi-fi a buggé toute la journée.

Il ne répondit pas. Il avait l'impression qu'elle s'exprimait dans une langue étrangère. Voilà plus d'une heure qu'il se battait avec la tablette que Larry lui avait laissée. Non seulement le clavier était défectueux mais, la moitié du temps, l'appareil ne captait pas Internet. Et malgré ses efforts, il n'avait toujours pas localisé l'endroit où se cachait Maria ni découvert le moindre indice susceptible de le mettre sur une piste. Quand il parvenait à peu près à surmonter son ignorance en matière de technologie moderne et à se connecter, il ne tombait que sur des sites payants qui lui proposaient leurs services à des prix exorbitants. De plus, il fallait les payer par carte de crédit et il n'en avait pas.

Si ses soi-disant amis policiers avaient fait correctement leur boulot et utilisé les nombreuses ressources à leur disposition pour chercher Maria, il n'aurait pas à boire café sur café pour justifier un accès gratuit au Wi-Fi. Cela dit, jusqu'ici, ses autres contacts – ceux que Larry et Clint ne connaissaient pas – n'avaient pas fait mieux.

Voilà des heures qu'il pianotait sur cette tablette et il commençait à désespérer. Il n'allait jamais retrouver Maria.

Ni son fils.

Ni son argent.

Il regrettait de ne pas lui avoir prêté plus d'attention quand Maria lui parlait de ses parents. Certes, ces derniers avaient mis leur fille à la porte lorsqu'elle l'avait épousé, mais s'il l'avait davantage écoutée, il en saurait un peu plus sur eux. Son père était mort, maintenant. Mais sa mère avait-elle ouvert ses bras et son portefeuille à sa fille unique, une fois cette dernière divorcée ? Après tout, la vieille avait peut-être eu envie de faire la connaissance de son petit-fils.

En imaginant cette femme avec son enfant, il se hérissa. Elle n'avait pas le droit de s'occuper de ce gosse. Andy était à lui.

Tout comme Maria.

— Alors, que cherchez-vous sur la Toile ?

Il sursauta. Sans qu'il s'en aperçoive, la fille aux piercings avait quitté le comptoir pour s'approcher de lui et pour regarder l'écran de sa tablette par-dessus son épaule. S'il s'était montré aussi distrait en prison, il aurait sans doute fini avec un poignard dans le dos. Au pénitencier, personne ne se faisait de cadeau et le moindre moment d'inattention pouvait se révéler fatal.

— Parce que je suis certainement capable de vous aider, poursuivit-elle. Je suis née avec Internet.

À la vue de son sourire assuré, il fut tenté de la charger de ses recherches, mais pas longtemps. Il avait appris à se méfier des gens qui proposaient de rendre service. Il ignorait ce que cette gamine espérait de lui en retour et, dans le doute, il préférait s'abstenir.

— Merci, répondit-il. Je vais me débrouiller.

— Vous êtes comme mes vieux. Trop fiers pour avouer leur ignorance.

Levant les yeux au ciel, elle s'éloigna en se dandinant. Manifestement, elle lui faisait comprendre que ce qu'il avait raté n'avait rien à voir avec la technologie, mais il se contenta de hausser les épaules. Il n'avait pas l'intention de sauter sur la première venue. Après six ans d'abstinence, patienter encore un peu ne le dérangeait pas.

De toute façon, une seule femme était capable de le combler. Maria. Et, bientôt, il la récupérerait. Il la posséderait alors comme il l'avait possédée la première fois. À l'époque, elle avait à peu près l'âge qu'avait cette fille aux piercings. Dès qu'ils seraient réunis, il rappellerait à son épouse où était son devoir.

Mais il lui fallait d'abord la retrouver. Apparemment, il allait devoir se débrouiller seul pour y parvenir. Il posa la tablette sur son support, tapota dessus pour la réveiller, et y entra les noms de Paul et Amy Norris, les parents de Maria. Il obtint une seule réponse, un seul résultat pour sa recherche incluant les deux noms. Quand il cliqua sur le lien, il découvrit que Maria y était associée, sous son nom de jeune fille. L'adresse ne lui était pas inconnue. Autrefois, il guettait Maria dans cette rue. Il attendait qu'elle sorte de chez elle par la fenêtre pour le rejoindre.

De même que les Norris n'avaient pas réussi à retenir leur fille dans leur belle demeure, de même la mère de Maria ne parviendrait pas à l'empêcher d'y entrer. Et alors, soit Belle-Maman se montrait coopérative et lui disait tout ce qu'elle savait sur l'endroit où se cachait Maria, soit il la ferait parler.

Ce serait facile. Tandis qu'il souriait, satisfait, un message indiquant que la batterie de la tablette était presque épuisée apparut. Mais avant qu'il ait eu le temps de brancher l'appareil à la prise, l'écran devint noir. Non sans mal, il se retint de jeter cette merde contre le mur.

Les mots de la fille aux piercings tournaient en boucle dans sa tête. Trop fiers… Il y a dix ans, les parents de Maria avaient été trop fiers pour accepter que leur fille unique s'acoquine avec un garçon comme Michael Brooks. Ils avaient sans doute espéré qu'elle ferait un beau mariage. Et même si elle avait rompu avec lui, divorcé, peut-être ne lui avaient-ils pas pour autant pardonné cette mésalliance.

En outre, Amy Norris avait sans doute été la première personne que la police avait interrogée lorsque Maria s'était évanouie dans la nature. Et si la vieille avait su quelque chose, elle l'aurait tout de suite dit aux enquêteurs. Jamais elle n'aurait menti pour protéger sa fille ; ce n'était vraiment pas son genre. Cette piste ne le mènerait nulle part, comprit-il, dépité.

Il serra les poings sous la table. Quatre jours s'étaient écoulés depuis sa sortie de prison, et il en était toujours au même point. Il n'était pas près de retrouver sa femme, et il déprimait dans son taudis. Il n'avait fait qu'échanger une cellule contre une autre, sans barreaux. S'il était obligé de rester dans ce trou à rats, il allait devenir fou.

Pour commencer, il devait recouvrer son sang-froid. N'avait-il pas passé six ans à planifier ce moment ? À imaginer leurs retrouvailles ? Il n'était pas question de renoncer. Pas encore.

Si sa mère n'avait pas aidé Maria à disparaître, qui aurait pu le faire ? Maria n'aurait jamais eu le cran ni l'intelligence de s'évaporer dans la nature sans soutien.

Mais alors, qui l'avait guidée ? Elle était fille unique, tout comme ses parents. Elle n'avait donc pas de famille, à l'exception d'une grand-tante très âgée, sans doute morte à présent. Et, dans le cas contraire, une petite vieille ne lui aurait été d'aucune utilité. Par ailleurs, elle n'avait pas beaucoup d'amis. Il y avait veillé.

Le visage de l'amie d'enfance de Maria s'imposa soudain à sa mémoire. Comment s'appelait donc cette fille aux cheveux crépus et aux grosses lunettes ? Son sang se mit à bouillir. Il lui fallait absolument se remémorer le nom de cette femme !

Son prénom commençait par un T. Ça, il en était sûr. Tammy ou Tina ou quelque chose. Un jour, elle avait conduit Maria à l'hôpital après une dispute conjugale un peu rude... Terri ? Tori ? Maria était-elle restée en contact avec elle ? Certes, il lui avait souvent répété qu'elle devait couper les liens avec le passé pour lui prouver qu'elle l'aimait, mais...

Il était certain que Maria avait gardé contact avec cette fille. Une fois de plus, elle l'avait trahi. En l'épousant, elle avait pourtant juré de l'aimer, de l'honorer et de lui obéir. Dès qu'il l'aurait retrouvée, il saurait lui rappeler ses engagements et l'aider à les tenir...

Tonya ! La copine binoclarde de Maria s'appelait Tonya, il en était certain, à présent. Il ne connaissait pas son nom de famille, mais avec un prénom aussi inhabituel il ne devrait pas être trop difficile à trouver.

Il tapota l'écran et écarta son pouce de son index pour agrandir le texte comme Larry le lui avait appris, et lança une autre recherche sur Internet. Il localiserait cette Tonya et la forcerait à lui dire ce qu'elle savait. Elle avait intérêt à savoir quelque chose.

Il sourit à la gamine aux piercings qui l'ignorait maintenant en essuyant des verres derrière son comptoir. Elle n'avait plus qu'à jeter son dévolu sur un autre, elle ne l'intéressait pas. De toute façon, il avait besoin de s'économiser. Ce n'était plus qu'une question de temps désormais. Bientôt, il serrerait sa petite femme dans ses bras.

8

« Je serai là. »

Les mots de Jamie tournaient en boucle dans la tête de Sarah tandis qu'ils roulaient vers Brighton. À peine avaient-ils rejoint l'autoroute qu'Aiden s'était endormi sur la banquette arrière. Les rayons du soleil couchant embrasaient le ciel d'innombrables nuances d'or, de rose et d'orange.

Jamie baissa le pare-soleil pour ne pas être ébloui.

— Ce coucher de soleil est vraiment extraordinaire, dit-il. Comme toute cette journée, d'ailleurs.

— C'est vrai.

Il tenta à plusieurs reprises de lancer la conversation puis, n'obtenant jamais de vraies réponses, finit par y renoncer et par allumer l'autoradio. La voix de Lisa Loeb envahit l'habitacle. Sa chanson parlait d'une femme qui n'avait pas écouté son amoureux lorsqu'il l'avait suppliée de rester et qui, à présent, s'apercevait qu'il lui manquait. Bien qu'à l'origine de leur rupture, elle souffrait comme si c'était lui qui l'avait quittée.

Sans rien connaître de son histoire, Jamie lui avait proposé d'être une constante dans leur vie. L'idée était à la fois perturbante et réconfortante.

Plongée dans ses pensées, elle ne s'aperçut qu'ils étaient arrivés sur le parking de son immeuble que lorsque Jamie s'arrêta et coupa le contact. Elle aurait préféré qu'il les dépose devant le restaurant, là où il les avait pris ce matin, mais Jamie avait insisté pour obtenir son adresse. Il trouvait dangereux qu'ils rentrent chez eux à pied et dans le noir. Il n'avait pas totalement tort.

Recroquevillé sur la banquette arrière, Aiden dormait toujours à poings fermés.

— Je vais le prendre, dit-elle en descendant de voiture.

De façon générale, elle rechignait à faire entrer quelqu'un dans son appartement, en particulier les artisans que son propriétaire lui envoyait pour déboucher l'évier ou entretenir la chaudière. Et là, elle était sur le point d'y emmener un inspecteur de police.

— Laisse-moi t'aider, Sarah. S'il te plaît, ajouta-t-il.

— D'accord, répondit-elle en prenant son sac.

— J'ai sommeil…, marmonna Aiden alors que Jamie le soulevait dans ses bras.

— Eh bien, tu pourras te mettre au lit dès que tu te seras lavé les dents, dit Sarah.

— J'ai pas envie.

— On va faire super vite, bonhomme, intervint Jamie. Je ne veux pas être responsable de tes caries.

Même si la situation la rendait nerveuse, Sarah sourit en voyant son fils soupirer mais poser finalement la tête sur l'épaule de son ami. Jamie savait se montrer persuasif.

Portant Aiden, il fit quelques pas sur le trottoir puis se tourna vers elle, attendant des indications. Si la vétusté de l'immeuble – un petit motel des années 1960 reconverti en appartements – l'horrifia, il n'en dit rien.

Elle lui désigna l'escalier métallique extérieur et ils s'y engagèrent. Comme ils parvenaient au dernier étage, elle lança :

— Troisième porte à gauche.

Arrivé devant, Jamie s'écarta pour la laisser déverrouiller et ouvrir. Quand ils furent à l'intérieur, dès qu'elle eut pressé l'interrupteur, elle referma la porte et poussa aussitôt tous les verrous, achevant son rituel par la mise en place de la chaîne de sécurité.

Jamie ne fit aucun commentaire. Sans lui demander où était la salle de bains, il traversa le séjour. Il la trouva sans difficulté.

— Si tu veux, prépare son lit pendant que je m'occupe de ses dents, lança-t-il depuis le seuil.

Hochant la tête, Sarah se dirigea vers la chambre d'Aiden, la seule de l'appartement. Elle-même dormait sur le canapé-lit du salon. Par chance, ce matin, son fils avait accepté de ranger ses jouets avant de partir et le chaos habituel ne régnait pas dans la pièce.

Elle ouvrit la couchette inférieure des lits superposés qu'elle avait achetés dans l'espoir qu'un jour son fils inviterait un ami pour la nuit. Ce n'était encore jamais arrivé. D'une commode bon marché, elle sortit un pyjama orné de cow-boys.

— Elle est chouette, ta chambre, bonhomme ! s'exclama Jamie depuis le seuil.

Il entra, Aiden dans les bras, et le posa à terre. Puis, les mains sur les hanches, il regarda les planètes placées dans l'ordre autour du Soleil qui étaient collées au plafond. Des étoiles complétaient l'ensemble.

— Trop cool, ajouta-t-il, admiratif.

— Il faut que tu la voies quand les lumières sont éteintes. Toutes les étoiles brillent dans le noir.

— Alors dépêche-toi de te mettre au lit pour me montrer.

— J'ai plus sommeil, protesta Aiden tout en bâillant.

Jamie s'accroupit à côté de lui.

— Allez, bonhomme. J'ai vraiment envie de voir tes étoiles.

Émue par leur complicité, Sarah, les larmes aux yeux, sortit et referma la porte pour leur permettre d'admirer tranquillement le « ciel étoilé ».

Quelques minutes plus tard, quand Jamie la rejoignit dans le coin cuisine, elle préparait du café. Elle avait posé deux mugs sur la table. En toute logique, elle aurait dû le raccompagner à la porte en le remerciant pour cette belle journée, mais elle n'était pas encore prête à lui dire au revoir.

— Il a sombré dans les bras de Morphée après m'avoir montré la Grande Ourse et la Petite Ourse, dit-il. Je n'en reviens pas que tu aies réussi à recréer le système solaire sur son plafond.

— Il faut croire que j'avais du temps à perdre.

— Et surtout que tu tenais à faire plaisir à un petit garçon passionné d'astronomie.

— Aussi, oui.

— J'espère que ça ne t'a pas ennuyée que je le mette au lit. Je sais que, en principe, le rituel du coucher est du ressort de maman.

Elle se contenta de sourire. Dans le cas d'Aiden, tout était « du ressort de maman ».

— Je suis sûre qu'il a été ravi que tu t'en charges aujourd'hui même si, pour une fois, il n'a pas eu droit à son conte.

Elle fit un geste vers les mugs.

— Assieds-toi. Après cette longue journée, je te dois au moins un café. Décaféiné, bien sûr.

— D'abord, tu ne me dois rien. J'ai passé une excellente journée. Tant mieux si Aiden et toi avez été contents, vous aussi.

Il sourit à son tour.

— Et il n'est pas question que je te laisse me servir alors que tu es en repos. Ce serait comme si je te verbalisais alors que je ne suis pas en uniforme.

Peut-être avait-elle eu tort de lui proposer un café. Peut-être aurait-elle dû le renvoyer chez lui comme elle en avait eu initialement l'intention. Mais elle avait eu envie de bavarder avec un adulte, pour une fois.

Il prit la cafetière et remplit leurs deux mugs.

— Tu bois du décaféiné, toi aussi ? Je ne suis donc pas le seul insomniaque de la troupe ?

Elle secoua la tête.

— Mes journées sont toujours longues et bien remplies. Ne pas fermer l'œil de la nuit serait une catastrophe. Je préfère ne pas prendre le risque.

Comme il promenait le regard autour de lui, elle ne put s'empêcher de voir l'appartement à travers ses yeux. Trouvait-il les meubles achetés d'occasion minables ? Et la décoration un peu « cheap » ? Et, surtout, se demandait-il pourquoi il n'y avait que des photos d'Aiden accrochées aux murs, jamais avec elle ?

Il prit son temps pour examiner les lieux et elle finit par en éprouver un certain malaise. Elle avait l'impression qu'il voyait tout, devinait tout, comprenait tout. Elle se sentait mise à nu.

— Cet appartement est génial, dit-il enfin. L'as-tu décoré toute seule ?

— Bien sûr que non. J'ai embauché la décoratrice la plus chère du comté et je lui ai recommandé de n'acheter que ce qu'il y avait de mieux.

Il pinça les lèvres.

— Apprends à accepter les compliments, Sarah. Chaque fois que quelqu'un fait l'éloge de tes desserts, tu cours te cacher dans la cuisine.

— Merci.

— À propos, aurais-tu par chance des brioches à la cannelle chez toi ?

— Non, j'évite de me nourrir de pâtisseries.

— Si j'avais tes talents en la matière, j'en mangerais au petit déjeuner, au déjeuner, au goûter et au dîner, répliqua-t-il avec un sourire. As-tu déjà envisagé d'ouvrir ta propre boulangerie-pâtisserie ?

Elle haussa les épaules.

— Il y a longtemps. C'était un rêve de jeunesse. Mais ensuite, la vraie vie te rattrape et tu changes ton fusil d'épaule.

Pour adoucir son commentaire, elle sourit. De terribles souvenirs remontaient à sa mémoire. Des gifles, des coups, des humiliations. Et les mensonges qu'elle devait inventer pour justifier les bleus et les marques rouges sur sa peau...

— Aiden est ma vie, maintenant, poursuivit-elle. Même si j'avais l'argent, je n'aurais pas le temps de me consacrer à ma propre entreprise.

— C'est bien d'avoir des rêves pour soi, tu sais. Même les mamans ont le droit d'en avoir.

— Tu as raison.

Et elle en avait, d'ailleurs. Mais Jamie, qui la connaissait à peine, était le premier à le lui dire. Autrefois, ses parents avaient voulu qu'elle vive pour eux, pour combler leurs attentes, et non pour elle.

— Quoi qu'il en soit, si tu as faim, je serais ravie de te préparer un petit souper. J'aurais aimé qu'Aiden dîne avant de se coucher…, ajouta-t-elle en jetant un coup d'œil vers la chambre de l'enfant.

— Il avait trop sommeil. Mais ne t'inquiète pas pour lui, il se rattrapera demain matin avec son petit déjeuner. Et tu n'as pas à me nourrir.

Il semblait craindre de retirer le pain de la bouche d'Aiden.

— Je te proposais simplement un bol de soupe et des sandwichs. J'ai besoin de manger quelque chose, moi aussi.

— D'accord. Mais alors, laisse-moi t'aider à préparer tout ça.

Elle aurait préféré refuser son aide mais il était déjà debout. Ils travaillèrent en tandem, lui versant la boîte de soupe aux légumes dans la casserole pendant qu'elle s'occupait des sandwichs. Le voir s'activer à ses côtés la ravissait. Lorsqu'elle était mariée à Michael, les plats devaient être sur la table au moment précis où il passait la porte. Sinon, elle le payait cher.

Peu après, ils s'attablèrent face à face.

— Merci pour le dîner, Sarah.

— Je t'en prie. C'est le moins que je puisse faire après cette belle journée.

— Je t'ai dit que tu ne me devais rien. Mais si tu tiens à faire quelque chose pour moi, pourquoi ne pas me raconter l'histoire que tu t'apprêtais à me confier au zoo quand Aiden t'a interrompue ? Ton histoire.

L'estomac soudain noué, elle se mit à mordiller son médaillon. Elle avait pressenti qu'il le lui demanderait si elle l'invitait à rester. Lui avait-elle proposé un café parce qu'elle voulait qu'il connaisse sa vie, du moins en partie ? Avait-elle perdu la tête ?

Jamie était policier. Il était donc la dernière personne auprès de qui s'épancher.

— Mon histoire n'est pas très intéressante. Elle n'a vraiment rien d'extraordinaire.

— J'aime les histoires ordinaires.

Elle ne put réprimer un sourire. Jamie était persuasif, et il devenait terriblement difficile de ne pas partager quelque chose avec lui. Et, quelque part, elle pensait, espérait, qu'il comprendrait.

Elle céda.

— Je te donne la version abrégée, d'accord ? J'ai grandi au sein d'une famille classique. J'étais fille unique, très entourée, protégée et gâtée. À l'adolescence, j'ai rencontré un homme plus âgé que moi dont je suis tombée folle amoureuse. Mes parents ne l'aimaient pas, mais je suis tombée enceinte. Alors je me suis enfuie de la maison et je l'ai épousé. Je venais d'avoir dix-huit ans. Et... Va comprendre... Le prince charmant s'est révélé un pauvre type et le conte de fées s'est mal terminé...

— C'était la version courte, d'accord.

Il jeta un coup d'œil par-dessus son épaule vers la porte fermée de la chambre, comme s'il calculait l'âge d'Aiden et peut-être le sien.

— Une grossesse non désirée alors que tu étais encore adolescente.

Elle inspira et expira lentement plusieurs fois, espérant que son expression ne trahirait rien de son désarroi intérieur.

— En fait, je ne suis pas allée jusqu'au terme. Une fausse couche a interrompu le processus.

— Désolé de l'apprendre.

— Ça arrive.

Elle préférait ne pas en dire davantage. Même des années plus tard, se remémorer dans quelles circonstances elle avait perdu l'enfant qu'elle portait la ravageait.

Il hocha la tête.

— Mais ensuite, Aiden est arrivé et sa naissance a été une grande joie, non ?

— Un bonheur pur.

— À mon avis, ton histoire ne se résume pas à cette version abrégée. Il y a eu autre chose.

Sarah, qui s'apprêtait à boire une gorgée de café, reposa son mug.

— Pourquoi dis-tu cela ?

— Une intuition... Et tous les verrous sur ta porte sont peut-être un indice.

— Ne va pas imaginer Dieu sait quoi. Tu ne connais peut-être pas ce quartier mais, crois-moi, il est loin d'être sûr. En tant que policier, tu devrais me féliciter d'être prudente. Je suis maman célibataire. Je ne veux pas prendre de risques inutiles.

— Oh ! je te félicite de t'entourer d'un maximum de précautions... Mais n'as-tu pas l'impression d'être un peu excessive ?

Elle croisa les bras et riva son regard au sien. Son cœur battait à tout rompre.

— Comment quelqu'un peut-il être excessif en la matière ?

— J'ai le sentiment que tu agis ainsi non par prudence, mais poussée par des peurs irrationnelles...

Craignant de se trahir, elle n'osa répondre.

Aussi poursuivit-il son raisonnement :

— Tu sursautes chaque fois que les clochettes du restaurant tintent.

— Je t'ai déjà expliqué pourquoi. Je...

Il refusa de se laisser interrompre.

— C'est vrai, mais pourquoi réagir à des bruits que tu entends à longueur de journée ? Et ce n'est pas tout. Tu surveilles toujours la porte d'entrée du Casey's Diner... comme si tu redoutais l'arrivée du prochain client.

— Que vas-tu imaginer ? C'est ridicule ! Je fais mon travail, voilà tout. Je guette l'arrivée des gens afin de les accueillir correctement.

— Tu détestes parler d'Aiden, tu n'as jamais envie de le présenter aux uns et aux autres.

Une nouvelle fois, elle ouvrit la bouche pour le couper mais il secoua la tête.

— Tu préfères que les gens ne connaissent pas ton nom de famille... Et sais-tu combien de fois tu as regardé par-dessus ton épaule pendant que nous nous baladions au zoo ?

— Pas tant que ça.

Elle avait tort de se justifier. Et d'abord, pourquoi lui faisait-il toutes ces remarques ? Le fait qu'il lui ait révélé ses secrets, ses blessures intimes, ne lui donnait pas le droit d'exiger qu'elle se confie à son tour même si, un instant, elle avait été tentée de le faire. En outre, il approchait trop de la vérité. Et s'il découvrait tout ? se demanda-t-elle, la gorge serrée. Parviendrait-elle à protéger Aiden si Jamie connaissait sa situation ?

Pourquoi n'avait-elle pas suivi son instinct et ne lui avait-elle pas dit au revoir en descendant de la voiture ?

— Je t'ai dit pourquoi je fais attention. J'essaie d'être une maman responsable. De protéger mon fils.

De nouveau, elle le regarda en face. C'était la réponse la plus honnête qu'elle lui ait faite de la journée. Elle le défiait d'en douter et de poursuivre son interrogatoire.

Il parut hésiter mais finit par lancer :

— Est-ce tout ? Ou cherches-tu à échapper à la police ? À la justice ?

9

En voyant Sarah battre des paupières, détourner les yeux et baisser la tête, Jamie, le cœur serré, reconnut les signes révélateurs de mensonges. Il avait été formé à repérer les suspects qui tentaient de le mener en bateau. Pourtant, il était prêt à croire tout ce qu'elle lui raconterait. Il en avait besoin et, manifestement, elle encore plus que lui.

Cependant, au lieu de répondre, elle botta en touche.

— M'imagines-tu assez bête pour passer du temps avec un inspecteur de police si j'étais en cavale ?

Il aurait pu lui faire remarquer qu'elle ne l'avait pas fait volontairement. Qu'il avait fallu que lui-même, Aiden et même Ted insistent lourdement pour qu'elle finisse par accepter cette sortie au zoo. Il se contenta de sourire.

— En cavale ? Tu regardes beaucoup de séries policières à la télévision, non ? En tout cas, tu as raison. Ce ne serait pas très malin de ta part.

Ou, au contraire, ça pourrait être très intelligent, lui souffla une voix intérieure. *Quelle meilleure façon de se cacher qu'en vivant normalement au vu et au su de tous ?* Suivait-elle le vieil adage qui conseillait de se tenir à proximité de ses ennemis pour éviter les ennuis ? Il devait admettre que l'idée n'était pas mauvaise même si, techniquement, elle n'était pas venue le chercher.

Quoi qu'il en soit, il la connaissait à peine et n'avait pas prévenu ses supérieurs qu'il menait des investigations sur elle. Que ferait-il s'il découvrait qu'elle était une criminelle en fuite ?

Comme elle se levait pour débarrasser la table, il se leva à son tour.

— Laisse-moi t'aider.

Il s'empara d'un torchon et essuya la vaisselle qu'elle s'était mis à laver.

S'ils avaient partagé un bon moment en préparant le repas, il régnait à présent entre eux une désagréable tension. Quand leurs bras se heurtèrent par mégarde, elle sursauta au point de laisser retomber dans l'eau savonneuse le bol qu'elle venait de rincer.

— Désolé, dit-il.

— Pas de problème, répondit-elle sans le regarder.

Depuis qu'elle lui avait assuré qu'elle ne commettrait pas l'erreur de passer du temps avec un flic si elle avait quelque chose à se reprocher, elle fuyait son regard. Pourtant, incapable de s'en empêcher, elle jeta un coup d'œil par-dessus son épaule pour s'assurer une fois de plus que la porte d'entrée était fermée, les verrous bien tirés.

Comme elle reportait son attention sur sa vaisselle, il finit par lancer :

— Dis-moi la vérité, Sarah. Si tu n'as pas peur de la police, alors de quoi ou de qui te caches-tu ? Est-ce... de lui ?

Cette fois, elle émit un gémissement et la carafe qu'elle venait de saisir lui échappa des mains et se brisa sur le carrelage. Des éclats de verre volèrent en tous sens.

Sarah s'agrippa au bord de l'évier. Fermant les paupières, elle baissa la tête, et ses épaules s'affaissèrent.

Soudain, des bribes de souvenirs revinrent à l'esprit de Jamie. Il revit ses yeux de bête traquée, cet air affolé qu'elle avait lorsqu'elle pensait que personne ne faisait attention à elle. En fait, elle arborait en permanence cette expression, même s'il avait été longtemps trop aveuglé par sa beauté pour le remarquer. Il se remémora sa réaction apeurée chaque fois que les clochettes de la porte du restaurant se mettaient en branle. En un éclair, il comprit tout.

La ravissante Sarah, qui hantait ses pensées et ses rêves, faisait partie de ces malheureuses, victimes de leurs conjoints, maltraitées par leurs maris ou leurs compagnons. Elle avait été une femme battue, il en eut soudain la certitude. Et si elle avait réussi à fuir son bourreau, quand tant d'autres subissaient les coups jusqu'à la mort, elle en avait évidemment gardé des séquelles.

En la voyant trembler de tous ses membres, il eut envie de la prendre dans ses bras mais il sentait qu'elle ne l'accepterait pas. Un tel rapprochement était prématuré. Aussi tira-t-il une chaise et l'invita-t-il à s'asseoir.

Comme elle montrait les morceaux de verre répandus sur le sol, il sourit.

— Je m'en charge.

De sa chaise, elle tenta de protester.

— Je peux m'en occuper, tu sais.

Rapidement, il balaya les débris et les jeta à la poubelle.

— Je sais. Mais laisse-moi t'aider, d'accord ?

Il ne parlait pas uniquement de la carafe brisée, et elle le comprit sans doute parce qu'elle l'observa un moment en silence, tout en paraissant réfléchir à sa proposition. Quelques battements de cœur plus tard, son menton s'abaissa soudain comme si le poids de ses secrets était devenu trop lourd.

Elle prononça si doucement son : « D'accord » qu'il ne l'aurait pas entendu s'il n'avait été à l'affût du moindre son émanant d'elle.

Alors qu'il prenait pleinement conscience de ce qu'elle avait vécu, une fureur froide l'envahit tout à coup. Il sentit son visage et son cou s'embraser. Comment un homme qu'elle avait aimé, épousé, en qui elle avait eu confiance, avait-il pu la trahir ainsi ? Oser lever la main sur elle ? Et pourquoi personne n'avait-il empêché ce salopard de la frapper ?

— Que t'a-t-il fait, Sarah ? murmura-t-il en s'installant en face d'elle.

Incapable de se l'interdire, il lui prit la main. La sentant frémir, il n'insista pas.

— Où est-il, maintenant ? demanda-t-il.

— En ce moment ? répondit-elle en jetant un coup d'œil à l'horloge murale. Probablement dans sa cellule pour la nuit.

— Il est en prison ?

— Oui.

Il se détendit un peu. Au moins, ce sale type n'avait-il plus la possibilité de lui faire du mal. En tout cas, pour l'instant. Cela dit, il ne se leurrait pas. Connaissant les lacunes du système judiciaire, il savait que de nombreux criminels n'écopaient pas des peines qu'ils auraient pourtant amplement méritées ou ne les purgeaient pas dans leur totalité.

Trop nerveux pour rester assis, il se leva et commença à arpenter le salon. Comme il se retournait, il la surprit les yeux rivés sur lui ou plutôt sur ses poings. Devinant sa peur, il s'obligea à les desserrer.

Il ne voulait pas que Sarah pense que tous les hommes ne savaient s'exprimer qu'avec leurs poings.

— Désolé. En tout cas, comme je le pensais, tu ne m'as pas raconté toute ton histoire...

— J'ai peut-être omis quelques détails.

— Acceptes-tu de remplir ces blancs, à présent ?

— La condamnation d'un mari à plusieurs années de prison, par exemple ?

— Et pourquoi ne pas me raconter toute l'histoire ?

Avant de répondre, elle examina un moment ses longues mains, après quoi elle lui fit signe de retourner à table. Il s'assit et attendit qu'elle parle.

Elle s'éclaircit la voix.

— Mon histoire est d'une banalité affligeante. Tu m'as dit que les signes révélateurs de la dépression de ton frère t'avaient échappé. Eh bien, si j'avais consulté la liste des signes permettant de suspecter un compagnon maltraitant, de repérer un pervers narcissique, j'aurais compris que Michael en était l'illustration parfaite. Malheureusement, à l'époque, j'étais passée complètement à côté.

Son expression s'assombrit puis, s'emparant de son médaillon, elle commença à le mordiller.

— Quels signes avant-coureurs auraient-ils dû te mettre

la puce à l'oreille ? demanda-t-il. Un juge lui avait-il interdit d'approcher ses dernières petites amies ?

Elle se confiait enfin, et même si chaque mot lui faisait l'effet d'un coup de poignard en plein ventre, il était décidé à la faire parler. Il voulait savoir.

— Non, mais il rendait chacune d'elles responsable de la rupture, accusation qui aurait dû m'alerter. Mais surtout, à partir du moment où nous avons commencé à sortir ensemble – j'avais seize ans et lui vingt et un —, il s'est mis à contrôler mes faits et gestes, à me surveiller. Il ne supportait pas que je passe du temps avec mes amies. Il me culpabilisait, me répétait qu'il souffrait de ne pas suffire à mon bonheur.

Jamie savait que les pervers narcissiques étaient de grands manipulateurs et qu'ils s'efforçaient d'isoler leurs proies du reste du monde pour affermir leur emprise.

Sarah poursuivit :

— Il m'envoyait en permanence des textos et m'appelait tout le temps pour vérifier où j'étais, ce que je faisais. Il lisait mes SMS et mes mails. Il faisait sans cesse pression sur moi pour que je fasse l'amour… jusqu'à ce que je lui cède.

Jamie rêvait déjà d'étrangler ce salopard.

— Je comprends que tu ne te sois pas inquiétée, dit-il, pince-sans-rire. Il se comportait comme un homme amoureux.

Plaisanter, même si la situation ne prêtait pas à rire, valait mieux que frapper le mur.

Elle sourit.

— D'autres avaient compris, eux. À commencer par mes parents. Mes amies. Mes professeurs. Mon père et ma mère m'avaient demandé de rompre avec lui.

— Ce qui t'a donné encore plus envie de défendre ton petit chéri incompris.

— As-tu déjà entendu cette histoire ?

Il hocha la tête. Il connaissait par cœur les comportements des manipulateurs.

— En tout cas, tu as raison, reprit-elle. Je prenais sa défense, je leur disais qu'ils ne le connaissaient pas. À l'époque, il ne levait jamais la main sur moi. Il lui arrivait de me serrer le bras un peu trop fort, mais je me disais que je l'avais cherché, provoqué.

Elle frissonna.

— Quand je suis tombée enceinte à l'âge de dix-sept ans, mes parents ont tenté de m'empêcher de me marier. Ils m'ont dit qu'ils me soutiendraient, qu'ils m'aideraient à élever le bébé… à condition que je quitte Michael, que je m'éloigne de lui. Je n'aurais jamais imaginé qu'ils me rayeraient un jour de leur vie mais lorsque, une semaine après avoir fêté mes dix-huit ans, j'ai épousé Michael, ils l'ont fait. Ils ont coupé brutalement les ponts…

— Combien de temps après a-t-il commencé à te frapper ?

— Dès qu'il a compris que mes parents ne nous aideraient pas financièrement, malgré le bébé à venir, il a changé. Et il est très vite devenu violent.

— Mais tu m'as dit que tu avais perdu le bébé…

Elle hocha la tête, les yeux remplis de larmes.

— Quelques semaines après notre mariage, oui.

Il fut tenté de demander si cette fausse couche correspondait au début des violences physiques mais y renonça.

— Es-tu allée porter plainte quand les coups ont commencé à pleuvoir ?

— Non, j'avais trop honte. Et au début, il regrettait sa violence, ses dérapages. Il disait qu'il était désolé. Il me promettait de ne plus jamais recommencer.

Elle leva le menton.

— Et avant que tu poses la question, je n'ai pas essayé de partir, de le quitter. De toute façon, je n'avais nulle part où aller. Mes parents m'avaient fermé leur porte, et je pensais que la police ne ferait rien pour moi non plus.

— Beaucoup de victimes croient ce genre de chose.

— Parfois, elles ont raison.

Des personnes à qui elle avait fait confiance l'avaient-elles trahie ? se demanda-t-il. La police avait-elle refusé de l'entendre ? Pourquoi avait-elle été persuadée qu'elle ne pouvait s'appuyer sur personne ?

— Tes parents ne t'auraient-ils pas aidée si tu les avais sollicités ?

— J'étais incapable de leur demander quoi que ce soit. J'étais trop gênée. Et je m'étais coupée de tous mes amis. À l'exception d'une seule. Tonya.

Elle sourit en prononçant son prénom.

— Tonya avait refusé de me laisser l'écarter et m'avait toujours dit qu'elle serait là quand je serais prête, quand j'aurais besoin d'elle. Mais, à l'époque, je n'avais pas le cran de quitter mon mari.

— T'aurait-il laissée partir, si tu avais essayé de t'enfuir ?

— Au début, il jurait qu'il se tuerait si je le quittais. Plus tard, qu'il ne me laisserait pas vivre sans lui. Mais plus il devenait violent, plus il me couvrait de bleus et de plaies, plus je prenais conscience de la situation. Et le jour où il m'a brisé deux dents et une côte, j'ai compris qu'il finirait par me tuer.

Elle se frotta machinalement le bras du bout du pouce. Une autre des habitudes qu'elle avait au travail. Maintenant, il se demandait ce que dissimulait cette manche.

— La dernière fois qu'il m'a frappée, j'ai vraiment failli mourir.

Une vision du corps de Sarah à la morgue, ouvert par un médecin légiste, lui traversa soudain l'esprit. Au cours de sa carrière, il avait assisté à plusieurs reprises à l'autopsie d'une malheureuse, morte sous les coups de son conjoint. Imaginer Sarah subissant le même sort lui était insupportable.

Elle dut sentir son malaise, car elle murmura :

— Pardon. Je ne voulais pas t'en raconter autant.

— Je t'avais demandé la version longue.

— C'est vrai, mais connaître les détails sordides ne te fera aucun bien.

Il aurait dû être capable de les entendre. Il était inspecteur de police, témoin en permanence de la violence des hommes. Il avait vu de terribles accidents de la route, des fusillades meurtrières. Chaque fois, il avait su prendre des distances, rester détaché, professionnel. Mais là, il s'agissait de Sarah. Penser à la façon dont toute son histoire aurait pu se terminer le glaçait.

— Puisqu'il est en prison, dit-il, j'imagine qu'il a été condamné pour tentative de meurtre au premier degré et pour violences conjugales, non ?

Elle poussa un soupir.

— As-tu vraiment envie d'entendre la réponse ? Elle ne te plaira pas...

Il fronça les sourcils.

— Pourquoi ? Qu'a-t-il plaidé ? A-t-il réussi à convaincre un juge que tout ce qu'il te faisait subir n'était que peccadilles ?

— Il n'a pas eu à le faire. En fait, il n'a jamais été accusé d'aucun crime envers moi.

— Comment est-ce possible ? Es-tu tombée sur un de ces policiers d'une autre époque qui t'a accusée de lui faire perdre son temps ? Qui t'a assurée que tu retirerais ta plainte dès que tu te serais réconciliée avec ton mari ?

— Pire. Les flics l'ont protégé, lui. Michael était leur indic. Ils l'avaient surpris un jour en train de vendre de la drogue à des adolescents. Officiellement, il était dépanneur dans une entreprise de photocopieuses en contrat avec les écoles de la région. Bref, en échange de sa liberté, les Stups l'ont fait travailler pour eux. Voilà pourquoi, lorsque, après deux semaines passées à l'hôpital, j'ai été enfin prête à me battre, à porter plainte...

— ... Ils ont annulé les accusations qui pesaient contre lui pour que leur informateur ne se retrouve pas derrière les barreaux. Ils ne voulaient pas compromettre leur enquête, c'est ça ?

— Comment as-tu deviné ? demanda-t-elle avec tristesse.

Il ne put que secouer la tête.

— Je suis vraiment désolé.

— Tant qu'il continuait à leur fournir des renseignements utiles sur son réseau de trafiquants, il était considéré comme une mine d'or. Mais il a dû les doubler d'une façon ou d'une autre parce qu'il s'est retrouvé en prison, pour finir.

— Pour trafic de stupéfiants ?

Elle opina.

— Un crime puni de six, voire douze ans de prison. Il a pris le minimum, il a eu de la chance. S'il avait été accusé d'avoir mené ses activités près d'une école, sa peine aurait été doublée. De mon côté, j'ai eu la chance de tomber sur un juge compatissant, qui m'a accordé le divorce alors que Michael était incarcéré. En principe, la loi l'interdit mais quand je lui ai montré les rapports de police classés sans suite et les photos...

Elle s'interrompit, haussant les épaules.

— J'ai quand même dû attendre la naissance d'Aiden pour que le divorce soit officiellement prononcé.

— Au moins, ton ex n'a-t-il pas eu l'occasion de s'en prendre à lui.

— Il n'aura jamais la possibilité de lever la main sur mon fils.

La déclaration de Sarah le perturba. Il devinait qu'elle irait très loin, jusqu'au bout, pour protéger l'enfant.

Elle semblait si déterminée qu'il ne put se résoudre à lui faire remarquer que son ex-mari n'avait pas été condamné à la prison à perpétuité et que, à sa libération, il se verrait certainement accorder un droit de visite. Il connaissait des cas où même des prédateurs reconnus coupables de pédophilie avaient été autorisés à accueillir chez eux leur progéniture en sortant de prison. Sarah n'aurait pas la possibilité de l'empêcher de voir leur fils.

— Mais puisqu'il est derrière les barreaux, pourquoi regardes-tu toujours par-dessus ton épaule ? C'est incompréhensible.

— Les vieilles habitudes ont la vie dure, je suppose. Et peut-être aussi parce que Michael m'a toujours dit que ses sbires me surveillaient en permanence. Il voulait être sûr que je n'irais jamais voir ailleurs. Nous avons divorcé, mais il ne tolérerait pas qu'un autre me touche.

— Même en prison, il continue à te contrôler, dit-il.

Elle s'humecta les lèvres.

— J'ai toujours l'impression que l'un de ses hommes est au coin de la rue à m'attendre.

— Ça doit être affreux de vivre ainsi sur le qui-vive. En tout cas, si un jour tu te sens menacée, n'hésite pas à m'appeler. À tout moment.

Elle lui sourit.

— Merci. C'est gentil à toi de le proposer, mais...

— J'ai vraiment l'impression que tout le monde t'a trahie, laissée tomber. Ton ex-mari, bien sûr, mais aussi tes parents qui t'ont coupé les vivres quand tu avais besoin de leur aide.

Et ces policiers qui ne t'ont pas protégée des violences que tu subissais… Pas étonnant que tu détestes les flics, ajouta-t-il avec une grimace. S'il te plaît, dis-moi que ces ripoux n'étaient pas du Michigan.

Elle secoua la tête.

— De l'Illinois. Et je n'ai jamais dit que je détestais les flics.

— Tu n'as pas eu à le dire.

Bien sûr, elle ne pouvait que se sentir mal à l'aise avec des policiers qui lui rappelaient forcément ceux qui avaient préféré défendre un indic plutôt qu'une victime de maltraitance, se dit-il.

— En tout cas, je ne déteste pas *tous* les flics.

Sa voix le tira de ses pensées. Il devait se reprendre et se concentrer sur les détails qu'elle lui donnait… afin d'obtenir par la suite confirmation de son histoire. Après tout, il ne devait pas y avoir tant de Michael Cline purgeant une peine de prison pour trafic de drogue dans l'Illinois. Ni de nombreux dossiers de divorce opposant un Michael Cline à une Sarah Cline. Mais il ne voyait que les mains fines de Sarah entre les siennes, leurs doigts entrelacés.

À quel moment s'était-il permis ce geste ? Il n'arrivait pas à décider ce qui le bouleversait le plus : qu'il l'ait osé ou qu'elle l'ait laissé faire.

Incapable de résister à la tentation, il se mit à caresser sa main du pouce. Sa peau était aussi douce qu'il l'avait imaginé. Ses yeux étaient plus sombres maintenant, ses cernes presque mauves.

Le temps suspendit son vol et Jamie serait resté éternellement ainsi, à la regarder tout en lui effleurant la peau. Mais, un instant plus tard, Sarah se libéra de son emprise.

En dépit de ce mouvement de retrait, il sentit que quelque chose avait changé. L'atmosphère semblait plus chaude. Plus intime. Pour la première fois, ils avaient passé une heure ensemble, en tête à tête, avec Aiden qui dormait dans la pièce voisine.

Un homme et une femme. Seuls.

Sarah en était forcément aussi consciente que lui, songea-t-il.

Elle finit par se lever.

— Il se fait tard.

— Tu as raison, je vais te laisser.

Lorsqu'elle se dirigea vers la porte, il la suivit à regret en récupérant sa veste au passage.

Elle avait déjà la main sur la poignée de la porte lorsqu'il le rejoignit dans l'entrée. Cela dit, le geste était surtout symbolique. Pour lui permettre de partir, elle devrait débloquer toutes les serrures.

— Merci encore, dit-elle en évitant son regard. Pour tout. Aiden a passé un moment merveilleux.

— J'en suis heureux.

— Et moi aussi.

— Alors, ce fut vraiment une journée parfaite.

Et elle l'avait été. D'autant que Sarah lui avait finalement confié tous ses secrets. Tous ? Son scepticisme naturel, associé à son expérience de policier, le poussait à en douter. Il voulait croire qu'elle lui avait tout raconté, mais il savait à quel point il était difficile d'accorder sa confiance à quelqu'un après une trahison.

— Merci d'avoir écouté mon histoire et d'avoir partagé la tienne, ajouta-t-il. Merci de m'avoir fait confiance. Mais il y a encore une chose que je voudrais te dire.

Il prit son courage à deux mains pour prononcer les mots qui lui brûlaient les lèvres… au cas où elle ne lui donnerait pas, par la suite, une autre possibilité de le faire.

— Tu mérites beaucoup plus que ce que la vie t'a donné jusqu'ici, Sarah. Tu mérites d'avoir à tes côtés quelqu'un qui croit en toi, qui t'écoute, qui te chérit et te fait totalement confiance.

Il se demanda s'il pouvait être cet homme-là, alors même qu'il envisageait de vérifier son histoire.

— Je te sais forte, poursuivit-il. Courageuse. Tu devais l'être pour réussir à le quitter, à partir. À te reconstruire, à bâtir une autre existence pour ton fils et pour toi. Et alors que tu n'avais personne vers qui te tourner.

Il s'interrompit et prit une profonde inspiration avant d'ajouter :

— Mais tu n'es pas obligée d'être seule.

Il se prépara à la voir reculer, se fermer, mais elle n'esquissa pas un mouvement. Leurs regards se cherchèrent, se trouvèrent et ne se quittèrent plus. Avait-elle avancé vers lui ou en avait-il simplement l'impression ? Prenait-il ses désirs pour la réalité ?

Tout à coup, le besoin impérieux de le prendre dans ses bras le souleva. Il le désirait si fort qu'il en avait mal, mais il s'interdit de faire un geste vers elle. Sarah n'était pas n'importe qui. Il ne se permettrait pas de la toucher sans son accord.

Il s'éclaircit la voix.

— Sarah, m'autorises-tu à... Cela te dérangerait-il que je...

Sa question mourut sur ses lèvres lorsqu'elle fit un pas vers lui. Elle était si proche maintenant qu'il sentait les fragrances de son shampooing lui chatouiller les narines. Ce parfum évoquait un champ de fleurs sauvages. Le souffle de Sarah caressa sa peau.

Il se serait contenté de ce moment de grâce, du privilège de se tenir tout près d'une femme qui avait tout d'une déesse à ses yeux.

Puis, soudain, elle se hissa sur la pointe des pieds pour poser ses lèvres sur les siennes. Bouleversé, il resta un instant pétrifié mais son cœur battait à grands coups dans sa poitrine.

Il s'attendait à ce qu'elle s'écarte de lui, qu'elle le repousse. De toute façon, il ne savait pas très bien si ce baiser avait une quelconque réalité ou s'il l'avait rêvé. Cependant, lorsque ses lèvres effleurèrent les siennes une seconde fois, il fut incapable de réprimer plus longtemps la passion qui le dévorait.

Instinctivement, il ouvrit les bras pour l'enlacer, et elle se blottit contre son cœur avec aisance, comme s'ils avaient répété cette chorégraphie pendant toute une vie. Cette fois, il prit sa bouche. De nouveau, il craignit qu'elle refuse cette intrusion et le repousse. Au lieu de cela, elle lui rendit son baiser. Il le vécut comme un cadeau. De bienvenue.

Il s'efforçait de rester maître de lui. Encore un baiser, et il s'en irait, décida-t-il. Mais elle l'étreignit alors plus fort. Quand leurs langues entamèrent une danse sensuelle, il crut devenir fou de bonheur.

Pendant un long et délicieux moment, il l'embrassa, se délectant de la chaleur de sa bouche.

Il la sentait contre lui, ses douces courbes se moulant à son corps, ses cheveux soyeux caressant ses joues. Lorsqu'elle poussa un petit gémissement de plaisir, il faillit perdre la tête. Plus étonnant encore, les beaux bras de Sarah se nouèrent autour de son cou tandis qu'elle l'embrassait avec fougue, se donnant tout entière dans ce baiser.

Jusqu'à ce qu'elle s'arrête.

Elle ne recula pas brusquement ; sa retraite fut plus subtile. L'étreinte de ses bras se desserra doucement, et leurs lèvres se séparèrent lentement.

Il lâcha aussitôt sa taille et fit un pas en arrière.

— Désolé, dit-il.

— Je pense que tu devrais y aller.

— Vraiment, Sarah, je suis désolé. Je n'aurais pas dû...

— Ça va. Mais vas-y, maintenant.

Il se reprocha immédiatement ce qui venait de se passer. Qu'avait-il fait ? Peu importait qu'elle l'ait embrassé en premier. Elle était vulnérable. Il le savait, pourtant. Il n'avait pas le droit d'abuser de sa faiblesse. Il avait espéré être pour elle un ami, un refuge, un lieu sûr, et il venait de lui prouver qu'elle n'était en sécurité nulle part.

Il ramassa sa veste qu'il avait laissée tomber, puis se tourna vers la porte, et commença à tirer les verrous.

Avant de sortir, il se tourna vers elle.

— Je parlais sérieusement, Sarah. Tu n'es pas obligée d'être seule. Je suis là, je serai toujours là pour toi.

Sans le regarder, elle attendit qu'il parte et referma alors la porte derrière lui.

Le bruit de la serrure et le claquement des verrous lui sembla plus glaçant qu'auparavant. Peut-être parce que, cette fois, il se trouvait à l'extérieur de l'appartement.

10

Sarah posa le front contre la porte. Ni son épaisseur ni la ribambelle de verrous qui la fermaient ne parvenaient à contenir son désir d'être de l'autre côté. Avec Jamie.

Qu'as-tu fait ? As-tu perdu la tête ?

En tout cas, elle perdait son instinct de survie, se reprocha-t-elle. Pourtant, au lieu de tenter de se ressaisir, elle se demandait si Jamie était toujours derrière la porte, à essayer de comprendre les événements de la soirée, ou s'il avait déjà regagné sa voiture. Il vaudrait mieux qu'il oublie tout ce qui s'était passé entre eux mais une partie d'elle n'avait aucune envie qu'il l'oublie.

Elle s'éloigna de l'entrée. Loin de Jamie, elle avait froid, soudain. Elle s'était toujours sentie à l'étroit dans son minuscule appartement mais à présent, les murs semblaient se refermer sur elle.

Elle avait le moral à zéro et ne pouvait s'en prendre qu'à elle-même. Depuis qu'elle avait bêtement glissé ce petit billet à Jamie alors qu'il dînait au restaurant, elle multipliait les erreurs avec lui. Elle savait pourtant qu'elle ne devait laisser personne s'approcher trop d'Aiden ou d'elle. Et surtout pas un homme. Encore moins un policier. Alors pourquoi avait-elle invité Jamie à entrer dans leur vie ? En lui déroulant de surcroît le tapis rouge ? Certes, elle avait envie de nouer avec lui des relations basées sur la réalité, sur la vérité, et non sur des mensonges. Mais le jeu en valait-il la chandelle ? Elle prenait un risque énorme.

Non seulement, elle lui avait presque tout raconté, ce soir, mais comme si ça ne suffisait pas, elle l'avait embrassé. Malgré son peu d'expérience dans ce domaine – elle n'avait connu qu'un homme avant lui –, elle avait fait le premier pas.

Pourquoi ? Que lui arrivait-il ?

Les réponses étaient évidentes : parce qu'elle en mourait d'envie ! Et qu'il lui ait demandé l'autorisation de l'embrasser l'avait touchée au cœur. Sa délicatesse l'avait rendu irrésistible.

Incapable de s'en empêcher, elle caressa ses lèvres du bout des doigts. Au souvenir de ce baiser, un long frisson la parcourut. Elle n'avait jamais été embrassée de cette façon auparavant. Aussi tendrement. Aussi fougueusement. Aussi... amoureusement. Si Jamie avait laissé entendre qu'il n'était pas très expérimenté en la matière, il l'avait en tout cas étreinte comme s'il la comprenait. Avec douceur, avec respect, avec amour. Et ses baisers lui avaient donné encore plus envie de lui. Il n'était pourtant pas question de céder à cette tentation.

La femme sensuelle en elle qu'elle croyait morte n'avait donc été qu'endormie et, à présent, elle se réveillait sous la magie d'un baiser comme une Blanche-Neige des temps modernes. Elle secoua la tête. Sa vie lui avait amplement prouvé que les contes de fées n'existaient pas. Le prince charmant qu'elle avait épousé s'était révélé un monstre, et aucune fée ne l'avait protégée de sa cruauté. Néanmoins, elle ne pouvait nier qu'au contact de Jamie elle avait l'impression de sortir d'un long sommeil. Sa sensualité s'éveillait. Lorsqu'il avait posé les mains sur ses bras, elle avait eu envie qu'il les promène partout sur elle.

Prendre conscience du fait qu'elle désirait cet homme envers et contre tout la perturbait. Elle retourna au salon et fronça les sourcils, gênée par le peu de lumière que diffusait la lampe du coin cuisine. Elle actionna le commutateur pour allumer le plafonnier. Sous cet éclairage vif, toutes les imperfections de la pièce apparurent. L'endroit n'avait plus rien d'un cocon romantique. Dans l'espoir de recouvrer ses esprits, elle se mit à ranger les jouets et les livres d'Aiden à leur place, à remuer les coussins.

Toute cette activité ne parvint cependant pas à chasser de son esprit les sentiments défendus et les frissons interdits. Elle se remémorait la caresse des lèvres de Jamie sur les siennes. La

…e pression de sa main sur le bas de son dos alors qu'il la …quait contre lui pour lui faire comprendre qu'elle n'était pas la seule à avoir envie d'aller plus loin.

N'aurait-elle pas dû en être terrifiée ? Surtout, pourquoi se laissait-elle troubler par cet homme ? Et pourquoi maintenant ? Elle tenta de se persuader que sa longue solitude l'avait affamée, la poussant à présent dans les bras du premier venu. Mais elle se mentait, elle le savait bien. Non seulement, elle était heureuse, seule avec Aiden, mais son unique expérience avec un homme ayant été désastreuse, elle n'avait jamais envisagé de la réitérer. Jusqu'alors, elle n'avait jamais eu envie de se jeter dans les bras d'un quasi-inconnu pour assouvir des pulsions sexuelles – pulsions qu'elle ne ressentait pas, en réalité.

Les caresses des mains de Jamie sur sa peau avaient été tendres et respectueuses, elle ne pouvait le nier. Il avait su l'émouvoir, la mettre en confiance, lui donner faim. Pourquoi Jamie Donovan l'attirait-il à ce point alors qu'elle aurait dû le repousser énergiquement ? Avait-elle été touchée par sa vulnérabilité lorsqu'il lui avait parlé de son frère ? Ou par sa force tranquille, qui lui permettait d'être pleinement viril sans avoir besoin de le prouver avec ses poings ?

Au souvenir de Jamie, les mâchoires serrées, s'efforçant de détendre ses mains, elle se demanda si, finalement, il était si différent de Michael. Bien sûr, il avait eu envie de s'en prendre à son ex-mari parce qu'il lui reprochait de l'avoir maltraitée mais, visiblement, lui aussi semblait avoir du mal à maîtriser sa colère…

Au fond de son cœur, une petite voix lui soufflait que, au contraire, les deux hommes étaient très différents l'un de l'autre, mais elle refusait de l'entendre. Elle ne pouvait se permettre d'idéaliser Jamie, de romancer son comportement, de se leurrer en croyant qu'il ne la traiterait jamais comme Michael l'avait traitée.

À la pensée de son ex-mari, sa bouche devint sèche. Avait-elle oublié pourquoi Aiden et elle étaient en fuite, pourquoi ils vivaient dans un tel dénuement ? Avait-elle oublié que les sbires de Michael la cherchaient sans doute dans tout le pays et parviendraient peut-être à la ramener, ainsi qu'Aiden, à son ancienne vie ? Avait-elle oublié que le risque était si grand qu'elle n'osait même pas appeler son fils par son vrai prénom ?

Elle s'était imaginé qu'elle avait grandi, mûri, qu'elle avait appris de ses erreurs. Qu'elle était à présent plus forte, plus intelligente. Pourtant, elle venait de se prouver qu'elle n'était pas très différente de l'adolescente irréfléchie de naguère qui avait payé très cher ses élans amoureux. Combien de détails avait-elle révélés à Jamie aujourd'hui sans y prendre garde ? Lui en avait-elle dit assez pour lui permettre d'identifier Michael, même si elle ne lui avait pas donné son véritable nom ? Assez pour déclencher une série d'événements qui ramèneraient l'homme de ses cauchemars dans sa vie et celle d'Aiden ? S'était-elle autant confiée parce que, quelque part, elle voulait se faire pincer ?

Elle sursauta à la vue d'Aiden qui se tenait sur le seuil de sa chambre. Pieds nus, les cheveux en bataille, le haut de son pyjama relevé sur le ventre, il semblait encore à moitié endormi.

— Que fais-tu, mon petit homme ?

— J'ai faim, dit-il en se frottant les yeux.

Elle était vraiment une mère en dessous de tout, se reprocha-t-elle. Elle l'avait laissé se nourrir de cochonneries toute la journée et se coucher sans dîner. Pire, en s'épanchant auprès de Jamie, elle l'avait exposé. Comment avait-elle osé faire une chose pareille à son fils qu'elle aimait plus que tout ?

— Viens, chéri, installe-toi à table. Je vais te préparer quelque chose.

Elle sortit du pain, de la confiture de fraises et du beurre de cacahuète et lui prépara un sandwich. Elle éplucha quelques carottes pour compléter le repas puis lui coupa une pomme en quartiers.

Quand elle posa l'assiette sur la table, Aiden commença à manger puis s'interrompit et regarda autour de lui.

— Où est M. Jamie ?

— Il est rentré chez lui.

Ses yeux se remplirent de larmes et il laissa tomber son sandwich.

— Pourquoi ? Je voulais pas qu'il parte. Pas encore.

Elle passa les doigts dans les cheveux de son petit garçon, mais il se hérissa à son contact. Il était fatigué après sa journée d'aventures et, surtout, il ignorait tout des règles de bienséance qui régissaient les relations entre les mamans célibataires et les invités masculins. Cependant, la réaction de l'enfant lui prouvait qu'elle n'aurait pas dû le laisser nouer des relations trop étroites avec Jamie. Mieux valait qu'Aiden ne voie pas en lui une figure paternelle, ni qu'elle-même le prenne pour un prince charmant.

— Il était tard, chéri, il est donc parti pour aller dormir dans sa maison. Mais nous avons passé une bonne journée avec lui, n'est-ce pas ?

Qu'elle avait appréciée plus qu'elle ne l'aurait dû.

— Mais, maman, je veux M. Jamie !

— Je le sais bien, chéri.

Elle soupira. Malgré les risques, elle aussi avait très envie d'être avec Jamie. Elle rêvait de se blottir de nouveau entre ses bras puissants et d'aider un être humain brisé par la vie à se pardonner.

Or, rien de tout cela n'arriverait. Jamie lui avait peut-être paru différent des policiers qu'elle avait rencontrés au cours de son existence. Ou de n'importe quel homme croisé dans sa vie. Cela ne voulait pas dire qu'elle avait le droit de risquer la sécurité d'Aiden pour être avec lui. Son fils était sa priorité, son unique priorité.

Elle désigna le sandwich auquel il avait à peine touché.

— Tu n'as pas faim ?

Il repoussa son assiette.

— Plus maintenant, dit-il d'une toute petite voix.

— Bien, allons te remettre au lit, alors.

Elle lui tendit la main et il la prit. Tout en le guidant vers sa chambre, elle mesura la signification et surtout la portée de ce geste. Depuis sa naissance, Aiden comptait sur elle pour le protéger. Et elle le défendrait toujours, peu importe le prix.

Le prix était très élevé. Et un de ses côtés égoïstes aurait voulu faire passer ses désirs de femme en premier. Mais même en imaginant qu'elle soit capable de jouer avec sa propre vie, celle d'Aiden était sacrée.

Donc, pour cette raison et pour une foule d'autres, son fils ne passerait désormais plus autant de temps avec Jamie.

Et elle non plus.

11

Michael pressa la sonnette du petit pavillon en brique. Des jardinières, remplies de tulipes et de marguerites en plastique, ornaient les fenêtres. Sans doute étaient-elles destinées à faire croire qu'il n'y avait pas d'hiver dans le Midwest.

Il savait qu'elle était chez elle ; il avait attendu toute la journée dans sa voiture de location garée au bout de la rue qu'elle revienne du travail. Rester prostré dans un habitacle minuscule par ce froid polaire l'avait mis d'une humeur de chien. Conscient qu'il valait mieux ne pas attirer l'attention sur lui, il s'était interdit de l'aborder dès qu'elle s'était garée. Il l'avait regardée entrer dans la maison, il avait compté jusqu'à cent avant d'aller sonner.

Le sourire chaleureux qui éclairait son visage lorsqu'elle lui ouvrit s'effaça dès qu'elle le reconnut. Elle changea aussitôt de couleur. La meilleure amie de sa femme savait quelque chose. Il était prêt à parier sa fortune là-dessus.

— Michael ? C'est bien toi ?

Elle ajusta ses grosses lunettes, repoussa en arrière ses cheveux bruns coupés au carré. Puis, prouvant qu'elle avait déjà la réponse à sa question, elle tenta de refermer discrètement sa porte.

Il écarta les bras.

— Eh oui, c'est bien moi ! Bonjour, Tonya. Comment vas-tu ? Ça fait un bail !

Elle arborait l'expression neutre que la plupart des gens affichent face à des vendeurs à domicile avant de leur claquer la porte au nez. Mais avec lui, elle n'aurait pas la possibilité de le faire.

— J'ignorais que tu étais...

— Sorti de prison ?

Il agita les mains pour lui montrer qu'il ne portait plus de menottes.

— Génial, non ? ajouta-t-il.

Elle s'humecta les lèvres.

— Je ne veux pas être impolie, Michael, mais que fais-tu ici ?

— Où sont passées tes bonnes manières, Tonya ? Est-ce une façon d'accueillir un visiteur ?

Il lui décocha un grand sourire.

— Invite-moi à entrer, et je vais te l'expliquer.

— Ce n'est probablement pas...

Il adora la façon dont elle se figea quand il glissa le pied dans l'ouverture. Sans ménagement, il la poussa à l'intérieur et claqua la porte derrière lui. Par chance, elle n'avait pas eu la présence d'esprit de crier, d'appeler au secours.

— Il fait trop froid pour rester sur le perron, dit-il tout en balayant le salon du regard.

Des coussins brodés ornaient le canapé, des napperons en dentelle couvraient la table et le guéridon. Il était prêt à parier qu'il y avait au moins un chat dans la maison.

— C'est coquet chez toi.

Elle s'éclaircit la voix.

— Merci.

— Écoute, j'aimerais seulement bavarder un petit moment, puis je partirai. Promis.

Il attendit qu'elle hoche la tête pour se diriger vers le piano afin d'examiner les photos encadrées qui y étaient alignées. La plupart représentaient Tonya avec ses parents et ses frères. Maria figurait sur quelques-unes, mais aucune n'avait été prise ces dernières années, il en était certain. Quelques clichés montraient deux petites filles brunes et un blondinet. Probablement ses nièces et neveu.

De toute évidence, il n'y avait pas d'homme dans la vie de

Tonya. Vu la facilité avec laquelle il l'avait localisée, il s'en était douté. Il était néanmoins content d'en avoir confirmation. Il aurait été ennuyé qu'un éventuel compagnon lui complique la tâche en rentrant avant qu'elle lui ait donné les réponses dont il avait besoin.

Quand il se retourna vers elle, elle se tordait les mains.

— Aurais-tu quelque chose à boire ? demanda-t-il.

— Du thé sucré.

— Formidable.

Il la suivit dans la cuisine, au cas où elle aurait été tentée de s'enfuir par la porte de derrière. Au moment où elle ouvrit le réfrigérateur, deux gros matous surgirent de Dieu sait où. Ils le considérèrent avec méfiance avant de miauler devant la porte.

Elle les fit sortir dans le jardin et referma la porte, mais pas à clé.

— Ils ne restent jamais longtemps dehors. L'heure du dîner est proche.

Il sourit. Espérait-elle ainsi lui faire croire qu'ils n'étaient pas seuls dans la maison ?

Elle prit un pichet de thé dans le frigo et deux verres dans un placard. Ses mains tremblaient tandis qu'elle les remplissait et lui en tendait un. Visiblement, elle avait du mal à cacher sa nervosité.

Puis elle l'entraîna dans le salon et l'invita à prendre place sur le canapé.

Dès qu'ils furent assis, elle demanda :

— Alors, de quoi souhaitais-tu parler ?

— Peut-être pourrais-tu commencer par me dire où se trouve ma femme.

— Mon Dieu ! Maria a donc disparu ?

Elle était bonne comédienne ; sa surprise semblait presque sincère.

— Si on veut...

— Depuis combien de temps est-elle partie ? La police a-t-elle des pistes ?

Elle méritait une salve d'applaudissements pour sa performance d'actrice. Il aurait presque pu la croire... s'il n'avait su qu'elle mentait. Depuis qu'il avait fait la connaissance de Maria, Tonya avait tout fait pour les séparer. Très vite, il avait dû interdire à Maria de voir cette sorcière, mais elle n'avait pas obéi. Et, comme il fallait s'y attendre, Tonya n'avait cessé de lui raconter des horreurs sur son compte. Il lui ferait payer ses manigances. Mais pas tout de suite. D'abord, il avait besoin qu'elle lui dise tout ce qu'elle savait sur Maria. S'il s'y prenait bien, il parviendrait à lui tirer les vers du nez. Il l'aiderait à recouvrer la mémoire et elle finirait par lui livrer les informations qu'elle détenait.

— Maria a mal vécu notre séparation, dit-il. Désemparée, elle a demandé le divorce pendant que je croupissais en taule. Je ne lui en veux pas, mais j'aimerais la retrouver, me réconcilier avec elle. Et faire la connaissance de notre fils, Andy.

— Je suis vraiment désolée. J'ignorais tout de cette histoire.

Les mains sur les genoux, elle soutint son regard comme pour le défier de douter de sa sincérité. Si tel était le cas, cela signifiait qu'il était revenu à la case départ, et il n'en était pas question.

— As-tu une idée de l'endroit où elle s'est installée avec le petit ?

— Comment le saurais-je ? Je n'ai pas entendu parler de Maria depuis des années.

— Depuis quand exactement ?

Il voyait presque les rouages de son cerveau se mettre en branle. Elle avait fait mine d'être surprise de sa libération mais elle était au courant de sa condamnation à une peine de prison. Et lorsqu'il avait mentionné leur fils, elle n'avait montré aucun étonnement.

Il serra plus fort son verre en songeant à d'autres confidences que Maria aurait pu faire à Tonya, autrefois. Des confidences plus privées, plus intimes.

Elle eut un geste vague.

— Maria m'envoie une carte de vœux à l'occasion.

À la vue de son malaise croissant, il sourit. Elle ressemblait à une souris qui s'épuise en tentant d'échapper au chat qui, ils le savaient tous les deux, finirait tôt ou tard par la croquer.

Elle se tortilla sur sa chaise.

— Comme je te l'ai dit, cela fait des années que je n'ai plus entendu parler d'elle. As-tu essayé de contacter sa mère ? Peut-être a-t-elle eu des nouvelles.

— Je suis sûr que non.

— Amy ne s'est jamais remise de la mort de Paul.

— Même si elle avait des nouvelles, Amy ne m'aiderait pas de toute façon. Elle ne l'a jamais fait, ajouta-t-il avec amertume.

À une époque, il avait cru qu'en épousant Maria il profiterait de la fortune de ses parents, des gens aisés, et que, via sa femme, il hériterait un jour de tous leurs biens. En coupant les ponts avec leur fille unique, ils l'avaient privé de cet argent. Cela n'avait plus d'importance, à présent. Il s'était débrouillé autrement pour se mettre à l'abri du besoin.

— Mais j'ai pensé que toi, tu pourrais m'aider, poursuivit-il.

— Moi ? fit-elle en secouant la tête.

— Tu étais la seule autrefois à mesurer à quel point nous nous aimions, Maria et moi. Voilà pourquoi tu acceptais de raconter à ses vieux qu'elle dormait chez toi... pour nous permettre de passer la nuit ensemble.

Elle haussa les épaules en rougissant. Lui rappeler qu'elle avait été témoin de leur relation naissante, complice de leur amour interdit, la pousserait peut-être à lui donner une seconde chance.

Malheureusement, son stratagème n'eut pas l'effet escompté. Lorsqu'elle se leva et prit leurs verres vides pour les emporter à la cuisine, il comprit qu'elle ne lui dirait rien. En tout cas, pas de son plein gré.

Elle se tourna vers lui.

— Michael, je suis heureuse que tu aies été libéré. Vraiment. Mais je n'ai pas la possibilité de t'aider, désolée. Je ne vois même pas auprès de qui tu pourrais te renseigner.

— Et sa grand-tante ? Celle qui lui envoyait parfois quelques billets ? Elle avait également offert un berceau avant que Maria fasse une fausse couche. Comment s'appelait-elle déjà ? Tante Sarah, non ?

À voir l'expression qu'elle afficha, il sentit qu'il avait mis le doigt sur quelque chose. Elle jeta un coup d'œil vers le bureau puis se redressa. Se préparant à mentir.

— Non, tante Sarah ne te sera d'aucune utilité. Elle est morte il y a plusieurs années.

— Je suis navré de l'apprendre.

Il ne la croyait pas. Tout ce qu'elle lui avait raconté depuis son arrivée n'était qu'un tissu de mensonges. Il avait retrouvé une lettre dans laquelle elle jurait à Maria qu'elle ferait n'importe quoi pour elle, sa meilleure amie. Manifestement, elle tenait parole.

Comme elle retournait dans la cuisine, elle lui lança par-dessus son épaule :

— Ne te mets pas martel en tête. Maria avait sans doute besoin d'un peu d'espace et de liberté. Sans doute reviendra-t-elle toute seule plus tard, lorsqu'elle aura recouvré ses esprits.

Il la suivit et la regarda rincer les verres et les ranger dans le lave-vaisselle.

— C'est possible.

Comme il était possible que le père Noël joue à la crapette avec le lièvre de Pâques.

— En tout cas, poursuivit-il, je te remercie d'avoir accepté de me parler, même si tu ne peux pas m'aider, Tonya. Tu as toujours été correcte avec moi. Contrairement aux autres.

Jusqu'à présent, ajouta-t-il in petto.

Elle hocha la tête.

Au lieu d'attendre qu'elle l'invite à sortir, il se dirigea lui-même vers la porte. Elle lui emboîta le pas.

Dans l'entrée, il la serra rapidement dans ses bras et sourit en la sentant se raidir à son contact.

— Merci encore, dit-il en la relâchant. Pour tout.

Sans répondre, elle recula pour se mettre hors de sa portée. Se rendait-elle compte qu'elle lui avait donné une foule d'indices qui le mettraient sur de nombreuses pistes ? Où était tante Sarah, par exemple ? Parce qu'il doutait que la vieille tante de Maria rôtisse déjà en enfer. Et que faisait-elle pour aider Maria ? Et pour le priver du même coup de son fils ?

Tonya referma la porte derrière lui et tourna la clé dans la serrure. En passant devant les fenêtres du salon, il la vit se précipiter vers le bureau. Elle sortit un répertoire d'un tiroir avant de saisir son téléphone. Espérait-elle vraiment prévenir Maria de sa visite ? Eh bien, elle le connaissait mal. Il n'allait certainement pas la laisser faire.

Il contourna la maison. À l'arrière, les deux chats galeux miaulaient déjà devant la porte de la cuisine, la porte qui n'était pas verrouillée. Il les chassa d'un coup de pied, actionna la poignée, et entra sans bruit.

Lui tournant le dos, Tonya se tenait dans le bureau, le téléphone collé à l'oreille. De sa main libre, elle serrait son carnet d'adresses contre elle.

— Allez, allez, décroche..., grommela-t-elle.

À pas de loup, il se glissa derrière elle. Brusquement, il la saisit par les cheveux et plaqua sa main libre sur sa bouche pour l'empêcher de crier. Elle lâcha le répertoire et le téléphone pour essayer de se dégager.

— Il te suffisait de me dire où elle était, de me donner la chance de la retrouver et de reconstituer ma famille. Je t'aurais laissée continuer à mener ta petite vie sans intérêt. Mais tu as préféré mentir pour elle !

Elle fit plusieurs bruits de gorge, essayant de répondre. Ou de le supplier de l'épargner. Peu importait. Il n'en avait cure. Elle lui en avait assez dit.

— Et comme si ça ne suffisait pas, tu t'apprêtais à l'avertir que j'étais à sa recherche... Pensais-tu vraiment t'en tirer après cette double trahison ? Sérieusement ?

Au bout du fil, une voix féminine l'interrompit. Une voix si familière que les battements de son cœur accélérèrent tout à coup. Son regard se posa sur le téléphone tombé par terre.

— Vous êtes bien sur le répondeur de Sarah Cline...

Sarah ? Il n'entendit pas la suite. En quelques mots, cette voix venait de répondre à toutes les questions qu'il se posait depuis sa sortie de prison. Ce n'était pas la voix d'une vieille dame, mais celle de Maria. Il aurait parié sa vie dessus.

Au bip, il accentua son emprise sur Tonya, la forçant à se plier en deux. Avec l'énergie du désespoir, elle tendit la main vers le téléphone, tentant de l'attraper. Mais elle ne faisait pas le poids.

Au moment où elle parvint à se libérer et hurla, il saisit l'appareil et mit fin à la communication d'un geste.

Elle le mordit avec tant de hargne qu'il dut lui tirer brutalement la tête en arrière pour la forcer à desserrer les dents.

— Espèce de garce !

Il la gifla avec violence. Puis il saisit son cou et serra, serra. Elle se débattit, ses mains s'agrippant aux siennes dans l'espoir de lui faire lâcher prise. Mais elle se fatiguait. Et sans doute aussi mesurait-elle l'inutilité d'un combat perdu d'avance.

— Si je comprends bien, la vieille tante de ma femme est dix pieds sous terre, maintenant. Mais une fois morte, elle lui a fait cadeau de son nom.

Le cri étranglé de Tonya lui fit presque mal. Presque. Toutefois, il savait mieux que personne que les erreurs commises dans la vie étaient toujours lourdes de conséquences. Depuis qu'elle lui avait ouvert sa porte, Tonya avait multiplié les erreurs. Elle en payait maintenant le prix. Il y avait quelque chose de revigorant à la sentir lutter en vain. Son cœur battait encore, mais plus pour longtemps et elle le savait. Voilà pourquoi ses gestes devenaient de plus en plus désordonnés, son combat de plus en plus désespéré.

— Ne me... tue pas, parvint-elle à balbutier.

— Je n'ai pas le choix, Tonya. Si je te laissais la vie sauve, tu l'appellerais et tu gâcherais l'effet de surprise. Ce n'est pas possible.

Elle secoua la tête, essayant de nier la vérité, mais elle luttait de moins en moins.

— Mais ne t'inquiète pas. Je te promets de lui dire que c'est grâce à toi que je l'ai retrouvée. Que tu nous as donné ta bénédiction pour repartir sur de nouvelles bases et vivre notre amour plus intensément que jamais.

Sa tête glissa de côté et elle s'affaissa contre lui. Comme si sa promesse d'apprendre à Maria qu'elle l'avait livrée avait été la goutte d'eau. En tout cas, elle avait alors d'un coup cessé de se battre et accepté la mort.

— Je suis désolé, mais tu ne m'as vraiment pas donné le choix, murmura-t-il au corps inerte dans ses bras.

Alors qu'il allongeait son cadavre sur le sol, il eut l'impression d'être observé, bien que les rideaux du bureau soient fermés.

Le parquet craqua sous ses pieds quand il recula, et ces foutus chats miaulaient si fort dehors que tous les habitants du comté devaient les entendre.

Quand il vit le visage blême de Tonya, ses yeux grands ouverts qui le fixaient, lui reprochant ce qu'il avait fait, une soudaine nausée lui retourna l'estomac. Il courut jusqu'à la salle de bains et vomit dans les toilettes.

Avec la serviette qui lui avait servi à s'essuyer la bouche, il effaça avec soin toutes ses empreintes. Il se déplaça ensuite dans la maison, dans le salon, le bureau et la cuisine, passant le linge sur toutes les surfaces qu'il avait touchées. Puis, enfilant une paire de gants de ménage trouvée dans le placard sous l'évier, il renversa les tiroirs de la commode, fit tomber les bibliothèques avant de vider les bouteilles de ketchup sur la moquette.

Personne ne remonterait jusqu'à lui, personne ne le soupçonnerait du crime, mais il préférait prendre toutes les précautions pour s'en assurer. Il avait travaillé dur pour profiter enfin d'une vie digne de ce nom. Il n'était pas question de retourner en taule à cause d'une négligence.

Tout en s'activant, il avait évité de regarder le cadavre de Tonya, en particulier ses yeux.

— Au revoir, Tonnie.

Avant de partir, il glissa son carnet d'adresses et son téléphone portable dans la poche de sa veste.

Alors qu'il ouvrait la porte de la cuisine pour s'en aller, les chats rentrèrent et voulurent se frotter contre lui. Il les chassa d'un coup de pied et ils filèrent dans le jardin sans demander leur reste.

Au moins, à l'extérieur, ils auraient une chance de trouver de quoi se nourrir. Il n'était pas un monstre.

Il ne se sentait toujours pas très bien en longeant la rue pour regagner sa voiture.

En s'installant au volant, il éprouvait une sensation d'épuisement mêlée à une sorte d'excitation. Son compagnon de cellule lui avait parlé un jour de l'ambivalence des émotions qui l'avaient saisi après qu'il avait tué un pompiste. Il avait braqué ce dernier pour s'emparer de sa caisse et l'avait buté avant de s'enfuir.

Prendre une vie n'était pas anodin. Cependant, étrangler cette poufiasse n'avait pas été aussi difficile qu'il l'avait imaginé. Il devait le faire, il l'avait fait. Et il serait capable de le refaire s'il le fallait.

12

— Hé ! Sarah, un paquet t'attend à la caisse ! lança Ted du seuil de la cuisine.

Un paquet ? Sarah, qui retirait avec précaution la feuille d'aluminium qui avait protégé sa tarte pendant le début de la cuisson, sursauta et sa main heurta la grille brûlante du four.

— Aïe ! fit-elle en portant ses doigts à la bouche.

Elle se précipita vers l'évier pour passer sa main sous l'eau froide.

Ted entra et s'approcha d'elle.

— Que t'arrive-t-il ?

— Rien de grave, mais la prochaine fois que vous aurez quelque chose à me dire, assurez-vous que je n'ai pas les mains dans le four.

— Je suivrai ce conseil si et seulement si tu me promets de toujours penser à mettre les gants destinés à te protéger des brûlures.

— J'essaierai. De toute façon, ne vous inquiétez pas, je survivrai.

Fermant les yeux, Ted huma les délicieuses odeurs qui flottaient dans la cuisine en souriant.

— Qu'as-tu fait, ce matin ? Outre les brioches à la cannelle, évidemment. Ça sent bon, en tout cas.

— Des tartes aux pommes à l'amaretto.

— N'est-ce pas la deuxième fois que tu mets ce dessert au menu, cette semaine ?

— En effet. Cela vous pose-t-il un problème ? Ces tartes remportent un franc succès, non ?

— Elles partent toujours très vite, c'est vrai. Mais en général, tu varies tes pâtisseries et tu t'arranges pour espacer la présentation d'un même plat. Quelqu'un t'a-t-il demandé cette tarte particulière ?

Pendant qu'ils parlaient, elle avait laissé l'eau couler sur ses doigts mais, à ces mots, elle ferma brusquement le robinet.

— Vous avez beaucoup d'imagination, dit-elle à son patron en s'essuyant les mains avec une serviette en papier.

Ted avait surtout une excellente intuition, mais elle n'avait pas l'intention de le lui dire. Elle s'était convaincue que faire des tartes était une bonne idée. Les pommes étant très bon marché en ce mois d'avril. Elle refusait de s'avouer que les préférences d'un inspecteur de police en matière de dessert expliquaient ce choix. Elle voulait d'autant moins l'admettre que Jamie n'était pas revenu au restaurant depuis onze jours. En revanche, il ne cessait de lui envoyer des textos. Elle s'interdisait d'y répondre mais elle avait de plus en plus de mal à se rappeler pourquoi elle refusait de le revoir.

— Maintenant, de quel paquet parlez-vous, Ted ? reprit-elle.

— Va voir toi-même.

Elle fronça les sourcils.

— Au lieu de m'annoncer que je l'ai reçu, vous auriez pu me l'apporter...

— Et te gâcher tout le plaisir ? Sûrement pas.

À l'exception bien sûr des livraisons de denrées alimentaires qui lui étaient souvent adressées puisqu'elle était responsable des achats, elle n'avait encore jamais reçu de colis au restaurant. N'ayant ni amis ni parents susceptibles de lui envoyer quoi que ce soit, elle s'interrogeait sur l'origine et la nature du paquet en question.

Devait-elle en parler à son patron ?

Bien sûr, il n'était pas exclu que Tonya ait eu envie de lui faire parvenir quelque chose, mais elle ne le lui aurait jamais adressé au restaurant.

Une semaine plus tôt, Tonya l'avait appelée sans laisser de message, et quand elle avait voulu la rappeler, elle n'avait pas réussi à la joindre. Pourtant, elle avait tenté à plusieurs reprises de le faire. Même si elle commençait à s'inquiéter de ce silence, elle espérait que Tonya avait un nouveau petit ami dans sa vie, ce qui expliquait son manque de disponibilité.

À ce sujet... Elle se demanda si un de ses « amis » aurait pu lui faire un cadeau puis écarta très vite cette hypothèse. Au cours des onze derniers jours, elle n'avait pris aucun des appels de Jamie, le laissant systématiquement tomber sur sa boîte vocale sans jamais le recontacter. À l'heure qu'il était, il avait probablement compris le message : elle ne souhaitait pas qu'ils soient amis. Ni quoi que ce soit d'autre.

Que lui aurait-elle dit, de toute façon ? Qu'elle l'avait embrassé avec passion, comme si elle avait eu très envie d'aller plus loin avec lui, mais que cela ne voulait rien dire ?

— Tu viens ou pas ?

L'encourageant d'un geste à le suivre, Ted poussa les portes de la cuisine, manquant de peu d'entrer en collision avec l'une des serveuses qui arrivait, chargée d'un plateau.

S'ordonnant de ne pas se faire d'idées, de ne pas commencer à prendre ses désirs pour des réalités, elle emboîta le pas à son patron. Les boîtes de chocolats, les bouquets de fleurs, les parfums que beaucoup de femmes recevaient pour la Saint-Valentin ou pour leur anniversaire n'étaient pas pour elle. Personne ne lui en avait jamais offert, et elle s'en moquait, d'ailleurs. Du moins, jusqu'à maintenant...

La salle du restaurant n'était pas bondée, ce qui était bizarre pour un mercredi matin. Il fallait espérer que cette absence de clients n'allait pas devenir habituelle. Elle tirait déjà le diable par la queue, et si ses heures devaient être réduites, elle aurait du mal à s'en sortir.

Ted désigna un gros paquet, emballé dans un papier cadeau aux couleurs de l'arc-en-ciel, posé sur le sol près de la caisse enregistreuse.

— Le voilà.

Visiblement, le colis n'avait pas été apporté par un livreur ou par la poste. Et s'il avait été déposé par un des sbires de Michael qui serait parvenu à la retrouver ? se demanda-t-elle soudain. Peut-être contenait-il un engin explosif. Se traitant d'idiote, elle repoussa cette hypothèse. Elle devait cesser d'imaginer systématiquement le pire. Pourquoi ne pas goûter simplement la joie procurée par un cadeau inattendu comme le ferait n'importe quelle autre femme ?

Evelyn et Belinda, ses deux collègues, qui finissaient de servir les petits déjeuners, les rejoignirent.

— J'ai entendu dire que Sarah avait reçu un paquet, dit Evelyn. C'est vrai ?

— Oui, je viens de la prévenir, annonça Ted en souriant.

Qui me l'a apporté ? se demandait Sarah.

Le cœur serré, elle scruta la salle mais elle n'y vit que des habitués qui sirotaient leur café en feuilletant les journaux comme tous les matins. Le client qu'elle espérait n'était nulle part en vue.

— Allez, ouvre-le ! l'encouragea Belinda, les yeux rivés sur le cadeau.

— Mais oui ! Qu'attends-tu, Sarah ? fit Ted.

Elle regarda le colis un long moment. Finalement, elle déchira le haut du papier cadeau et souleva un coin du couvercle de la boîte en carton qu'il enveloppait pour jeter un coup d'œil à l'intérieur. Stupéfaite, elle découvrit un gorille en peluche et un régime de vraies bananes.

Avec un éclat de rire, elle sortit le grand singe du carton.

— Un gorille ? s'exclama Evelyn.

— Tu aimes les bananes ? demanda Belinda.

— Comme tout le monde, non ? répondit-elle avec un petit sourire.

À sa place, ses compagnes auraient peut-être préféré recevoir des roses ou des chocolats, mais ce cadeau l'emplit d'une profonde joie. La grosse peluche était une réplique parfaite des gorilles qu'ils avaient vus au zoo, l'autre jour. Les bananes ne faisaient que raviver ces bons souvenirs.

— Qui t'a fait ce cadeau ? lança Belinda. Y a-t-il une carte de visite ?

Sarah n'en avait pas besoin. Une seule personne au monde avait pu lui offrir ce grand singe. Pourtant, la curiosité l'emporta et elle inspecta le paquet. Mais elle eut beau fouiller, retourner la boîte, elle n'y trouva aucun bristol.

— Attends, dit Ted. Regarde, il y a un papier accroché à la patte du gorille.

Le cœur de Sarah battait à tout rompre lorsqu'elle le déplia.

Sarah,

Merci pour cette journée extraordinaire au zoo. Je regrette de m'être comporté ensuite comme un primate dans le sens le plus péjoratif du terme.

Accepte mes excuses et les bananes de cet animal.

Tu es quelqu'un de bien.

J

La première partie du message la fit sourire mais lorsqu'elle lut sa dernière phrase, ses yeux se remplirent de larmes. La gorge serrée, elle battit rapidement des paupières et baissa la tête afin que les autres ne voient pas son émotion. *Tu es quelqu'un de bien.* Jamie reprenait les mots du billet qu'elle lui avait glissé près de deux semaines plus tôt.

Elle s'était reproché de l'avoir écrit, d'avoir tendu une perche à un homme, en oubliant à quel point il était vital pour elle de garder ses distances afin d'assurer la sécurité d'Aiden et la sienne. Elle ne savait plus que faire maintenant parce que, pour tout dire, elle ne regrettait plus son geste.

Jamie était si gentil, tellement adorable ! Et il était doté d'une vraie capacité d'écoute. Il n'avait sans doute aucune idée de l'importance de ces qualités pour elle.

Et maintenant, avec la délicatesse qui le caractérisait, il prenait sur lui l'entière responsabilité de ce qui s'était passé. Ne savait-il pas qu'ils avaient été deux à perdre la tête ? Avait-il oublié qu'elle l'avait embrassé en premier ?

Elle fut surprise de constater qu'elle ne se reprochait plus non plus ce baiser... À tort, peut-être. Certes, il n'y aurait jamais rien de plus entre eux. Le risque était trop grand. Mais elle ne regrettait pas ce qu'ils avaient partagé. Elle avait trouvé merveilleux de se sentir aimée, de se blottir dans les bras d'un homme.

Dans les bras de Jamie.

Alors que ses doigts caressaient la fourrure du gorille, elle leva les yeux vers ses collègues qui la dévisageaient en riant et se mit à rougir.

Evelyn secoua la tête.

— Si un gorille et des bananes lui font cet effet, imaginez sa réaction si quelqu'un lui envoyait un lapin en peluche et des carottes ! lança-t-elle.

— Que dit le petit mot qui accompagne l'envoi ? demanda Belinda.

— Rien d'important, répondit Sarah en glissant le papier dans la poche de son tablier.

— Allez, mesdames, dit Ted. Il est temps de retourner à vos clients. Notre Sarah déteste parler de sa vie privée, vous le savez bien.

Alors qu'elle remettait la grosse peluche dans son carton, son patron se rapprocha.

— C'est un très beau cadeau, reprit-il.

Ted savait qui l'avait laissé pour elle, comprit-elle, très gênée.

— Il vient de le déposer, non ?

— « Il » ? répéta-t-il. Si tu parles d'un inspecteur de police très sympathique qui arbore un grand sourire chaque fois que tu lui sers un café... alors non.

— Vraiment ?

— Mais si tu fais allusion à un adolescent aux cheveux filasse qui a reçu 10 dollars pour l'apporter alors oui, absolument.

— Vous vous moquez de moi.

— Pas du tout. Je ne me permettrais pas. Mais c'est la première fois depuis que tu travailles ici que je te vois éprise d'un homme...

— C'est ridicule. Et d'où sort ce mot, « éprise » ? ajouta-t-elle. Personne ne l'emploie plus depuis des siècles !

— Et l'inspecteur Donovan est, lui aussi, très épris, poursuivit

Ted comme si elle n'avait rien dit. Épris de toi. La preuve, il te fait des cadeaux, ajouta-t-il en montrant le carton qu'elle tentait de refermer.

— Vous n'y êtes pas du tout, Ted. Jamie Donovan est l'un des animateurs du centre aéré où se rend Aiden après l'école, et c'est à mon fils qu'il a offert cette peluche.

— Aiden m'a beaucoup parlé de « M. Jamie », répliqua Ted. Mais si ce dernier avait voulu lui faire un cadeau, pourquoi passer par toi ? Il aurait pu le lui donner directement, non ?

L'argument étant imparable, elle ne trouva rien à répondre. Comment aurait-elle pu expliquer à Ted qu'avec ce gorille Jamie cherchait à se faire pardonner de lui avoir déclaré sa flamme ? Son cadeau était inutile. Les nombreux textos d'excuses qu'il lui avait envoyés suffisaient largement. D'ailleurs, il n'avait aucune excuse à lui présenter. Elle était autant que lui responsable de ce qui s'était passé.

— En tout cas, l'inspecteur Donovan n'est pas venu déjeuner ici de toute la semaine, poursuivit Ted. Je me demande bien pourquoi.

De nouveau, il hocha la tête en considérant le paquet comme pour dire qu'il savait reconnaître un geste d'excuse quand il en voyait un. Dieu merci, il ignorait tout des appels et des SMS restés sans réponse ainsi que des demandes répétées d'Aiden d'inviter Jamie, demandes qu'elle avait systématiquement refusées.

— Je ne l'avais pas remarqué, dit-elle tout se demandant pourquoi elle se donnait la peine de mentir. Quoi qu'il en soit, je ferais mieux de retourner à mes fourneaux. Sinon, vous n'aurez pas de desserts à proposer aux clients.

Frustrée par la conversation qu'elle venait d'avoir avec son patron, elle retourna en hâte en cuisine. Ted était un romantique. Il croyait que tout le monde était appelé à vivre une grande histoire d'amour comme celle qu'il avait lui-même connue avec feu son épouse. Mais était-il possible qu'il ait raison ? À propos de Jamie ?

Elle avait évidemment remarqué la façon dont Jamie n'avait cessé de la dévorer des yeux au zoo. Ça l'avait déconcertée mais aussi flattée et peut-être un peu grisée. La regardait-il ainsi depuis des mois, lorsqu'il venait se restaurer au Casey's Diner ? Avait-elle été trop occupée à craindre l'arrivée des sbires de Michael pour s'en apercevoir ?

Elle se dirigea vers les vestiaires du personnel pour ranger le paquet dans son casier afin que l'équipe de cuisine ne commence pas à l'interroger sur ce cadeau.

Mais avant de retourner à ses pâtisseries, elle ne put s'empêcher de sortir son téléphone pour voir si elle avait reçu un nouveau SMS. Elle fut déçue de ne pas en trouver.

Alors qu'elle glissait l'appareil dans son sac à main, elle s'interrompit et le rouvrit pour retourner sur sa messagerie. Elle cliqua sur l'un des textos de Jamie qu'elle avait lus mais auxquels elle n'avait pas répondu.

Prenant une profonde inspiration, elle tapota :

Excuses inutiles… Merci… mille fois. S.

Avant de se l'interdire, de s'autocensurer, elle pressa le bouton pour envoyer son message. Elle essaya de se convaincre qu'elle ne faisait que le remercier de manière moderne, dans un monde où les véritables lettres avaient pratiquement disparu. Toutefois, elle était lasse de se mentir. Lasse de nier que l'inspecteur de police qui lui faisait les yeux doux était adorable, qu'il avait des bleus à l'âme, mais qu'il avait su soulager ses blessures.

Alors qu'elle pensait regretter immédiatement son geste et commencer à paniquer, un calme presque troublant l'envahit.

Avec ce petit SMS, elle avait rouvert une porte fermée entre eux ou, du moins, elle l'avait entrebâillée. Si elle avait voulu faire preuve de bon sens, elle aurait dû la verrouiller à double tour. Mais elle en avait assez de fuir comme elle le faisait depuis des années dans l'espoir de garder la vie sauve. Elle avait envie de vivre vraiment, pleinement, et d'aimer au grand jour.

Pour la vingtième fois de la journée, Jamie relut le texto de Sarah sur son smartphone. Chaque fois, il sentait une ribambelle de papillons danser dans son ventre. Lorsqu'il avait découvert son SMS, il avait hurlé de joie mais maintenant, il n'avait plus envie de répondre d'un sobre « De rien » ou « Pas de problème ».

Il avait un tout autre message à lui adresser et, même s'il hésitait, il ne put s'empêcher de l'écrire.

N'es-tu pas fatiguée de mentir ?

Après avoir envoyé son texto, il éteignit son téléphone. Pourtant, depuis une semaine, chaque fois qu'il lui avait écrit, il n'avait cessé ensuite de guetter un texto d'elle. Mais là, il n'en avait cure. Cette fois, peu lui importait qu'elle réponde ou non.

Avec un soupir, il mit son assiette de poulet dans le four à micro-ondes en se demandant pourquoi il se préparait quelque chose pour le dîner. Après tout ce qu'il avait appris aujourd'hui, il n'avait pas faim.

— Elle t'a pris pour un imbécile, murmura-t-il entre ses dents.

Alors qu'il pensait qu'ils commençaient à nouer des liens en se confiant l'un à l'autre et en se racontant leurs souffrances passées, Sarah lui avait en réalité servi un paquet de mensonges.

Maintenant, il connaissait la vérité. Aucun Michael Cline n'avait jamais séjourné dans l'un des pénitenciers de l'Illinois. Aucun n'avait fait l'objet d'inculpations liées à la drogue, ni ne s'était marié – ou n'avait divorcé – avec une dénommée Sarah au cours des vingt dernières années.

Sarah Cline, si c'était son vrai nom, avait tout inventé. Il savait pourquoi il l'avait crue mais ne comprenait pas pourquoi elle lui avait menti. Pour qu'il ne découvre pas qu'elle était une criminelle, qu'elle fuyait la justice, comme il le pressentait depuis le début ? Pour se rendre intéressante ? Pour qu'il s'apitoie sur elle ?

Si elle l'avait espéré, elle avait manqué son but. Jamais il n'avait eu pitié d'elle. En fait, il avait été furieux d'apprendre qu'elle avait été battue par son mari. Il était toujours furieux, mais contre elle, désormais.

Le pire était que chaque fois qu'il se remémorait la douleur et la peur qu'il avait vues dans ses yeux, sans parler de la passion de ses baisers, il avait du mal à accepter l'idée que tout n'avait été que du cinéma, du mensonge.

Les gens étaient capables de raconter n'importe quoi dès lors qu'ils se sentaient acculés, il était payé pour le savoir. Mais jusqu'à présent, il n'avait pas considéré Sarah comme un suspect. Ce qui constituait une erreur, sa première erreur. Et il en avait commis tant avec elle qu'il devenait difficile de les compter. L'embrasser, la désirer, croire qu'elle partageait ses sentiments étaient sans doute les plus graves et lui prouvaient qu'il était un piètre policier.

Il avait tellement voulu la séduire qu'il en avait oublié de vérifier son récit. Ironie du sort, il avait souhaité ardemment gagner sa confiance alors qu'il aurait dû s'interdire de le faire. Il savait pourtant que nouer des relations, apprivoiser quelqu'un était dangereux. Qu'en le faisant il prenait le risque de perdre ce quelqu'un. Mais dès qu'il avait imaginé qu'elle avait besoin de lui, il avait foncé, sans remarquer les signaux d'alerte, sans entendre le hurlement de ses sirènes intérieures qui cherchaient à l'arrêter.

Il posa son assiette sur la table basse et se laissa tomber sur le canapé avant de fermer les yeux. Il avait du mal à respirer. Une enclume pesait sur sa poitrine. Depuis près de trois semaines, il cachait à ses collègues qu'il faisait des recherches sur Sarah. Le moment n'était-il pas venu de leur demander leur aide afin de découvrir de quoi elle s'était rendue coupable ? Parce qu'elle avait enfreint la loi, il n'en doutait pas.

Saisissant son téléphone portable, il parcourut la liste de ses contacts pour décider lequel de ses collègues il allait appeler quand l'appareil se mit à sonner. Le nom de Sarah s'afficha sur l'écran et, dans un premier temps, il ne put que le regarder fixement. Finalement, il prit l'appel.

— Alors maintenant, tu me téléphones ?

Le sang battait à ses oreilles et, comme il ne l'entendait pas répondre, il écarta le téléphone pour voir si elle avait raccroché.

Mais elle balbutia alors d'une petite voix :

— Je... Je suis désolée, Jamie. Pour tout.

— De quoi parles-tu ?

Faisait-elle allusion à ses mensonges ou la situation était-elle encore pire que ce qu'il avait pensé ?

— Je n'aurais jamais dû t'impliquer.

Il l'entendait mieux, à présent, mais elle semblait au bord des larmes. Il ravala la réplique acide qu'il était sur le point de lui lancer.

— Que se passe-t-il, Sarah ?

— Aiden a disparu.

Il jeta un coup d'œil vers la fenêtre. La nuit était tombée, il faisait noir. Mû par la peur, il se leva d'un bond. La trahison de Sarah et l'indignation qu'il en éprouvait n'avaient plus d'importance, maintenant. Le petit garçon de Sarah avait disparu et si elle n'avait cessé de lui mentir auparavant, il était persuadé que, cette fois, elle disait la vérité.

— Raconte-moi ce qui s'est passé.

— En rentrant du travail, je suis passée chez Nadia pour récupérer Aiden. Il n'était pas là. Elle l'avait couché et ensuite, elle a pris une douche. La porte était sans doute fermée à clé. Elle ne sait pas combien de temps...

— La porte était verrouillée, j'en suis sûre ! intervint une femme paniquée à l'arrière-plan. Il fallait tirer le verrou pour sortir. Et Aiden dormait.

— Ils l'ont enlevé, Jamie ! continua Sarah, comme si elle n'avait pas entendu la nourrice. Il a pris une nouvelle fois mon bébé !

Il s'efforça de surmonter sa panique.

— Tu as appelé la police ? Parce que sinon, fais-le tout de suite.

Si elle refusait, il le ferait lui-même. Mais au lieu de raccrocher pour composer le numéro des secours, il colla l'appareil contre son oreille, attendant les mots qui allaient forcément suivre.

— Je... ne peux pas.

La souffrance qui teintait sa voix lui fit l'effet d'un électrochoc. Il enfila en hâte ses chaussures qui traînaient près du canapé et prit sa veste qu'il avait lancée en rentrant sur le dossier d'une chaise.

Peu importait que Sarah vienne de confirmer qu'elle lui avait menti. Elle ne pouvait pas prévenir la police parce qu'elle était une criminelle en fuite et recherchée, mais elle l'appelait à l'aide. Quoi qu'elle ait fait auparavant, il se devait de répondre présent.

— J'arrive, dit-il.

13

Dès qu'elle vit la voiture s'engager sur le parking, Sarah poussa un soupir de soulagement. Le visage du conducteur était dans l'ombre mais il s'agissait de Jamie, elle en était certaine. Il lui avait dit qu'il arrivait et il était homme de parole.

Elle s'ordonna d'arrêter de se demander pour la énième fois comment quelqu'un avait réussi à s'introduire chez Nadia pour kidnapper Aiden. De cesser de se torturer en calculant à combien de kilomètres de Brighton se trouvaient à présent son fils et le ravisseur. Plus le temps passait, plus les chances de retrouver le petit garçon s'amenuisaient, elle le savait.

— C'est votre ami policier ?

Vêtue d'une chemise de nuit en flanelle et d'un peignoir, Nadia se tenait près d'elle devant la fenêtre. Le visage de la nourrice était gonflé de larmes et pourtant, ne connaissant pas toute l'histoire, elle ne mesurait pas pleinement la gravité de la situation.

— Oui, répondit Sarah.

— Un jour, vous m'expliquerez pourquoi vous l'avez appelé, lui, au lieu de composer le 911.

Sarah hocha la tête tout en regardant Jamie descendre de voiture et se hâter vers l'escalier.

— Ça va aller, reprit Nadia d'une voix tremblante en lui tapotant le bras pour tenter de la réconforter.

Mais elle ignorait que, désormais, plus rien n'irait. Le monstre qu'elle n'avait que trop connu avait enlevé son fils. Il allait lui faire du mal pour l'atteindre, elle. Et elle ne pouvait rien faire pour l'arrêter.

Avant que Jamie ait eu le temps de sonner, Sarah ouvrit la porte de Nadia. Contrairement à la sienne, celle-ci n'était munie que de deux verrous. Il aurait sans doute mieux valu qu'elle sécurise davantage son appartement.

— Jamie ! Enfin, tu es là ! Entre.

Il resta immobile sur le seuil.

— Tu es sûre de vouloir que je m'occupe de cette affaire, Sarah ?

— Mais qu'est-ce que tu racontes ? Bien sûr que je le veux !

— Parce que, quoi que tu caches, reprit-il en entrant enfin, c'est forcément moins grave que...

Bien qu'il se soit interrompu, elle comprit ce qu'il voulait dire. Rien ne pouvait être plus grave que de perdre son fils. Mais elle refusait d'y penser maintenant, d'envisager une telle tragédie. Ils devaient à tout prix retrouver Aiden. Ils allaient y arriver.

Il insista néanmoins.

— J'essaie de te faire comprendre que je suis seul, Sarah. Alors qu'en prévenant les autorités, tu ferais du même coup appel à tous mes collègues. Ils se mobiliseraient, se déploieraient dans la région, bloqueraient les routes et surveilleraient toutes les sorties de la ville. Ce qui multiplierait les chances d'intervenir à temps. Sois bien consciente que chaque minute qui passe...

— ... Permet aux ravisseurs de l'emmener un peu plus loin, je sais, murmura-t-elle en se tordant les mains.

Mais signaler officiellement la disparition d'Aiden ne ferait qu'aggraver la situation, elle en était certaine.

— Veux-tu nous aider ou pas ? demanda-t-elle.

Il sortit de la poche de sa veste un petit carnet, un stylo et une paire de gants en latex qu'il enfila. Il la considérait sans doute comme une affreuse égoïste totalement irresponsable, mais s'ils parvenaient à localiser son fils et à le ramener à la maison sans impliquer la police, cela valait mieux.

À quoi servirait-il de retrouver Aiden si la justice devait le lui enlever ensuite ?

De son autre poche, il sortit de petits sacs en plastique.

— Pour recueillir d'éventuels indices, dit-il, bien que personne n'ait demandé d'explication. En espérant que le laboratoire acceptera une requête de ce genre.

Il se tourna vers Nadia qui tremblait de tous ses membres.

— Vous devez être la nourrice.

Nadia renifla.

— Oui, je m'appelle Nadia Antonov.

— Bon, essayons de ne pas perdre de temps. Il est compté. Peut-être parviendrons-nous à quelque chose...

Son ton trahissait son pessimisme. Regrettait-il déjà de ne pas avoir fait appel aux autorités afin de leur permettre au moins de déclencher une alerte enlèvement ? se demanda Sarah. En refusant de signaler officiellement la disparition de son fils, mettait-elle la vie de son enfant en péril ? Elle avait cru le protéger en l'éloignant de son père, mais peut-être représentait-elle, elle aussi, un danger pour Aiden.

— Si j'ai bien compris, reprit Jamie, Aiden était déjà endormi quand vous êtes allée prendre une douche. Se trouvait-il dans la chambre ?

Il désignait l'arrière de l'appartement, dont la disposition était identique à celui de Sarah. Comme Nadia hochait la tête, il se tourna vers l'entrée.

— Et vous croyez que les verrous étaient tirés au moment où vous êtes entrée dans la salle de bains ?

— Oui.

Après avoir allumé la lumière, il ouvrit la porte et examina les serrures, les verrous puis le chambranle.

— Je ne vois aucun signe d'effraction.

Sarah sentit son estomac se nouer. Cela signifiait-il que Nadia avait menti à propos de la porte verrouillée ou qu'elle avait seulement oublié de la fermer correctement ? Mis à part Ted, Nadia était la personne de Brighton dont elle était la plus proche. Mais la connaissait-elle vraiment ? Un des sbires de Michael avait-il découvert son existence et l'avait-il achetée ?

Au lieu d'accuser la nourrice de quoi que ce soit, Jamie semblait évaluer la distance séparant la porte d'entrée de la chambre.

— Serait-il possible qu'Aiden ait entendu quelqu'un frapper pendant que l'eau coulait et qu'il ait voulu aller ouvrir ?

— Sans doute.

Nadia croisa le regard de Sarah avant de baisser la tête.

La gorge serrée, Sarah déglutit avec difficulté. Les soirs où elle travaillait, elle frappait à cette porte en rentrant. Parfois, Aiden courait lui ouvrir, devançant Nadia. Les deux femmes lui avaient répété maintes fois que seuls les adultes étaient autorisés à le faire, mais... L'enfant avait-il ouvert en pensant voir sa mère et était-il tombé sur son ravisseur ?

Jamie poursuivit :

— Je peux jeter un œil dans la chambre ?

Sans attendre la réponse, il entra dans la pièce voisine. La lumière y était restée allumée depuis que Sarah l'avait trouvée vide.

Il examina la chambre, son regard passant de la couette rabattue sur le lit à la fenêtre dont les rideaux étaient tirés. Puis il s'approcha du petit bureau sur lequel se trouvaient le gros sac à main de Nadia et une collection de flacons de parfum. La porte du placard était fermée, comme les tiroirs de la commode. Il nota quelque chose dans son calepin.

Sarah s'obligea à rester sur le seuil avec la nourrice, à réprimer son envie de se précipiter dans la pièce pour la fouiller de fond en comble à la recherche de réponses. Elle avait appelé Jamie à l'aide. Il était sa seule chance de retrouver Aiden, elle devait au moins le laisser faire.

Il revint près du lit. L'oreiller portait encore les traces de la petite tête de l'enfant et Sarah réprima difficilement un gémissement.

— Quelque chose vous semble-t-il bizarre, pas à sa place, mademoiselle Antonov ?

— Mme Antonov. Je suis veuve, corrigea Nadia en regardant autour d'elle. Non, je ne pense pas.

— Il n'y a aucun signe de lutte non plus, nota Jamie.

Sarah ferma les yeux mais ne parvint pas à chasser l'image d'un sale type, un des sbires de Michael, emportant son fils endormi. Peut-être avait-il drogué Aiden pour ne pas le réveiller, pour ne pas prendre le risque qu'il se mette à crier.

Quand elle rouvrit les yeux, Jamie griffonnait quelque chose d'autre.

— Combien de temps environ a duré votre douche ?

— Peut-être dix minutes, répondit Nadia. Pourquoi ?

— C'est donc le temps qu'aurait eu un ravisseur pour emporter Aiden hors de l'appartement avant que vous vous aperceviez de quoi que ce soit…

Il jeta un coup d'œil au lit.

— Aiden dort-il toujours sur une couverture comme celle-ci quand il est chez vous ?

Nadia hocha la tête.

— Il l'appelle son sac de couchage et fait semblant de camper. Je lui donne souvent une lampe de poche avec laquelle il joue jusqu'à ce qu'il s'endorme.

Il tira sur la couverture et la secoua.

— Lui en aviez-vous laissé une, ce soir ?

— Je ne me souviens plus, je suis désolée.

Sarah serra les poings. Non seulement, Nadia n'avait pas verrouillé la porte, mais elle était incapable de se rappeler si elle avait donné ou non une lampe de poche à Aiden. Comment avait-elle pu confier son fils à une telle irresponsable ?

Jamie se tourna vers elle.

— Sarah… Je sais qu'Aiden a l'habitude de dormir avec un dauphin en peluche prénommé Willy.

— C'est exact. Il le range toujours dans son sac à dos pour l'avoir à la maison et ne pas l'oublier lorsqu'il vient chez Nadia.

— Apparemment, Willy a également disparu.

Sarah se pencha pour regarder dans et sous le lit. Rien.

— Celui qui aurait enlevé le petit aurait emporté Willy aussi ? suggéra Nadia d'une voix tremblante.

— Tout est possible, répondit Jamie. Mais le ravisseur aurait donc eu le temps de prendre la lampe de poche, la peluche, le sac à dos d'Aiden, ainsi que son manteau et ses chaussures ?

— Comment ça ?

Sans attendre la réponse, Sarah sortit de la chambre pour gagner l'entrée. Elle s'arrêta devant l'endroit où Nadia laissait d'habitude les affaires d'Aiden pour qu'elle puisse les récupérer facilement en venant chercher son fils.

Tout avait disparu.

— Je ne comprends pas..., fit-elle.

— Il est évident qu'Aiden a quitté cet appartement tout seul, dit-il. De son propre chef.

— Mon Dieu !

Elle fut parcourue par un long frisson.

— Il est quelque part en ville, en pleine nuit. Peut-être s'est-il perdu. Il a probablement froid et peur.

— Tout est ma faute, gémit Nadia. Je n'aurais jamais dû me doucher pendant qu'il était ici, sous ma responsabilité.

Jamie écarta les mains, comme pour les calmer.

— Ce n'est la faute de personne. Notre seul souci maintenant, notre unique objectif, est de ramener Aiden à la maison.

Alors qu'un regain d'angoisse lui étreignait la gorge, Sarah ouvrit vivement la porte et sortit sur le palier en enfilant son manteau. Au lieu de la suivre, Jamie prit la direction opposée et retourna vers la chambre.

— Mais qu'est-ce que tu fais ? cria-t-elle. Nous savons déjà qu'il n'est pas là ! Il est dehors. Il faut partir à sa recherche !

Se rendant compte qu'elle lui parlait sur un ton agressif et qu'elle était à deux doigts de hurler, elle prit une profonde inspiration dans l'espoir de se calmer.

Comme s'il ne l'avait pas entendue, Jamie entra dans la chambre. Elle eut beau taper du pied, les bras croisés, sans chercher à dissimuler son impatience et son agacement, il ne se retourna pas. Il examina le lit comme s'il espérait y découvrir des informations.

Au bord de la crise de nerfs, elle lança :

— Jamie, nous perdons du temps ! Traîner dans cette chambre ne nous mènera nulle part !

Il leva la main, lui intimant le silence.

— Qu'en sais-tu ?

— Tu ne comprends donc pas ? Il n'est pas là. Mon bébé... est parti.

Cette fois, il la regarda par-dessus son épaule.

— Alors, laisse-moi faire.

Il déplaça les livres sur la table de nuit, releva la couette.

— C'est la première fois qu'Aiden fugue, non ? Il n'a que six ans. Il n'est pas encore expert en la matière. Il a probablement laissé des indices derrière lui.

Il s'accroupit près du lit, en inspecta le dessous et souleva le tapis.

— Qu'a-t-il laissé, à votre avis ? murmura Nadia.

— Si je le savais, je l'aurais déjà trouvé.

Il secoua l'oreiller.

— Je suis aussi frustré que...

Il s'interrompit alors qu'une feuille de cahier s'échappait de la taie pour aller atterrir sur la moquette. Il la ramassa. D'un côté figurait un message de Sarah recommandant à son fils d'être gentil et obéissant avec Nadia. Lorsqu'il retourna la feuille, il y découvrit quelques mots écrits de la main de l'enfant avec un feutre violet.

— Il a laissé une lettre ? s'exclama Sarah. Qui dit quoi ?

Avant qu'elle puisse s'approcher pour la lire, il la fourra dans sa poche.

— Hé ! Laisse-moi voir ! protesta-t-elle.

— Aiden est parti pour aller chez moi.

Muette de surprise, elle le dévisagea sans comprendre.

— Chez toi ? Il connaît ton adresse ?

— En gros, oui. Mais il ne saura pas s'y rendre.

— Comment aurait-il appris... « en gros » où tu habites ?

Il soupira.

— Parce qu'il me l'avait demandé et que je le lui ai dit.

— Tu as dit à un garçon de six ans, qui te vénère, où tu vis ?

Cette fois, il se tourna vers elle.

— D'accord, Sarah. C'était une erreur. Mais attends que nous l'ayons retrouvé pour me casser la figure, d'accord ?

— Je suis désolée. Je suis tellement...

— Inquiète ? Terrifiée ? Ton fils ressent probablement la même chose en ce moment. Alors, tu viens ou pas ?

Elle le suivit vers la porte. Avant de quitter l'appartement, elle se tourna vers Nadia et se répandit en excuses pour l'avoir soupçonnée du pire.

Aiden n'était pas entre les mains d'un des sbires de Michael comme elle l'avait redouté, mais il était livré à lui-même dans un quartier mal famé. Sans doute regrettait-il de s'être aventuré seul dans la nuit. Ils devaient le retrouver. À tout prix. Heureusement, elle n'aurait pas à le chercher seule.

Jamie avait beaucoup d'affection pour Aiden, elle le savait. Il l'avait prouvé bien avant ce soir. Mais maintenant, il enfreignait des dizaines de règles et peut-être plusieurs lois, pour mener ces investigations. Et même s'il n'était pas d'accord avec elle, avec sa décision de ne pas impliquer les autorités, il semblait déterminé à tout faire pour ramener Aiden à la maison.

Lorsque tout serait fini, qu'ils auraient retrouvé l'enfant, qu'il serait en sécurité et au chaud, elle ferait enfin confiance à Jamie et lui révélerait toute la vérité, se promit-elle.

14

Ils n'allaient jamais le retrouver !

Comme la terrible vérité s'imposait à lui, Jamie sentit une profonde angoisse le submerger. Pour ne rien arranger, la ville était plongée dans un épais brouillard qui rendait l'obscurité plus opaque encore. Ils remontaient pour la énième fois la Grand River Avenue, l'artère à quatre voies qui traversait le centre de Brighton. À chaque instant, il espérait apercevoir l'aventurier de six ans sautillant sur un trottoir. En vain. Depuis le siège passager, Sarah scrutait elle aussi la nuit, à la recherche de son fils. Sans résultat.

Le petit garçon n'était nulle part.

— Tu crois que nous aurions pu passer près de lui sans le voir ? demanda-t-elle.

Ses mots le firent sursauter. C'était la première fois qu'elle parlait depuis plus d'une heure. Et il n'avait même pas une réponse encourageante à lui donner.

— Probablement pas.

— Manque de chance, il était habillé de vêtements sombres, aujourd'hui, et il portait un sac à dos bleu marine... Une tenue difficile à repérer dans le noir...

Il ne répondit pas mais ses mains se crispèrent un peu plus sur le volant. De nouveau, il força ses yeux fatigués à chercher une petite silhouette. L'enfant restait introuvable.

Raide sur son siège, Sarah lança sans cesser d'inspecter les rues :

— Maintenant, dis-moi ce que tu as raconté à Aiden à propos de l'endroit où tu habites. Et pourquoi ?

— Je lui ai dit que je vis dans une petite maison sur First Street, près du parc Mill Pond, et il m'a alors dit qu'il connaissait l'endroit. Et qu'il adorait quand tu l'emmenais jouer au Mill Pond.

— Et il n'aurait certainement pas oublié ces détails.

— Mais je ne pense pas qu'il saurait s'y rendre.

— Pourquoi pas ? Chaque fois que nous y sommes allés, nous étions à pied. Nous marchons beaucoup.

— Peut-être, mais il n'a que six ans.

— Mon fils n'a pas grand-chose en commun avec les enfants de son âge.

Elle n'avait pas tort, mais comme ils avaient déjà eu cette conversation, il ne répondit pas et reporta son attention sur la route. Si, au début, la fugue d'Aiden ne lui avait pas paru dramatique, la situation s'aggravait au fur et à mesure que le temps passait. Ils avaient beau sillonner la petite ville en tous sens, ils ne parvenaient pas à le localiser. S'il n'avait pas été kidnappé par son père, comme l'avait d'abord craint Sarah, le petit avait pu faire une mauvaise rencontre.

À ce stade, Jamie se moquait bien de savoir si ses collègues de la police de Brighton avaient déjà ramassé le garçonnet au cours d'une de leurs rondes. Il ne songeait même plus à l'enfer qui se déchaînerait lorsque ses supérieurs comprendraient ce qu'il avait fait.

Parce que la seule chose qui importait était que l'enfant soit en sécurité.

— Nous n'allons pas le retrouver..., dit Sarah d'une voix blanche.

— Bien sûr que si.

Elle ne faisait qu'exprimer à voix haute la terreur qui l'envahissait lui aussi, mais il refusait de la laisser imaginer le pire. Elle ne devait pas perdre espoir. Si elle le faisait, il perdrait pied. Le doute le gagnait. Il avait multiplié les erreurs et commençait à craindre de s'être bien trop impliqué dans l'affaire pour avoir une chance de la résoudre. Au cours de sa formation, il avait également appris à ne jamais faire de promesses qu'il n'était pas certain de tenir. Malgré tout, comme elle ne répondait rien, il répéta :

— Nous devons le retrouver. Nous allons le retrouver.

Comme si les mots avaient un pouvoir magique et qu'il suffisait de les prononcer pour qu'ils deviennent réalité... S'il le fallait, il les répéterait toute la nuit comme un mantra.

Avec un soupir, Sarah se rapprocha de la vitre de sa portière. De nouveau, elle scruta l'obscurité.

Lorsqu'il était arrivé chez Nadia, Sarah pleurait et tremblait de tout son corps. Visiblement, elle paniquait, imaginant le pire, un kidnapping. Par la suite, en comprenant qu'il avait, sans le vouloir, poussé le petit garçon à venir le rejoindre sans mesurer les risques, elle avait été si furieuse contre lui qu'elle en avait momentanément oublié sa peur. Maintenant, elle semblait résignée. Les épaules basses, les yeux secs, elle se préparait manifestement à l'inévitable tragédie.

— Pourquoi ai-je imaginé que je réussirais ? demanda-t-elle, accablée. J'ai construit un monde pour le protéger, un monde à nous, où rien ne devait lui arriver, et j'ai tout raté. Je l'ai laissé se perdre...

— Ce n'est pas ta faute, Sarah.

C'était la sienne, ils le savaient tous les deux. Et si Aiden était renversé par une voiture ou victime d'un prédateur, d'un pédophile, il serait le seul à blâmer. Comme avec Mark, il avait échoué sur toute la ligne avec Aiden et Sarah. Il était un boulet, un poison toxique.

— Tu as fait tout ce qui était en ton pouvoir pour qu'il se sente en sécurité et aimé, dit-il.

Elle n'arrêtait pas de secouer la tête.

— Mais ce n'était pas suffisant. La preuve ! Et ce soir, j'avais tellement peur des conséquences que j'ai refusé de contacter les secours. Sans doute ai-je ainsi empêché mon enfant d'être retrouvé.

— Nous pourrions appeler le 911.

Même s'il était probablement trop tard pour que les secours soient utiles. Et même s'il devait s'expliquer auprès de ses supérieurs pour avoir mené l'enquête en solo, pour ne pas avoir respecté le protocole. Serait-il viré pour cette raison ? C'était sans importance. Si cela donnait une chance à Aiden d'être retrouvé, il se fichait du reste.

— Veux-tu le faire, maintenant ?

Il avait déjà le doigt sur le tableau de bord, sur la commande permettant de passer un coup de fil.

Un instant, elle baissa les yeux sur ses mains jointes.

— Oui, dit-elle enfin. Contacte-les.

Tout en retournant sur Main Street, il pressa le bouton. Une voix virtuelle lui demanda ce qu'il souhaitait faire.

— Composer le...

Comme ses phares balayaient les vitrines des boutiques, quelque chose attira son attention et il cessa brusquement de parler. S'agissait-il d'un simple jeu de lumière ? Son cœur battait la chamade, soudain. D'une pression du doigt, il désactiva la connexion électronique de la voiture et tourna à l'angle de First Street, cherchant à se garer.

Sarah se tourna vers lui.

— Qu'est-ce qu'il y a ? Tu as vu quelque chose ?

— Je n'en suis pas sûr.

Il n'avait pas envie de lui donner de faux espoirs. Ce n'était pas la première fois qu'il pensait avoir remarqué quelque chose qui se révélait finalement sans intérêt. Malgré tout, dès qu'il put s'arrêter, il descendit de voiture et s'élança vers le carrefour. Derrière lui, il entendit l'autre portière claquer et des bruits de pas.

Il scruta la zone où il avait cru apercevoir quelque chose. Rien. Devenait-il victime de son imagination ? Parce que l'idée d'échouer lui était insupportable ?

— Ce n'était sans doute rien.

— Rien..., répéta Sarah d'une voix tremblante.

Puis il revit ce qui avait attiré son attention. Il ne s'agissait pas du faisceau lumineux de phares crevant la nuit, mais d'un seul rai de lumière qui se balançait dans l'obscurité... Une lampe de poche à la main d'un promeneur, comprit-il.

Quoi qu'il en soit, il ne fallait pas s'emballer trop vite. Beaucoup d'habitants de Brighton possédaient des chiens. Ils les promenaient souvent le soir, munis de lampes de poche pour ne pas les perdre dans le noir.

Mais il ne put s'empêcher de se remettre à courir.

Enfin, devant des devantures de magasins, il distingua à la fois la lueur d'une lampe de poche et une petite silhouette à capuche.

— Aiden ?

S'approchant de l'enfant, il le prit dans ses bras.

— Ta mère et moi t'avons cherché partout !

— Je me suis perdu... J'ai pas trouvé ta maison.

De nouveau, la culpabilité le poignarda. Comment avait-il pu se montrer irresponsable au point de donner des détails sur son adresse à un enfant assez intelligent pour tenter de s'y rendre mais trop jeune pour y arriver ?

— Eh bien, mon bonhomme, j'aurais préféré que tu n'essaies pas. Nous étions fous d'inquiétude.

Comment un petit garçon, qui ignorait encore que le mal prenait souvent l'apparence du bien, aurait-il pu avoir une idée des dangers de la rue, des ténèbres ?

— Je veux maman.

Aiden dans les bras, il se retourna au moment où Sarah les rejoignait.

— Aiden !

— Maman !

L'enfant dirigea le faisceau de sa lampe sur le visage inondé de larmes de sa mère. Elle était secouée de sanglots.

— Pleure pas, maman. Tout va bien.

Comme il tendait la main pour lui caresser les cheveux, répétant probablement les mots qu'elle lui disait d'habitude pour le réconforter, elle se mit à trembler de plus belle. Elle avait eu si peur !

Jamie eut beaucoup de mal à ne pas l'attirer vers lui pour la laisser sangloter contre son épaule. Il s'en abstint car il comprit qu'elle avait besoin de lui autrement, maintenant. Il devait lui montrer qu'il était là, à ses côtés, mais pas trop près. Qu'il était proche, tout en gardant ses distances. Qu'il était un ami mais qu'il la laissait être le parent. Il déposa donc Aiden près d'elle.

Déstabilisé par les larmes de sa maman qu'il avait toujours considérée comme un roc, Aiden entoura les jambes de Sarah de ses bras et se serra contre elle. Pendant un moment, aucun d'eux ne bougea. Puis, finalement, Sarah se pencha et souleva son fils dans ses bras.

— Ne refais plus jamais ça ! dit-elle avec sévérité.

Après quoi elle le couvrit de baisers.

— Tu m'as fait peur. Tu nous as fait très peur.

Elle évita de se tourner vers lui tandis qu'elle reformulait sa phrase, constata Jamie, mais elle sentait forcément son regard sur elle. Il y avait eu un « nous » durant ces heures d'angoisse et de désespoir. Et maintenant, avec le soulagement, l'apaisement, le « nous » était toujours là.

Il ignorait ce que ce « nous » signifiait pour elle, tout comme il ignorait ce que lui-même éprouvait à ce sujet, surtout lorsqu'il songeait aux questions qu'il avait à lui poser. Cependant, il fut ridiculement heureux qu'elle ait reconnu son rôle dans cette histoire.

— Pardon, maman, dit Aiden, penaud. Mais j'ai laissé un mot, une lettre. Comme tu fais pour moi quand je vais chez Nadia.

— J'ai vu, dit-elle bien que, techniquement, elle ne l'ait pas lue. Mais ça ne suffit pas. Tu aurais dû demander à Nadia ou à moi la permission de sortir.

— T'aurais pas voulu. Tu m'aurais dit non.

Elle ne pouvait le nier, et Jamie comprit qu'elle n'allait pas essayer de lui prouver le contraire. Jusqu'à aujourd'hui, elle n'aurait jamais autorisé son fils à venir lui rendre visite.

— Nous en reparlerons demain, dit-elle. Il est tard.

— J'ai froid, fit Aiden en frissonnant. Et j'ai faim.

Sarah secoua la tête.

— Rentrons vite à la maison, alors.

— Écoute, commença Jamie. J'habite tout à côté d'ici. Si ta mère est d'accord, pourquoi ne pas aller prendre un chocolat chaud chez moi ?

Avant que l'un ou l'autre ait la possibilité de répondre, il regarda Aiden avec gravité.

— Mais tu ne viens chez moi que si tu promets de ne plus jamais revenir sans ta mère.

— Je promets. On peut y aller, maintenant, maman ? Je suis en train de mourir de froid.

Jamie était prêt au refus de Sarah. Non seulement elle avait décliné toutes ses invitations depuis leur sortie au zoo, mais en acceptant, elle récompenserait en quelque sorte une bêtise d'Aiden. Pour ne pas avoir de regrets, il avait décidé de poser malgré tout la question, sans toutefois se faire beaucoup d'illusions.

Comme Aiden, il avait faim, soudain. Il n'avait rien mangé depuis des heures, l'estomac trop noué par les mensonges de Sarah. Elle n'avait pas voulu partager ses secrets avec lui et peut-être ne le ferait-elle jamais. En dépit de cela, il souhaitait toujours être avec elle.

Alors qu'elle hésitait, il fronça les sourcils dans l'obscurité, comprenant qu'elle était acculée. Encore une fois, il l'avait poussée dans un coin et elle se retrouvait le dos au mur. Et, encore une fois, elle n'avait pas vraiment la liberté de refuser. En disant non, elle priverait son fils d'une grande joie et serait alors obligée de jouer le rôle de la méchante avec l'enfant.

— D'accord, dit-elle enfin.

Il chercha son regard.

— D'accord ?

— Vraiment, maman ?

Elle hocha la tête.

— Mais nous ne resterons pas longtemps.

15

Sarah s'assit sur le canapé, Aiden endormi dans les bras. Pancake, le chat de Jamie, les observait d'un œil méfiant, roulé en boule dans un panier. Aiden se blottit étroitement contre elle comme s'il avait besoin d'être le plus près possible, de se fondre en elle. Ce soir, elle ressentait la même chose.

Elle avait failli le perdre. Cette seule pensée lui donnait envie de fondre en larmes. Elle l'étreignit plus fort, écrasant au passage le dauphin en peluche contre lui. Sentir la chaleur du corps de son fils la rassurait, lui prouvant qu'il était en vie et en sécurité.

— Il ne ressemble pas à un petit garçon qui vient de vivre des heures terrifiantes, remarqua Jamie depuis le fauteuil.

Il sourit en se penchant pour poser sa tasse sur la table basse. Elle lui rendit son sourire.

— Il s'en remettra bien plus vite que moi. Que nous, ajouta-t-elle.

— Tu as raison. Mais je parie qu'il ne re-fuguera pas de sitôt.

— Il a intérêt.

— Heureusement que sa plus grande déception à propos de ce soir sera de s'être endormi avant d'avoir eu la possibilité de finir son chocolat chaud.

Il tendit la main et caressa la tête d'Aiden avec une telle douceur que Sarah frissonna. Elle aurait voulu qu'il la caresse ainsi elle aussi.

— Pourquoi les enfants transpirent-ils toujours pendant leur sommeil ? demanda-t-il. C'est étrange que ce soit l'un de mes plus vieux souvenirs de Mark. Je me revois repoussant ses cheveux trempés de sueur alors qu'il dormait dans son petit lit à barreaux.

— Je ne sais pas, mais Aiden est toujours en nage, la nuit.

Elle chassa tendrement une mèche blonde du front de son fils puis elle s'éclaircit la voix.

— Mark a eu de la chance de t'avoir comme grand frère.

Ils échangèrent un long regard, puis il reprit sa tasse et but une gorgée de son cacao.

— Es-tu sûre qu'Aiden ne serait pas mieux si je l'allongeais dans la chambre d'amis ? Tu n'as pas la possibilité de bouger, avec lui dans les bras.

— Il ne me dérange pas. En plus, je n'ai pas envie qu'il soit loin de moi pour l'instant, dit-elle, traversée une nouvelle fois par d'horribles images. Je pense à tout ce qui aurait pu se passer, lui arriver.

— Il est en sécurité, maintenant. Vous êtes tous les deux en sécurité.

De nouveau, des larmes lui brûlèrent les paupières et elle secoua la tête pour les refouler. Elle en avait versé beaucoup, depuis qu'ils avaient retrouvé Aiden. Dès qu'elle avait eu la certitude qu'il allait bien, elle s'était autorisée à ouvrir les vannes. Une fois la crise passée, elle avait laissé les pires scénarios envahir son esprit.

— Il aurait pu…

— Mais ça n'a pas été le cas. Il a eu de la chance. Nous avons tous eu de la chance.

— Grâce à toi, Jamie. Sans toi, je n'aurais peut-être jamais retrouvé mon fils. Merci… Merci infiniment… de me l'avoir rendu.

Sa voix se brisa sur ce dernier mot. Jamie lui avait rendu la personne qui comptait le plus au monde pour elle, la personne la plus importante à ses yeux.

— C'est à cause de moi qu'Aiden était dehors cette nuit, ne l'oublie pas. J'aurais dû réfléchir avant de lui dire où j'habitais.

— Apprends à accepter les remerciements, veux-tu ?

— J'essaierai.

— Tu ne m'as toujours pas dit ce qu'il a écrit dans sa lettre.

Il sortit le feuillet de sa poche et le lui tendit.

— J'ai pensé qu'il n'était pas utile pour toi d'en prendre connaissance à ce moment-là.

Elle lut à voix haute :

— « Chère maman. Je suis allé chez M. Jamie. Tu dis toujours non quand je te demande de l'inviter chez nous. Je t'aime. Aiden. »

La gorge serrée, elle déglutit avec difficulté.

— Manifestement, tout n'était pas uniquement ta faute, sa lettre le prouve. Je suis une mère horrible qui dit toujours non. Et tu as raison, il valait mieux que je ne la lise pas à ce moment-là, ajouta-t-elle en la posant sur la table.

— Il s'est sauvé parce qu'il avait envie de passer du temps avec moi. Et je ne serais pas venu s'il n'avait pas eu besoin de moi, *lui*.

— Oui, je m'en doute. J'ai reçu ton texto.

Elle regarda fixement sa main posée sur l'épaule d'Aiden, tout en cherchant les mots justes. Que pouvait-elle dire pour tenter d'arranger les choses ?

Elle décida de faire simple.

— Je suis vraiment désolée. Pour tout.

— Pourquoi m'as-tu menti ?

— Je ne t'ai pas menti. Du moins, pas vraiment.

— Tu m'as menti. Quand j'ai voulu vérifier ce que tu m'as raconté, j'ai découvert que rien n'était vrai. J'ai consulté les fichiers de détenus, les registres de divorces, les actes de naissance. Je n'ai rien trouvé à propos de Michael ou de Sarah Cline. Ou d'Aiden. Pourquoi avoir inventé toute cette histoire, tous ces mensonges ? Qu'ai-je fait pour mériter ça ?

Sarah recevait chacun de ses mots comme une gifle. Elle aurait préféré qu'il la frappe. Au moins, aurait-elle su comment réagir. Son instinct de survie lui aurait permis de lutter ou de fuir. Mais là, c'était elle qui l'avait blessé, trahi, et elle ne savait que dire.

— Rien. Tu n'as rien fait pour mériter ça, répondit-elle, d'une voix rauque qu'elle-même ne reconnut pas.

Elle se mordit la lèvre, cherchant le courage de lui révéler la vérité. Toute la vérité, cette fois.

— Tout ce que je t'ai dit est vrai. Sauf les noms.

— De quoi parles-tu ? Attends... Sarah n'est pas ton vrai prénom ?

Sans lui laisser le temps de répondre, il s'exclama :

— Je le savais ! Dès le début, j'ai pensé qu'il n'était pas normal de ne pas avoir de compte en banque. Ni de voiture ni même de permis de conduire. De ne pas avoir de profil sur les réseaux sociaux. Mais je m'étais persuadé qu'il y avait une raison simple à tout ça. Et il y en a une : tu n'es pas celle que tu prétends être.

— Laisse-moi t'expliquer. S'il te plaît.

— Pourquoi devrais-je te croire, cette fois ?

Dérangé dans son sommeil par une voix teintée de colère, Aiden remua dans les bras de sa mère.

Jamie poursuivit, un ton en dessous.

— Qu'est-ce qui me dit que tout ce que tu veux me raconter maintenant ne sera pas un autre tissu de mensonges ?

Elle ouvrit la bouche pour répondre puis la referma, les épaules basses. Il avait raison. Il ne pouvait plus la croire.

— Qui est Sarah Cline, d'ailleurs ?

— Sarah était ma grand-tante, la tante préférée de mon père. Nous étions très proches. Elle est morte peu après la naissance d'Aiden.

— Et tu as usurpé son identité.

— Avec sa bénédiction, même si ça ne règle pas le problème.

— Et ne change rien au fait que c'est un délit.

Elle hocha la tête puis attendit la question suivante. La question logique, inévitable, incontournable. L'autre jour, elle n'avait pu se résoudre à donner le nom qu'elle gardait caché depuis si longtemps.

— Si tu n'es pas Sarah Cline, qui es-tu ?

— Maria. Maria Brooks.

S'attendant à ce qu'il la qualifie encore de menteuse, elle refusa de détourner le regard. Curieusement, alors qu'elle avait menti des années durant pour protéger ses secrets, l'idée qu'il ne la croie pas, à présent, lui était insupportable.

— Brooks est ton nom de femme mariée ?

Jamie s'exprimait avec un tel détachement qu'elle n'aurait pas été surprise de le voir sortir son calepin comme il le ferait pour interroger un suspect. En était-elle un, à ses yeux ? Se sentirait-il obligé de l'arrêter, maintenant qu'elle avait avoué son forfait ?

— Oui. Mon nom de jeune fille est Norris. Maria Sarah Norris.

— Maria, murmura-t-il, fronçant les sourcils.

— S'il te plaît, continue de m'appeler Sarah. Pour ne pas perturber Aiden. Et Maria n'est plus celle que je suis.

— Sarah est-il vraiment ton deuxième prénom ?

— Papa adorait sa tante et avait insisté pour me donner son prénom. Tante Sarah n'a jamais eu d'enfants et m'a toujours considérée comme sa fille d'adoption, de cœur.

— Et comment s'appelle ton ex-mari ?

— Michael Brooks. Il est actuellement incarcéré au pénitencier de Danville.

— Et lui ? demanda-t-il en désignant de la tête le garçonnet endormi sur ses genoux.

Bien qu'il ne lui ait pas spécifiquement demandé s'il s'appelait vraiment Aiden, elle répondit.

— Son vrai nom est Andrew. Mais il ne se souvient pas avoir été appelé autrement qu'Aiden.

Il posa encore quelques questions et elle lui donna le plus de détails possible, sachant qu'il vérifierait chacun d'eux dès qu'il l'aurait déposée chez elle. Cette fois, il trouverait confirmation qu'elle avait dit la vérité.

Pendant un moment, ensuite, il resta silencieux comme s'il prenait le temps d'absorber, de digérer tout ce qu'elle lui avait dit. Si elle avait cru qu'avouer lui permettrait d'obtenir l'absolution comme au confessionnal, elle s'était lourdement trompée. D'ailleurs, elle ne ressentait aucun soulagement, mais une profonde honte. Elle se détestait d'avoir menti à Jamie et de lui avoir donné des raisons de croire qu'elle était incapable de sincérité.

Comme le silence se prolongeait, elle essaya de combler le vide en se remettant à parler.

— Je pensais que je ne risquerais plus rien après le divorce, mais le juge a accordé un droit de visite à Michael. Il a autorisé un monstre à faire du mal à mon bébé. Je ne pouvais simplement pas laisser faire ça.

— Tu t'es donc soustraite à une injonction du tribunal et tu as vécu sous un nom d'emprunt, sous une fausse identité. As-tu une idée de la gravité des délits que tu m'as avoués ?

— Je suis vraiment désolée. Comme je te l'ai dit, je n'aurais jamais dû t'impliquer.

Elle appuya un instant sa joue sur la tête de son fils qui dormait paisiblement. Quand elle se redressa, elle planta les yeux dans les siens pour dire avec force :

— Je n'avais pas d'autre choix que de disparaître et de commencer une nouvelle vie.

— On a toujours le choix. Et comme tu t'es enfuie avec ton fils, un mandat d'arrestation pourrait être lancé contre toi pour non-représentation d'enfant, un délit passible d'un an de prison. Sans parler des conséquences que tu subirais pour usurpation d'identité, même si tu n'as fait de mal à personne.

Elle secoua la tête, refusant de céder.

— Si c'était à refaire, je le referais. Je ne pouvais pas laisser Michael faire du mal à mon fils pour m'atteindre, moi. Et il devra me tuer pour en avoir, une nouvelle fois, la possibilité…

— Une nouvelle fois ? Tout à l'heure, quand tu pensais qu'Aiden avait été enlevé, tu as dit que Michael avait « de nouveau » pris ton bébé.

Il était manifestement en train de comprendre ce qu'elle avait voulu dire, de mettre des mots sur une insupportable vérité qu'elle avait enfouie au plus profond de son cœur. Une vérité qu'elle n'avait jamais avouée à personne, pas même à Tonya, mais que son amie avait probablement soupçonnée à l'époque.

— Le bébé que tu as perdu… Ce n'était pas une fausse couche, n'est-ce pas ?

Elle avait perdu son bébé. Son *bébé*. À l'époque, personne n'avait voulu utiliser ce mot. Comme si celui de « fausse couche » suffisait à tout expliquer, comme si un terme médical avait la capacité d'effacer l'horreur. Alors qu'il avait seulement privé son enfant d'humanité.

— Je ne sais pas... J'aurais peut-être fait une fausse couche, même s'il ne s'était rien passé.

— Que s'est-il passé ?

— Nous nous disputions depuis des jours et des jours. Il m'avait déjà secouée sans ménagement, frappée à plusieurs reprises... Cette nuit-là, il m'a poussée dans l'escalier et j'ai dégringolé toutes les marches sur le ventre. Je pensais que ce n'était pas grave, que cet incident serait sans conséquence. Mais dès le lendemain matin, j'ai commencé à saigner. Quelques heures plus tard, tout était... fini.

Elle ferma les yeux, s'efforçant de refouler les souvenirs de cette terrible journée.

Jamie fronça les sourcils.

— L'as-tu raconté au médecin ?

— À ton avis ?

Il avait certainement déjà eu affaire à des victimes de violences conjugales et devait savoir que ce n'était pas si simple.

— Le stress lié aux conflits a peut-être été à l'origine du drame. Ou la chute. Ou autre chose. Je ne le saurai jamais avec certitude.

— Comment as-tu surmonté cette histoire ?

— J'ai fait ce que je devais faire, répondit-elle avec un haussement d'épaules. J'ai continué ma vie, sachant que je ne serais plus jamais la même. Je ne suis pas partie ce jour-là. J'avais encore trop peur. Mais quelque part, dans le secret de mon cœur, j'en ai voulu à Michael. Je ne le lui ai jamais pardonné. Mon enfant méritait de vivre.

Jamie soupira.

— J'essaie de comprendre, Sarah. Vraiment. Mais tu es restée avec lui des années après cette histoire. Des années. Et... tu as eu Aiden avec lui, quelque temps plus tard.

— Tu n'imagines pas ce qu'une femme peut endurer quand elle est persuadée qu'elle ne vaut rien. Ni à quel point elle est capable de s'accrocher à la relation la plus destructrice parce qu'elle estime qu'elle ne mérite rien d'autre.

Il posa la main sur la sienne.

— Comment as-tu pu penser une chose pareille ?

— Si tu l'entends suffisamment de fois, tu finis par croire n'importe quoi.

— Alors je vais te le répéter : tu mérites mieux. Beaucoup mieux. Aiden aussi. Et je le pense vraiment. Maintenant, il faut y croire.

— Je veux y croire.

Mais elle avait encore une question à poser, et la réponse déciderait de la suite.

— À ton avis, si j'étais présentée à un juge, serais-je condamnée à une peine de prison pour ce que j'ai fait ? Dans cette hypothèse, je perdrais mon fils alors que tout ce que j'ai fait était destiné à le protéger...

Elle s'attendait à ce qu'il s'écarte, qu'il retire sa main et son soutien en se souvenant qu'il était policier et tenu de faire respecter la loi. La pensée d'un emprisonnement lui noua la gorge. Qu'adviendrait-il d'Aiden si elle n'était plus là pour le protéger de son père ? Un jour, Michael serait libéré. Son fils se retrouverait-il alors dans une situation pire que celle qu'elle tentait de fuir ?

Jamie resta silencieux durant ce qui lui parut une éternité. En son for intérieur, elle regrettait de lui avoir raconté son histoire, de lui avoir dit la vérité, tout comme elle regrettait de s'être autorisée à éprouver quelque chose pour lui. Mais il était trop tard pour revenir en arrière. Trop tard pour ravaler les mots et pour étouffer les sentiments. Il était trop tard et son petit garçon risquait de le payer cher, de devenir un dommage collatéral.

— Non. Je ne..., commença-t-il enfin.

Elle regarda sa main, toujours posée sur la sienne.

— Que vas-tu faire maintenant, Jamie ? À part vérifier mon histoire ?

— C'est tout le problème, répondit-il après un long soupir. Dans cette histoire, rien n'est noir ou blanc. Tout est gris. Mon devoir et mon cœur sont en conflit. Il va me falloir choisir entre mon métier et... toi.

De nouveau, elle attendit qu'il retire sa main pour lui signifier le verdict, lui faire comprendre qu'il avait mis un terme à son conflit intérieur et choisi son métier. Au lieu de quoi, il entremêla doucement leurs doigts.

Dans le contexte, le geste lui parut beaucoup plus intime, plus révélateur de son amour que leurs baisers passionnés de l'autre soir. Elle souffrait du sacrifice qu'elle l'avait forcé à faire mais ne regrettait plus de lui avoir fait confiance en lui racontant toute l'histoire. Et si elle voulait être honnête avec elle-même, elle devait admettre qu'elle savait depuis le début qu'il méritait cette confiance.

Jamie Donovan était vraiment quelqu'un de bien. Elle l'avait senti dès qu'elle avait fait sa connaissance. Était-ce sa force tranquille qui n'avait pas besoin de démonstrations musclées qui l'avait touchée ? Ou sa loyauté envers la mémoire de son frère ? Ou la gentillesse dont il avait fait preuve, d'abord avec son fils puis avec elle ?

Il brisa la magie du moment en la lâchant, se leva, et consulta sa montre.

— Il est tard. Je ferais mieux de vous ramener tous les deux à la maison.

— Tu as raison.

— Laisse-moi le porter.

Il souleva Aiden. Dérangé dans son sommeil, le garçonnet grogna mais lui noua les bras autour du cou.

— Il va être fatigué, demain matin. Vas-tu l'autoriser à sécher l'école ?

— Je préfère ne pas perturber sa routine plus que nécessaire. Je le laisserai dormir une heure de plus et demanderai à Nadia de l'emmener à l'école un peu en retard.

Elle fit une pause le temps d'enfiler son manteau et lui tendit sa veste, mais il jeta un coup d'œil à Aiden et secoua la tête.

— Je vais l'installer dans la voiture.

Il se dirigea vers la porte et elle le suivit.

— Je ne veux pas non plus qu'il croie que fuguer lui permet de bénéficier d'un jour de congé scolaire supplémentaire, dit-elle.

Alors qu'elle aurait dû être pressée de rentrer chez elle, elle se rendit compte qu'au fond de son cœur, elle aurait aimé rester ici.

Avec Jamie.

16

Jamie coucha Aiden et le borda avec soin. Comme il reculait, veillant à baisser la tête pour ne pas se cogner contre le lit du haut, deux petits bras sortirent de sous la couette pour s'enrouler autour de son cou.

— Bonne nuit, monsieur Jamie.

— Bonne nuit, mon bonhomme, dit-il en l'étreignant plus fort.

— Merci d'être venu me chercher et de m'avoir retrouvé.

— De rien, répondit-il, ému par la gratitude de l'enfant.

Aiden se rendormait déjà.

Jamie éteignit la lumière mais au lieu de regagner immédiatement la pièce principale, il prit une profonde inspiration, une main plaquée contre le chambranle. Sarah devait encore être chez Nadia ; elle était passée chez la nourrice pour l'informer de l'issue heureuse de la fugue d'Aiden.

Il espérait profiter de l'obscurité pour se ressaisir mais n'y parvenait pas. Il transpirait à grosses gouttes et son cœur battait à tout rompre. Il devait sortir de cet appartement au plus vite, comprit-il. Pour échapper à l'intensité des sentiments qu'il éprouvait pour les deux personnes qui y vivaient.

En découvrant que Sarah lui avait menti, il avait décidé de prendre ses distances vis-à-vis de d'elle et de son fils. Sa panique en apprenant la disparition d'Aiden lui avait prouvé qu'il n'y était pas parvenu. Loin de là. Il avait alors mesuré son impuissance. Certes, Aiden se trouvait en sécurité dans son lit maintenant et Sarah à deux pas, mais il était conscient qu'ils avaient frôlé le drame, ce soir. Il avait essayé de se montrer rassurant pour ne pas angoisser davantage Sarah mais en réalité, ils avaient eu beaucoup de chance d'avoir retrouvé le petit garçon sain et sauf.

Il n'aurait pas forcément la même chance une autre fois, si Sarah décidait de s'enfuir. Et après tout ce qu'elle lui avait confié ce soir, elle y pensait, il n'en doutait pas. Probablement craignait-elle que, poussé par son sens aigu du devoir, il la dénonce.

Le pire était qu'elle avait raison de s'en inquiéter.

La pauvre n'avait pas besoin qu'un autre homme vienne lui compliquer la vie. Elle vivait déjà dans la terreur que son ex-mari retrouve sa trace, bien qu'il soit en prison et qu'elle se soit entourée d'un maximum de précautions pour empêcher cette catastrophe.

Finalement, il sortit de la chambre. Comme il entrait dans la cuisine, la voix de Sarah le fit sursauter.

— Il s'est rendormi ?

Tournant la tête, il la découvrit, adossée au mur, un verre d'eau à la main. L'avait-elle vu alors qu'il s'appuyait au chambranle pour tenir debout ?

— Je ne t'attendais pas si tôt.

Le regard hanté de Sarah masquait une force qui avait toujours été là, comprit-il en la dévisageant. En tout cas, imaginer ne plus jamais la revoir lui était insupportable. Ce serait un enfer.

— Nadia était fatiguée, répondit-elle. Ce qui n'a rien d'étonnant, après cette soirée particulièrement éprouvante.

Elle considéra un instant ses mains avant d'ajouter :

— Je m'en veux de l'avoir soupçonnée de négligence. Elle m'a pardonné, mais ça n'a pas été simple pour elle.

— Tes mots ont dépassé ta pensée. Quand nous sommes sous l'emprise d'émotions intenses, nous avons tous tendance à dire des choses que nous n'aurions jamais dites autrement.

À son air angoissé, à sa façon de croiser les bras sur sa poitrine, il devina qu'elle interprétait mal ses paroles et qu'elle croyait qu'il la dénoncerait, après tout.

— C'est certain, répondit-elle, tendue.

Il mourait d'envie de l'étreindre pour lui assurer que tout irait bien, mais il ne le pouvait pas et surtout pas maintenant. Chez lui, il en avait eu envie aussi, lorsqu'elle lui avait enfin confié toute son histoire. Mais Aiden était dans les bras de sa mère pour lui interdire d'aller plus loin. Ici, tout était différent. Et s'il la touchait, il risquait de perdre la tête.

— La nuit a été longue. On s'appelle demain.

Il se dirigea vers la porte, s'obligeant à ne pas courir, à ne pas se précipiter loin d'elle. Loin des désirs qui le submergeaient. Loin des sentiments dont il était la proie.

Il l'entendit le suivre.

— Jamie, attends, dit-elle en lui prenant la main.

Le sang affluant à ses oreilles, il se retourna et posa les yeux sur son ravissant visage.

Elle s'humecta les lèvres.

— Merci encore pour tout ce que tu as fait pour moi. Tu... m'as ramené mon fils.

Avant qu'il ait la possibilité de répondre, elle se hissa sur la pointe des pieds et, pour la deuxième fois, prit l'initiative de l'embrasser. Cette fois, cependant, son baiser était teinté d'un désespoir qui l'ébranla.

Un désir fou s'empara de lui.

Il devait tout arrêter. Tout de suite. Réfléchir. Mais comment une pensée cohérente pourrait-elle s'imposer dans son esprit embrumé alors que les lèvres pleines de Sarah le tentaient jusqu'au vertige ? Alors qu'il sentait ses seins pressés contre son torse, ses hanches plaquées aux siennes ?

Comme leurs langues entamaient une danse sensuelle, il savoura la bouche de cette femme qui l'attirait depuis des mois, glissant sans effort de ses fantasmes à la réalité. Aucun baiser ne l'avait transporté à ce point. Aucun autre corps féminin ne s'était aussi parfaitement adapté au sien.

Mues par leur propre volonté, ses mains se posèrent sur ses seins. Au lieu de s'écarter, de le repousser, Sarah s'accrocha à lui.

Une petite voix, la voix de la raison, l'exhortait à la prudence mais il ne l'entendait plus. Il ne pouvait plus penser qu'à Sarah – ou Maria, peu importe – et à son désir de la faire sienne.

Cela faisait des mois qu'il rêvait de ce moment. Et, maintenant, Sarah partageait cette envie avec la même intensité. Elle avait faim de lui. Elle s'offrait, et ce cadeau le transportait de joie.

Soudain, il comprit que ce n'était ni le lieu ni le moment de céder à la tentation. Sarah se donnait à lui pour de mauvaises raisons. Tôt ou tard, elle le regretterait et lui reprocherait d'avoir profité de sa vulnérabilité.

À contrecœur, il dénoua doucement ses bras de son cou et s'écarta d'elle.

— Sarah, chérie, nous ne devons pas faire ça. Pas maintenant. Pas comme ça.

— Pourquoi ?

— Parce qu'un petit garçon que nous aimons tous les deux pourrait à tout moment arriver et nous surprendre.

Elle baissa la tête et recula.

— Tu as raison. Je suis désolée… Je ne sais pas ce qui m'a pris.

S'avançant de nouveau vers elle, il lui leva le menton pour qu'elle le regarde.

— Je te désire plus que tout, Sarah. N'en doute pas. Depuis des mois, je ne pense qu'à toi. Tu m'obsèdes. Et depuis peu, je nous imagine ensemble. Tous les jours. Toutes les nuits… Mais je n'ai pas envie que tu viennes à moi pour de mauvaises raisons. Par gratitude, pour me remercier de t'avoir aidée à retrouver Aiden.

— Mais ce n'est pas… Jamie, tu ne comprends pas…

— Écoute, Sarah. J'ai besoin que tu réfléchisses bien avant d'aller plus loin. La soirée a été éprouvante, épuisante. Il serait très facile de nous abandonner dans les bras l'un de l'autre et d'oublier le reste. Mais le réveil risquerait alors d'être difficile, et je ne supporterais pas de sentir que tu éprouves le moindre regret…

Il s'éloigna d'elle.

— Maintenant, je te laisse. Tu vas verrouiller la porte derrière moi et aller te reposer.

— D'accord.

— Et ne regarde pas par la fenêtre.

— Pourquoi donc ?

— Je vais rester un moment dans ma voiture devant l'immeuble, répondit-il en souriant, et je ne voudrais pas que tu me voies me taper la tête contre le volant en m'insultant.

Elle sourit.

— Merci, Jamie.

Tandis qu'il se dirigeait vers sa voiture, il ne put s'empêcher de regretter d'avoir refusé de prendre ce qu'elle lui offrait.

Le plus frustrant était sa certitude que dès qu'elle aurait recouvré ses esprits, son bon sens, Sarah ne le laisserait plus l'approcher, la toucher.

Parfois, être quelqu'un de bien n'offrait aucun avantage...

17

De violents coups sur sa porte tirèrent Jamie du sommeil. Il battit des paupières, se demandant s'il les avait rêvés ou si quelqu'un se trouvait devant chez lui.

Sa nuit avait été agitée. Après les révélations de Sarah, il craignait d'avoir des ennuis avec ses supérieurs pour n'avoir pas dénoncé des agissements délictueux. Avait-il déjà attiré l'attention sur lui en consultant trop souvent les fichiers de la police ? Ses collègues venaient-ils le chercher ? Comment allait-il leur expliquer les raisons pour lesquelles il s'était détourné du droit chemin ? Son silence le rendait complice des fautes de Sarah...

Le vacarme avait cessé. Peut-être s'agissait-il d'un vendeur à domicile qui, se rendant compte qu'il avait atteint son quota, avait décidé de le laisser tranquille. Mais dès qu'il enfouit la tête sous son oreiller, son téléphone portable lui signala qu'il venait de recevoir un texto.

Il chercha à tâtons l'appareil sur sa table de chevet puis il lut le SMS de Sarah qui s'affichait sur l'écran.

Ouvre-moi.

Rejetant ses couvertures, il s'habilla en hâte et descendit au rez-de-chaussée.

Même s'il s'attendait à découvrir Sarah sur le seuil, il eut le souffle coupé en la voyant.

Elle lui sourit.

— Bonjour, Jamie. Je dérange ?

— Je viens de me réveiller.

— Heureuse d'apprendre que l'un de nous deux a dormi.

Il attendit une explication, mais elle ne dit rien de plus.

— Que fais-tu ici, Sarah ? Est-il arrivé quelque chose à Aiden ?

— Il va bien. Nadia l'a emmené à l'école il y a une heure. Elle m'a appelée pour me dire qu'ils n'avaient pas eu de problèmes en chemin.

— Alors, je répète ma question : Pourquoi es-tu ici ?

Puis il le comprit. Lorsqu'il l'avait quittée, la veille au soir, il l'avait encouragée à réfléchir à la situation, à ne pas faire l'amour avec lui sur un coup de tête. Elle savait aussi qu'il serait chez lui. Alors elle était venue. Et seule.

— J'ai réfléchi, répondit-elle simplement.

Ces trois mots auraient dû lui donner l'impression d'avoir gagné le gros lot. Cependant, au lieu de crier de joie en lançant des confettis en l'air, il s'interrogea soudain sur l'authenticité du ticket gagnant. Pourquoi était-il incapable de profiter du cadeau qu'elle lui faisait sans se poser de questions, comme n'importe quel autre homme le ferait ?

— Je n'éprouve pas que de la gratitude pour toi, Jamie. Il y a toujours eu bien plus entre nous, tu le sais.

— Je n'en sais rien.

— Je vais te dire ce qui m'attire chez toi. Tu es d'une profonde gentillesse. Ta tendresse, comme tes multiples attentions à mon égard, me touchent au cœur. Tu ne mesures sans doute pas à quel point cette qualité est séduisante, en particulier pour quelqu'un comme moi.

Pourtant, il avait du mal à croire que sa gentillesse suffise à donner envie à une femme de faire l'amour avec lui…

— Et tu es fort sans avoir besoin de te servir de tes poings pour le prouver, continua-t-elle.

— Bon, ça va. Inutile de me faire l'article.

— Mais si, j'en ai envie ! Quand tu m'as parlé de ton frère, j'ai compris que tu pourrais me comprendre. Parce que tes blessures sont aussi profondes que les miennes.

Il hocha la tête. Ils avaient connu l'un et l'autre de grandes souffrances, et aspiraient tous deux à la résilience.

Il avait encore une question à lui poser.

— As-tu déjà été avec quelqu'un depuis…

Elle secoua la tête.

— Je n'en avais aucune envie. Quand je t'ai rencontré, j'avais peur de tout, y compris de mon ombre. Or, en venant ici, je n'ai pas regardé une seule fois par-dessus mon épaule pour vérifier que personne ne me suivait. Mais le plus important, ce qui a tout changé, tu ne le croiras peut-être pas parce que je t'ai caché beaucoup de choses, c'est que je te fais confiance, Jamie.

Confiance. Il essayait de gagner sa confiance depuis le début. Après avoir été battue, trahie et meurtrie, Sarah avait perdu foi en la vie comme en elle-même. Depuis des années, se sentant menacée, elle fuyait et se cachait. Et malgré tout cela, maintenant, elle avait confiance… en lui.

Baissant les yeux, elle se mit à mordiller son médaillon, comme si elle s'attendait à un rejet. Ignorait-elle donc qu'il serait incapable de la repousser ?

Il prit son beau visage entre ses mains.

Comme elle penchait la tête en arrière pour planter son regard dans le sien, elle sembla soudain hésiter. Où était passée la femme déterminée qui avait traversé toute la ville pour lui annoncer qu'elle était prête à faire l'amour avec lui ?

— Moi aussi, je te fais confiance, dit-il.

Si elle avait alors détourné les yeux, il aurait compris qu'elle n'était pas prête en réalité à aller plus loin et il aurait insisté pour qu'elle rentre chez elle. Elle soutint son regard et lui sourit.

Il prit ses lèvres. Il avait envie de l'embrasser avec passion, de lui faire mesurer le désir puissant qu'il éprouvait. Mais il devait procéder avec prudence, avec douceur, se montrer à la hauteur du cadeau qu'elle lui faisait et de sa confiance. Sarah était belle et fragile comme du cristal. Pour ne pas la briser, il fallait la traiter avec grand soin. Il allait devoir se maîtriser, alors que tout ce qui émanait d'elle l'enivrait.

À deux reprises déjà, il avait eu le privilège d'avoir Sarah dans ses bras mais, cette fois, elle l'avait décidé. Ils ne cédaient pas à une attirance impérieuse. Ils faisaient le choix d'aller plus loin, de partager quelque chose de beau et de vrai.

Il n'arrivait pas à se rassasier de la saveur de sa bouche, des fragrances de son parfum. Et quand elle se plaqua contre lui avec une fougue qui lui coupa le souffle, il faillit oublier ses résolutions de prendre son temps pour la séduire.

La femme sensuelle et confiante avait-elle toujours été là, tapie derrière les serrures, les cadenas et un mur de secrets ? Avait-elle attendu que quelqu'un la libère ?

Lorsqu'il s'écarta pour reprendre son souffle, il colla son front au sien.

— Je rêvais de ce baiser... au moment où tu m'as réveillé en frappant à ma porte.

Il l'attira à nouveau et il la serra contre lui pour lui montrer à quel point il la désirait.

— Tu es si belle, murmura-t-il contre ses lèvres.

Au lieu de s'éloigner, elle se haussa sur la pointe des pieds pour s'ajuster plus intimement à lui.

— Tu me fais visiter ta maison ?

Il comprit le message, l'invite derrière ses mots. Quelques heures plus tôt, ils avaient passé un moment chez lui. Elle avait déjà vu le salon, la cuisine et la salle de bains. Le reste de la maison désignait les chambres, les deux chambres d'amis... et la sienne.

— J'allais justement te proposer d'entrer. Je vais te faire faire le tour du propriétaire. Le grand tour.

Il la souleva dans ses bras, rentra, puis après avoir refermé la porte du pied, se dirigea vers l'escalier.

Le rire de Sarah résonna contre sa poitrine.

Une fois dans la chambre, il l'assit sur le bord du lit. Elle garda les bras noués autour de son cou pour le faire basculer avec elle en arrière.

Les yeux rivés aux siens, elle passa alors les doigts sur sa mâchoire jusqu'à ce que son pouce effleure ses lèvres.

— Je te fais confiance, dit-elle.

La gorge serrée, il hocha la tête. Elle ne pouvait deviner à quel point ses mots étaient importants pour lui.

« Confiance ». Ni l'un ni l'autre n'avait prononcé le mot « amour ». Cela semblait prématuré et il ignorait si elle oserait un jour franchir le pas, se risquer à aimer.

Mais pour lui, ces deux mots signifiaient la même chose.

18

En proie à une soudaine appréhension, Sarah balaya du regard la chambre de Jamie plongée dans la pénombre. Ce n'était pas le moment de laisser ses doutes, ses peurs, s'enraciner. Elle voulait croire qu'elle était prête à sauter le pas, à franchir cette étape décisive avec lui, comme elle le lui avait dit.

L'était-elle réellement ?

Elle lui avait assuré que la situation entre eux avait changé, que tous deux avaient évolué. Mais était-ce vrai ? Après avoir passé la majeure partie de sa vie d'adulte à fuir et à ériger des murs en béton pour protéger son cœur et son corps, pouvait-elle redevenir la jeune femme naïve et vulnérable qu'elle avait été ?

— Ça va ? chuchota Jamie.

Remarquait-il que, par l'esprit, elle avait quitté sa chambre pour retourner errer dans les marécages d'un passé qu'elle tenait tellement à oublier ? Pourtant, elle avait envie d'être là, entre les bras aimants de Jamie. Et curieusement, alors qu'elle était tombée deux fois enceinte et qu'elle avait mis un enfant au monde, il lui semblait qu'avec cet homme hors du commun, si tendre, si amoureux, elle découvrait l'amour pour la toute première fois.

— Oui, tout va bien, mentit-elle.

L'attrapant par le cou, elle l'attira pour l'embrasser avec fougue dans l'espoir de les en convaincre tous les deux.

Mais au lieu de lui rendre ses baisers, il roula sur le côté pour étudier son visage avec attention. De toute évidence, il ne la croyait pas.

Il lui caressa tendrement les cheveux et insista :

— Tu en es sûre ?

Cette fois, au lieu de répondre, elle se mit sur son séant et souleva son T-shirt, dévoilant son soutien-gorge.

— Et si je faisais ça, que dirais-tu ? Ça t'ennuierait ?

Un sourire coquin aux lèvres, il lui retira son T-shirt qu'il jeta à terre, puis il l'allongea tendrement sur le lit. Il alluma la lampe de chevet qui répandit une douce lumière dans la chambre.

Au lieu de se focaliser sur ses seins qui se devinaient sous les deux triangles de dentelle, il sonda ses yeux comme s'il cherchait à y voir son âme. Quand enfin il promena un regard appréciateur sur son corps, elle eut l'impression d'une caresse. Les mains derrière le dos, elle dégrafa son soutien-gorge mais ce fut Jamie qui en fit doucement glisser les bretelles le long de ses bras.

— Que tu es belle…, dit-il, les yeux brillants.

À ces mots, elle sentit une douce chaleur envahir son ventre. Il ne l'avait pas encore touchée que déjà elle s'envolait.

Sans la faire attendre plus longtemps, il se mit à l'effleurer du bout des doigts. Il commença par ses seins, glissa lentement sur son ventre. Et quand il suivit ce même chemin avec sa bouche gourmande, elle se cambra, happée par un plaisir pur.

Levant le visage vers elle, il lui sourit.

— Je n'arrive toujours pas à croire que tu es là, murmura-t-il en lui retirant son jean.

Elle brûlait tellement d'impatience qu'elle eut du mal à ne pas arracher elle-même ses vêtements. Elle avait si faim de lui que cette attente devenait une douce torture.

Contrairement à elle, Jamie semblait vouloir prendre tout son temps, se familiariser avec chaque parcelle de sa peau. Il la goûtait avec tendresse, respect et dévotion. Manifestement, il n'avait pas envie de précipiter les choses.

Bientôt, elle se retrouva nue sur le lit alors que lui, entièrement habillé, la caressait.

— Patience, mon cœur.

Il se leva, retira rapidement son T-shirt et son jean. Les yeux rivés aux siens, il envoya valser son caleçon.

Elle n'aurait jamais imaginé qu'il était doté d'un corps si parfait. Avec ses larges épaules, son torse musclé, sa taille et ses hanches étroites, il incarnait la virilité dans sa perfection absolue. Il avait tout pour combler une femme.

Sarah lui sourit et lui tendit la main pour qu'il revienne s'allonger près d'elle. À son tour, elle suivit du bout des doigts les contours de ce corps masculin que son regard avait parcourus quelques instants plus tôt.

Les yeux clos, Jamie savoura cette douce caresse, se mordant la lèvre pour ne pas gémir. Finalement, il prit ses mains dans les siennes.

— C'est trop bon... Je... Je ne peux plus...

Incapable de finir sa phrase, il roula sur le côté, ouvrit le tiroir de sa table de chevet et y farfouilla. Il en sortit une petite boîte de préservatifs. Il en prit un et revint à elle, l'air embarrassé.

— Un achat récent. Je ne pensais pas avoir la chance de les utiliser, mais je l'espérais.

La gorge serrée, elle déglutit avec difficulté. Le moment de vérité était arrivé, et une panique de dernière minute la saisit. Mais il était sans doute trop tard pour faire marche arrière.

Il dut deviner ses appréhensions ou peut-être hésitait-il lui-même à aller plus loin. Toujours est-il qu'il s'interrompit pour la regarder en face.

— Il est encore temps de tout arrêter, Sarah. Nous pouvons faire l'amour maintenant ou plus tard. Ou jamais. C'est ta décision. Ce sera toujours à toi d'en décider.

Elle s'efforça de refouler les larmes qui brûlaient ses paupières. Jamie était un homme extraordinaire, unique, et il le prouvait une fois de plus. Il pensait d'abord aux autres, d'abord à elle. Y compris à présent. Si elle lui demandait de ne pas aller plus loin maintenant, elle lui causerait une grande frustration, elle le savait. Et beaucoup d'autres hommes auraient estimé qu'à ce stade, ils avaient dépassé le point de non-retour.

Pourquoi était-ce avec Jamie qu'elle avait accepté de donner une seconde chance à l'amour ? Elle s'était posé la question quelques heures plus tôt. À présent, elle comprenait que personne d'autre n'aurait réussi à la désarmer comme lui avec sa gentillesse, que personne d'autre n'aurait pu abattre ses défenses comme lui avec sa vulnérabilité. Sa sincérité, sa tendresse comme ses failles avaient su trouver le chemin de son cœur. Et maintenant, il attendait qu'elle lui donne la permission de l'aimer, songea-t-elle, émue.

Si elle ne l'aimait pas déjà de tout son être, elle aurait craqué en cet instant, comprit-elle. Depuis combien de temps nourrissait-elle tant d'amour pour lui sans en avoir été pleinement consciente ? Elle n'aurait su le dire.

— S'il te plaît, ne t'arrête pas.

Aussitôt, il l'embrassa avec une passion qui la surprit, la ravit. Il ne cherchait plus à jouer les chevaliers servants. Il semblait incapable de se rassasier d'elle.

— Viens ! implora-t-elle.

Jamie prit le préservatif sur la table de nuit et se protégea rapidement.

Alors qu'il s'allongeait de nouveau sur elle, elle retint son souffle.

— Euh... Sarah... Tu l'as dit, mais j'ai besoin que tu le répètes.

— Que je répète quoi ?

— Que tu veux... aller jusqu'au bout... maintenant.

Elle retrouvait le Jamie qu'elle connaissait, le Jamie délicat qui voulait être certain de son consentement. Elle fondit.

— Oui, s'il te plaît, viens.

Ils firent l'amour comme si, de toute éternité, ils étaient faits l'un pour l'autre. Comme si toutes les péripéties de leurs vies respectives, les souffrances, les plus sombres moments qu'ils avaient connus n'avaient eu d'autre sens que de les conduire l'un vers l'autre. Chacun devenait pour l'autre la lumière, la résilience, la rédemption.

Ils s'envolèrent vers le ciel et le touchèrent ensemble avec des cris de plaisir. Quand, comblée et alanguie, elle se pelotonna dans ses bras, elle comprit qu'après avoir été aimée par Jamie Donovan, elle ne serait plus jamais la même.

— La garce !

Michael frappa du poing le volant avant de promener les yeux autour de lui pour voir si quelqu'un aurait pu l'entendre, mais la rue semblait déserte.

Il se trouvait dans un quartier tranquille comme il y en avait beaucoup dans ces banlieues pavillonnaires. Les couples propriétaires travaillaient comme des forçats en se croyant privilégiés parce qu'ils avaient une maison et un jardin pour y élever leurs gosses, des gosses comme ceux à qui il vendait de la coke, autrefois.

Il inspira et expira plusieurs fois, cherchant un calme qui refusait de venir. Il ne pouvait se permettre d'attirer l'attention. Pas maintenant.

Pas alors qu'il était sur le point d'aboutir... de faire revenir Maria à lui.

Qu'elle se fasse appeler Sarah Cline ne changeait rien à l'affaire. Elle était sa femme à lui, et elle avait eu tort de l'oublier.

Comment osait-elle le tromper, coucher avec ce type comme une traînée ? Il l'avait vue pendue au cou de cet inconnu et l'embrasser à pleine bouche sur le pas de sa porte.

Et comme elle était là-dedans depuis plus de deux heures maintenant, il était en droit d'imaginer le pire. Elle se livrait à la débauche pendant que son fils était à l'école ! Quelle mère indigne ! Heureusement, l'heure des comptes approchait. Il avait eu largement le temps de réfléchir à la façon dont il lui ferait payer son infidélité.

Peu importait qu'elle ait obtenu le divorce. Il ne s'agissait que d'un bout de papier. Elle était à lui ! En l'épousant, elle lui avait promis de l'aimer jusqu'à ce que la mort les sépare. Elle avait trahi cet engagement.

Il les tuerait tous les deux, se promit-il.

Fermant les yeux, il s'imagina mettre les mains autour du cou de Marie et l'étrangler. Elle le supplierait, l'implorerait des yeux, mais il se montrerait sans pitié.

Un sourire se dessina sur ses lèvres. Il tapota le carnet d'adresses posé à côté de son arme. Si Tonya était encore en vie, il la remercierait d'avoir facilité ses recherches. Sans elle, il aurait sans doute mis des années à retrouver Maria.

En tout cas, il savait à présent qu'elle travaillait comme serveuse dans un restaurant de seconde zone, qu'elle habitait un taudis, à peine plus présentable que le trou à rats dans lequel il se terrait depuis sa libération. Et qu'elle gagnait si mal sa vie qu'elle n'avait même pas les moyens de s'offrir une voiture, pas même un tas de ferraille comme celui qu'il conduisait.

Il n'arrivait toujours pas à comprendre comment elle avait pu traverser la ville sans s'assurer que personne ne la suivait. Une chance, parce qu'elle aurait certainement remarqué qu'il lui filait le train. Elle ne s'était retournée qu'une fois. Il avait pris soin de ne pas croiser son regard et elle ne l'avait pas vu. Sans doute pensait-elle à son amant, voilà pourquoi elle était distraite. La garce !

Dès qu'ils seraient à nouveau réunis, il lui faudrait reprendre son éducation comme il l'avait fait depuis le jour de leur mariage. Elle ne mettrait pas longtemps à se souvenir que le dîner devait être servi à 20 heures et qu'elle devait veiller à ce que tout soit impeccable.

Ils travailleraient surtout sur d'autres aspects de la vie conjugale. Son infidélité, par exemple. Ses mains serrèrent le volant tandis qu'il reportait son attention sur la maison dans laquelle elle commettait le péché d'adultère, le plus grave à ses yeux.

Il devait être patient et se maîtriser. Ce n'était pas le moment de l'approcher, de toute façon. Son amant risquait de vouloir jouer les héros et de se mettre en travers de son chemin. En outre, elle n'avait probablement pas emporté l'album avec elle.

Le mieux était d'attendre qu'elle soit seule. De retour chez elle. En revanche, il ne faudrait pas que l'autre bonne femme soit là lorsqu'il se présenterait à sa porte. Celle qui avait déposé son petit Andy à l'école, ce matin. À la place de sa mère. Il avait reconnu le blondinet dont la photo figurait en bonne place sur le piano de Tonya.

Il ne devait pas faire traîner les choses trop longtemps. Son agent de probation pourrait finir par s'impatienter. De plus, les flics de Keystone le cherchaient eux aussi, espérant toujours toucher leur part du butin.

Il irait chez elle ce soir. À moins qu'elle n'abandonne une nouvelle fois son fils pour retourner chez son Roméo.

Un hurlement de sirène le fit soudain sursauter et il se sentit blêmir. Comment les flics l'avaient-ils retrouvé ? Un rapide coup d'œil dans le rétroviseur lui apprit qu'il ne s'agissait pas d'une voiture de patrouille mais d'une ambulance. Avec un soupir de soulagement, il s'enfonça un peu plus dans son siège. Il ne tenait pas à ce que Maria repère sa présence si elle regardait par la fenêtre.

Comme l'ambulance passait en trombe à côté de lui, il pensa à sa visite chez Maria. Il imagina sa surprise quand elle lui ouvrirait la porte. Les choses avançaient dans le bon sens, maintenant. Comme il l'avait prévu.

19

Jamie se réveilla lorsque le bruit assourdissant d'une sirène résonna dans la chambre. Tiré d'un rêve merveilleux, il s'étira et sourit en sentant sous ses doigts des cheveux soyeux. Aussitôt, les souvenirs de la soirée lui revinrent en mémoire. En proie à un regain de désir, il se redressa et s'assit.

Près de lui, Sarah se redressa elle aussi, serrant pudiquement le drap contre elle comme si Jamie n'avait pas déjà admiré et savouré ce qu'elle s'efforçait de cacher. À la vue de son regard paniqué, il se reprocha d'avoir caressé sa somptueuse chevelure au lieu de remarquer son malaise.

— C'est la police qui vient m'arrêter ? demanda-t-elle d'une voix blanche.

Le hurlement de cette sirène aurait dû rappeler à Jamie qu'il venait de commettre une grave erreur. Pourtant, il n'avait qu'une envie : se glisser de nouveau entre les draps avec elle et lui refaire l'amour.

— Non, je crois qu'il s'agit plutôt d'une ambulance, répondit-il.

Pour en avoir la certitude, il rejeta les couvertures, enfila en vitesse son jean et son T-shirt, et se précipita au rez-de-chaussée. Comme il ne voyait rien par la fenêtre, il se rua dehors. Au moment où il sortait pieds nus sur le perron, il aperçut une ambulance qui disparaissait au coin de la rue. Le froid était vif et il se frotta les bras pour se réchauffer. Alors qu'il s'apprêtait à retourner à l'intérieur, une voiture blanche, sale et rouillée, garée en face de chez lui, attira un instant son attention.

Sans doute appartenait-elle à l'un des adolescents du quartier, se dit-il. Qui d'autre roulerait au volant d'un tel tas de ferraille ?

Lorsqu'il revint dans la chambre, Sarah, en jean et en soutien-gorge, enfilait son T-shirt.

— Tout va bien ? demanda-t-elle.

— Oui, oui.

Pour cette fois, songea-t-il en sentant son cœur se serrer.

La prochaine fois, ils n'auraient peut-être pas la même chance. Sarah avait enfreint la loi, et il venait de lui faire l'amour...

Elle semblait nerveuse.

— Pendant un instant, j'ai cru que...

— Que je t'avais balancée ? Livrée à la police ? Non. Et d'ailleurs, si je l'avais fait, j'aurais risqué moi aussi des ennuis. Comment aurais-je justifié auprès de mes collègues ce qui s'est passé entre nous ?

— C'est vrai.

La regarder se démêler les cheveux du bout des doigts ravivant la faim qu'il avait d'elle, il s'obligea à se retourner. Mais ses yeux tombèrent alors sur les draps défaits. Il ne pourrait plus jamais revoir ce lit sans se remémorer leurs ébats.

Derrière lui, Sarah s'exclama :

— Oh ! Il est près de midi ! Je n'en reviens pas d'avoir dormi si longtemps !

— Tu étais épuisée. La nuit a été courte...

Leurs regards se croisèrent mais tous deux détournèrent aussitôt la tête. Visiblement, ni l'un ni l'autre n'avait envie de revenir sur ce qu'ils avaient partagé dans ce lit.

— Je suis affamée, dit-elle pour changer de sujet. Je reprends mon service à 15 heures... Si tu as un peu de temps, que dirais-tu d'aller déjeuner quelque part ?

— Désolé, je dois être à mon poste à 14 heures.

— D'accord, fit-elle, déçue.

Jamie enfonça les mains dans ses poches. Il avait été si sûr qu'elle se reprocherait d'avoir couché avec lui qu'il n'avait pas imaginé l'hypothèse inverse. Que lui-même puisse éprouver des regrets. Même après ce qu'il avait appris sur elle, il avait cru qu'il serait heureux de lui faire l'amour et qu'il le vivrait bien.

Il s'était trompé.

Incapable de rester dans cette chambre plus longtemps, il ramassa ses chaussures et descendit au salon. Il s'assit sur le canapé sur lequel Sarah avait bercé Aiden quelques heures auparavant. Il avait l'impression que la scène remontait à une éternité.

Elle le rejoignit peu après, mais au lieu de s'asseoir à côté de lui, elle s'installa dans le fauteuil pour mettre ses tennis.

— Aurais-tu l'amabilité de m'expliquer ce qui se passe ? demanda-t-elle après un moment.

— De quoi parles-tu ? dit-il sans lever les yeux de ses lacets.

— Qu'est-ce qui a changé depuis ce matin ? Faire l'amour ne voulait-il donc rien dire pour toi, c'est ça ?

La douleur qui teintait sa voix lui fit mal. Peu importe ce qu'il ressentait, il n'avait pas le droit de la blesser. Ce qu'ils venaient de vivre comptait plus que tout pour lui… même si, en même temps, il le regrettait.

Il se leva et se dirigea vers la fenêtre.

— Je suis désolé. C'était une faute, mais tu n'y es pour rien, Sarah. J'ai commis une erreur en couchant avec toi, une erreur que je ne dois plus jamais réitérer.

— C'est faux. Nous partageons la responsabilité de ce qui s'est passé. Nous étions deux, dans ce lit. Et je suis une femme adulte et libre de mes choix.

— Mais tu n'es pas inspecteur de police. Moi, oui.

— Et alors ?

— Tu m'as tout avoué : l'usurpation d'identité, la violation de l'ordonnance du tribunal, la soustraction d'un enfant à un droit de visite parentale… Il s'agit de graves délits. Et j'ai eu tort de l'oublier. Dans ce contexte, faire l'amour avec toi était une faute. Il est interdit aux forces de l'ordre d'entretenir des relations personnelles avec des suspects.

— Tu me classes donc parmi les suspects ?

— J'aurais dû.

Elle le regarda un long moment avant de lancer :

— Aurais-tu préféré que je te cache mon histoire ?

— Non. Je suis heureux que tu te sois confiée à moi. Mais la sirène de l'ambulance m'a rappelé que, un jour, quelqu'un viendra peut-être t'arrêter. Or, je ne t'ai pas dénoncée, comme mon travail de policier m'y oblige, alors que je sais que tu as enfreint la loi. Voilà pourquoi j'aurai sans doute des comptes à rendre à mes supérieurs.

Elle se leva et se campa devant lui, les poings sur les hanches.

— Je ne t'ai jamais demandé de t'impliquer. J'ai essayé d'esquiver tes questions, mais tu m'as fait subir un véritable interrogatoire, permets-moi de te le rappeler. Chacune de mes réponses t'incitait à m'interroger davantage.

— En tout cas, tu sembles craindre plus que tout que ton ex-mari te retrouve alors qu'il est derrière les barreaux. Tu devrais plutôt redouter que la police se présente un jour à ta porte.

— Les histoires de garde d'enfants ne sont sans doute pas prioritaires pour les forces de l'ordre.

— Tu m'as rendu méfiant. Trop de choses ne collaient pas. Et si je n'étais pas le seul à m'interroger ?

— Arrête ! Tu essayais seulement de me fourrer dans ton lit.

C'était un coup bas, porté parce qu'il l'avait blessée, et il ne l'avait pas volé. Peut-être n'avait-elle pas tort, d'ailleurs.

— Que vas-tu faire, maintenant ? poursuivit-elle. Me balancer ?

— Non, te dénoncer ne ferait que me créer des ennuis. Mais j'aimerais que tu te livres toi-même à la police.

— Me rendre ? Après tout ce que j'ai fait pour que Michael ne puisse jamais atteindre Aiden ? Il n'en est pas question ! Jamais il n'aura la possibilité de s'en prendre à mon fils !

— Mais je t'aiderai. Nous trouverons une solution. Je veillerai à la sécurité d'Aiden.

— Tu n'y parviendras pas.

Le pire était qu'elle avait raison, et il se refusait à lui promettre une sécurité qu'il ne pouvait lui garantir.

— Laisse-moi au moins essayer. Je vais mener des investigations.

Nous demanderons à discuter avec un juge. Peut-être acceptera-t-il de modifier ta situation juridique.

Elle secoua la tête.

— Me promets-tu de ne pas me balancer tout de suite ?

Il ferma les yeux. Il avait voulu croire que tout était noir ou blanc, mais le monde devenait gris et il ne savait que faire. En tout cas, Sarah avait besoin de lui, qu'elle en soit consciente ou non. Il n'avait pas été là pour Mark lorsque son petit frère avait sombré en silence. Il ne commettrait pas la même erreur avec la femme qu'il aimait. Peu importe ce que cela lui coûterait.

Il rouvrit les yeux.

— Je te le jure. Et si tu as besoin de moi, dis-le-moi. Je ferai tout ce qui est en mon pouvoir pour t'aider.

— Tu as déjà fait beaucoup. Tu m'as ramené mon fils hier soir. Je ne l'oublierai jamais.

La gorge serrée, il comprit qu'elle lui disait adieu. Qu'avait-il imaginé ? Maintenant qu'il l'avait forcée à lui confier ses secrets, la fuite était la seule issue pour elle. Elle n'avait pas d'autre choix. Pourquoi ne s'était-il pas rendu compte que ses révélations la contraindraient à quitter la ville ?

— Je te demande simplement de ne pas me donner tout de suite et de garder le silence quelques jours, le temps de me retourner, de trouver un point de chute, continua-t-elle. Aiden et moi devons filer avant d'être inquiétés. Comme nous l'avons toujours fait.

Incapable de se retenir, il la prit dans ses bras.

— Reste, je t'en prie.

Comment osait-il la supplier de rester à Brighton alors qu'il n'avait rien à lui offrir ? Pas même le moyen de s'extraire des difficultés dans lesquelles elle se débattait.

— Nous trouverons une solution, ajouta-t-il.

— Il n'y en a pas. Et je dois protéger mon fils. Seule.

Il tressaillit. Il n'y a pas si longtemps, il lui avait dit qu'elle n'était pas obligée d'être seule, qu'il serait là si elle avait besoin de lui. C'était avant, avant de savoir toute l'histoire. À présent qu'il connaissait la vérité et qu'il mesurait les conséquences auxquelles il s'exposait s'il l'aidait, il s'en sentait incapable.

« Seule. » Le mot devait réveiller de terribles souvenirs pour Sarah. Quand elle releva la tête et qu'il croisa son regard, une profonde résignation l'assombrissait. Elle n'avait plus rien, elle ne pouvait s'accrocher à personne, elle n'avait plus d'espoir. Personne ne l'aiderait à cicatriser ses vieilles blessures.

— Si c'est ce que tu veux..., parvint-il à dire, la gorge serrée. Puis-je au moins te ramener chez toi ?

— Non, merci. Je me suis habituée à marcher et ça me fera du bien.

Elle alla vers la porte et l'ouvrit d'un coup sec.

Une fois encore, il eut envie de la supplier de rester, mais se l'interdit. Il devait d'abord trouver une solution.

Incapable de la regarder partir, il fixa ses chaussures et attendit le claquement de la porte. Qui ne vint pas.

— Jamie..., murmura-t-elle. J'ai besoin de savoir... Regrettes-tu ce qui s'est passé entre nous ?

— Quelle importance ? répondit-il.

— C'est important pour moi. Parce que je veux que tu saches que moi pas. Jamais je ne le regretterai.

— Moi non plus, parvint-il à dire.

Rien ne pouvait l'empêcher d'aller vers elle et de la prendre à nouveau dans ses bras. Rien sauf la porte qu'elle referma derrière elle.

Se postant à la fenêtre, il la suivit des yeux tandis qu'elle s'éloignait à grands pas dans la rue déserte. Même le tas de ferraille garé en face de chez lui n'était plus là.

Lorsqu'elle fut hors de vue, il retourna s'asseoir sur le canapé et alluma son ordinateur portable.

S'il y avait un moyen de sortir Sarah de ses difficultés, il allait le trouver. Et s'il y avait une solution pour que tout se passe bien pour elle et qu'elle puisse rester à Brighton avec lui, il était déterminé à la découvrir.

Avant toute chose, il devait en apprendre davantage sur le bourreau qui l'avait poussée à fuir.

Ouvrant le fichier de localisation des détenus sur le site des services judiciaires de l'Illinois, il tapa « Brooks » dans le champ du nom de famille.

Alors qu'il commençait à cliquer sur l'icône de recherche, il hésita. Le nom était-il le bon, cette fois ? Sarah lui avait beaucoup menti, mais c'était avant qu'elle le connaisse vraiment. Avant de lui faire le cadeau le plus précieux qu'elle pouvait lui faire : sa confiance.

Malgré tout, il laissa échapper un soupir de soulagement quand une liste de noms apparut, comprenant « Brooks, Michael E. ». S'apercevoir qu'il avait eu raison de la croire le réconforta.

Maintenant, il fallait en savoir plus sur le détenu # LK2341, le fauve qui avait maltraité la femme qu'il aimait. Lorsqu'une page apparut, avec les photos d'un homme aux cheveux noirs, il fut étrangement soulagé de constater qu'Aiden ressemblait peu à son père.

À l'aide de la souris, il balaya la page, sautant les informations générales sur ses crimes passés et sur le lieu de l'incarcération. Mais lorsqu'il atteignit la section « Statut », son regard s'immobilisa sur les mots : « Libération conditionnelle ». Un frisson lui parcourut l'échine en découvrant la date de sortie de Michael Brooks. Alors que Sarah était persuadée que son ex-mari se trouvait toujours derrière les barreaux, Brooks se baladait dans les rues en homme libre depuis plus de deux semaines.

Il devait à tout prix prévenir Sarah, même s'il imaginait déjà sa panique. Elle devait savoir que sa peur était fondée, désormais. Le danger était devenu bien réel.

Heureusement, Aiden et elle vivaient sous des noms d'emprunt. Certes, elle avait enfreint certaines lois, mais elle avait ainsi couvert ses traces. Brooks n'avait aucun moyen de connaître leur identité ou de les localiser.

Mais que se passerait-il si elle avait laissé par mégarde des indices susceptibles de le mener jusqu'à elle ?

Si, comme elle en était certaine, Brooks pouvait la chercher sans relâche tant qu'il ne l'aurait pas retrouvée, elle n'était plus en sécurité nulle part.

20

Pétrifiée, Sarah regarda le numéro de l'Illinois qui s'affichait sur son téléphone portable. Ce même numéro l'avait appelée, dix minutes plus tôt. Et encore dix minutes auparavant.

Est-ce lui ? se demanda-t-elle, la gorge serrée.

Elle secoua la tête. Pourquoi tout de suite imaginer le pire ? Si les sbires de Michael avaient retrouvé sa trace, il ne la contacterait certainement pas pour l'avertir de leur venue.

Mais alors, qui tentait de la joindre ? Tonya cherchait-elle à l'appeler avec un autre téléphone que son fixe ou son portable ?

À moins que la police ait réussi à la rattraper comme l'avait prédit Jamie...

Lorsque son correspondant fut invité à laisser ses coordonnées sur la messagerie vocale, elle fourra l'appareil dans la poche de son tablier. Elle repartit en cuisine, en s'ordonnant de cesser de se mettre martel en tête. L'indicatif de l'Illinois n'était peut-être qu'une coïncidence. Sans doute paniquait-elle pour rien. Peut-être s'agissait-il d'un démarcheur par téléphone. Elle était sur les nerfs et voyait tout en noir. Comment s'en étonner ? Les dernières vingt-quatre heures avaient été particulièrement éprouvantes, déstabilisantes.

Elle n'arrivait toujours pas à croire que, cinq heures plus tôt, elle avait été dans les bras de Jamie, dans le lit de Jamie, à faire l'amour avec Jamie. Depuis la naissance d'Aiden, elle n'avait jamais vécu de moments aussi riches en émotions intenses. Et la tendresse avec laquelle Jamie lui avait fait l'amour lui avait procuré une joie, un bonheur qu'elle n'avait jamais connus. Un cadeau qu'elle chérirait jusqu'à sa mort.

Elle l'aimait. Maintenant, elle n'en doutait plus.

Et puis cette ambulance était passée dans la rue, sirènes hurlantes, rappelant à Jamie son devoir. Le cocon dans lequel ils s'étaient enveloppés pour tenir leurs vies à distance avait alors volé en éclats. Le sens de l'honneur de Jamie et son besoin de survie à elle les avaient conduits dans une impasse. Aucun d'eux ne pouvait en sortir sans se renier.

Voilà pourquoi, et même si cette décision lui déchirait le cœur, elle devait fuir et laisser Jamie derrière elle.

Alors qu'elle poussait les portes battantes de la cuisine, son téléphone se remit à sonner. Cette fois, elle s'interdit même de regarder l'écran. Lorsque son correspondant tomberait de nouveau sur sa messagerie vocale, il renoncerait sans doute à la harceler. Du moins l'espérait-elle.

Ted, qui passait par là, secoua la tête.

— Tu ferais mieux de répondre, si tu n'as pas envie que la personne qui cherche à te joindre continue à te rappeler. Va t'installer dans le bureau, si tu veux être tranquille.

Elle finit par sortir son smartphone pour prendre l'appel.

— Allô ! lança-t-elle tout en s'éloignant de son patron.

— Bonjour, madame. Ici, l'inspecteur Evelyn Ryan, du commissariat de Lisbon, Illinois. Je souhaiterais m'entretenir avec Sarah.

Elle se sentit blêmir. Le cœur battant, elle se dépêcha d'entrer dans le bureau et de refermer la porte derrière elle.

— C'est moi, dit-elle.

— Auriez-vous l'amabilité de décliner votre identité complète, s'il vous plaît ? poursuivit son interlocutrice.

— Vous devez avoir composé un mauvais numéro.

— Connaissez-vous une dénommée Tonya Franklin ?

Sarah se figea.

— Oui, comment va-t-elle ? A-t-elle des ennuis ?

— Je vous contacte parce que vous avez tenté de joindre Mlle Franklin à plusieurs reprises la semaine dernière, soit à son domicile soit sur son portable. Pouvez-vous me dire à quand remonte la dernière fois que vous lui avez parlé ?

— Lui est-il arrivé quelque chose ? A-t-elle été victime d'un accident ?

Sarah s'inquiétait de ne pas avoir reçu de nouvelles de Tonya, mais la situation de son amie était-elle pire qu'elle l'avait pensé ?

— J'ai besoin de votre identité pour vous donner ce renseignement.

— Sarah Cline.

— Merci, mademoiselle Cline. Quels sont vos liens avec Mlle Franklin ?

— Nous nous connaissons depuis toujours. Tonya est ma meilleure amie.

Sarah eut besoin de toute sa volonté pour ne pas la supplier de lui dire que Tonya allait bien.

— Je suis au regret de vous informer que Mlle Franklin a été retrouvée morte à son domicile, il y a deux jours. D'après les premiers éléments de l'enquête, il s'agit d'un homicide. Le médecin légiste a confirmé la cause du décès après l'autopsie d'hier.

— Comment est-elle morte ?

— Mlle Franklin a été étranglée.

— Mon Dieu ! Elle a donc été assassinée ?

Elle se mit à trembler de tout son corps et eut soudain du mal à respirer. Elle manquait d'air comme le jour où Michael avait collé les mains autour de son cou et les avait serrées jusqu'à ce qu'elle perde connaissance.

Comme ses jambes se dérobaient sous elle, elle se laissa tomber sur une chaise et prit de profondes inspirations pour se ressaisir.

Son interlocutrice continuait :

— Je suis désolée, et je vous présente mes condoléances. Mais je suis sûre qu'en tant qu'amie, vous accepterez de nous aider à retrouver son assassin.

— Je ne sais pas quelle aide je pourrais vous apporter. Nous ne nous étions pas revues depuis… des années.

Elle retint son souffle en se rendant compte soudain que des photos et des documents dans la maison de Tonya avaient donné la possibilité à la police de retrouver sa trace. En prenant conscience de la tournure de ses pensées, elle s'insulta in petto. Tonya était morte, et elle n'était capable de penser qu'à elle-même. Elle ne méritait pas une amie comme Tonya.

— Pourquoi ne pas m'en laisser juge ? répliqua l'inspectrice. Même une information qui vous semble sans intérêt pourrait nous mettre sur une piste.

Ou envoyer la police à ma porte.

— D'accord, répondit-elle quand même.

— Connaissez-vous quelqu'un qui aurait eu des problèmes avec Mlle Franklin ou qui lui voudrait du mal ?

— Non. Personne. Tout le monde l'aimait.

— C'est ce que ses collègues m'ont dit. Par ailleurs, l'opérateur téléphonique de Mlle Franklin nous a indiqué qu'elle avait composé votre numéro le 13 avril dernier. La brièveté de l'appel suggère qu'elle aurait été envoyée sur la messagerie vocale. Avez-vous une idée de la raison pour laquelle elle a cherché à vous contacter ?

La panique s'empara d'elle. Si Tonya avait perdu la vie en essayant de l'avertir d'un danger, elle savait déjà qui l'avait tuée et pourquoi. Elle connaissait le meurtrier de son amie. Un seul homme n'hésiterait pas à supprimer quelqu'un qui tenterait de se mettre en travers de son chemin.

Son ex-mari.

— J'ai vu qu'elle avait tenté de me joindre, oui, répondit Sarah. Mais quand j'ai voulu la rappeler, elle n'a jamais répondu. Je commençais à m'inquiéter.

— Si vous étiez inquiète, pourquoi n'avez-vous pas prévenu la police ?

— J'aurais dû, mais j'essayais de ne pas tirer de conclusions hâtives. Je pensais qu'elle aurait pu avoir un nouveau petit ami.

— Faire confiance à son instinct est souvent une bonne idée. En tout cas, d'après les relevés téléphoniques de Mlle Franklin, ce coup de fil du 13 avril semble être le dernier appel qu'elle ait passé.

— Vous voulez dire qu'elle aurait pu mourir pendant...

— Nous l'ignorons. Nos deux seules certitudes sont d'une

part qu'il y a eu une lutte chez elle et, d'autre part, qu'elle n'a plus composé de numéro depuis sa ligne fixe comme de son portable après vous avoir appelée.

La policière continuait de parler, mais les mots « dernier appel » tournaient en boucle dans la tête de Sarah. Elle était une amie en dessous de tout, songea-t-elle, en proie à une culpabilité croissante. Tonya avait toujours été là et elle n'avait même pas pris le dernier appel de cette amie hors du commun.

— Apparemment, Mlle Franklin était morte depuis plus de deux jours lorsque le cabinet comptable où elle était employée a contacté le commissariat parce qu'elle ne s'était pas présentée au travail et qu'elle ne pouvait être jointe.

— Je suis tellement désolée de ne pas avoir prévenu tout de suite la police...

Le long silence qu'elle obtint en retour de son mea culpa lui prouva que son interlocutrice lui reprochait cette négligence.

— Y avait-il une raison pour laquelle vous auriez pu hésiter à alerter les autorités ?

— Je ne comprends pas votre question, répondit-elle.

— Nous pensons que Tonya connaissait son agresseur parce que nous n'avons trouvé aucun signe d'entrée par effraction. Et si la maison a été vandalisée, peu de chose a été dérobé. Ni l'argent dans son sac à main ni les colliers en or dans sa boîte à bijoux. Il ne manque que son téléphone portable et un agenda en cuir que, d'après ses collègues, elle emportait partout.

Sarah connaissait cet agenda. Elle y figurait avec son adresse et son numéro de téléphone sous le nom de « Sarah Cline ». La police aurait peut-être besoin de plus d'éléments pour constituer un dossier, mais le froid qui la gagnait lui confirma qu'elle connaissait l'assassin de Tonya.

Michael avait assassiné sa meilleure amie et, maintenant, il ne tarderait plus à débarquer pour récupérer celle qu'il considérait toujours comme sa femme.

— Nous n'avons aucune piste sérieuse pour le moment, poursuivit la policière. Avez-vous quelque chose à dire qui nous aiderait à obtenir justice pour votre amie ?

— Non, je suis désolée, répondit Sarah.

L'inspectrice lui laissa ses coordonnées au cas où elle se souviendrait de quoi que ce soit qui pourrait faire avancer l'enquête.

— Une dernière question, dit-elle alors qu'elles étaient sur le point de mettre fin à l'appel. Connaissez-vous un certain Andrew T. Brooks ?

Le cœur de Sarah manqua un battement.

— Non, je ne crois pas. Pourquoi ?

— L'avocat de feu Tonya Franklin tente de localiser l'un des bénéficiaires de son testament. Jusqu'à présent, il n'y a pas réussi.

Qu'avait-elle fait pour mériter une amie comme Tonya ? songea Sarah, accablée. Non seulement elle était morte en voulant la protéger, mais elle avait cherché à mettre son fils à l'abri du besoin.

— Désolée, je ne peux pas vous aider, répondit-elle. J'espère que vous identifierez et arrêterez rapidement son assassin.

Ce n'est qu'après avoir raccroché qu'elle s'autorisa à plonger la tête entre ses mains et à éclater en sanglots.

21

Jamie claqua la portière de sa voiture et traversa à pas vifs le parking du Casey's Diner. Il avait beaucoup à dire à Sarah et très peu de temps pour le faire avant l'arrivée de ses collègues. Jusque-là, il n'avait pas eu très envie de les mettre au courant de leur relation. Mais maintenant, il était vital qu'ils ne soupçonnent rien à ce sujet, du moins tant qu'il n'aurait pas réussi à convaincre Sarah de se livrer à la police.

Au moment où il franchissait le seuil du restaurant, elle sortait de la cuisine, chargée d'un plateau d'assiettes fumantes. En le voyant, elle marqua un temps d'arrêt. Puis elle lui adressa un bref signe de tête avant de se hâter vers une table où une petite famille attendait son repas.

Ted s'approcha de lui.

— Tout va bien, inspecteur ? demanda-t-il.

— Oui, merci. Mais j'aurais besoin de dire un mot à Sarah. C'est important. Vraiment.

— J'en suis sûr, répondit Ted en entraînant Jamie à l'écart d'un air ennuyé. Écoutez, je ne veux pas de problèmes.

— Des problèmes ?

Suivant le regard de Ted, Jamie se tourna vers la salle, vers les clients attablés. Quelques-uns jetaient un œil furtif dans leur direction, d'autres n'essayaient même pas de dissimuler leur curiosité.

— Il n'y en aura pas, assura-t-il. Y en a-t-il déjà eu ?

Ted désigna Sarah d'un geste.

— Je ne sais pas ce qui se passe avec cette jeune femme. Elle vous rend tous fous, ma parole.

— Je dois absolument lui parler avant l'arrivée des autres, de mes collègues, et ils seront là dans un instant.

— Je comprends. Vos histoires ne regardent personne, hein ? D'accord. Allez vous installer dans le bureau et je vous l'envoie.

— Merci.

Alors qu'il s'éloignait, Ted le rappela.

— Ce n'était pas vous au téléphone, tout à l'heure, n'est-ce pas ? Parce que ça m'ennuierait que vous la bouleversiez encore.

La bouleverser ?

— Ce n'était pas moi.

Il ignorait ce qui avait mis Sarah dans tous ses états, mais il se doutait que lui apprendre que son pire cauchemar était devenu réalité n'allait pas arranger les choses.

Il arpentait le bureau lorsqu'elle poussa la porte et la referma derrière elle.

— Que se passe-t-il, Jamie ?

— Ton ex-mari est sorti de prison, Sarah. J'ai consulté les fichiers des détenus. Il a été libéré sur parole le 3 avril dernier.

— Je sais. La police de Lisbon me l'a appris.

À la vue de ses yeux rouges et de ses joues marbrées, il comprit qu'elle avait pleuré. Il eut envie de la prendre dans ses bras, mais sans doute n'était-ce pas le moment.

— Pourquoi la police de Lisbon t'a-t-elle appelée ? Pour te parler de Brooks ? Pourquoi ont-ils fait ça ? Je ne comprends pas.

— Ils ne m'ont pas parlé de Brooks. Mais de Tonya.

— Quel rapport avec...

— Elle est... morte. Elle a été étranglée.

— Oh ! Chérie, je suis tellement désolé !

Incapable de supporter seule une si grande douleur, elle s'effondra contre lui. Elle s'agrippa à sa chemise en sanglotant, le visage noyé de larmes.

— Tonya était ma meilleure amie, et elle est morte... À cause de moi.

Sa détresse faisait écho à l'indicible douleur qu'il avait

éprouvée après le suicide de Mark. Un désespoir absolu teinté de culpabilité et de honte. Une faute qui n'obtiendrait jamais l'absolution. Mais il ne pouvait la laisser se torturer avec la conviction qu'elle était responsable du meurtre de son amie. Il referma ses bras sur elle.

— Nous ne savons même pas si Brooks est suspecté du crime.

Elle le repoussa.

— Il l'a tuée, c'est évident. Elle est morte le jour où elle essayait de me joindre. Peut-être même au moment où elle m'appelait. J'ai compris alors qu'il avait été libéré et tu viens de me le confirmer. Que te faut-il de plus ?

Il serra les dents. D'accord, Brooks figurait en bonne place sur sa liste de suspects, mais sa culpabilité n'était pas encore établie avec certitude. Peut-être s'agissait-il d'une simple coïncidence.

— Et comment la police a-t-elle trouvé ton numéro ?

— En consultant les relevés téléphoniques de Tonya.

— Savent-ils qui tu es ?

— Pour eux, je suis Sarah Cline.

— Tant qu'ils n'ont procédé à aucune arrestation, tant qu'ils n'ont pas résolu l'affaire, rien n'est sûr.

Elle secoua la tête.

— Crois ce que tu veux, mais moi je connais la vérité. Si Tonya ne m'avait pas aidée à quitter Michael, à fuir, elle serait… encore en vie.

— Admettons que Tonya essayait de t'avertir du danger quand elle t'a téléphoné ce jour-là et que son agresseur était bien Brooks. Penses-tu qu'il aurait alors compris où tu es ? Et sous quelle identité ?

— Il est intelligent. S'il ne l'a pas encore fait, il ne tardera pas à parvenir à cette conclusion. Et s'il était là quand Tonya a essayé de me contacter et est tombée sur ma messagerie vocale, il a entendu mon annonce d'accueil et il sait déjà…

— Que tu es Sarah, finit-il pour elle.

Elle plongea le visage entre ses mains. Lorsqu'elle releva enfin la tête, il vit la peur briller dans ses yeux.

— Il a pris le répertoire de Tonya sur lequel figure mon adresse.

Il est en route pour me retrouver et mettre la main sur Aiden. Depuis six jours. Penses-tu qu'il est déjà arrivé à Brighton ?

Il préférait ne pas se prononcer à ce sujet, mais Sarah poursuivit en se tordant les mains.

— Je ne vais pas rester ici, les bras ballants, à attendre qu'il vienne nous chercher. Il n'en est pas question. Aiden est en danger.

Comme elle allait sortir du bureau, il la retint en posant la main sur son épaule.

— Attends, Sarah. Ne te précipite pas. Nous devons réfléchir et...

— « Nous » ?

— Bien sûr, nous. Je suis avec toi dans cette histoire. Brooks est intelligent, m'as-tu dit. Crois-tu qu'il se présenterait ici sans avoir avant mis un plan au point ? Ça m'étonnerait. De plus, il est en liberté conditionnelle. En principe, il n'a pas le droit de quitter l'Illinois sans autorisation.

— Tu imagines vraiment que ce genre de détail l'arrêterait ? Je dois disparaître de nouveau avec Aiden. Je vais faire mes valises et filer au plus vite.

— Quand cesseras-tu de fuir ?

— Que veux-tu que je fasse ? Attendre qu'il me tue et enlève Aiden ? Parce que c'est ce qu'il fera quand je refuserai de retourner vivre avec lui. Et je ne retournerai pas avec lui.

— Si tu prends la fuite, je n'aurai pas la possibilité de t'aider.

— Tu pourrais venir avec nous...

Il secoua la tête.

— Il y a quelques jours, j'aurais sauté sur l'occasion, trop heureux d'être avec Aiden et toi. Même s'il m'avait fallu alors renoncer à mon métier, à mes collègues, à tout ce qui compte pour moi. Même avec la perspective de devoir mener une vie de cavale, moi aussi. Mais tout est différent, maintenant.

— Pourquoi ?

— Tonya est morte, assassinée. Nous avons désormais la preuve que Brooks n'hésite pas à tuer pour obtenir ce qu'il veut. Il n'a plus rien à perdre. Je refuse de prendre le risque que toi ou Aiden soyez ses prochaines victimes.

— Que me conseilles-tu de faire, alors ?

— Reste.

— Tu sais bien que je ne peux pas. Après m'être tant battue, je refuse de baisser les bras maintenant. Je vais continuer à lutter. Je le dois à Aiden.

— Il ne s'agit pas de baisser les bras, mais de se battre de la bonne manière. Je te demande quelque chose de très difficile mais d'indispensable. Fais-moi confiance, Sarah. Confiance. Tu dois te rendre à la police, avouer toute la vérité et demander la clémence de la justice. Vu le contexte, tu bénéficieras certainement de circonstances atténuantes. Je t'accompagnerai. De plus, en te livrant, tu aideras la police à résoudre un meurtre, à arrêter un assassin. Tout ça devrait jouer favorablement dans la décision du juge.

Comme elle secouait la tête, il lui prit la main.

— Sarah, si tu t'enfuis maintenant, tu ne cesseras jamais de fuir. Il ne te lâchera pas, il n'abandonnera jamais. Il attendra, tapi dans l'ombre, un moment d'inattention pour te coincer.

— Mais je ne peux pas risquer de perdre mon fils ! Et si un juge décidait que le père d'Aiden a le droit de voir son enfant ? Et si ce même juge me reprochait d'avoir privé mon petit garçon de son papa ? Et si j'étais condamnée à une peine de prison, qu'adviendrait-il d'Aiden ?

— C'est la seule solution. Brooks ne devrait-il pas payer pour ses crimes ? Et Tonya ? Ne mérite-t-elle pas d'obtenir justice ?

— Tonya comprendrait. Elle s'est donné beaucoup de mal pour nous protéger.

— Mais elle n'a pas pu empêcher Brooks de te retrouver. Et moi non plus, je n'arriverai pas à te protéger. Pas tout seul.

— Pourquoi t'y sens-tu obligé ?

— Tu ne comprends toujours pas, n'est-ce pas ? Je suis amoureux de toi. Je t'aime, Sarah. Tout ce qui t'arrive est extrêmement important pour moi.

Elle le dévisageait comme si elle ne pouvait pas le croire. Pourquoi semblait-elle si surprise ? Ne savait-elle pas à quel point elle était formidable ?

Il aurait préféré lui déclarer sa flamme autrement, à un autre moment, mais il ne regrettait pas de lui avoir avoué son amour.

Elle finit par hocher la tête.

— D'accord. J'irai me livrer à la police demain, pendant qu'Aiden sera à l'école.

— L'as-tu décidé à cause de ce que j'ai dit ?

— Oui. Mais tu viendras avec moi, n'est-ce pas ?

— Je ferai tout ce que tu voudras.

— Alors embrasse-moi.

Parce qu'il ne pouvait rien lui refuser et surtout qu'il en mourait d'envie, il prit ses lèvres.

Sarah lui rendit son baiser avec force. Elle ne lui avait pas dit qu'elle l'aimait ; peut-être ne partageait-elle pas ses sentiments. Quoi qu'il en soit, pour l'instant, il se contenterait de ce qu'elle lui offrait et qui n'était pas rien : sa confiance.

Il était tellement fou d'elle qu'il l'embrassa avec passion, oubliant le reste du monde.

Soudain, quelqu'un se racla la gorge derrière lui.

Ted se tenait à la porte, souriant face à la scène qu'il interrompait.

Jamie s'écarta précipitamment et bondit en arrière. Le visage écarlate, Sarah fit mine de renouer sa queue-de-cheval pour se donner une contenance.

— Et dire que j'étais inquiet ! s'exclama Ted en riant. Sarah, je venais te prévenir que Marilyn se charge de tes tables, en plus des siennes. Elle te doit bien ça. Mais vos collègues policiers sont arrivés, inspecteur, et ils vous réclament.

— D'accord. Merci. J'y vais.

Sarah regagna la salle.

Dès qu'ils furent seuls, Jamie sourit d'un air ennuyé au patron du Casey's Diner.

— Je suis désolé. Ça ne se reproduira plus.

— Ne la faites plus pleurer au téléphone non plus.

Ted avait cru qu'ils s'étaient disputés. Jamie ne pouvait pas lui dire qu'il se trompait sans entrer dans de longues explications.

— Sarah est un joyau, continua Ted, croisant les bras. Je l'aime comme ma fille. Elle et son fils méritent d'être heureux. J'espère que vos intentions sont sérieuses, mon garçon...

Jamie se sentit rougir sous le regard du vieil homme. Ted l'évaluait, l'avertissait. Comme un père le ferait pour sa fille chérie.

— Très sérieuses. Je vous le promets.

Satisfait, Ted opina.

22

— Tu es sûr de n'avoir besoin de rien d'autre, Jamie ?

Sarah lui avait déjà posé plusieurs fois la question mais elle ne put s'empêcher de la répéter. Depuis la cuisine. Pour ne pas être tentée de le toucher, ce qui valait mieux. Si elle retombait dans ses bras, elle aurait du mal à garder les idées claires. Or, il lui fallait réfléchir. À la mort de Tonya. Aux monstres qui rôdaient dans la nuit. Et aux aveux qu'elle ferait à la police dans quelques heures.

— J'ai tout ce qu'il me faut, merci, répondit-il. Tu es une hôtesse parfaite.

Ce matin, ils avaient fait l'amour. Mais ce soir, bien entendu, il n'en était pas question. Jamie lui avait proposé de passer la nuit chez elle, au cas où Michael se présenterait à sa porte. Il avait été décidé qu'il s'installerait sur le canapé du salon tandis qu'elle dormirait dans la chambre avec Aiden.

— Tu devrais aller te reposer, Sarah. Tu es fatiguée. Et ne t'inquiète pas. Pour ma part, je resterai bien éveillé pour monter la garde.

Elle hocha la tête tout en se doutant qu'elle non plus ne fermerait pas l'œil de la nuit. Comment espérer pouvoir dormir après tant de bouleversements et d'émotions ? Sa journée avait commencé sous la couette de Jamie. Avec lui, elle s'était sentie aimée et libre comme jamais. Et maintenant, elle s'apprêtait à se mettre au lit en sachant qu'elle serait peut-être emprisonnée dès le lendemain et séparée de son fils.

Faire l'amour avec Jamie avait fait naître dans son cœur l'espoir fou d'une vie meilleure puis, en quelques heures, cette espérance s'était muée en désespoir absolu. Peut-être, sans doute... passerait-elle la nuit prochaine en prison. Une fois sa mère incarcérée, Aiden n'aurait plus personne pour le défendre et pour empêcher son père de lui faire du mal afin de se venger d'elle...

Jamie l'aimait. Pourquoi s'en souvenait-elle maintenant, alors que tant de sujets essentiels la préoccupaient ? L'amour aurait dû être le cadet de ses soucis. Certes, elle aussi était tombée amoureuse de lui. Et, dans le secret de son cœur, elle avait commencé à imaginer un avenir à trois. Mais à quoi bon se demander s'ils vivraient un jour ensemble, Jamie, Aiden et elle, alors qu'elle se retrouverait peut-être derrière les barreaux dès le lendemain ?

Jamie s'éclaircit la voix, la tirant de ses pensées.

— Qu'a dit Aiden quand tu lui as annoncé que tu allais dormir dans le lit au-dessus du sien et moi sur le canapé du salon ?

— Je ne lui ai rien dit, tu penses bien. Si je l'avais fait, il aurait refusé d'aller se coucher.

Elle jeta un coup d'œil vers la porte de la chambre et ajouta :

— Et j'aurais dû lui expliquer pourquoi.

— Tu devras pourtant trouver quelque chose pour justifier ta présence dans sa chambre, demain.

— Je vais y réfléchir. Mais n'oublie pas qu'il faut que tu aies plié bagage avant son réveil. S'il te voit, jamais il n'acceptera d'aller à l'école et si c'est la croix et la bannière pour l'y emmener, je risque d'arriver en retard au Casey's Diner. Tu es toujours d'accord pour passer me prendre au restaurant en milieu de matinée ?

— Bien sûr, mais je ne vois toujours pas pourquoi tu tiens à aller travailler demain. Ils peuvent quand même survivre un matin sans toi.

— Les clients comptent sur leurs brioches à la cannelle.

Et elle n'aurait peut-être plus d'occasion d'en confectionner par la suite, songea-t-elle.

— Je voulais encore m'excuser de t'avoir envoyé ce texto alors que tu étais en plein service, tout à l'heure, reprit-il. J'avais peur qu'Aiden et toi restiez seuls cette nuit alors que Brooks a été libéré. Mais le moment n'était pas idéal. J'aurais dû attendre pour te proposer de venir monter la garde. Et je regrette que, de surprise, tu aies lâché ton plateau.

— Ce n'est pas grave. Je n'ai cassé que deux assiettes. Ted ne m'en a pas tenu rigueur. Pourtant, je lui ai donné de nombreuses raisons de me virer, aujourd'hui.

— Te virer ? Tu plaisantes ! Il aimerait t'adopter, j'en suis sûr. Il m'a sondé pour connaître mes intentions à ton égard comme l'aurait fait un père inquiet à l'idée que sa fille pourrait être tombée amoureuse d'un garçon pas très sérieux. Je l'ai rassuré.

Leurs regards se croisèrent, ne se quittèrent plus.

Mais très vite, il détourna la tête.

— Sarah, va te coucher, ferme la porte. Et essaie de dormir. Tout ira bien. Je veillerai sur Aiden et toi, cette nuit. Avec moi, vous êtes en sécurité, je te le promets.

Une fois sous sa couette, Sarah repensa à cette promesse. Jamie veillait sur eux. Avec lui, ils étaient en sécurité. Le plus curieux était qu'elle le croyait. Elle avait confiance en lui. Elle pouvait se détendre. Il avait la situation en main et ferait tout pour les défendre. Y compris se mettre en danger. Y compris se faire tuer.

Comment osait-elle le laisser faire ? se demanda-t-elle soudain, en proie à une sourde culpabilité. N'avait-elle pas déjà une mort sur la conscience ? Sa meilleure amie avait tenté de la protéger et l'avait payé de sa vie. S'il arrivait maintenant quelque chose à Jamie à cause d'elle, elle ne se le pardonnerait jamais.

Non, elle n'avait pas le droit de le laisser se sacrifier pour elle et pour Aiden. Mais comment l'en empêcher ?

La solution lui apparut soudain, évidente, comme si toutes les pièces d'un puzzle se mettaient en place.

Parce qu'elle l'aimait, elle ne devait pas se livrer à la police avec lui. S'il l'accompagnait, elle ferait de lui une cible. Michael le considérerait comme un gêneur, comme un rival. Et il le tuerait.

Elle était donc obligée de fuir, comprit-elle. Et sans Jamie. Bien sûr, il ne comprendrait pas. Bien sûr, il penserait qu'elle avait voulu échapper à la prison. Tant pis. Elle refusait de laisser une nouvelle fois quelqu'un qu'elle aimait donner sa vie pour elle et pour Aiden.

Une vision de Michael étranglant Tonya s'imposa alors à son esprit, glaçante, terrifiante. Tout en regardant les étoiles et les planètes sur le plafond briller dans le noir, elle frissonna. Il lui fallait échapper à Michael, mais elle avait besoin d'un plan B, d'un plan qui n'impliquerait pas Jamie.

Ce dernier avait eu raison sur un point : Michael ne les lâcherait jamais.

Elle était fatiguée. De fuir. D'avoir peur. De se reprocher ses erreurs passées. Elle n'en pouvait plus. Si Michael parvenait à les rattraper, elle l'empêcherait de s'en prendre à Aiden. Pour s'assurer qu'il ne toucherait pas à l'enfant, elle se sentait prête à tuer son ex-mari de ses propres mains.

Sarah sortit du four les brioches à la cannelle. En général, l'odeur des pâtisseries encore chaudes lui mettait l'eau à la bouche ; ce matin, elle lui donnait la nausée. Peut-être avait-elle eu tort d'insister pour venir travailler comme d'habitude. Cela dit, Jamie avait eu ainsi la possibilité de rentrer chez lui prendre une douche. Elle en avait profité pour empaqueter rapidement quelques affaires. Jamie l'avait crue lorsqu'elle lui avait assuré que Michael était trop malin pour s'attaquer à elle en plein jour.

Elle se précipita dans les lavabos pour s'asperger le visage d'eau froide. Fermant les yeux, elle attendit que les haut-le-cœur se calment.

Dès qu'elle se sentit un peu mieux, elle retourna dans la cuisine. Mais comme elle passait devant son bureau, Ted l'appela.

— Hé ! Ça va, Sarah ?

Une heure plus tôt, elle lui avait confié son désir de quitter la ville et il avait accepté de les conduire, Aiden et elle, à la gare routière, située à une cinquantaine de kilomètres de Brighton. Ils avaient consulté ensemble les horaires des cars interurbains sur Internet.

— Es-tu toujours sûre de ta décision ? demanda-t-il.

— Et vous, Ted ? Parce que si vous préférez, nous irons en taxi.

— Non, je vous déposerai là-bas... Si tu es vraiment déterminée à partir.

— J'en suis sûre et certaine.

— Alors, résumons-nous : en fin de matinée, je récupère Aiden à l'école, je passe ensuite chez toi pour te prendre avec les bagages puis nous filons, c'est bien ça ?

Elle hocha la tête. Dommage qu'il soit si compliqué pour une personne non motorisée de quitter Brighton, la gare routière étant très éloignée. Elle aurait dû y penser avant de jeter son dévolu sur cette banlieue de Detroit.

— Je suis content d'avoir la possibilité d'embrasser mon petit Aiden avant votre départ, poursuivit-il. J'espère que vous reviendrez nous voir un de ces jours, tous les deux.

La gorge serrée, elle s'efforça de lui sourire. Quitter Ted lui était presque aussi difficile que de quitter Jamie. Au bord des larmes, elle se remémora le rapide baiser qu'il lui avait donné avant de partir, ce matin. Il lui avait promis de venir la chercher au restaurant en fin de matinée. Elle avait hoché la tête... en sachant qu'elle serait loin lorsqu'il pousserait la porte du Casey's Diner.

— Ne vaudrait-il pas mieux que tu viennes avec moi à l'école ? reprit Ted.

— Non, j'ai à faire chez moi.

Et il était préférable que personne ne la voie quitter l'établissement scolaire avec Aiden, mais elle ne le dit pas.

— Que fuis-tu, Sarah ?

— Ne me le demandez pas, Ted. Moins vous en saurez, mieux cela vaudra.

— Alors pourquoi ne pas laisser l'inspecteur Donovan t'aider ? J'ai vu la façon dont il te regarde. Et j'ai l'impression qu'il ne te déplaît pas...

— C'est compliqué.

— Je ne veux que ton bonheur, Sarah. Jamie Donovan est amoureux de toi et il ne te laisse pas indifférente. Ne serait-il pas plus simple de...

— Je préfère ne pas en parler. Je lui souhaite le meilleur. Et voilà pourquoi il ne doit pas savoir où je m'en vais.

— Me le diras-tu, à moi ?

— Je vous aime trop pour vous impliquer dans cette histoire, Ted. Maintenant, laissez-moi finir de m'occuper de ces brioches pour que nous puissions partir.

Elle se dépêcha de filer avant qu'il puisse poser d'autres questions. Avant de risquer de lui confier quelque chose qui l'exposerait au danger.

Plus tard, quand tout serait terminé, quand Aiden et elle-même auraient disparu dans la nature – ou plutôt dans une grande ville cette fois, Atlanta –, elle s'autoriserait à pleurer tout ce qu'elle avait perdu.

23

Que fabriquait Ted ? se demanda Sarah pour la énième fois depuis une demi-heure. Il aurait dû passer la prendre avec Aiden depuis longtemps. Comme prévu, elle les attendait à l'appartement.

Leur retard l'inquiétait, mais elle hésitait sur la conduite à tenir. Changer son fusil d'épaule au dernier moment était rarement une bonne idée. Pourtant, instinctivement, elle avait envie de courir à l'école.

Les sacs étaient prêts dans l'entrée, leurs billets de car pour Atlanta rangés dans la poche extérieure du sien. Mais quelque chose n'allait pas. Elle le sentait depuis qu'elle avait cherché en vain dans sa bibliothèque son album de photos de famille. Elle tenait à l'emporter, mais il avait disparu. Qui aurait pu le lui prendre ? Jamie ? Quelqu'un d'autre était-il entré chez elle ?

Aucune de ces hypothèses n'avait de sens, pas plus que la tentation qui la taraudait d'appeler Jamie pour lui parler de ses inquiétudes… alors qu'elle avait décidé de le quitter sans un adieu.

La panique la gagnait

Pourtant, de nombreuses raisons pouvaient expliquer le retard de Ted. Peut-être avait-il été retenu au restaurant par une livraison ou un problème de dernière minute en cuisine. Peut-être les responsables de l'école avaient-ils voulu s'assurer qu'il était autorisé à venir chercher Aiden.

Incapable de supporter plus longtemps cette angoisse, elle sortit de son appartement et se hâta vers l'école. Elle reconnut la voiture de Ted, garée en face de l'entrée et en éprouva un intense soulagement. Rien n'était perdu. En faisant vite, ils arriveraient à Detroit à l'heure et peut-être auraient-ils même le temps d'y déjeuner avant leur départ.

La cloche ayant sonné depuis un moment, plus personne n'entrait ou ne sortait du bâtiment. La cour de récréation était également déserte. Mais où étaient passés Ted et Aiden ? Ils n'étaient nulle part en vue. Intriguée et surtout désireuse de résoudre le mystère, Sarah se hâta vers les portes de l'école.

Un mouvement, au fond du parking près de l'école, attira son attention. Deux hommes poussaient avec violence un homme et un enfant vers une fourgonnette blanche.

Elle les reconnut et cria :

— Aiden ! Ted ! Laissez-les tranquilles !

L'un des ravisseurs se retourna. Ted en profita pour essayer de se dégager de l'emprise de l'autre, ce qui lui valut un coup de poing en plein visage. Il s'écroula sur sol.

Affolée, elle se précipita vers eux. Ses jambes tremblaient, elle butait à chaque pas et avait du mal à respirer, mais elle voulait à tout prix les rejoindre. Son fils. Son patron et ami. Il lui fallait arrêter ces bandits avant que...

Elle se figea soudain et le sang se retira de son visage lorsque l'homme qui hantait ses cauchemars descendit d'une voiture et se dirigea vers elle.

Il lui sourit en la prenant dans ses bras.

— Chérie, enfin, je te retrouve !

Elle s'efforça de le repousser.

— Lâche-moi. Et Ted ? Et mon fils...

Resserrant son emprise, il l'empêcha de s'écarter. Il était plus fort qu'elle. De nouveau, elle se retrouvait sous sa coupe, incapable de lui échapper.

— *Ton* fils, Maria ? Ou peut-être devrais-je t'appeler... Sarah ? Quant à *mon* fils, tout ira bien pour lui, ne t'inquiète pas.

Il se montrait rassurant sur le sort de son fils, mais pas sur celui de Ted. Accablée, elle comprit qu'en empêchant Jamie de s'impliquer, elle avait exposé Ted. Elle semait le malheur et la destruction partout où elle passait…

Elle s'ordonna de se ressaisir.

— Que fais-tu ici, Michael ? Et que veux-tu ?

— Toi, bien sûr, ma chérie. Toujours toi. Et notre petit Andy.

— S'il te plaît, laisse-les partir. Le pauvre enfant doit être terrifié.

— Tout ira bien pour lui. J'aurais aimé pouvoir en dire autant à propos de sa mère, mais tu imagines bien que ton comportement, ces dernières années, aura des conséquences.

Il la menaçait et elle regarda son visage haineux qu'elle avait jadis trouvé beau. Ses cheveux étaient sales, trop longs, et il était mal rasé. Quand elle essaya encore de le repousser, il lui tordit le bras jusqu'à ce qu'elle grimace de douleur.

Puis il se tourna vers la camionnette.

— On réglera tout ça plus tard, chérie. Dans l'immédiat, je dois dire un mot à mes associés.

L'un de ses sbires – un brun dont le visage lui disait quelque chose – s'avançait vers eux, un rouleau de ruban adhésif à la main. Son compagnon referma la fourgonnette, laissant Ted et Aiden à l'intérieur, et le suivit, d'un pas moins alerte.

— Mission accomplie, Brooks, dit le premier. On a ligoté et bâillonné le gosse et le vieux. Ils ne risquent plus de nous faire repérer avec leurs cris.

Soudain, Sarah le reconnut. Il s'agissait de l'un des policiers qui avaient préféré, six ans plus tôt, protéger Michael, son indic, au détriment d'une victime de violences conjugales.

Michael serra les dents.

— Qui t'a demandé d'enlever le patron d'un petit resto de merde ?

— Il était avec le gamin.

— Alors tu sais ce qu'il te reste à faire.

Sarah frissonna. S'agissait-il de menaces en l'air ou ces policiers corrompus allaient-ils vraiment faire disparaître Ted ? Une angoisse croissante la rongeait. De toute évidence, Michael savait où elle travaillait. Comment l'avait-il découvert ? Depuis combien de temps était-il en ville ? L'avait-il suivie, ces derniers jours ? Était-il également au courant de ses relations avec Jamie ?

Il se tourna vers elle.

— Tu te souviens, bien sûr, de mes amis policiers : Larry et Clint.

— Bonjour, madame Brooks.

— Désolé d'interrompre ces mondanités, les gars, mais le temps presse, coupa Michael. Nous avons intérêt à déguerpir en vitesse et à aller nous planquer dans un endroit plus discret. D'autant que quelqu'un a certainement prévenu les flics, à l'heure qu'il est.

Il sourit à Larry et Clint avant d'ajouter en ricanant :

— Je parle des vrais flics, bien sûr, ceux qui servent la justice... Pas des ripoux comme vous qui ne cherchent qu'à s'enrichir. Quant à toi, lança-t-il à l'adresse de Sarah, viens avec moi. Et ne tente rien de stupide, sinon le gosse et le vieux dans cette fourgonnette le paieront cher.

Elle hocha la tête. Elle avait commis beaucoup d'erreurs au cours de son existence mais, maintenant, elle ne ferait rien qui risquerait de coûter la vie à son fils et à un ami dont le seul crime avait été de vouloir l'aider.

Lorsqu'il la poussa dans le tas de ferraille qui lui servait de voiture, elle n'opposa aucune résistance. Il n'était pas question pour elle de s'enfuir et d'abandonner Ted et Aiden à leur triste sort. En revanche, elle avait peut-être le moyen de les tirer de là. Discrètement, elle sortit son smartphone de son sac, parcourut la liste des appels et cliqua sur le dernier. Elle remit l'appareil allumé dans son sac juste avant que Michael ouvre sa portière et s'installe au volant.

Elle avait trahi Jamie et il l'avait certainement compris, à présent. Pourtant, il ferait tout pour leur venir en aide, elle n'en doutait pas.

Sachant qu'il les entendait, elle lança :

— Laisse-moi t'expliquer, Michael.

Comme elle l'espérait, il mordit à l'hameçon et répliqua, tout en quittant le parking.

— Oh non ! C'est toi qui vas m'écouter. Tu as profité que

j'étais en taule pour me quitter et pour te livrer à la débauche, espèce de traînée !

— J'ai eu tort. Je suis désolée.

Lorsqu'ils étaient mariés, elle passait son temps à s'excuser, à le supplier de lui pardonner. Elle tentait ainsi d'échapper aux coups, de sauver sa peau. Cette fois, en feignant de regretter ses actes, elle protégeait deux personnes qu'elle aimait et donnait à une troisième la possibilité d'intervenir.

Michael poursuivit :

— Tu t'imagines que tu vas t'en tirer avec des excuses, petite garce ? Tu m'as enlevé mon fils et tout ce qui a de l'importance à mes yeux. J'ai dû te chercher, j'ai eu du mal à te localiser. Mais j'y suis arrivé, malgré ta fausse identité.

— Je suis vraiment désolée, répéta-t-elle.

Visiblement, il savait où il allait. Il semblait bien connaître la région.

— Chérie, tu devais bien te douter que je finirais par te retrouver. Tu es ma femme. En nous mariant, nous nous sommes engagés à rester ensemble. Seule la mort peut nous séparer. De plus, nous avons une belle petite famille.

— C'est vrai. Nous nous sommes engagés à vivre ensemble pour toujours.

Autrefois, elle répétait docilement ce qu'il voulait. Pour éviter sa colère, sa violence, la souffrance. Parfois, elle parvenait à le calmer en se montrant si soumise.

Pas cette fois.

Se tournant vers elle, il la gifla avec violence. Elle ne s'y attendait pas et n'eut pas le temps de parer le coup. Il lui éclata la lèvre et le goût du sang lui emplit la bouche.

— Cesse de me prendre pour un imbécile, ma chérie. Tu ne penses pas un mot de ce que tu dis. Sinon, tu n'aurais pas couché avec ce flic. Tu t'es donnée à lui, salope ! Alors que tu m'avais juré fidélité ! Je suis au courant de tout ! Tu me le paieras.

— Je suis désolée.

Elle n'était pas désolée. Elle ne regrettait pas d'avoir fait l'amour avec Jamie. Elle ne regretterait jamais de l'aimer.

Il la frappa de nouveau.

— Menteuse. Tu avais tellement envie de lui que tu l'as laissé te peloter devant la porte. Je t'ai vue. Traînée !

— Quoi ? Où ?

— Ne t'inquiète pas. Tu l'oublieras. Et tout redeviendra comme avant entre nous. Mieux, même.

— Comment... comment ça ?

— Tu verras. Nous allons nous retrouver. Mais pour y parvenir, il va falloir nous débarrasser de quelques personnes. De ton amant, par exemple. C'est toi qui m'as conduit à lui, chérie. Tout comme ta copine m'a conduit à toi.

— Tu as tué Tonya. Je savais que c'était toi !

Comme elle levait le bras dans l'attente d'un coup, son sac lui échappa et son contenu se répandit à ses pieds. Elle s'aperçut avec effroi que Michael avait aussitôt remarqué son smartphone allumé. En comprenant qu'elle l'avait dupé, que quelqu'un les écoutait à distance, il poussa un cri de rage et la gifla une fois de plus.

— Salope !

Il se pencha pour s'emparer de son smartphone. Avec un sourire mauvais, il le colla à son oreille et lança, sans quitter la route des yeux.

— Bonjour, inspecteur.

Elle retint son souffle. Jamie était-il bien en ligne ?

Il l'était.

— Brooks, fit Michael après un instant de silence. J'ai appris que vous avez baisé ma femme, poursuivit-il. Elle vous a plu, au moins ? C'est une salope infidèle, mais elle a un beau petit cul, non ?

Rouge de honte, Sarah se couvrit le visage des mains. Elle ne savait pas comment ni même si Jamie répondrait. Par nature, il avait en horreur les hommes violents envers les femmes. Mais en tentant de s'enfuir sans le lui dire, elle l'avait trahi, blessé. Voilà pourquoi, même si elle était certaine qu'il accomplirait son devoir et ferait son travail, elle n'espérait rien de plus de sa part. En tout cas, elle ne comptait pas sur lui pour défendre son honneur.

— Elle n'est plus votre femme, Brooks.

Elle sursauta. Michael avait mis le haut-parleur.

— Elle est à moi. Elle l'a toujours été. C'est une pute, mais elle m'appartient. Compris ?

La voix de Jamie se fit de nouveau entendre, implacable.

— Si vous touchez à un cheveu de Sarah, de son fils ou de Ted, je vous jure que je n'aurai de cesse de vous traquer pour vous le faire payer le maximum.

Ted ? Comment Jamie avait-il appris qu'il était avec eux ? Était-il déjà passé au restaurant et avait-il découvert que le patron du Casey's Diner avait également disparu ? Pour la centième fois, elle regretta de ne pas s'être livrée à la police avec Jamie comme prévu. Au moins aurait-elle pu lui dire au revoir. Maintenant, elle n'aurait plus cette possibilité.

— Elle s'appelle Maria, rétorqua Michael avant de jeter le téléphone par la vitre ouverte.

Sarah gémit. La probabilité qu'ils s'en sortent vivants diminuait de minute en minute. À présent, Jamie n'avait plus aucun moyen de les localiser.

Pendant un moment, ni l'un ni l'autre ne parlèrent. Michael roulait, la fourgonnette blanche les suivait. Sarah n'avait rien à dire. Elle se préparait à mourir. Tonya était morte pour rien, puisque Michael l'avait rattrapée, la tuerait à son tour et s'enfuirait avec l'enfant. Elle n'avait aucune raison de croire que Ted serait épargné. Quant à Aiden, il serait condamné à vivre auprès de son père, ce qui était presque pire que la mort. À la pensée du triste sort qui attendait son petit garçon, elle sentit des larmes monter à ses yeux et rouler sur ses joues. Un désespoir sans fond l'accablait.

Enfin, Michael ralentit, quitta la route goudronnée pour s'engager sur un chemin de terre le long d'un champ de soja. Lorsqu'il atteignit une zone dégagée bordée d'arbres, il se gara et coupa le contact. La fourgonnette s'arrêta non loin.

— Avant de mourir, ta copine m'a supplié de lui laisser la vie sauve, dit-il en riant.

Pour la première fois de son existence, elle se mit à le frapper, lui pilonnant le torse de ses poings.

Il continua cependant avec un sourire sadique.

— J'aurais aimé qu'elle soit encore là pour pouvoir la remercier.

— La remercier de quoi ? ne put-elle s'empêcher de demander.

— De m'avoir aidé à retrouver ma petite femme.

24

Dès que le sbire de Michael nommé Larry arracha le ruban adhésif de sa bouche, Aiden appela sa mère à l'aide. Visiblement terrifié, il sanglotait sans parvenir à se calmer. Comme elle n'était pas attachée, rien n'aurait pu empêcher Sarah de se précipiter vers lui. Pour l'arrêter, il aurait fallu lui tirer dessus.

Elle prit son fils dans ses bras et le serra avec force.

— Tout va bien, chéri. Maman est là.

De son côté, Clint, l'autre policier, retira le bâillon de la bouche de Ted, lui laissant une marque rouge autour des lèvres. Mais il ne coupa pas les liens qui lui enserraient les mains et les pieds, pensant sans doute qu'il serait plus facile de l'abattre s'il était entravé.

En revanche, personne n'avait pris la peine de l'attacher, elle. Ils savaient tous qu'elle ne chercherait pas à s'enfuir sans son fils.

Michael entraîna Clint et Larry à l'écart, peut-être pour décider du sort des otages.

Discrètement, elle entreprit de détacher Aiden qui s'était un peu calmé, tout en se penchant vers Ted.

— Je suis désolée de vous avoir impliqué dans cette histoire. Il s'agissait juste de nous déposer à la gare routière pour nous permettre de disparaître dans la nature. Je n'ai jamais voulu vous mettre en danger.

— Voilà pourquoi tu tenais tant à poser un lapin à l'inspecteur Donovan. Tu voulais le protéger, en réalité.

— Il ne le comprendra jamais, mais c'était en effet la raison pour laquelle je préférais filer à l'anglaise.

— Je suis sûr qu'il finira par le reconnaître. En tout cas, Maria n'est pas un prénom qui te va.

— Qui est Maria ? demanda Aiden en levant les yeux vers elle.

— Personne, répondit-elle honnêtement en défaisant le dernier nœud qui l'entravait. Plus maintenant.

Son fils la dévisagea d'un air sombre, comme s'il ne la croyait pas. Désormais, il ne croirait sans doute plus un mot de ce qu'elle lui dirait.

Après un moment, il chuchota :

— Cet homme méchant, c'est mon père ?

Elle fut tentée de lui mentir comme elle l'avait fait toute sa vie, mais elle comprit qu'elle lui devait la vérité.

— Oui, chéri. Il s'agit de ton père.

— C'est bien ce que je pensais, marmonna-t-il en grimaçant.

Sarah s'adressa de nouveau à Ted, en commençant à lui détacher les mains tout en surveillant les trois hommes du coin de l'œil.

— Où avez-vous entendu parler de Maria ?

— Dans la fourgonnette. Les deux types avaient pour mission de récupérer le petit. Mais ils comptent aussi mettre la main sur un paquet d'argent… détenu, si j'ai bien compris, par cette fameuse Maria.

— Moi ? C'est absurde. Je n'ai pas d'argent. J'y suis presque…, ajouta-t-elle en sentant les liens glisser de ses poignets.

— Je ne sais pas ce qu'ils voulaient dire exactement.

Michael, qui discutait toujours avec ses acolytes, jeta un coup d'œil dans leur direction.

— Fermez-la !

Sarah se figea. Elle se demandait avec une inquiétude croissante ce qu'il allait advenir d'eux. Michael ayant détruit son smartphone, Jamie n'avait plus aucun moyen de retrouver leur trace.

Comme s'il lisait dans ses pensées, Ted murmura à son intention :

— Ne t'inquiète pas, il ne devrait plus tarder.

— Je l'espère.

Elle n'osait pas lui faire part de ses angoisses, mais elle doutait que Jamie puisse les sauver. Comment parviendrait-il à les localiser ?

— Maria, viens voir ici, ordonna tout à coup Michael.

— Puis-je amener… Andrew ?

— Non. Laisse-le où il est.

Son petit garçon fronça les sourcils. Il ne comprenait pas pourquoi sa mère l'appelait maintenant « Andrew ». Il ne savait plus quel était son vrai nom, comprit-elle en proie à une sourde culpabilité.

— Surtout, reste là, avec Ted, lui dit-elle. Ne bouge pas, chéri.

Elle quitta la fourgonnette et se dirigea vers les trois hommes qui l'observaient d'un air étrange.

— Qu'y a-t-il, Michael ? Et eux, pourquoi sont-ils encore là ? ajouta-t-elle en désignant les deux policiers. Maintenant que tu nous as retrouvés, Andrew et moi, à quoi servent-ils ?

Larry regarda Michael avec stupéfaction.

— Elle n'est vraiment au courant de rien à propos de l'argent ?

— Quel argent ? Je n'ai pas d'argent. Dis-le-leur, Michael. Si j'en avais, crois-tu vraiment que j'aurais habité ce minuscule appartement situé dans un quartier si mal famé ?

— Vous n'aurez plus à vivre dans ce trou à rats, répondit Larry en riant. Vous deux allez toucher votre part du butin. Un joli petit pécule de plus de 750 000 dollars.

Le regard de Michael se durcit et Sarah frissonna. Au cours de sa vie conjugale, elle avait appris à reconnaître – et à craindre – cette expression. Chaque fois qu'il l'arborait autrefois, les coups ne tardaient pas à pleuvoir. Son sbire l'ignorait, mais Michael aurait préféré lui annoncer lui-même cette nouvelle. Il en voulait à Larry de lui avoir volé la vedette.

— Vous avez récupéré l'album photos ? demanda-t-il.

— Bien sûr, répondit Larry avant de se diriger vers la camionnette.

— Non, pas toi. Clint, va le chercher, ordonna Michael.

Clint parut déstabilisé mais obéit. Il revint quelques instants plus tard, chargé de l'album photos de Sarah.

— Hé ! C'est à moi ! protesta-t-elle. Où l'avez-vous trouvé ? Qu'avaient-ils pris d'autre ?

— Chez toi, bien sûr, fit Michael. Ton petit appartement leur a beaucoup plu.

Larry se frotta les mains.

— Et si on en venait à l'essentiel, maintenant ? Vous allez être épatée, Maria. Votre mari a eu l'idée ingénieuse de faire de vous... la clé...

— La clé de quoi ? demanda-t-elle.

— La clé permettant d'accéder à l'argent.

— Je t'ai dit de la fermer ! cria Michael en sortant de la poche de sa veste un pistolet qu'il pointa sur lui.

Larry changea de couleur.

— Qu'est-ce qui te prend ? On ne braque pas les gens comme ça ! Et encore moins un associé.

— Tu as toujours parlé à tort et à travers, répliqua Michael. Maintenant, tu n'auras plus l'occasion d'ouvrir ta grande gueule.

Larry leva les mains dans un geste de défense, mais trop tard. Un coup de feu claqua et il s'effondra.

Horrifiée par la violence de la scène, Sarah ne parvenait même pas à regarder le cadavre. Elle glissa un œil furtif vers Aiden, blotti contre Ted. Heureusement, ce dernier, anticipant sans doute le meurtre, s'était déplacé pour l'empêcher de voir Larry gisant à présent dans une mare de sang.

— Bon, où en étions-nous ? reprit Michael en glissant avec calme son arme dans sa ceinture.

Bien consciente qu'à tout moment, il pourrait abattre n'importe lequel d'entre eux, Sarah déglutit péniblement. Il était heureux que Jamie ne puisse pas retrouver leur trace. Son ex-mari n'ayant plus rien à perdre, il n'aurait pas hésité non plus à loger une balle dans la tête de son rival.

Clint, qui avait blêmi, répondit :

— Nous discutions du butin, de la part qui reviendra à chacun.

— Et si, finalement, je préférais encaisser la totalité de la somme ?

Le policier ferma les yeux, se préparant à subir le même sort que son collègue, mais Michael se contenta de rire.

Sarah s'éclaircit la voix.

— Cet argent... J'ignorais son existence et il ne m'intéresse pas. Alors voilà ce que je vous propose : allez récupérer ce trésor et laissez-nous partir. Je promets de ne jamais souffler mot à quiconque de...

Michael secoua la tête.

— Non, chérie. L'argent est pour nous deux, pour nous permettre de prendre un nouveau départ.

— Et comme Larry l'a dit, vous êtes la clé, renchérit Clint.

Cette fois, au lieu de s'emparer de son pistolet, Michael s'approcha d'elle. Lorsqu'il la saisit à la gorge, elle songea à Tonya qu'il avait étranglée et se figea, espérant que la mort viendrait vite.

À sa grande surprise, il se contenta de lui arracher son médaillon. Il l'ouvrit, en retira le portrait en noir et blanc de la grand-mère de Sarah et le retourna. Au verso, se trouvaient les nombres 3, 46 et 17.

Elle se pencha pour voir et fronça les sourcils.

— De quoi s'agit-il ? demanda-t-elle.

— De la combinaison d'un coffre, répondit-il. Tu tenais beaucoup à ce bijou. Je savais que tu le porterais jusqu'à la fin de tes jours... Et qu'il me suffirait de te retrouver pour remettre la main dessus.

— Tu as donc demandé à tes amis policiers de me chercher pour récupérer ce médaillon, c'est bien ça ?

Il secoua la tête en souriant.

— Bien sûr que non, chérie. Je tenais surtout à reconstituer ma famille.

— Et à quoi sert l'album photos ? intervint Clint.

Michael arracha la dernière page, collée à la reliure, et s'empara de la petite clé qui s'y trouvait dissimulée.

— Tu as toujours eu les clés du butin et celles de mon cœur, ma chérie.

— Et où est ce coffre-fort ?

— C'est là où j'ai fait preuve de génie. Il est caché dans le sous-sol de tes parents. Tu m'as toujours dit que l'endroit était encombré d'un incroyable bric-à-brac et que tes vieux n'y mettaient jamais les pieds. L'argent nous attend là-bas.

— Tout ça est follement romantique, dit soudain Clint, attirant leur attention sur lui. Mais la seule chose qui m'intéresse, dans cette histoire, c'est le pognon. Et, après réflexion, je préfère empocher la totalité du magot que la moitié.

En voyant son « associé » les menacer à son tour d'une arme, Michael changea de couleur.

— Ne fais pas l'imbécile, Clint. Tu as vraiment envie de buter quatre personnes dont un gosse pour protéger ta fuite ? Tu crois vraiment pouvoir profiter de ton argent avec tant de meurtres sur la conscience ?

Comme Clint baissait son colt pour y réfléchir, Michael tira son pistolet de sa ceinture et fit feu. Il l'abattit d'une balle en pleine tête.

Sarah poussa un gémissement. Elle regarda tour à tour Aiden et Ted, essayant de déterminer qui serait le prochain. Il était hors de question de laisser Michael tuer des innocents. Maintenant, soit elle réussissait à l'arrêter, soit elle mourrait en essayant.

Jamie se déplaçait sans bruit d'arbre en arbre pour se mettre en position. Un tireur d'élite et deux collègues policiers le talonnaient. Quand un coup de feu brisa le silence pour la seconde fois, il se mit à courir. Brooks venait d'abattre ses deux complices. Les prochains sur la liste étaient les trois personnes que Jamie tenait à tout prix à protéger.

— S'il te plaît, Sarah, ne fais rien de stupide, murmura-t-il en s'approchant.

Elle avait déjà commis beaucoup d'erreurs, aujourd'hui.

De son côté, il avait recouvré son bon sens. Cessant d'agir en solo et dans l'illégalité, il avait demandé l'aide de ses collègues. Grâce à ces renforts, il avait bien avancé.

Un policier avait obtenu du directeur de l'école la description des deux ravisseurs d'Aiden et déclenché une alerte enlèvement. Un autre avait récupéré une photo de Brooks et l'avait communiquée à toutes les unités du comté. Enfin, le standardiste du commissariat leur avait transmis l'appel d'un retraité signalant l'intrusion d'une fourgonnette et d'une voiture sur sa propriété. Grâce à son témoignage, ils avaient réussi à les localiser rapidement.

Jamie s'interdit de se précipiter comme il en mourait d'envie pour ne pas risquer de provoquer la panique de Brooks et la mort des otages.

Quand il atteignit la limite des arbres, il sortit son arme, espérant que ses collègues étaient en place. Puis il s'approcha furtivement de la fourgonnette, Aiden fut le premier à remarquer sa présence. Jamie posa un doigt sur ses lèvres pour lui intimer le silence.

Sarah l'avait vu aussi. Il le devina à la manière dont elle se redressa imperceptiblement. Heureusement, au lieu de se tourner vers lui, elle poursuivit sa conversation avec Brooks comme si de rien n'était.

— Dès que nous aurons ouvert le coffre chez ma mère et récupéré l'argent, nous serons libres d'aller où bon nous semble, tous les deux. Et de disparaître. Pour de bon, cette fois.

Lorsque Jamie se rendit compte qu'elle avait les lèvres enflées et que du sang séché maculait son visage, il comprit que son ex-mari l'avait frappée et eut besoin de toute sa volonté pour ne pas se ruer sur ce fumier et le tuer lui-même.

— Partons, maintenant, poursuivit Sarah. Tous les deux. Laissons Ted et le petit. Pour repartir de zéro, mieux vaut ne pas s'encombrer d'un enfant.

— Quel genre de mère es-tu pour songer à l'abandonner ? demanda Brooks.

— Une mère qui en a beaucoup fait pour lui et qui a envie de prendre un peu de bon temps, à présent.

Une mère prête à donner sa vie pour sauver son fils.

Bien que le geste de Sarah soit beau, Jamie refusait de la voir se sacrifier pour Aiden. Certes, elle l'avait trahi aujourd'hui mais ce n'était pas le moment de penser à cela.

Comme il se rapprochait encore, Brooks parut entendre quelque chose car il se figea et scruta les alentours.

Mais soudain, Aiden sauta de la fourgonnette et alla vers Brooks.

— Tu es mon papa ?

— Oui. Et tu le saurais si ta garce de mère n'avait pas tout fait pour t'empêcher de me connaître !

Rendu furieux par ce souvenir, il poussa brutalement Aiden qui se trouvait devant lui, le projetant à terre.

Incapable d'en supporter davantage, Jamie sortit de derrière la fourgonnette et s'avança, l'arme au poing. Il pointa son colt sur l'homme qui avait maltraité Sarah et qui n'hésitait pas à s'en prendre à présent à un adorable petit garçon.

En le voyant, Brooks se jeta aussitôt sur Aiden qui s'était relevé et le plaqua contre lui, se servant de lui comme d'un bouclier humain.

— L'amant de ma femme est venu jouer le héros. Vous allez faire quoi, maintenant, inspecteur ? Tirer sur moi, au risque d'atteindre le gosse ?

Sarah se précipita vers Brooks.

— Non, Michael ! Je t'ai dit que je t'accompagnerai. Je ferai tout ce que tu veux. Laisse-les partir.

Penchant la tête en arrière, Aiden leva les yeux vers son père.

— Laisse M. Jamie tranquille !

— Ferme-la, Andy ! rétorqua Brooks. Voilà ce que je vous propose, inspecteur, continua-t-il. Lâchez votre arme et je laisse partir le gamin.

Jamie savait qu'il ne tiendrait pas parole, mais il n'avait pas le choix. Aussi obéit-il.

Comme il posait son colt à terre et levait les mains, Brooks sourit et le mit en joue.

— Comment avez-vous pu imaginer que je vous laisserais filer avec ma femme et mon fils ?

Conscient que ses collègues se tenaient en embuscade et

qu'ils avaient Brooks dans leur viseur, Jamie se tourna vers le garçonnet et lui ordonna d'un ton sans réplique :

— Aiden, couche-toi !

Sarah le surprit en s'élançant soudain vers lui, se mettant dans la ligne de tir pour le protéger.

Deux coups de feu claquèrent, et elle s'effondra.

— Maman ! hurla Aiden

Sarah venait de risquer sa vie pour lui ! se dit Jamie en la voyant tomber.

Il se précipita vers elle. Un peu plus loin, il vit le corps de Brooks, la poitrine en sang. Le tireur d'élite ne l'avait pas raté.

Mais il ne se souciait que de Sarah.

Il s'accroupit près d'elle. Au moment où il cherchait son pouls, Aiden se rua sur sa mère :

— Maman, ça va ?

Elle se tourna vers lui. Elle était blanche comme un linge, mais elle sourit faiblement.

— Oui, mon chéri.

Une tache rouge s'élargissait sur son épaule. Jamie retira sa chemise, la roula en boule et la pressa contre sa blessure.

— Désolé, dit-il quand elle gémit de douleur. Mais il faut absolument juguler l'hémorragie. Pourquoi as-tu fait ça ? poursuivit-il avec véhémence. Tu aurais pu être tuée ! Tiens bon, les secours arrivent.

Il se releva pour aller examiner Brooks. Il chercha son pouls. En vain. La menace avait été éliminée.

— Brooks est mort, annonça-t-il en revenant vers Sarah.

— Jamie, je regrette vraiment de t'avoir menti, dit-elle d'une voix rauque.

— N'essaie pas de parler. Nous nous expliquerons plus tard. Nous devons d'abord te conduire à l'hôpital.

Aiden désigna Brooks et dit à Jamie :

— C'était mon père. Lui et les deux autres étaient méchants.

— Parfois, les gens font de mauvais choix.

— Comme maman quand elle a sauté devant le pistolet ?

— Non, bonhomme. Là, il s'agissait d'un choix risqué, pas d'un mauvais choix.

Aiden se tourna vers Brooks.

— Il a fait du mal à ma maman, dit-il après un moment.

— Désormais, il ne pourra plus jamais lui en faire.

25

Un bouquet à la main, Jamie se tenait devant la chambre d'hôpital de Sarah sans oser entrer. Il n'avait toujours aucune idée de ce qu'il lui dirait, surtout si elle lui demandait une nouvelle fois de lui pardonner.

Il lui avait pardonné de lui avoir menti. Il avait compris que la peur et son amour pour son fils l'avaient poussée à s'enfuir. Mais « pardonner » ne signifiait pas « oublier ». Et il ne parvenait pas à oublier.

Conscient qu'il ne pouvait rester éternellement dans le couloir, il poussa la porte. Sarah dormait. Un gros pansement couvrait son épaule et une perfusion était reliée à son autre bras.

Il la regarda longtemps. Elle paraissait si fragile, avec sa peau claire, plus pâle encore que d'habitude, et ses cheveux blonds encadrant son petit visage. Pourtant, elle lui avait prouvé qu'elle n'avait rien d'une femme vulnérable. Cependant, elle n'accordait sa confiance à personne. Elle ne comptait que sur elle-même.

Comme il s'apprêtait à poser son bouquet et à repartir, elle battit des paupières.

— Jamie ?

Il s'approcha.

— Comment te sens-tu ? demanda-t-il.

— Pas trop mal. Merci d'être venu. Ces fleurs sont pour moi ? Elles sont très belles.

— Aiden est passé te voir ?

— Hier soir avec Nadia. Et Ted est venu ce matin. Ce qu'ils ont subi à cause de moi me fait culpabiliser.

Par accord tacite, ni Sarah ni lui ne firent allusion à sa blessure à l'épaule, au fait qu'elle avait bondi pour prendre une balle à sa place.

— D'après mon avocat, je vais sans doute faire l'objet d'un contrôle judiciaire avec mise à l'épreuve, poursuivit-elle. Il va plaider les circonstances atténuantes et il pense que je ne serai pas condamnée à de la prison ferme. Ma mère a promis de m'aider aussi.

— Ta mère ?

— Quand la police est allée chez elle pour fouiller le sous-sol et récupérer le butin de Brooks, elle leur a demandé de mes nouvelles. Elle m'a téléphoné et nous avons décidé de nous revoir.

— Formidable.

— Par ailleurs, je vais témoigner à propos du meurtre de Tonya. Enfin, j'ai repris ma véritable identité. Mais je préfère me faire désormais appeler par mon deuxième prénom, Sarah.

Il hocha la tête. Ils pouvaient continuer à tourner autour du pot, à discuter de tous ces sujets annexes en évitant soigneusement le seul qui comptait. Peut-être allait-il repartir sans que rien d'important ait été dit, mais il ne put s'empêcher de demander :

— Que vas-tu faire, maintenant ? Aiden et toi allez-vous retourner dans l'Illinois ? Chez ta mère ?

— Je n'en sais rien encore. Je vis au jour le jour. Maman m'a proposé de m'installer près d'elle, au moins provisoirement. Nous avons envie de rattraper le temps perdu.

— Si je comprends bien, partir en Illinois te permettrait de prendre un nouveau départ.

— Et cela faciliterait les choses pour toi.

— Comment ça ?

— Écoute, Jamie, je regrette beaucoup mes erreurs et surtout la pire de toutes : ne pas m'être rendue à la police avec toi, comme je m'y étais engagée. Et avoir préféré m'enfuir avec Aiden ou du moins avoir essayé de le faire.

— C'était un mensonge de plus, et tu es experte en la matière

Elle encaissa le coup.

— J'étais sincère en te disant que je me livrerais à la police. Mais ensuite, j'ai eu peur…

— Parce que tu ne me faisais pas confiance, parce que tu n'as jamais compté que sur toi. Je t'avais dit que je t'aimais mais, manifestement, ça ne te suffisait pas. Ne m'en veux pas, Sarah, mais je ne peux pas être avec quelqu'un qui ne me fait pas confiance.

— Tu n'as rien compris. Je ne suis pas partie parce que je n'avais pas confiance, mais parce que je… t'aime. Tonya est morte à cause de moi, et je ne voulais pas que toi aussi tu paies de ta vie tes sentiments pour moi.

— C'est facile à dire maintenant que le danger est écarté et que…

— Facile ? Rien de ce que j'ai fait avec toi ou pour toi n'a été facile. Y compris m'abandonner en confiance entre tes bras.

— Mais ensuite, dès les premières difficultés, tu as pris la poudre d'escampette. Sans même m'en parler, sans me le dire. Je l'ai appris par Ted lorsqu'il m'a appelé pour me demander de suivre son téléphone et parvenir à vous localiser.

— Je me demandais comment tu nous avais retrouvés si vite. En tout cas, je suis désolée d'avoir joué la fille de l'air, mais ce n'était pas par manque de confiance. Si tu veux mettre un terme à notre histoire, fais-le. C'est ton droit. Mais ta décision n'a rien à voir avec ma fuite ni même avec moi. En réalité, le suicide de Mark t'a dévasté, je le comprends. Et depuis le drame, tu te protèges. Tu tiens les gens à distance, tu évites de nouer des relations trop intimes. Tu as peur de l'amour parce que tu as peur d'être de nouveau confronté à la mort d'une personne aimée et de ne pas y survivre. Voilà la vérité.

— J'ignorais que tu étais psychanalyste, Sarah. Il n'y a qu'une petite faille dans ta théorie, Dr Freud. J'ai noué une relation intime avec toi. Et je t'ai dit que je t'aimais. Le premier. Pourtant, tu as préféré disparaître dans la nature.

— Ce n'était pas toi que je fuyais. Mais un homme qui a

failli me tuer il y a six ans, et qui, depuis sa sortie de prison, a tué trois personnes en moins d'une semaine. Mes peurs étaient fondées, non ?

— Tu ne m'as pas laissé te protéger.

Il avait besoin qu'elle s'appuie sur lui, mais la vie avait appris à Sarah à ne compter que sur elle.

À ces mots, Sarah, qui avait plutôt bien encaissé les événements comme ses accusations, fondit en larmes.

Il se reprocha aussitôt son comportement de butor.

— Écoute, Sarah, je suis désolé. J'aurais dû attendre que tu sois rétablie pour...

— Ce n'est pas la question. Mais tu n'es pas juste, Jamie. J'ai passé ma vie à fuir, c'est vrai, mais j'ai cessé de le faire en tombant amoureuse de toi. Si tu regardais la situation avec un peu d'honnêteté intellectuelle, tu reconnaîtrais que c'est toi qui cherches à prendre la tangente, à présent.

À bout d'arguments, il lui lança :

— Qu'attends-tu de moi, Sarah ?

— Rien. Tout.

Lorsque Jamie poussa la porte du Casey's Diner, les cloches tintèrent plus fort que d'habitude. La salle était déserte au point qu'il se demanda si l'endroit était fermé.

Ted sortit de la cuisine et tous deux se serrèrent la main.

— Cela faisait un bail, inspecteur.

Plus de deux semaines s'étaient écoulées depuis le meurtre des deux policiers et la mort de Brooks. Il n'avait pas revu Sarah depuis sa visite à l'hôpital. Cela valait sans doute mieux, même s'il ne cessait de penser à elle.

Ils s'installèrent à une table, Jamie s'arrangeant comme toujours pour faire face à la porte. Le grincement des battants de la cuisine lui fit tourner la tête vers la serveuse qui apparut, chargée d'un plateau.

Ted sourit.

— Je vous avais dit que Sarah ne travaillait pas, aujourd'hui.

Jamie n'avait accepté de venir qu'à cette seule condition.

— D'ailleurs, elle ne reviendra plus travailler, poursuivit Ted. Elle va partir vivre près de sa mère.

— C'est mieux pour elle, pour eux.

— Pourquoi refusez-vous de reconnaître que vous êtes malheureux ?

— M'avez-vous proposé de passer pour me faire des reproches ? Et gâcher mon samedi ?

Comme il commençait à se lever pour s'en aller, Ted le retint d'un geste.

— Non, ce n'est pas pour vous accabler de reproches que je vous ai invité, inspecteur. Mais pour ça...

Il glissa deux doigts dans sa bouche pour émettre un long sifflement.

La porte du bureau s'ouvrit et Aiden apparut.

— Surprise !

L'enfant courut vers eux et s'installa à côté de Jamie.

— Sa mère devait faire ses valises, alors j'ai proposé de le garder pendant quelques heures.

Aiden enroula les bras autour du cou de Jamie.

— Tu m'as manqué, monsieur Jamie. Pourquoi tu ne viens plus au centre aéré ?

— J'ai été occupé, désolé.

Occupé à ruminer chez lui. Occupé à gémir sur son destin.

— Tu sais qu'on part vivre chez ma grand-mère ? Elle sera gentille. Elle me donnera des bonbons. Tu veux voir sa photo ?

Il bondit de son siège, courut chercher son sac à dos dans le bureau. Il en sortit un cliché en noir et blanc.

— Regarde. Maman me l'a donné.

À la vue de Sarah adolescente qui, assise près de sa mère, souriait à l'objectif, Jamie sentit son cœur se serrer.

Aiden replaça la photo dans son sac et partit aider Marilyn à remplir les salières.

Ted hocha la tête.

— Maintenant, il ne me reste qu'une chose à vous dire,

inspecteur… Depuis la mort de ma femme, je souffre terriblement de solitude. Et si j'avais la possibilité de me réconcilier avec mon frère et de repartir du bon pied avec lui, je le ferais.

Il s'éclaircit la voix et reprit :

— Sarah vous a blessé en vous posant un lapin, mais vous devez lui donner une chance de se racheter. Et, du même coup, me donner une chance de vivre près de la fille et du petit-fils que je n'ai jamais eus.

— Je sais que vous les aimez beaucoup, mais…

Aiden revenait à leur table.

— Monsieur Jamie, je peux te demander quelque chose ?

— Bien sûr.

— C'est risqué ou courageux d'aimer quelqu'un ?

Jamie jeta un coup d'œil à Ted qui leva les mains en signe d'innocence.

— Pourquoi me le demandes-tu, bonhomme ?

— Parce que je dois trouver quelqu'un pour aimer ma maman.

— L'amour est à la fois risqué et courageux.

Jamie s'apprêtait à développer sa réponse mais la porte d'entrée s'ouvrit à ce moment-là et la femme qui faisait l'objet de leurs discussions apparut. Son bras était en écharpe, ses cheveux noués en queue-de-cheval et elle n'était pas maquillée, mais jamais elle ne lui avait paru plus belle. Bien que manifestement surprise de le voir, elle sourit en s'approchant de lui.

Ted fit une grimace ennuyée :

— J'ai seulement dit qu'elle ne travaillait pas aujourd'hui. Pas qu'elle ne viendrait pas…

— Et je vous en remercie, dit Jamie sans quitter Sarah des yeux.

Elle se glissa sur la banquette à côté de Ted et tous les quatre passèrent un très bon moment.

Jamie comprit soudain que si quelqu'un avait besoin de se faire pardonner ses erreurs, c'était lui. Et qu'Aiden n'avait pas à chercher un amoureux pour sa mère.

Elle en avait déjà un.

Le lendemain, Jamie passa chez Sarah. Il lui avait promis de l'aider à emballer ses affaires, à faire des cartons.

Elle ne parvenait pas à croire qu'elle partait, qu'elle quittait la région. Et Jamie.

— Par où veux-tu que je commence ? demanda-t-il en arrivant.

Elle se détourna, pour cacher les larmes qui lui brûlaient les yeux. Pas question qu'elle se mette à pleurer. Il lui avait dit qu'il ne pouvait lui pardonner son manque de confiance, ses mensonges. Tout était fini entre eux.

— Par la cuisine ?

— Je suis ton homme.

Était-il intentionnellement cruel ? se demanda-t-elle, le cœur serré. Elle avait tellement envie qu'il soit son homme et un père pour Aiden. Mais la vie lui présentait la facture. Elle payait maintenant ses fautes passées.

Il posa sa grande boîte à outils sur le comptoir de la kitchenette.

— Quand as-tu dit qu'Aiden reviendrait ?

— Il passe l'après-midi avec Nadia. Elle est tellement triste de nous voir partir.

Elle attendit, espérant qu'il lui dirait que lui aussi l'était. Comme il ne le fit pas, elle se résigna à accepter la vérité. Il n'était venu que pour l'aider à faire des cartons.

Le cœur gros, elle se dirigea vers la chambre et commença à vider la commode. Elle finissait d'empaqueter le contenu du deuxième tiroir quand Jamie apparut dans l'embrasure de la porte.

— Sarah, pourrais-tu venir m'aider un instant ?

Hochant la tête, elle le suivit. Mais dans la pièce voisine, elle découvrit avec stupéfaction la table ornée d'une nappe blanche, de belles assiettes, de verres en cristal et d'une ribambelle de petits plats. Une bouteille de vin refroidissait dans un seau rempli de glace pilée.

Elle n'était toutefois pas au bout de ses surprises.

S'agenouillant devant elle, il lui tendit un écrin ouvert dans lequel se trouvait un diamant brillant de mille feux.

— Oh ! Jamie !

Il se releva et prit ses mains dans les siennes.

— Sarah, depuis que j'ai posé les yeux sur toi, je suis fou amoureux. J'aime tout de toi, ce que je connais et ce que je vais découvrir dans les soixante prochaines années. Sois ma femme, mon amante, ma confidente, mon amie, et fais de moi l'homme le plus heureux de la terre. Veux-tu m'épouser, Sarah ?

Elle fondit en larmes mais, tout en sanglotant, elle parvint à lui dire ce qu'elle ressentait.

— Jamie, je t'aime. Quand je t'ai rencontré, j'avais peur de tout et surtout d'être rejetée. Tu m'as appris non seulement à aimer, mais que j'étais digne d'amour. Et je te fais confiance.

Il lui sourit en l'attirant dans ses bras.

— Alors, acceptes-tu d'être ma femme ?

— Oui. Oui. Mille fois oui !

Il l'attira à lui et ils échangèrent un baiser passionné. Lorsqu'il s'écarta d'elle pour reprendre son souffle, il lui sourit puis l'étreignit tendrement.

— Je sais que tu as décidé de partir retrouver ta mère. Il n'est pas question de te demander de renoncer à vos retrouvailles. Je vais donc solliciter ma mutation.

— Ou maman pourrait emménager à Brighton. Justement, Ted cherche quelqu'un pour l'aider à diriger le Casey's Diner…

— Formidable ! dit-il en riant.

Puis, très vite, il redevint sérieux.

— Tu sais que j'aime ton fils comme s'il était le mien et, s'il est d'accord, je serais heureux de l'adopter.

— Il va être aux anges, répondit-elle avec un sourire. Mais écoute, nous avons le temps de réfléchir à tout ça et de décider de la suite. Dans l'immédiat, pourquoi ne pas profiter du fait que nous avons cet appartement pour nous… tout l'après-midi ?

Il la prit dans ses bras pour l'entraîner vers le canapé.

— Viens, ma Sarah d'amour. Je promets de t'aimer ma vie durant et de consacrer chaque jour de mon existence à te rendre heureuse.